Radiation of Light
by Kyohei Sakaguchi

発光

発光

坂口恭平

東京書籍

序にかえて

これからはじまるこの本は、ぼくがこれまでツイッター上で書いてきた文章から一部を抜粋したものである。二〇一〇年に拙著『ゼロから始める都市型狩猟採集生活』の担当編集者だった、九龍ジョーこと梅山くんが出版に際して、広報用にアカウントを取得した。そのとき梅山くんは「お前がツイッターを直接使うと、絶対に大変なことになる」とぼくにパスワードすら教えてくれなかった。そのネット堤防が決壊してしまったのは二〇一一年三月一一日の東日本大震災からである。三月、四月こそどうにか大騒ぎはせずに粘っていたが、すでに三月一五日には東京を脱出し大阪へ、その後三月二〇日には家族とともに東京・国立市から故郷である熊本市に移住していた。携帯電話に入っている知人に電話をかけまくり、避難しろと言い続けたが、一人も避難することはなかった。ぼくだけ勘違いしているのではないかと不安ではいたが、持病の躁鬱病も揺れに揺れ、躁状態が頂点に到達し、選挙など一度も行ったことのないぼくは何を思ったのか、突然、新政府を立ち上げ、その初代内閣総理大臣に就任したなどと言いはじめ、アトリエとして借りていた築九〇年の一戸建てを「ゼロセンター」と命名し、私設の避難所として無償で提供した。五月一六日には、梅山くんが使っていたアカウント@zhtsssを乗っ取り、ぼくの携帯電話番号〇九〇-八一〇六-四六六六を公開するとともに、東日本からの避難を不特定多数の人々に対して呼びかける。結果的に一〇〇名を超える人々がゼロセンターを訪れ、実際に熊本に移住してきた人も少なくなかった。それとともに、ぼくの躁鬱病もひどくなり、誇大妄想としか思えないことを吠えていたかと思った翌日に、真っ青な顔で過ぎ去った喧騒の日々を後悔する日々がはじまった。

よく死ななかったと思う。それくらい危なかった。鬱のときは本気で自殺を考えていた。突然の移住、政治的思想など持ち合わせていない無責任な人間による新政府、親しい仲間への暴言、鬱のときのやる気のなさ。周囲の人間だけでなく、不特定多数の人間を困らせ、困惑させ、迷いこませ、調子がよいときはとにかく頭の回転が半端ないので、まるで天才詐欺師のごとく、人を煙に巻き、扇動していく。耐えきれずにいなくなった友人、知人も少なくない。

そんな状態でも、家族は文句も言わずについてきてくれた。担当編集者たちも。何人かの美術館の人々、特にヨーロッパの人々は、ぼくの行為に新しい視座を与えてくれた。躁鬱病をどうにかカミングアウトすることで、病気自体をそのまま芸風のようにしてやることも覚えたし、そういう本も書いたし、しかももう飽きてしまった。そんな変貌する日々、いや、一日の中の時間の変遷すら、このツイッター上では完全に公開してきた。そういう意味ではぼくにとって貴重な記録となっている。

しかし、読み返そうと思うと、これはまたとても困難な作業だった。まるで全く別人の、しかもかなり勘違いの度が行き過ぎている人間の、誇大妄想のオンパレード。読めたものじゃない。表現が大げさだし、嘘も多く含まれているし、関係妄想もひどければ、ほとんどダジャレのように音でしかつながっていない文面もある。そんなわけでぼくはほとんど読み返せなかった。この本は、東京書籍の山本くんというほとんど狂人としか思えない編集者がいなければ、完成することはなかったと思う。山本くんは、ぼくのこのひどすぎる原稿群、しかも原稿用紙にして何万枚もあるその妄言の数々と向き合い、一度はアルコール依存症と鬱になり、しかも、そこから這い上がり、厳選してくれた。彼によると「面白い、それこそ人間覚醒剤のようです！」とのこと。しかし、ぼくは経験がある。こうやって躁状態のときに書いたツイートを少しだけついばんだ若者が突然電話をかけてきて「おれの考え方と一緒だ。おれのことを知っているのか？」などとこれまた妄言へと飛躍していくあの経験。山本くんの「面白い！」も果たして本当なのかどうなのか、ぼくにはさっぱりわからないし、不安で仕方がない。

ある日、山本くんは言った。「自分自身もこの文字の渦の中に巻き込まれていて、これが面白いのかどうか、面白いとは思うのですが、それがぼくの勘違いなのかどうか、自分でもさっぱりわかりません」。つまり、山本くんも飲み込まれてしまった。そこで、ぼくは熊本にある橙書店へとこの本のゲラを持っていった。橙書店の店主・久子ちゃんは、最近のぼくの原稿は書き上げたそばから全文読んでくれて、落ち着いて感想をくれる。彼女に読んでもらって、面白くないと言われたら、出版しないつもりであった。しかし、久子ちゃんは「これは、あなたの文章の書き方の変化がそのまま見てわかるからいいんじゃない？　いま、変な文章書いてたらやめといたほうがいいけど、いまはこの頃の文からは完全に成長しているし、このときに狂ったように書き続けたから今があるわけだし、それがわかるから面白いよ。読みたいし、自分の店でも売りたい」と言った。

ぼくは出版したくなかったから、呆気にとられたが、確かに言われてみれば一理ある。

ぼくはいつもそうなのだ。元々文章など書くつもりはなかった。最初に出した本だって写真集である。そのあとどうすればいいのかわからなくなって、少しだけ得意な絵とか描いてみて、現代美術の方面で仕事をしようとしたりした。これは今でもやっていることではあるのだが、当時はしっくりいかない。どこにいってもしっくりいかないとき、ぼくは二〇〇四年からずっと日記にその思いを書くことにした。気づいたら、膨大な量の日記がたまり、そこで文を書く技術を獲得したぼくは執筆をはじめ、本を出版するようになる。そうやって、わけがわからないとき、ぼくはいつも書いていた。死なないための方法論でもあった。

ここに掲載されている文章はツイッター上に書かれたものだが、鬱のときはツイッターはしない。そんなわけでここには半分の、元気なときのぼくだけが掲載されている。それでも波の激しさはまちまちで一貫した自分など、ここには一切ない。思いつき、さらには繰り返し、それでも不思議なことに数年後には言ってた妄想が本当に実現していたりする。それもまた事実である。気づいたときには数万枚の原稿を書いていて、今では二〇冊以上の本を出版した。ここで書いた文章のおかげであると言えなくもないのである。

そして、ここに記されているぼくの言葉は、当然ながらまぎれもなく、ぼくの言葉であり、推敲もしていなければ、読み直しすらしていない。そのときに感じたことがそのまま定着されている。売り物としての言葉というよりも、ただの叫びに近い。しかも、それを最終的には五万人ほどのフォロワーの人々にむかって吠えていたわけだから、恐ろしいものだ。しかし、それによって鍛えられたものもあるのだろう。これを読めば、みんな安心してくれるにちがいない。こんなどうしようもない人間だって、毎日毎日、飽きずに休まずに書き続けていたら、いつかは少しはまともな言葉を人々に向けて書くことができるんだって。

ぼくは名文家でもなければ、ほとんど本を読むこともできない（実は二〇一六年に入って、本を読むことができるようになった）。だけれど、人に伝えたいことは底のほうにたまっていて、それをどうにか言葉にするしかない。そうでもしないと、退屈すぎて、不安になりすぎて、西日にあたっただけで、なんだか寂しくなって死にそうになってしまうのだ。これらの文たちは、どうしようもないぼくをどうにか生かしてくれた、最高の薬でもあった。文章を書けば、書いている間は死なない。書くことはぼくにとって「死なない薬」なのだ。だから止めることができない。そんな強迫観念も多く入り込んでいると思う。

分厚い本に無数の言葉が詰め込まれているが、全部読んだら疲れてしまうと思う。だから、適当なところを選んで、自分が気になった箇所だけ読んでもらえれば幸いである。最近は幾分アクが抜けてきたが、とにかく二〇一一年から数年は、とにかく暑苦しい。絶対にその頃のぼくの言葉を鵜呑みにしないでほしい。もちろん、鵜呑みにするようなバカはいないと思う。

それでもよく書いてきたものだ。それだけは自分でも感服する。

一円にもならない文をこんなにも。バカだなあと思う。

バカでよかったなとも思う。そして、そんなバカの文をずっと読んできてくれた人がいることも知っている。恥ずかしいなと思いながらも、正直、嬉しい。最後のほうは、一日でも休むと、体調が悪くなったのかと心配してくれる人まで現れた。ぼくはもちろん予想通り、鬱に陥っているのだけど、人々は「生きてるだけでいいから。ゆっくり休んでください」なんて言ってくれる。読者が常に命の心配をしてくれて、介護者のように見えていた。不思議な作家と読者の関係だと思う。ありがたい話だ。

しかし、もう飽きてしまった。

ぼくの場合、飽きてもやらなければいけないと思ってやり続けると、すぐ鬱になる。たとえお金になるからといっても、飽きたらすぐやめないと体に毒なのである。鬱になると死にたくなるので、死ぬよりましだと思って、ツイッターも先日、やめてみた。やめたらすっきりした。最近、毎日の一秒一秒に物語があるんだと実感している。それをそのまま今度は物語にして、綴っていこうと思っている。これからまたどう変化していくのかわからないが、自殺することはないのではないかと最近は確信している。それもこれも、ここで文章修行をしたおかげである。

「発光」というタイトルははじめから決まってた。

言葉は腐る。腐ると発酵する。発酵すると言葉がさらに光るキノコみたいに発光しはじめる。

そんな妄言を吐いて、数年前にタイトルを決めたのだが、今、落ち着いて振り返ると、確かにこのときに書いた、自分では屑のような原稿の中にも発光する可能性のある言葉が潜んでいるのかもしれない。読み返せていないぼくには確認のしようがないのだが、なんとなくだけどそう感じている。だから、もし、これはいい！という一節などがあったら、すぐに〇九〇-八一〇六-四六六六のぼくの携帯電話に電話して、教えてほしい。そのとき、ぼくは読み返したいと思う。

ぼくは前のことは振り返ることができず、現在は、毎日毎日死ぬよりましだと感じながら、日々原稿用紙一〇枚分の原稿を書くだけの生活を送っている。これもまた変化するだろうが、いまのところこれで調子は悪くない。もちろん、躁鬱病は相変わらずだが、元気にやってます。

まずは六年前の二〇一一年、震災後のぼくが登場してくる。暑苦しい男ですが、それでも一生懸命行動を起こそうとしているようなので、大目に見てやってください。前口上が長くなりましたが、それでは新政府物語『発光』をお楽しみください。

はじまり、はじまり。

坂口恭平

I've never had a dream, because I'm a dream.

2011

坂口恭平です。先日、僕が発足したばかりの新しい政府がいよいよ動き出します。

真実なんてものは始めから存在していない。だからみんなで考えよう。一番詳しいと思う先人に直接声出して訊ねよう。諦めずに徹底的に考える。真実を求めるのではなく、総合的に考えること。力を合わせよう。

仕事なんてどうなったってつくり出すことができる。でも、命だけはどうにもならん。僕は命を守りたい。金がないなら嫁と一緒に美味しいご飯を炊きます。もう動こうよ。おかしいとわかっているのなら。

今、新政府の国民になりたいという電話がきた。ありがとう。弟子のヨネに国民名簿をつくるように命じる。そしてどんなことが得意で、何ができるのかを知りたい。再び同じような仕事に就いては一緒なのだ。「商品経済」から「態度経済」への転換。仕事は自らつくりだすもの。全ての人間には可能性がある。僕はそれを信じている。

熊本には僕が衝撃を受けてきた凄い人間たちがいる。その人たちを紹介する。一〇〇人くらい。そしてゼロセンターで僕が面接し「この人に会ってきて」と人を紹介するのだ。仕事でも住まいでもなく、「人」を紹介する。最後は人と人のつながりになってくる。コミュニティを崩壊させないために、そこから始める。

あなたは何ができるのか。生きのびるための技術をぜひ教えてください。僕たちはお金に侵されてたんだよ。そんなの本当は何の役にも立たないのに。僕は「命」優先です。

あの人に会いたい、話して、新しい生活をゼロからつくり上げたい、と熱に浮かされるような「人間」の最高のカタログをつくります。『ホール・アース・カタログ』のように。南方熊楠、今和次郎、宮本常一、レーモン・ルーセル、あらゆる知性を統合し、新しい生活哲学をつくる。過ちを反省し、ゼロからやらなくては駄目だ。

僕は別に新しい政府をつくって支配したいわけではない。そんなのどうでもいい。ただ人命救出だけを考えて対策せねばと思い、現政府がやらないから別のレイヤーでやり始めようと決断した。だから、たくさんの新政府が生まれればいいと思う。別に争う気もないし、混ざってもいいし、ただ笑顔が見られればいい。

僕は別に今の政府を潰したいと考えているわけではないんです。違うレイヤーに存在しているこんな考え方もあるんですよというのを示したい。それは僕の本で言おうとしていることの実践なのか何なのかはまだわかりません。

別にこれは権力闘争ではない。ただ普通に考えていることをどうやったら社会に反映できるかと試みているだけなんです。とか言ったら、「普通って何ですか?」といつも人は言うけれど。

誤解されているかもしれないが、僕は現政府を倒して何か新しいものをつくり出そうと思っているのではない。僕には一億人以上の人々をまとめるシステムも友人もない。ただ、人命第一であり、子どもを守るという当然の普通の、そして一番重要で大切で単純な事柄が無視されているから、行動をしているだけ。

新しく生まれ変われるわけなんかない。それも理解できる。でも、もしもちょっとでも話を聞いてくれるなら、今すぐ熊本へ来てと言いたい。ここも最後にはどうなるかわからない。文科省に問い合わせても九州の状態は教えてくれないからだ。でも、そこで絶望するのが僕は嫌いなのだ。生理的に無理なのだ。

今、データを出さない政府や東電は、まさに自分自身である。多摩川のロビンソン・クルーソーは空を見て雨がどれくらい何時間降るかいつも教えてくれた。これが人間なんだ、と。データ見ているやつは人間じゃないんだ、と彼は言った。つまり、僕は人間ではなかったんだ。ならば人間に戻るしかないでしょ。火山が噴火し、やばいといって逃げてくれた原始人に感謝する。固執しなくてはいけないのは命である。

1号炉から3号炉まで全てメルトダウンしているのに、韓国の口パク禁止法を必死に比較対象にしながら報道しているのを見て、今日の朝、ずっと泣いていた。

そして人は、そんな僕を泣き虫という。もう僕には意味がわからない。僕はそんな社会からだったら、泣き虫とか、キチガイとか、妄想家とか、似非《えせ》宗教家とか、すぐ自分の考えを押し付けるウザイ人とか、結局これで金を儲けようとしているんでしょとか、逃げた奴とか、双極性障害とか、私の子どもじゃないとか、言われてもいいなと思う。

母から「あなたたち家族は普通じゃない」と言われたとき、二歳になる娘のアオは「あたしたち、普通だよね〜。ママ」と言った。お前だけだよ、まともな人間は、と僕は自分を戒めた。何でこんなことで家族で罵り合ってんのか僕は。何でオヤジを殴ってしまっているんだ僕は。馬鹿かお前は、と思った。

自らが普通である自然な精神状態である、いつもできることなら善き行いをしたいなあ、困ったやつがいたら助けたいな、と思うのが人間なのである。そんなことを必死に考えて、新政府なんてつくろうとしているお前は人間じゃないんだよ、でも許すよパパ。と言われたような気がした。それが子どもなのだ。

そんな子どもを苦しめるわけにはいかない。つまり、やはりこの新政府は徹底的にとことん突き進めなければいけない。とにかく子どもを守ることを先決にしなくてはならない。

ただ僕は、正しさを訴えたいわけでもない。真実なんて存在しないと書いていきているつもりだ。あるいは、どうやってやりくりするのか。いかにマトモな気持ちで素直に行動していくか。そしてそれは唯一の答えではない。でも、僕はそれを表明したいのです。

こっちで同じような仕事に就くのではなく、仕事をゼロからつくり出していく。これは僕が「零塾」という0円の学校で教えようとしていたことだ。他人に指示されて生きるのではなく、自ら発光体となって動く。そうすればまわりも動く。

☆

議論する場をつくりました。熊本だけど。それが「ゼロセンター」です。熊本市坪井六‐一にある二

○○平米の築九○年の日本家屋です。避難、宿泊可能。そして新しい教育の方法論を実践していく場になります。

色んな人から自分ができることはこれですというメール、フォロー、電話がキテマス。でもまだ少ない。もっとみんな色んなことができるはず。動けば変わる。今こそ、瞬時に反応できる直感を使って！とは言いつつも落ち着いて。

「納得できないことは納得せずに解決しろ」。多摩川に住む大ちゃんの言葉です。

フランスのテレビ局で翻訳をしている京都の方が僕の原稿のフランス語翻訳を始めてくれています。その方の旦那さんには熊本から全国に至るまでの人脈を。なんだか嬉しくて涙がちょちょぎれそうです。今は直感で動く。そこで共感してくれた。新政府の国民は全て「○○大臣」です。自らの智慧を僕にください。

とにかく自ら発光する。誰からの指図でもなく、自分で決断する。人間にはそれができるのだ。なのに今まで忘れていた。「データは政府が出すものが正しいし、意見があっても国会議員じゃないから伝わらない」なんて、そんなことはない。あなたの言葉は「人間である」という証明なのである。僕はそう信じてます。

戦うのではなく、考える。僕が思考しているのは“Revolution of Thinking”なんです。考える。そしてその知に従って行動する。これが人間のあるべき姿であり、いまだ決してなくなっていない力なのだ。カントは言う。「知る勇気を持て」。そして「未成年状態から抜け出すのだ」と。

僕は家族とそのまわりの人たちが幸せであってほしいと思っている。そして「そのまわりの人間」という数を増やしていきたい。三人じゃなくて、三万人に、三億人に！　それをできるところまで増やしていく。それが努力なんだと思う。とにかく隣にすぐ声をかける僕は、いつも人に誤解されるが、たまに抱きつかれる。

不安な人は誰でも関係なく電話していいからね。

不安はこの時期には必要ないから緩和してあげたいんです。もちろん僕のこの行動に多少の不安もあります（笑）。確信もある。恐怖と向かい合うために不安を消す。いつ死ぬか思案するのではなく、目の前の虎と対峙する。そこに行動が生まれる。

アオと温泉に浸かってゆっくりしてると、アオが突然「カントリー・ロード」を歌い出した。「カントリー・ロード　この道　ずっとゆけば　あの街につづいてる　気がする　カントリー・ロード」。その瞬間胸を衝かれ涙がボロボロ出てきた。これは幻なのか何なのかわからん。ただアオは歌ってる。歌詞を今読めってことなんだ。

どんどん避難してきたいという子どもを持った人々からの電話。どんどん来てください。やっぱり、みんな不安だったんだと知り、ほっと安堵する。自分の思う通りに生きる。「今生きているあなたはまさに自由なんだよ」と佐々木中《あたる》氏と二人でジュンク堂で熱く語った夜を思い出す。

大丈夫です。なんとかします！

磯部涼と電話で会談。「お前は物語を書いているんだ」と。まだ意味がわからんけど、わかるよ。だって、一昨日からこうやって物語を始めただけで、どれだけの人間が動き始めたというんだ。これが始まりだ。これからもっと世界は動く。

世界で見たことのない芸術の国にするんだ。みんな知り合いで、みんなとにかく隣の人を助けたくてうずうずしてて、金ある人間が飯は奢ればいい。いつも金がなく僕の前で信じられない踊りを踊ってくれたルオー族のケニア人の親友を思い出すよ。僕はナイロビに滞在中、三週間全て彼の生活費を払ったな。それでいい。

今まで世界中の芸術家が唯一実現したことのないこと、つまり「新しい国をつくること」これが僕がやるべきことだ。これをやるために生まれてきた。頭上で祖父が笑う。

☆

毎週土曜日の午後一時からゼロセンターで閣僚会

議をします。新政府の大臣と自任する人間であれば、全ての人が参加可能です。心の師匠の一人である建築家・吉阪隆正がつくった「U研究室」の手法から教わってます。来るもの拒まず去るものにはちょっと声をかける。上も下もなく誰でも発言権がある。ぜひ参加を。

みんな総出で必死になって、不安があるのに消してしまってはいけない。不安なら叫ぼう。悲しいなら泣く。自然に喜怒哀楽を伝えられるような環境をつくりたい。僕はその声を聞きたい。だけど自分で考えられることは全て自分の頭で考える。人にすがってはいけない。僕のこの避難計画はクリエイションなのだ。

一体、今回のあなたの行動は何なのだろうとフーが色々と考えているから、僕も考えている。僕はいつも「芸術とは社会を変えることである」と言ってきた。これは芸術なのだろうか。よくわからん。それよりも、これはただの愛情表現なのではないか。最近の僕はそう考えている。愛などという言葉を僕は人生の中で使ったことがなかった。でも最近どうも変なのである。クサいなーと思いながら、照れながらも、なぜか堂々とこれは愛なのではないか。今、人に伝えなければいけないのは愛なのではないか。こうなっちゃうとまた宗教クセーとか言われるから黙ってたけど、愛なのかもしれん。

今までやってきたことをただそのままやり続けるだけ。それが芸術だと僕は思っているのです。どんな困難が立ちはだかっても、自ら確信した道を抑制をもってやる。

あなたが今やっていることが、それがまさにあなたの表現なんです。僕はそれしかやってません。

昔「MAN」というバンドをやっていて、そのメンバーの一人が親友でして、いつも芸術論で喧嘩してました。彼が数年前自殺で死んじゃって、そして、僕は0円の学校「零塾」を始めました。もう人が死んではいけないと思った。自殺はさせたくない。それが傷になったというよりも、ただもう死なせてはいけない、と思ったんです。

人間は実は単純ではなく、混沌としたアメーバ状の創造性の中に生きてます。だから口で説明できるわけないんです。でも、人は肌で相手の創造性に勘づくことができる。だから気持ちよいとハイタッチしたくなる。

混沌とした創造性は説明がつかないので、人は誰かにそれを勘づいてほしくて、何らかの行動を始める。でも、今、人は忙しすぎて、その発光体を受信できない。それが嫌で僕は一切の雇われ仕事をやめました。エンデを読みながら時間を取り戻さないといけないと思った。そうした途端、何かが開けたんです。

全ての人とまではいかないけれど、とてつもなく多くの人の創造性のシグナルに気づかなくてはいけない。それはある種、義務感のように僕は感じてます。もちろん楽しい作業ではあるんですが。そうして「零塾」という学校を始めました。すると、とんでもないことが起こったんです。

これまで六〇人ほど面接をして塾生がたくさんいるんですけど、驚いたことに全ての人のやるべきだと感じていることが違う。これは一見当たり前のように見えて、実は結構すごいことなのではないかと気づいたんです。だって、世の中はそんなふうには動いてないじゃないですか。

そこで先ほどの混沌とした創造性の話に戻るんですけど、つまり社会全体がその混沌とした創造性をなかったことにしている。周波数をカットしてしまっている。社会全体がmp3みたいになっている。これじゃ「サージェント・ペパーズ・ロンリー・ハーツ・クラブ・バンド」の最後の動物にしか聞こえない音は聞こえないわけです。それは駄目だな、と。

今回たくさんの人間の可能性に触れて、正直感動してます。正直、夕食のとき、ぐっときてました。みんな溜めてるんだなあと。そういう時は一緒にいたいなあと思った。みんなで一緒にいたらいいなあ、と。「ああ、あいつがいればなあ」というあれですよ。あれ。

新政府の発表している避難区域は、九州以外全ての都道府県にしました。そして九州が駄目になった時は海外へできる人は移住することになってます。放射能は一生止まらないことがわかった以上、疲れますが一緒に逃げ続けましょう（笑）！　笑えないけどね。ユーモア持って生きていこう。こうなったら楽しもう。

　そんなことを考えるためにも、まずはまだ比較的安全な九州に来て、そこからこれからの人生を考えないといけない。日本語しか話せないとか言ってられません。必要になれば何でもできるようになる。こんな僕がカナダの美術学校で授業したりするのですから。すごい英語を話していると思いますけどね。

　話したいことがある人間は、話せます。つまり、自らの発光体を光らせれば語学の問題など屁のカッパなのです。先日、バンクーバーでの僕の講演会に「ジェネレーションX」のダグラス・クープランドが来てくれて、「最高だったよ」と言ってもらったのは自信になりました。話したいことを話す。恋人に話すようにね。

　とにかく広く広く考えよう。既成概念は置いておきましょう。1・2・3号機メルトダウン（つまり冷却不可能）で4号機が再臨界している可能性があるという映画を超えたミラクルな今、これまでキ千ガイなどと言われてきた人たちは立ち上がる必要があります。今こそあなたたちのような最高に狂ったアイデアを！

　海外に行ける人は九州ではなく、直接行ったほうがいいですよ。もしも僕の行ったことあるところであれば、面白い友人たくさん知ってますから紹介します。そういう人間のデータベースをつくろうよ。僕はどんな国に行っても、街を歩いたことがない。人を歩いている。人と人だけつながってればいい。

☆

　今、熊本市役所で直訴中。保育園、幼稚園受け入れ。そして住宅計画。希望を持って熱意を伝えれば伝わるはず。今話してます。住宅課で。危険対策課に連れていかれる。彼、僕の意見を聞いてくれている。でも首都圏までを被災者認定したらそれこそ国がパニックになる。だからできない。うー、なかなか困難。だったらこそっと僕に色々教えてよと懇願。支援じゃなく珍情報のごとくに。方向性が見えてきた。

次は子ども支援課へ。被災者認定もらってない子どもは助けることができないそうだ。どれだけ制度、システムというものがボケているかがわかる。これでは人を助けられない。人にしか人は助けられない。涙が出てきたよ。一緒に来てくれたスタッフの二歳の娘のアオに慰められる。だめな親だなおれは。でも、そこの職員の人たちの目にも涙があるんだよ。つまり、わかるんだろうなあ、人間としては。でも動けない。それを僕は責められない。

いつからこんなに人間は弱くなったんだよ。一緒に気持ちのよいことしようよ。踊ろうよ。

でも、いい関係はできた。次に幼稚園と保育園を管轄している部署へ。どれくらい保育園の空きがあるのかと聞くとゼロだという。満員なのにちょっと多めに入園させているのが実情だそうだ。幼稚園も数は完全に把握していないそうだ。でもあることはある、とのこと。

もうこうなったらゼロセンターに託児所のようなものをつくる。そして、避難してきた人間たちでみんなで協力して育てる。そっちのほうがまさに「育てる」ってことじゃんと思いながら、マスコット大臣アオと握手。アオが僕に全てをディレクションしている。アオに導かれている。アイデアがどんどん出てくる。

小学校は義務教育なので、住民票がなかろうが、住んでいるところに一番近い小学校に入れるとのこと。よかった。小学校は問題なし。それまではゼロセンターで子どもを育てる。

もう決めた。ないものはつくればいい。試してみればいい。スナフキンが僕の背中を押す。トーベ・ヤンソン先生ありがとう。

☆

今まで出会ってきた、影響を受けてきた、つまり感動してきた芸術家たちの言葉が僕の頭を走馬灯のごとく駆け巡る。何なんだ、この感覚は。創造の源が爆発している、メルトダウンしている。でも僕が放出する未確認放射性物質は、蝕まないはずだ。それはこれまでメッセージを投げてくれた芸術家の魂なのだから。とにかく涙がたくさんぼろぼろ出ている。でも、力が、今まで僕が知らなかった力が動き出している。つまりこれは天職なんだと確信した。僕はこれをやりたかったんだ。総理とかそんなんじゃない。ただの愛情表現。ただどんな時でも、僕はあなたのことを気にしてます。

今、「CAREY」という曲がかかっている。知らない人は聴いてよ。力がでるぜ。音楽ってただの力なんだよ。流行とか、商品じゃない人間という力。だから初めて聴いた音楽とか忘れちゃだめなんだ。全てのあらゆる僕を通過してきた人、モノ、作品、音楽、絵画、文学、写真、映画、自然、動物、家、建築、つまりは空間そのものが時間の軸を揺さぶって、「お前動け」と言い続けている。「お前動け」と言い続けている。

熊本のサンワ工務店の山野社長に懇願。幼稚園は三つほどかなり仲の良いところがあるからそこから行けと。そして、熊本副市長を紹介すると決めてくれた。うっひょー。そして、熊本富豪の一人と明日会うからお前の本を至急持ってこいと指令。ラジャ。まだまだ諦めんぜよ。「市役所は表玄関と裏玄関があるけんねー」と一言。社長、戦ってきた男はやっぱ違いますなー。僕はわかってるけど、表から行ってしまう。だって、表がダメならやっぱダメだもん。でも社長は、ちゃんと戦略を練れ、と。

こうしてここでも教育が行われている。僕は教育を受けながら生きている。日常が学びなのだ。とにかくそういう情報が欲しいです。制度を変えることなく、被災者認定なんか受けなくても子どもも大人も楽しく避難できちゃうような素晴らしいアイデアを。

しかも、僕そういうの見つけるの得意だし……ぐふふふ。なんか盛り上がってきた。これこそ「レイヤー革命」なのです。誰も気づかず得しちゃう。

少しずつ自分という「乗り物」のコントロールの仕方がわかってきたよ。少しずつ涙から離れよう。

泣いている場合ではない。アイデアを、誰もが幸福を感じられるようなアイデアを。しかも、戦うことなく、ルールを変えることなく、つまり疲れることなく楽にクリアできる、しなる竹のような新しい提案を!!

ついでに僕の銀行口座もシェアしちゃおうかと思っている。法人にもせず、ひたすら個人として僕の口座にお金をかき集め、それを皆でシェアする。フーは冷や汗出ている模様だが、なんかそれをやってみたい。人間の僕の公共化。僕はパブリックです。それが新政府構想の軸です。NPOとか財団法人ではなく、個人。

お金がなくなるまでやってたら、また誰かが入れてくれる。それが僕のこれまでの人生。貯金が二万円切ったところで、家族三人で青空見てたとき、七〇万円が振り込まれて抱きあった。お前はつげ義春かって。つげさーん、今、僕にはとってもあなたが必要です。

だから徹底的にお金は人に使え。新品を買うよりも、誰かから直接中古品を買う。友達の絵をもらうのではなく、ちゃんとお金を払って買う。マッサージしてくれた女の子にはちゃんと一時間三千円払う。そこから新しい仕事が生まれる。僕のパトロンは「名前がついた金を徹底的に使え」と言った。そう!

子どもは育ててあげるのではなく、大人が育てられるのだから。「0円教育」という僕の発想の元も子育てなんです。アオを育てながら、僕が教育を受けていることに気づいて。あっ、この娘は僕からお金をとったことがない、むしろ与えてくれると思ったんです。

☆

ソーシャル・ネットワークというのは別にインターネットの上だけじゃない。ソーシャル、つまり社会だ。本質的な社会というのは、人と人が握手するとかキスするとかそういうことだ。そのネットワークを突き進めていく。そして、金なんて食えないもの持っててもどうしようもないっぺよ、と飄々とする。それが強靭な社会。

弱さを全面に出し続け、それを理解しているからこそ、強く他者への感謝、大地への感謝、動物たちの声、子どもの笑い声、あなたが好きなんだという小さな思いが、突如、マグマのようにうねりだす。それが僕は力なんだと理解している。

そんな時、誰かからぽっと音楽がかかってくる。やっぱり、今、みんな同時に動いているんだね。感じ取って、息吹をこちらに向けてくれてるんだねえ。感動します。そして、力を感じます。僕たちはいつもこのポイントで泣いたり笑ったり愛し合ったりしてきたんだよ。それを思い出す。

ズッコケ三人組の気持ちでいますよ。BGMはトーキング・ヘッズだけど。同時に感じろ。感じろよ。音を聞いてくれよ。言葉の綴りをちゃんとよく見て、言葉の意味を感じるのではなく、音楽と捉えてみたらいいんじゃないかい?

OATHで踊っているみたいになってきたよ。おれは今、熊本にいるのに。窓全開で大音量で音楽聴いてるよ。猫がびっくりしてるけど、無視して歩いて通過してったよ。いいねえ、その態度。

そう「態度」。これからは「貨幣」ではなく「態度」の時代なんだ。「ねえいくら持ってるの?」じゃなくて「どんな態度してるの?」だよ。絶対。

☆

ちょっと小気味よく軽快にステップ踏みながら、幼稚園の訪問を続けている。園庭はどうやらお願いすれば使わせてもらえそうだ。ここで僕の託児所の運動会をやろう。無茶苦茶うまいケータリングして、みんなで大人も子どもも幸福なフェスティバルをやろう。僕、リレーでアンカーやりたい。

子どもの学校や幼稚園などの問題は意外と簡単にクリアできそうな気がしてきた。みんな自分で育てないから大変なんだ。自分でやればいい。子どもは親と一緒にいる。そしていつか巣立てばいい。それまではちゃんと見てあげてないと。何も世話しなくてもいいけど、見ててあげたい。失敗も嘘も喧嘩も全部。

何でこんな簡単なことが難しいと思われてきたんだろう。そのことばかり考えている。みんなでいつも一緒にいるという確信。それだけあればいい。飯が美味しく、そして食えているという確信。それだけあればいい。確信が持てないことは創造活動だけにしたい。

それが「洗濯船」だ。ピカソのアトリエなんだ。それが「ブラック・アーク・スタジオ」なんだ。吉田松陰の「松下村塾」なんだ。「夏目漱石の家」であり、「多摩川文明」の姿なんだ。そこからしか生まれない。困ってる人間を放っておく社会は社会じゃない。それは辛いよ。

僕は全ての人に言いたい。思い出そう。そして忘れちゃだめだよ。あなたは知ってるもん、楽しいことを。

僕は嘘をついて謝らない人を信じたくない。だから電力会社も政府も信じられん。矛盾をわかりながらも、どうにか必死に生きている人々がとにかく心配です。一度、電話してほしい。一回、電話を直接かけてほしい。どうにかできませんかね。

レヴィ＝ストロース読みながら、「未来世紀ブラジル」のような世界を0円ハウスの先人たちと一緒につくりたい。みんなで飯を食べよう。「日本昔ばなし」のエンディングテーマのように。

電話のほうは随時受け付けておりますのでいつでも気軽に電話してくださいね。携帯番号公開してても イタズラ電話が一件もないんだよ。そんなものだよ、世の中は。もっと信じよう。人間の力を、善意を信じよう。シモーヌ・ヴェイユだよ人生は。たはっ。

夜にサンタナのギターの音色が溶けていく。ああ、あの人に会いたいなあ。僕は絶対に忘れない。忘れることができないんだよ。きみのことだよ。会ったこともないかもしれないけれど。一緒に酒でも飲みたいね。夢でも語りたいね。しっかりと生きのびようね。大丈夫だと確信があるのはなんでだろう。

今は泣いていいときなんだと思う。思いっきり。アオも泣いていいんだよと言うんだよな。我慢しなくていいんだと思った途端、僕はゼロセンターを立ち上げることを決めた。よし、やれると思った。そしてこうして何かが始まった。だから我慢はしなくていい。しかし泣いた後は、しっかりとやると決めるんだ。

これはフィクションじゃない。現実なんだ。でも現実ってのは実は物語だったんだって、磯部涼に気づかされた。お前のおかげですわ、本当に。早く熊本に来い。そして、さらに活発に動きたいよ。

☆

サンワ工務店の山野社長と首脳会談。山野さんが言う。「恭平。有事のときはスピードがある人間と仕事をしろ」。決断するスピードがある人間は、すぐに相手を見抜き、それが本質的かどうか見抜く。それで納得してもらえれば大きな力になる、と。さらに「徹底的に『人』を見ろ。移動し続け、人に会い続けろ。そして綺麗な金の使い方をしている人間かどうかをちゃんと見抜け。やれば動くぞ！　楽しみばい！」と笑っておった。彼が僕にとっての勝海舟。彼の人脈は熊本の隅々まで、日本全国の隅々まで行き渡っている。

人と人のソーシャル・ネットワーク。山野さんと一緒に仕事がやれることが幸福である。彼と出会ったのは僕がまだ一七歳の時、彼が建てた店舗がすごくて感動してそのまま会いに行ったのだ。その時から、この時が来るのは、ぼんやりとだがわかっていた。熊本で一緒に仕事をするんだとわかっていた。

そして、それが今だ。徹底して動け。

ある程度のお金をまずは集める。それでゼロセンター2号機をどこかにつくろうと考えている。僕はボランティアをしているのではない。教育をしているのだ。気づいて欲しいから。

「やらなくてはいけない仕事」ではなく、自分が使命として「やるべきと感じた仕事」をやってもらう。そんなこともう既にみんなわかっているはずだ。自分の使命はもう既にある。それができる社会にする。お金のために働かされるような社会にしたくない。やるべきことができる社会にするんだ。それが幸福なんだ。

そういう社会をつくるという行為そのものを、政府をつくるという行為を、僕の「芸術」だということにする。そうするとパトロンからのお金は寄付ではなく投資になるし、新政府の国民が使ったお金はすべて領収書が切れる！　僕の口座はこの芸術の公共マネーで、ただ僕は個人事業主で確定申告をする。それだけで国家がつくれる。

山野社長は「馬鹿だなお前は」と笑っていたが、真剣に付き合ってくれている。わかってくれているんだと思う。新しいことは誰にも意味がわからない。それが当然なんだ、と。「お前に賭けるよ」と言ってくれた。たくさんの力が集まっている。どれもがとてつもなく大きく、そして強い。人間そのものの力である。

いつも工場で単純労働をしている娘が、私は裁縫が好きなんです、と言ってきた。裁縫だけやりたいんです、と。それだ。僕はみんながそんな社会できるわけないと笑っても、やりきろうと思う。あなたは裁縫をすべきだよ。好きな人のためだけにいつも裁縫をやってくれよ。それに僕は集めたお金を払うから。

それが僕の提唱する「態度経済」である。まだ意味はわかってもらえないと思う。共産主義だとか言う人もいるのかもしれない。すいません、全然違うんです。主義とか主張とかどうでもいいんです。イデオロギーなんてないんです。ただ人間が好きで、人間の可能性を信じているんです。それを必ず実現させる。

そんな政府をつくっても、今の日本のレイヤーではただの僕の「芸術」ということになるので、ただ個人事業主の確定申告をすれば十分なんだ。お医者さんも僕の政府公認でお願いする。無料で。そしてその医師にはその態度に対して新政府としてお金を払う。だから保険料とかいらないんだ。だって、人生の保険なんてないんだよ。

カフェを始めようと考えているが、カフェだって0円なんだ。馬鹿みたいに酒飲む人だけお金を払う(笑)。それも全部態度。すまないと思ったら払えばいいし、ありがとうごちそうさまと言えば0円。これは別になんの不思議もない世界なんだけどなあ。

つまり、これは「0円ハウス」の世界でもある。

僕は隅田川で、多摩川で、どっちでもお金を使ったことがない。なのに、時計が壊れたら時計をずらっと並べて与えてくれるし、傘もいつでもある、酒は手づくりだし（笑）、佐藤錦のさくらんぼ、烏骨鶏の産みたて卵なんてのも0円で手に入る。すごいでしょ。でもほんとの話。

バンクーバーでの生活もそうである。僕は今でもバスや電車に乗ったことがない。いつも歩いたり、親友の車だったりで移動して、カフェ行って、高級レストランでパトロンと近況と夢を話したり、絵を買ってもらったり0円でやってきた。たらふく遊んで帰ってきて財布を見るとお金が増えている（笑）。

今度は逆に、ナイロビに行ったら、スラムに住む親友たち八人を僕は全て自分がお金を払って一緒に生活する。飯も酒も僕が払う。これがまた安いんだ。そうすると、彼らはすごいところへ連れて行ってくれるし、見たこともない偉人に会わせてくれる。

日本の路上生活者、バンクーバーという「近代」が存在しない自由の街、アフリカ・ケニアという原始的コミュニティがまだほのかに残っている世界。

これらに共通するのは、徹底的に「態度経済」だった。つまり、自分の使命を全うせよ、それであれば食っていけるという世界。

そのとき、僕は幸福を感じた。

幸福とは一体、何なのか。よくわからないという人もいるけれど、僕はよくわかる。なぜなら、幸福を体験したことがあるから。

幸福とは「自らの可能性を人の可能性と結びつけて働くこと」。労働ではないのよ。自分の使命を見つける瞬間。自分の使命のことを僕は「仕事」と呼んでいるんだ。

他者の指示によって動くのではなく、己から発し、動き、行動する。これが「仕事」であり、「仕事」によってつながっている人間同士がつくり出すコミュニティの中で生活していること、これすなわち「幸福」なんだよ。

多摩川のロビンソンも隅田川の鈴木さんも、どちらも「私は幸福です」って言う。それが衝撃だった。なぜなら、それまで僕は「私は幸福である」と確信している人に、現代社会の中で出会ったことがほとんどなかったからだ。みんな何かを抱えているようだった。仕事はいいけど、家庭がねえ……とか。

その究極のドン底であるはずの二人は、生きていてあなたと酒を飲み交わし、共感しているこの瞬間が幸せだと言う。

彼らの言葉を聞いた瞬間、僕の祖父のこと、サンワ工務店の社長、浮谷東次郎の真似をして旅してたときに居候させてくれ今でも親友である尾道の大将、アーサー・ラッセルのこと、ジャック・ケルアックのこと、ソローの言葉などが「幸福」を知らせてくれた。で、僕は妻フーに電話をした。笑われたけど。

いつかそういう国をつくるんだ。というか、本当は隣で僕を通過していく人ともつながっているんだけど、今は気づいていないだけなんだ、だからいつか僕の家とか訪ねてくるようにすればいいんだ。もう既に宝物はある。それに気づかせればいいのだ、と思い、僕の仕事は始まった。

僕は今まではキ千ガイと思われていて、街で歩いて困っている人がいたらすぐに話したいから手伝いますと言ったり、いきなり歌ってその歌に反応した人を見つけては、「どっちの方向性で音楽聴いているの？　アーサー・ラッセル？　やっぱり〜？」とか狂ったこと言ったり、わかっているくせに道を聞きまくったりしていた。

それらはただ人間が好きだからなんです。人間に気づいてほしいと思っていたからです。混沌としたままでは狂ってしまうと感じた人間がつくり上げた、幻のような形としての自分を纏っているのを見て、いつか再会するのを待ってます、と言っているつもりだったんです。フーはいつもそんな僕を怒らなかった。

そして、今、僕は感じるんです。このツイッターの反応を見て。もしかして、僕が目指していた「あの街」はここなんじゃないかって。今、もしかして今まで通過してきた人たち、声をかけて煙たがられた人たちとも「やあ」とハイタッチできるようになるのではないかと。だから、希望しか僕にはない。

だから僕は、「今だ！」と思って、全部公開したんです。今、僕は全ての人とつながれるような気がしている。またここで人は勘違いもほどほどにしなさいと言うかもしれない。でも妹は僕に「恭平くんって、素敵な勘違いだね」と言った。

そう、素敵な勘違い。それはいつかわかりあえる世界である。それが今だ。

これから僕の銀行口座まで公開していくつもり。僕は公共です。だからいつでもどこでも誰でもどんな相談でも、セックスレスの解消法でも何でもかんでも訊いてください。

新政府というのは、ただのナイロビです。バンクーバーです。東京の河川敷です。

つまり、愛。


さあ、そろそろ記念すべき第一回目の閣僚会議のお時間です。これからが本当の世界だし、社会です。自分はどんなＩＤ持ってるか。よーく思案しておいてください。僕は聞きますよ、あなたに。「あなたはみんなに何ができるんですか」って。いや、もう既にあなたは行動をしているんです。それに気づけばいいんです。人とは違う動きをしているのです。


僕にはそれが見えるんです。

言葉でちゃんと伝える。自分の思っていることを相手にちゃんと伝える。告白すればいいってことですよ。そうすれば、必ず実現する。僕は女の子に振られたことがありません。だって諦めないもん。素敵な勘違いですけどね。

閣僚が一名来ました！　初めて会った人だけど、「やあお久しぶり」と言い合いました。やばいですよね、僕たち。もちろん、音楽を爆音でかけてます。新政府はこうでなくっちゃ。音楽の持つ抽象性こそ人間が矛盾の中で生きる羅針盤になる。

新しい風が吹き始めている。体制を、政府を変えるのではない。自分の考え方を、創造を変えるんだ。そうすれば、血も流れない。文句も言われない。気づかないうちに革命を起こすことができる。アー言っちゃった。そうです。これは革命の始まりなのです。


会議が終わっても、みんなで議論が続く。すごいよ、この人たち。そしてあなたたちも。自分の持ち得る創造性を徹底的にこちらに見せてください。それを求めている人が必ずいるんです。あなたは必要とされているんです。だから生まれてきたんです。それが普通なの。それが自然であり、それが人間なんだよ。

こんな気持ちのよい土曜日の昼間はみんなでカフェでシャンパンでも飲みに行こうよ。楽しいこと話そうよ。夢しか話さなくていいよ。「なんだよ、そんな夢、叶わないよ」と誰からも言われても、おれは夢を見るもんね。しかも、着実に現実にそれを近づけるための戦略をこれまで練ってたんだから。それが今。

なんか無茶苦茶人が集まって、子どもも戯れて、すごいことになってます。村をつくりたい。酋長になりたい。そんな夢をずっと持ってた。今、これ叶ってるんじゃなかろうか。

夢というのはいつも一人で見る。それが不思議だった。夢って、みんなで見たら楽しいのに、と。で、また気づいた。もしかして、現実というものは、みんなが同時に見て、同時に体験している夢なんじゃないかと。そう考えたらゾッとした。

なんで今までお前はそれを忘れていたのか、と。

☆

今、NHK見てるけどすごい。ユダヤ教のお祈りの話。「シェマー・イスラエル」。この「祈り」は神に助けてくれとお願いするのではなく、「イスラエルよ、聞け」。つまり、神の言葉を聞く、必死になって耳を傾けるということなんだと。僕も今そう思う。自らの欲望を欲するのではなく、聞こう。

祈りとは聞くこと。イエスは言った。「災いと罪とは関係ない」。僕もそう思います。災いは災いである。人は死ぬものである。地震は必ず来る。津波は必ず来る。では次に何をして生きるのか。それがライフである。

イエスの〝アナスタシス〟には、死んだ人間が永遠の命を獲得することも指すが、生きているのに死んでいるような状態から、よしやるぞと立ち上がる状態も指すという。〝アナスタシス〟。イエスと話がしたい。新政府はこうやって色んな言葉を聞きたい。何が正しいのだと決めず、誰が何をどのように伝えているか知る。

重荷は背負っている。でもいいではないか。こうなったら立ち上がって生きようではないか。困っている人がいたら声を掛けよう。悩む人の苦しみに耳を傾けよう。

人のことばっかり気にしてどうするの、自分のことをやりなさいと人に言われたが、それは違うんだよなあ。それは逆に自分を無視することになる。

原発事故で一番の被害を受けたのは草木、虫、微生物、鳥、魚、哺乳類など無数の生き物たちだと感じていた。ネイティヴ・アメリカンやアイヌがそうだったように、それらに敬意を払い、獲り尽くすのでなく関われないかと思っています。

ゼロセンターには花がたくさん咲きます。果実もなります。毎日、風景が変わります。先代の人が育てた庭がとても気持ちよいんです。だから植物とさらに近くなったし、そこに集まる昆虫とも、蜥蜴《とかげ》とも、鳥とも、チョウチョとも近くなった。こんなところで子どもを育てたいと思える。そんな場所なんです。

多摩川のロビンソンとの生活が僕に何か彩りを与えているんだろう。生活の解像度が高まっている。あらゆる生物の細部に興味がわたっている。

小学生の子どもが「ゼロセンターってなんでも0円なの？」と聞く。そうでございます。ここはやりたいように何でもやれるところ。庭の枇杷も0円だし、廃材で遊べるし、カフェは誰かがマスターをやって珈琲もタダなんだ。信じられんでしょう。でも多摩川や隅田川はいつもそうだったよ。だから僕もそれをやりたいの。

夢は叶える。それは、子どもの時から当然だと思っていた世界。

とにかく飛び抜けた、狂ったアイデアを持っているまっとうな人間は、ぜひ僕に提供してほしい。

みなさんありがとう。ありえないほど多くの才能が、フラクタルな才能が僕のところに火花を散らし、スパークしながら、やってきてます。善とは、クリエイションであり、インスピレーションである。

真面目に革命について語る時、ただ一つの思考に縛られていたのが今までの革命である。それではまた一つのイデオロギーになってしまう。複雑に分裂していたほうがいい。キース・ジャレットとノー・ニューヨークとCanとサンタナが一緒くたになったCDケースを手放してはいけない。

自分を信じるな。自分に興味を持ってくれる他者を信じるのである。自我を滅却し他者の中に自らをつくり出す。その時、脳味噌は一つで動かないことに気づくだろう。人が集まるだけで建築が存在していることに気づくだろう。僕という建築の基礎や窓やドアやカーペットは他者の中にある。その光に気づく。それからだ。

僕は何のアイコンも創らない。ウェブサイトも創らない。HTMLの世界やネットの世界にはただ直感だけをのっけていく。情報はノーセキュリティーの場所で公開するな。直感はコード化されているから大丈夫。だから僕はツイートに直感をのせ、あなたからの電話を待っている。

僕は高校時代から徹底して実践していることがある。それは会いたい人には直接会いに行け。誰からも仲介されずにダイレクトにその会いたい人につながれ。しかも一人で行け。孤独からしか直感は現実化されない。具体的直感。それでいこう。

僕に電話したいならもちろん、いつでもどうぞ。1コールで出ちゃいますよ。いつも驚かれます。それを人は暇人と言うんでしょ。僕は喜んで言いますよ、「暇人ですよ!」。『モモ』を読んできた僕は時間ドロボウに奪われてないんですよ。

世の中が全て暗い世界に覆われてしまったとしても、たった一人が楽しそうに涎を垂らしながら、へらへら笑いながら、子どもに肩車しながら、誰にでもすぐ平気で話しかけて、怒られたらすいませんと謝りながら、犬と寝転んで戯れるだけで、世界は明るくなる。たった一人でもそれが可能だと僕は思ってる。

だから泣いてる人の前で、僕は泣くのではなく、笑いたい。ずっとその先のこと考えて笑いたい。二歳のアオは幸福だから笑うのか。いや、笑うから幸福なのだ。とは、どこかの哲学者の言葉。笑いとは感情と同時に身体のモーションでもある。モーションは次の世界へのスピンを促す。スピンしろ、次のコマへ。

知らぬ間にフォロワーの方々が四五〇〇人を超えている。ありがとう。動けば変わるね。目標は四五〇〇万人だけど（笑）。多くの人に可能性を見て欲しい。そして、こちらに来て欲しい。そして、少しずつ東日本をケアしていく。モノには順序ってものがある。まずはリラックスして欲しい。そして動こうよ。

被災してしまった人々を、遠くだからといって放っておけない。ただそれだけです。単純に放っておけない。彼らが苦しんでいるのに、普通に働くことなんかできない。それを振り切って普段に戻るくらいなら、落ち込んで泣き続ける生活を選ぶ。僕はただ単純にそれだけだ。そして、それでいいと思っている。

彼らがそこに住むことを選んでいるから僕たちが何を言っても仕方がないなんて発想が僕には全くない。それで色んな衝突もした。でも、やはり納得がいかない。一回こちらに来てリラックスして、一緒に考えたい。これは東日本だけの問題ではない。だから一緒にいたい。

納得がいかないことはそのまま受け入れちゃだめだ。納得がいかないなら納得いくまで必死にやるしかない。それでまわりから笑われたとしても、自分の心の中はハッピーなのだ。僕はハッピーなのだ。なぜなら納得がいかないという選択肢をきれいさっぱり捨ててしまったからである。

ほら、動かせば革命がちょっとジョークじゃなくなってきている。自転車に乗れないときは、乗れるようになるということを信じられないけど、自転車に乗れるようになったあなたは、きっと乗れなかった頃の自分を忘れている。

つまり、やっちゃえば大抵何でもできちゃうってこと。僕はその「自転車話」をいつも念頭において狂ってます。

なんで政府がやらないの！　と怒るのではなく、

何の愚痴も言わず、自ら行動する。僕は現政府も馬鹿じゃないと思う。ちゃんと僕たちが動けばきっと心が揺れ動くよ。それくらい優しい気持ちでいこうかね。どうせやればできるんですから。ゼロセンターを弟子のヨネと再生しながら、なんて簡単なんだと気づいた。

もちろん原発はもう駄目だとわかったから全部やめさせるし、東電にはちゃんと償ってもらうけどね。これは別に感情的にじゃなくて現実的に合理的に効率的に。僕たちが奪われたものも全部請求しよう。しっかりと。忘れてはいけない。でも怒らなくていい、というだけ。行動は徹底しよう。僕は諦めない。

絶対に忘れてはだめだよ。だから変わるんだ。忘れないために、自らを反省し、変わるんだ。変わるというのは、楔になる。その碑を絶対に忘れてはいけない。そして隣の人を助けよう。

今日の早朝、イエスの言葉を聞きながら、キリスト教徒でもないのに、すっと心に入ってきたよ。アナスタシス。祈りとは、願いではない、懇願ではない、すがることではない。ただ聞くことなんだ。言葉を、自然の動きを、他者の叫びを。そして、アナスタシス、地面にうつぶせてても、よしやるぞと言って、立ち上がるんだ。諦めては駄目だ。

☆

僕はボランティアでも何でもない。奉仕活動とも思っていない。なんでこんなことやっているのかと聞かれたら、ただそうしたいからとしか答えられない。僕は自分のしたいことしかできない。でも自分のしたいことは必ず実現する。

だから僕にはストレスがない。ストレスって本当はこの世には存在しません。金がない頃、僕は大学に行く金がなくなって、埼玉の入間郡からヒッチハイクで早稲田に通ってました。そういうことしかできないただの馬鹿なんです。ただやりたいこと全部しているんです。どれだけそうやっても何の得にもなりません。でも人には優しくできる。人にやさしく。誰かの歌にあったっけ。

ナイロビに行った時、みんな所持金0円だったよ。

でも仲間はどうにかして空港で僕を待ってくれていた。どうやって来たの？　と思ったけど、そんなの聞くの野暮だろうと思って、そのままナイロビ・ヒルトンに行って、バーで酒を奢った。

移住してお金が増えるわけないと思っている人が大多数だと思うでしょうが、僕は三月二〇日に移住してから五〇〇万円稼ぎました。バンクーバーでだけど……。だからそれを資本にこの「ただの無償の0円エクソダス。旅費はできれば払ってきてほしいプロジェクト」を始めたんです。だからこれは一概に金が減る行動ではない。

明日は午後一時から、なんと僕は両親のたっての希望で精神病院に連れて行かれるのでした（笑）。もう笑うしかありません。僕は全く狂っていません。ただやるべきことをしているだけです。しかし僕はおかしいらしいのです。キ千ガイらしいのです。変な世の中になってきましたね。でもそれでも平気なんだけど。

母親に「政府の言うことを信じなくて、テレビで言っていることを信じなくて、誰を信じればいいの？」と聞かれ、僕は速攻で「おれを信じてくれよ。頼むから。息子なんだから」と答えました。祖父がここにいればと思いました。彼は僕が入院した時、毎日朝からずっと一緒にいてくれました。

目の前の絶望は変わらない。もうあまりにも両親が気合い入っているから、逆にすごいと思ったよ。ここまでぶっ飛ばして生きてきたのに、まだ「まっとうな人生を送ってくれ」と言われている僕（笑）。僕としては、今まさに、ありえないほどまっとうな反応、行動をしていると思っている。つまり、あなたたちの教育は完璧に遂行されている（笑）。

とか考えてたら、明日が楽しみになってきた。「新政府を立ち上げたんです！」とか言ったら、「はい、こちらの入院申込書にサインしてください」とか言われるんだろうなあ。ねっ、星新一先生!!『おせっかいな神々』、久々に読みたいな。ベッドの上だったりして……（笑）。明日、「職業は？」と聞かれてどう答えればいいのやら。

「鏡の中の鏡」。この曲を聴きながら、眠りの国に落ちていきます。音楽って素晴らしいですね。文句言わないし、押しつけてこないし、いつも静かに笑ってますもんね。では、おやすみなさい。

☆

今日も始まります新政府ラジオ。坂口恭平です。主義も主張もイデオロギーもなんにもない、ただ人命第一がモットーの適当な政府です。だから誰でもいつでもどこからでも避難できるんです。こだわりなんてないから。生きてて欲しいだけ。では始まります。

今、いろんな人のこと、いろんな音楽、いろんな絵、いろんなものが、輪郭線がiPhoneのアプリ並べ替える時みたいにブレて、新鮮な彩りで溢れてます。僕の頭が変なのかなと思ってましたが、バックミンスター・フラーによると、それが普通なんだそうです。今、しっかりとモノを直視するチャンスなんだ。

避難してきたい、移住してきたい人が増えてきました。僕は嬉しい。とにかく今は、どう考えても原発くんの調子が明らかにおかしいので、新政府としては日本の全ての会社にバカンスを要請するところですが、現政府はちょっと不思議ちゃんのようで、こんな時でも普段通りを装っているようです。

だからまずは一度逃げること。いま、多くの人が震災、原発と続く大惨事の情報を受け止めすぎて「鬱」になっていると思う。そういう時に一生懸命努力しても実は効率が悪い。僕は二年前、大鬱のような状態になって、創作活動の危機に晒されたのでよくわかります。こういう時はどうするかが。

実家に帰りたいと思うんです。でも、今の原発事故は変な状況で、人によって恐怖の度合いが違っている。僕は実家に戻ったとき「何逃げてきてるの。早く戻りなさい」と言われた。

だから僕はみんなの実家をつくろうとフーと決めたんです。僕のつくった実家は文句一つ言いません。帰ってきたかったら帰ってきてね。ゼロセンターでは何も喋らないでもいいし、泣いててもいいし、ぼうっと布団で寝っててもいいでっせ。まずはゆっくりエネルギーを充電してください。何の決まりもありません。自分の頭で考えて、その次のことも少しずつ考えてもらいます。なんにも言いません。ただ相談に乗りたいだけです。みんな疲れてます。

こういう時は価値観の違う人間同士でも協力すればいいと思っている。僕にはドグマはないと思ってますが、それでも、僕の言っていることに疑問を持っている人もいると思う。でもそんな人にも言いたい。今はやっぱり危ないから一度こちらでゆっくりしてほしい、と。力が漲《みなぎ》れば次の行動が出てくるから。

今、精神病院に入りまして、保険証を忘れるというテクニックを使うも、親父が親切にも持ってきてくれるとのことで、結局受診することに。今「CMI健康調査表」チェック中。Q.よく泣きますか？　これ丸したらやばそう。Q.情けないほど脚が弱いか痛むかしますか？　質問がキュートだよね。A.いいえ。チェック終了！　僕はよく泣いて、過度な集中をして、いても立ってもいられなくなる人らしいです。

今、保険証待ち。親父は結構理解あるっぽい。「とりあえず受診して、正常感出していこーぜ」と言われた。てか、医者に頼らず、わかってくれよ（爆笑）。もう凄すぎて抱きしめたくなってきた。泣けるね。

今、帰ってきました。何の異常もなく、僕は今、リーマス（リチウム）を一日一〇〇mgを二錠飲んでいて、それはおまじないみたいなもんだから心配ない、眠れているのであれば大丈夫だからこれからも体に気をつけて精進してください、とのこと（笑）。それよりも次は親に来るように言っておいてとのこと。あっ反転した。

同時思考に昔は苦しんでいたが、三十路を超えてそれをコントロール下で結びつけられるようになったんだ。それから僕の行動は立体的に活動し出した。避難と音楽と娘を同時に愛することができるようになった。僕は狂ってない。よし、ヨネ。次の行動に移っていこうじゃないの。今日も二人来るよ。布団を！

ゼロセンターには何でもあります。どんな人間でもいます。というか人間というものは元々そういうものなのです。何もできない、何もない、才能がない人間なんてないのです。僕はそれを知っていた。ずっと知っていた。だから今、それを実践するんです。そしたら変わるとわかっているんです。

というか、やばいから、すぐに逃げて来てね。そういう単純な理由でもあるんです。このゼロセンター避難計画は。僕のことが嫌いな人もぜひ来てね。歓迎します。そして、このゼロセンターでぜひとも熱い議論、激論を交わそうよ。最後に抱きつくと思うけど。僕を嫌いな人が僕は好きです。だからよく嫌われてた（笑）。

狂っていないことが社会システム側からも認められてテンション高い総理です。人間はシステムで動いてんじゃないんだよ。たーだ動いてんだよ。理由なんかない。ボクァやりたいのは、〝A Little Help from My Friends〟なんだよ。こんなラジオ番組がやりたかったんだ。小さい頃から。

今、夢が叶っているんだよ。しかも、みんなを直接、ここにおいでって言えるし。なんだよ、これ。熊本で、音楽が鳴り響く見たこともないイベントやるからね。絶対来てよ。ハイタッチしようよ。もう既にことは動き始めてるんだから。今こそ音を！

☆

たった今確信しました。新政府には、ありえないほど才能が溢れています。欲しいものは全て手に入るし、あらゆる知性が僕の周辺には存在している。僕はそれをただ九州、いや吸収するだけ。

避難と新しい知性。これを同時にやる。保育士の避難者がいるので、なんかすげーことになっている。こういうのって社会が生まれる瞬間っぽい。横で、自給自足兄ちゃんが、食物についての哲学を話している……。教育って、こういうもんだよ。

福島から二本目の電話も来ました。茨城に三月一二日と一四日の爆発時にいた方も。心配いりません。どなたもいらしてください。みんな被曝しているのではないかと不安を感じている。不安はできるだけ数値化して、見える恐怖に変えなくてはいけない。

恐怖には対策、抵抗ができる。みんなで一緒に考えることができる。

少しずつ東北にも新政府の存在が伝わってきている。嬉しいかぎり。仕事を失ってしまった人もぜひ相談してください。一応、僕の五〇〇万円はありますので。金はない政府ですが、ポテンシャルが高過ぎるので、希望だけはあります。お金は希望が大好きだ。だから、僕は確信がある。大丈夫だと。

ゼロセンターはもちろんずっとみんなで共同生活をするわけじゃない。避難してしばらく休んだら、ちゃんと自立のために住む場所を見つけてもらいます。僕はボランティアじゃないから。これは一つの創造活動なんです。町を歩いて、自分が好きなところを見つけてそこに住む。でも、そこは別にそんなに広い家じゃなくてもいい。

なぜならゼロセンターは、僕がこれまで描いてきた、都市を一つ屋根の下と見るという思考の実験場なんです。だから、ゼロセンターは全ての人のリビングルームであり、庭であり、子どもを育てる場所である。

人々はそれぞれの家の中に全ての機能を揃えることで、集合するという行為を忘れてしまった。脳味噌は一杯あるのに、壁一枚で離ればなれになっている。ソーシャル・ブレインできていない。だから家の機能をわざとちょっと不全にする。そしてプライベートな公共をつくり、そこに集合し、複数の脳とからだを交錯させる。

僕のまわりは先生ばっかりだ。凄いよ本当に。どんな人にも光がある。それを照らしてくださいな。僕は一番下にいるんです。何にも知らないので教えてください。新政府は赤塚不二夫スタイルです。僕は一番下で無知で無力で無能なんです。だから子どもの質問ができるんです。一番下だけど強い。これが竹の生き方。0円ハウスの住人たちから学んだことが今、じわじわと効いてきているような気がしている。隅田川の鈴木さんのワークショップもやろう。

熊本日日新聞で書き続けている連載「建てない建築家」執筆完了。年間二〇ミリシーベルトって、やっぱり殺人的なんじゃないかと書いた。でももしかしたら原稿削除されるかもね。その時は、ツイッターにアップしよう。今、日本のメディアで付き合うことができるところって、どこにあるんだろう。僕は今、新規の仕事を全て断ってしまっている。どうやって金を稼ごうか。アオがお金をおもちゃのように扱っているのを見て、心地よい気持ちがした。

昨日の夜、七尾旅人くんと電話で話した。「ゼロセンターってゼロなんでしょ、じゃあ0円でライブしようよ」ということに。もしも実現したら大変なことになるぞ。旅人くん、ありがとね。楽しい会にしようね。詳細は後日。

僕はとんでもない人間をここに集める。本当の芸術が体験できる溜まり場、ゼロセンター。熊本の仲間もちょくちょくゼロセンターに来る。ただ立ち寄れるところがある。夜になったらいつでもみんなで飯を食べられる。狂った人間も来る。おばあちゃんも来る。僕は二階で新政府ラジオをかき鳴らしている。その下を子どもが走り回り叫んでいる。なんか社会が生まれている。これが自然な社会だな、と。

新しい思考、知覚を思い出す。みんなにある。それを思い出す。

できないと思えば全部できないし、できると思えば全部できる。放射能じゃないけど、しきい値ってのがないんだと思う。自分の実力だとここまでとか、そういうのじゃない。説明下手だけど、僕は今回ゼロセンター創設から東日本避難計画を三月一二日の段階でほとんどイメージできていた。それだけ。

今日も避難してきた方がつくってくれたハンバーグとスープカレーを頂く。美味しい。子どもも楽しそうに走り回っている。こういうあらゆるタイプの人間が集まる場ってのは、しかも、みんなで飯とか食べるのは僕は見たことがない。何か新しいものが始まっているような予感がする。

新聞は原稿通った！

☆

新政府にはあらゆる情報も瞬時に集まってきます。これもみなさんのおかげです。助かってます。なので、僕も精一杯がんばります。全ての思いを集結させた政府。みんな無理だと言うけれど、ツイート見る限り無茶苦茶簡単な気がするのは僕だけでしょうか？？　ゼロセンターは来るもの拒まず、去るものにちょっとだけ声をかけます。

今、福島の主婦と娘さんを避難させようとしているのだが、旦那さんが「0円で避難できるなんてそんなうまい話はない。絶対に騙されてるって」と言っていて、なかなか困難と。困ったときに人を助けるという行為そのものすらが通用しない。すごい世の中になったものだ。でも心配なので航空券を購入した。

今回、色んな電話を受けているが、夫婦間での価値観の相違というのが甚だしい。僕はそんなところには全く関与したくない。ただ僕は心配で、とにかく避難してほしい。お金がないなら僕が出すと言っているだけ。困ったときはお互いさま。でもその前提が成り立っていない。悲しい。

僕は新興宗教なんかじゃない。というよりも、僕には政府や東電や保安院や文科省が発表しているデータを信じて以前のまま仕事を行っている人々のほうがとても心配で、同時にカルトっぽいなあ、「人間というのは盲目的に権力を信じたら大変なことになる」というバロウズの言葉は、やはりしっかりと核心をついているなあと思うのである。

でも、やはり子どもを一緒に育てているのだから、仲良くしてとにかく子どものこと優先で行動してほしいと願う。

しかし、「何でも0円でいいよ」ってこの国ではありえないんだね。ナイロビでは普通なんだけどな。人のために行動をするというのはそんなに特別なことじゃない。人間不信すぎるな、こりゃ。心配。

今の状態は、決して平常ではありませんから！　普通でもありませんから！　大丈夫ですって今日も熊大や保健所の人たちも言ってたけど、爆発している原発があるってことが、そもそもおかしいですから！　それで普通にしているってことは、ただ鈍感、不感症なだけだ。あー、辛い。ばかばか（涙）。

さあ、溜め込んでいたものを吐き出したら、さっと気持ちよく音楽聴こうね。音楽はいつだって僕をチューニングしてくれる。間違いも犯すよ僕は。それでもいいんです。売名行為かもしれない。それでもいいです。ただ不安を感じている人の声に耳を傾けたい。ただそれだけなんです。それでいいんじゃない？

今、音楽を聴こう。いつも大事にしている本を読もう。そこには言葉がある。言葉はインスピレーションだ。意味じゃない。その波にはヒントがある。僕たちが忘れてたアドバイスがある。

隣の人が持っている本を覗き込もうよ。人のヘッドフォンから漏れてくる音に耳を傾けろ。親友は見えないところにいる。

今日は避難してきたみんなは不動産屋に行って色んな物件を見てきたようです。熊本にまだ残っている昭和初期ぐらいからの町家が人気のよう。安いしね。自分でつくることを試みようとしている人も多いんですな。町家再生プロジェクトのスタッフと連携し、町家にも住めるようにしようとしてますが、こちらは不動産屋が入っていないので、なかなか難しいのが現状。後は、町を歩いて自分で探すとか、ね。ゼロセンターは僕が歩いて見つけました。不動産屋に行かなくても、時間をかければできるんですよ。

「誰からも頼まれてないけどやってます精神」というのが好きです。人間の行動ってそうあるべきなんだ。誰からも頼まれずにただやりたいからやる。それでいいじゃん。ゼロセンターもそう！　ダンスミュージックの黎明期も、そうだもんね。それは商売なんかじゃない。お金のためでもない。ただ人間が踊り、共有するため。

創作というものは本来そこから始まる。そこに理由なんてない。ただやらなくてはいけないような気がする。その「気がする」感からあらゆる芸術は生まれているような気がする。

雨の時は頭の中が周波数が少しぶれているような複雑な精神状態になる。それは一見、悪いことのように思えるが、実は固まった思考が弛緩した良い状態であると捉えられた瞬間、見方が変わってくる。家の中で配置されている家具を見ながら、まわりの植物を見ながら、人間と家具と植物はそれで一つで常に微動し変化する粒子の集まりなんだとか適当なこと考えながら。

なんか知らないが、最近力が漲っている。どんなことでもできるようにしか感じられない。誰にもすがる必要もないことがわかった。お金は蜜柑一つとなんら変わらない、ただの物質だということをしっかりと知覚できた。メディアに掲載されるのではなく、自らがメディアになるべきだとわかった。力強い弱さで。

自らは発光体である。どんなものからも操作されない、自由な粒子である。どんな暗黒の世界のまっただ中にいても、自らが発光すれば、それは大きな津波となって、環境に染みわたる。

だから動かねばならない。「ねばならない」のだ。それは要望ではない。使命である。

どんな人も敵ではない。それを知ってほしい。政府が、警察が、裁判所が、法律が、ルールが、原発が、お金が、利権が、隣の性格の悪い人が、敵なのではない。むしろ敵などいない。

自分の発光体を人に預けてはいけない。自らが発光する。つまり、知を獲得する。知る勇気を持つ。そして、自転車に初めて乗った時を思い出し、踏み出す。人のせいにするな。

あなたは自由であり、幸福である。そのことを恐れてはいけない。

常に考えること。考え続けること。そしてそれを表明すること。知っていることを自分の手元に置いておくだけでなく、それを押しつけでなく、ちゃんと表明すること。それが大事なんじゃないかなと思ってます。

☆

次はホットニュースです。僕の主催でゼロセンターでのライブシリーズを始めることにしました。題して、ZERO CENTER"LIVE!"。

ZERO CENTER"LIVE!"の記念すべき第一回目は七尾旅人くんです。みなさん素晴らしい音楽の時間を一緒に共有しましょう。乞うご期待！

ZERO CENTER"LIVE!"の前口上行きます！

はじめまして。坂口恭平です。

福島第一原発からは毎日、放射能が漏れ続けています。僕は二歳の娘がいるので心配になり、生まれ故郷の熊本に移住することにしました。そして、一軒の不思議な空き家に出会いました。その家は、築八〇年の日本家屋で、前には広い庭が広がり、毎日色んな花が咲き、横には川が流れており、まるで音楽のような空間が広がっていました。人が集まってくるような場所になりそうな予感が漂っていた。

そこで、僕は弟子と二人で0円で改装し、空き家を再生し、そこを被災者避難相談所にすることにしたんです。色んなことをゼロから、根本から考え、これからの人生を生きのびていこうという願いを込めて、ゼロセンターと名づけました。ツイッターで呼びかけたところ、たくさんの要望があり、たくさんの人々が避難してきました。子どももたくさんいます。ただ避難するのではなく、徹底的に考え直し、新しい生活をつくり出す。ゼロセンターはそんな行動の拠点になればと思っています。

最高の芸術が体験でき、様々な情報が集まり、誰でもゆっくりできる。劇場のようでもあり、公園のようでもあり、メディアセンターでもあり、そしてみんなの「実家」のようでもある。そんな場所で、ライブをやろうと試みます。電気使わないで、生音一発で。それをUstreamでみんなに届ける。

記念すべき第一回目は、DOMMUNEを通して出会った七尾旅人くんです。ゼロセンターの試みに反応してくれて、すぐ連絡をくれました。感謝いっぱいです。

さあ、みなさん音楽を聴きましょう。七尾旅人の歌声を、ギターの音を。小さなゼロセンターという点から鳴った音楽を、みなさんで共有できればと思います。

2011.5.28.　坂口恭平

☆

昨日のZERO CENTER"LIVE!"での七尾旅人くん、奇跡的でしたね。なんかまだ余韻が身体の中で鳴り響いています。みんなで幸福な時間を過ごせて嬉しくなりました。旅人くんありがとう。見てくれた多くのみなさんありがとう。人が集まるというのは本当に素晴らしいね。

昨日、熊本日日新聞で連載している「建てない建築家」というコラムの第四回が掲載されて、そこでゼロセンターについて書いたら、すごい反応がきてます。菊池市という少し離れた町で空き家を三〇〇軒ほど知っていて移住運動を七年前からやっている方と会談し、協力してくれることになった。彼は無農薬野菜をつくっている農家でもあり、娘さんがチューリッヒに住んでいるという国際的な人間でもあった。また出会ったとんでもない「人物」であり、興奮する。その後、座布団を持って来てくれた女性や、ゼロセンター2号機をつくりたいという七五歳の男性まで電話してくれた。すごいことになってる。

人々の愛情が、ゼロセンターには集まってきている。これは一体どういう人間活動なのだろう、と考えている。昨日の七尾くんの歌声もそうだったし、集まってきたみんなとの触れ合いもだけど、何か人々がどこかのレイヤーでつながろうとしているような能動的な意識を強く感じるんです。

新政府予算にカンパしてくれた方も現れてしまった（驚）！　ありがたい限りです。こうなったら、もう早く、僕の口座を全て公開し、公共としなくてはいけない。なんだか、とんでもないことになりそうな予感。真剣にやります。誠実に。

家族で夜、散歩中。移住してフーとアオの友達と離れたのでちょっと心配だったけど、ゼロセンターのおかげで今まで以上に友人ができて、さらに毎日新しく増えている。これは避難とかではなく、新しい社会の始まりであることを自覚し、幸福を感じた。明日はアオの誕生日。たくさんの人で祝ってあげよう。

☆

おはようございます。新政府ラジオ、今日もはじまります。六月一日はうちの娘のアオとマリリン・モンローと新撰組の沖田総司の誕生日です。

もう既に七世帯が移住を決めているようです。家が決まった方もいます。そして、また新しく避難してくる人がゼロセンターにやってきています。色んな人間が出会い、議論し、一緒にご飯を食べ、あらゆる価値観が混ざりあう場所になってきたなあ。

ゼロセンターは、独自のメディアなんで、どこかの週刊誌に変なゴシップなんか一生書かれないしね。書かれても関係ないしね。誰からもスポンサードされずに、僕のお金でやってるから、誰からも規制されないしね。そうやって生きるのは、実はとーっても簡単なんだよ。全部自前でやればいいんだから。

自分の頭で考え、自分の手でつくる。できないことはできない、知らないことは知らないと表明し、できる・知っている人に手伝ってもらう。それだけでいい。それこそが力だ。誰にもすがってはいけない。いつも誰かを助けたいと願っていたい。人の意見に耳を傾ける。それこそが「祈り」であり「生きる」こと。

僕は悲しくても辛くても涙が出てきても、結局笑っちゃうんだよなあ。どんな状況でも金がなくても、人にお金を使いたいと思ってしまう。お金って人に使うものだという確信がある。笑うことそのものが幸福であることを知っている。

それがわかってれば、どこにでも飄々と飛んで行けるし、会いたいあの娘にはいつでも会えるし、どんなことだってできるんだ、本当に。

自分の力を自分が知っているだけのものだと見なしてはいけない。人に聞いてごらん。自分の力のことを。人に自分の力を委ねると、とんでもない人間反応が起きる。

夏には、うちの庭にやぐらをつくって、提灯灯して、みんなで浴衣でも着て、かっこいい夜店をたくさんつくって、子どももおじいちゃんもおばあちゃんも若い人もみんなで踊る夏祭りやるから。

これは避難じゃないんだよ。新しい社会の始まりなんだよおお！　哲学者じゃなく、建築家じゃなく、あなたが社会をつくる。

僕は勝手に、若くして亡くなったimoutoidの思いを代弁しているところもあるんです。誰にも理解されないかもしれないけどね。色んなことが悔しいんだよ、元々は。でもそれで愚痴言うのが、大大大嫌いなんだよ、僕は。文句を言うくらいなら僕が政府をつくる。それで始めたんだ。文句嫌い、希望好き！

南方熊楠の悔しさも、今和次郎の悔しさも、宮本常一の悔しさも、レーモン・ルーセルの悔しさも、中沢新一の悔しさも、石山修武の悔しさも、ジャック・ケルアックの悔しさも、スチュアート・ブランドの悔しさも、全部、勝手に代弁したい。そして引き継ぎたい。先輩、がんばります！　様々な分野の先輩たちに向けて！

僕は自分のことを分裂症だと思ってたけど、それらは実は全然分裂してなくて、一つだってことに気づいてきた。「同時思考」することのほうが自然なんだよ。動物を狩ろうとしながら、妻のことを思い、目の前の茂みから木の実を拾い元気をつけ、空を見ながら天気を読む。人間は常に同時思考してたんだ。

☆

おはようございます。新政府ラジオです。なんか『1984年』のビッグ・ブラザーみたいかもしれませんが、そんなに悪い人ではないと自分では思ってます。原稿書けって怒られてますが、ゼロセンター運営に力を注いでしまっている毎日でございます。

今は作家志望の避難してきた小学生を鍛えてます(笑)。楽しくネ！　ダンスミュージックでもフォークでもロックでもファンクでもテクノでも民謡でもジャズでも、何でもいいんです。僕が見ているのはそんなことじゃない。芸術をつくろうと、つまりは「社会を変えようと」しているかどうかなんです。人々に共感を与え、さらに異化を示し、新しいディレクションを提示しているか否かなんです。はいっ！

ゼロセンター始めて、仕事ばっかりしてるなー。僕、これ避難計画みたいに言っているけど、なんか最近違う感じがしている。ただ人を集めたいんじゃないか、と。どんなタイプの人間でも集まることができる、そんな「場」をつくろうとしているだけなんじゃないか、と。そして色んな芸術を体験してほしいと願い、実行しようとしているだけなんじゃないか、と。

「アートワーク」ということにして避難計画しようと思っていたら、やっぱりアートワークだったと再認識した（笑）。さらに、避難というものをアートワークにしようとしたら、避難とかそういうのはどうでもよく、場をつくること、人を集めること、議論すること、空間をつくろうとしていたんだと。

今回の僕の新政府構想の元ネタの一つは「グーニーズ」です。僕はスピルバーグ映画をずっと幼稚園児時代から親に映画館に連れて行ってもらって観てました。「E.T.」が初めてで、大きな影響を受けたのが、「バック・トゥ・ザ・フューチャー1」、「ニューヨーク東8番街の奇跡」、そして「グーニーズ」（全て製作総指揮だけど）です。

僕はマイキーにも憧れたけど、同時にキー・ホイ・クァン扮する中国系のデータにも憧れて、二人をミックスした人間になりたいと思ったものです。だから僕はスピルバーグが大好きなんです。

共通するのは、レヴィ=ストロースが言うところの「ブリコラージュ」、鈴木さんが実践している「0円生活」、そして僕が言うところの「都市の幸」、それを気持ちよいくらい爽快な善意で包んでいるところ。老若男女みんなフラットな人間関係。そして空間に存在する多層なレイヤーについての映画なんだよね。

つまり、今、僕はスピルバーグに会わなくてはいけないのではないかと思ったりしている。本当に会いに行こうかなと。ちょっと今から思い当たる人に電話してみます（笑）。善は急げと昔の人は言った。それが今、僕の腑を突いてくる。おい、お前、善は急げ、と。

今日はお昼から新聞社の取材が来ます。こういうのが出たら、カルトだねとか言われなくなるのかな。

危険思想の持ち主だと思われているのは今のところ両親からだけですが（笑汗）。

今回の作品は「世間体」がテーマです。世間体とどう付き合いながら、最高の芸術を導き出すか。それが僕のテーマです。

世間体。これが実は僕が昔から気にしていたテーマなんだよね。別に他者に迎合するようなものをつくればいいのではない。世間体というのはデザインともまた違うんだよね。それが一体何なのか、考える価値はある。それをこの新政府、避難計画、ゼロセンターという芸術作品で考え、提示し、そして実行する。

「熊本日日新聞」の取材終了。ここで僕は月に一度連載しているのですが、これが世間体クリエイションに一役買っているんです。「建てない建築家」というタイトルでゼロセンターのことについても書かせてもらってます。反響がすごいです。やっぱり新聞も良いんだよね。多くのおじさま、おばさま方が読むから。

☆

おはようございます。新政府ラジオはじまります。坂口恭平です。スイスで活躍しているドイツ人の劇場ディレクターの方が、七月に熊本ゼロセンター視察、僕に話を聞きにくるそうです。行政がやる前に、徹底的に芸術の都を人々の力で実現していく。その動きが少しずつ本格的に！　やればいい。好きなだけ。文句を言っている人はそのうち黙ってしまう。だからこそ愛を！

新刊の本も複数、現在鋭意制作中ですので（とはいいつつもゼロセンター始めちゃったので止まっている原稿もたくさんあるんですが……）、楽しみにしててくださいね。『TOKYO 0円ハウス 0円生活』の文庫本も今のうちにぜひ！　ゼロセンターに来る人の七割ぐらいは、僕が本を書いていたり、海外では現代美術をやっている人間であることを知りません……（汗）。みんな大丈夫か？　そんな知らない人の家に転がり込んできて大丈夫か？　まあそれはそれで僕は楽しんでいるのですが、もしもお暇な時間があれば本も読んでね。というわけで、老若男女、僕のことを知っている人も知らない人も、どんな考えの持ち主も、まとめて対応していこうっと。それがゼロセンターです。みなさんも気軽に遊びに来てください。食費と布団はお金かかりますが、僕の懐に入ってくるのは0円ですから安心してね。

しかし、この国は奇跡的にも、「何でも0円ですから、なんなら金も出しますから」とか言うと「もしかして何か宗教っぽい勧誘ですか？」などと人の贈与を訝しがってしまう世界らしいです。アフリカではそれは当然のこと。どれだけナイロビが精神先進国か僕は理解できました。当然のことをやっているだけですから。

今回の新政府創立、ゼロセンター、避難計画の元のもう一つの源は宮沢賢治である。とは言っても、ぼくは宮沢賢治を読んだことがない。人から教えてもらった宮沢賢治の思考を元にしている（笑）。宮沢賢治を読もう。何を最初に読もうか。全てつながってます。僕はそんな人生を歩んできました。

今日ようやく福島の女の子と話がついて、ゼロセンターに一時避難することに。福島の人が来てくれて本当に嬉しいし、ここから始まるような気がする。

これはもう避難計画じゃない。ただみんな集まってパーティーやろうよって話なんだよ。そしてゼロセンターと温泉で英気を養って、自分たちの手で社会をゼロからつくり出そうよ。僕はできると思っている。だってまだツイッター始めて二週間ですよ。なのにこんなにたくさんの人の善意が集まってきたんだから。

全部自分の力でまずはやろう。できなかったら人にヒントを聞こう。できるっていう人がいたら、自分の無力を自覚し適材適所でお願いしよう。ボランティアなんて言葉は僕は好きではない。動いてくれたらちゃんとお返しをしよう。お金は人に使う。僕はそう教育されてきた。今でもそれは間違ってなかったと思う。

先人の皆様、今まで育ててくれてありがとうございます。そろそろ坂口恭平が自ら動く時が来たようです。準備運動はもう完了しました。これまで得てきた智慧、体験、技術を駆使し、みんなと生きのびるために行動をはじめます。みなさん、用意はいいですか？　いつも心に音楽を、そして言葉を持ち、実践する。

宮沢賢治のツイートしたら、昨日の札幌トークに来てくれた方が、金の星社刊の『日本の文学36　ペンネンネンネンネン・ネネムの伝記』をくれた。「態度経済」が回ってる。最高の装丁、ますむらひろしさんの挿絵。本って素晴らしい手紙だなとふと思う。こんなとき渡してくれた人にキスしたくなる。ふふふふふ。

新政府、ゼロセンター。新しい社会をつくる。これが僕の夢だった。だからこそ実践を伴いながら、同時思考していかなくてはならない。

あゝいゝな、せいせいするな　風が吹くし　農具はぴかぴか光ってゐるし　山はぼんやり　岩頸だって岩鐘だって　みんな時間のないころのゆめをみてゐるのだ　――宮沢賢治「雲の信号」

これやばし……。宮沢賢治、今、僕の根源にピンときています。

おお朋だちよ　いっしょに正しい力を併せ　われらのすべての田園とわれらのすべての生活を一つの巨きな第四次元の芸術に創りあげようでないか
――宮沢賢治「農業芸術概論綱要」

なんでこうも今自分が欲しい言葉が降ってくるのか。もう動く時が来たのかもしれない。ちょっと遅すぎたけど。

「ペンネンネンネンネン・ネネムの伝記」を読んだ。なんか、ぞわっとした。あらゆる既成概念を捨て、あらゆる所有概念を捨て、全てなげうって、行動を実践しろと声が降ってくる。全てを手放して、あらゆるものを受け入れなさい。アナスタシス。なにくそっと立ち上がりなさい。そこには希望しかないのだから。

僕はもう大事な人とはずっと離れない、とふと

こんなに現政府が混迷している中、市民は善意に包まれている。希望☆スライの「EVERYDAY PEOPLE」聴きながら、僕は泣いてます。歓喜の涙がボロボロ流れております。善意を持つ。そのことは人間の責任である。そして実践した時、人々は共感し、お互いの才能に気づき、協働し、歩きはじめる。どんな卑劣な制度の中で生きていたとしても、僕たちは自由である。

さらに、朝日新聞からも取材依頼。記者の方の人間を見て決める。ちゃんと全てをさらけだせるか。それが試されているのである。しかし、この反響は嬉しい。同時に圧力も考えていかねば。つまり、やはり僕がずっとやっているように、行政は全て無視して、新しいレイヤーをつくり出すしかない。

色んなところに住宅の余りがあるとのこと。個人をあたる、とにかく徹底的に人間に向かっていこう。行政には頼るな。医療も怪しくなっている。「都市型狩猟採集生活」が試される。新政府、というか僕ががんばって稼ごう。それしかない。今、スポンサードはされたくない。いらない。今必要なのは、個人の力。そこから何かを動かさなくてはいけない。

思った。どんなところでも連れて行こう。その土地その土地で出会う人々と一緒に触れ合おう。「あなたもここにいればなあ」と昔よく思ってた。これからは違う道を歩もう。ずっと一緒にいよう、と思った。

☆

熊本日日新聞の今日の朝刊でゼロセンターが再び特集されたそうだ。熊本のお米屋さんから電話があり、感銘を受けたので、ぜひお米をゼロセンターに提供したいというありがたいお話。今、お米は玄米を食べているようなので、ちょっとゼロセンターに住まう人々に聞いてみて、折り返し電話することに。本当に善意が集まってきている。これが社会だよ！

また電話があって、水前寺に1Kの部屋が余っているので、無料でとりあえず年内一杯提供したいとのこと。なんということだ。部屋や土地までゼロセンターには集まってくる。「態度経済」。全ては善意によって行われている。

なんかすごい電話鳴り響いてます。まずは弁当屋のお仕事あります、という電話。そして、八代に4LDKの家があり0円で貸しますとの電話。さらに水前寺に1K、1ルーム0円で貸しますとの電話。なんかありがとう、みなさん。力になってます。力漲ってます。がんばろうね。菊池市の方から電話があり4DK+離れで風呂便所二つエアコン付き、小中学校幼稚園保育園近、温泉徒歩一〇分、農家近いホタルの名所の家が、なんと家賃0円光熱費のみで、自立できたら家賃ちょっともらう、で提供しますとのこと。新聞を見て感動してくれて電話をしてくれた。善意が集まってくる。ありがと。

なんなんだろう。人間って、やっぱり心優しい存在ではないか。自分の利益よりも、他人のことを心配できる慈愛の精神を持っているではないか。それを知れて幸福だ。僕はそれらの善意を集合させ、編集し、人々に照らす。その責任がある。僕にはそれしかできない。でもそれができる。だからやる。それが人生。

雨降っている中、町中でがんばれと言われ、がんばろうと思った。お腹が減ったのでお昼ご飯を食べようと店に入ったら、新聞見たよ、がんばれと言われ、がんばろうと思った。ぜろせんたに戻ったら子どもがギターを教えてというのでGとCを教えて、くるりの「ハイウェイ」を歌いながら教えた。

生きている。僕は。

帰って来たら、人がすごいことになっている。現在ゼロセンターには二〇人の避難してきた人々が集まっている。子どもはとても幸せそうだ。そりゃそうだ、子どもの頃、夜まで一緒なんて興奮してたもんね。しかもこれは一時的な共同生活ではない。これからそれぞれ移住したとしても、いつでも会える。そんな場所なんだ。

僕は新しい社会を、ここ坪井に創ろうとしている。ここは元々夏目漱石と小泉八雲が生活していた文学の街。ゼロセンターを拠点に文化が溢れ出る、そして住民の意識が高い、最高の芸術が日常的に体験できる空間、都市にしたいと思っている。しかも、何も建てずに。人間によって。

幸福な都市というのは、都市計画によってでも、建築そのものから発生するのでもなく、ただただ、ひたすら「人間」によって形成されるのである。どんなところであっても、人間たちが共感し合い、知性を持ち、喜びを分かち合い、芸術を志向し、考える生活を行えば、そこに一つの社会が生まれるのである。

その分裂と混沌と複雑と多層な精神自体が、僕は正常な人間の普通な生き方だと思っている。訳はわからないものである。それが普通。矛盾しているものである。それが普通。常軌を逸するものである。それが普通。法律なんかに縛られないものである。それが普通。そして、それが人間である。

カンパをしたいとのメールがいくつか届いており驚いております。この新政府構想は僕の「芸術活動」であり募金は受け付けていません。僕はこの活動を全て自分のお金で実践しています。つまり、作品の製作費なんです。なので、もしも、この僕の芸術活動に対してカンパしたい人がいたらありがたく頂戴致します（笑）。つまりこのゼロセンターへのカンパは、僕の「態度」を「買う」ということになります。なので、僕の収入となり、もちろんですが、しっかりと確定申告し、納税します。近日中に僕の口座を全て公開しますが、これが新政府の予算になります！　募金という概念が僕はあんまり好きではないんです。投資が好きなんです。なので、カンパしてもらったお金は、僕が責任もって人々に使って使って使い切ります。たまには僕の飲み代になるかもしれませんが……。物欲はないのでそれ以外は大丈夫だと思いますが。つまり、僕の行動に共感し、信じている人だけでお願いします。あとで文句言われても辛いので。

これは別に、公的機関でも何でもなく、ただただ僕の自由な幸福なお金の無駄使いをやっちゃおうという、笑っちゃうような財の蕩尽なんです。ただの贈与なんです。もちろん、馬鹿じゃないので、しっかりと損しないようにしてますが……。

これは、お金というものを信じてしまっている人間たちに贈る、お金を破り捨てる高貴な悪戯でありますす。お金なんてくだらない。こんなにくだらないものは、せめて人の役に立ってくれという僕の願いでもあります。お金なんかよりも、僕はあなたと一緒にいたい。人間はお金より尊いものであることを伝えたい。

だから、僕は飛行機代がないと言われれば、すぐにネットでスカイマークのチケットを購入し、家賃が払えないと言われれば、ゼロセンターにずっといればいいじゃんと言い、食費が辛いと言われれば、飯を奢ります。

なぜなら、僕にとって人間はお金よりも尊い。ただその哲学によって行われる芸術活動なんです。つまり、カンパは必要ないです（笑）。これは僕のただの蕩尽なので。お金が尽きたら、世界中を駆け回って、ありえないほどお金を持っていながら人間のほうが尊いと思っている高貴な人間に出会って、とんでもない額のお金をもらいに旅に出ます。それでいいのです。お金は人のために使うものなんです。

さらに、僕は「貨幣」を自分で発行しているので、お金がなくなるという概念がありません。僕の貨幣は、僕が日々描いているドローイングです。日本人の方はほとんどご存知ないと思いますが、僕は海外では現代美術でお金を稼いでいます。つまり、絵を売って稼いでいます。

A1サイズのドローイングが一枚約五〇万円です。紙の上に描いたドローイングが、僕が発行している貨幣なんです。造幣局では日々僕の絵、つまり「貨幣」が制作されていきます。金とかプラチナと同じようなものです。価格は変動していく。僕が活躍すれば値が上がり、思考がつまらなくなったら値が落ちます。だからがんばる。なんか意味わかってきましたか？

僕の「貨幣」は、人間が使っている貨幣とは違い、一枚一枚顔が違います。それぞれが作品なので「貨幣」そのものに一つずつ名前がついており、モノ自体にも質感があります。つまり、これは「坂口貨幣くん」なんです。僕の名字が付いた「貨幣」。

これが「態度経済」という僕が新しく考えている経済の動きと連動してくるんです。だからこそ、僕は自分を絶対に、永遠に、安く見積もって売ることをしてはいけない。なにせ「態度経済」ですから。三割引とか馬鹿なことはできません。むしろ五割増としていかなくてはならない。でも、そのままでは、今の商品経済に参加してくるような感覚ではだめです。だって、みんな三割引とか好きでしょ？

だから、自分の思想、思考、芸術概念、アイデア、精神、態度を心から愛してくれる人間を、世界中を駆け巡って探しまわらないといけない。そのために必要なものは何か？　お金ですか？　馬鹿なことを言ってはいけません。そんなもの持っていても何も奇跡は起きない。奇跡とは何か。つまり、人間が重要になってくる。

五人もいれば、世界中の誰とでもつながることができるとか言っている人もいるくらい、人間のソーシャル・ネットワークというものはとんでもないくらいの奇跡です。だからこそ、僕は古くは高校生時代から、とにかく後々人生の中で一緒に協働するであろう理解者を求めて生きてきた。僕の「態度」の理解者を。

そこで話はゼロセンターにつながってきます。ゼロセンターは避難所のフリをしていますが、実際は「ルイーダの酒場」のようなところです。自分と一緒にこれからずっと思考を続けていけそうな人間と出会うところ。だからここにはあらゆる知性、才能、技術、愛が集まります。価値観なんて無数に溢れている。

そういう場所は、価値を生み出します。妥協しない「徹底した態度」を生み出します。それに釣られてまた人々が集まってくる。こんなに無名な人間のところに二週間でフォロワーが六五〇〇人近くも集まってくる。そして、あらゆる情報が集まってくる。今、ここでできないことは何もないと思えているくらいです。

そんな場所に投資しない人間がいたら、たぶんその人は馬鹿だと言われるだろうと思ったので、僕はただ一人で徹底的に投資しています。お金をただ払い続けている。

みんなはびっくりする。家族や親戚は「0円なんて絶対に裏がある、カルト教団だからやめろ」と言う。銀行を信じている人はそう思うでしょうね。だけど、僕は何も気にしない。誰から何を言われても、厚生労働省が圧力をかけようが、何も気にせずに徹底して投資をしているのです。

投資とは、結果がわからない。だからお金の蕩尽でもある。そこはあとは「野性の思考」になってくる。その判断をするには、とにかく独力で生きてきていないとわからない。

ゼロセンターにはそういう側面もあるということをわかっていてもらいたい。なにせ「新政府」ですから。そんなに訳もわからず、ただボランティアでやっているのではありませんから。もちろんただの贈与ではありますが、別のレイヤーでは新しい世界への投資でもあり、僕の「貨幣＝絵」の価値を上げるためでもある。

だから、僕はお金がなく困っている人から一円も取りたくない。逆にお金が余っている人からはちゃんと頂きたい。そして、それを僕はまた蕩尽し、贈与する。これまでの時代はこれとは全く逆の流れでした。結局、金持ちは金持ちに、貧乏は貧乏になっていく。それを反転させる流れを創れないか。それが僕の実験なんです。

僕はただの善き人ではない。新政府初代内閣総理大臣なんです。社会を創らないといけない。新しい貨幣の捉え方を示さないといけない。お金は食べられないから蜜柑よりも使えない、という世界にしないといけない。同時に、原発から人々を守りたい。全国で崩壊してしまっているコミュニティを取り戻したい。

つまり、これが「政治」なんじゃないか、と僕は思っているんです。そして、真の「政治」こそが、つまるところ「芸術」なんじゃないかと思っている。だから、僕はこんなことを始めたのではないか。これはそういう意味では、革命をしようとしているのかもしれない。

三三歳のまだまだ若輩者ですがよろしく！

新政府はあなたたちが今まで付き合ってきてしまった政府のように、銀行みたいな民間の人たちからお金を借りて、しかも世界一の借金を抱えてしまうようなことは決してしてしません。資本金は五〇〇万円です。新政府の予算は総額五〇〇万円。借金はもちろん0円です。僕はやれることしかやりません。でもやれることは全てします。

今のところ、不思議なことに予算が全く減っていません。二〇〇平米と七〇平米の家を賃貸し、工事し改装し、ゼロセンター1号機を立ち上げ、宿泊費なし、光熱費、水道代全てこちら持ちで、電話出まくりなので原稿仕事もほとんどできていないのですが、不思議と金が減りません。しかも増えちゃってます。

ということで、これからもっと徹底して「贈与経済」、「態度経済」、「新しい貨幣」、「新しい政府活動」に邁進していきます。みなさん、お金の協力は必要ありません。それよりもやはりお金よりも尊い人間の力を、僕にどうぞ提供してください。僕はあなたが必要です。嘘ついて謝らない現政府、行政のシステムを無視しよう。

新政府はいつでもご意見を受け付けます。この僕の「態度経済」、「貨幣の創出」、「新政府構想」について様々な意見がありましたら、ぜひこの新政府総理大臣にぶつけてみてください。総理大臣はびっくりするぐらいのスピードで電話に出ます。メールはちょっと時間がかかるかも。あなたも新しい社会について考えてみてください。

夜も更けてきましたね。そろそろお風呂に入って、布団に潜り込もうかなと思います。僕はいつも枕元で眠りにつくまで夢を描きます。立体的に。色がついて、3Dで感じられるぐらいに。風景も描いて、人間も描いて、彼らを動かし、空間を、世界を創ります。そうやって小さい頃からやってきました。

それが今、僕の現前に現れてきているのかもしれない、と最近思うようになってきました。もしかしたら、僕は小さい頃からこのヴィジョンを思い浮かべてきたのか、と。デジャヴとかそういう次元ではないんです。全てが、僕が思い描いていた幸福とそっくり。そのまんまなんですよ。夢見のテクニックですかね。

そんな夢みたいなことばっかり言っていると誰かさんに怒られそうですが、今日ばっかりは、どうでしょう、みなさん、一緒に同じ夢の世界で待ち合わせするってのは。同時にあらゆる人々が同じ夢を見る。これが本当の社会ではないか。僕は純粋にそう思っているところがあります。変ですね。おやすみ。

☆

昔話を読んでいる。徹底的に贈与したおばあちゃんは、後に大きな財宝を手に入れ、それをまた自分で囲わずに贈与する。嘘をついたおばあちゃんは、穴に落ちて、蜂に襲われ、火事になって死んでしまう。つまり、昔話は、自分のことだけ考えて行動すると「死ぬ」と言っている。僕はいつもこれは肝に銘じている。

今日の夕食は狂ってます。何人いるのかがわからない。ただただ、僕は幸せです。夢の世界です。やあみなさんお元気ですか。早くこの家に帰ってきてね。

僕は幸福です。そして、あなたたち全て、地球上に存在している、人間、動物たち、植物さん、鉱物もなんもかんも、放射性物質も含めて、僕はあなたたちが大好きです。それが生きるってことです。それ以外に生きるという方法はない。

生きることに責任を持つとは幸福なことなのです。そして、とても簡単なこと。今日のご飯は、親友のけんちゃんが全部出してくれました。贈与が贈与を呼ぶ。二人で貧乏になろうね。一文無しになろうね。そこまでやるよ僕は。徹底的に蕩尽するよ。あなたに会いたいから。ここでいつも僕が言われていた言葉を贈ります。「一人で悩むな。相談しよう、そうしよう」。

なんだろ、この空間。なんか街がゼロ地点からムクムクと雲状に広がっているような状態である。近隣に住む方から励ましの言葉。なんか涙が出てきた。人はみな広場で語りたがっている。集まりたがっている。今こそ、外へ出て、気になるあの娘に声をかけよう。全てが始まるから。

街をつくろうとしている。しかも、何も新しいものなんか建てずに。人々を集め、そこに知性を充満させ、継続的な幸福をエッセンスに、植物と虫と鳥と蜥蜴と窯から出る煙と共に。元々いた人々とも語り合い、新しく遠方から来た人々を歓待し、そこに矛盾を包含した不思議が生まれ、空間が生まれる。そんな場所を。

これはもう既に僕の作品ではない。ただ、そこにある空間そのもの。社会そのものである。ただ僕は杖をエイッと地面に突いただけだ。あとは人々が動く。人々がつくる。食事を共にし、泣き笑う。時間の軸がブレていく。切れ目のない時間がそこに流れている。それを見ているとぼんやりと嬉しさがこみあげた。

☆

今から飛行機で東京へ。夜は鎌仲ひとみさんの映画上映後トーク。今週は東京で今後の計画を立てます。吉祥寺に置いてあるモバイルハウス泊。寝心地は良いです。

朝、ふといろいろと考える。「国家」と認定されるには、国民、領土、政府、外交の実績の四点が必要らしい。というか、そもそも国家って何なのかってことは意外と議論されていない気がする。法律というものは国家ができてから成立するものだから、国家というものに関する規定は実はない。それって面白いなと。

路上生活者の0円ハウスをフィールドワークしながら、人間はなぜ土地を私的所有できると思っているのか、という疑問の果てに、国って何なのだろうという問いが出てきちゃった。家は既製品を買うものだと思い込んでいるのはまずいと言っていたら、既成の国で暮らすのもそうではないか、というのは思い込みなのかもね（笑）。

昨日のトークは僕にとって、とても大きなきっかけになるかもしれない。昨日は、なんだかキツネにつままれたような気がして帰ってきた。踊る気もなく人と話す気もなくただ頭の中で考えていた。お前やばいぞー、どうするどうすると自分で言い、詰め寄ってた。そしてモバイルハウスで爆睡した後、聞こえてきた。

馬鹿にしたり、傷ついたり、諦めたり、思考停止になったり、愚痴ったり、人に文句言うくらいなら、実際に動こうよ、と。どんなふうに思われてもどうでもいいじゃないか。元々棒に振った人生。投げやりになるのではなく、着実に馬鹿らしいことをやり続けようじゃないか。そこにはちょっとの希望を込めて。

幼い頃、風呂に入らないで漫画ばっかり描いているから、母ちゃんに連れて行かれて脱がされて風呂に入れられたなあ。僕は漫画描きたいだけで、ファミコンソフト新しいものそんなに頻繁に買ってもらえないから自分でノートを使ってアナログRPGをつくってたし、トランプもいつも自分でゲームをつくり出してた。

野球するのもメンバー集めるという積極性がないから弟と二人で家の壁を使って概念上の野球場をつくり出して遊んでいた。とにかく最高のめんどくさがりであった。だって、すぐできるじゃん。今すぐ手を動かせばできるじゃん。金なんかなくても東京ドーム手に入るじゃんと思ってた。

それは今も一緒。だから僕は難しく考えて結局できないねえという思考ができない。できるもん。すぐに。今すぐに。友達は気づくの遅いんだから。はじめにやっておけば後で面白そうになってきたらすぐ来るもん。場があったまってきたら、とか待てないんです。全部見たい。全部体感してたい。システムは自分でつくるもの！

☆

おはようございます。新政府ラジオです。避難計画のほうですが、今調整をしております。これまで避難してきた人で、まだ新しい住居が決まらずにいる人が数名おり、まずはその方たちが無事に移住するのをサポートすることに専念します。ちょっと引き続きの受け入れをストップさせます。

かなりたくさんの人々がゼロセンターを通過し、子どもたちも楽しくて遊び回っているのは素晴らしいことですが、壊れているところもあり、ゼロセンター自体もちょっと悲鳴をあげております。メンテナンスにも入らないといけない。僕とヨネのメンテナンスも（笑）。一度、すっきりしてその後また受け入れたい。

あと、ゼロセンターに避難してくる方はぜひとも僕の著作を読んできてもらえれば幸いです。『TOKYO 0円ハウス 0円生活』は文庫本も出てお安くギブ&ギブ&ギブの精神が学べます。0円で避難できるということだけで来る方も多く、それはそれで理解できるのですが、やはり自立した状態で来てほしいです。なにせ、僕が独力で行動していることなので、ご理解していただければと思います。今、次がなかなか決まらずゼロセンターに長くいてしまっている方がおり、まずはそこを解決しないとずるずるいってしまいそうなので。

いろいろと考えることがありまして、とりあえずこれまで連絡を取っている人も含めて、避難者受け入れをストップします。人々をどうにか避難できるようにしてきたつもりであったが、完全に失望してしまった……。新しい政府構想だけに専念することにする。

ギブ&テイクじゃないんだよ。それじゃいつまでたっても現状の社会に対して批判をし、新しい生き方を獲得することなんてできない。徹底的にギブ&ギブする。恐れてはいけない。別にそこは断崖絶壁ではないのになあ。

久々に家に帰ってきて、家族と友人と飯を食べ、ゼロセンター労い会。お疲れさまでした。またやろう。次のことも始めよう。

今後は、ゼロセンターでの新政府活動に専念していこうと思う。僕と弟子のヨネ、そしてここ最近、僕のまわりに熊本の有志たちが集まってきている。彼らと、ダイナマイトである僕とで、行動を起こしていく。みんなを連れて行く前に、まずは自分たちで新しい社会をつくりだす。そこからだ、まずは。

☆

おい、坂口恭平、お前はどこに向かおうとしている。まだよくはわかっていない。しかし、ともに動こうとしている仲間がいる。東京で、昨年は次々に会ってきた。そして今度は熊本へ。彼らが会い始めたら、面白いことになるに違いない。それをつなぐのが僕の仕事なんだろう。ということで、避難計画は一時中断中ですが、気合いは入っております。

今、世界中の僕のまわりの人々たちが、新政府をつくろうとしているようだ。ということで、彼らにはこの計画を話しても驚いてくれません。では、これからどうするのか？　そこにみんなは注目してます。トロントの親友・七〇歳で性別混合のマーティン（マルティーナ）からの伝言。

バンクーバーからは、僕が現代美術の活動を始めたばかりの頃からのキュレーターである原さんが到着した模様。今日はゼロセンター避難計画の打ち上げです。明日は温泉の旅。

避難計画は五月一六日に開始して、今日が六月二三日。一カ月と一週間で一度目の受け入れを終了した。再開するかどうかはちょっと考えようと思っている。その後も電話はかかってきている。その中の一人の方は、所持金が現在四万円で行きの旅費しかないけど、受け入れてくれと言われた。うーん。そうかあ……。それは避難するとかそういうことの前に、生きる状況として非常にまずい。

そこで僕が受け入れても、ただ「すがる」ようになってしまう。もちろん、それでも避難してほしいから気になるのだが、やっぱり違うと判断した。それは駄目。こちらが単なる贈与で、相手が奪うという構図はまずい。そういうことが少なくなかった。

今回、避難計画をしていて、避難させることには何の問題もなかったのだが、それよりも避難以前の、人間としての問題に僕は驚いてしまった。人間ってここまで人に頼るものなのかと。避難することは支援したい。でも人間の支援は僕はしない。それはただの寄りかかりであり、すがり、である。僕の仕事ではない。

そう感じることが数度あったので、これはもうやり続けたら駄目だと自分で判断した。僕はただ避難させたかっただけだ。しかし多くの人間たちの生身の姿を垣間見られたことは勉強になった。同時に気が遠くもなったけど。

原発とはお金であり、企業であり、社会システムである。そこから脱却しなくてはいけない。

光を求めてはいけないんです。自らが発光しないと。僕はそう言ってきたつもりです。しかし、ツイートも十分見ずに来ている人が多かったことも事実でした。絶望とは、よく見ないと見誤ります。

でも、その判断が知性を伴っていなかった。これは才能の問題ではありませんよ。生死の問題。ゼロセンターに避難しようとした人が多くいたこともわかっています。その人たちがまた路頭に迷うかもしれないことも。

しかしゼロセンターに来られなくても、一泊二千円の宿泊所はあるわけです。それぐらい自分で工面して来るぐらいの気持ちがないと、次に進めない。ただ0円だからうちに来るじゃ駄目っす。

自由な芸術家というのは存在しません。人間は自由であると確信しているのが芸術家だと思っています。だからといって、自由に振る舞うだけともまた違います。考え続けないといけない。そして社会を変えないといけない。これが芸術家の義務です。0円だとゼロセンターに来るけど、二千円じゃ駄目ってことが、僕にはよく理解できなかった。家なんか三日くらいで見つけているでしょ、いつも。だから

それで十分なはず。しかし、そうではなかった。頭を使うことがここまでできていないことに驚き、このまま受け入れても仕方がないと判断しました。

ただ、僕は今でもはっきりと思っていることがある。福島原発があのような状態で、東北だけでなく、東京も含む首都圏も、程度はわからないが汚染されている状況で、その場にいようとしている人々の意味がわからない。すいません。全く意味がわからない。ニーチェのような哲学で生きるということなのか？　それならばわかる。

でもこう言うと、嫌がる人や、お前に気持ちがわかるかとか、お金がないから仕事をやめられないのにそんなこと言うなとか、旦那が納得してくれないとか、政府が大丈夫だと言っているだろうとか、ガイガー・カウンターは今は平常値だぞとかなんとか言う人がたくさんいるので、もう二度と言わない。

この気持ちの裏返しだったのかもしれない。今回の避難計画は。しかし、避難してきた人々を見ても、愕然とすることも多かった。人から優しくされたことがないのかもしれない。お金がなくなったことが

ないのかもしれない。誰からも無視されたことがなかったのかもしれない。だから人の気持ちがわからない。自らの力でなんとかつくり上げようとする「試みる」精神がない。ゼロからなんでもやろうという体験がこれまでない。これまで培ってきた知性が足りない。つまり、教育が足りない。行動を実践するという体験があまりにも少ない。そんな人々が子どもを育てていたりする。それが心配になった。

もちろん、僕の視点で、ですが。

でもそれが悪いと言っているわけではない。そのことに「気づいて」欲しい。僕は文句を言っているわけではない。これが現実で、現代の状況だ、ということだ。だからこそ、みんなで力を合わせて行動をしたい。自分の力がどんなに役に立つのかを知って欲しい。自分にしかない力があることを気づいて欲しい。

だから〝アナスタシス〟。立ち上がらないといけない。今の無政府状態を無視してはいけない。現政府や東京電力の勝手な行動を許してはいけない。これまでと同じような生き方を続けようと試みてはいけない。

試みるべきことは、自ら発光することだ。人に頼ってはいけない。政府に頼ってはいけない。お金に頼ってもいけない。僕は、本当は完全に絶望しているのかもしれない。なんにも変わらないのだ、と。しかし、体が止まらないのだ。行動を続けようと試みている。言葉を発しようとしている。どうにか人々に何かを伝えようとしている。絶望のままで、なぜか実践を行おうとしている。その先に、あの街が見えるような気がしている。

僕は今、やはり他者からの指示ではなく自ら発光する生き方を、全ての人ができると思い込んでしまっているようだ。そこで初めて人は生きるのだ、と。

とりあえず今回の行動は僕は瞬時に熟考して始めたつもりです。つまりこれが直感ですが。どこかに修正する点があれば言ってください。僕は批判されるのが何よりも一番の好物なんです。その言葉だけが自分を成長させるから。

人に責任取ってよ、とか言ってはいけません、と僕は教わりました。責任はいつも自分が取れ、と。どんなことでも人がやったことでも自分が責任を取れ、取るような気持ちで仕事をしろ。つまり人の仕事も自分の仕事のような気持ちで見てろ、と。だから言いたいことがあったらとにかく口に出せと。行動はしろと。

自分の仕事と人の仕事を分けてはいけない。もちろん別に人の仕事に首を突っ込めと言っているのではないですよ。全部つながっているんです。人の脳は集合して初めて一つの知性となる。だから隣の人に声を掛けろと僕は思っている。あなたの可能性を、あなたよりも信じること。それが僕にとっての責任なんです。

土地も、生まれ育った環境も、仲間も、動物たちも、空気も、太陽も、川も、山も、何もかも、失いがたいです。でも、僕は一番失っていけないものは、自分の生命であると感じています。自分だけが生き残ればいいというのではない。次の人に前の人の思いを伝えるために、僕は僕のものではないのだから。

僕の体は僕のものではない。僕の体は乗り継いできた車みたいなものなんです。で、今たまたま僕の意識がドライバーとして運転しているだけだ、と。目的地に着くと、次のドライバーが待っている。だから、運転をやめてはいけない。目的地へ向かう。その時に見える風景が無意識だと僕は思っている。

今、後方より妻フーから平手打ちが飛び、何ッイート盛り上がってるのよ。明日は打ち上げ二日目の温泉の旅でしょ。あんたが運転するんだからちゃんと寝てよ。もしかしてまた興奮しているんじゃないでしょうね。避難計画が終わったんだから一息ついてくれるんでしょう。エッ違うの？　って。

違いますよフーさん。でも、かわいそうなので、今日はこのへんで寝ておきます。最近、ぎりぎりまで起きて、即寝という毎日。スイッチみたいな人生を送っております。

一円も入って来ないけど、これが僕のれっきとした仕事のようです。娘のアオがいつも「仕事にいかないで。わたしと遊んで」と泣いて叫んでおりますから。ふふふ。

☆

狂っているというのはどういうことなのか。たまにわからなくなる。僕はやりたいことをただやっているだけ。誰も僕を止めることはできないし、やりたくないことを仕方なくやるくらいなら死んだ方がましだと思っている。そっちが僕にとっては狂っているんだ。欲しているからそれをやった。ただそれだけ。

僕はまだ疲れてはいませんよ。まだまだ諦めきれないんです。社会を変えたいという欲望に突き動かされているんです。

新政府がお送りする避難計画第二弾は、新政府初代内閣総理大臣こと私がツアーガイドを担当し、熊本のよかとこを徹底的に紹介するツアー「ZERO TRIP」の開催です。山あり海あり街あり人あり建築あり音楽あり哲学あり食ありの濃密ツアー。車中では僕のトークショーが永遠に続くという地獄のツアー！　避難とか言うと厚生労働省とかすぐ怒るから言わないぞ。可能性だけを見せる。

希望で絶望をぬりたくってやる。むき出しの可能性に溢れた希望の旅にする。原さんとの温泉の旅、人の旅、建築の旅をしていて確信した。これはいける、と。避難とかではなく、ついつい熊本に移住しちゃおっかなあと思っちゃうツアーを。原発とか放射能とか無視したふりして遠くへ皆を運ぶ。たんぽぽみたいに。

たんぽぽと言えば、僕は童謡「たんぽぽ」と小学一年生の時、福岡の新宮市立新宮小学校四月の歌で入学した途端に出会い、感銘を受ける。その時の担任は佐藤範子先生。彼女の口癖は「いのちのおかわりはありません」だった。今でも忘れられない。全ての記憶が僕の頭にはへばりついている。

人より人の才能のことを見抜き、人にどんどん聞く、頼む、紹介する。これが僕のやり方です。僕は無力で無知で、一人ではどうしようもない。でも、人を感じることができる。それが僕の才能です。

ムーミン状態。何が得意なのかわからない人はぜひ僕に会いましょう。無知無力なのに厳しい人間なんですが（笑）。

アオが今、シール帳にはまっている。避難してきた子たちに教えてもらった。で、僕は大人のシール帳をつくろうと思う。自分ができることをシールにして相手とシール交換する。口では言えないけどシールなら得意分野を伝えることができるんじゃないか。大工仕事得意な人は金槌マークのシール。農家は野菜マークのシール。音楽ができる人は得意な楽器のシール。それを一人一人が集めていく。それぞれ技術を持った友達なら、ほらこれだけいます！ってわかる。友達の可視化、才能の可視化、自分のネットワークの具現化につながる。力を合わせる技術。

シールとかだったら、集めたくなるんだよね。インターネットなんかじゃ駄目なのよ。自分でかっこいいシール帳つくってシールもつくる。まずは僕が自分のシールといろんな才能のシール、そして新政府のパスポートをつくります！　そこにみんな貼って集めてね。人間を集めてね。才能を感じてね。

人を知る。それが愛。直接、人間と出会ってシール交換する。だからこそ移動しなくてはいけない。だからこそ、様々な年代、才能、分野の人間が集まる混沌としたコミュニティセンターが必要なんだ。ゼロセンターはその中の一つの場所なんだ。だからみんなつくればいいじゃない。月に三万円でできるんだよ。至急設立を‼

どんどん動きます。発光人間は動きます。そしてシール交換をします。新しいマツリゴトの在り方は組織ではなく、有機体です。しかも、不連続統一体です。吉阪隆正の思想に僕は高校三年生の時に出会いました。母の友人から本をもらって。それが今、またここに戻ってきてます。僕は忘れない。絶対に。

自分が昔思っていたこと、同じ年の親友に夜話していたこと、宴の席で熱くなって喧嘩したときに言ったこと、女の子にちょっと調子に乗って大口叩いたこと。全部忘れてはいけない。それは全て芽です。閃いたときに既に芽は出ている。水を忘れるな。

いつも様子を見てあげて。気にしてあげる。忘れるな。

僕は小学四年生の時、友達だった女の子に「将来、坂口恭平になる」と言ってしまっていたようです(汗)。二〇年後、その子から電話がかかってきて、そう言われました。それ、忘れてました。で、思い出しました。自分では当時は、わかっていなかった「坂口恭平とは何か?」それが僕の命題です。

☆

僕は学校をつくりたいのですが、そこでの教育は小学生から中学生までの義務教育期間を通じて行おうとしています。なぜなら、僕は自分が独立しようと思ったのが二〇歳の時、そして飯が食えるようになったのが二九歳の時。つまり九年間ぐらいかかる。だからそれを六歳から実践してみる。学校を出るときには独立できるように。

そこでは自分が一番興味を持っていることだけを学びます。先生はまずいなくてキュレーターがいる。で、学生の話を聞いて、一番会わなくてはいけない人を見つけ、その人を呼ぶ。そうやって実践を学んでいく。ただただ実践あるのみ。でも帰りに、さらっと大人が面白い本とか音楽とか渡したりする。

さらに、来て勉強をした学生には一日千円払う。つまり、これがもう既に仕事になっている。もちろんすぐにお金は下ろせない。だって全部親が持っていくから。そうやって九年間過ごすと卒業の時に三〇〇万円手にすることができる。こうすれば大人に頼らずに自力で独立できる。そんな学校をつくりたい。

まずこの学校構想の実験を、避難してきた子ども六歳のキリンくんと一緒に始めようと思っている。彼は蒸気が出る動くものをつくりたいと言う。もう既に自分は発明家であると認識している。まず一人乗りの船をつくりたいそうだ。ゼロセンター横には川があり、そこで動かせるように。そこに僕が投資する。二〇万円を払って船をつくってもらう。もう既に天下一の金物屋は紹介した。後は船をつくるところ。これは昨日来てくれた鉄工所がいいかもしれない。元々軍需産業だった会社（笑）。そして作品ができたら今度はバンクーバーのギャラリー「センターA」でコレクターに八〇万円で売る。それを元手に次は二人乗りを！　それを繰り返して、わらしべ長者のように少しずつ大きな船をつくっていく。最後にキリンくんはスペースシャトルをつくって月に行こうとしているようなので、いつかこのゼロセンターの庭から宇宙に行こうじゃないか。

僕の夢の部分が少しずつ外部に飛び出ている。しかも、それが人の夢と融合し、核爆発している。

フーに連れられて精神病院へ。双極性障害というのは、心の病ではなく、脳内神経伝達物質の異常である。僕はリーマスを一日三〇〇mg飲んでいるのだが（ほとんど飲むのを忘れているが）、それはとても少ないので、できるだけ躁状態を保ちながら創造活動に専念させるようにしていたのだろうと言われた。ほほほ。つまり、この新政府構想はキ千ガイの妄想とも言われるわけだね。ははは。もうどうでもいい。

夢でも妄想でも現実でもどれも一緒だよ、たぶん。

お前が今日、今、その瞬間、何してるかだけが、唯一の手がかり。暗闇の中で手探りして生きろ。

週末にのばすな、今やれ。後に回すな、今やれ。お金が貯まったらとか言うな、今やれ。一服してからでなく、今やれ。今やることが次の道になる。オズのイエロー・ブリックのように、気づいたら道ができる。道はつくるのではなく、気づいたらそこにあるもの。

☆

昨日の夜から『イエスという男』（作品社）を読んでいるんですが、イエスに共感しております。彼は別に宗教家ではなかったんですね。むしろそんなのクソクラエと言っていた人だったんですね。「それを信じるものしか救わないなんて、なんということか」って抗った人間だと知った。

僕は宗教なんて必要ないと思っている。ただ目の前の人間とどう対峙するか。目の前の事象と歴史とどう対峙するかが人生だと思っている。自分の思考を体系化していくのではなく、ただその瞬間をどう生きるかなんだ。人を救うことではない、人とどう生きるかだけだ。

新政府は組織ではない。僕の生き方の表明なんだ。ただの光源である。真っ暗闇の中、みんなでそれぞれ持っている光を当てて世界をもっとよく見ようと試みているだけ。それだけ。

五月の自殺者が前年と比べて五四七人、一九・七％増えたとか普通のニュースになってるけど、ありえないなあと思っている。だから、もうそこから降りて独自に新しく生きる道を表明しなきゃ駄目だと思った。金が、仕事が、なくても人間は死なないと、０円ハウスの師匠たちは教えてくれた。それを今、伝えないと。

でも、ゼロセンターを通じてたくさんの大人たちに会ってきたけど、今までの人生で受けてきた教育には確実に問題がある。人間同士の協力の仕方がまるでわかっていない人もいた。人に心配させておいて、自分が都合悪くなったら放っておく。心配してしまっているこちらは待ちぼうけ。そこに心遣いがない。自分の状況が悪く、辛いんです、と言うのは簡単だ。でも言われた方はどうにかしなくてはと思う。つまり、「辛いこと」自体が広がっている。

もちろんそれを解決すればいいのだが、そんなにすぐに解決できるものではない。で、ゆっくりやろうとすると辛いのはすぐなくしたいらしく、焦る。で、結局やめる。いなくなる。

だから今、夢があるけどどうすればいいのかわからないという二五歳から三〇歳代の若い大人にはあんまり会いたくない。人間というのは、一度会ってしまったら一生付き合うんだよということがまるでわかっていない。興味本位で会いにきて、すぐにいなくなる。そして連絡もしない。そんなことばかりである。

ずっと付き合うのは面倒くさいけど、それは木みたいにいつか大きな幹になるんだけど、それが体験としてわかっていない場合が多い。それは若い人だけでなく、もう完全に大人になっている人もそうであることが多いように思える。それと自殺は関連しているはずだ。しかし、それはこれまでの体験でしか学べない。

だから闇雲に人と会わないことだ。興味本位で動かないことだ。ずっと付き合いたいと思える人がいたら、動くこと。それまではじっとしていればいい。

なんかただ動けばいいと思って週末とかよくわからないギャラリーのオープニングなんか行かないほうがまし。それよりも一人で考える。そして、絶対に会わなくてはいけないと思えるような人をただ一人見つける。それだけで人は死なない。

「家族に言えないので……」って、初めて会った僕に自分の抱えていることを言う人がいるが、それじゃいけない。まずは、一番大事な人ときちんと話し合う。今まで会ってきた人も、これから会う人に対してもそうだ。自分自身を隠蔽してはいけない。完璧になんて無理だから、できるだけでいいので正直にしていること。それは、ピントを合わせるようにすぐにズレるから、その都度合わせていく。

つまり、「正直にいる」ってことは無意識にはできない。意識的にしなくては不可能だ。その「機械的な意識」が人と交感し始め、交流が始まる。

何でも徹底的にやったほうが「楽」になれると僕は思っている。なあなあでやった時はいつもお金も稼げないし、仕事も失ってしまう。だから僕は、楽になるためにわざとウザイぐらいやる。楽だと、もっと集中して創作することができるからだ。とにかく楽でいることだけに集中している。

そうすれば、適当でいられる。僕はよく「そこまでしなくても……」とか言われるが、そこまでやれば、ちゃんとそれがお金になるし仕事になるのだから、やったほうが楽しいじゃん、という至極単純な構図によって自分を動かしているだけである。社会を変えたいと思うのは、変わったら多くの人が楽かもと思っているから。根は適当なんです。

僕は毎日、同じように働くのが嫌だな、と思って高校生の時に会社員だけは無理だなと思った。で、どうすればいいのか考えた。毎日やりたいようにやりたいことだけをして、かといって、怠けずにできるだけ一生懸命生きる。ボンボンでもないので、自分で金を稼がないといけない。どうしたら可能になるか考えていた。

そこでまずは僕は「職業に就く」という概念をなくして、自分が今やっていることをそのまま延長線上に延ばして生きていくということを決めた。これが一九歳の時である。僕は大学の課題で「貯水タンクに棲む」という作品をつくった時だ。これで僕の人生は始まった。

ここで行った実験は、
1　大学の課題だけど、そんなの無視して一生残す自分の作品にしろ。
2　課題の規定は気にせず、自分がやりたいことだけやる。規定に合わせるのは後でうまくやれ。
3　誰もやったことがないことの中で、自分が一番やりたいことを見つけろ。
の三点だった。僕はいつもこの三つだけに絞る。これ重要。

最終的に図面を提出しなくてはいけないのに、ドキュメンタリーを撮ったビデオテープを提出し、どうにか受諾してもらった。しかも設計をせずに、元々ある貯水タンクに棲むだけでいいじゃんという作品になった。それを当時、一番会いたかった人だった石山修武さんが褒めてくれた。十年後食えるって言ってくれた。

やり続けろ。十年後は飯が食えるし、自分の力を発揮しなくてはならない社会になる。それをただ忘れずに黙々とやれ。小賢くなるな。初期衝動を忘れずに、それを分析研究し伸ばしていけ、と言われた。僕は馬鹿だから、そのままやった。そしたら本当に、十年後の二九歳の時、僕は「坂口恭平事務所」を立ち上げ、飯が食えた。

つまり、何事も誰もが言うように十年かかるのだから、本当に自分が力を発揮するのは十年後なのであるから、人とも十年は最低付き合う必要があるということ。十年後、僕はその当時出会った人たちと、今では一緒に仕事をしている。その付き合いは暴落しない。ずっと安定している。だから楽。揺るがないからね。

その人たちは、僕が執筆、写真、現代美術、ビデオ、トーク、大学講演、ダンス、音楽、と訳のわからない分裂仕事をしていたのに驚かなかった。だって、よくわからない時から知っているから。そういうもんだろうと思っていた。僕は自分の分裂を、人々を潤滑油にして操作する方法を覚えていった。どの人もその人にしか見えない「僕の知らない僕」のことが見えている。それが面白いわけだ。

どの人も違う。つまり、その分だけ自分の「可能性」が存在するのだと僕は知覚した。「僕の知っている僕」なんて平面的でつまらない。もっと多層レイヤーで包まれているんだということを、人は教えてくれた。だから僕は、「自分自身よりも僕の可能性を信じている人々」の言葉の方に重きをおいて生きてきた。

常に耳を傾ける。もちろん若いので、よくそれで喧嘩していたが、それでも耳には入ってきた「可能性」を次の日さっそく実行する。こっちに来いと信頼する人間が言ってくれたら、わざと「悩まず」突っ込んだ。

そうしていると、何かが動いたり実現したりしたら、その時言ってくれた人に電話したくなり、会いたくなるんです。僕は二〇歳代で小学校一年生の同級生にも担任の先生にも会いに行ったし、一八歳の時居候させてくれた人はゼロセンターにも来てくれた。

終わらない関係は、終わらない人生を意味する。だから面白い。

☆

今日、熊本県知事公設秘書政策参与の方が来てくれて、これからの国の在り方を二人で語った。なんと夢のある方なんだろう。僕の哲学にも感銘を受けてくれている。「モバイルハウス村計画」をぜひ実現したいとのこと。こりゃ社会が変わるぜよ。おれは盛り上がってます。興奮のまま家に帰ってきた。

また一人、熊本で共に戦っていける人間と出会えたような気がする。農業改革、リサイクル改革を押し進めて行こうとしているケンちゃん。菊池で創造都市についてのアイデアを練り続けている佐々木さん。そして県知事公設秘書政策参与の小野さん。熊本にはすごい人物がいる。奇跡が起きるかもしれない。

新政府をつくってからまだ一ヵ月半ほどしか経っていない。しかしその熱は県知事のところまでもう既に届いた。九州が独立して新しい社会をつくる。そのための行動を徹底して行う。芸術によって、人々に眠っている光を各々発光させる。住宅政策を行い、労働ではなく使命を実行させる。

小野さんは「モバイルハウス村計画」を実現しましょうと言ってくれた。そうすれば、持ち家などどうでもよくなり、月に家賃が五〇〇円の住まいが実現する。こうなれば革命が起きる。労働をする必要がなくなる。使命を感じ、仕事に集中する人生がスタートする。これは都市にとっても、良い効果があるはず。

行政の中にも、小野さんのような志を持った自由な変革を求めている人間が、しかも実行力がある人間がいたのである。これは驚きであり、同時に旧友に会えたような気がした。社会を変えよう。若い力によって変えよう。人々に希望しかないことを伝えよう。僕は責任を負うことを決めた。僕が決断する。動き始めるよ。

僕は人々に伝えたい。諦めないことを。徹底的に試すことをやめないことを。自ら発光し、光を人々に当て、さらに人々の可能性にも気づかせることを。何事も諦めずにやればどんなものでも動くということを。実践こそが人々のダイナマイトになることを。僕は絶対に諦めない。笑われても穏やかに。ただひたすら前に進もう。

人物が集まってきている。熊本ならではの面白い行動をしていきたい。おおらかでユーモアに溢れそれでいて正直に。それだけでいい。人々には伝わる。ちゃんと声をあげよう。表明しよう。僕たちにまだ力が備わっていることを。野生の思考を今呼び起こそう。手を動かせ、頭を働かせろ。夢を具現化するぞい！

いやいや、うれしくて興奮している。人物に会った時、いつも僕はうれしくなる。飛び跳ねたくなる。


「偶然はそれを受け入れる準備ができた精神にのみ訪れる」——アンリ・ポアンカレ

今僕は、数学者ポアンカレから生まれたピカソの「アヴィニョンの娘たち」から、南方熊楠へ続くレーモン・ルーセルを結んだ星座が導く四次元の政治を実行したいと試みている。今こそ。

妄想を現実化したっていいじゃないか。みんな諦めんなよ。やろうよ。一緒に。

僕はやっぱりこの今の現代の状況に対しておかしいと思っている。そしてそれを直接的に変えなくてはならないと考えている。まあいろいろと意見はあるだろうが、僕は直接的に行ってみようと思う。そしてそうあるべきだと思っている。新政府をつくってみたが、僕のまわりには豊潤な才能が集まっている。希望。「モバイルハウス村計画」の話も少しずつ具体化してきている。ただ避難させるのではなく、新しい生き方を提示したい。

僕は労働をなくし、その人々たちに与えられた使命だけに時間を使えるような生き方を実現したいと、馬鹿だけど本気で考えている。夢物語という人もいるかもしれませんが、僕はできると思っている。その試みが「モバイルハウス村計画」なのである。

市民農園などをその敷地として転用する。市民農園は、熊本では一区画一五平米で年間五千円。モバイルハウスの建設費が二万六千円。つまり、三万円ほどで一年間家に住めるという計算になる。家にかけるお金を徹底的にゼロに近づけていけば、生活が変わる。

労働の対価として獲得した貨幣の何割かは、家賃もしくは住宅のローンに回っていく。これって自分が本来得るべき労働の対価をもらえていないことになる。二〇万円の収入で家賃が八万円の人は、実際には一二万円しか手に入らない。これは一種の奴隷制度だと僕は思っております。新政府の活動は奴隷解放運動なのだ。

今の原発事故の問題も、逃げたいのにお金がなくて逃げられない人が多くいる。生活することにお金がかかりすぎるから、労働を止めることができない。その一番の元凶が家なのである。福島で活動を続ける上村さんも、住宅ローンで苦しんでいる人たちがほとんどだと言っていた。お金がある人は皆避難した、と。

生活にお金がかからないようにすることは、別に共産主義でもないし、貧相な質素な生活をしようと言っているのでもない。「0円ハウス」で学んできたように、実際に家とはお金をかけなくても、頭を使えばちゃんと豊かなものを建てることができるのである。

それでも、国はお金がないあなたでも三五年ローンで払うことができると言う。言っている国がとんでもない借金しているのに……。オール電化のナントカハウスとかいいでしょ、とか、綺麗な高層マンションがやっぱりいいでしょ、とか誘う。あんなホームレスみたいな暮らし嫌でしょ？　と言う。これって何かに似てる。国の住宅政策も原発と一緒じゃん。

便利だと言って、実はそれがとんでもなく金がかかることを見逃させ、大きな借金を背負わせ、労働を促す。独立している芸術家は労働しないから、ありがたいことに住宅ローンが組めないよ（笑）。

生活は潤っているように見えるかもしれないが、実は貨幣と労働の鎖にはまることになる。便利そうに見えているが、実際は家は地震が起きたら倒れなくてもヒビ割れるし、インフラは止まっちゃうし、そうなったらローンを払いながら別の家が必要になってくるし、その時、国はまた利子安くしましたんでってまたローン組ませて家建てさせちゃう。だからこその「仮設住宅」であるし……。

仮設住宅って言葉ありえないから！　家っていうのがそもそも仮設なんだから。自分の土地ってありえないから。仮設住宅壊して、またみんなが乗ってきたら新しく家建ててローンよろしく！　っておかしいから。おかしいんだよ。全部。

生きるってそういうことじゃない。生きるってのは、素晴らしい希望のかたまりなんだよ。家は壊れるものだから、自分でチャチャッと建てよっかな、金ねえけどまあ自力でやるか、って考え実行すること。簡単に考えてみること。それが生きることなんだ。生きるってのは、少しでも楽に考えてみるってことなんだ。

生物的に生命を維持することが「生きる」のでは

ない。生命維持はどんな動物も大変だから、アイデアを駆使して少しでも楽に楽しくやりましょっか、とトライする。それが芸術であり、音楽であり、祭りであり、女の子と戯れることであり、あらゆる仕事における機転であり、食事である。

つまり生きるってこと。

僕は人々と共に「生きたい」んです。家を三日で建てている姿を見ながら、自分の店の看板を自ら描いて、街並を見ながら、平日の昼下がりにほろ酔いで芸術について思いを馳せ、歩いていると後ろから頭とか叩かれながら「もうエッチ!」とか言われたいんです(笑)。それには家の、生活の革命が必要なんです。

「モバイルハウス村計画」は、そんな「生きる」ということへの熱望の具現化なのだ。労働を止め、実は今も変わらず自らの内側から湧き出ている発光体に焦点を合わせ、使命に気づき生き始める。そんな生活革命のスイッチとして、家についてみんなで考えよう。再稼働させよう、自らの発電所を。

「芸術をもてあの灰色の労働を燃せ」とは宮沢賢治の「農民芸術概論綱要」の中の言葉です。一九二六年の言葉。言葉に耳を傾ける。川面の音に耳を傾ける。台所で作業しているフーの包丁の音に耳を傾ける。耳を傾けることがすなわち祈るということなんだ。あらゆる事物の中から、静かに発光しているものに気づく。

社会のために行動することを選択し、実践する。これが「生きる」ということなんだ。その意識を持ち、街を闊歩《かっぽ》すれば、人と結びつく。原子と原子が出会い、分子となり、物質化する。原子は闇雲にくっついているのではなく、理由がある。それが縁であると熊楠は言った。行動する。歩く。物質化する。それが社会なんだ。

☆

さて、貨幣、お金について考えてみよう。ほとんど貨幣について勉強したことはないですが、自分の体験と得意の直感で考えてみましょう。まず、僕はお金が大好きです。と同時にお金なんかなくてもあんまり困らない。もちろんフーには困ると言われるのですが、アオは僕のお金を財布から盗んで遊び、結局失くします（笑）。

僕が今考えている問いは、「なぜ蜜柑農家は蜜柑だけをつくり続けるのに、人類は皆お金を稼がないといけないのか」ということです。僕にはそれがいまだによくわかっていません。むしろそれはおかしいのではないかと思っています。

お金は「お金農家」がつくればいいじゃないか。そんなことを伝えられればと考えています。別に全ての人がお金を稼がなくてもよいのではないか、とか考えていくと、今まで「蜜柑＝お金」「本＝お金」「お寿司＝お金」と思い込んでいたものが、「蜜柑」「本」「お寿司」「お金」というように、並列して感じられるようになっていったんです。「蜜柑農家」「本を書く人」「寿司職人」「お金農家」というように、それぞれが選択肢の一つなのではないか。

0円ハウスの住人たちの世界を見ていて、そう感じたんです。多摩川のロビンソン・クルーソーや隅田川の鈴木さんたちですね。ロビンソン・クルーソーは、川沿いで二〇年間自給自足生活をしています。彼は元々船乗りで、岩手の実家では自給自足をしていて、後に色を数値化するカラー・コンピューターのエンジニアになる。解体現場で働いては、廃材やいらなくなった道具、バナナの木まで拾ってきては少しずつ家を建てた。だからもちろん、0円です。

そして米はつくってないけど野菜は全部つくっている。果物もつくっている。魚を釣っては干物もつくっている。椿の実を湯がいて絞って椿油をつくっている。竹林を育て釣竿をつくっている。お米を炊いて麹を入れてドブロクもつくっている。葉っぱを乾かして煎ってお茶もつくっている。雨水を再利用して飲み水・生活用水にしている。とにかく、お金がかからない。彼のつくるさくらんぼは絶品です。彼のドブロクも無茶苦茶旨かった。あんなの普通に店で出たら幻のドブロクとか言って、高いんだろうなと。

もちろん、買わなくてはいけないものもあるので、お金は必要なんですが、それは生活のうちのほんの一部分。別にお金がなくても死なない。食い物はあるし、水も大丈夫。家賃はかからない。発電機を使っているので、もちろんガソリンがなくなれば電気は使えないが、バッテリーに蓄電しているので予備電源はある。

お金よりも豊かな生活が彼にはあるので、全く問題ない。彼の生活は「蜜柑」と「枇杷」と「雨水」と「電気」と「ドブロク」と「椿油」と「お金」が並列になっている。だから「お金」がなくても死なない。蛇口が一つじゃないので、飢え死にしない。それって、とんでもなく楽で安全な生き方だと僕は認識した。弱そうだけど強いなあ、と。

多摩川のロビンソン・クルーソーが、どうやってお金を稼いでいるかというと、彼はあらゆる道具がそのものだけでなく、どんな材料でできているのかを認識することができるという特技を持っている。例えば、フライパンは彼にとって鉄と、底部にはアルミ板があり、取っ手は木で、芯には鉄があると見えている。そして彼にはこれまで拾い集めてきた高性能の道具が揃っているので、それを分解し、金属ごとに区分し売りさばく。それで月に五万円くらいは余裕で稼いでいる。それで十分なんだって。人にはゴミでも彼には貴金属の塊に見えている。そのズレを、彼はお金に換えている。換えなくても死なないけどね。

で、一体お金ってなんなのかと考える。彼を見ていて僕が思ったのは、「お金ってインスピレーションのことである」ということです。ドブロクを飲んで、コレは銀座の隠れ家で飲んだら高いなとか、フライパンを様々な金属の集まりであると認識し、五万円に換えるのとか、インスピレーションの現実化がお金だ、と。

だって、ワインが三〇〇万円とかすることもあるじゃないですか？　あれって、労働者が毎日時給いくらで働いて、その家賃がいくらで、生活費がいくらで、そこらへんトータルしながら、パッケージ代と配送料で、はいこれだけになります！　とかじゃないでしょ。「なんだこのハーモニーは！」に三〇〇万円でしょ。

今お金を見ていると、その「インスピレーション」としての機能と、時給いくらでっていう「労働の対価」としての機能が混ざっちゃっているように思えるんですよ。それはダサいな、と。お金をインスピレーションと交換する機能だけに変えたいと僕は思っています。だから労働解放運動を試みているのです。

僕はお金は別に悪いものでも何でもないと思っている。それが日本国ではなく、日本銀行が勝手につくっちゃったものだとしても、それでいいじゃん。だけど、そのお金の動きが国が徴収するものと、資本による労働とくっついているからいかん。かといって、そんな高い次元のシステムは簡単には変わりません。

ということで、僕は0円ハウスの世界を調べていたわけです。ほー、なんだ生活というのは実のところ0円でやれないことはないのだな、と。しかし、それを知られたら国というシステムもびっくりなので、「世間体とか見栄とか常識とかいうものがありますよ、そこから外れたら結構馬鹿にされたりしますよ」と思わせていることを知る。

というわけで、僕は結構面白いことを言っているはずなのに、なかなか浮かばれないという運命になる(笑)。それはそれでいいんですが、僕の本を読んだ人で「0円生活できることがわかっても、僕はホームレスになるのはごめんだ」と不思議なことを言う人がいます。ホームレスなのは僕たちであることに気づけない。

たとえ家賃とか徴収されても、国から税金を取られても、労働で搾取されても、僕はみんなから承認されていて居心地が良いマンションに住みながら、会社というちゃんとした所で働きたいと言う。なんかそれって、奴隷の人が「ちゃんとした大きな家で使われている方が自力で生きるより楽なんだ」と言っているみたい。

だけど、そろそろ僕たちは気づかなくてはいけないのかもしれない。これは「お金」がおかしいのでなく、「お金の捉え方」がおかしいだけなんだと。労働の対価がお金である限り、独立した生き方は獲得できないと。しかも、独立した生き方なんて、そう難しいことではないことを。やってみれば0円で何でもできる。みんなでホームレスになるという荒技もあるんですが（笑）、既成概念はびこるこの世の中は逆に考えると「都市の幸」と捉え直すこともできるので、別に必死に無茶苦茶転換させなくてもいいと思っている。

では、どうするのか。それを今から具体的な方法論で示してみたいと思います。

お金をみんなが同じ方法で稼ごうとするからおかしなことになる。というか、獲得できない人とかがでてくる。お金は「インスピレーションと交換」していくんです。これからはそれだけに絞ってみます。インスピレーションは種類は違えど、みんなに備わっている。そんなの誰も信じないけどね。本当だよ。あるよ。

僕の場合は、いつも言うように、自分にとっての貨幣は「絵」です。A1サイズの絵が、一枚五〇万円近い値段で売れます。僕の作品は商品ではないので、別にギャラリーに所属して売ってもらっているわけではない。買い手は自分で歩いて見つけてます。だから仲介料が発生しない。全部稼ぎになる。だからこそ、貨幣なの。僕の「芸術作品」は、絵ではないと思っている。絵はあくまでも「貨幣」なんです。僕の仕事、つまり使命は「社会を変えること」なんです。そのためにインスピレーションである絵を貨幣としてお金に交換し、そのための資金にしてます。僕は仕事で稼ごうと思わない。社会が変わりさえすればよい。良い方向に向けば、それでいい。

インスピレーションというものは、実は枯渇しない。枯渇するのは、それを商品化するからです。商品化というのは、そこに労働というものが発生してくること。労働には才能の独り占めという行為が入っている。そうすると、インスピレーションが枯渇します。それは、単純な贈与ではなくなるからです。

インスピレーションをもたらすものが才能です。それは実のところ、それぞれの人には等しく存在してます。等しくなんてありえないという人もいます。だっておれには才能ないもん、と。でもそれは、大抵、試されていません。二四時間才能を使うという時間は、今の社会システムでは与えられていません。

「才能」とかいうから面倒臭くなっちゃうんです。才能は英語でtalentといいますよね。先日、新政府政策参与のみちおくんから聞いたのですが、talentという言葉の語源は、重量の単位を意味する古代ギリシャ語talanton、talantだそうです。金《きん》の重量の単位、つまり貨幣なんです。

で、僕は新政府の国民の方々に問いかけたい。「あなたの才能は何ですか？」ではなく、「あなたの貨幣は何ですか？」と。自分の才能とか言うと、人より秀でたものしか浮かばず、お先真っ暗と思うかもしれませんが、「貨幣は何か」と考えたら面白くなりませんか？　自分の貨幣を持っていたら、強い。円が暴落しても大丈夫。

新政府の革命方法は単純明快です。人を信じず、かといって、自分も別に信じず、ただ楽に、他者からの指示ではなく、自ら発光し、独立して生きる。現政府が悪いことしても、裏切られた、と感情的になるのではなく、ただ淡々と、彼らが犯した過ちを訂正・改良してもらうように言い、それとは関係なく、独自の生活を行う。

さらに、僕は一切、法律を変える必要がない政策しか実践しません。現政府では法律を変えるのは馬鹿みたいに労力を要する。そんなのに労力を使っているのは勿体ない。法律なんて、読み取り方ですから。別の生き方を簡単に同じ法律の下で実践できる。現政府から叩かれずに、さらっと革命ができるほうがお洒落でしょ？

二つの政策を軸にする。一つは「モバイルハウス村計画」。これで年間五千円で家を獲得することができるようにする。別に村にしなくてもいい。どこでもいいから農地を見つけてくればいい。インフラは全て独立して獲得する。電話は小型ソーラー。水道は雨水もしくは井戸。トイレは溜める。風呂は温泉。

この、「とにかく生活費を徹底的に0円にする」というのが一つ目の政策。重要なポストには僕が尊敬する路上生活者たちをずらりと登用する。心配しないで。世界最高峰の才能をもった建築家と同期させるので、お洒落なものにしますから（笑）。豊かな生活を実現させる。金が要らないのだから、徹底して自らの使命に没頭してね。

二つ目の政策は、「国民各々の独自の貨幣創造計画」である。自らの貨幣は何なのかを見つけ出し、磨き、貨幣を創造していく。これを世界中に広げていく。別に輸出とかの概念ではない。新政府は、あらゆる現政府に対しての新政府なので、国境は元々ない。さまざまな人間が国境を飛び越え、動き回る。そして、移動した先の既存の通貨と交換しながら生活することもできる。

新政府は通貨などという、食えない・見ても面白くないものをつくろうとは思わない。それよりも、楽しくなるような自分の貨幣をつくり出すように促す。それがうまく回ってくると、お金持ちよりも「人持ち」のほうが豊かであることがわかってくるだろう。貨幣を既存の通貨になんて本当は変化させなくてもいい。人がいれば。人持ちであれば。

今こそ協力しながら生きるんだ。誰にもすがらずに、お互いで独自の貨幣を、つまりインスピレーションを発光し、人々を豊かにさせ生きる。それでいいいんだ。というか、それが豊かなんだ。通貨は必要な時に両替すればいい。

これで、生活費がかからない状態で、新しい創造のエネルギーを持続させることができる。人々にとってのほんとうの共通通貨は貨幣ではなく「人間」なんだ。どの人間のまわりにどんな人間がいるのか。しかも数じゃないよ。インスピレーションの光量なんだな。

この二つの政策は、つまり、生きるという行為そのものが基本だ。これを実現するために一番重要なこと。それが「学び」である。もう教育とさえ言わない。小中一貫教育どころか、一生一貫教育である。やめられないとまらない。かっぱえびせん、いや、それが人生。

しかも同い年だけが集まるのではなく、できるだけ混在させた学び制度を二つの軸の潤滑油にする。

その中で、インスピレーションが溢れすぎている人は、みんな同じとかではなく、ちゃんと区別したい。そういう人たちは「ゼロ生活」を送ることが可能になる。お金が一切必要ない、かといって過剰でもない、ただ制作、態度に打ち込めるような状態になってくると僕は思っている。「0円ハウス0円生活」に向かっていくのだ。

だって、好きなことに集中しているのが一番豊かで楽しいのだから、他に求めないでしょ。僕がそうだもん。新政府ラジオやっていることがすなわち、僕の使命だ。他に何もいらない……。

そんな曖昧な複雑な世界を切り分けないで、ぎりぎりまで徹底的に考える（笑）。そこに所作が出てくるし、粋が出てくるし、哲学が出てくるし、生きるための技術が出てくる。それこそまさに創造なのである。芸術なのである。生活の芸術なのである。これこそ生活の革命なのである。曖昧なことを受け入れる革命。

あなたが働いている会社も、苦労して買った土地も家も、貯めているお金も、税金を払っている国も、みんな幻である。実像であると思わせるために必死に幻に色を塗っているペンキ絵の世界と僕は付き合っている。

でも、このままでは、僕の言っていることもただの戯言である。いかに幻の現実と付き合うか。これが、今の僕たちにとっての生きのびる技術であるということをちゃんと言語化しなくてはいけない。ヘンリー・デイヴィッド・ソローもガンジーもそれをやった。二人とも当然捕まっているけどね。だからこそレイヤーを使う。抵抗ではない方法を。捕まらないための創造性を！

原発がなくなったら、テレビもなくなるし、新聞もなくなるし、ゼネコンだって、銀行や生命保険会社だってあやしくなる。つまり今の企業制度がとってもあやしくなる。でも誰もやめようとしない。だってハウスメーカーの家を買わされてるし、三五年も働き続けようとしている。誰もやめようとしない。この社会システムの中で直接的に全てをやめて新しい社会をつくるなんて、何年かかってもなかなか実現できない。

だから、現政府と同じ時間、空間の中に新しいレイヤーをつくり出し、新政府というものを発足したのである。それをまた違うレイヤーでやっているのが路上生活者たちである。彼らは現社会において

「ホームレス」と呼ばれるようなヒエラルキーの最下層に飛び込むことによって、社会システムと距離を置きながら都市を幸と捉え狩猟採集する新しいレイヤーを獲得した。ホームレスと呼ばれれば医療費はタダで福祉も手に入る。家賃も払う必要がない。保険料も税金も払わない。一つの自由の形。

だから思うことは、原発や原爆が必要ないと叫ぶことも大事だが、それよりも効果的なのは、その現社会システム、現政府から、ちゃんと降りることである。どうすればそれが可能なのか。新政府ではそのことをちゃんと考えていきたいと思う。

ホームレスになるのも一つの方法であると僕は今でも思っている。ホームレスはただ社会から堕落してしまった人間たちではない。家をクリエイションし生活をクリエイションした人々なのである。つまり創造人間が創造都市において創造生活を送ること。これが僕は現社会から降りることであると思っている。今すぐ企業という企業から降りる。で、生きるをクリエイションする。

生きろ。頼む。共に生きよう。幻を幻と気づき、それでも全てが幻であるという混沌の世界に飛び込み、その中で原子と原子の出会いを果たし事物と出会う。そこにクリエイションがある。そこに生きるがある。その可能性を人々はまだ十分に保有している。僕はわかる。なぜならそのように生きてきたから。踊れ。あなたの頭の中で。新しいレイヤーで。

僕が言いたいことはほら、みんな言ってきたんだ。今こそ、ソローの言葉を。鴨長明の言葉を。ケルアックの言葉を。コールマンの音を。レッドベリーの歌を。宮本常一の足を。今和次郎の目を。熊楠の脳を。感じろ。ウスペンスキーの四次元を、宮沢賢治の日常を、レーモン・ルーセルの一瞬の空間を、フラーの揺らぐ直線を、スチュアート・ブランドのカタログを、千利休の目利きを、重源の中国渡航の気持ちを、レヴィ=ストロースの旅路を、宮武外骨のジャーナリズムを、猪谷六合雄《いがやくにお》の家を、同時に思考しよう。一緒に。

とにかく直接人間に会って、その人の目を観て、そこからしか生きることはできない。僕のこのツイートもそうだよ。だから電話番号載っけてるんです。だから住所載せてるんです。不安というものは存在しないことを知り、恐怖と対峙する。そこからしか生きることはできない。だからこその家なんだ生活なんだ。

世界に一枚しかない貨幣を持ちながら、それを元に交換していく。僕の発行する貨幣はもちろん僕の絵だが、あなたが発行する貨幣はあなたがつくり出したものだ。それはマッサージ券かもしれないし、椅子かもしれないし、音楽のように手に持つことができないようなものかもしれない。貨幣を創出すること。

別に僕は今の日本銀行が発行しているお金を消したいと考えているわけではない。それはそれで残しておこう。でも、それとは違う流通の考え方、経済の在り方も生まれてくればいいと思っている。地域通貨のようにお金と交換してまた新しく貨幣をつくり出すのではなく、同期させる。別レイヤーをつくり出す。

カナダのバンクーバーでレクチャーをし、そこで新政府構想のようなものを話し、自分のドローイングを貨幣として交換し国家予算にした。そして0円サマーキャンプに関しては、態度を伝え、そこに投資してもらった。この二つのやり方は何か可能性を見せている気がしている。もうちょっとやり続けてみよう。

芸術が次に取り組むべき行為は「経済」を新しく生み出すことだ。“economic”の語源は「家計をやりくりする」こと。お金のことでない。どうやって生きのびていくのか。そのことの方法論である。そこに僕は二つの行動で取り組んでいきたいと思っている。

一つは、僕たちが住んでいる「土地」「家」に対しての根源的な思考、それに伴う実践である。家計をやりくりすることのそもそもの根源的なものを捉える。それは、月にいくら稼ぐかではない。それは、「生きるのに本当はいくらかかるのか」である。そして、「お金を払っているけれどそもそもそれは本当に正当なのか」である。

僕は、毎月家賃を払いながら生きている僕たちは全て奴隷の一種であると思っている。始めから抜かれる生き方は、本来の経済の流れとは大きく異なる。なぜ人間は生活していくのにお金がかかるのか。これは当たり前のように思われているが、僕はそうは思わない。まずもってそこにお金がかかることが労働を促す。

土地が私有化されていることが問題であるとも言える。かといって、全てを国有化すればいいのかというとそうでもない。土地というものは、誰も所有することができないものだと認識しなくてはならない。公共とは別に、国家が提供するものではないのだ。僕たちがそれぞれ社会性を持つ生物として共有するべきだ。

個人によっても、国家によっても所有しない、ということへの思考の実践が「モバイル」なのである。モバイル状であることで、日本の法律上においてもそれは不動産とはみなされない。さらに家ともみなされない。そうすることによって、これまでの流通ではなく、別のレイヤーの土地所有、家の考え方ができる。

そこで、「モバイルハウス」による住宅政策が必要になってくる。車輪一つで全てが変わる。法律を変えなくても良い。土地も所有しなくても良い。しかも天災、人災、政治災が起きてもすぐに移動することができる。モバイルなので揺れても壊れない。壊れても修繕できる。そもそも必要なお金が格安なため再建できる。

まず、住まいのためにかかる金を年間で一万円くらいにする。家に対する初期投資は三万円から、かかっても二〇万円くらいまで。それだけでかなり生活が安定すると思う。六千万円のマンションに住みたい人はそのままで。でも年間一万円くらいだと嬉しいという人にも選択肢を与えたい。現社会には選択肢がない。

新しい"economic"をつくり出す柱のもう一つが「態度経済」である。生活にかかるお金が極限まで0円に向かっていくことで、人々は少しずつ、時間によって規定され、共食いのように消費を促してしまう「労働」の必要性がなくなる。そこで自ら発光する才能、つまり独自の貨幣をつくり出す可能性が広がる。

独自の貨幣、これがすなわちアートワークである。別に美術に限った話ではない。どんなものでも自ら発光することによって貨幣になりうる。それを交換していくのである。現行ではそれを日本銀行券に替えていく。それでいい。でも同時に世界中の通貨とも交換できるので、一つの貨幣なのだ。変動もする。

ここで重要なことは、ものの価値を自分で決定することだ。そこに創造性というものが必要になってくる。昔五万円だったものを自分が流通してきたからといって一億で売るのではなく、自分の生活というものを見つけ、始めから流通するべき値段を決める。それは変動させない。一億なら始めから一億にしておく。

そうやって予め決めておくことで、才能という貨幣は、現行の貨幣とは違い、自立し創造性を含有しているので、暴落をしない。まあ人間ただ落ち着いて生きるのが嫌いな人がいるので暴落、急上昇が好きな人はやれるようにしたいが（笑）。重要なのは、自分で高値をつけたい作品をつくり、それを欲しがる社会をつくることだ。

この二つの柱をもって社会をつくり出すには、創造的都市（クリエイティヴ・シティ）ではなく、創造市（クリエイション・シティ）の創出が鍵になってくる。Creation/Electri-Cityと僕は勝手に命名している。電気（Electricity）、つまり発光都市なのである。

夢物語だと人は言うかもしれないが、僕はそうは思わない。なぜなら東京の路上で出会った多摩川のロビンソン・クルーソーや隅田川のエジソンを始め0円ハウスに住まう人々の生活はまさに芸術であり、そこの空間は創造市であった。現実に存在しているのである。しかも二〇年以上継続している。

さらに僕の今の仕事もそうだ。僕は別にベストセラー作家でもなく、アートマーケットで無数に取引されている芸術家でもなく、公共建築を建て続けて稼ぐ建築家でもない。年に一冊本を書き、年に一〇枚絵を描き、相変わらず建てない建築家である。しかし、それにもかかわらず、生きのびている。労働はゼロだ。

それを人は才能だと言うが、それが正しい。これは僕の才能、つまり貨幣である。しかし、それと同時に、そう言う人々にも等しく発光するものがある。もちろん分量、光の色は違う。しかしそれは等しく存在している……はずなんだけど、そうは思われていないようだ。んーここが結構難しい。難しくないんだけど。

「なぜ人々は、才能を貨幣として発光（発行）させることができないのか？」。これは簡単なことです。造幣する技術が、機械が、働く人々が、いないからです。自己の中の造幣局が機能していないからです。それができている人々は、才能を使うことによって労働を中心としたこの固定された経済生活の中から降りることができている。

降りることができている人の代表は二つあります。完全な富を得た富裕層。そして、0円ハウスに住む路上生活者。これは、現状の固定した社会の中でサバイヴする二つの方法です。

それだけなのか。この二極化しかないのか？　僕もそう思ってた。

しかし解像度を上げて社会を観ると、他にも色んな方法があると気づいた。富裕層と0円ハウスの住人の共通点。それは、社会に多層的なレイヤーが存在することを知覚し、そこに飛び込み、固定されていると思い込んでいる社会と距離を置き生きていること。

お金を持ちすぎるということでも、一つだと思われている社会から捻れの世界へ飛び込むことは可能です。何でもできるから。チャーター機に乗って瞬時のうちに南の島へ行き、そこにしかない一本三〇〇万円のラム酒を飲む。これはただの贅沢ですが、それは同時にインスピレーションの現実化でもあると言える。

一方、多摩川のロビンソン・クルーソーは、お金が0円であるということで捻れのレイヤーへ飛び込み、0円でとんでもなくうまいドブロクをつくり、椿の実を茹でてそれで椿油をつくり、それで料理をする。エクストラバージンオリーヴオイルなんてものよりも高貴な食事をしている。しかも0円で。これもインスピレーションの現実化です。

どちらの人々もわかっていることがある。それは、この一つの固定されたと思われている社会が、あんまりうまく機能していないってことです。かといって、この世界が絶望的なのではありません。この社会は多層的なレイヤーで包まれているし、それが統合された世界には、インスピレーションが満ちあふれている。

だから僕は、分け隔てなくどちらのレイヤーの人々とも出会ってきました。僕に芸術の方向性を向けてくれたのは0円ハウスの住人であり、食えない時に単行本百冊分の三三万円をくれたり、僕の絵を一枚五〇万円で買ってくれたのは、お金持ちでした。彼らを多摩川に連れていき、邂逅《かいこう》させたこともあった。

この社会は永遠に変わりません。変わったとしても、自民党から民主党に変わったりするようなものです。特に変化はない。でも、それは単に「一つのレイヤー」であるということは知る必要があります。実は、世界はそれ以外にも、多層なレイヤーがミルフィーユ状態で重なり合ってできている。自分が生きのびられるレイヤーを見つけ、そこで生きるのだ。

社会であるとか、国家であるとかを、名前のある人間がつくり出したものと思い込むと、なかなか抜け出すのが大変です。そのような機構は、人間という「社会性」がつくり出しているんです。それは、人間という塊、人間の無意識が匿名でつくり出したアノニマス建築なんです。建築家なしの建築なんです。風化した岩みたいなものなんです。

僕たちはその風化してボコボコになった岩を見て、それをただの岩と見るか、雨風が凌げるシェルターと見るか、金になる鉱物と見るか、転がして人を殺す武器と見るか、石の上にも三年やってみるか、恋人と愛を語るソファにするか、それを考える必要がある。それがレイヤーであり、インスピレーションである。

風化してボコボコになった岩のような国家、社会は、富裕層レイヤーにとっては「金になる鉱物」です。0円ハウスレイヤーにとっては「雨風凌ぐシェルター」です。僕はちょっと変で、岩から離れて、色んな人がそれをどう捉えるのかを見たい客観性があるようです。

あなたは岩をどう捉えますか？

子どもたちは直感で遊べるが、どのように岩を見るかということは、今の大人にはもうできなくなってしまっている。それが今の「教育」です。だから僕の創造市という構想には「学び」が必要になってくる。小学校中学校と通ってるのはもったいない。その時が来たら、ちゃんと、いかにサバイヴしていくかを知って欲しい。

僕は世界が多層なレイヤーで成り立っていて、それをどのように解析していくかがサバイヴだと知ってから、実現するまで、一九歳から二九歳まで、つまり丸十年かかっています。それぐらい時間がかかるものなんです。だからこそ、焦らず実践に移すように新しい学びのレイヤーをつくらないといけない。

富裕層レイヤーと0円ハウスレイヤーがかなり自立し、かなりしっかりとした独自の動きをしていることは事実です。しかし、世界はそれだけではない。そこに目を向けるのが僕の仕事です。その時重要になってくるのが、インスピレーションです。人々のインスピレーションに目を向ける。それを貨幣として流通させる。

その時、人々の「才能＝貨幣」を流通させる時に、付随してくるインスピレーションこそが、「お金」なのではないかと僕は思っている。貨幣は才能。今使っている通貨はインスピレーション。こうやって考えていくと、何か新しい経済の萌芽が見えてきませんか？　僕はそれをちょっと感じています。

僕は、ありえないくらい無数の星を、ありえないくらい無数の方法で、多層なレイヤーを縦横無尽に動き回り、インスピレーションを使って結び「星座」をつくりたい。人々はそれを認識し、笑い、創造の渦に飲み込まれ、それでいて穏やかで、何よりも空を所有しない。それが僕のやりたいことだ。それが僕の夢だ。

おお、あらゆる星が集まってきている。それぞれ発光して。何にも必要ない。国も。法律も。お金も。道路も。

各々が言葉で表明すればいい。集合知が動き出している実感がある。どうすればいいのか、みんなが考えたいと思っているのだ。この前向きな力を結びつけ星座をつくりたい。面白いなあ。

☆

昨日、フーと二人で久々にゆっくり話をしていた。ゼロセンターもそうだけど、僕の家にも最近驚くほどの人々が集まってきている。フーが料理をして、みんなでご飯を食べる機会がとにかく多い。それはまた東京での僕たちの生活と違っていて、彼女はどうやら楽しんでいるようで嬉しかった。熊本もいいね、と。

それで今後の話になった。フーがモノを増やすことに対して全く興味を持たなくなったと言う。元からあんまりなかったが。そして、いつでも移動できるような気持ちで生活している、と。面白いなと思った。もうどんな状態になっても面白く生きよう、というふうに二人で言い合い、それがなんか良かった。

僕は今、東京で長年やってきたことを元にではあるが、新しい動きをしようとしていると思う。これをどういうつもりでやっているのかといえば、「いつかお金なんて価値がなくなっちゃう」とただ漠然と思っているんです。そうなった時でも面白く生きられるように、今からしっかりと準備しておかなくちゃね、と。

昨年の四月に僕は音楽ライター・批評家の磯部涼と出会った。『ゼロから始める都市型狩猟採集生活』の担当編集の梅山景央が紹介してくれた。その瞬間からなぜかウマが合い、すぐにインターネットの番組DOMMUNEを一緒にやることになり、それから僕の新しい活動が始まったと言っても過言ではない。

その後も、とにかく色んな人に出会った。会いたい人にはほとんど会えた。そしてこれからって時に、この原発事故。で、熊本に行くことを決めた。悩むかと思ったが完全に即断であった。それはなぜかと考えたら、どうなっても死なないような場所へ行きたいと思ったからではないかと考えている。

僕は今、お金が全くなくなったとしても、死なないだろうと思っている。0円ハウスの勉強をしてきたから全然大丈夫だということをまず知っているし、部屋を出されたら河川敷に行けばいいし、それでまた本が書ける。

フーにも、そうなったらそうやればいい、だから徹底して人がやらんようなことをやれ、と言われた。今や新政府の首相なので（笑）、こうなったら家族三人で移動式住居に住みながら世界中歩き回ってやろうとも思っている。とか言いつつ、意外と綺麗なところが好きなので、お金持ちの人の家を渡り歩きそうだけど……。とにかく、どうなっても死なない。僕の目的はこれだ。「死なない技術」。それだけが必要。

人や、社会や、システムや、国家や、企業を変えようと思うよりも、僕は自分を変えたいんです。自分が、お金なんか、電気なんか、補償なんか、いらない生き方にすればいい。そっちのほうが楽だし、文句を言うのは疲れるし、ほとんど生産的な創造性が生まれて来ないので、僕は絶対にしません。楽しくやることを義務化している（笑）。

二三歳くらいの頃、お金なくて本当に切羽詰まっていた時も、僕は楽しかった。フーも部屋で蠟燭立てて「いい雰囲気だね」と言ってたから、こりゃ一緒にやれると思った。それが原点だ。スタートだ。だから何もいらない。ただ創造だけやらせてもらえればいい。社会を変えることだけやらせてもらえばいい。

もちろん、シャンパンも好きだけど、僕は常時美味しいシャンパンを貯蔵している人間を知っているので、彼を喜ばせることでそれを飲むことができる。それでいい。だから何もいらない。本当に自分が欲しいものも一つも思い浮かばない。物欲がない。ただ人々に話をしたいし、空間について思考したい。

そこで、単に僕が0円生活を送るだけならいいんです。それなら。だけど、今のアメリカやEUの動きを、僕みたいな適当な馬鹿野郎が見ていても思うのは、「こりゃお金の価値がゼロになるという僕の夢も叶ってしまうんじゃないか？」ということだ。

貨幣価値がゼロになる。これは僕の夢なので、そんなことになったら最高だ、とフーに言ったんです。そうすれば初の人間自体が貨幣になる社会が生まれる。こんないいことないって言った。フーに、僕はそのために今動いていることを伝えた。貨幣価値がゼロになっても必要とされる人間になるのが僕の夢だと。

東京から熊本に帰ってきて、さらにその思いが強まった。だから僕は一人で黙々と仕事するなんて馬鹿なことを放棄して、徹底的に人を呼び集め、みんなと考えながら行動している。三月二〇日に帰ってきて、膨大な数の人と出会っている。そうやって訓練している。貨幣価値ゼロになった時の世界での生活の仕方を。

しかし、どうやらフーは不安だったらしい。経済危機が起きてしまって、お金の価値がなくなったら、「意外と最近貯金できてきているのにそれも意味なくなるの？　金《きん》に替えればいいの？」とかたまに言ってた。僕は「どうでもいい。お金も落書き帳みたいなもんだから、どんどんメモして放出したほうがいい」と言った。お金の価値は落ちるときは一緒に落ちるんだから、持っていても仕方がない。

そういう時にぶっ飛ばすのは、人間の「才能＝貨幣」だ。それは暴落しない。化けの皮を被ってなければだけど。被っていても、気づかれなければいい。だから今は、その「才能という貨幣」の価値をとにかく高めなければいけない。貯蓄よりも錬磨。

そしてコミュニティなのである。人と人が結びつくというのが、僕が言うところの「貨幣＝才能」を駆使した「経済＝共同体」なのである。だからこんなに人に会っている。そりゃ人と会い、共同体の準備をするには面倒臭いこともありますよ。無駄にお金がかかることもある。だから僕は今、お金を貯めるのではなく、たくさん稼いで、その分、自分の才能を伸ばすために徹底的に使い、共同体のあり方を考えるための試行のために徹底的に使う。「零塾」も、「新政府発足」も、「避難計画」も、「0円サマーキャンプ」も、弟子を雇ったのも、「モバイルハウス村計画」も、全部そのためでもある。もちろん、他の理由もありますが。

人を助ける時、それは「助ける」のではなく、共同体のあり方を考えているのではないか。つまり「経済」の起源なのではないか。助けるって言葉が好きじゃない。「共に死なないように生きる」がふさわしい。一緒にやっていきましょうという合図である。どんな状態だろうが、笑って過ごそうぜの合図である。

僕はとにかく笑って過ごしていたい。どんな絶望の果てだろうが、僕は笑って過ごす。全部の絶望を笑いに変えて、ちょっぴりウィットに富んだアイデアをスパイスに、世界を反転させたい。新政府以降の行動は、全て現政府レイヤーにおけるギャグとして行動している。完全に馬鹿にしている。自分さえも馬鹿にしている。

で、またフーが言う。「あなた、貨幣価値がゼロになってお金の意味がなくなったら私たちは飢え死にするんじゃないの？　だから農業をやったほうがいいんじゃない？」と。おいおい、フーさん勘違いしちゃいけないよ。アタシは芸能民なんですよ。芸能民が農業やっても仕方がないし、そんな歴史は存在しない。

僕は小学三年生の時に転校して、その瞬間に学級委員長に選ばれた時からずっとトリックスターなんでございます。ただの芸能民なんでございます。だから、僕はとにかく世界を反転させるようなアイデアを、踊りと音楽と文字と言葉と空間によって、人々に見せていかなくてはいけない人生なんでございますよ、フーさん。

だからこそ、毎日ギターを練習し、踊りのエクササイズを忘れずに、原稿は狂ったように一日四〇枚、空いた時間は全て人と話をするという、坂口狂平でいるわけです。しかも無理がない。とても健康的（笑）。芸能民、これ以上の人生はない。だからフーも芸能民一家になったということで、たくさん賄い飯をつくってね。

「マツリゴト」も芸能民がするんだよ。新政府首相は、全ての人間に貨幣価値となる才能が備わっていることを感じています。これはまだモニター数が少ないので確定していませんが、僕がこれまで話してきた人からは、全て感じられています。どんなに自殺念慮が激しい絶望的な人間からも、希望を検出しております！

だから、みなさん、貨幣価値がゼロになる時のことを一応夢想でもいいから念頭に置いて生きてみると、意外としゃきっとしますよ。これは日常的な自己啓発としても使えるはず（笑）。僕は、今の資本主義経済社会での日常は、その時のための「モラトリアム期間」だとも思ってます。つまり、まあ青春ですね。愛とかで悩む（笑）。

とにかく人に会う。ピンと閃いた時にはその人にすぐ電話をする。本読んで感動したら、質問三つ考えてすぐメールし、できれば会う。クラブには午後九時くらいからちゃんといて若いＤＪの前でもしっかりと踊り、厳しく耳を研ぎすます。かわいい娘には必ず声をかける（笑）。喫茶店見かけたらまず入る。金がないけど才能ありそうな人にはお金をばんばん払う。道で人が迷っていたらウザイくらい話しかけて道案内しようとする。人が集まって宴をやるときは割り勘する前にとりあえず自分で払っておく。好きな人には正直に好きなんですと伝える。大好きな作家にはちゃんと厳しくリアクションする。

そんなこんなの色んな行動が、いつも金に換わるとは限らんし、不思議だなあと思っているかもしれないが、本当は次の貨幣価値ゼロの、つまり「ゼロ」という時代のための経験値になるんです。近くに金がなくても笑っている人いるでしょ？　そんな人見ると、年号「零」になった時には、いい感じで動くんだろうなあと思う。

新政府は現行の貨幣価値がぶっ飛んでゼロになった時、年号を「零」と名づけ、日本という国家から新しい有機生物体「ＺＥＲＯ」という共同体の生育を始めます。それまではモラトリアム期です。さまざまな試行を繰り返しましょう。青春を過ごしましょう。トライ＆エラーを続けましょう。

いつか、ゼロを探す。

僕は、そのような姿勢でこの現社会レイヤーでの生活に臨むと、逆にお金が稼げるようになっているとも思っている。もちろん、レイヤーを自在に動き回る技術を身につけるのに時間がかかるのだが。なんだか「マトリックス」みたいで面白い。でもお金はいらない。だから、面白いことに勢い良く使える。ゼロ度社会のために。

そうやって入ってきたお金は、今まで使ってきたお金と見た目は同じだけど、全然違うことに気づいた。そちらは色のついた、署名された紙幣なのだ。つまりアートワーク。それが自分のところにパスされてきた。「で、お前どうすんの?」って聞いてくる。だから使う時は創造性が必要になってくる。勇気も必要になる。

労働で得たお金は、労働者から消費者に変わるための鏡の役目を果たすが、人間という貨幣（＝才能）で得たお金は、パスポートになる。つまりその先に道がある。自分で歩ける。鏡のような常に反転する微小な空間ではない。空間を、自分の創造した分だけ伸ばすことができるパスポート。貨幣には二つの使い道がある。

貨幣価値をゼロにする鍵は、労働から貨幣を獲得しないことだ。鏡の世界から脱する。そして、サインされたチケット（才能による貨幣）を手にする必要がある。そこには道ができる。そこからようやく人間自身を貨幣にする旅路が始まるような気がする。時間はかかるが、試してみる価値はあるだろう。

「ゼロを探せ。何? 君は探しているのか? 君はおのれを十倍にも、百倍にもしたいのか? 君は弟子を探しているのか? ゼロを探したまえ!」
――ニーチェ『偶然の黄昏』

こちら偶然見つけましたので、どうぞ（笑）。ニーチェさんもゼロを探していたのですねえ。

僕自身の喩えで言えば、金がないとき働かざるを得なかったヒルトン東京でのボーイの仕事。朝六時から夕方六時まで一二時間ほど働いていた。本気で嫌だった。それでも時給は一二〇〇円で保険も何もないけど八時間以降は一五〇〇円。休みは週二日。つらい労働でもあった。それで月給二三万円程度。でも、VIPのお客さんの相手はとても充実していて、前にも書いたが、チップを獲得していた。必死に時給で働いているのが馬鹿らしくなった。最終的には好きな時間働いて、そこでチップだけもらってやっていけるなとも思った。

ヒルトン東京のボーイという働きの中にも、労働と創造が混在している。そこを見分ける。それを続けていく中で、自分の表現だけでやっていくという練習を積み、最終的に二年後に独立をした。それが今の活動のきっかけになっている。

労働と思われている働きの中に、労働と創造の二つのレイヤーを発見し、微細に認識し、働きにおける労働と創造の割合を調整していく。最終的には創造だけにする。

僕は労働をやめろと言っているのではない。創造だけにしろと言っているのでもない。あらゆるものは一つの固まっていると思われている社会の中に、混在している。それを一つの混沌と思わずに、それぞれ独立したレイヤーが捻れの位置で、ミルフィーユみたいに重なっていることを知覚し、それぞれを飛び渡る。しかも、その行為の中から、自らの貨幣を発見し、行動していくことで、もしかしたら、いつかは「ゼロ度社会」に到達するのではないか？

今日考えたテーマはまたちょっと新しい方向性を見せてくれましたね。言っときますけど、これは僕が今、同時に考えながら書いていることです。今まで自分でも知らなかった。頭の中で想起してはいたと思うんですけど、言語化という作業を経ることで、頭で考えている創造が少しずつ僕の眼前に現れてきています。それはちょっと不思議な体験です。

☆

なんかふと、中学生の時に、付き合っていた女の子と離ればなれになることになって、なんかむなしくなった時に、レンタルショップでストーンズを借りて興奮して音楽好きの友達と語り始めたときに勇気が湧いてきたことを思い出した。やっぱり今回の動きは音楽的なんだ。

中学生の時の直感ってすごいなあ。いい曲をいいって思えてるもん。好きな人に好きって言えてるもんね。歴史とか意味とか知識とか洒落てるとかふっとばして、好きなものがわかる。僕は今でもそうやって生きていたい。

色んなことを知り、やたらと要領よく生き抜くことができるような人間にはなりましたけど、お金の稼ぎ方も勉強しましたけど、やっぱり一番やりたいことは、好きな人には好きと伝え、納得いかないことに納得せず、いつ呼ばれても出向き、いい顔して生きる。それだけよ。

試さないのに、できないとか、変わらないとか言いたくない。試してもまだ体力があるのなら、もう一度試したい。それでも駄目なら友人と一緒に試し、それでも駄目なら専門家を呼んで試し、金が必要なら持ってるだけ使って試し、とにかく試し続けるダイナマイトでいたい。娘にはとにかく試せと伝えたい。

結論。現政府になんか頼らないで、全部自分たちでやってみよう。子どもを育てることも。家のことも。放射能のことも。食事のことも。お金のことも。避難のことも。それらがまとまった共同体のことを。人に頼ってきたのが今までの近代社会。これからの態度社会では、自分の考えていることを表明し、試みよう。

自分たちで公共をつくり出す。これが態度経済と同期して僕が伝えようとしているプライベート・パブリックの考え方です。ゼロセンターは僕の私財でつくり上げた坂口恭平国立公園であり、新政府国会議事堂であります。誰でも参加できる。自分たちでつくり上げた公共です。ギリシア時代やローマ帝国と同じ方法です。

プライベート・パブリックは、浅草のおばちゃんたちが道端で壁沿いに植栽を植えて庭をつくっていたのを発端として思いつきました。今度は僕がつくる番だと思い、熊本で新政府を立ち上げたのです。新政府こそがプライベート・パブリックなんです。

今こそ、あなたたちが持っているエネルギーを持ち寄ってプライベート・パブリックをつくり上げよう。

あなたは自分のことを見過ぎていて、そんなに価値がないものだと勘違いしている。あなたを知らない人にとって、あなたは強大なエネルギーの塊に見えます。何も気負わなくていい。ただ自分をさらけ出せばいい。

そりゃピラミッドもすごいよ。でも、僕は人々の直感を集めた目に見えないプラベート・パブリック建築をつくり上げたいと思っている。どこを歩いてもいろんな人に出会い、才能という貨幣を交換できるような直感都市をつくりたい。金がなくても笑ってすごせるような江戸みたいな世界もいい。芸能民が潤滑油だ。

今こそ善意を集めよう。人々が絶望の淵に陥れられている最中、新政府は善意を徹底して拾い集めます。シモーヌ・ヴェイユです。もちろん人間には嘘も悪意も非難も文句も愚痴もある。それはそのままでいい。でも今は善意を集めたい。善意でそれらを包みたい。現政府は法律が必要だ。でもプライベート・パブリックには法律なんて必要ない。それは善意ででき上がっている。善意は知性である。

それは人々を創造生活へと向かわせ、生活の革命へとつなぐ。法律はいらない。なぜなら、あなたが法律であるからだ。この空間では人々がテキストとして他者にメッセージを与える。文句を言いたい人は、愚痴を言いたい人は、絶望を吐きたい人は、どんどん口にすればいい。それは例えば、現代の高層建築みたいなものだ。どうせそのうち誰も興味を持たなくなり、住まなくなる。売れなくなる。

そしてようやく0円ハウスに目が行くでしょう。自分たちに必要なものを考えるとき、善意が湧き出してくるでしょう。善意には無駄がない。直線的に目的に向かっている。文句や愚痴や絶望には、自分だけの欲望が蠢いているので、社会性の中では動きにくい。閉ざされた家族や学校や会社などの世界では、たまにうまくいくから厄介だ。今は「サバイバルとしての善意」が必要なんだ。生きるためにするのである。それは楽しい目的だ。

二〇歳のころ、夢は大きいが、それを理解してくれる人はほとんどおらず、現実世界とも折り合わず、家で一人で宅録してた……。なんでこんなにおかしい世の中なのにみんな平気なんだよ。本当はもっとオモロくて、エロい社会だってできるのに、って不貞腐れてた。でも金がないので、目先の利益にすぐ囚われてた。目先の利益に囚われてもいいけど、「知る」という行為だけには目先ではなく、十年後のことを考えてやろうと思った。一人で図書館で籠り、一人でひたすら十年後の自分のために貯蓄していた。

それは有効であったと、今なら若い人に伝えられるかもしれない。だから「目先の利益よりも十年後のための智慧を」。

「それはできないでしょ」と諭されることが多い。で、いつも「あなたはそれをやったことがあるんですか?」と聞く。すると「やったことがないけど、その不可能性を感じる」と言う。結局は、やってうまくいかなかったことの方が少ない。

ということで、人ができないと言ったことは、大抵できると僕は知っている。そういう行動をとっていると、本当に実践してみたが、うまくはいかなかったという人にも会える。これが僕の先人になる。彼らは僕が生きのびるための技術を教えてくれる。しかも無償で。これが教育である。贈与を頂くのだから失敗は許されない。だから僕は必ず実現させようと心に誓う。これが、生きるということ。

つまり、これは僕のやるべきことであり、同時にそれまで考えてきて実践してみたがうまくいかなかった人たちの使命でもある。自己実現に奔走するよりも、僕はこの「社会実現」こそがこれから最も重要な生き方になってくるのではないかと考えている。だから人々と対話を続けているのだ。僕だけの使命ではない。

僕だけの使命ではないことは、人々に「試す」ことを促す。僕はこう思いついて、ここまでやってみた。でもここでうまくいかなかった。たぶん原因はここだろう。だから若いあなたよ、今度は挑戦する時はこうしたら良い。これが学びだ。次の学びのために、僕はいつでも挑戦したい。不可能性に抵抗したい。

「何をやりたいのかがわからない」といって悩む若い人がいる。僕はそりゃないよと思う。自己実現のことだけ考えてても人々は集まってこないぜ。社会実現に心持ちを入れ替えて「自分に何ができるのか」という技術的な量を確かめたほうがいい。使命を感じている人間がいたら、その人に協力をすれば見えてくる。

とはいいつつも、純粋に「良いことをやりたい」、じゃ駄目なんだよなあ。言っておきますが、僕はただ遊んでいるように見えるかもしれませんが、バカみたいに毎日設計図描いてます。つまり、これでちゃんと飯が食えている。むしろ余っている。それが新政府国家予算になっている。同時に冷静な判断も必要なんです。

「設計図」といっても、建築設計のそれではないですよ。人生設計図です。これはとても重要なんです。僕は左から右の時間軸ではなく、XYZの三次元軸で空間的な図面を描いています。そうすると通常の二次元的な計画では見えてこなかった連環が認識できるようになってくる。純粋さを保つため、徹底的に客観性をつくる。

僕は人間の体も一つの社会のようなものと捉えている。とても国家的な動きをしている人も多い。融通を利かせるよりも、始めから法律のように決めつけて生きる。官僚に任せて細部への解像度が低い人。国家的個人ではなく、体の機能を司る意識にも、新しい共同体が必要だ。国を変える前に、自分という国を変えよう。

☆

今日は福島の子どもたち五〇人を0円で熊本に呼び、リフレッシュしてもらおうという企画、「0円サマーキャンプ」の最終的な打ち合わせをします。時間がないから無理だと色んな人から突っ込まれましたが（笑）、やっぱりどうにか実現できそうです。やっぱりやればできるんです。構想一カ月。皆が協力すればできるんです。

人は色んなことを思いつきます。新政府をつくろうなんて妄想にしか思えないことも。大体夜に閃きます。そして大抵、朝方もう一度思い返して「やっぱり昨日の閃きは妄想だった」と、やる気はいい感じで萎んでいき、実現は無理だと認定しちゃいます。

僕もそうです。なんであんなこと考えたのだろうかとすら思う。朝方の冷静な自分のほうがどうしても真実味がある。夜のふわふわした閃きは、なんとなく頼りない。その時も真剣に考えていたと思うんだけど、ちょっと枠からはみ出ているので、朝方の固い社会性を帯びた自分が判断したらトリッキーすぎると思ってしまう。そうしていつも楽しい閃きは消失してしまう。

ある日、僕は実験をすることにしました。冷静な朝ではなく、枠外の思考を持った夜に考えたことを実行することを。それでも朝はなんとなくソワソワします。でも禁煙している時と同じで、しばらくするとそのソワソワが消えていったんです。で、そこから思い立ったことを実現するために動き出せるようになる。

妄想という、概念がない自由な夜の感覚を、デスクトップが綺麗に整頓されてすっきりした朝の的確な事務処理能力で対応していく。これが結構うまくいく。夜思いついたことは実現したらとても楽しい。だって、自分ですら朝には妄想と思ってしまうことなんですから。朝スタートではなく夜スタートの日常を送る。

ということで、熊本避難も、七尾旅人くんのライブも、ゼロセンター創立も、新政府発足も、避難計画も実現し、0円サマーキャンプもどうにかうまくいきそうな状態になった。思いついたことがどこまでできて、どこからはできないのかを確認したい。できないことは何なのかを知りたい。今のところ何でもできる（笑）。

夜、さまざまなことを無秩序に思いつき、さらにそれをありえない角度で結びつける。そのまま眠る。で完全に眠りにつくまでが楽しいんです。僕はこれを「映画の編集」と呼んでます。眠りにつくまでの微睡《まどろ》んだ状態で、今日思考した無秩序を編集する。適当でいいんです。色んなシーンを流しながらつないだりする。そうすると、たまに夢の中でその映画がちゃんと上映される時がある。そうなると実現する可能性が高い。

何だか変な話ですが、これを僕は小学生の時からやっていた。小学生の時はいつもテストでした。夜、無茶苦茶無秩序に詰め込んで、その映像を編集しテストを受ける映画を見る。百点取った夢を見る。あんまり言うと、変な人に思われるのでやめますが、そうやって生きてきています。それでいくと新政府は、結構面白くなりそうなんです。現首相の菅直人さんとかにも会ってます、そこでは（笑）。「ごくろうさん、代わりましょう」とか新政府首相が肩を叩いて労っている（笑）。モバイルハウス村も存在しています。新貨幣も！

そういうこと考えると、僕は作家でも芸術家でも建築家でもないなあ、そんな誰も思いつかないことを表現しているような人間ではないなあと思うんです。僕はただ頭の中に出てきた3Dよりも立体的な四次元映像をただ実現しようとしている「実現家」なのです。独自の発想とかではない。ただ現実化しようとしているだけ。

0円サマーキャンプですが、そりゃ無理だと言われながらも、とうとう実現することになりました。新政府に投資してくれた方、ありがとうございました。やると挙手をすれば何事も実現する。とても励みになりました。五〇人の子どもたちが無事に過ごせるよう今後もがんばります!! 今回は弟子のヨネが主軸になって行動してくれています。こちらもありがたい限り。新政府の外交第二弾の政策は、本当に多くの人々との協力によって実現することができた。こうやって少しずつ人々と関わっていき、実践を続ける。これは東京ではやってこなかったこと。新しい生活の始まりに興奮している。

☆

とにかく独立するんだ。もう誰かに頼ったりするな。それは僕に対してもそうだ。若者が何人も僕のところにくるが、みな自己実現するための助けを求めているように見える。もうそんな時代じゃありません。己でただ独立するんだ。そうやって独立した人間同士がそれぞれの政府を持ち寄って革命を起こすんだ。

僕は今、ただただ単純な一つのことを目標にしながら生き、実現するために行動している。それは「社会を少しでも良くすること」。ただそれだけだ。だからといって人に指示を仰ぐボランティアではいけない。ひたすら自分の頭で考えるんだ。そこに芸術思考を張り巡らすんだ。それが生きるってことなんだ。

二五〇万円で何でもできるんだ。世界なんか三〇〇万円もあれば簡単に変えられるし、お釣りだってくる。『二五〇万円で起こす革命の方法論』とかいう本でも書こうかな。自分が感じている素直なことを元に行動しよう。

でも道は厳しいぜ。大抵はバカにされ無視され誰も協力しない。それでも簡単には絶望するな。その時に絶対に群れるな。人は不安が大好物だからすぐ不安になり、理解者と一緒にいようとする。すぐ見つかる理解者なんてぶっ飛んだことをするとすぐに非理解者に反転するぜい。徹底して一人で考えろ。

人を信じるな。でもって、自分も信じるな。ただ行動せよ。行動は自分の知らない己と出会う旅である。

僕が新政府つくるって言った時も、親友ですら嫁のフーですら笑ってた。馬鹿にしてた。そこで不安になるのがフーの罠だと（もちろんフーは大好きですよ）知っているから、無視してとにかく原稿を書いた。一カ月で二七万字書いた。原稿用紙で六六六枚。本二冊分の熱量である。あれから二カ月経った。もう誰も僕のことを笑わない。フーも笑わない（だって五月からだけでも四〇〇万円稼いだもん。ほとんど使ったけど……笑）。

簡単なことだ。革命は一人で起こせ。そのためには、綿密な設計図が必要なのである。行動を起こすには、絶対に設計図が必要なのだ。だから建築家に僕はなったのだ。

つまり、誤解なんて二カ月もあれば大抵覆すことができる。理解してもらえない、食えないなんて言っている芸術家や革命家がいたら怪しもう。そんなわけない。寝ずにシャブ中もびっくりなくらいのエネルギーを持って行動すれば、誰でも楽に食べられるよ。僕は請負仕事ゼロですが、一度も食べられなかったことはない。

実現していない人は僕に自信過剰と言う。何でもとにかく実現する人は、僕と一緒に美味しい酒飲みにいこう！　それは自信とか関係ないよね。ただやればできるのにね。あの人たち何言っているんだろうね。たぶん何も試したことがないんだろうね。まだ会社とかつまらないところから金貰ってんだろうね、と言う。

「どこから社会を変えることができるという自信が出てくるんですか？」とかよく質問されるけど、質問自体が間違っているんだよ。自信なんて必要ない。必要なのは、試した経験値であり、岐路に立ったときの決断の回数であり、金がない時に人に対して金を使う勇気なんだよ。やればわかるんだ。聞く前にやりなよ。

まじ、国や企業がやっていることが許せなかったら、いいかげんに試しなよ。あんたたちの時代なんですよ、今は。金と自己保身のことしか考えていないエロジジィとか、もういいですからってちゃんと論破できるような知性持ち合わせて行動した方がいいよ、そろそろ。そんなんじゃモテない（笑）。

自分のコンプレックス克服するために、ジトジト固まった世界で自分という価値を高めるための作品つくるよりも、出会ったこともない不可知な親友たちが興奮するような社会実現を起こそう。

それは近所のおばちゃんも興奮するし、まだ見ぬ伴侶も興奮するし、昔からの宮大工から、気持ちの良い小学一年生も喜ぶ。汗かかない清潔なビルで働くのも、素敵な服と気持ちのいい3LDKのためにはいいかもしれんが、三歳の子どもはそんな子どもっぽい大人よりも、「グーニーズ」みたいにぶっ飛ばしている人間との対話を求めるよ。

知らぬ人がついつい肩を叩いて応援してくれるような日常を過ごせ。人に異化を示せる大人になれ。迎合反対！　もう僕のところに来てアイデアを求めたり、ただ会いたいとか言わないでよ。自分を大事にしろよ。あんたも才能の塊なんだよ。

☆

『二五〇万円で起こす革命の方法論』　坂口恭平・著

はじまり、はじまり。

第一章　インスピレーションの言語化／現実化

居酒屋で飲んでいると聞こえてくる。愚痴のリフ。政治がどうだとか、給料安いとか、あの子が好きだけどあーだこーだとか、でも結局明日仕事なんで帰ります、とか。ふーん。と僕は思いながら聞いている。知ってますか？　愚痴ってのはその人の前で言えないことを言うと全部自分の傷になるってことを？

何か文句があるならば批評性のない人間たちの前でグダグダ言うのではなく、ぜひとも直接言いに行こう。それをやらねばならない。これが革命のスタートです。あなたは何か文句がありますか？　なければこの本は読まなくて結構。幸せな人生おめでとうございます。ある人！　まずは文句を口ではなく紙に書いてね。

僕は写真家の石川直樹の作品があまり好きではなく、なのに日本の全く知能低い現代美術の世界で受け入れられて調子に乗っていると判断した（勝手ですね……）ので、知り合いでもないのに文句を言いに行った。そしたら石川直樹の考えていることをよく知ることができ、ある部分納得し、逆に仲良くなったとか、そんなことばっかりです。建築家であり師匠である石山修武氏にも劇作家の岡田利規さんにも哲学者の佐々木中さんにも、中沢新一さんにも養老孟司さんにもビートたけしさんにも隈研吾さんにも、誰でも彼でも、僕は興味を持ちつつ納得がいかないときには必ず会いにいく。そして質問をする。緊張するやつを。

愚痴はただの消費なんだ。どんどん費やしていく。自分の体力を、知力を、胆力を、財力を。そして朽ちて死ぬ。肉体ではなく創造体が死ぬ。つまり光が消滅してしまう。しかし、直接納得がいかないことを質問するのは、緊張するし大抵やけどするけど、それでもそれは創造にとっては生産そのものになる。

ということで、納得がいかない、文句があるということがあった時こそ「生産」のチャンス到来ってわけです。それはまず喜びましょう。一人で祝杯をあげるわけです。居酒屋で。ほら、これで今までの愚痴っちゅうもんが変容しているのがわかりますか？　文句は一人で楽しむもんなんです。変革のための肴ですよ。

直接会うのもいいですが、文章に書いて、つまり公共の場所で伝えるのもいいと思います。それが「原稿」ってものに変わるんです。その瞬間、その人はただの人ではなくなり芸術家になってしまいます。つまり全ての責任を自らで負わなくてはいけない。だからこそ、たとえあなたが公務員であっても自由に表明できる。

さて、文句は見つかりましたか？

僕は二〇一一年五月一六日、現政府に対して文句があり、これはちゃんと直接的に対処しなくてはならないと捉えました。何か納得がいかないことがある人は全て表明のチャンスがあるんです。僕はそれが現政府だった。たぶんみんなも現政府に対しては文句がありますよね。

ではどうするのか。どこかの機関に文句がある時どうすればいいのか。そこの社員の人に言ったりお問い合わせに電話する人がいますよね。それでどうにかなると思いますか？　まあ気休めにはなるでしょうけど。それでは実際のところ無理です。機関を運営しているのは社長です。オーナーです。ヤクザに文句があれば組長に行け！

文句を言う場所というのには表玄関と裏玄関というものがあります。表玄関というのは本当にその会社の入り口から入って受付通して社長室まで上がっていく方法です。で、大抵受付で四〇分待たされた結果、社長は外出中ということになり、後日電話をするといわれ、二度と電話は返って来ません。そこでチェックされたら、今後一度も受付を通ることはできません。表玄関からは無理です。そして、そもそも文句は言えない仕組みになっているのが国家です。だから居酒屋が流行る（笑）。

そこで裏玄関です。僕は、中沢新一さんと会うにはDOMMUNEでノンアポで次回は中沢さんと対談ですと言い放ち、養老孟司さんの場合には『バカの壁』の編集者に本を渡し、面白かったら紹介してくださいと言いました。ビートたけしさんの場合はテレビ局の番組でたけしさんと会う構成を勝手に書き加えました。

僕がそれに気づいたのは一七歳の時です。建築家の石山修武氏に直接的に会いたい。文句もあるし同時に学びたい。でも早稲田大学理工学部なんて偏差値高すぎて合格できない。でも学校のテストは答えが教科書に載ってるから暗記すれば百点なので、内申書は満点取れる。それで指定校推薦で無試験で合格した。

ここであなたは頭が良いからできたというのはやめましょう。だってただの暗記ですよ。暗記は誰でもできます。それは総合的な脳味噌の運用ではなく、海馬だけ鍛えれば良いのです。たった一つくらいは集中できないと革命は起こせません。自分ならやれると思った人はぜひ次に行きましょう！

現政府に文句の話に戻ります。そういう流れであれば、ここは首相に会わないといけません。ですがこれが裏玄関からでさえなかなか難しかった。僕はワタリウム美術館と付き合いがあり、首相の菅さんも昔、社会活動家時代にワタリウムで展示をしたことがあることを知り、そこから行こうと思ったが無理だった。ただでさえ有事。難しい局面。

ここで言っておきますけど、僕には友人はほとんどいません（一番近くにいる磯部涼からいつも言われているのでおそらく本当なのでしょう・笑）。あなたは友人が多いからという言い訳もしないでね。僕は友人じゃなかろうが頼み込むことができます。なぜかわかりますか？　それは、頼む相手も求めているであろう文句を言うからです。

これは多くの人々が求める文句であるが、誰も言ったことがないというのが重要です。それは「異化」なんです。音楽家のベックみたいなものです。というとまた意味がわからないと言われそうですが、ベックがやったことは「誰でもあーこうやったらすごい音楽家ができるよなあ」と多くの人々が思っていたにもかかわらず、誰もなし得なかったことの実現です。だから彼も実現家であり、異化をつくり出す芸術家です。

人々が追い求めつつ、それが何だかわからないものの。芸術家はそれをつくり出さないといけません。

僕が今回言った文句は「現政府には頼れない。ここは菅さんに頼んで僕に代わってもらおう」というものでした。選挙をせずに首相になり国家の危機を脱出させたいということが僕の目的でした。これも大半の場合には狂人と見なされ相手にされません。素人は。しかし、こちらはれっきとしたプロの芸術家！

何も起きない平和な社会ではフィギュア・スケートやトランスフォーマーなど無言語のエンタメで十分です。しかし有事の時は異なります。徹底して言語が必要になってきます。平時の言語は制度をつくり出す意味性を持ったものですが、有事の言語は言語の根源的な力を有してます。それがインスピレーションです。

まず一曲、インスピレーションとして具現化された言語を紹介します。imoutoidの「ダ カーポ part 1」。imoutoidが死んでなかったら、絶対ゼロ共和国国歌を依頼していました。新政府設立。これは死者を弔う芸術でもあります。僕の弔い方は「依頼」です。

僕のまわりでも何人も死んでいった人間がいる。知らない人でも多くの人間が日々亡くなっている。東日本大震災でも多くの人間が亡くなった。その絶望を放っておいてはいけない。僕は悔しい。才能の塊が発光できずに生を終えてしまうことが。だからやっている。だからこちらも命懸けで実現してみせる。

有事の時、言語はインスピレーションとなる。芸術とは、まさにこの言語のことです。「詩的言語」とも言います。文字だけではない。音楽だってダンスだって演劇だって映画だって。それは有事の時にインスピレーションとして素粒子のような物質となり人々の頭の中で解凍されていきます。僕の場合、それが新政府設立だった。

芸術家というのは実はこのような存在なのである。つまり平時においても、人々がエンタメにうつつを抜かしている合間にも、必死に有事のためのインスピレーション、つまり、詩的言語化を試みる。この活動をしていることがクライシスの時に革命を起こすことを促します。つまり、新政府構想が冗談ではないと捉えられるのです。

3・11以降、ほぼ神話と化した抽象化してしまった日本では、既存の制度化された言語では、その混沌を抑えられませんでした。そこでインスピレーションを物質化する、つまり原子と原子を結びつけるエネルギーが必要になった。そう感じた僕は、納得がいかないなら新政府を、つまり新しい物質を創生しなくてはならないと考えていた。

首相には会えない。そこで僕は会いやすい首相というものを考えた。会いやすい首相とは一体誰か？それはもうやめてしまった首相です。歴代の首相に会うことを思いつく。しかし、それも困難でした。ふと思いついたのは僕は首相の子孫ならば知っていた。ある元首相の孫娘の方。彼女とは『ゼロから始める都市型狩猟採集生活』という新刊を出した時に知り合っていた。ここからならば実現できるかもしれない。僕は三月一二日の時点でもう既に彼女に電話をして首都圏からの計画輸送をしたいと申し出ていた。ただの一介の芸術家が、である。僕は本気でしたけど。

彼女は色々と動いてくれたのであるが、最終的には首相と会うことはできなかった。しかし諦めがつかないので、どうにか首相を代わることはできないかと方法論を求めた時に、彼女がぼそっと「現状のスキームではもうこの有事に対応できないのではないか」と言ったのだ。そのことに僕はピンと来た。あっ、そうだと。何も現政府の首相に代わって自分が首相にならなくても、もう自分で勝手に首相になっちゃって、そこで自分ができる限りの人材、資力を使い果たして徹底的にマツリゴトをやってみればいいではないか。オーガナイザーになってみればいいではないか、と思いついたのである。一瞬にして風景が変わりました。

そして、文句があるのなら直接会って伝えようというレイヤーから、文句があるのなら文句を言わずに自分が思っていることをすぐさまやっちまえ、ないものはつくり出せ、というレイヤーに飛び移ったのである。これなら無駄な労力がゼロだ。しかも、今この瞬間にできる！

興奮した僕はフーに新政府構想を伝えた。この時出て来た「新政府をつくる」というインスピレーション。これこそがまさに詩的言語なんだと僕は思い立ち、その実現を試みることにしました。とにかく持てるものだけを使ってブリコラージュしてつくってみよう、と。有事のために貯金していたのが三〇〇万円。それならこの金を元手に社会を変えてみようと考えた。

その後、磯部涼に「お前は物語なんだ」と言われ、納得がいきました。僕は今、この目の前の空間でまさにこの瞬間、物語を描こうとしている。音楽もつけて、人々も動かし、まるで映画監督のように。まるで演劇の演出家のように。違うのは、これが現実で、しかもオンタイムで時差なくつくり出しているということ。

で、頭の中にイメージとしてまず出て来たのがエミール・クストリッツァ監督の「黒猫白猫」のオープニング風景だった。よし、場所が必要だ、と。しかも二階から現代社会を鳥瞰できるようなシェルターが必要だと。僕の中でもこれははじめてのことだった。今までは場所なんていらないと言っていたから。

現実《リアル》の中で試したことがありますか？ 僕はいつも試したら大抵実現できるという確信があります。なぜなら、やってみたら、そんなに難しいことではなかったから。現実化をするのはそんなに困難なことではありません。逆にやれば楽に生きることができると僕は実感しています。

それまでの僕は、同じ東京でも違うレイヤーが存在しているので、それらを駆使して何も建てずに場所なんて持たずに都市を自然と捉え転用していこうという概念を持っていた。しかし、今度は何事も自分でつくってみようと変容した。まずは僕が考えている「公共」をつくり出そうと試みた。場所を探し始めた。

新政府をつくるというアイデアはたぶん誰だって一度は考えたことがあるだろう。でも今までの誰もやったことがない。そこは一つポイントである。誰もやったことがないものをやる。しかもそれが一番自分がやりたいことであること。それが革命の条件である。そこは馬鹿らしくても良い。ちゃんと後で調整する。

とても切実で、かつぶっ飛んだ狂ってるとしか思えないこと。それは、夜、閃きます。で、朝、落ち込み塞ぎ込み、その思いはゴミ箱へ行く。そこが勿体ない。そのような思いはそんなに頻繁には襲ってきません。なのでそれは大事にしよう。紙に書き留めておこう。初心者の人は次の日には考えないでおこう。僕は若い頃、そういうことを思いついたらとにかく紙に書き留めて、手帳を閉じて放っておいてました。すると数年後、それを実践に移そうと思い立つ。

モバイルハウス構想は二〇〇六年に思いついたことです。実践に移せたのは二〇一〇年。『すばる』で「モバイルハウスのつくりかた」の連載を始めた。そんなもん。

思い立ったことをちゃんと実現していくうちにうまくなってくる。そして精度が上がり、さらにスケールがでかくなってくる。それは体感してわかります。自分が準備できたと思ってきたらスタートラインに立ってる証拠。さあ、今こそ狂ってるとしか思われないような切実な文句を、思いを乗せて実現しましょう。

さて、新政府は狂っている考えかもしれない。でも、でもですよ。よーく考えてみてください。江戸時代から明治維新が起きるまで。「新政府」って言葉が出てきませんでしたか？　実は僕たちのこの社会は江戸時代の末期に新政府をつくった人々によって生まれているんです。つまり、そう考えると、まったく狂っていない。

だから思い立ったら次に徹底して調べること。これが経験が足りない人はなってない。基本的に自分が思いついたもんはオリジナルとか言っちゃう。こりゃいけません。芸術は一人称ではなく全人類称ですから、まずは思い立ったらすぐに図書館へ急ぎましょう。僕の場合は慣れているので今はそうしません。では、どうするのか？

時間というのは有限です。そこまではみなさんもよく知ってると思いますが、実は時間というのは引き延ばせます。別にスピリチュアルな話じゃないですよ。単純に引き延ばせるんです。実は人間に与えられた時間は一日二四時間ではありません。八〇〇時間とか簡単に引き延ばせます。永遠ですら手に入ります。

僕はすぐに二人の方に電話しました。人類学者の中沢新一さんと、哲学者の佐々木中さんです。僕は読書は上手ではありませんが、このお二人の読書の濃密さはみなさんもよくご存知だと思います。だからこそお二人に聞いたのです。

自分に才能がないのにそんな偉そうなことができるのか？　才能とか関係ありません。関係あるのは勇気だけです（笑）。僕は一年前に二人とも直接的に会って意見を交換させてもらっていた。僕は別にどこの大学で教えているわけでもない在野の無名作家です。肩書きなんか関係ありません。ただ話したのです。そして切実な思いを伝えたのです。ただそれだけ。必要なものは勇気、ただそれだけでした。

ということで、おそらく僕の数千倍も読書をしている知のパトロンであるお二方に、この新政府構想という思いつきを伝えてみた。ただの思いつきじゃ駄目ですよ。切実でキ千ガイじみた思いつき♡　人の興味を惹きつつ異化を与える嬉しいギフトを贈るような気持ちで伝える。

すると知のパトロンは笑ってくれた。そして、「新政府構想は今は狂っていると思われるかもしれないが、むしろ当たり前の行動なんだ」と二人は言った。新政府として幕府を倒した時もそう。さらには明治政府ができてからの中江兆民の行動もそう。憲法草案だっていくつもあった。多焦点の政治は珍しいことではない。お前は真っ当だ。やれっ！と（笑）。

ということで、話を戻しますが、革命に必ず必要なものは、実はそれがたとえキ千ガイじみたと言われても、歴史的に合理的にというか、フツーに考えれば妥当なことをやれってことです。新政府構想は知のパトロンの二人でさえも当然だと確信していた。これで十分です。後は一冊ぐらい参考文献を聞いておきましょう。

だから簡単なんだと思う。なんでこんなに難しく考えている人たちが多いのかびっくりしてさえいる。嘘言って謝らない人間を許しておけないだけなのである。ただそれだけだ。そういう現政府を許さないけど文句も言わない、やっぱり今までの生活がなくなったら不安だからという人は、僕には理解できません。

第二章　新しいレイヤーをつくり出す

新政府は現政府と対立してしまったら捕まってしまう。そりゃ当たり前です。しかもそれだと、今までの明治維新とかジャスミン革命みたいなものと一緒になっちゃう。それは血を流して面倒臭い戦争とかしなくちゃいけないので、現代の日本ではダサいなーと思った。もうちょっと方法がないものか、と考えてみました。

新政府ををつくってしまったら現政府とぶつかってしまい、それは最終的には暴力革命になってしまうのではないかという危惧がある。それは嫌いなんです。だってダサいから。みんなで結託して血を流して自由を勝ちとろうなんて嫌。それでは結局意味がない。つまり自民党が民主党に代わったようなものでしかない。つまり何も変わらない。それは僕の中では革命とは言いません。移り変わっただけです。結局解決しなきゃいけない問題は無視されたまま、統治する人間たちが変化しただけ。同一平面上の戦いであり、領土戦争みたいなもん。

政治思想なんて何の意味もありません。右か左かなんて同一平面上、つまりは二次元世界の話をしているのは多層的多次元空間に生きる人間のやることではありません。上も下も右も左も本当は存在しない。あるのは自分という点だけ。それがどこの座標にあるか。しかも立体的で時間軸まで含まれている空間で。

主義とかイデオロギーとかも関係ありません。というか、僕にはさっぱり意味がわかっていません。人間はそんなに単純な思考ができる生物ではありません。全部好きだし、全部嫌いにもなるし、ここがちょっとだけ良いというのもあるし、それらをブリコラージュして適当に自分の都合がいいように編集すればいい。

だから新政府は永遠に現政府がやっている普通選挙なんて興味がありません。これは僕の今までの仕事の延長であります。僕の中に現政府も新政府も同時に存在し得ることを、僕は路上生活者たちの生活を調査してきた視点で考えることで発見した。なんだ簡単じゃん。現政府ではない部分を全て新政府でやる。それは永遠にお互い侵略ができない。だからそのレイヤーのグラデーションをうまく使って生きのびることはできないか。

そこでまず、路上生活者たちの中で国家から降りることに気づいた人たちによる新しいレイヤーのつくり方を見てみましょう。彼らは現政府、国家の中において全てを失うことから始めます。失うとは第一に「住まい」です。彼らは生きるための家、土地をまず自覚的に失う。これでまず、いきなり国家から部分的に降りる。でも国家から外れるわけではない。彼らは住まいを失い、国交省が管理する国有地に向かい、生きのびるための場所を獲得する。そこで都市に捨てられたゴミ（僕はこれを都市の幸と呼んでいます）を転用し0円で家を建てる。

ここで彼らは非常に賢明な方法論によって現国家との裂け目に新しいレイヤーをつくる。国有地に工作物を建てて住むことは河川法の違反なのだが、法律というのも不思議なもので、様々に折り重なって存在している。河川法には違反しているが、住まいのない彼らは「日本国憲法第二五条」の「生存権」を侵害されている。で、法律にはヒエラルキーが存在する。河川法みたいな法よりも日本国憲法のほうが偉い（笑）。

ということで、国有地に家を建てて暮らすことも違法のはずだが、例外があって、路上生活者であるならば、つまり生存権が侵害されていると訴えるならば、住んでもいいのである。僕の出会った何人かの先進的な自称路上生活者は、この方法論によって簡単に現国家が縛っているシステムからするりと抜け出しています。

僕がずっと調査を続けている多摩川のロビンソン・クルーソー（多摩川河川敷二〇年在住）は土地の所有なんて人間にはできないのだからいいかげん気づかないといけないと言う。家を何千万円もかけて建てるなんて狂気の沙汰だとも。僕とそこで意見が一致したわけです。どうすれば土地を所有せずに生きられるか？　その解決策としての路上生活なのです。

地球は人間のものではない。だから土地から地代を没収するという不労所得は全くの論外であり、ただの搾取に値すると彼は考え、河川敷に勝手に住み始めた。でも勝手に土地を所有していることそもそもが生物の法からすると違法なので、むしろ法に従っているのではないか。

でも、それを壊そうとすると、システムは過剰反応する。だから別レイヤーで新政府をつくることにしました。お互いで協力するものではありません。土地基本法の第四条には「土地は投機目的で売買してはならない」とある。それなのに人々は不動産を動かし、不労所得をどうにか獲得しようとする。これも違法行為です。でも違法行為でも金になるなら認めるわけです。

そもそも、お金がなかったら暮らすことのできない社会をつくり出すこと自体が本来は違法に近い。別にお金なんかどうでもいいじゃないですか。それよりも社会をよくするために有益な人材をつくり出すことこそが共同体には必要なはず。つまり現国家は共同体というよりも、非常に巧妙な奴隷会社のようにも見えます。それが鬱陶しく思えた人たちが、さらっと路上で暮らし始めたんです。路上といっても、僕たちが住んでいる地球には変わりありません。しかも東京二三区内。でもそこは、路上と呼ばれている。路上は税金が奪えない場所。

税金を払わないのが国民に許された唯一の非暴力の抵抗です。ガンジーもそれをやった。でも税金払わないから、捕まえようとしても、彼らには住所がないし所得もないし、そもそも保護すべき対象であるホームレスを自称していて保険証も何もないので、捕まえることができない。保険証がなくてもホームレスは無料で医療を受けることができます。つまり、現政府では何も持たなければ、奪われない。

ということで、彼らは、現政府に何一つ抗うことなく、「身分」というヒエラルキーを人々に見せることで、もうひとつの精神の新国家をつくり出すことに成功している。これが僕のアイデアの元となっている事実です。実際にはある人は月に五〇万円以上稼いでホテル暮らし、という天才もいる。

でもですね。この路上生活を現政府の中でやることってのは色んな問題も持っている。というか自分一人でやるには何の問題もありません（笑）。本当はこれで解決なんです。みんなホームレスになって河川敷などの国有地を移動しながら生活し、お金はちゃんとそれぞれ独自に稼いで集落つくって家族もつくれる。山の中にはまだまだ登記されていないアノニマスな国有地がたくさんあって、ほとんど放っておかれてますので、それらを勝手に使って、集落つくって自給自足して、さらにはネット使って仕事して、医者もブラック・ジャックみたいな人を雇って自分たちで学校つくって子どもを育てるってのも、一〇人くらいでできそうですね。

でも僕の今回のテーマは「世間体」なんです。ヒッピーみたいにコミューンつくって独自に暮らすのもいい。でも僕にとってはそれもダサい。そこには「交通」が、人間という物質のバザールが存在しない。同じ思考の持ち主が集まっても面白くない。それは人間の細胞論から言っても、ちょっと不都合が起きる。

では、どうするかって時に、あらゆる人間が絡んでいる社会というのはどんなものかと考えた。それが「国家」だった。こりゃ面白そうだなと。国家の要件を調べるとまず政府をつくれ、とある。そしてできたのが新政府なんです。ゼロ共和国の。僕はアンチが嫌いなんです。僕にはコンプレックスというものがないので。

というわけで、人に文句を言うよりもつくり出したほうが楽だし効果があるし、何より笑えるし、女の子とも盛り上がれるので、新政府を現政府とは別のレイヤーでつくり出すことにしました。ホームレスと同じように、面白いヒエラルキーをつくることにした。

そこで、「芸術家」というレイヤーです。これがかなり使えることがわかってきた。

基本的に日本では芸術家というのは食えないし、でも一生懸命お酒とかドラッグとかやってボロボロになって、居酒屋では暴れて借金を友人にせびり、そして孤独に部屋に閉じこもり制作を続けるイメージ。でもそれは僕にとっては芸術ではありません。

当然、不屈の精神でできる人もいます。大抵中途半端なので駄目になります。それぐらい無頼だったらかわいいんですが、最近はもっと最悪です。芸術家にもかかわらず「ナントカギャラリーに所属するのが夢です！」とかなんとか言っちゃって、ナントカ美術館のオープニングとか顔出して私ナントカさんの知り合いなんですとか言っちゃって、芸術はつくっておらず、つまり飯も食えない人多し。まあそれはそれでいいんです。それで芸術家と言っても別に言葉なんて平時の時はただの制度ですから、肩書きなんて関係ありません。確かに。しかし、僕は違うと思っています。

僕は僕の考える芸術活動として、新政府をやることにしました。

元々僕は二〇〇六年にカナダのバンクーバー州立美術館で「0円ハウス」の個展をやったことがきっかけで現代美術の世界に入った。日本の美術風土は全く合わなかったので日本では出版に力をいれた。僕は現代美術も本もつくるのが大好きなんですが、それはガードが甘いからです。つまり現代美術の場合はキュレーター、出版の場合は編集者、僕以外にはたった一人が関わるだけで作品を生み出すことができる。検閲がない。何でもやることができる。だから無駄な労力が必要ない。

そこで大事なことが一つある。

それはですね、全ての責任を自らで負うということです。むしろそれだけと言える。作品をつくるというのは、この社会の中で屹立と真空状態の中で存在できるということなんです。だから善悪も左右も正悪もミックスして行動できる。そのことによって社会を変えるということが任務です。それを自分で責任を負う。

だから、ナントカギャラリーとか言っちゃあおしまいなんですよ。ナントカ美術館がこうやれって言ったとか言っちゃあ駄目。「全て私の意思で勝手にやりました」と言えばいい。それができなければ芸術家として存在できない。もちろん裏では徹底してキュレーター、ブレーンと共に作品の是非を緻密に議論する。

新政府をつくるという行為は政治的な行為だと「内乱罪」にあたります。僕は現行の警察に捕まるのもダサいなあと思っている。それは知性を使えば回避できる。もちろん強制逮捕される可能性もありますけど。捕まらない方法は、それが政治活動でなければいい。ホームレスみたいなものになればいい。ホームレス政治。「ホームレス政治」と言葉になれば危なっかしいですが、要は現代社会における意味での政治活動をしなければいいっていうこと。

そこで考えたのが、現代美術の世界で新政府をつくるということ。つまり、芸術品ということにしたのです。何でも芸術にすればいいってもんじゃないのよ、って怒られそうですが……。

でもですね。僕が以前からずっと言っていることは「芸術とは社会を変えるための行動である」なんです。つまり、新政府をつくってたら、少しでも社会を良くしたいという僕の思いはまさに「芸術」なんです。だから本質的意味でも芸術であり、それは現国家からすり抜けるための冗談としての芸術でもあります。僕はこうして「二つの芸術」を駆使して新政府をつくってみようと試みることにしました。

一つ目の芸術は、僕が認識している「社会を変えるという意味での芸術」です。もう一つの芸術は、「なにやらこれが芸術らしいぜと他者によって認識されている芸術」です。

僕が多摩川のロビンソン・クルーソーを見ていて思ったのは、もう既にこの人は社会を違う視点で見て実践に移しているのに、誰も気づけず、暴力も存在しなかったということ。つまり、暴力は目で見てわかるような粗いものに対しては有効だが、知性を使った解像度が高いものには無効かも、と。

まあ僕にとっては芸術はもちろん一つなんですが、便宜上二つってことです。僕としては政治の中で行動することも音楽も絵画もこうやって文を書いていることもすべて芸術です。

新政府を思いつく直前に、僕はバンクーバーで個展を開いた。その時にもう既に現政府のやり方に納得がいかないので独自に行動することは伝えた。それを実現することこそが芸術なんだと僕は講演で話した。それを政治ではなく、まさに芸術で新しい世界をつくり出すことに意味があると伝えたのだ。

新政府創立という革命運動を芸術という思考で実現する。これは現政府と同じ時間軸に存在しながらも、絶対に対立しないための方法論である。まず僕は自らが全責任を負うことを決め、「新政府」という「芸術作品」をつくったと表明する。

そうすれば、今後新政府に関してかかった全てのお金が芸術作品をつくるための経費になる。ヨネを雇ったお金も、家を借りているお金も、新政府による生活全てが作品なので、つまり生活費全てが経費になる。ほー、そういうのは面白いなあと思った。だから新政府にお金を払おうとする時は、募金ではなくちゃんと投資である必要がある。そうすると、これらのお金は全て僕の作品に対する収入になる。だからもちろん所得税の対象だが、それはある意味で製作費みたいなものだと認識している。だから全部申告してみる。そうすればちゃんと「芸術作品」であることを法律的に説明することができる。

現政府の枠の中で捻れの世界をつくるには、この芸術というアイデアが無茶苦茶うまくいく。展覧会でもやればいいのだ。ちゃんと申告して税金払えば文句がないのなら何でもやってみればいい。どうせお金なんてどうでもいいもの。払えというならいくらでも払います。そのおかげでそれが内乱ではなく芸術になるのなら（笑）！


だからこれはつまり現政府の世界からみれば「ごっこ」なのです。キッザニアみたいなもんです。ということで僕は徹底して「ごっこ」をやります。「ごっこ」と言ってくれるのなら、こんなにありがたいことはありません。「ごっこ」でも何でも社会が変われば僕はどっちでもいいんです。つまり、まずは徹底して「ごっこ」をやる。間違っても本気にならないこと。適当に皆と仲良く狂いましょう。

キッザニアって絶対に興奮しますよね。学校のバザーとかでお店屋さんごっこしている時とか興奮したじゃないですか。僕は小学校四年生の時に神社でやった子どもたちの祭りで「自家製人動販売機」をつくって興奮し、あれが忘れられない。

ダンボール箱を使って自動販売機と同じような箱をつくる。表には紙コップでジュースの種類をいくつか書いて穴を開けて陳列させて商品を伝える。小銭を入れる細長の穴を開けておいて欲しいジュースの下にあるボタンを押すと裏側に飛び出てきてそれを注文したことを確認する。僕は裏に入ってジュースづくり。

僕は「人動販売機」づくり以外にも、ファミコンの「ドラクエⅢ」を紙バージョンで模写したり、サンリオの文具シリーズを勝手に真似して自分でつくった下敷き、レターセットなどとにかく模倣して同じような、でもちょっと違うものをつくってきた。

今書いている本だって、世の中になかなか自分が読みたい本がないからつくる。既存のものは、それはそれで刺激になるし楽しいんだけど、やっぱり自分の好みにはなかなかフィットしない。これは全てがシステムと僕の関係性みたいなものだと今は思う。社会システムだって、まあ居心地が悪くはないけどやっぱりおかしいところもある。それなら自分でゼロからつくろうよ、と思ったのだ。

つまり、僕の創作の原点こそがこの「ごっこ」なのである。社会システムに合わせて生きるのではなく、それを参考に自分で新しいものをつくる。そこに人間の創造性の喜びがあり社会性があると僕は感じている。

新政府をつくるという芸術はその流れからも見ることができる。現政府を参考にしつつ、違うものをつくる。これが「ごっこ」で終わるのは駄目だと感じ「ごっこ」から本気へ変化していったのが今までの革命だったのではないかと思う。その変化には暴力が存在する。

僕はどうするのか。現政府のレイヤーでは「ごっこ」のままで済ませながら、実は別レイヤーで多くの人々と本気の生活の革命ができないかと考えている。

☆

躁状態でありながらも、どうにか運転できていた僕の体ですが、この度めでたく鬱へと突入することになりました。四日ほど前からやる気が消失し、ハイパーグラフィカ状態だった執筆も停止し、ちょっと休息が必要なようです。躁鬱病なので必ず躁にも鬱にもなるんですが、やはり鬱は辛いもんです。とほほ。

二〇〇九年八月から躁転し、操縦法を覚えてからはかなりうまくいった。それから丸二年突っ走ってきたんですが、さすがに七月末からのスケジュールは無茶をしてしまい、さらには五月からの三カ月で原稿用紙一千枚分のツイートをし、完全に貯金を使い果たした状態なんでしょう。当然と言えば当然です。

躁鬱病というのは不思議なもので、何か悩んでいるから鬱になっているというよりも、自動的に鬱状態へと突入する。躁状態もそう。鬱状態に突入してしまったら全否定の世界になってしまうので苦しいのだが、自動的なんです。

昔はそれでも鬱状態というのは何となく心理的な問題だと認識してしまうので自分のことについてくよくよ悩んでいたのだけれど、躁鬱病というのは精神的な病というよりも脳の欠陥なので、これは仕方がないものなんです。僕が悪いわけではないということをちゃんと認識しておく必要があります。

なので、対応策としては全てを保留し、ただただ休む。休んでいる間も自分の欠点など見つけず（こんな時に考えるものなど客観性がないし自動思考してしまうので）、考えるという行為自体を停止し、ぼうっとしておく以外ない。ということで、二年ぶりの鬱状態に対応してみたのですがこの方法は有効でした。

操縦法さえ身につければ（もちろん服薬も重要、悲しいかな一生続ける必要がある）、この自殺率の異常に高い躁鬱病もちゃんと社会の中で機能するのではないか。僕はそこに小さな希望をもっている。やはりこの「安定した不安定さ」を持つ脳味噌は（笑）、すぐ調子に乗るが、軌道を突き抜けるエネルギーをもっている。この二年間のトレーニングのおかげで操縦法を身につけたのだが、ちょっとアクセルを踏みすぎてしまい、やりすぎた。

ということで、これからは腹八分の行動を。もっとできると思っても緩ーく休みも適度に取りながら、無理なく運転していきます。フーとは「躁八〇パーセント」を合い言葉にコントロールしてきたはずだったが、いつのまにかフーの言いつけを無視して暴走してしまった。躁時も鬱時と同じくK点超えてしまうと崩壊が待っている。そのギリギリのラインが執筆するにはうってつけ（笑）。

河豚のしびれみたいなもんです（笑）。大変ですが。

今日はゼロセンターの町内会の運動会。がんがん参加してます。ムカデ競走、鉄人レース、二〇〇m走に出ました。なんと一位で、控えめにするつもりが完全に出しゃばってます。四月にゼロセンターを立ち上げて、町内会のみなさんに挨拶に行ったところまでは良かったが、五月中旬に避難計画を始めると完全に危ない宗教団体と勘違いされ（たぶん……）、それから距離を置かれていたので（隣のおじさんだけは毎日応援してくれていたが）、今日のムカデ競走の一体感はでかかった（笑）。近所に住む自治会長が喜んでいたように見えたので、これでまた新しい変なことやっても、意外と受け入れてくれるんじゃないかと、また始めようかなモードになっている。

地元に戻って仕事をするのは、東京と比べて全く楽じゃない。刺激はなかなかないし、だから自らつくり出そうと試みるとびっくりされる。まあそれも新しいトライだと思って、実験していこう。

最近の二年間くらいは、確実にうまくいくところで表現をしていたところもある。もちろんそれだからこその発展もあった。でも、次は何もないと思われているような空間から、ちゃんと生み出す試みをやってみようと、もう一度初心に戻る。

モバイルハウスを自分で建てて畑に住みたいという一人暮らしの若い方からの依頼を受ける。ゼロセンター設計部のヨネの出番。初号機よりももう少し大きく、台所設備を付けて欲しいとのこと。水は阿蘇の湧き水があるのでそれを利用しよう。モバイルハウスのアイデアは別段、珍しくもなんともない。それは六〇年代、七〇年代で世界各地で起きたことだ。フラー・ドームだってその一種とも言える。でも、そんな家たちは今ではほとんど見つけることができない。全くといっていいほど普及しなかった。それが一体なぜかを考える必要がある。やはり家は最先端のデザインとか、フラーのように最小限で最大限の空間をつくれるというような理論では、うまくいかないのかもしれない。

路上生活者のフィールドワークをしている時に感じたことは、どれも同じく0円の家だが、それぞれ違うのである。その時にふと、僕はどこかの山岳民族の集落に建ち並ぶ同じような形の家だって、0円ハウスと同じようにちゃんと近くに寄って触れてみたら違うんだろうなあ。その違いを調査したいなあと思った。見えないような差異がそこにはある。それが今の建築にはなかなか見えてこないのではないか。だからこそ、家というのは、それを建てる人がその空間の創出にできるだけかかわることが重要なんじゃないかと、これまた当たり前のようなことを思った。それってセルフビルドでしょと言われれば、そうですと答えるしかないのだが、なんか違う気もする。じゃあ、建築家の仕事って何だろう。

ということで、僕はモバイルハウスをつくった。自分で考えて、材料をホームセンターで購入して、自力で建てたら二万六千円で家ができた。一万円のソーラーパネルでオール電化が可能であった。まずは、これでも家ができましたという具体的な「量」を知らせること。これが「仕事」になるような気がしている。また、そのモバイルハウスをまずは吉祥寺の駐車場を借りて置こうと試みた。すると、意外にもすんなりうまくいった。もちろん、そこに住んではいけないのだが（しかし、「住まう」とは一体何かということはどの法律にも書かれていない）。このように方法論を具体的に示すというのも「仕事」になるのでは。

かといって、その「仕事」によっては僕は今のところ直接的なお金は稼げない可能性が高い……（笑）。ソローは著書『森の生活』の第一章に「経済」というタイトルを持ってきている。それが気になっている。これからは共通の経済で人々が生きていくのではなく、それぞれの経済レイヤーをつくり出すことが必要になってくるんじゃないか、と。

僕は勝手に「態度経済」と名づけているが、そういう時代になるとか、そんな大袈裟なことではなく、同じように色んな人が「○○経済」と名づけてつくり出したら面白いなあと思っているんです。既存のものが何かに変わることはない。既存のものから飛び出てきているヒモをどう解いて多層にするか。

京都から二一歳の若者がやってきて、おい新政府ちゃんとやれと突っ込まれました。で、一緒に飲んでた。人文専攻している大学生で、いろいろと教えてもらいました……。というわけで、ゼロセンター第二章がようやくはじまることになりそうです。三月からの僕の頭の動きは、今までになく飛んでいて、それが着地してしまった八月下旬に、僕はあれは狂気だったのかと思ったのですが、最近は、いや、あれは狂気ではなく、あれもまた現実であり、真実であったのだ、とまたもや戻ってきまして、今、そんな感じです。そんな時に二一歳に突っ込まれた。

身内の結婚式があり、先日二泊三日で東京に行ったんだが、ちょうどその時やっていた神里雄大主宰の岡崎藝術座の演劇を観られなかった。神里ちゃん、熊本に来てくれて一緒に不思議な日々を過ごしたから、絶対観なくちゃいかんかったんだろうと思っている。おい、なんでお前は逃げてるんだと、自分に思いました。

一二月九日から三日間連続で熊本にてチェルフィッチュの「三月の五日間」百回記念公演も開催されます。ゼロセンター初めてのお客さんが岡田利規一家であった。ここで熊本ツアー企画までやるんよアンタ、ともう一人の僕がちょいと声をかけてくる。ふと『戦争が終り、世界の終りが始まった』を手に取ったよ。

よし、もう一回やろう（笑）。

☆

鹿児島でトークショー。過去にないくらい固そうなところで。スーツを着た新エネルギー研究者を前にモバイルハウス話。意外にもウケたような気がする。しかし、今の太陽光発電や風力発電の進歩はすごかった。新エネルギー開発者、エコハウス設計者の方々の前で「家は産業化してはいけないのではないか」と言っちゃったのだが、反対意見よりも、それならばどういう方法があるのかと聞かれたりしたのが印象的だった。やはり、そちらに向かってはいるのだろう。モバイルハウスだったら月数百円も夢

じゃないい⁉

東電に勤めている知人に、3・11直前に僕がDOMMUNEで原発特集するために一緒に飲んで意見を聴いたのだが、「電力消費量を減らすための研究を大学でやってきたのに、入社してすぐにその研究はやめてくれと言われた」とボソッと言ったのが今でも気になっている。

建築もそうだ。できるだけ大きく金になる建物を設計しようと多くの建築家は試みる。そうしないと産業にならないからと言うのだが、それではあまりにも単純で知的ではない。電力消費量を減らす、小さな建築をつくる。こういう行為が意味あるんだと、経済的にも思わせる方法が必要なのかもしれない。

自分のことで言えば、僕は一軒も家を設計したことないけど普通に食っていけているんだけどなあ。まぁ、僕にとっての普通だけど。つまり、建てなくても建築家の仕事は務まる（笑）。電力消費量を減らすことも、鎌仲さんの映画では電力会社の先端の仕事だった。つまりいつかはそうなる。ならば今でしょ。

先日、バスに乗って市内を流れる白川の河川敷を眺めていたら、芝生が綺麗な緑地があって、あーここにモバイルハウスが並んでいたら面白いのになあ、ホテルになってたらいいなあと空想したので、モバイルホテル計画を描いてみることにした。定住じゃなく、各地にモバイルホテル（格安）、とかどうかな？　ついでにゼロセンター横を流れる坪井川にはボートハウスホテルなんかあったら無茶苦茶で楽しいだろうなとも。オランダ見てたら全然妄想じゃないんだけどなあ。街の中に流れている川は巨大な空き地ととることもできるなあと。河川公団とかつくればいいのに、そうやって空気公団のことを考えると興味深い。

オーストリアのリンツってとこにあるピクセルホテルって面白いなあ。街中にある隙間が客室になっている。工場とか船とかギャラリーの一角に泊まる。朝食は各地カフェ。つまり、街自体がホテルみたいになっている。都市型狩猟採集生活的住まいの在り方。

日本ってどの都市もインフラしっかりしているし、

どんな種類の店も揃ってるんだから、家なんかなくていいんじゃないかということ。それこそ眠れる場所があればいい。路上生活者たちの暮らしを見て一番衝撃だったのはそれだった。彼らにとって家はただの寝床。たくさんの生活要素を町中に持っているのね。

グラフィティみたいに家をつくったりするのも面白い。ビルとビルの間に一部屋、高架の下の隙間に一部屋、空き地にポツンと小部屋を置いたり。誰でも使える空間を勝手につくる。気づかれないか、もしくは気づかれたとしても普通に馴染んでしまっているような。「スケーター感覚で家を建てる」とか。

公共施設なんかもう大きいのつくらなくていいはずだ。もう十分だから。それよりも公共の「キッチン」とか「冷蔵庫」とか「ソファ」とか「書斎」とか「縁側」とか「押し入れ」とか「薪ストーブ」とかつくればいいんじゃないか。公共要素があれば足りるし、人間も動き回るし、何かといいんじゃないか。

そうすれば、本格的に「家なんてモバイルハウスで十分です。うち子ども三人いますけど、てへっ」なんて言うサラリーマンの人とか出てきちゃうんじゃないか。そしたら隣の日曜画家のおじいちゃんのカッコいい花の絵とか、お金出して買おうと思うんじゃないか。

人間それぞれの地図、カラスの地図、猫の地図、蟻の地図、蜂の地図、植物分布図、と様々なレイヤーの地図を作成する。こうやって都市を使えば、思い込んでいた都市空間も何百倍も広く捉えることができるし、レイヤー構造になっているから取り合うことができない。所有するんじゃない空間を獲得する方法。

モバイルホテルの話、ちょっとこれ進めてみよう。空き家を調査してストックすることもゼロセンターで勝手に始めてみよう。プライベート・パブリックなので、とにかく勝手に個人で進めてみる。それで意外と物事は動く。仕事は自分でつくる。

これは起業するというよりも、僕が小学生の頃に勝手にサンリオを真似して文房具を作成し女子に売ったり、紙でドラクエ似のアナログRPGをつくった感覚に近い。だから僕が仕事をしていると、いつも小学生みたいで人には不安を与えるみたいだ（笑）。仕事らしくない仕事。仕事とは思われていない仕事。そこがミソ。

新政府もその感覚でやっているわけである。仕事というのはお金を稼ぐためのものではない。でも仕事を自分で見つけて始めたならば、お金に困ることはない。それは労働とは全く違うレイヤーにある働きなので、ちゃんとそこで貰うお金は自分が求めている金額になる。ちゃんと労働意識を0にしてやれば。

☆

どうやって、怒らずに（もちろん怒りはあるけどね）、別のレイヤーでシステムに対して、抵抗をするか、もしくは捻れの位置に到達するか。文句言うよりも、やっぱり希望のあるやり方で、疲れもなく、いい音楽がかかっている感じで、行動できるか。抵抗せずに、システムを崩壊させずに、新しい生を獲得する。これが一番いいと思うんですよ。

それぞれのやり方で、生き抜く方法はあるんだと正論ではわかっていても、大体いつもそうはうまくいかない。かといって、もう既にでき上がっているところで文句を言っても、それは人間が無意識に放っといて匿名化したシステムなので、なかなか壊れない。しかも、そういう匿名化してしまったところでは、もう既に既得権益が発生している（小学校の走るのが速い人みたいに）ので、壊そうと試みると大抵、抵抗されたり、「あなた何言ってるの！」みたいな感じになる。所有してしまったものは手放せない。だから必死に守ろうとする。

そこで思ったのは、壊そうと思う自分の心にも無意識に匿名化されたシステムがあるので、これはいくらやっても結局うまくいかないということ。そのシステムは匿名なので、相手が誰でも同じだということ。

システムが悪いのではない。人間には皆システムが必要である。しかし、それがみんな同じだから、おかしくなる。お役人は匿名化されたシステムなので、この人たちに文句を言っても何の意味もない。彼らは匿名なので責任を持たないので、はっきり言えば何もしなくていい。人間皆同じシステムで動くのだということを前提としているので、言ったところで変化しない。社会を変えるという行為は絶対に実現しない。

匿名ではない、個で責任を持って独自のシステムをつくり上げて生きる。これが誰にも何も文句を言わずに、勝手に社会を変える方法だが、これはつまり、芸術家の行動であった。会社員をしていても、家に帰って小説を書き、別のレイヤーの世界をつくっていたカフカみたいに。

そんな時、当時二〇歳の僕が出会ったのが、路上生活のおじさんたち。つまり0円ハウスの住人だったわけです。ホームレスと呼ばれている人たちの中で幾人かは、見かけはそうなんだが、実は全く違っていて、別の「生」を発見していた。だからこそ、まわりからホームレスと呼ばれても気にしていなかった。彼らは一見、ホームレスでありながら、実は新しい生を発見していた。これはさっきのカフカと一緒なんじゃないかと。

しかも、彼らは同時に新しい独自の経済を人それぞれ発見していた。僕はそれを芸術だと思ったみたいです。それは見た目の芸術ではなくて、社会を変える行動をしているという意味での芸術。

なぜなら、お金がないから生きていくことができない、家を持つことができない、というのは間違っているということを示していたからである。彼らはしかも、それを示すことでお金を稼ごうとしていたわけではない。示すことがすなわち生きることだった。これが匿名システムを切り抜ける一つの方法だったんです。

お金がなくても人間は生きていくことができる。このような当たり前のことが、匿名化された現在のシステムでは理解できない。だから、それを示す。これが社会を変えるという行為なのだと僕は思っている。別に誰かを助けることではない。「当たり前のことを当たり前だ。だから実行すべきだ」と言うこと。

だから僕は、せっせと彼らに話を聞いては、それをフィールドワークした。つまり、これは僕がどうやったら当たり前のことを当たり前だと伝え、そして実践することができるかの練習であったと思う。そこで出て来た考え方が「レイヤー」という言葉であった。0円ハウスの住人は「お金がなくなった」「ホームレスになった」という事実は変えていない。しかし、彼らはお金がなくても0円でも住まいを持つことができるということを示し、さらに匿名システムから抜け出せば、お金という匿名システムとの付き合い方も、どっぷりではなくなるということを示した。

一つだけだと思われている匿名システムの中ではホームレスという括りにいるのに、生活の在り方が変化している。生活の在り方、家の在り方、それがすなわちECONOMICSの語源である。つまり、彼らは僕たちと同じ都市空間の中に、全く異質の、しかもそれぞれ違い変化し続ける別レイヤーの経済をつくったのだ。

そして、そんな彼らの行動こそがまさに芸術であると思ったのである。「芸術は今、都市にちりばめられている」と。と言っても、それは「生きている人全てがアーティストです！　そんな町づくりを！」みたいなこととは全く違うつもりで書いています。誰もが絵を描けばいいとか、そういうのじゃない。

自分の生きのびる方法を考える。生きのびる技術を身につけようと試みる。道具は何かと探し続ける。そして、それらをブリコラージュすることによって「自分の経済」をつくり上げる。もちろん、これはたった一人でつくってもいいし、何人かと協働してもいい。だからレイヤー、レイヤーと言ってきたのは、つまるところ、匿名化されたシステムから抜け出し、生きのびるための経済をつくろうということなのかもしれない。ここで言う経済とは、稼ぎ方のことではないですよ。生活の在り方、家の在り方、共同体の在り方。語源としての意味です。

多摩川に住む親友の大ちゃんの言葉「サバイバルっていうのは、DNAを残すってこと。きみたちに対して柔らかく言えば、工夫して生きろってこと」。

僕たちも、匿名のシステムばっかり信じ込んで、文句言ったり、まわりに嫉妬したりするぐらいだったら、どんどん歩いて、調べて、先輩に聞いたり、フィリップ・K・ディックの小説読んだりして、別レイヤーを見つけたほうがいいのだ。皆同じシステムではなく、違うシステム同士助け合う。これが新しい経済だ。

それで、新政府活動を始め、「福島0円キャンプ」を実施し、プライベート・パブリックという行為をもっと徹底しようというところで、体の疲れもあったのだろう僕は二年半ぶりのド鬱状態に入ってしまった。プライベートとパブリックが交じるのだから、自分でも気づかないうちに混乱していたのだろう。それから三カ月間僕は完全に停止してしまった。

鬱になっている間、僕は正直、新政府を立ち上げて、そこの内閣総理大臣に就任したと言った当時の僕を疑った。馬鹿じゃないかと思ってしまった。ただの躁鬱病患者が何をほざいていると思ってしまった。

「建国を試みる」というのは躁病の一つの症状でもあるらしかったので、なおさらであった。辛かった。そう思うと、さらに自信を失い、自分が考えていた思考が全て否定されたような状態になり、これはきつかった。ツイッターでそれを表明していた自分が恥ずかしくなってしまった。何をやっているんだ君は。政府は安全と言っているではないか。それが正しい。そして人のことなんか気にしてどうするんだ。そんなんばっかり。

で、諦めようと思ったが、やっぱり納得がいかないんです。なんかおかしいだろうとやっぱり思っている。でも、自分の頭で考えてもうまくいかない。しかも、苦しいのにトークショーをしなくちゃいけない。

その時に人の反応があったのが、プライベート・パブリックを表現していると思えた庭師の写真だったんです。それで今までの仕事を振り返った。そしたらやっぱりプライベート・パブリックの考え方しかない。そしてそれをもって皆で協力して変えないとやっぱり駄目だと思えた。勇気が湧いた。

僕が早稲田の建築学科で学んでいた頃。建築の勉強するんだけど、どの教授もどうやって建築をつくるのかは語ってくれるんだけど「建築とは何か」「家とは何か」は考えていないように見えた。僕が設計図描く前になんかやることあるだろうと思っていた。でも、大学ではそれは学べなさそうだったので外に出て学んだ。僕は単純に「今建っている建築ってでかいなあ、あんなに大きい必要はないんじゃないか」「そもそも家って余ってるよね。エンゲルスも言ってるもんね」と思っていたけど、そんなこと誰も言わないいんだもん。教授だから頭が良いはずなのに。僕が当時付き合っていた大工さんの方が頭が良いようにみえた。「こうやってやれば簡単でしょ。ほら」とか「身の回りのものでこうやって工夫すれば、はいできあがり！」みたいな感覚がない。でも、僕は生き抜くためにはそういった力こそが必要だと思っていた。でも誰もいない……。

つまり、僕には退屈だった。小学校で勉強しているみたいだった。もっと実践を、もっと野生の思考を学びたかった。ということで、小学生レベルの大学をさぼって、飛び級で路上大学に入学することにしたのだ。ここは全て実践、常にサバイバル。野生の思考がほとばしり、ディオゲネスも生息していた。

今も大学生と話すと、そういうこと言うんですよ。退屈だって。でもそこで「自分には建築が合わない」とか言っちゃうんだな、これが。違うんだよな。飛び級しなくちゃいけない。だって、そのレベルは合わないってことなんだから。別レイヤーの大学を見つけなくちゃいけないんだ。

社会に合わないから自分は駄目なんだと言うのは簡単である。そんなんだったら僕はたぶん今頃自殺して死んでるよ。躁鬱病はきついもん。でもねえ、違うんです。レイヤーは無数にある。この世は多層なの。これからの僕たちは「層生活」を実践しなくちゃいけない。レイヤーライフを。

だから今の社会の問題点は、ただ単一のレイヤー上の自分しか信じることができていない教育の問題だと僕は思っている。レイヤーをつくる。可視化する。そして実践する。

教育というのは、その人が持っている知識、技術を手取り足取り教えることじゃない。それは単一レイヤーの教育だ。僕がやりたいのは、ただただ地図をこちらが勝手につくる。それだけだ。レイヤー状の社会空間を示す。そこにダイブできる領域があることを伝える。何も教えなくていい。ただ空間を提示する。

僕もそうやって路上大学で学んだのである。路上大学が存在しているのに、地図に載っていなかった。

☆

僕は新しい政府をつくり、初代内閣総理大臣に就任しました。と同時に、あなたも新しい政府をつくるべきではないかと僕は思ってます。そして、それぞれ新しい経済を考え出し、実践する。僕は今の原発の問題、政府の問題と、家の問題、そして企業、労働の問題は全く一緒だと思っている。つまり、僕の中での原発はいらないという言葉は、政府はいらない、三五年ローンで買うような家はいらない、会社はいらない、労働はいらない、と言っているのと同じだ。それらは全てつながっている。

だけど、他に誰も新政府つくってない。芸術家も作家も思想家も何かもう元に戻ってしまっているような気がする。他の皆もやろうぜよ。びびっても仕方がないよ。芸術をやろうとするのは怖いんだ。でも、確かなことは、別に死にはせん。ここ重要。

いつも弱気になって家の和室でうずくまって泣いている時（笑）、フーが言う言葉です。「別に死ぬわけじゃないんだから、なんでもいいんじゃない？」。女は強いです。女になりたいです。

今、話し合わないといけないのは、避難すべきなのかどうかをちゃんと議論すること。避難するなら、行政がやらないんだから、どうやって避難先のコミュニティで助け合えるか、仕事はどうするか。そんなことを具体的にやる必要がある。

頼む、夢は描くな。夢は人任せなんだ。夢じゃなくて、具体的にどうするのか。自分ができないと思ったら、誰ができるのかを見つける。見つけたら連絡して、それを助ける。色々あるぜよ、具体的なことは。夢は抽象的すぎる。今は緊急事態。イメージするな。直接人に話を聞け。紙の上に行動項目を書け。

僕がモバイルハウスは二万六千円で、農地を使えば月に家賃が四〇〇円になりますと伝たのは、これは本気で具体的に考えているからですよ。えー小さい家じゃ嫌だとか、寒いとか、工夫次第でどうにでもなることを言われても仕方がない。僕がそれをつくった理由は、くそみたいな家の状況がある。土地を持った人間が持っていない人間から金を取る、家って自分で建てられないように法規をつくる、これはおかしいだろ、と思ったからだ。

今、考えろ。真剣に生きろ。真剣に生きるとは、チョー具体的に自分の生活を見るってことだ。そして、悩め。僕が鬱になるからって笑ってるやつは馬鹿だよ。鬱にならないほうがおかしい。でも鬱になっても諦めるな、考えろ。本を読め。感想文を書け、人にそれを伝えろ今すぐ。

そして、もう既に活動し、活躍している作家、芸術家、建築家、音楽家、劇作家、哲学者、思想家、宗教家は、ちゃんと放射能についての行動を示すべきだ。なんでそこを上手に避けとるんだ。今こそ「生きのびる技術」を芸術として示さないと。

そこまで吠えたら、自分もやらないといけなくなるのでいいんじゃないかと思ってます（笑）。とにかくおいおいお前、じゃあ何やるんかいって自分に突っ込ませていかないと。他人の突っ込みは痛くも痒くもないが、自分の突っ込みこそがホントだから辛いもんね。まわりの声気にしているやつは馬鹿だよ。時間の無駄。

できるかわからないからやっているわけではない。必ず行動できると思えたから動いている。それまではじっとしてないといけない。動きたいけど、じっとしてないといけない。しかも、人に相談なんかしたらいけない。ただ、どういうことを考えているかを話せ。そしたらアイデアが出てくる。相談するな。

若い人たちよ、自分が今いる場所で考えろ。そこで自分にとっての新しい経済とは何かを考えろ。そこでどうやって新しい経済をつくるか。わかりますか？　その方法論。きみは、大学とか出ちゃってたりするんでしょ？　大学出て、企業に勤める以外に生きのびる方法を知らないじゃ、やばいよ、絶対にやばいよ。やばいし、ダサいよ。で、僕はそのやばいし、ダサい人間だったよ。二一歳の時。どうするよ……。

それを今、多くの人が真剣に考えなくちゃいけない状況というのは、実は幸福なことでもあると思う。だって、僕の時は誰もそんなこと疑っていなかった。普通にみんな企業に入ってたからね。僕は原発なんか全く知らなかったけど、徹底して非政府・非企業だった。だっておかしいもん。普通に考えればわかるよ。普通に。

大学ってところはそんな人間を育てるところではない。本来、大学というのは、その後、個人が自立して新しい経済をつくり上げて、社会のために動く人間を育てようとしてつくられたんだ。困ったら語源、成り立ちに戻る必要がある。大抵の人はそれをやらずに卒業しちゃう。そして迷う。

本当は大学で、そういうこと教えなくちゃいけないんだけど、僕の時もそうだったが、誰もどうやって食っていくかなんて教えてくれないのよ。なぜって、教える人たちもサラリーマンと何ら変わらないシステムの中にいる。そんな状況と、今の原発事故と政府の状況を見比べても何も違いがない。やばいよ……。

だから僕は大学をつくりたい。そこの授業は唯一「自分で経済をつくり上げる」ことだけだ。だから全員やっていることは違う。で、徹底して自分が師事する先生とマンツーマンで考える。毎日通う。毎日冷や汗かく。お金の稼ぎ方、仕事のつくり方。徹底してやる。

新政府の根源的な目的は「教育」です。でも、別に何か教えるんじゃないよ。ただ、こちらが冷や汗たらして、びびりながら仕事してることを、直に感じさせる環境をつくればいいだけ。自分で新しい経済をつくって、既存のシステムと決別することがどんだけ困難か。それがわかれば、誰でも偉そうにしないよ。

新政府は住宅改革が政策の柱だが、それすらも教育の中に包まれる。だから言ってしまえば、教育革命を起こしたいのかもしれない。無償の学校、全ての人に開かれた教育、生きのびるための教育。態度経済による経営。あらゆる政府、自治体、権威から離れた独立した教育共同体。

妄想だと笑うな。必要なことだ。国会中継で話していることなんかつまらん。ただ法律新しくつくるだけで。新しくつくるのは「法律」ではなく「教育」なんだ。

だから、頼む、若い人。ちゃんと考えてくれ。僕にアイデアを聞きにくるな。アイデアは自分で考えて「どうですか、これ?」と調子に乗っててくれ。調子に乗れ。どうせ、誰かが叩きまくるんだから。頼む、不可能性ばっかりグダグダ言わずに、もっと可能性を信じろ。自分の知らない自分を見込んで動け。

若い人、きみのまわりに、本当に食えなくなってしまった時に、ちゃんと飯を食わせてくれそうなアフリカ人みたいな日本人の先輩やおじさんやおばさんはいるかい? いないとやばいぜ。それ、人と話していないってことだから、やばいぜ。今のうちにどんどん自分のこれから実践していきたいことを叫んどけよ。生きるってそういうことだけだよ。何も仕事で成功するとか、いい会社に入るとか、有名になるとか、資格とるとか、出世するとか、お金を稼ぐとかじゃないからね。

生きるとは、死ねないこと。

死ねない環境をつくる。これが生きることだと僕は思ってます。相当希死念慮強い僕が思っていることです。

芸術家たちは自分たちの作品づくりにばっかり集中しているのではなく、このような事態の時にちゃんと動こうではないか。わがままは今回は置いといて、まずは行動を喚起させよう。そして鑑賞者になるな。今度は自分で動くんだ。考えるんだ。会社のこと政府のこと生命のこと。そして創造せよ。

自分の中の最大限の自由度を持って態度経済についての話を聞いてみてください。いや、そりゃないよとか、そりゃできないとか、寂しいこと言わないで自由度を持って聴いてください。僕は自由ではありません。しかし、自由度を持ってます。この違いが重要です。あなたの自由度を持った耳で聞いてください。

態度経済は貨幣経済と決別するわけでもありません。むしろただただ全く別のレイヤーにあります。もっと抽象度の高い経済感覚です。つまりその経済というのは、通貨というような物質によって交換する経済ではないからです。もっと言うと、交換するような経済ではありません。交換ではなく、交易するんです。交換と交易という言葉は全く違う。等価で交換するには物質が必要になってきますが、交易は、そこら中を動き回っていく。動き回っているものが交差する時を指す。なんか、イメージできますか？　交易しているイメージ。ドラクエの町の市とか遣唐使とかイメージできますか？　あなたなら何をイメージしますか。

僕はですね。今住んでいる目の前の都市とは別にですね。もう一つの都市を頭の中につくるんです。これずっとやってますので、今じゃかなりでかい都市です。これ本当につくるんですよ。実際に建物があって、看板があって、人が動いていて、動物が動いていて、生き生きとした空間がある。そんなもう一つの空間。ここに住んでいる人はですね。僕の知っている人で、ある態度を持っている友人たちを住ませます。もちろん妄想ですけど。看板も描かせます。さらに知り合いではないけど、本などで知った人なども入れていく。さらにはまだ会ってても知りもしないけど、こんな人がいたらいいなあという人まで住ませていく。

つまり態度経済というのは、このように態度を持つ人間たちを集めてつくったもう一つヴァーチャルな都市空間の中で行われる経済です。これはヴァーチャルですが、デジタルとは全く違います。これは思考しないとつくりだすことができません。さらに素でできる人もいません。これは誰かから地図を渡してもらわないと都市がつくれないんですね。僕はこれが本来の意味での「教育」なのではないかと思っております。

そして、思考によってつくり出した都市。ここで交易することが態度経済になるんです。

そうやって人を見ていく。坂本龍馬もそうかもしれんが、南方熊楠だってそうだ。建築家の吉阪隆正もそうだ。デビット・マンクーソもそうだし、ラリー・レヴァンもそうだ。アーサー・ラッセルもそうだ。ボブ・ディランだってマルセル・デュシャンだってそうだ。彼らは交易している。

脳の障害のない人には申し訳ないが、僕はありがたいことに、（鬱時は最悪だが）躁状態が訪れる。あの時（おそらく今もそうだが・笑）に、その思考都市がくっきりと目で見えるようにわかる。そこはレイヤー状になっている。同時思考によってできた空間なんです。

僕のレイヤー概念は僕の障害から生まれた。だから躁鬱病も使い方によっては驚異的な創造活動をすることができるので、住めば都みたいなもんです。付き合い方を覚えれば、見えない空間を実際に感じることができる。だから、みなさんは自由度を持ってついてきてください。僕は地図を描きます。「ダイアローグ・イン・ザ・ダーク」みたいなもんと思えばいい。

そしてその思考都市を具現化したものとして、僕はツイッターがとても有効なのだと思った。そして今年五月一六日から始めさせてもらった。で、やっぱり思考都市になり得た。自分の頭の中の交易していた思考都市をツイッター上につくり出し、そこに態度経済のアクションを起こさせる。それが僕の実験です。同じツィッターというただのデジタル空間ですが、僕はそこにレイヤーをつくっているつもりです。つまり、僕のこのツイートは、放射能のことをずっと気にかけている人も見るし、建築に興味がある人も見るし、DOMMUNEの視聴者も見るし、アーサー・ラッセル好きな人も見るし、美術家も見る。

まあ、その他、僕がつくり続けているレイヤーは無数にあるのですが、それらが重なってはいるものの、ちょっと捩《よ》じれている。つまり、全て同じデジタル空間ではない。その人の思考によってちょっとだけ変化する。こうやって多層的な思考都市をつくっているつもりです。なぜか。それは態度経済を実践するため。

金よりも、自分の経済をつくることができるかに悩め。金は一時の恥、自らの経済は一生もんになるよ。悩みどころが違う。金なんかどうにでもなるだろう。しかし、経済はどうにもならん。ましてや自分でつくるとなると、ここには思考がいる。思想はいらん。思考がいる。思考空間がいる。つまり態度経済がいる。

自由を求めるな。自由度を磨け。

☆

熊本はこれから芸術の都になります。首都になんかなる必要はない。徹底して芸術首都になる。熊本に住んでいる人、それからこれから熊本に住もうとしている人、心がけておいてください。ちゃんと芸術に触れることができ、芸術を志す人間が住み、食べ物も都市計画も芸術的で、そして芸術で食える都市。

これを主導できるのはたぶんおれしかおらんと思うのだが、誰からも頼まれん……（笑）。だから、自分でやってるだけだ。文句言うなら、自分でやれ。自分の力を全部使ってできるところまでまず試せ。試さない人間は頼むから、ちと黙っててくれ。まずはやるから。君もやれ。試せ。頼むよ。何でこの僕の冗談のような新政府がこのような冗談じゃなくなってきているかを考えよう。

つまり、試せ。今すぐ試せ。あの人は有名だからとかなんとか言う前に試せ。僕はいつもそう思っている。僕は何者でもない。別に稼いでもない。でもやるんだよ。簡単だよ。怖いけど。怖いけどやるんだよ。

焦った状態で何か物事を考えても何もうまくいかない。躁鬱病はこれを如実に感じてしまう。だから、とにかく焦った時は落ち着くところに逃げる。僕はいつもそうしてきた。そこで落ち着いて考える。やばいことは徹底して準備しないとできない。落ち着かないとできない。

ここらへんをすぐ人は勘違いする。焦った状態でギリギリの状態じゃないとどんでもないことは起きないと思う人がいる。そういう時はどこにそういう偉人がいるか探してみるとすぐにわかる。僕はそういう人を知らない。どんな凄いアイデアもやはり人間は落ち着いた場所から生まれてくる。だからぶっ飛ばせる。巣は大事だ。巣感覚を忘れずに。

だから、そんなに学校とか会社とかが大事な人は、それだったら、病院に行って鬱病だと診断してもらって、学校や会社を三カ月くらい休ませてもらって、それで色々と落ち着いて考えればいい。時には離れてどこか遠くへ行って。そうすれば少しずつ見えてくる。その場で考えるな。気分転換。これ大事よ。ほんとに。

そこから一旦離れて、動向をしばし見守ろうよ。離れていると、冷静な判断も出てくると思うけど、近かったらいやそれでも大丈夫だと思ってしまう。自分の選択は否定したくないからだ。

自分を否定することは人間はなかなかできない。自らを徹底的に否定すること。これが芸術だと僕は思う。だからこそ僕はここまで声高に芸術を叫んでいる。自己否定をすること。これが一番日常性から離れたことだ。躁鬱病の症状でもある。ありがたいことにね。辛いけど。今は神話的な大事故が起きた奇跡の瞬間である。今は芸術しか通用しない。

だから、僕が放射能から逃げろとずっと言い続けているのと、熊本を芸術都市にすると言い続けているのは、二つともつながっているのである。見えない恐怖を、ちゃんと恐怖と捉えて、全てを捨てて、新しい生を生み出す。見知らぬ場所に降り立ち、慣れぬ環境に苦しみながらも、そこで自らの生を獲得する。放射能から逃れた移住を言語化するとそうなる。

つまり、この移住という行為自体が、芸術行為なのだ。そう考えてみると、もっと面白く思えてくる。もちろん大変なことばかりだと思う。でも今までつくり上げてきたものをぶち壊し、新しい生を得る。それはそれで面白そうでしょ。芸術を今こそ。行動を起こせ。

人に会うことでしか物事進まないんだから、とにかく人に会う。体を動かせ。思い切って感じたことを口に出せ。やっぱり今、何人かのやばい表現者たちがとんでもない作品を発表しているのは、本当にできるだけ見に行かなくてはならないと思っている。遊んでいる暇はない。彼らがつくったものを同時間に体験できる喜びを噛み締め、そして自戒のためにも、とにかく街へ出て、僕はいろんな人や作品に会っていきたい。

真剣に生きればきっと夢は叶う。当たり前の話を思い出した。

そういう誠実なキ千ガイが僕のまわりにはたくさんいるので、とても心強いし、同時に恐ろしいなあとも思う。そして、それはとても素晴らしいことだと思う。そうやって生きれば戦争なんかなくなっちゃうんじゃないのかなあ、とチェルフィッチュの「三月の五日間」的にも思った。今日もあのフレーズはこころに響いた。

やっぱり僕は芸術が好きだ。そして、そのとんでもなく恐ろしく、素晴らしく、生きる視点を転換させる、力強い弱さの塊である芸術を、一生の仕事にしようと思った。そして、社会を変えたいと思った。

だから、誰かにどうにかしてくれって叫ぶくらいだったら、自分で新政府つくって、政策を世に発表すればいいのだ。政府に文句があれば、おれだったらこうするねっていう政策を、みなに提示すればいい。人は見ている。はやくハンドルを握れ。

しかし、なかなか事故に目を向けられない社会の動きがある。そのことに気づかないとまずいが、生活が完全に国を主体とした匿名的な連環で包まれてしまっているので動けない人間が大量につくり出されている。これは原発以前に、教育、文化、芸術の問題なのだ。どうすりゃいいんだ。お前はどう動くと自問する。

これから恐ろしいことが起きる。この具体的な現実にしっかりと恐怖を感じること。正体のわからない抽象的な「不安」ではなく、具体的な「恐怖」を見る。これは僕が路上生活者である鈴木さんから学んだことだ。恐怖がわかれば具体的な対策が練れる。一日に水をどれくらい使うといった具体的な「量」に目がいく。

自分で「動こう」と思ったら、とにかく人に話せと僕は思っている。やらざるを得ない状況をつくる。それでしか、悲しいかな僕の今まで受けてきた教育では、行動に移すことができない。自主的だからやるのではない。主体を奪われていると自覚するから行動を起こすのである。恐ろしいから具体的に動くのである。

そして僕は今、とても恐ろしい。でも不安ではない。だからこそ、具体的な言葉を放ちたいと思う。具体的な恐怖は、生きようと試みる人間の根源的な希望である。目の前の牙をむいた虎は、具体的な恐怖。そこから一目散に逃げて家族が待つ集落に戻ろうと全力疾走する具体的な生きる行動こそが、希望なのだ。

☆

何かが起こったときに、ストップすることができない社会って、やっぱそもそもおかしいような気がするんです。しかし、こう言うと、お前は勤めたことがないからわからないんだ。会社ってのは休んだりしたら大変なことになるんだって言われると思う。でも、そこにもまた僕は疑問があるんです。本当かと。それって銀行が、みんなが借金を返済しちゃったら潰れるのと同じような構造だと思うんです。

でも、こう言うと非常識、じゃあどうやって社会は成熟していくのか、経済はどうするんだって言われるんですが、本当にそうなのか。休まずに永遠に運動を続ける。危機が起きても気にせずどんどん働くって……。

僕はそれを「借金思考」と呼んでます。借金することが働くことの良いトリガーになるって発想。本当にそうなのか。僕には全くそう思えない。でも社会はそのように動いているところがある。家賃がなくなったりしたら、経済はどうするって言われる。でも僕は家賃がなくなったらみんな嬉しいんじゃないって思う。

なんで三五年ローン組んでみんな大きな借金背負って、おかげで働かなきゃいけなくて、それによって会社、銀行がちゃんと運営できて経済発展！　ってなんかおかしいような気がする。そんな単純な話じゃないってことですかね……。いかんいかん、僕は単純思考しかできないのかもしれない。

　僕もずっとバイトしてました。二八歳の時まで。金も全くなかった。でもこのストップできないのはまずいなあと思っていた。で、やめた。そこから執筆を始めたんです。お先は真っ暗だった。でも、まあ人生なんてどうせゲームみたいなもんだから、適当にやってたら結構どうにかなるんじゃないかって思ってた。やめたのが二〇〇七年のことだったんですけど、それ以降、僕は二〇〇九年のド鬱の時に一週間引っ越しのサカイでバイトした以外、自分の「仕事」以外の労働をしていない。それでも、結構やっていける。というか、むしろこっちのほうがやっていける。と言うと、また人は「みんなに才能があるわけではない」と言う。

　まあそれも一理あると思うんでわかるんですけど、その言葉が借金思考をやめた人からは聞こえてこないんですよ。だから、何だか釈然としません。もしかして、ストップすることのない経済発展のための行動って、やっぱりちょっとおかしいんじゃないかって。

　でも、かと言って急には変えられない。じゃあどうやったら抜け出せるんだよ、ってなると思うんですが、僕は今の教育環境の中でこれを実践するには、実体験だけで考えますが、八年間ぐらいかかると思うんです、一人でちゃんと飛ぶには。でも、その教育を受けることができていないわけです。今の高校、大学教育では。もっと言えば幼稚園から……。

　僕にとっての教育というのは「教える」という考え方ではないんです。educationって語源はラテン語のe-（外へ）＋ducere（導く）らしいです。こう見ると結構わかりやすい。

　無意識の匿名化されたレイヤー内での連環した「生きる」から、外のレイヤーへぶっ飛ばす。これをやらなきゃならん。でも、それにはとにかく時間がかかる。しかし、現行の教育環境ではそれが実現できていない。僕は大学の講義に出ることがたまにあるんですが、そこで学生と話しながらいつも言うこと。「お前、これからどうやって食っていくの？」そう言うと、彼らちょっと止まって、「わかりません」と返す。

恐ろしいことに、大学教授の多くは、そんなこと誰も学生に教えないんですよ。どういうことをやったら幾らもらえるとか。どうやって仕事を獲得すればいいかとか。契約書の書き方までいくとやりすぎかもしれないけど、とにかく「生きのびる技術」が全く伝えられていない。それでは駄目だと僕は思っている。

ちゃんと自分の力で自転車に乗れるようになるまでに八年間くらいかかる。これが本当だったら、高校三年、大学四年、プラス卒業後一年練習して、外に出る。これで行けると思っている。しかし、それがほとんど体験させられない。食える方法を誰も教えない。これって陰謀かってくらい教えない。おかしいよ。

僕の場合、とりあえず高校三年間は何も考えてなかった。一応、空間に興味を持っていることは判別できたので、建築家になろう。建築学科に行こうってところまではわかっていた。それは小学生の頃から。しかし、次に行く道がわからない。調べたのは一七歳の頃、高校二年生の頃である。初めて調べた。

そこで以前にも書いたけど、図書館で石山修武氏という建築家の存在を知り、そこに行こうと思った。八年間の修行をするには、とりあえず師事する。それしかないと思った。自分がやろうと思うことと全く同じ人はいない。だから、一番近い人を探す。その人の具体的な技術をまずは知ろうと試みた。

ここで、自分がやろうとしていることと同じじゃなく、近いってのが重要だと思ってます。だってぴったしかんかんな先人や、やりたいことなんて見つけるの時間がかかるでしょ。そういうの僕は面倒くさい。楽したいんです。だってそれは「考える」こととは違うから。

「考える」ことを面倒くさくなってはいけない。楽する場所や、面倒くさくなるポイントを見間違うなと僕は自分によく言い聞かせる。自分と接することにはできるだけ楽をする。でも「考える」ことは気を抜かない。だって、外の世界に自分が考えているものがあるなんて、やっぱりありえない。でも「考える」ことで自分で見つけることはありえる。

2012

二〇一一年に新政府総理大臣になるとは予想もしなかった……。でも僕は、二〇〇九年のある忘年会で「総理大臣になりたい」と言っていた。しかも二〇一一年にV6の岡田准一さんのラジオ番組に呼ばれたときも言っていた（笑）。やっぱりなりたかったんだ。

僕が総理大臣になりたいと言ったのは「一番なりたい職業であり、かつ競争率が一番低そう」という理由でした。僕はこれまで総理大臣になりたいと言う人に会ったことがなかったので（笑）。

これもまた、態度経済の一種だと思ってます。「誰もやりたくないのに自分は一番やりたいこと」。これを仕事にすればいいと僕は毎年小中で学級委員長やっているときに思った。こんなに楽で楽しい仕事ないのにみんなやりたくないと言う。不思議でした。目立つから嫌われるのでしょうか。僕は好きだった。

誰もやりたくないのになぜか自分は大好きである。これは態度経済の効果を何倍にも高める。ただでさえ人は嫌がっているのだから、それをテンション高めでいい仕事していたら、それだけで態度経済になる。そうやって色々と僕は自分の仕事を見極めている。その視点、レイヤーでも自分の仕事を見たら面白い。

人間はなんであまりにも決まりきった世界しか描けないのだろう、と今でも思う。なんでもう少し自分の独自レイヤーで考えることができないのか、と。どうせ違和感感じているはずなのに、この社会とわかり合っているふりしやがって……。だから、おかしいんだよ。3・11以後特に。

人間はわかり合うことはできない。人の態度を認識し交易することしかできない。これまでの世界はモノを介して交易し、ちょっとだけ他者のフレイバーを感じることができたが、これからは態度、それを交感しあう態度交感経済になる。社会のことなんか理解すんな。おかしいと思っている態度を示せ。それが人生。

僕は今でも、新政府総理大臣になってよかったなあと思っている。ちゃんとこの社会とわかり合えなかったことを示せて、まずはよかったなあと思っている。独自の態度レイヤーの人間と交易を求める姿勢を表明する。ここから始めればいいんだ。わかり合えないからこそ交感させるべく毎日歩き回ろうと思う。

かといって、あっちの世界に行ってしまわない、とてもバランスのとれた総理でいようと思う。文句を言うのも嫌いだし、あっちの世界へ行ってしまって現社会を無視するのも性に合わない。僕は新政府総理大臣として慎ましくこの現代社会でみなさんと共に一市民として独自の態度政治をやっていく。

自分たちが暮らすところはちゃんと自分で開拓し獲得する。そしてお金がなくても暮らせる社会をつくる。

僕の役目は何か。それは具現化することである。現実の世界に接続することである。僕はこれができる。稼ぎとか仕事とかすっとばして、ただ実行ができる。今やる気がある。そして、できると思ってる。ほとんど遊びの延長で動いている。友達は戦友になる。

僕はまだ会ったことのない君にも今すぐ行動せよと伝えたい。そして、それを表明しよう。自動的に世界が始まる。社会は自分でつくるもんだ。それが一番楽しいんだ。生きてるやつは自然と動ける。観衆になるな。プレイヤーになり、コマンドを開け。僕はただの人間であり、ただのプレイヤーだ。

しかし、ただの観衆ではない。ジャック・インせよ。自分の脳内を、匿名化システムにジャック・インせよ。そこから始まる。

あなたが動け。人に動けと言うな。自分でつくれ。今の社会はなどと戯言を言うな。つくれ。頼むから自分で考えてないことで判断するな。できないという言葉がいかに嘘かを考えよう。試したことのない人間がなぜわかる。それが詭弁と気づいたならば、あなたは動き始めるだろう。

わかるかい、世界には試されたことがいかに少ないか。だから僕はいつも自分に言う。ゴタゴタ言わずに試せと。簡単だよ。

ほら、どんどん僕の知らないことが、あなたの知ってることだとわかっていく。あなたの知性を表現に。言ったでしょう、あなたはプレイヤーなんですよ。僕と何も変わらない。

僕にはちっとも意味のわからん「食っていくには仕方がない」という言葉。それは極限で漂流して餓死寸前で先に死んだ人間の肉を食べた時に言う言葉である。何も試さないで、それを言うなよ。金がないからって人間は死なんよ。

でも、仕方がないから……って、腐った仕事したら絶対に死ぬ。僕はそう思っている。僕は時折、レム・コールハース設計の河川敷の緑溢れるガラス張りの0円ハウスに家族で幸福に暮らしている生活を思い描く。レム氏とは二〇〇五年ブリュッセルの展覧会で一緒になった。その時にいつか住宅を頼むことを閃いた。人が地獄だと思ってることを、天国にする。これが建築だろうよ、芸術だろうよ。

つまりこうやって設定したら、人生に終わりなんかないでしょうが。『戦争が終り、世界の終りが始まった』ってフィリップ・K・ディックの唯一のSFじゃない小説があるけど、本当に自らの設定次第なんですよ、人生は。他者からの指示で生きてはいけない。自分で全部決めろ。しかもそれを人に言ってみよう。笑われるから(笑)。

食っていくために仕方がないという人間の特徴はただ一つ、「試したことがない」。スナフキンに怒られるよ。ほんとに。

僕が仕事をする理由は、自分で「やばい、これ人に伝えないといけない」と思うマグマがあるからだ。ただそれだけだ。それだけでいいとはじめから知ってたよ。賞とらないと駄目だとコンペばっかりやってたら、いつまで経っても己の思想は伝わらんぜよ。思想は一番近い自分の恋人をぶっ飛ばせたらそれが思想なの。

おかげで八年間食えなかったよ、金なかったよ。でもコンペとか賞とか他者の指示で生きるようなくだらない世界には一歩も足を踏み入れなかったよ。だから、初期設定が大事なんだ。「お前はやばいのか」。そこで揺らいだら終わりだよ。人に承認されようとせがむなよ。頼む。せがむな。頼む。あなたは、やばいから。

☆

裸になったり、歌ったり、踊ったり、女装したり、鬱になったり、躁になったり、総理になったり、画家になったり、作家になったり、映画に出たり、女好きだったり、テキーラ人間だったり、元オリーブ少年だったり、演説したり、スイーツ好きだったり、とにかく気が狂った人間ですが、今の職業は総理です（笑）。

しかも、僕の将来の夢も内閣総理大臣でした。これ、夢叶ってるってことですよね（笑）。幼稚園の夢が果物屋。これは二三歳の時に築地の果物屋で働いて叶えた。小学校の頃の夢が建築家。これは今「建てない建築家」というタイトルで新聞で連載してるので建てないけど叶えた（笑）。そして大学過ぎてからの夢が今！

でも、総理大臣ってまず選挙で勝って、下地つくってちゃんと裏で色々とやって認められて、それでももしかしたらなれるかもしれない、くらいの競争率の高いものじゃないですか。なかなかなれるものじゃない。でもそんなことを夢に描いた。

それは実験でありました。

どういうことかというと、総理大臣は世界中でおそらく一番実現するのが難しい夢の一つでもあると思うんです。そういうのに挑戦したいと思っていた。なぜなら、僕は「夢なんて実現するもんだ」と思っているからです。しかし、皆は違うと言う。だから僕は総理大臣になりたいと言い始めたんです。

実現不可能なもの。みんなは総理大臣になりたいと言うと、やっぱり笑うんですよ。まだ大学も出たての頃だったら、もちろん。でも、「僕がなったら面白くなるような気がしないか？」と質問したらみんな「そりゃそうだけど……」と言ってくれた。僕はこれが嬉しかったんです。僕がなったほうがいいのなら、僕はなるべきだろうと思った。

これも僕がいつも話すことと同じなんです。「常識的に考えて無理」というのは、強いようですけど弱いんです。なぜなら、その常識というのが個人の考えではなく、匿名化されたレイヤーでの思考だからです。それよりも「僕がなったら面白い」というスタートから自分の仕事を組み立てよう。僕はいつもそうしてます。

「もしも僕が総理大臣になったら面白いことになる」とまわりの人が思ってくれているなら、僕は絶対になるべきだと思った。こうやって「何か実現したいこと」ができる。もちろんそれは荒唐無稽の夢にも思えます。僕でもそう思ってた。でもキーワードは残る。「僕が総理大臣になったら面白くなるんだ」と。

それで、僕は考えた。もしも、僕が総理大臣になったら、叶えられないものは何もないということも言えるかもしれない。実現できないことなんて何もないと言えるかもしれない。もちろんそれは理想論だけど、もしかしたらちょっとだけそれを人々に信じてもらえるかもしれない、と思いました。

だって、僕は総理大臣になりたいと言うと、まわりの人からいつも冗談と思われていたからです。僕もまだ気づいてはいなかった、その方法を。しかし、笑われてもみんな最後に「でもお前は面白いからなんかやってくれそうだ」と言ってくれました。

みんな「実現すること」は見えないが「人」は見えるんです。まわりの人の「実現すること」は見えないが「人」は見える。これ、重要です。だから「お前そんなことやろうと思っても無理だよ。ハードル高ぇよ、お前には」と言われても気にしないことです。だって「実現すること」は見えません。

だから人の言葉に耳を傾けるのは自分の「人」の部分についての意見だけです。「人」の部分は、もちろん目に見えるし、交流していると感じるので、みんな自然に意見が言える。「お前がいると場が和む」とか、「料理の味付けが絶妙」とか、「どんな町に行っても道をよく知ってる」とか。そういうのはよくわかる。僕はそれだけでいいと思ってる。これが態度経済なんですけどね。

僕も、「お前はこのままでは総理大臣には絶対になれないけど、もしもなったら面白いことやってくれるだろうなあ」というまわりの人々の思いを胸にとりあえず生きることにした。なぜなら、それは面白いから。

小学生のときに遊んでいて、今は全く会わなくなった友人に会うのってやばいくらい面白いのに似てる。僕もですね、大人になって小学生の時に好きだった女の子とかに会いに行ったこととかあります（笑）。なんか、その時の気分が態度経済と僕が言っているのに近いような下世話感があります（笑）。だってああいう時って、「おれはあの時と態度変わってないぜ」と伝えるために行くのではと思うんです。僕の場合は……。

自分がやるべきだと思っている「使命」のような仕事を持つことを実現することができないというのは、僕はありえないと思ってます。これには色んな反論があるかと思いますが、僕はありえないと思ってます。理由は、あらゆることが実現可能だからです。これは本当です。なぜなら、勝手になればいいいんです。

僕は果物屋になりたい。こんなに果物が好きな人間は果物屋になるべきだと思っていた。だから果物屋のバイトを見つけて、築地場内の超高級果物屋に行って千疋屋用のグレープフルーツやル・レクチェなどを選果するようになった。これはただバイトの面接行って後はテンション高くやるべき仕事をやっただけ。

そのノリで建築家にもなれるんじゃないかって思った。でも僕は建築士の免許を持っていない。なので建築は建てない前に建てられない（笑）。しかも建てたくない。建てたくない建築家というのはちと難しいです。ならやめろって話になる。

「なりたい」っていうからおかしくなるんです。そうじゃなくて「おれがなるべきだ」と思えばいい。というか、そう思えるものが人間にはたった一つだけある。僕はそう確信してます。しかも、それは人生において一つではなく、今生きている瞬間一つある。僕の場合はそれが、果物屋であり、建築家であり、総理だった。

「なりたい」ってなんだろうって思う。小説家になりたいから毎回賞に応募し続ける。もちろんこれもそうですが、それはやはり形としての小説家であり、小説家になることよりも小説で書くべきことを考えるほうが先決でしょう。それは考えてみれば簡単なことである。あるべきものを持っているから、実現するのだ。

だから、建築家になりたいと願うのではなく、単純なことですが、僕がなぜ建築家になりたいと思ったかを考える。建築家というのはほとんどの人が興味を持っていなかった。僕はそれを変えたかった。映画スターとかになるような建築家っていないのかと思った。ちょっと下世話な話ではありますが、それが一つ。

そして、建築家はみんな建てることばかり考えていて、家とは何かとか、土地とは何かとか、お金がない人々でも最高の暮らしをすることはできないかとか、考えている人が誰一人いなかった。お金を求めて新しいデザインをすることばかり考えている建築家が多かった。誰も建築家が公共だと思っていなかった。

僕は、お金なんかなくても広々したところに住むべきだと思っていたし、建築家は土地を占領するのだから公共性を持って、個人住宅なんか建てるのに喜んでは駄目だと思ってたし、そんなことわかっていない同級生見ながら、本当に心配していた。大丈夫かなこの人たちって心配していた。誰も気づいてないのだ。

ということで、二つめの理由は今の建築家たちがまるで駄目で、自分の小銭稼ぐことばかり一生懸命になって社会のための建築が実現されていないので、ここは一つまずは建てる前に建てることを考えることを伝える仕事をせねばならんと思った。建築家という職業が好きだったんだろう。これは自分がやらねばと。

僕が藤村龍至氏によく電話したり一緒に行動を促すのは、僕が知る限り唯一、氏も「建築家になるべき」と感じた人間だからだ。彼と初めて会ったとき、僕はすぐ「いつから建築家になりたかったんですか？」と聞いた。すると藤村さんは「小学校の頃」と答え、僕が当時学習机に秘密基地を建てている時、彼は神戸市をトレースしてたらしい（笑）。そして神戸市長になりたいと思っていたそうだ（そこは相当先を超されている）。それで意気投合。

僕は大学時代に自分は建築家になるべき人間であ

ることを自覚した。ここで重要なことは、これは才能の問題ではないですからね。すぐ人は「才能」の話を持ち出して、自分に才能がないからできないのだ、と安心しようとする。

ここで才能は関係ない。使命が大事なのだ。「自分がすべきである」という自覚が重要だ。僕は今でも図面は一切描けない。でもフリーハンドの手描きでかわいい図面っぽいのは描ける。建築書なんて全く読んでない。大工仕事も素人に毛が生えた程度。つまり何もできない。でも、僕には使命があるんです。お金がなくても人々が最高の家に住むことができるようにという。土地を共有しようという。

つまり、才能は永遠に関係ない。使命だけを問題にしよう。それこそが喫緊の僕たちの問題だ。自分は何をすべきか。それを口にして出すようにと両親から言われ育てられた人間は、ちゃんと考えるだろう。

でも、そんな教育全く受けられてない。小学校ならまだしも、大学でもそうなんだよ。それがやばい。才能がないと嘆いている人を見て僕はいつも嘆いている。僕にはその人がどういう機転を持っているか、和みを持っているか、感じる。本棚の並び方見ながら、あーこういうの好きなんだなとわかる。

それらの混沌を自らの法で収めれば、使命の芽が出るのに。そんなに難しくない。難しいのは社会を変える時だ。

建築家になるべきだと使命を感じたのだから、逆に無理に建てなくてもいいと思えた。僕の目的は、お金がなくても最高の家に住むことができる社会をつくること。つまり家の概念を拡げることであった。そして、お金と建築という本来関係ないものをちゃんと区別できるような思考を人々に伝えねばと思った。

それで終わりである。使命を感じたらそれで実現するのだ。だって、生きるということは使命を実現することだから。つまりその時点で僕の遊泳していた魂はしっかりと実を結び、実像と化した。

ここから人は生きはじめる。もう金とか関係ない。ないならどこかで稼げばいい。無名とか関係ない。既に星なのだから。そして、そこから困難が始まる。

つまり使命をいかにして具現化するかの困難。これは難しい。しかし、この困難は、「困難な社会に生きる」というような困難ではない。どうしたらうまく表現できるかの困難。つまり自分の問題である。使命を経て、人は初めて自分自身の体の動かし方をゼロから学ぶ。そこからだ。

使命を経て体の使い方を覚える。それを少しずつ実践していくことで使命が少しずつ具体化してきます。僕は一九九九年一九歳の時にこの使命をフィックスしました。そこからただひたすらこの使命をどのようにして伝えればいいかの具体的な方法論を考え続けた。

わかりますか、僕は新しいことなんかしてない。

僕はいつもこれしか考えてません。「社会をどのように変えるか」これただ一つです。すると、大抵、芸術家の人に「社会を変えるだなんて偉そうな」「社会を変えるのは政治だ」「芸術は一人で孤独で己の限界に挑戦する行為だ」と言われる。

ま、それもわかります。でもそれは違うと僕は思っていた。3・11以前のことです。これが今だったら、どうなるだろうかと思う。僕はずっと「芸術とは社会を変えるためにある」と思っていたが、それは3・11でも何も変わっていないと自負しているつもりだ。何も方法論は変えていない。むしろ精度を上げているつもりである。

今回のような震災が起きると、人々はパニックになったり、逆に思考停止になって動けなくなったりする。そうして、次第にそれに慣れてくると、自分でも何かできないかと考え始める。そして、行動を起こす……。もちろん、これも素晴らしいことです。人々が助け合うことも重要です。それは当然です。しかし、こういうときでもブレてはいけないんです。それは絶対に。

しかし、僕はこんな国難のような非常事態だから、変われとも言いました。どういうことかと言うと「変わる」のは自分の延長線でしか行われないということです。つまり「変わる」のは自分のレイヤー内での瞬間移動。

当たり前のことですが、こういう緊急事態に陥ったときに慣れないことはしないほうがいい。慣れている人は、もっとその先へ行かないと実現できえないとき、人は初めて変わる。それ以外の変わるは、ただ場所が変わるだけで、それはただ逃げているにすぎない。僕はいつも自分にそう言い聞かせます。

　だから矛盾するかもしれませんが、人間は変わってはいけない。レイヤーの中で、ぴゅんぴゅん瞬間移動をしなくてはならない。

　僕はレイヤーの中で瞬間移動しすぎちゃってさすがに一回ふっ飛ばされた。それで四カ月の鬱に陥った。毎日毎日死ぬことばっかり考えた。新政府なんか始めちゃってどうするんだって焦ってた。なんでそんなに世の中と絡もうとするのかとびびってた。なんで、また立ち上がったわけ。もう慣れちゃった。変化したんだ。

　社会を変えると言っても、僕は「社会を拡げる」と言っているのだが、そのことが本当に実現可能なのか試さないといけない。

　これが僕が大学時代の時に感じた社会に対する完全な違和感に対する答えの一つとなろう。文句を言う前に、自分で試す。試せばわかる。あとどれくらい足りないかが。だから、いつかできる。

　それを僕の得意な具体的な方法で試す。誰にでもわかる言葉で説明する。目に見える形で笑わせ、目に見えない空間を感じさせる。できるだけ多くの人と。専門家ではない人と。子どもと。年配の人と。都会の人と。田舎の人と。男と。女と。みんなと。試す。だからもっと言葉を連ねないといけない。これからも。

　今まで「なんで家ってお金がないと持てないの」とか「土地ってなんで人間は所有できるの」とか「なんで会社行くの」とか「なんですごい音楽つくっている人が食ってけないの」とか子どもの質問を繰り返しては笑われてきたが、今では誰も笑わない。それだけは事実だ。今はもう誰も笑わない。話を聞き始めている。

　僕が新政府を始めてその初代内閣総理大臣に就任したと、昨年五月一六日に初めてやったツイートで書いたときも誰も笑わなかった。そろそろ、自分が求めていたレイヤーができているのかもしれない。

このレイヤーで、混沌の塊の社会を裂いたらオモロいかもねと思ってる。その切断面が見たい。

大人に頼むな。自分でやれ。機関に頼むな。自分でやれ。自分で判断するな。恋人や音楽の趣味が合うやつに俯瞰してもらえ。そして、自分で決断し、「答え」を出せ。答えを出す。これが、物と接し、ことが起きる。こと、それは自分ではない。自らの答えがカットした切断面だ。

「あんたがそれ選んだのは、あんたがそれをやりたいからだし、それが一番いいと思ったからだし、それ以外に決断することできないし、それ以外の人生なんて存在しないので、今までの君は間違いではないし、それはこれからも続く。だからちゃんと悩んで決めりゃいい」。これ、よくフーに言われる言葉だな……。

僕はいつでもああでもないこうでもない、どうしたらいいんだ、何を選べばいいんだこの先どうするんだ、あーうー、ってよく悩む。悩みの塊である。解決しないとしか思えないと思ってしばし絶望する。そして鬱に突入する（笑）。でも最後に決断する。そうすれば進む。

自分は無力であることを自覚してもいい、自信がなくてもいい、はっきり言ってなんでもいい、でも、滲み出させる。少しずつ。自分が感じていることを矛盾しながらでもいいから滲み出させる。そして悩んでもケツでは決断する。その一瞬一瞬の選択が空間をつくり出す。僕はそれが公共なのではないかと思う。

僕は自分がそれを放置してきたことを、社会システムのせいにするよりも、こりゃ自分が悪い、原発もそうだが、とりあえずまずは反省しようと思った。反省、そして問題点の把握、そして修繕、訂正。そこからでしか始まらん。当たり前のことかもしれんが、それをやろうと思った。

僕は必ず実践する。実現する。統合家でもあり、実現家でもある。本気で考えて、この社会で実現しなくてはならないと思っていることがあったら本気で伝えて欲しい。一緒に考えたい。あなたも社会なのだ。公共なのだ。総理大臣なのだ。僕はそれを伝えたい。恋人に本気になる勢いで公共を伝え、通じ、つくれ。

新政府は常に実践します。不可能という言葉の建築に閉じ込められている人々にあなたも可能なんですよと伝えたい。不可能というのはただの建築なんです。そういう空間にいるだけだ。あなたが不可能なのではない。空間に広がりがあることに気づこう。そういうことに気づくと、ちょっと視界が広がりますよ。

☆

とんでもなく多くの人々が集まり、交易している、場そのもの。これが新政府である。新しい公共である。そこには搾取ではない交換がある。才能を貨幣へと転換する機会がある。自ら発光することの豊かさを実践できる場なのだ。他者のことを思い行動する場。それが都市だ。

全ての人は孤独ではない。どこかには、幼い時から、会ったこともない人から、必要とされている。だから孤独であると嘆いてはならない。僕のまわりには人々で溢れている。でも僕は孤独である。それは友達がいないことではない。独自のレイヤーを持っているということだ。

つまり君の孤独は、使命レイヤーなのだ。孤独な人は、孤独に嘆かず緊張しよう。その孤独はあなたのレイヤーである。そのレイヤーは自分しか知覚できない。孤独なのが当然なのだ。しかも孤独である唯一のレイヤーなのだ。だから孤独と自覚したら心してかかれ。それは手強い己の使命だ。使命とは唯一可能な己の才能だ。つまり孤独とは、貨幣なのだ。

自らの孤独に気づき、知覚し、レイヤーという空間をつくり、それをもって生きる。自らの貨幣によって生きのびる。それが経済だ。それが僕が長く言ってきた新しい経済だ。それが本来の共同体の在り方だ。経済をつくる。それは孤独に気づくことから始まる。群れるな。孤独に緊張する。これが経済である。

僕はとんでもなく孤独である。だからこそ自殺念慮に苛まれているのかもしれない。しかしそれは寂しいからではない。緊張しているからだ。これはとんでもない使命なのではないかと、そんなこと僕ができるのかと緊張しているのだ。昔から妄想と言われ続けているので何も気にしない。僕は緊張しているのだ。

鴨長明が坂口安吾が冷めて言い放つように、人間は馬鹿なのだろう。目先のことしか考えず、自分の固まった思考を駄目だと生理的には感じつつも無視し、同じ姿の他人を見て一緒に駄目になる。お金なんて意味ないと知りつつ、わざと追い求める。悲しみもなく、人も愛せない。

しかし書こう。ずっと書き続けよう。動こう。ずっと動き続けよう。誰も聞かなくても話し続けよう。笑われてもにっこりと笑い返そう。不可能と言われたことを実現していこう。腹をすかせている人を見つけたら一緒に飯を食おう。そのかわり面白いこと見せてと言う。目が合ったらハイタッチを仕掛けよう。まだまだ死んでないと確認するために。

僕は死んでない。

僕は生きている。

生きるとは何か？

そのことについてずっと書き続けたいと思う。そして書けると思っている。

誰が書いてもいつの時代書いても何回書いても、それでもまた自ら書くのである。書くのは創出ではない。僕はただバトンタッチされただけだと自覚している。これはオリジナルではない、ただのbatonだ。つまり、リレーだ。つまり、チアガールだ。そして指揮棒なのだ。しかし、時には警棒にもなる。使い方を誤るな。しっかりと楽に。オーケストレーション。タクトとも言おう。これは熊楠である。直感。

☆

僕は昔の人がずっと言い続けていることの方を信じるタイプです。古典のほうが好きです。だって、僕は知らないんだもん。ずっと長い時間かけて経験してきている人は知っているもん。それが体に悪いのかどうか。悪くてもやったほうがいいのかどうか。というか、人生どこにキメて生きるかってことを知ってるもん。

僕は何も知らない。だからわからないことばかりだ。でも知らないことを知っている。だから人に聞く。余計に逃げる。多めに見積もって失敗しないようにセッティングする。先人がいたら教えを乞う。お金がピンチの時には三〇万円ぐらい即金でくれそうな親友を持つ。本をあんまり読まないし信じない（笑）。体験者から直接聞く。

僕は石橋を叩いて渡っているのだ。僕は徹底して石橋を叩きます。だから一度も大きな失敗をしたことがありません。売れなかったけど、それだけで挫折はゼロです（笑）。食えなかったこともありません。石橋と言ってもその橋は蜘蛛の糸みたいに超細いんです。それが重要なの。

「知る勇気を持つ」ってカントの言葉、ちょっと違和感があるじゃないですか、「知る勇気」ってなんか違うなって。僕はそれを「知らないって言う勇気」にするとしっくりする。知らないことを知らないと言う。これは小さい時にみんな両親に言われていたことです。たぶん……。僕はそれを忠実にやろうと試みてます。

服みたいに家をつくる。買ってもいいけど、それくらいなら自分でつくれるし。極論言えば、服みたいに飽きたら変えられるような、それでもゴミにならない方法を。壊れても笑っちゃえるような、またやろうよって恋人と楽しくデート気分で建てられるようなもの。僕はモバイルハウスを建てている時、幸福なのだ。

だから自分で自分しか味わえない楽しみを見つけちゃえばいいんだよ。二〇一一年の五月一六日に狂ってツイッターを始めて七カ月が経ったが、こんなことになるとは思いもしなかった。僕にとって重要だったのは、一度も後ろを振り向かなかったことだ。つまり、それはちょっと無理だと人から言われても、中断しなかった。鬱の時でもとりあえずトークショーも出た。

ほんと世の中真面目すぎるよ。なんで毎日働かなきゃいけないの？　なんでお金がなくなったら駄目かもとか嘘ってわかっている常識信じてるふりするの？　まじで真面目すぎんのよ。移住したらなんとかかんとかって。嫌ならさっとしちゃって失職して金なくなったらテヘへって笑えばいいじゃん。馬鹿ならできるよ。

僕はいつも笑いながら、どうなってもいいやって本当に思うんです。でも真剣に生きようとシンプルに思っている。でもさぼりたければさぼるし、毎日やれないし、そもそも躁鬱病だし……。でもフーがなんでもいいからって言ってくれるから無茶苦茶やるし、あとはアオが笑ってたら儲けもんだ。

僕はただ労働が嫌いなんです。人からの指示で動く、あの脳味噌を使わない労働が。そして、労働の対価としての賃金が嫌いなんです。でも、嫌いだけど、それがいらないと言っているわけではない。なんでもバランスです。だから僕は「量」を知れと言う。今、自分がどれだけ「労働」してるのか知れと言う。

だから、僕は自分のやり方を徹底的に公開します。どんなに細かいことも言っちゃいけなそうなことも全部公開します。聞いてくれれば何でも答えます。面白い稼ぎ方だっていっぱい知ってる。それを全部公開したい。何でもできると示したい。

でも真似はできません。つまり、これは情報のようで違うんです。僕が書いているのは情報ではない。だから、書いてあることなんか、おそらく誰にもできない。つい、自分でもできそうな気になるけど、たぶん絶対できない。だから面白い。これはHOW TOではない。そういうことじゃない。じゃあ、何なんだ。

情報ではない。僕は「脳味噌の動き方」を伝えたい。動かし方ではない。動き方そのものを見せたい。それは教えようということなのか。そうでもないような気がする。毎日、僕たちは無数の人々の動きを意識せず生活の中で見ている。その解像度をあげろと言っているのだ。見ろ！　と。

仕事ってのは、自分が時間を引き延ばして獲得する行動の空間のことを指しているんだ。労働ってのは、相手がつくった時間の中で生きていることを指す。僕は人間同士で時間の取りあいはまずいと思っているから、労働をFUCKと言っている。時間は引き延ばすものよ。そして分け与えるものよ。取り合うな。

実験してもいいですよ。僕はいつでもどこでも電話に出るし、それが本当に重要なことだったらギャラなんかいらない、すぐにそこに行きます。何時でもいつでも。だから、逆にただ会いたいからって日程決めたいと言われても、ほとんどすっぽかす。迷惑かけるけど、誰も怒らないから、あ、それくらいかと思う。

だから、住所も携帯番号も口座番号もスカイプも名前も家族もあらゆるものを僕は公開している。それは僕が公共であることを自覚しているからだ。いつでもどこでもやばいことあったら全てを止めて、そこに行く。それができるように生きる。それが僕の仕事であり、僕はそれを「生きる」と呼んでいる。

自分というものは誰も奪うことができないし、労働によって時間を取り上げることもできないし、生きるための土地を奪うことは誰にもできない。人間はただ生きることができる。そのことを思い出そう。そんなの子どものときだったら誰にでもわかっていたこと。僕は昔言っていたことを変えるなと言いたい。

☆

僕は自分のことを自分よりも確信している人間の話を聞くことにしている。これは早稲田大学時代の恩師である石山修武氏の話もそうである。僕は学生時代、彼に作品を見せると「ずっとこの道で行け、飢え死にしなければ十年後飯が食えるから」と確信してくれた。自分よりも自分のことを信じている。それは奇跡だ。

僕は奇跡しか見たくない。奇跡だけが唯一、あの頃の記憶を連続させてくれる糊なんだ。奇跡は生きのびるための糊である。奇跡は稀な良いことでも、偶然がもたらしたご褒美でもなんでもない。きれぎれになって社会全体に散らばってしまった三五ミリのフィルムなんだ。つなぎ合わせろ。そして見ろ。連続を。

僕は人に接するときもいつもそうする。友人が知っている友人自身よりも、もっと大きな可能性をちゃんと具体的に見つけて、それを彼らに伝える。彼らは奇跡である。それは僕の映画であり、彼らの動いていない映写機だ。自分よりも自分のことを信じる確信。だからどんな目上の人にでも僕は等しく接する。

これは女の子にもとてもよく適用できる……(笑)。僕のことを好きになってくれというよりも、あなたのここがあなたは知らないかもしれないけど、僕は自信を持っている。人のことを人よりも自分が自信を持つ。これは人を見なくてはうまくできない。

人を自分だと思う。そしてそれを声に出し、実は一体なんだということを伝える。素晴らしい相棒はこうしてできる。磯部涼も、石川直樹も、佐々木中も、岡田利規も、藤村龍至も、PUNPEEも、七尾旅人も、Shhhhhも、大原大次郎も、鈴木ヒラクも、松江哲明も、チムポムも、僕は彼らよりも、彼らのことに対して自信を持っている。こいつらはとんでもないことができる。いや、もっと。そう確信してる。

つまり、僕の自信というのは、僕自身の自信ではない。僕のまわりの人間に対する自信なんだ。いつか、何か起こったら、革命が起こったら、僕は全員に電話するんだ。おい、いますぐ集合と。導火線に火をつけるのは僕なんだけど(笑)。

自信を自分で持つからおかしくなる。自信は人で持て。そうすると倍増するよ。僕はとても自信持ってるね。そういうこと。そうすれば、まわりの言っていることや作品をもっと楽にかつ真剣に見ることができる。糞なら糞って言ってやれ、最高なら最高と言い続ける。それが愛だよ。

というノリで、先日、東浩紀さんに「『一般意志2・0』の第一三章で言っていることはとんでもないことです。そして、今一番人間が耳を傾けるべき言葉です」と吠えた。僕は東さんに対して東さん以上に自信を持っていた(笑)。東さんが「一三章が一番伝えたいことなんだよ」って言ってくれてハグしそうになった(笑)。

自信を持つってことがいかに、素晴らしい人間同士の営みかわかってくると、そりゃ、つまり躁鬱野郎の世界だよ。完全にサイケデリックですけどね…

…。でも、たまにはいいでしょ……。他人の細部に万能感を感じる世界っちゅうのは悪くないよ。

自信を自らではなく他者に対して持つこと。これをすればいがみ合うことがなくなる。逆に真剣に怒ることはありえるが。そういう時は直接言ってみよう。戦争にはならない。戦争とは自らの万能感で行うパーティーだ。一方、他者に対しての万能感で行うパーティー。僕はこれがパブリックなのではないかと。


自分のことははじめから星だと思っとけ。いつか来るから、ちゃんといつか来るから、ちゃんと自分のことを星だと思っとけ。焦るな。いばるな。かと言って頭を下げるな。ただただ淡々と、でもホップしとけ、ヒップホップ聴けそういう時は。

星だと思っとけ。どうせいつも時間がかかる。時間がかかるんじゃない。時間を引き延ばしているんだと僕は言っている。それはマイナスではない、多方向に広がるベクトルを見ている。ずっと遠くのほうへ伸びていく、その時間を見てる。時間は使うな、見ろ。見てれば伸びるよ。解像度をあげて己の時間を見ろ。見れば伸びる。

一番好きな子がちゃんとびびってくれればいいんだ。それでいいんだ。誰にも認められなくてもいい。うんこしながら泣いてる僕を知っている、うんこしているのを知ってるあの子が最高って言うならそれは最高なんだよ。うん、それでおしまい。それ以外に何もない。一番身近なあの子がぶっ飛ぶなら、それでいい。

一億人の人間に言葉を伝えたいなら、一人の人間をぶっ飛ばせ。それしか僕は考えていない。だから外に出て行く。だから人に会う。初対面だろうがなんだろうが、自分の考え方を伝える。クラブでは踊りまくる。ＤＪにちゃんと感謝を伝え、踊り狂う。

とにかく一挙一動が、全て言語だ。

☆

前提が重要です。前提は前提ではありません。僕は前提を事実と認識してます。前提が事実なんです。

そのように動けるから、人間は前提を設定します。初期設定が人生だと思っている。つまり、前提がしっかりとしていないと、体が動けない。僕は体のために前提をつくり出します。自分の才能とか関係ない。体と相談する。

みんなの話を聞いていて、強く感じるのは、この前提が弱い。つまり、自分の体のことをよくわかっていない。もっと動けるのに、自分のキャリアとか才能とかばっかり見てて、体を見ていない。僕は体しか見ていない。生理的にどう反応するか。動物的にどう反応するか。それを感じてから、理性を使うのです。

自分の頭のなかでしっかりと前提を創り出す。まあ、これも他者から、まわりから見たらどうせ妄想なのだから、どんなことを思ったとしても大丈夫です。別に怒られません。しかし、こちらはしっかりと前提を真剣に練りましょう。これが鍵です。むしろこれしか鍵ではありません。これがないと次のドアが開かない。

イメージは事実です。忘れずに。相手から提示される前に、自分でつくった前提をもとに自ら提示する。これは調子に乗っていると思われますが、僕は前提があるので致し方ない、というように思えました。それもちゃんと伝えるのです。どうせ笑われます。でも、イメージが事実なので、僕はそのイメージが立体的に空間的に感じられるまでやる。

今の世は、みんなちょうどよい案配で冷めていてクールだから、僕みたいなお祭り野郎もたまにはいいかもしれません。みんな落ち着いていこう、焦るなばっかり言ってるからね。僕は「焦れ！　叶えたいことは今すぐやれ」です。でも、一応僕は、これ、今だからやっているわけですよ。この状況だから。この社会だから。今は、「みんな落ち着かされている」と僕は思っている。クールでいられる状況じゃないよ。地に足つかせる地がないんだよ。みんな浮わついている。

だからこそ実現させることが重要になる。叶えることが重要になる。と思ってる。

みんな、できないとまわりから言われたり、自分で断定してしまう前に、僕に相談するのを忘れないようにね（笑）。僕には見えてるよ、それぜーんぶできるって。でも用心してね。僕、キ千ガイだからね。病院通ってるし、他者への万能感に包まれてるし、危険な薬飲まされてるからね……（笑）。はは。

でも本当にぜーんぶできるって僕は実感してます。これは3・11以降さらに強くなりました。避難できるし、新政府つくれるし、金も欲しいだけ稼げるし、映画もできるし、福島から五〇人の子どもを無料で熊本に三週間招待することもできる。なんでもできます。なぜかって……。

それは夢だと認識してるからです。僕は3・11の直前の三月三日にDOMMUNEにて福島第一原発が危ないと番組でやり、その後本当に原発が爆発してから、全部は夢であると断定してます。これは夢なんだと。で、夢なら醒めてくれって普通ならなるかもしれないんですが、僕は、夢の中で生きてると思ったんです。もちろんシミュレーションですよ。

ここから結構、わけのわからんこと言います……。僕は夢を見るのが好きでして、あれは最高の映画だと自分でも思っているんですけど、一つ技術を持ってまして、「夢を夢である」と認識するのが得意なんです……（笑）。一応、本当なんですけど、まあそれを証明することはできません。だから戯言でもあります。

「夢を夢と認識している」時に何をやるかというと、超下世話な話になるんですが……、気になる女の子とかいるとするじゃないですか……。そういう人と、現実世界では僕も妻子どもがいますので、積極的な行動はできませんが、夢の中ではできる……（笑）。やばい、くだらない話になってきた……。

そういう感覚で今を生きているんです。3・11以降……（笑）。つまり、これやっぱりできないんじゃないかって、自分の頭でも不可能と思えてしまうものでも、「これは夢だから」ということで、ストッパーを外して行動に結びつけている。新政府なんかまさにそうです。ただの妄想です。でも現実になった（笑）。

やってみてわかったことは、僕たちは実は普段の生活で信じられないくらい妄想に取り憑かれているということ。自分でつくった妄想です。「匿名化されたレイヤー」に収まるように自らが向かっていっている。全部不可能だし、才能もないことにしてしまっている。もったいないと思いました。有効活用せねばと。

新政府という、妄想にしか思えない、僕にとってはとても合理的で当たり前のことは、こうして生まれました。同時に「あなたは何大臣ですか?」と問うたのもそういうことです。夢だと思っててもいいから、とりあえず先鋒のペンギンみたいに飛び込めと。才能あるんだからちゃんと使ってくれと。やったらできたわけです。

だから、夢なら覚めてくれという思考から、いやいやおれは一生夢の中で生きるという方向にシフトしたわけです。これにて、みんなで同じ夢を見ているというロマンティックな状況が、一応僕の中では成立しました。そうすると、本当に実現したいことを実現できるのだから、ただ行動しろというふうになる。

これは躁鬱病で、おそらく多少統合失調症も入っている人間が考えていることですので、みなさんはほどほどに聞くくらいがちょうどよいと思います。しかし、そういう現実に僕たちは今、生きているということも感じたほうがよいとも思います。一生止まらない放射能がふりまかれる現実は、神話みたいなもんです。

つまり、好きな人には好きだと伝えましょう。したくない仕事はやめましょう。寝たい人は寝ましょう。死ぬくらいだったら南国でぼうっとしたい人は飛行機で向かいましょう。夢というのは、つまり、生理的に動くということです。生理的に動くというのは、ネズミが逃げるのと同じことです。つまり、ミスがない!

欲望の赴くままに生きるんです。それで十分だと僕は思っている。どうせ腹一杯になったら、食べたくなくなるし、一杯セックスしたら、それで満足します。そこには限りがある。しかし、夢ではない現実世界には妄想が蠢《うごめ》いている。不安には際限がない。お金という夢想には際限がない。腹一杯にならない。

自殺するのなら、夢見てからでは遅いのでしょうか……。この社会見ていると思います。そういう僕も極度の自殺念慮に苦しんでおる人間ですよ。鬱状態の時はいつでも死にたいと思ってる。

でも、そういう時、僕は「一切は夢である」と認識するんです。だから、せねばならんことをせよ、と。するとふっと軽くなる。

せねばならんことをする。僕はこれで行こうと思っとります。できないとか、まだ早いとか、お前の器じゃ無理だとか、有名じゃないと不可能だとか、全部とりあえず置いておいて、せねばならんことをすることにしました。すると、ふっと軽くなります。まっすぐ見えてくる。隣の人とハイタッチが発生する。つまり、人の持っている才能がどんどん鮮明に見えてくる。夢とはそういうことです。自分だけの視点だけでなく、相手の視点、山の視点、鳥の視点などあらゆる「視点」が生まれる。夢ですからどこへでも行けますので。

その視点が、公共とつながっていったんです。単純に人それぞれのいいところを合わせていこうと。

僕に関わる色んな人、しかもまだ出会ってもない人とかたくさんいると思うんですが、僕にはあなたの「視点」があるので、勝手に才能を認識し、有効活用させてもらいます。はい、たぶんあなたは「いや私、才能ないので。そんな誰にでも才能あるとか思うの馬鹿ですよ」と言うでしょうが、そんなの関係ないです（笑）。

……というのが先に書いた「自信」の話につながります。自信とは己の自信ではなく、他者に抱くものであるという言葉と。

僕は他者に対して絶対的な自信がある。万能感がある。何でもできるということをはじめから知っている。だから本を書くんです。目を開かせようとしているのではない。既にあると伝えたい。

昔、喧嘩してばかりいた頃もあるんですが、その理由が、相手の才能に気づいた僕が、なぜお前はその才能を使わないのか、ふざけるなお前、ということだった。殴って泣きじゃくって怒ってるんだけど、結局言いたいのはお前すごいよだったのよ（笑）。おせっかいだってずっと前から言われてます。知ってるよ。

夢なんだよ全部。だからミスしないんだよ。

動け、生理的に。
嫌いなことすんな。
できないやつがエクセルなんかするな。得意なやつに任せて、君は歌を歌え。

☆

友人に対する自信を持っている時、僕は幸福であると思える。別に幸福だろうがそうでなかろうが、僕は人生を謳歌するが、何かこの時に、僕はふと幸福だなと思える。それが何か大きなヒントのような気がする。でもこれはまだよくわかっていない。しかし僕は友人自身よりも彼らに対して自信を持っている。僕は笑われてしまうかもしれないが、いや、それでも全く気にしないのだが、幸福について書きたいんだ。幸福とは何か、とかではない。幸福そのものを書きたいんだ。それは別に特別なHAPPYではない。物事をちゃんと捉えて考える。そして具体的に言語化し、実践する。その営みの幸福を書きたいんだ。

僕自身もまた他者からの自信によって突き動かされている。他者に対する自信というものが僕には経済に思える。これが態度経済の発端である。フーは「結婚するのに貯金なんかいらん。お前はやばい奴だから大丈夫だ」であった。なんだこれ、経済じゃないか？　僕はずっとそう思っている。まだわかってないけど。

ツイッターの欲望は人に会うことである……。と、ふと思った。と思ってたら、佐々木中兄さんが、「人に会いたいと思わないと、革命なんか起きるわけないじゃん」と言ったことに泣けてきた。

自分のやるべきことだと思ってずっとやってきても、ほとんど理解されないものである。でも黙ってゆっくり、しかし最短距離を歩く。するとそのうち発光、発酵して香りが漂ってくる。自分のことを理解してもらうのではなく、香りを嗅がせる。僕は甘党ならぬ臭党なので、匂いがインスピレーションなんです。

僕はよく高い解像度で物事を見て考えなければな

らないと言うが、それはむしろ自然な思考をしようと言っているのである。人間は生理的に動けばおのずと高い解像度の思考になる。思考を放棄した低い解像度の視点は、故意なのだ。嘘をついているのだ。気づきたくないから無視しているのだ。それは罪である。

今、僕は言葉に興味を持っている。何気なく通り過ぎてしまいそうな言葉でも、高い解像度の思考でちゃんと噛み砕けば、それが嘘なのかどうかよくわかる。かつ、重要なのは、正しいものなど最初からなかったということだ。できるだけ嘘の少ないものを見分け、選択する。それで行くしかないと思っている。

権力を持っている人間が嘘をつくのはわかる。それは嘘であることが知れたら権力を失ってしまうから。一方、今、人々はそんな嘘つきの人間が発表する低い解像度の言葉をそのまま受け止めている。嘘とわかりながら。それは何かと言うと、奴隷である。わかっているのに知らないふりをする。これは奴隷なのだ。

僕は若い頃、勝手に自分で思った。僕は奴隷なんだと。どうしたら奴隷ではなく、ただ寝たい時に寝て、やるべき使命を実行できて、大地の上で自由に動けるのか。それが、根元に流れる自分の仕事の主題になった。

僕たちが土地に縛られている、毎月家賃を払うとも奴隷であることの証である。元々、人間はそうではなかった。土地に縛られているのではなく、大地に敬意を払っていた。誰も土を根こそぎ掘ってコンクリートを埋めるレイプのようなことはしなかった。大地は所有なんかせず、むしろ僕たちは包まれていた。

大地に敬意を払う。つまり、所有という思考を諦める。このことを言う建築家なんかどこにもいない。僕はそれがとても問題だと思っている。だから自分でやろうと思った。ネイティヴ・アメリカンだってアボリジニーだって彼らは大地を掘り起こさない。ちゃんとその思考をする。それを無視してはならない。

わかっているのに無視をする。ズルをする。変えなきゃいけないことなのに、目の前の生活、つまり金に取り憑かれ手を休めない。こういう人は日本の昔話を読むと、みーんな死んでいる。僕はそれが小さい頃、無茶苦茶怖かった。それが新政府活動の原動力でもある。気づかないふりをする人は、死んでしまう。

こんな誰でも小さい時はわかっていたことを僕が今言うと、ちょっと鼻で笑いながら、「あなたそれでどうやって食べていくんですか?」ってよく言われる。しかしそれって、いつの時代の奴隷も言っていたであろうと僕は想像できる。「そんな◯◯様から抜け出して独立して生きるなんて、どうやって食べてくの?」。

食べていくために働かなくてはいけない、とか言うのはやめたほうがいい。お里が知れるぞ。馬鹿丸出しだ。奴隷根性丸出しだ。頭悪すぎだ……と、僕は自分に言い聞かせてきました。働く理由は、それをやらなくてはならないからである。やるべきことをやるのが仕事なのだ。そこを忘れると、奴隷になる。

今まで何気なく使ってた言葉を見直そう。自分の中に入り込んでいる「匿名化された思考」を見つけ出し、高い解像度でちゃんともう一度思考せよ。それが、これからの「生きる」ってことだよ。

もう終わったんだ。気づかないふりをしても生きていけたある意味幸せな時代は。これからは「考える=生きる」、だよ。

☆

何度も言うように、僕は僕自身よりも、僕と深く関わるまわりの人々に対して、大きな自信を持っている。おそらく、その人自身が持っているよりも強く。揺るぎなく。僕の言葉は、彼らの直感を働かせる潤滑油である。僕は人間が一人ではなく、ある集合体で一つの生命を形づくっていると感じているんだ。

僕がやっている実践は、一見冗談みたいに見えるかもしれませんが、それはたぶんあなたが冗談と思っているからです。僕は一応どちらにも対応できるように提示しているつもりです。ユーモアとしても取れる。でも、もしあなたが実現したいと本気で思っている人だったら、実は実現できちゃうようにつくってます。

一番遊べないほど萎縮するような状況の中で、踊るように遊ぶ。それができるのは盟友たちのおかげである。彼らは表には出てこない。しかし、僕は彼らが集って構成された複合体である。僕自身は空虚である。僕は実体はないが、同時にジョイントである。フラードームもジョイント部分の細部が重要なのだ。

僕はいつも、そんなまわりの人間についての本を書きたいと思っている。僕はヒューマンジョッキーだ。DJならぬHJ。僕のまわりにはたくさんの物語がある。僕はそれをいつか書きたいと思う。曲をつなぐように、僕は人間と人間の間を交易している。そこには貨幣も権力もない。ただ彼らが好きなのだ。

そして、僕はさらに多くの未だ会ったことのない、ヒューマンに会いたい。僕は、人と出会い、その人を心の底から好きになるということで思考をしているような気がする。僕は人の良さがその人自身より明確に見える。だから、曲をつなぐように、見たこともない化学反応が起きる。僕は人間が好きなのだ。

そんな良い人ばかりではない。人は話し合ってもわかり合えないと、ある人は言うだろう。それもまた事実かもしれない。しかし、人間そのものが発光している時、その定石は破られる。好きになるということはそういうことだ。それは責任である。約束である。ウインクである。生きていることの自覚である。

僕はあなたが好きです。それは、僕が絶体絶命に陥った時、手をつけている仕事を全て放り投げて、今すぐ一緒に行動したいという、僕のDying Messageならぬ、Living Messageである。

僕は自分で自分のことを僕ではないと思っている。他者だと思っている。僕はただの車の車体である。エンジンは他者によって受け継がれてきた。そして僕の意識は思考は運転手である。そして無意識が車のウィンドウからの風景なのだ。つまり、無意識は個人のものではなく、あらゆる人が共有しているものだ。

いつも車を運転している時に感じる、焦点が合わない、でも感じることのできる風景。僕は無意識というのはあれだと思っている。深層に隠れているわけではない。見えているのに気づかない、焦点が合っていないランドスケープだ。つまり、それは意識と同じ構成をしている、それでいて永遠につかめない音楽だ。


自分が見たり、聞いたり、触ったり、話したりする対象に、つまり他者に向かうのではなく、見る、聞く、触る、話す、つまり己の行為のイニシアチブをとる。これがレイヤーと高い解像度の世界を獲得するための、まず最初のコントロールである。己の目を開かないかぎり、恋人は存在しない。つまり、恋人は己である。

ここは、ポアンカレからのインスピレーション。彼の言っていることは、今こそ見直されるべきだ。ポアンカレの僕の直感的な読解は、純粋空間というものは存在しない。あなたが目を見開いた時、耳をすましたとき、初めてヴィジョンとして映像、音楽、触覚が生まれる。つまり眼前の人や自然や人工物に溢れた日常的な風景は、あなたがつくり出した、建築した、空間である。これは己の立体的反射なのだ。

だから、あなたが出会ったその眼前の恋人は、あなた自身である。まだ知覚していない己である。ならば、そこにどんな意味が、空間が、思考があるのか、探検し見つけることが、好きになるってことだ。だから、命をかけても守りたいと思うのだ。

もっと言えば、それは恋人だけでなく、全ての人にもあてはまる。僕はいつも人に出会った時、この人は僕のどの部分の未知の領域を投射したものなのだろうかと考える。僕はその人を僕自身だと確信している。だから、どんな人にも僕はついつい0円だろうが仕事を引き受けるし、零塾も0円だ。

0円。そう、この世界は全て自分なのだから、貨幣などいらない。本来は。

なぜ、貨幣が発生したか？　僕の今のところの結論は、他者が己の投射によって形づくられた己の思考の軌跡だということを忘れてしまい、哲学が必要になったからではないかと思っている。本来は、あなたは僕である。そこには貨幣は存在しない。僕とあなたが別であるという認識が社会、システム、貨幣をつくった。

暗黙知とはこれすなわち他者のことである。つまり、あなたの知らないあなたのことである。そこに気づく。しかも、複数のレイヤー構造になっている。あなただけが存在しているわけではない。あなたと同じように僕もまた存在している。しかし、レイヤーが違うのだ。フィリップ・K・ディックの小説はこのことを説明しているのだ。

☆

今、みんなでご飯食べながら気づいたのは、僕は現実の世界では一貫性のない適当な人間だが、妄想だけは昔から全くブレていない。僕の妄想は、幼い頃から一切ブレていない。それが、僕の力だ。だから、人を信じられるのだ。人のことを僕は妄想の戦友だと思っているからだ。

みんな呼びたいよ。この宴に。そんな宴をいつかやるんだ。みんなが飲んで、笑って、抱き合って、踊って、泣いて、好きな人に好きっていう祭りを僕はいつかやるんだ。できると思うよ。みんな、やりたいって最近言ってくれるから。最高の音楽かけて、最高の弁論聞いて、ちゃんと考えよう。そして踊ろう。

僕は人に会いたい。僕は人がいないと役目を持たないのだ。僕は人間だから役目を果たしたいと思う。そんな人間の性を興味深く見ている。僕は人を励ますために生まれてきたのだ。アオが僕にとってそうなように。僕はフーもそうだと思っている。うちら家族はそれが任務だ。いやむしろ義務なのかもしれない。

僕の息子、娘、弟、妹たちに告ぐ。好きに生きろ。自分でケツをふけ。人のせいに社会のせいにするな。困ってる人がいたら、グダグダ言わずにまずは助けろ。金がある時は振る舞え。簡単に会社に入るな。まずは一人でできるかどうか試せ。とにかく試せ。で、それでも駄目だったら……、いつでも帰ってこい。

僕は家である。人々にとっての家である。帰ってくる場所である。暖かい場所である。実家である。本も音楽も映画も何でも揃ってる落ち着く空間だ。インテリアも凝っているし居心地が良い家だ。そうだ、だから僕は建てない建築家なのだ。建てる必要のない建築家なのだ。なぜなら、僕はあなたの家なのである。

僕は人間一人一人をずっと見守ってたいと切に願うたぶん人が言うところのキ千ガイです。本当に心から自分なんてどうでもいいと思っとる馬鹿です。そんなことというやつほど自分が好きなんや、という言葉に絶対負ける気がしません。僕はいつでも人の言葉に叫びに耳を傾けたい。それが使命である。それが人生。

だから、気合い入れてどうか生きてください。駄目になったら電話してください。対策を、具体的な処方箋を出します。本当にこんなこと書くなんて、ただのキ千ガイなのかもしれません。しかし、僕はどうやら本気で考えているらしい。僕の夢は、世界中の人に出会い、言葉に耳を傾けて一緒に生きることです。

……まだこれを言っても馬鹿に思われるな。もっと知性を磨きなさいと、僕の女神が突っ込む。

僕にとっての知性というのは、世間体のことである。簡単には僕に接続しない人たちに対する一つの道具である。知性、それは目一杯伸ばした手の先である。誰かに届けと、目一杯伸ばした手の先の指の先の爪の先である。

もっと大胆になろう。たまにはみなさんも！　それで、叩かれたときに、少しだけ、次にやるべきことが見えてくる。僕は自分の考え方を言っているのではない。ただ、いろんな人の言葉、態度を引き出すトリガー。つまり、ピカビアをやっているだけだ。僕は一九〇七年のパリである。

少しずつ、少しずつ。何事も地道に少しずつ。飛距離だけを飛ばせ。射程距離を伸ばせ。もっと遠くの人へ届かせるように。もっと遠くにある夢を摑むように。飛距離を伸ばせ。射程距離を伸ばせ。少しずつ。何事も一歩から始まります。夢はでっかく、後はその超細長い石橋を叩いてアクロバティックに渡れ！

僕は焦ってません。どうせいつかはみんな理解する。そう思ってます。わかってます。それが僕が小学生の時に建築家になると言っていた頃からの確信です。どんなに地方都市のはずれに住んでいようが、成績が悪かろうが、センスがなかろうが、ツテがなかろうが関係ないんです。思考が本物なら、届く。

僕は自動車の全ての部品を分解して並べるように、自分の体の思考のあらゆる部分を分解して、それが自動車で言えば、コンピューターで言えば、植物で言えば、音楽で言えば、どの部分に当たるのか。いつも図解で自分に理解させてます。自分というものは馬鹿です。でも磨けばちゃんと光る素敵な馬鹿だ。

人前で王様は裸だと言うのは、死ぬかもしれないっていう緊張感があるんだ。だから面白いんだ。生の実感がある。僕にはそういう性癖がある。……という見立てをしている。つまり、僕は嘘をついている。自分だけに。お前は正直に全てを話すことができる人間だと嘘をついている。だから人前で王様は裸だと言える。

誰だって怖い。自分の考えていることをその場で、その人に伝えるのは怖い。そう、僕は恐怖を自覚し知覚し触手し捕獲した。だから、この恐怖をコントロールしているんだ。僕は恐怖の塊である。だから恐怖に乗れる。恐怖の操作。

それが自分との対峙につながるのではない。僕はまず恐怖の操作を開始したのだ。自分と対峙するだなんて、馬鹿言っちゃあいけねえよ……。僕が世界で自分だけに嘘をつくという試みを行ってから、つまり、恐怖の操作を開始してから、今のところ垣間見えてきていることは、自分なんか、実は存在していねえってことなんだ。そこに僕は興奮をしている。もしかしたら、僕は存在していないのだ。

あなたは何者ですか肩書きは何ですかって聞かれると、僕は肩書きなんかないんだよばかやろうなんて言わない。逆に欲されてる役になりきって、つまり自分に嘘をついて作家、建築家、芸術家、現代美術家、噺家、パフォーマー、アナーキストとか適当に名乗る。何でもいいんだ。三次元空間ではどれも嘘だから。

僕も生きることなんて面倒くさい。今すぐ終われて、空を飛べるくらい軽い存在になれるなら飛び込んで死にたいよ。金稼がないと生きられないとか面倒くさい。力が強い人間が生きやすく、弱い人間が下手に生きるなんておかしいからもう嫌だと思う。そこから始まってます、僕は。自由がいいもん。

で、死のうと思ったとき、僕は「絶望眼」とその後呼ぶことになる視点を見つけた。それがレイヤーという概念に結びつく。『ゼロから始める都市型狩猟採集生活』はその体験から書かれた。はじめから路上生活のHOW TO本なんかじゃないんだ。しかし見立てでもない。同時に思考が並列していることに気づいたんだ。

僕は自分に嘘をついて、全てを正直に表明すると反転したおかげで、逆にまわりの人々が僕に完全に、反転して正直に見える。文句も絶賛も全て把握できる。だから、みんな隠れられない。隠れるくらいだったら何も言わない。沈黙も重要だ。そして言葉を待つ。その言葉で交易しよう!

これはただの中国の兵法である。「The ART OF WAR」である。それをただ勉強しただけである。僕は全て公開する。僕自体がオープンソースだからである。僕は生命体ではなく、ただの機械である。

こういう作業も恐怖をコントロールする一環の動きである。これが生きのびるための技術である。「生きのびる」。これが僕の問いである。そして、「使命」が答えだ。使命は、実は自ら発生したものではない。それは機械としての自分にはめこまれたエンジンだ。だから自分の生とは離れている。レイヤーが違うんだ。

僕は機械だ。ちゃんと死を見よう。絶望眼をもって行動せよ。今なら全て実現するぞ。だからこそ慎重に大胆に。今こそこれまでの試練が試される。僕はこれまで準備してきた。勉強してきた。経験してきた。だから行動を起こすのだ。具体的な行動を。

テンションが高く、思想がほとばしり、燃えている人間は、どうか光り続けていてください。別に僕に知らせなくても大丈夫です。いつか会います。だから、徹底して磨き光り続けてください。発光せよ。発酵せよ。そして自らの貨幣を発行せよ。

僕は都市だ。神経細胞によってできた都市である。電気を使って情報伝達するニューロンがつながることで生成された都市空間だ。どこからでも入っておいで。路地があるよ。ビルディングがあるよ。かわいいカフェもあるよ。僕は都市だ。Electri-Cityだ。創造の塊なんだ。創造そのものだ。

つまり、都市とは人間のことである。僕はヘモグロビン、白血球だ。そしたら人に恋するとはどういうことだ。他人と自分という区別なんかあるものか。お互い協力するなんておかしい話だ。そもそも一体なんだから。僕はあなたである。

それに気づいたとき、僕が今やろうとしている行動はもしかしたらちょっと理解してもらえるかもしれない。都市を人体として捉えたときの僕とあなたが、他人であるはずがない。お金がないと暮らせないのもおかしいし、無償の愛が当然である。なぜなら、動かさないといけないのだ。みんなで。この都市を。人間を。潤滑に！

だから若者も己の精神への解像度を高く設定し生の拡充を試みよ。そしてこちらに反射させろ。僕は見るよ。しかも搾取しないよ。搾取とは、センスの悪い贈与の取得である。贈与には違いない。だから調律が必要になってくる。純粋な贈与にするために調律する。すると返礼義務がやってくる。その義務が生だ。

☆

僕が若い人に伝えたいこと、高い解像度で伝えたいこと。それは、実のところ、お金の稼ぎ方である。お金の稼ぎ方→家計のやりくりの方法→家の在り方→oikos / nomos→共同体の在り方→新しい経済の在り方→生きのびるための技術→アルス＋テクネー→ART→つまり、「生きる」だよ。

世界は豊潤だ。でも、みんなもう既に実はそのことに気づいているよね？　楽しいことを気づかないふりするのはやめましょう。だって、そのほうが楽しいじゃん。好きな人には「好き」と伝えよう。それだけで、全部変わっちゃうぜ。良いことはもったいぶらないでね。正直に、素直になればいい。簡単だよ。

僕が行動、実行する理由。それは簡単なことである。それは、みんながもう既に気づいちゃってるからである。なのに、なぜかやせ我慢している。良いことなのに楽しいことなのに、なぜか言わないようにしている、その扉を開けたいだけなんだ。鍵穴もある。鍵もある。もう開錠している。後は開けるだけ。

今、あなたが、当然だと思っていることを思い浮かべてみよう。その中で、みんなも当然だと思っていると勝手に思い込んでいて黙って口を閉ざしている楽しい言葉があるはずだ。それを、今、ポロっと外に出してみよう。人に伝えてみよう。これが僕の仕事である。つまり、それはあなたの仕事でもある♡

土地は誰のものでもない。お金と生は結びついていない。金がなくても生きていける。やりたくないことをやるのは嫌だ。困っている人は助けたい。知らないことを知りたいと思う。みんな助け合って生きる。労働よりも使命を果たしたい。お金はないよりあったほうがいい。好きな人には好きと対面して伝える。

これが僕の仕事である。どうですか？　そんなにエキセントリックですか？　キ千ガイ沙汰ですか？　わかるでしょ？　違うでしょ？　そうです。僕は当たり前のことをやってます。みんなも当たり前と思っている。みんながカフェとかで友人と話しながらぼんやりと考えていることをやっている。それが僕の仕事である。

心の中に存在している、あなたが当たり前と思っていることを口にしてみる。できれば大事な人の前で美味しいラテでも飲みながら言ってみる。そこで出てきた言葉。それがあなたの仕事です。それがあなたの使命です。つまり、それはやりたい仕事だし、やらなくてはならない仕事なんです。ほら簡単でしょ？

僕はあなたが大好きです。好きというのはどういうことか、もうおわかりですね。好きというのはお互いの使命の出会いである。あなたの使命にわたしが役立ちそうな気がしますので、というか役立てたいので、ぜひずっと忘れないでください。動く時は用事があっても断ってあなたと一緒にいます、ということなんです。

だから僕は人を好きになる。好きになるということは、自らの使命に気づくことであり、同時に相手の使命に気づくことであり、さらにはその二つの使命が出会うことである。こんなに楽しいことが他にありますか？　僕は知りません。だから僕は人のことを好きになるのです。好きという感情は生の軌跡、奇跡である。

そして、僕は国民の全てが好きかもしれないという、とんでもないことに、今、気づこうとしているのです。そしたら、フーが「またまた〜、あなたそんなことばっかり言ってるとまた疲れるから、人を好きになるのはほどほどにしておきなさい」と突っ込むのです。フーちゃんもすごいなぁ。やっぱ好きだなぁ♡　と、そこまで誇大な夢はひとまず置いておいて、僕はとりあえず身近な好きな人に好きと直接伝えるために毎日いろんなところに出没しては好きですと気持ちを伝えに奔走しているのです。僕の世界では、毎日の生活が、つまり生きるということだけが、僕の仕事である。つまり、それはあなたにもあてはまる。

どうですか？　木曜日の昼下がりの日常がちょっとだけ軽くなりましたか？　気をつけてくださいね。日本は他と比べてちょこっとだけ設定重力が重いですからね。あなたは実際は軽いんですよ。

僕は鳥だから、その設定重力が見えるという技術を持ってます。「あなたはどんな技術を持ってますか？」それを教えてください。それが、新政府です。それが、ナントカ大臣です。「あなたはどんな動物なんですか？」それが、僕が新政府の全国民に訊ねたい質問なんです。僕たちは本当は動物なのである。ねっ！

人を自分だと気づけば、世界はあなたが発光すれば、自然とリフレクションするのである。生理的に動け。悩んでも悩むな。好きな人とずっと一緒にいろ。

☆

みんなもそうだと思うけど、僕には強い使命がある。だからやめることはできない。この人生を終わらせることはできない。それは契約なんだ。だからやめないいように疲れないいように諦めないいように（人間という体はすぐ諦める物質だ）ちゃんとコントロールしないといけない。これが人間機械論。動かし方の練習。

生きていくのは疲れるものである。僕はそう小学生の時感じた。だから僕は省エネで生きていくことを決めた。省エネの生き方というのは、時間をコントロールするということである。人は気づかずに時間に追われている。これが一番疲れるんだ。勝手に速度がついているわけだから。だから僕は時間に注目した。

僕はまわりの人に「こうやったら？」と一応言うけれど、いつも誰もやらないんだ。驚くほどにみんなやらないいんだ。才能あるやつに「お前言ってることと面白いから今すぐ本書け。今、言ってることを書け、来月までに三〇〇枚書け」と言うけれど、誰も本当にやったやつはいない。ふーん、と僕は思ってる。

時間をコントロールすると、時間が「今」の連続体であることを知る。単純に言えば、今やらなければ一生やらない。今動かないと一生動かない。これは昔からみんな昔話とかで聞いていたと思うんだ。なんで忘れるんだろう。そんなに人間は馬鹿なのだろうか。僕は人間は馬鹿ではないと思っているのだが。

僕が小学生、中学生、高校生時代にやっていた時間のコントロールの方法。それはまず「今」やらなくてはいけないことを確認する。なぜなら人間には体がある。頭はどんなに使っても疲れないが、体は疲れてしまう。なので、使命をまず一番始めにやる。そこに体を使う。他のは疲れて適当でもいいのだから。

そこで、僕はサンリオのパクリオリジナル商品「サカリオ」や、ドラクエのパクリ紙に置き換えたペーパーファミコンや、自主出版の漫画の連載を描いたりしていた。まずは使命。そして余った時間で、学校の勉強と無関係で教科書を全て丸暗記していた。暗記なんて適当にできる。それで学校システムと隔離できた。

僕は学校の友人も先生も教室も椅子も机も大好きだったが、学校というシステム自体には吐き気を催していた。なんでこんなクリエイションを感じない糞みたいなところでお前らは楽しんでんだと思っていた。なんで足が速いだけでモテてそれで満足しているんだと思っていた。そんなの終わるぞすぐに。と思ってた。僕は焦って、とにかく早く教科書なんてくだらないものは全部暗記してしまって、テスト期間とか無視して暗記して、テスト期間は女の子と遊んで百点取って、それよりも家に帰って、やばい作品つくらないと。ぶっ飛ばさないと。すげーかっこいい人間になりたい。マサイの戦士みたいな人間に！

僕の一番かっこいい姿は「時間持ち」なのである。いつでもどこでも焦らずひょいひょい歩いていて、ヘッドフォンでヒップホップ聴きながら体揺らしながら、自分のリズムで、そして、呼ばれたらいつでもそれこそ夜明けに電話がかかっても動ける態勢になっていて、時間を使える人間。僕は金はないが時間はある。

☆

会いたいと強く願う人には会える。これは僕の今までの人生が強く裏づけている。まずは強くイメージする。頭の中で、動く人間の吐く息までリアルに感じられるくらいイメージする。頭の中に空間をつくる。僕はまずこうする。可能性のあるときは、立体的に感じられるくらい頭の中の世界が生き始める。完璧にイメージできることは、つまり必ず実現するということだ。

頭の中の世界のほうをリアルに人体から設計し、動かすというイメージの練習は、小学生の時からの方法論である。恐怖を人一倍感じていた僕は、あまりに怖いのでテスト前に一〇〇点を取るイメージをリアルに感じる必要があった。そこで頭の中に空間をつくることを思い立つ。そしてそれはうまくいき、毎回一〇〇点！

このことを今まで言っても信じてもらえなかったが、最近は頭の中の世界をつくる作業と同じ手法でツイートをして、みんなで一緒に空間をつくり出したので、意味をわかってもらえるようになった。

僕には偶然は一つもない。全て元々願っていたことである。企画書に書いたことである。奇跡は自分でつくるものである。僕がツイートをやっている理由はこれだ。伝えたいと思ってもなかなか頭ではわからないので、僕の頭の中の世界に入ってきてもらって、一緒に実現する感覚を共有し、理解してもらおうという企画なのである。僕はまずこういうことをしたいと書く。ではどうやって実現させていくのか。それらを共有体験する。

だからこのツイートは僕のことが赤裸々に書かれていて、電話番号なども全部公開し「トゥルーマン・ショー」みたいだが、実は僕がみんなに見られているのではなくて、みんなが僕の頭の中に入ってきているという構造になってきているんです。というか、映画「トゥルーマン・ショー」も実はそれが主題なのだ。僕があらゆる情報、欲望、願い、思い、位置、場所、所持金、ギャラなどを全公開する理由が少しはおわかりになられたでしょうか？　これは空間の反転の方法論です。赤瀬川原平氏の「宇宙の缶詰」への僕なりのアンサーです。

自分を見せているのではありません。他者を自分の頭の中の空間に取り込んでいるのです。これは建築です。僕はトム・ソーヤ、ハックルベリー・フィン、ドロシー、マイキー、エルマー、ハチベエ、マーティーたちを観てて、それを思いついたんです。それは昔のお話です。僕が彼らを観ているのではない。僕は彼らに取り込まれている、と。そして彼らは勇気の持ち方を僕に教えてくれました。

僕は反転した裸の王様だ。つまり、自発的に裸になっており、裸でいることを自覚している。しかし、まわりの人々は服を着ていると思い込んでいる。実際は僕は裸なのに。僕を裸だと言ってしまえ。そしたらあなたも実は裸であることに気づけるのに。見立て。なぜ僕が見立てるか。社会が見立てだからである。この世の一切はイリュージョンである。

政治家がどうのこうの、役人がどうのこうの、公務員がどうのこうの。これは全て匿名の概念である。彼らも全て名前のある人間である。もっと高い解像度で、表層の匿名レイヤーのその人を見ずに、もっと奥のその人の人間そのものを見る。そうすると軽卒な文句の言葉がなくなる。問題が何か見えてくる。匿名の存在には責任がない。政治家には責任がない。政治家は問題が起きたら辞任させられるだけだ。匿名レイヤーではなく、人間を見よう。責任を放棄してしまっている匿名の社会システムなんか何の役にも立たないことくらい僕たちは知っている。人間を見よう。そこに一つのヒントが隠されている。

☆

僕は以前からずっと言ってきているように、3・11の前から全部信じられず、ずっと一人で自分で仕事、経済をつくってきた。だから僕は経験者であると思っている。この経験者はそんなには多くない。日本では多くの人が企業に勤め、フリーであっても何らかの肩書きに収まっている。自分ではつくってない。

僕が今思うのは、ありとあらゆる組織に属すのを今すぐやめ、独立独歩で歩き、自分のアンテナにちゃんとひっかかる単体の人間と深く結びつき、コミュニティをつくるのではなく、人間たちと知的空間をつくれ。そこで交易し、超鋭敏化した直感によって創造を行い、それを貨幣として世界中を駆け回れ。

もちろん、感覚が良い人、そうでもない人は確かにいる。そういう時は、感覚が良い人間がちゃんと突っ走って、そうでもない人をちゃんとサポートしよう。お金はみんなが稼がなくてもいいと僕は思っている。稼げるやつはどんどん稼げ。稼げない人はそれでもやっていけるような状況をみんなで設計しよう。

自分が考えていないことを、見て見ぬ振りしてはいけない。自分が行動するのをためらっていることを、労働の忙しさで紛らわしてはいけない。今すぐあの子に会いに行きたいのに、案件が充実していることにすり替えてはいけない。考えろ、動け、人に会え。時間泥棒は、この三つの行動で撃退できるよん。今すぐやるんだ。

僕は二〇一一年五月一六日、今まで溜め込んでいた怒りが爆発し、もう二度と政府の言うことを信じないどころか、一切聞かないと決めた。思い立ったら、今すぐやる。それじゃ、どうなのか。思い立って今すぐ行動したら次は考えろ。じゃどうする？

僕は考えた……。「オッケー、ないならつくるよ新政府」。そしてPCを開いた。そこで新政府を創立し、僕が初代内閣総理大臣に就任したことを呟いた……。

これ、結構怖いんですよ。思い立って瞬時に行動するのって……。考えないと死んじゃいそうなくらい怖いんですよ。それが表明です。まずはこの恐ろしい表明と向き合いましょう。考えれば死にません。考えないと確実に死にます。死ぬなよ……。とにかく考えろ。考えることは「生きる」ことだ。

誰かがつくった世界で活躍するのなんかもう退屈だ。僕は自分でつくる、まわりのやつらと勝手につくる。そこで暴れ回るんだ。そして逆に、みんなをこちらへどうぞどうぞと誘い込もう。自らの経済を己の手でつくり出す。これからはそういう人間が生き残る。そして生き残った人間は、全ての人のためにそれを手放すんだ。手放せ、全てを。己は誰にも盗られやせんよ。

僕はどこにも属してないし、誰からも給料もらってないし、誰も保障してくれないし、将来の安心なんてない……。でも、一度も困ってない。もちろん躁鬱病だからド鬱に入ったときは大変だけど、それでも食えなくなったことは一度もない……。僕は売れっ子でもなんでもないよ。それでも大丈夫なんだよ。何かに恐れているなら、大丈夫だと思った。恐れているほうへ向かっていこうと。本当にお前は何を恐れているのかと自問した。で、恐ろしいはずのところへ向かっていったが、そこは何も恐ろしい場所でもなんでもなく、むしろ自分自身全体を感じてくれる、僕にとっては最高の場所だった。そこが今いるところだ。

誰もが本当はイニシエーションが必要である。しかし今、人間はイニシエーションを恐れる。暗闇の向こうの虎に会いにいくという儀式を恐れる。だからみんな子どもなんだ。僕と同級生の人間だって年上だって、何かに恐れて子どもみたいだ。子どもじゃ子どもは育てられない。恐怖と出会う儀式が必要なんだ。

僕はいつも、見たことはないがどこかの山岳部族の集落の一人であると自分を仮定する。僕は酋長にならないといけない。それならば、何をするのか。そして僕はイニシエーションを自ら設定して、向かうことに決めた。他人が決めたイニシエーションじゃ新興宗教みたいになるから気をつけろよ。自分でやれ。

太古だったら、子どもが自立しなくてはならない時期になったら、大人がよってたかってそいつを秘密の宴に招待して、みんな仮面をつけていて、麻薬みたいなものを渡されトリップしながら、孤独の空間に陥り、そこで精神の旅をさせたんだ。テーマは勇気だ。集落の人々を命をかけて助けるような勇気を手にするための旅。

今、誰もそんなこと教えてくれないし、自分も体験してないから、三〇歳を超えても、子どもみたいな人間がうじゃうじゃいるようになってしまった。ビビって、会社なんか行っちゃって、将来の安心という妄想ばかり追いかけて、目の前の真剣にやらなくてはいけない己の使命なんか無視する社会になった。

糞だね。そんな社会。僕はそんな社会に生きていない。僕はやらなくてはならないことだけをやりたいんだ。お金を稼ぐために生きているんじゃないんだ。人々の生を励まし、歓喜させるために生きてるんだ。困っている人がいたら手を差し伸ばすために生きてるんだ。社会を変えるために生きてるんだ。

人に頼るな。今すぐ自分でやれ。恐れるなと言っているのではない。恐れていることを、高い解像度で知覚せよ、と言っているのだ。

まあ、まだ僕がこんなことを言っても、何も変わらない。僕はとにかくまずは自分の体を行けるところまで、とんでもないところまで、到達させることからはじめよう。いつか、人は気づく。いつか、人は理解する。その時を待っているのもかったるいので、僕はどんどん突き進もう。エベレストのもっと上まで。

☆

朝からさっそく新政府・朝日新聞大臣（笑）に電話。「あなたは何大臣ですか？」。この言葉を新聞に貼りつけたい。労働というもののちょっと耳の裏あたりに仕事（使命）というレイヤーが存在していることを伝える。行動できることを伝える。新政府には、朝日新聞大臣の他に、NHK大臣もいるし、J-WAVE大臣もいるし、東京都大臣もいるし、税関大臣もいる……（笑）。

みんながそれぞれの才能＝talent＝talanton＝貨幣を動き始めている。みなさんはどんな貨幣をお持ちですか？　つまり、あなたはサラリーマンでもあるかもしれないが、サラリーマンでないところもある。その、そうでないところも表明せよ。そうでないところでも行動せよ。

生き方を「変える」のではない。生き方を「拡張」するのだ。高い解像度の視点で自らを「解析」し、自らの現実を拡張する。それをコンピューターに任せるな。Photoshopは己の中にある。何も変えるな。それは今までの自分の選択の結果だ。今までの君は間違いじゃない。ちょっと拡張すればいい。

自らを稼働させ、まわりの人間の流れをつくり出す。無意識に飲まれるな。人の流れに乗った時も、自らの運動を忘れるな。主導する。手を上げる。それを恐怖心と言わない、それは勇気だと思う。勇気を持ち、批判を恐れず行動する。これが成人の生き方だ。……と、何を当たり前のことを僕は書いているのか。

出る杭、打たれんなよ。出過ぎた杭は打たれずに、天空に向かう。なんでも過剰、余剰を恐れるな。己は自然である。河の水を思え。僕を躁鬱病と認定する医学は、ただ現代医学の見立ての真ん中に僕を持っていこうとする。それは嘘だよ。病気なんかないよ、本当は。僕は自分で体験してわかる。出ろ。出過ぎろ。

「あなたの才能は何ですか?」って訊いてもみんな恥ずかしがって言わない……。それでどうやって一人で人と出会って金を稼いで生きのびていくんですか！　でもこの日本社会システムに慣れきっているので恥ずかしいのもよくわかる。そんな時は、才能と言わず己の中の「過剰」とか「余剰」を見つければいい。僕の過剰・余剰は、いつでも電話に出ることである。いつでもそれが行きたい欲求を満たすものだったら、アフリカだろうがすぐに出発できることである。つまり、僕の過剰は「人たらし」。僕の余剰は「時間」である。時間が有り余って常に余裕こいてる人たらし。これが僕の仕事だ。総理に必要な要素であることは間違いない（笑）。

あとですね、出過ぎた杭にする時のコツについて話します。出過ぎる時ってのはルーキーの時は怖くなります。恐怖心を感じます。で、怖いと思ったらその恐怖心についての解像度を上げてください。恐怖には二つあります。生理的な恐怖と社会的な恐怖。

生理的な恐怖というのは簡単です。高い所に上った時、足がガタガタ震えるでしょ?　スーっと血の気が引くでしょ?　はい。これが生理的な恐怖です。これは人間が本能的に動物的に反応している恐怖です。もう一つの社会的な恐怖というのは、例えば、平社員の僕なんかが社長の前で会社の問題点を言いたいが、身分的に怖くて言えないという恐怖。これはシステムがつくった恐怖。

実は今の社会、この足がガタガタ震える生理的な恐怖を感じないで済むようになってきてます。どこもかしこも柵だらけで。管理だらけ。注意書きだらけ。そして、社会的な恐怖だけに集中させます。だから死の灰が見えずに、会社を辞めるのを恐れてしまう。これがシステムです。人間を奴隷化するのです。

僕が決めたのは、生理的な恐怖は体が反応しているので本物の恐怖だが、社会的な恐怖は、システムがつくった見立ての恐怖なので、実は恐怖ではなく幻だと。だから、僕にとっての恐怖はただ一つ、体が生理的に反応した恐怖だけにしたのです。だから、仕事していても実は怖くない。体が反応したら怖いけど。

僕はこれを「勇気のつくりかた」と思ってます。恐怖の解像度を上げて、そこに二つの恐怖を発見し、社会システム、というよりも自分の妄想なんですが、それがつくった幻の恐怖を殺す。そうすると、勇気が出てくる。

> 人民を奴隷化するものは王侯・貴族ではなく、また地主・資本家でもない。人民を奴隷化するものは人民自身の無知である。
>
> ——ヘンリー・ジョージ「社会問題」

あたしの師匠の一人のヘンリー・ジョージの言葉です。

☆

エクセル苦手な人は、今すぐ事務をやめましょう。僕の体験では苦手なことは一切するなと教えられて今に至ってます。なぜなら時間がかかるし、ヘマするし、それで落ち込むし、会社も儲からないので、頼むから今すぐやめろと言われてきた。で、やめた結果が今の僕です。ほら、それでも生きのびてまーす。

僕はできるものは放って置いても勝手にやるので野放しなのですが、できないことを探すのが好きなのです。なぜなら、できないことをできないと表明したら、人と出会えるチャンスが生まれるからです。僕はできないことをできないと把握することを、宝探しのように実践してます。宝探し。つまり、宝は他者ですよ。

苦手なことをするから反省する。反省ってなんだろう。僕は反省ができない人間だ。だって、やる前に、これは己の選択と決めてやってるんだから。反省の必要はない。訂正しかないはずだ。

こう言うと、まわりからいつも自分の都合のいいように解釈していると言われます。別に誰かが困るようなことをしているわけではないので、そういうときは、「なぜあなたは自分の都合のいいように解釈しないのですか?」と聞く。ハンドルは自分で握ってる。でも思考は道路じゃないんだから、好きなほうに行けるよ。

自分の才能なんて別に人より秀でているところじゃない。人と違うところだ。それがあなたが社会に貢献できることだ。人は誰でも人と違うところを持っている。それが才能なんだ。アオはプラ板作家だ。僕は総理大臣だ。そして、あなたは何者ですか? 自分に問いかけろ。自分は何者かと。何かきっとあるよ違うこと。

アオはいつも子ども文化会館でプラ板をつくっていてアトリエはそこだ。一度「オーブントースターを買ってあげようか?」と聞いたら、いらないと言われた。都市の幸の概念を理解していらっしゃる。頼もしい限りだ。そうだ、アトリエは公共施設の中につくれ。家賃は0円だ。気持ちを刷新して向かうので作品の質も上がる。

若いうちからナイロビの友人たちみたいに、自分でつくって自分で稼ぐ方法を身につける。これが坂口家の鉄則。自分のことは自分で。アオはプラ板を売った五〇〇円を大事に筆箱に入れている。いいね。経済だよ、それが。それが才能を貨幣にした結果だよ。場代も払ったらしい(笑)。

自分が今、楽しめてるか。それをちゃんと高い解像度で認識せよ。楽しくないことしたら、仕事の質が落ちる。創造性の連環が続かない。だから、確実に生活の革命は起こりえない。生活の実験。楽しむ。肌の温もり、いつも傍にいること、そして楽しい遊び。これが育つときに必要な要素である。

躁状態がほぼ頂点に。体の機能が完全にオープンになっており、体の窓から風がどんどん内奥に吹き込んでいる……。音楽が全身を伝って直接神経まで到達するので、さっきから涙が出まくっている。涙とは、その窓が開いたことを示すシグナル。僕は生まれつき、それが開きやすいらしい。風が吹きやすい。

アドレナリンとエンドルフィンが同時に出ている

ような作用が起きてます。頭が冴え、全身の感覚が研ぎすまされているのに、巣の中で母さん鳥の羽毛にくるまっているような感じ。モバイル巣で超高速で移動しているような感覚。まさに移動民なんだと自覚しました。これはDNAなんだなと。

僕はこの「障害」と他者からは言われているこの感覚を、「才能」だと認識したのです。僕はこれによって生きながらえている。これを消したら、死んだも同然なのです。贈与された自らの感覚を、才能と自覚し貨幣へと転換し、世界中を感覚中を神経中を移動し交易する。これが僕の人生。

実は二一世紀は、精神障害者などと呼ばれている人間たちが、ちゃんと自らの才能を自覚し、交易する時代です。「ナチュラル・サイケデリック革命」。あなたは病気ではない。病気ではなく、それは「才能」なのだ。「障害」ではなく、それは「使命」なのだ。僕の場合そう読み替えることにしたのです……。

なぜなら、ただそっちのほうが楽しいからです。それだけです。そんなのは自分で決められるんです。

病気なのか才能なのか。僕はそうしたら金には困らなくなった。才能ですもん。

そして多くの信頼できる同志、パートナー、パトロンができ、とても重要な仕事を任されるようになった。多くの人が話を聞いてくれるようになった。その転換を僕は今書かなくてはいけないと思っている。僕は自分で決めた。人から定められる前に。人から馬鹿にされても、僕は自分で進むことを決めた。

だって、病院行ってみんなと同じようになるような薬を大量に飲まされて、会社とか、みんな同じことしている浮き沈みのない労働やらされて、安い給料で、それでも小さな安定した人生を歩む。こうしなくてはいけないと本気で思ってた。でもそれは僕には確実につまらなかった。だからやめた。僕なりの安定をしようと。

楽しいことをしよう。それが一番最短距離だ。それが一番グッジョブと言われる可能性が高い。そこにはたくさんの人が集まる。今の労働には人が楽しく寄って来ないようにさせられている。なぜなら、革命が起きては困るからだ。楽しさがあると、こんなのやってらんない、という感覚が起きるからね。

だから。

一緒に踊ろうよ。

嫌われてたり、人から認められていなかったりしていても、何も気にすることないのになぁ。僕は何も気にしません。好きな人が自分の仕事のことを、やばいよお前、って言ってくれてたら、それ以外何も気にしない。だからこそ、あやふやなところに突き進める。恐怖心を全部外すことができる。

僕は理解者は一人いればもう最高だと思っている。だから、自分の色んな箇所に色んな一人の理解者をつける。これが僕がやっている方法論である。二人以上理解されると、なんだかちょっと鈍る。やっぱり、とんでもなく複雑な自分の部分は、理解者は一人でいい。それでいい。それで突き進む。それだけだ。

僕は人間が好きだ。猫や花や風とおんなじくらい好きだ。だから、とことん付き合うぞ。

おれのまわりには天才がうようよしてるよ。あなたはどんな天才ですか？　天才とは、なるもんじゃなく気づくもんだからね。あなたの天才はもう既に存在している。天才とは読んで字のごとく天から与えられた使命としての才能のことだからね。わたしバカなんですという人の天才を僕は見える。それが僕の仕事だ。簡単に自分のコトを馬鹿とか才能がないなんて口にしないで欲しい。僕はそれを聞くと自分がナイフで切られたように、人のことなのに痛くなる。涙が出てくる。そんなに自分のことを卑下する人間ならば、お前をおれにくれ、と僕は思う。僕だったらあなたに最高の依頼をする。天才のあなたにしかできない依頼をする。

自分を大事にしろ。「だいじ」は、「たいじ」だ。つまり、あなたにはいつか大きなことが襲ってくる。そのときに活躍するまで磨きながら、自らの使命を守ってあげる。それが、大事にするということだ。自分を大事にすることは、使命をもしも理解していなくても、自分を磨くことのできる教育機関のようなものだ。

僕の親友が自殺で死んだとき、そんなことをふと思った。自分を大事にせよ。自らの命をかけて伝えたメッセージだ。僕は自殺で死んだ人間を否定しない。それは強く大きなメッセージだ。それは、お前は生きろ、天命を全うせよという、彼なりの天命であった。僕にとっては生きる言葉であった。生きるんだおれは。

僕は全てのもう亡くなった人が書いた本を、「死者の書」と呼んでいる。つまり、ほとんどの本がそう。それらは二度と本人からは書き換えられることのないメッセージのことだ。僕は生きている人からメッセージも、その人の死者の部分からいただいたものだと認識しているところがある。生には死があり、死には生がある。

僕は永遠よりも今を見ている。今には時間がない。でもそこには何かある。概念もない。だけど何かある。触れたいと思う感情がある。言葉にできない言葉がある。不思議がある。空間がある。

と、ふと考えた時、隣にいる人の目の奥を見たら空間の解《ほつ》れがある。うぉ、生きるとは一つでない。それに気づいたよ。

人に頼むな。自分でやろう。これが僕のモットーである。そうするとまわりの才能が見えてくる。

何でも簡単なのである。そんなに難しく考えない。やろうと思えばできる。できなかったら友達に聞いてみる。依頼してみる。それがちゃんと敬意あるものだったら、人はきちんと応えてくれる。信じるんじゃない。人はちゃんと見るものだ。

求めるな。自らの才能を光らせろ。天才とはそんな状態。しかも天才には誰にもなれる。自らの天才に気づくことはそんなに難しいものではない。ただ、人の声に耳を傾けるのだ。キリストにとっての祈りとは、助けを求めることではなく、ただ耳を傾けるということ。

人からすごいと言われても簡単に謙遜するな。上を目指すな。上も下も右も左もないことを知れ。そして虚空の中で、声を出してみる。声帯を震わせて出た音は波へと変換されて、縦横無尽に空間を動き、浸透していく。とても自由な気持ちになる。上を目指すな。もっとやばいところがあるぞ。音楽を知れ、そして空間の解れを探すダイバーになれ。

世がつまらんと言う人は、僕に一声かけてくれい。僕はあなたと話したい。あなたのつまらなさと、僕の面白さを出会わせてみようよ。面白いことに、おそらくそれが被るんだ。なぜなら僕も最初人生は退屈だと悟ったふりをしてたから。そのつまらなさに目を向け顕微鏡で覗いた時、世の不思議は見つかる。

僕が今、出会わないといけないのは、大学教授でも何万部のベストセラー作家でもナントカ賞受賞した作家でもない。僕が今、出会わないといけないのは、あなたである。日々生き思いを馳せている、あなたである。僕はあなたに出会いたい。今すぐ会いたいのだ。

あなたは学生ではない。主婦ではない。サラリーマンでもない。一般ピーポーでもない。気をつけろ。自分がお金を払うとき、何をしているかって、不思議なことに自分でその刻印をしている。わたしは学生だから学費を払う。しかしそれは本当か？　私は一般人だから天才哲学者の言葉を超高い値段で聴く……。それは本当か？　本当にそう思っているのか。

あなたはただの学生なのか？

本当にあなたがそう思っているのなら、いますぐここから立ち去ったほうがよい。僕はあなたを学生とは思えない。あなたはあなたである。あなたは力である。あなたには才能がある。だから、お願いだから自分を卑下しないでくれ。

僕は平面上ではない。平面の世界には山や谷がある。しかし、到達者が立った山の上が実際は深海の一番底であることをなぜ人は感じないのか。僕たちは海を知っている。海の底には山の上がある。だから平面ではすぐ偽のヒエラルキーが生まれる。惑わされるな。あなたは学生ではないよ。あなたはあなただよ。

どっからでもかかってきなよ。いつでも抱きしめるよ。あなたを抱きしめるよ。この曲でもかけて僕はあなたとダンスをするよ。軽快にステップを踏みながら、表参道を一緒に歩こうよ。みんな。後ろを振り向くな。後ろからいつ刺されてもいいように生きる。

あなたのことが大好きだよ。そして、私はあなたで、あなたが私。僕が刺しているときは、同時に僕も血を流している。あなたが生きれば、僕は踊り、空高く舞うよ。

だから、

言っとくよ。

絶対に、

忘れんな。

あなたの大事な人が呟いたことを。あなたが大好きな人の前で誓ったことを。困っていたとき助けられたことを。大人から言われて、絶対それ違うだろと思ったことを。そうやって授業さぼったときに友人たちと語ったことを。夜空の下で大好きな人を抱きしめたときのうきうきを。

絶対に忘れんな。

世界中の人に声を届かせようと思ったら、あなたの横の一番大事な大好きな人のことを思い描けばいい。その人に語るんだ。囁くんだ。その人に自分が伝えたいことを伝えるんだ。そのつもりでこの文を書いている。つまり、これは誰かへの恋文なんだ。

僕はきみが好きなんだ。

☆

ちょっと音楽を聴こう。僕の曲を。「あの街」。この歌はアオと一緒に散歩している時に生まれた。僕が3・11以降、気が狂ったと思われていた時、僕の親から、「あなたは狂っている」と言われて、しかもあなたと一緒にいるフーも狂っていると言われて、さすがにフーは「そうですね……」と言った。その時アオがフーに「嘘だ」って言った。そして僕はアオと散歩した。

散歩の時に、アオは僕に「パパは普通だよ。アオも普通」と言った。僕は涙がぼろぼろ出てきた。アオの凄みを感じたのだ。身の毛のよだつ思いをした。その後、アオが突然「カントリー・ロード」の歌を歌い始めたのだ。「カントリー・ロード　この道ずっとゆけば　あの街に　つづいてる　気がするカントリー・ロード」って……。

その時につくった曲。基本的に全部絶望していたけど。アオだけは信じられるって思ったね。だから、すごい暗い曲ですけど、小さいけどとんでもなく明るい光は見える。アオのこの態度が、僕の新政府創立まで気持ちを持って行った。避難計画を始められた。福島から子どもを呼んだ。それは僕じゃない。アオだ。

僕はアオのことが好きだ。とてもすごい人間だからだ。とても信頼できる人間だからだ。嘘つかないからだ。まっすぐだからだ。わからなかったらわからないって言えるからだ。本当のことを知ってるからだ。しかも本当のことを知るのはそんなに困難ではなく、ただ素直になればいいってことを知ってるからだ。

そろそろ、よくわからない偽の政治家とか大学教授とかが楽に生きられるシステムから、子どもを中心にした未来の天才が闊歩できるような世界をつくろうと挑戦できるような生き方へと舵を切らないといけない。アオを見てると本気でそう思う。アオは僕の普通さを知っている。彼女は僕をキチガイ扱いしないんだ。

子どもは、人を見た目で判断しないから、どんなに偉い人でもタメ口で、一緒に遊ぼうと言い始める。でも、それは礼儀を知らないからではない。子どもは一瞬で誰が酋長なのか、誰が、遊んでくれる大人なのか、誰が見せかけで実際は怯えている人なのかわかっちゃう。それは知ってるからだ、本当のことを。直感。

みんなで祭りをしよう。とびっきりの祭りをしよう。申請なんかしなくても良いような自由な祭りをしよう。僕たちが必要だからみんなが集まってみんなで出し合って最高の祭りをしよう。そして、次の日から生き直すんだ。僕たちの力をそのまま素直に出せるような社会で。それをつくろう。みんなでつくろう。

そこで待ってるよ。好きな子と一緒に来なよ。とびっきりお洒落して来なよ。

本当の声を出そう。自分の思っていることを目の前の人に言ってみよう。もしも殺したかったら、殺したいって言ってみよう。すると、がらがらと壁が崩れ、本当のことが見えてくるよ。本当のことを言ってみよう。アオは知っている。それは複雑なことじゃない。不可能なことじゃない。簡単だ。今すぐできる。

僕はあなたが好きだとただ一言だけ言うよ。他はもうどうでもいい。あなたが好きだから僕は命をかけて行動すると思えるんだ。あなたが好きだから、もうどうなってもいいんだ。命をかけるというのは、他者のためにだけ生きるということなんだ。それが好きってことなんだ。好きとは、死の中の生のことなんだ。

みんながいなくなった部屋で、僕はなぜか泣いてます。悲しくも淋しくもただ嬉しいだけでも怒りでも切なくも苦しくも楽しいだけでもなく、何の感情かわからない。なんでか知らないけど、涙がどんどんこぼれてくるんだ。なんなのか。この感情は。むき出しにしたら、こんだけ涙がこぼれてきたよ。僕の涙。

理由のわからない、どうしようもない、言葉にできない、なんとも表せないとき、涙が出る。つまり、涙は言葉にできない意味を持っている。僕がおそらく知覚することができない意味。意味の先の意味。僕はそんなものわからなくてもいいと思った。涙を流せばいいのだ、と。そんなの知らなくていいんだ。

今、子どもにしか興味がない。子どもの目で見る。子どもにはお金が不要だ。子どもには家を所有するという考え方が不要だ。必要なものは身振り、愛、そして仲間たちである。僕はこれでいくよ。どんなに子どもにはわからないと大人たちが笑おうとも。僕は大声で笑ってあなたの肩を叩くよ。さ、行こって。

たとえ傷つけ合っても、一緒にいる。傷つけるのを恐れるのではなく、傷つけ合っても、一緒にいる。むかついたら殴ればいい。それでも一緒にいる。僕にとって一緒にいるってことはそういうことだ。嘘ついて平気なふりをして泣くぐらいだったら、殴り合って痛みを感じたほうがいい。

僕の前で、社会的な鎧を身にまとうことはできない。僕はそれが見える。だから、僕はそれを脱がそうと、破壊しようと、あなたの頭の根底から全部ひっぺがえして、その舗装されたアスファルトを掘る。僕はその下にある土にしか興味がない。どんなに警戒しても無駄だ。僕は軽快なステップで忍び寄る。

なんでそんなことするのかと聞かれた。僕はこう言った。

「そっちのほうが楽しいからだ。そっちのほうがあなたも楽しいからだ。だってそうやって出会ったじゃないか。そうやって遊んでたじゃないか。そうやって喧嘩してたじゃないか。それを忘れるなよ。なんで大人ぶってんだよ。お前も子どもだろうよ。絶対に楽しむことを忘れない子どもだろうよ。知ってるよ」。

そしたら、その人は卒倒してしまった。僕は生まれて初めて、自分の言葉を吐くことで、人の気を失わせてしまった。でも、その時、僕は自分が生きていて、その人も生きていることを知った。がらがらと崩れていくその人の体を見ながら、僕は興奮していた。僕は狂ってるかもしれんと思った。

でもそれでいい。

気を失っている時、体の痛みはなくなっていたと言っていた。そうだ、僕はわかる。だって、今、僕も体の痛みがないもん。恐怖心もない。言葉はそれぐらい怖い。人を殺す能力を持っている。僕は初めて恐ろしさを感じた。でも、同時に興奮していた。生きているという実感が体中を駆け巡り、血を感じた。

夜中、介抱してた。なんだ、僕のまわりだけ、世界が防空壕になっているように見える。これは現実なのか？　僕の頭はしかし、現実を探そうとはしていない。どこかに生命がある。どこかに生命体がある。幻と現実は同じだ。生命体を探せ。そいつは涙を流している。涙くんを探せ。

台所が僕には防空壕だった。

☆

今、僕は所有という概念から「存在」、ただそこにいる、という考え方に変わろうとしている。もう誰も所有しない。何も所有しない。人も土地も家も金も音楽も所有しない。それは誰のものでもない。ただ、彼らがそこにいる、そして僕もそこにいて、それらがただ存在しているということだけに気づいてきた。

世界はもう既に変化してしまっている。それに気づいている人間たちが集まろうとしている。僕は興奮している。ここで新しい社会をつくろう。芸術としての自治を実現できる都市を。最高にぶっ飛んだ雑誌をつくろう。音楽を流そう。そんなキ千ガイ野郎が集まって、毎日真剣に仕事をしよう。

みんなも興味があったらどんどん引越してきてね。楽しめる人がいたら、どんどんこっちに来てね。不安じゃなく楽しむために動け。不安のせいに簡単にするな。それは大人のやることだ。楽しいから来る。あなたに会いたいから動く。それが僕たちが元々やってたことなんだ。忘れるな。

もう一度言う。忘れんな。

あなたの天才のところを見つけろ。誰にもあるよ。ないって言う人は、見つけていない人だよ。見つける時間のない人だよ。ちゃんと見ろ。自分を見ろ。裸の自分を見ろ。どこが傷ついているか確認し、そして、その傷をどこが補完してくれているかを見ろ。それが天才だ。あなたの天才だ。天才は全ての人に宿る。

軽くなれ、ちゃらくなれ、だらしなくなれ、さぼれ、でくのぼーといわれても笑ってろ、金見せられても、それ日本銀行からの債券だからいりませんと正論を言え、やめろ、すべてをやめろ、人を助けるより大事な仕事はない。つまり、それをしよう。

人に頼ってばかりの大人はこれから僕は無視する。子どものことを思考している、未来のことを思考している最高の大人と出会え。自分の人生考える前に困っている人間を見逃すな。見捨てるな。怒りを抑えるな。仲間と分かち合え。それが行動につながる。行動は愛を呼び起こす。忘れるな、昔の約束を。

こんなに生きていることに発狂しそうなぐらい興奮する人間を殺そうとするのだから、僕の鬱はよっぽどタフだなあと思う。鬱氏は絶対に諦めない。僕をどうにかこうにか工夫して殺そうと試みる。しかし僕はそれをギリギリで回避する。僕はその時、完全に他者になっている。「死にたい人」に。鬱の時、僕は世界の無意識に殺されそうになる。お前がいると面倒くさくなるんだ。お前は本当は狂人なのだ。お前が抱く世界は実は存在していないのだ、と言われる。僕に迫る殺意は、病人をつくり出し、労働者という奴隷をつくり出した人間の無意識だ。そして今の世界がそこのレイヤーだけであるように思わされる。

鬱を鬱と呼ぶのはたやすいが、僕は今、その状態をイニシエーションだと思っている。鬱状態に入る前の僕には所有の概念が必ず生まれている。それまでの躁状態で行った行動により獲得した自らの感覚、思考、体の身振りを、自らの所有物にしてしまうのだ。

それは新しい感覚なので、人間はどうも欲しがってしまう。自分を、自分の所有物と思ってしまい、自らを勝手に自らの得のために使い始めるのだ。前回は躁状態で東京から避難し、一段上がってさらに新政府を立ち上げ、避難計画を実現し、福島サマーキャンプを実現し、僕は知らぬ間に新政府を、自分の思考を、所有した。すると、「お前は違う」といって殺されかけた。

そこで、僕は自分が始めた新政府を完全に否定した。そして鬱の沼へ落ちて行った。毎日、毎日、死ぬことだけ考え、殺されかけているのに、それは無意識からの外圧内圧ではなく、自らの意志だと思い込み、今すぐ首を吊って死のうと思った。体を失おうと思うのだ。それら全て、所有の問題がからんでいる。

自らの才能を、天才（天から与えられた贈与としての才能）ではなく、自ら築き上げた技術と誤認識すると、これが起こるらしい。その時、体はぎこちなくなる。技術は手に宿るものだ。自分の生には技術はない。自分の体を技術によって書き換えられると勘違いしているのだ。だから悩む。悩みとは解決を求める。

所有は安定をもたらす。価値をもたらす。それが偽りだろうがなんだろうが、所有することによって人間はそこに一つの固定した匿名のレイヤーをつくり出す。そこでは、もっと原始的で根源的なレイヤーへのジャンプは妄想だと捉えられている。天からの才能という資源は、技術によって増やす「商品」になる。

しかし、根源的な己は絶対に嘘をつかない。ごまかされない。だから、所有というものに現《うつ》を抜かした僕に、所有の至る道を伝えようとする。それがこの鬱と呼ばれる段階じゃないかと。自らの体でさえ商品のように、飽きたら使ったら捨てるものへと変化させられる。それに気づかない鬱状態の僕は、自らの体を殺そうとする。

昔は、このイニシエーションを共同体で行っていたはずだ。しかし、現在ではこれがイニシエーションのように次元を超越する行為ではないと刻印され、ただの鬱病と呼ばれ、病院に行けと言われる。医療も現在ではただの商品だ。そこでまた、同じ所有と技術と商品の連環が始まる。そして、人は孤独になり、自殺する。

僕たちはイニシエーションを行っている人間たちを自殺で失っているのだ。イニシエーション前の段階とは、子どもである。つまり、僕たちは子どもがイニシエーションしているのを、していることに気づかず、それで死んでも死んでいることに気づかず、自らの行為に忙殺されているのである。

一体何のための人生か。

子どもですら僕たちは所有しようとしている。僕の子ども、あなたの子ども。僕は思う。僕の子どもは、あなたの子どもだ。あなたの子どもは、僕の子どもだ。子どもは所有してはならない。それは技術の誤解と商品化への道へとつながる。そして子どもたちは自殺する。

イニシエーションしている子どもを放置するな。

鬱状態の時、ほとんど会話もせず死にたくなり、コンクリート壁に頭をずっとぶつけ、部屋の中を焦りながらぐるぐると歩いて回り、いつも紐を見ては、いつ首を吊るかを考えている。壁を挟んだ向こうではフーが無言で耐えながら食事をつくり、アオは平気なふりをしている。辛い状態だが、それでもずっと一緒にいる。

今回の鬱は四カ月続いた。今回はさすがにもう死ぬなと思ったとフーは言った。でもどうにか四カ月目で僕はその所有の概念がなくなった。この体がただ存在している生命体ということを感じられた。そしてまた日常生活が送れるようになったのである。このイニシエーションは僕をさらに多層レイヤー状態にした。

そしてイニシエーション状態の時に、とんでもなく重い重力の中で死への道をずっと歩いてきた体は、所有という概念がなくなると、それが生と死と相反するものではなく、死の先に生がある一本の不思議な道であることにちらりと勘づく。すると体が軽くなり、初めて体を動かしたような気分になる。

その時に、この体を奪いたいものは奪ってくれと思う。それは「ゼロの思想」だ。「ゼロの感覚」だ。もしかしたら「ゼロの所有感」かもしれない。ゼロといってもただの空虚じゃなかったから、そう思う。ゼロと所有。この相反する感覚が僕の中で一つになっている。そしてそれを「在る」というのではと。

所有することが駄目なことだと思ったのだが、それなら愛はなんだと考えた。ここで僕の論理が破綻する。愛にはなんらかの所有の概念が含まれるはずだ。所有にもいくつかのレイヤー構造が存在するのか？　よくわからん。愛を感じて、僕は「ゼロの所有感＝在る」という訳のわからん数式をつくった。

今から本気でベタなこと言うぞ。

死んでもいいと思って、真剣に生きろ。困っている人がいたら助けろ。何でもまずは自分で試せ。うまくいったら友達に教えてやれ。僕が生きてやっている行為はそれだけだ。それが新政府なんだ。新政府って、はっきり言えば、真剣に生きて、優しく生きる。ただそれだけだ。それだけをやっているのだ。僕は！

死にたいと思っている人間がいたら、僕は言いたい。死ぬギリギリまで自分が今までやってきたことを思い出せ、どっかにあるはずだ。忘れるなって言ってくれた人を、その人を思い出せ。その人を思い出して、それでも死ぬしかないと思ったら、僕に電話しろ。

僕の電話番号は090-8106-4666だ。

新政府の唯一の政策は、自殺者をゼロにすることだ。僕はそれをやりたい。僕はそれだけをやりたい。

そのための準備としての、色々な細かい仕事がある。しかし、僕のずっと先にある夢はそれである。天命を受けているのに死なざるを得なかった友人たちがいたことを僕は忘れたくない。僕は守りたかった……。

そして僕は、自殺者がこれだけいるのに自分たちは間違いではなかったと捉えている今の社会を許さない。もちろんそれは、自らも許さないということだ。今の社会は間違いである。僕の人生も間違いである。今までの生は間違いである。でも僕は死なない。だからつくろうと思ったのだ。間違ったことを直せる社会を。

僕は国民、いや世界中の人々全員に話を聞きたいよ。僕は人の話を聞いて励ますのが何よりも上手なんだ。これはみんな言ってくれるから本当だと思うよ。だからみんなの話を聞きたいんだ。真剣に向き合いたいんだ。ただ慰めるんじゃない。真剣に生きたか？　それで駄目ならこっちこいよと言いたいんだ。

生きることを考えろ。生きることは金稼ぐことじゃないぞ。なんでわからないんだ。会社に行くことでもないぞ。人間は天命を持ってるんだぞ。そんな他人に用意された器でやってどうするんだ。

自らを光らせろ。発光せよ。

その光は世界中のどこまでにも届くよ。

人は無言で気づくよ。あなたが生きていることを。

さて、今から家族で夕食食べるぞ……（笑）。涙流しまくってるから、家族のみんな引いてるじゃないか。おれは狂人じゃないぞ。ただのちょっと優しい人だぞ。

☆

実はこの世はあらゆる天才の集まりなんだなぁと思う今日この頃。僕も天才だけど、あなたも天才だ。それで何かを獲得しようとしないで、ただ在る状態にして歩き始めれば、血を感じることができる。心臓の音ではなく、血が全体をザーッと流れている音に耳を傾けてみる。

熊本空港。今から東京へ。絶望しているらしい電話が届く。まずは家族に相談してそれでも駄目だったら親しい友達に相談してそれでも駄目だったらまた電話かけてと伝えました。実は自分のまわりには本当に大事な人がいる。僕は僕を信じて欲しいのではないよ。まわりを高い解像度で見なよって言ってるんだ。

簡単に絶望しちゃあいけない。それが他者だったらどう思うか想像しよう。それが創造だ。自分の中に他者をぶち込んで、その目でも見てみる。それで変わる風景がある。自分が体を所有しているんだという思想から抜け出し、あらゆる思考の塊だと気づく。すると、もうどうにでもなれ、という強い力が湧く。

どんだけ人間の鎖が断ち切られてるんだよ、この世界は……。なんで相談するやつがまわりにいないんだよ……。まわりのやつどうしちゃったんだよ。少しはまわりを見回して苦しんでる人がいないかぐらい、発見できないのか。ぼーっとしすぎだよ。忙しすぎるんだよ。時間泥棒にやられちまってる。この世界はよ。

なにが忙しいだ。そんなの嘘だ。ごまかすな。人のこと考えずに自分のことばっかりに忙しい人生を送ってる童話の主人公なんて見たことない。みんな興奮してたんじゃないのか、「オズ」とか「エルマー」とか「グーニーズ」とか。みんな時間持ってるぞ。損得なく人のこと見てるぞ。僕らは知ってるぞ。その真実を。

なんか心配になってきた。大丈夫かな、この世界。僕が高校生のときぐらいに怒られてまじで絶望したような感覚で迷ってるように見える。心配だ。もう全部心配だから、まわりの人に一回は相談して駄目だったらみんな電話しろ。090-8106-4666。イニシエーション中に死ぬのは惨いよ……。

東日本大震災、原発事故よりも恐ろしいことが、実は今も震災前もずっと起こってるんだ、それぞれの個人の精神の中では。それを放置してるから、とんでもないことになる。震災はきっかけでしかない。昔から、時間を奪われ、使命を否定され、人間の鎖を断ち切られたことへの恐怖が、僕の行動の元だ。

僕は楽しんでやっている。あらゆることを。だって天命があることを小学生のときに感じたし、お金には一生困らないと大学一年の路上演奏で毎日一万円稼いだときにわかったし、誰もやってないことはやれば大抵うまくいく、実はみんなが試してなかっただけと知ったし、つまり僕の人生はバラ色だと知ったから。

僕の人生はいつだってバラ色だ。そう僕は頭にインプットされている。だから恐怖があっても、怖くないんだ。恐怖を認識できるし、それを回避しつつ消滅する方法論を考えられる。金には永遠に揺さぶられないように妻とも話をつけてる。金がなくなりゃ家族で河川敷に行くと決めてるんだ。そんな人間だ。

僕のあらゆる細部にはたくさんの人からの贈り物、才能、センス、直感、知識、知恵、技術が集結しています。だからすごいんです。だからやばいんです。僕じゃないからやばいんです。僕はあなたであなたは僕だからやばいんです。自分がないからやばいんです。それが自分だと知ってるんです。

他者の才能はスターだ。星だ。ドラゴンボールだ。それらを集めて星座をつくれ。夜、空を見ると星が光ってる。それを見て、いつも僕はそれを想う。星は所有できない。しかし出会うことはできる。忘れても空を見上げれば思い出す。それらを天の上に立って直感で結んで星座をつくる。それが生きるということだ。

あなたは星だ。そして死んでいった僕の親友も星だ。僕はそれらの星を虚空の中で指揮棒を振るように結んでいく。その軌跡はいつかでっかい星座になる。新政府は、生きているもの、死んでいったものたちへの鎮魂歌だ。そして、さあ一緒に歩いていこうというデートのお誘いだ。自らの命さえも所有せず差し出す。

あー、涙が止まらないじゃないか。どうしちゃったんだよ。この涙は何の意味を持っている。いや、これは意味の前の意味だ。存在しているというただの実感だ。あなたとつないだ手の温もりだ。僕はあなたを愛してる。どうしようもないくらい愛してる。だから一緒にダンスを踊らないか。終わらないダンスを。

生きるには、色んなかたちがあるもんだなぁ。色。今、植物の緑色がとてもブリリアントに伸び縮みしている。愉快な緑色。落ち込んでいるときはどれも同じ緑色に見える。

つまり、一切は己の解像度による。それが生きる、だ。せっかくなら踊るように生きて死にたいよ。手を離しても大丈夫。恐れずに笑いたい。

☆

この前、五歳の姪っ子に、オジはなんで働かないのに楽しくやっていくことができるのか？　その意味が全くわからん、と言われた。素晴らしい問いじゃないか。お金がいらないからだよと言った。彼女はますます混乱してた。自分をお金に換金せずに貨幣化するんだと言った。ますますわからず泣き出した。

働く暇があったら僕は街の人と話をするためにスキップしながら歩くんだよ。好きな人と川沿いの遊歩道を歌いながら歩くんだよ。それが人間である。意味がわからない姪っ子には、五歳でも一〇歳でもハタチになっても、いくつになっても、同じことを言ってあげたいなと思う。それが生きるということだと。ねっ。

なんで平日の昼間の公園に、ぼくとあの子だけが、ポツンと二人しかいないんだよ。話しかけたいじゃないか。もちろんそれで僕はゆっくり彼女と抱き合えるけど、それでいいのかと同時に思っていた。あいつはどこいった？　人間はどこいった？　僕と遊んでたあいつはどこいった？　平日の街は僕を突き刺す。今を。

引きこもりとか不登校とか自殺未遂者とか精神障害者とかホームレスとか本当にみんなすぐ名づけるよなあ。名づけるという行為がいかに神聖な知的な素晴らしい智慧であるということを知らないからそんなことができるんだ。そんな言葉に耳を傾けるぐらいだったら、好きな女の子に耳を齧《かじ》ってもらいなさい（笑）。

つまり、僕がやっていることのバックグラウンド、わかりますよね。引きこもりと言われてた友達がそうでないことを知っていた。自殺未遂者がただの絶望した救いのない人じゃないことを知っていた。精神障害者がむしろやばいくらい創造性があることに気づいた（僕です・笑）。ホームレスとは、むしろ僕たちのこと。

僕はヒエラルキーやイデオロギーをつくり出し、人間を操作するために言葉を使っている人間が納得いかずに、名づけ方のダサさを指摘し、どうせなら名づけ直しをしたいんです。命名は重要です。それこそ、そこに意味が生まれ、命が稼働する。

だから僕は言いたいんです。僕は知ってますよ。あなたがやばいことを。

現実社会から見たら、僕はほとんど狂気にしか思われないと思うので、ぜひとも言葉の意味ばかり追うのではなく、これを一つの音楽として朗読でもして読んでください。言葉の意味は、常に無数にあります。意味を固定してはいけません。意味は次の意味をつくります。クリエイションさせる。絵を描かせるんです。

僕は狂気の中にいるかな。僕はとても穏やかだよ。僕は全然怖くないよ。僕はそんなに興奮しているわけじゃないよ。僕はいつもと同じ言葉を使ってるよ。僕はただただ事実を書いているだけだよ。僕はみんなに声を届けているのではないよ。僕はみんなの声を受け止めているだけなんだ。贈与されてるんだ。

僕は、日本中のアスファルトの道を、ツルハシ持って、はつりたいよ。削りたいよ。そして土に息をさせてあげたいよ。土は苦しいんだ。たんぽぽは、そのメッセンジャーだ。だからどんなアスファルトの道からもたんぽぽは出てくるんだ。忘れるな。忘れるな土を。僕たちは大地に生きてるんだ。ばかやろう。

いつか表参道のアスファルトを僕ははつろう。捕まったとしても「たぶん僕のやっていることって土の世界からしたら何も間違っていないと思うんですよ」って言ったら警察の人もそうだよなって言いそう。僕の人生はいつもそうだ。最後にいつも「お前は自由で幸せだよな」ってうらやましそうに言われる。その時の僕のまわりの人の「お前は自由で幸せだよなあ」って言うときの、目が忘れられないんだ。その目が。

　昔、太古の時代一緒に踊った仲間たちなんだ、彼らは。今は、何かおかしくなってる。しかも、おかしくてもそれでもまあいいと思ってる。家族もいるし金もあるし。「でもなんかお前を見てると……」って言われる。

　僕はあの「お前は自由でいいなあ」という目が忘れられない。それを取り戻そう。みんなで協力し合おう。闘おう。でも、それは体制とではない。僕たちの無意識の中に眠っている諦めている感情だ。それらを起こしてやるために闘おう。武器はいらない。智慧だ。勇気だ。

　アオも僕に贈与してくれている。言葉の贈与。感覚の贈与。楽しさの贈与。芸術の贈与。全部0円でつくれるものだ。あらゆるものは本来、贈与によってだけで成り立っている。対価など存在しない。対価など消してしまえ。ただ贈与すればいいのだ。

　なぜなら、そこで生まれた言葉は僕の所有物ではないからだ。僕は君の言葉だ。

☆

　さあ次は先ほどの涙だらけの純粋な人間だった人格を、チューニングを変えてレイヤーをジャンプして、金儲けを考えている坂口恭平のただのずる賢さについて書いていきたいと思います。僕には、というか、誰にもですが、このように人格をいくつか持っています。それらを運用する。それが生きるだ。

　坂口恭蔵はお金の稼ぎ方を知っている。長く稼ぎ続けるためには、嘘をついてはいけない。小銭に心を揺さぶられてはいけない。署名されていないお金に手を付けてはいけない。お金を命あるものと思わないといけない。お金なんて、という言葉を殺さないといけない。お金は銅だ、銀だ、合金だ、紙だと思えと。

新政府の主食は鼻糞である。これはつまり、永遠に枯れない生きる糧である。これはつまり、自らの才能が貨幣であるということである。自ら発光し、毎日ミネラルを常にわき出させている。己は自然である、贈与の塊だ。己は毎日、贈与を繰り返していることの証である。そして、笑われることの覚悟である。

みなさん、どんどんお金を稼ぎましょう。自分の才能をちゃんと貨幣化しましょう。それで交易しましょう。僕は一見そんふうに見えないから、安心して無償の行動をしているように見えているかもしれませんが、僕はこれが仕事なんです。はっきり言えば、これで馬鹿みたいに稼いでいるわけです。気をつけて。

時給で働くなよ。死ぬぞ。時間を売ったら死ぬぞ。気をつけて。自分の値段は自分で決断せよ。そうしないと時間泥棒はあなたの匿名性に忍び込む。そこにはネズミ婆さんがネズミと一緒に待ってるぞ。ドブネズミのバラードが鳴り響く。自分で都市をつくるんだ。自分で愛を見つけるんだ。愛は在るよすぐそこに。人の時間で動いちゃだめだ。自分の時間に気づこう。そこに在ることに気づこう。「時間の花」が咲いたら、勝手に時間は時間を描き出す。その瞬間を見たとき、僕は死んでもいいと思えたんだ。もうあなたと会えなくなっても、自分は生き続けていくんだ永遠にと思えたからだ。それが時間だ。時給は時間ではない。

「時間の花」って面白いな。今つくったよ。歌ができそうだ。そろそろ新聞原稿を書こう。みんな原稿を書くときに締め切りばっかり気にするが、僕は気にしたことがない。締め切りとは、自分で設定するものだからだ。これは小学校の時から変わらない。追われるのではなく、時間は追うものだ。そこに資源が在るからだ。

花を見つけるように散策しながら時間を見つけよう。三次元に時間を足したものが四次元とか無茶苦茶なことを言うからおかしくなるんだ。時間はただそこに在るもの。四次元はまた違う空間認識である。

平面的に考えちゃだめだ。ヒエラルキーがでてくる。時間は草花のようなものだ。あの子のために摘むものだ。

僕のまわりのいただく仕事はありがたいことに全くお金にならない。自分でつくった仕事は欲しいだけ限りなくお金になる。不思議なもんだね。小さい頃からやっているその遊びだけがお金になるって秘密をみんなが知ったら楽しいだろうなぁ。誰も他者からのお金に揺さぶられない社会。そんな社会を僕はつくるよ。

そしたら誰も働かない社会になるんだろうな。それが一番楽しい。楽しい感情は何も間違ってないという合図なんだ。合図を放置する現在の社会を、僕はおそらく悲しい目で見てる。自分を卑下する社会を僕は変えなければいけないと勝手に使命を感じてる。怖くないよ。早く手を放せ。すくみのない恐怖はマヤカシ。

僕の絵はバンクーバーの物好きな素敵な人たちが、新政府の貨幣として両替してくれる。今のところの為替のレートは「1サカグチ」が六千ドルである。日本円にして約五〇万円。信頼されているので（笑）、ほとんど変動しない。二〇〇七年からずっとそうだ。わかりますか？　これはただ両替してるだけなんです。

僕の絵を年間二〇枚交換したら、一千万円。つまり、一千万円とは、僕の絵二〇枚なんだ。だから僕は絵を売っているわけではないんですよ。僕の貨幣として、両替してるだけ。売り買いというものは元々存在しない。それを理解するために自分で貨幣をつくり出す必要性がある。わかるかな？　わからないかな？

本は印刷物である。つまり、本質的には貨幣になり得ない、本来は。だから僕はツイートで0円で公開してる。誰も買う必要はないんだ。読みたければツイログや図書館で読めばいいのだから。それでも買おうと思ってくれている人は、買っているのではない。僕の言葉を、僕への信頼を担保に両替してくれてるんだ。

本来貧富の差はない。信頼の差はあるかもしれないが。だから僕は人に会えと言っているのだ。

信頼は、会わないと発生しない。所有する人間は信頼されない。移動しないと発生しない。この三原則を元に、僕のことを天才だと言ってくれたのは中沢新一さんだ。それはただ天命だけが在る世界。貧富なんて元々はない。

僕は一八歳の時、お金がなくて、まあそれでも別に気にはしなかったのだが、しかもバイトみたいなよくわからんことはやりたくなかった。それは稼ぐ効率が悪いとも考えた。だって、みんな同じ時給なんてちゃんちゃらおかしいと。それはなんかおかしなことが前提としてあるから、そんなことになってるんだと。

僕は歌を歌うことにした。一万円で買ったギターを持っていて歌うことが好きだったので、これを自分の仕事にしようと思ったのだ。とても単純な思考であった。一番得意なことでお金を稼ぐ。そして渋谷の駅前で歌い始めた。そしたら一日一万円ぐらい稼げたのであった。一〇時間歌ってだけど。

ということで、僕は一八歳の時に確信してしまった。大人たちが僕に言っていた、会社で働かない限り食っていけなくなるということはデマカセだということがしっかりとわかった。僕は別に歌に能力があったわけではない。だから現に僕は別にデビューしていない。しかし、それとこれとは別なのだ。稼げないとかありえないんだと思った。道端でなんかやればいいんだ。真剣にやれば誰か振り向く。ちゃんと自分がいくらのもんなのか示せば、そのお金がもらえる。僕はそんな実験のような練習のような、路上演奏を繰り返していた。これが僕の原点である。0円で歩いていても、夜になると女の子とデートできた。

デビューとかじゃないという勉強になった。自分が歌えば、それで音楽家である。後は自分の才能を貨幣化させて交易するのみなのである。その現場で育つしかないのである。売れるとかどうでもいいじゃんと思った。誰も知らなくても世界中でやっていけるやつこそ本物だと思った。それは今でも変わらない。

やりたいことで食っていけないとかいう人の特徴。まだ一度も試していない。試して失敗したとしても、修正して試したことがない。成功している人に相談したことがない。人から修正したらと言われても、いや、おれのやり方でと意外とワンマンで意地っ張り。これじゃ食えません、まじで。やり方があるんです。

食える分のお金を稼ぎたい、歌を歌いたい、女の子と出会いまくりたい、できればいつも同じ家に帰るのではなく、女の子の家とかに泊まりたい。いい感じの親父とかといい店でお前面白いなとか褒められながら酒飲みたい。観光地とか嫌いだから、渋くてやばい店とか紹介してもらいたい。これらをまずは全部叶える。

全部叶えるとしたらどうするかって考えます。それでいきなり答えが出た。デビューとか面倒くさいし、時間かかるし、デビューしても下っ端だったら馬鹿にされるし、逆に女の子にはモテなさそうだし、全国ツアーとか有名じゃないとできないし、自分でやれば勝手にできるし交通費かからない（笑）。

ということで、路上演奏を僕の生きる糧にしたのである。自分がやりたいこと満載で、やりやすいこと満載で、女の子に会える機会満載で、しかもデビューとかじゃない、他者から認められるんじゃなく、自分でガシガシやる独立心旺盛感満載で、意外とモテてたし（笑）。こんな得意なことばっかりじゃ、うまくいくのが当たり前（笑）。

やりたいことで食っていく方法　その1

やりたいことを書く。しかも一つではなくいくつも書く。思いつくだけ書く。でも気をつけたいのは、それらが合わさった一つのことしかしない縛りで。つまり、多くするとそれだけ複雑な仕事のかたちになる。それは大変だ。ある程度書く。僕は三つにしている。三だ。

やりたいことで食っていく方法　その2

師匠を探す。つまり、先ほど書いた自分がやっていきたいと思う複雑な方向に、一番近似値の人を探す。みんながっちり合う人を探してしまうからいつも失敗する。そうでなくて一番近い人でいい。世界中で一番師匠になり得る人を探すということです。パクるためです。

とかいいつつ、僕の基本は女の子が興奮し、今すぐ一緒に家に帰りたいと思わせることである。つまり、女の子が興奮するのは独立している人間である（たぶん・笑）。新政府なんて独立の最たるところだからやっているのだ（ごめん、酷すぎるね・笑）。独立心旺盛風にするだけで大分変わる（バレた……笑）。

やりたいことだけで食っていっている。これは僕にとっては実のところ、一番女の子にモテる方法なのだ（もう最悪だ……笑）。だって明日の会社の時間気にしてるより、今から南の島に行かないか？　お金ならどうにかなるよ。船にでも揺られてぼーっとしようよ、明日も会社とかないし、というほうが楽しいじゃん。

人から指示されて生きている人よりも、自分の決断だけで生きている人のほうが生き抜く力が強い。つまりこれはただモテるという話だけでなく、生命的にも合理的な考え方である。女の子はそういう安心を求めている。金の心配なんかさせない。いつでも船に乗って冒険できるような環境を（本当か知りません・笑）。

就職活動なんか僕は一度もしたことがない。なぜならそんな人絶対にとびっきりの女の子からはモテないからだ。モテたいなら止めなさい（笑）。でも別にみんながモテたいと思わなくてもいいから、就職活動している人も新政府止めません（笑）。そんなことしたら出生率上がりすぎて楽しいのにね。たぶん……。

アフリカの親友だけは、この僕の「どうやったらモテるのかだけが真実だ説」を信じてくれるんだよなあ。夜違う女の子と盛り上がって、帰って来て朝一で奥さんと盛り上がる。本当にマメな人間だった。人間だなあって思った。僕もこういう人間になろうって思った。就職活動なんかしない。でも踊りの天才（笑）。

そいつらと毎日「ナイロビ2000」というクラブで踊ってたんだけど、僕もアフリカ人の踊りに引けをとらないくらいの狂ったダンサーなので踊ってたら、次の日はいつもデートできた（笑）。踊りの具合だけがモテる条件なのよ。これで「才能＝貨幣」という今の僕の基本理念の元ができたの。最高でしょ？

つまり、「得意なことだけをやり続ける」だけで、大抵はうまくモテる。しかし、それでは継続性がないし、大事な時に金がなかったりすると結構疲れる。手間がかかる。ある程度、つまり食える程度は金も稼ぐ。モテないから絶対に会社にはいかない。で、独自の仕事をつくる。これ、フリーであればいいのではないの？

大人は最後には理解してくれると僕はそう願ってる。でも、今は何もできない。あまりにも鎖につながれすぎている。足枷がはめられている。だから今は自由の子ども。子どもが暴れるしかないぜ。この知能犯のような子どもが暴れたら怖いよーってことを示してみよう。「グーニーズ」だ。僕はマイキーだ。

どうのこうの言わずにやろうと思ったら試してみろ。それでしかわからんぞい。人がどんなにそれは不可能だって言ったって、僕の耳には入らない。だって誰も新政府なんかつくった人いないもん。それこそ勝海舟とか西郷隆盛とかパリ・コミューンの人とかだったら実践しているから参考になるけどね。下手の予想屋よりも下手な実践家のほうが女の子は横にいてくれるぞい。どちらが寄り添いたいか考えるだけでも簡単に次が見えてくる。実践すればいい。試せばいい。それが本当にやりたいことだったら。

なぜ実践するのか？

伝えたいからだ。未来の少年がまわりから馬鹿にされてる時に、励ましたいからだ。

ただ一つの僕が体験した真実。自分がやろうとしていることをそれは無理だという人に聞くと、大抵、その人は行動していない。若い人間も同じように行動するなと叫んでいるのだ。それでは駄目だ。そうではなく、体験した人を見つけろ。そしてそいつにぶち当たれ。文句は言われるが、それでも有益な情報を獲得できる。

新政府を創立しようとした時、佐々木中さんと中沢新一さん以外は、馬鹿にしていたと思う。みんな笑っていたから。でも、今、誰も笑わないぞ。どうしてだ？　そのことを考えろ。だからこそ、せっかく試すなら真剣に取り組んでいることを試せ。本当に好きな人にアタックしろ。試さずに諦める、それはダサい。

世の中の大半はダサさで包まれている。それは慰め合いだ。それでも彼らはよかろう。でも使命を感じている人間はそれではいけない。慰め合うな議論せよ喧嘩せよ殴り合え。本気で実現すべきと思っていることがあるなら、金がないとか理由にするな。頼む。ダサすぎるから。見切り発車しまくれ。首を絞めろ（笑）。

誰もやったことのないことをするとまわりからの「不可能臭」があなたを覆う。ほら、失敗したでしょ。やっぱり無理なのよ、と大人たちはほくそ笑む。しかも、それを「あなたのことが心配なのよ」と自分の行動だけを肯定する。これは末期症状だ。そんなゾンビには近寄るな。いつか気づくから、その時まで離れてろ。

かといって、僕はただ進もうとするあなたにさらに釘を刺す。体当たりはやめろ。若気の至りはやめろ。それらもダサいぞ。気をつけろ。そんなことばっかり言っているダサい若者は、僕が女だったらまず近寄らない。貧乏臭がする人には誰も近寄らない。気をつけろ。魅力ある、そして実現しちゃいそうな嘘をつけ（笑）。

僕は天才的な嘘つきだ。だって、自分でできるかどうかわからないけど、一応完璧な企画書書いて、予定表書いて、見積書書いて、どう考えても実現するとしか思えない嘘をつく。すると人が楽しく騙される。ついつい僕も巻き込まれたいと言って、みんなが力を出す。僕はこれの天才なんだ。天才的な詐欺師。

なんでそんな嘘をつくって、それは大人が、自分たちがダサすぎるんじゃないかってことを知らせるためなんだ。そんな大人を上手に排除するためなんだ。後で気づくから、今は黙っとけよと伝えるためなんだ。魅力あるセクシーな企画は、そんなダサい大人は入れない。初めて行くクラブでたじたじしてるみたいに。

初めて行くクラブだろうが、何だろうが、気にせずただ良い音楽が流れてたら踊ればいいのである。

これが一番楽しい。こういう気持ちよい人はモテる。だって楽しいもん。こいつがどんなやつだろうが、もしかして殺人鬼だろうが、そういう気持ち良さは、受け入れられるんだ。人と溶けていける人は最高だ。

☆

東日本大震災が起きたから、原発事故が起きたから、絶望じゃないんだ。この世には元々ずっと前から、それこそ時間泥棒から時間を奪われ、労働という奴隷制度で働かされ土地所有という妄想に縛られている。絶望は元々あった。僕たちの選んだ選択は間違っていたんだ。でも、あなたが間違っているのではない。

絶望したときは、諦めていない人間に会いなさい。僕はまだまだ諦めてないぞ。変えられると確信してるぞ。というか、確実にここ数年で変わってきてるぞ。今から世界で一番ステキな泉質の辰頭《たつがしら》温泉に入るぞ。温泉はいろいろ教えてくれるぞ。ラッキーとハッピーな世界を。

なんて素晴らしい世界なんだ、この世は。躁鬱の僕は躁の時、そんな気分になる。鬱の時は真逆。世界の全ての悪いところが見え、今すぐ死にたくなる。だからいろいろ学んだんだ。生の歓喜と死への渇望。絶望と希望は、実はどちらも自分だ。世界の憂いと歓喜をそれぞれ感じることのできる素敵な装置さ。

僕は絶望している、完全に絶望している、お先真っ暗な、生きる希望も何度も失った、気が弱い、繊細な人間だと自分ではそのように認識している。だからこそ笑うんだ、だからこそ人のことを好きになるんだ、だからこそ新政府をつくったんだ。ただ遊びでやってるのではない。絶望したから行動したんだ。

だからこそ死んでもいいと思えるんだ、誰も恐れて手を触れられないことにしか興味がないんだ、全てを失ってもいいと思えるんだ。僕は自らの絶望に感謝したい。心からありがとうと言いたい。絶望の希望はこれだ。絶望しか教えてくれないことがある。

絶望している人間へ。今悩んでること、それが使命だよ。

僕は素晴らしい教育を受けて育って幸せ者だ。僕は知っている。困っている人と話し、助け合うことが生きることだと知っている。生きるってそれだけだ。それ以外にない。人と助け合い、喜びや悲しみを分かち合うこと。僕にとっての生きるはこれだ。芸術とはこれだ。愛とはこれだ。人と手をつなぐということだ。

手をつなぐのは、上からの救済ではない。楽しい散歩だ。一人だと退屈だった風景が、実は素晴らしいと気づける最高の遊びだ。

貧富とか差別とか人種とか才能とかで単純に区分けされている社会を見ていると、無性に胸が痛くなり、ふざけるな、それなら全部破壊して、もう一回ゼロから始めたるって、直感的に生理的に動物的に思うだけだ。だから僕は路上生活者の調査から始めた。長い物語の始まりであった。

そしたら、そこは芳醇な世界だったんだ。知性の香り高き、愉快な世界だった。そこには大きな希望があった。絶望の果てに僕は、キラキラと光る生があることを知った。養老孟司さんは僕に、「どん底に落ちたら……底を掘れ」と言ってくれた。そうなんだよ。アスファルトを壊し、土に大気を吸わせたい。

食えないならみんなで協力すりゃいいじゃないか。それよりも大事なことがあるだろう。社会を変える。おかしいと思うことを修正し、ちゃんと拡張する。

決断しろ、迷っても答えを必ず出せ。それが締め切りだ。それが人生だ。それが大臣だ。あらゆる世界の大臣たちよ、今立ち上がれ。結果は自ずとついてくる。

とにかく、お前の一番やばくてセクシーなところを、むしろそれだけを伸ばせ、そして社会に他者に好きな人に照らせ。その光は、必ず届く。だから素晴らしいんだ。それが生きる意味だ。その感覚を得たら、人間動かざるを得なくなる。だから心してかかる。大口を叩いてしまったら、黙ってそれを実行せよ。

何でもいい。だけど、何でもよくない。こういう曖昧で不確定で矛盾した状況に己の身を置け。冷や汗出るから。その気持ちで、賽の目を振れ。その言葉は人々を躍動させる。そうして生まれたものこそが芸術だ。そこまでしないと生きてても楽しくないぞ。死ぬ気でやるのが一番楽しい。

差別するな富裕層を。差別するなお洒落なやつを。差別するな超かっこいい仕事しているやつを。差別するないい音楽奏でるやつを。差別するなセックスがうまいやつを。差別するな才能を。差別するないつも時間を持ってる自由なやつを。差別するな自由を。差別するな颯爽を。差別するな飄々を。差別するな。

あなたは差別しているのではないか。それらを。だから、自らの才能を見捨てることができるのだ。無視は差別だ。自分とは違うは差別だ。自分にはできないは差別だ。あの人のようになりたいは差別だ。

金持ちは汚いお金を持っていると言うあなたのお金は無茶苦茶汚い。僕はそれに気づいて全てを刷新することにした。つまり、僕たちは無意識に知らぬ間に差別している。僕にも差別がたくさんある。差別が悪いんじゃない。差別に気づいたとき変えないのが悪いんだ。刷新せよ。己を。細胞のように生まれ変われ。

おかしいと思ったら今すぐ捨てることだ。そこで止まってると、「おい、お前遅いぞ、早く。急げよ」って言われて、また考えなくなる。だから悩んだ瞬間に僕は全てを捨てるんだ。それでいい。僕は何もいらない。僕は人がいればいい。人と話せればいい。金がなくて食い物がなくてもいい。鼻糞食えばいい。鼻糞と接吻さえあれば浪費とかいらないいんだ。金なんかいらないんだ。鼻糞と接吻はどちらも僕らを鎮ませてくれる。鼻糞はミネラルの天然塩で、接吻はモルヒネの六倍の鎮静効果があるらしいよ。

宝箱には鍵がかかってない。しかも、0円だ。しかも、宝箱がありそうな場所って、なんとなく、実になんとなくではあるが、わかるでしょ？　それが自然の贈与です。贈り物。ギフトなんだよ。鼻糞は人間の天然肥料。ご飯食べなくても収穫できるただのとめどない贈与。しかも美味しい。しょっぱくて。わかるでしょ？　僕たちは頭がおかしいんだ。狂っているんだ。どうかしてるんだ……。

自分の荒ぶる獣の心を、人は恐れて病気と呼ぶのさ。そんな卑怯なことはないさ。そんな体なら人にくれてやれ。自分で独り占めにするな。自分で独り占めにする、これが自殺だばかやろう。独り占めするな。自分はみんなに切って分けてやれ。牛を見ろ豚を見ろ鶏を見ろ植物を見ろ。それが自然の摂理ってもんだ。

僕はばかなただの子どもだ。言うことも聞かずあらゆることから逃げ、面倒くさいことが嫌いで楽しくなけりゃ鬱になる。手をつないだだけで興奮し、すぐに歓喜の涙を出す。怒れば殴るし、死にたくなるし、胸がよく詰まる。変わっていくやつをすぐ殴る。夢みてただろお前、とぶち切れる。嘘つくなとぶち切れる。

仕方がないのさと言うやつを嘲笑う。金がないからできないというやつに必要なお金をすぐに入金して、今すぐやれと焦らせる。それで、どうせやらないから殴る。嘘つくな、嘘つくな、ただびびってるだけだろとぶち切れる。嘲笑う。どうせ、お前は自分でできないと思ってるんだろと嘲笑う。狂ったか。今すぐやらないと駄目だ。嫌なら全てを今すぐやめないと嘘だ。走れ正直者。お前のその正直者を表に出してみな。どうせダサくて、つまんないからお前は。だって、まだ嘘ついてるんだから。その正直らしさを見せて、金でも稼ごうと思ってるんだろう。うまいね。いいねえ。大人だね。お前の少年はどこだ?

僕の少年と腐った大人が闘っている。腐った大人はどうせ最後には金を稼ぐことを考えている。あらゆる日常の事柄を「見立て」で見せて、人々を騙そうとしている。狂ったか。そんなの狂気だ。

食っていかないとと言いながら土を根こそぎ、あらゆる生き物を殺して建築建ててたバイト中だった僕は殺人鬼だ。そうなんだよ……。

僕はただ自分の培ってしまったあらゆる偏見・差別・既成概念・ヒエラルキーが気に食わないだけだ。別に他の誰かが気に食わないわけではない。自分が気に食わないんだ。粒子みたいにキラキラしてたあいつらのいいところだけ盗ってそれを統合し妄想の完璧をつくり上げる僕が気に食わない。

あいつらは今どこなのか？まじで勝手に無茶苦茶やってると死んでしまいますよ。大丈夫ですか？　臭いものに蓋をしたり、見て見ぬ振りをすると、本当に人間は死んでしまう……。僕が記憶している幼い頃に覚えた日本昔話にはそう書いてあった。言語を無視すると死ぬ。だから、気づいたら誰にも相談せずにやるしかないんだ。

　人生は愉快だ。でも、これだけは忘れちゃいけない。臭いものに蓋をする、見て見ぬ振りをする人間は必ず死ぬ。僕はこれを破らないように、いつ死んでもいいようにやってるよ。その覚悟のない人間は隠れてもダメだ。すぐわかる。知性の質が全然違うんだ。つまり、知性とは生きる覚悟。それだけだ。

　僕が一度でも抱いた思いは、ずっと忘れたくない。忘れてはいけない。たとえ社会が襲いかかって来ても、常識に笑われようが、お金がゼロになったって、僕は忘れない。そうやって今まで生きてきた。だからあなたに出会えたんだ。だから世界が動き出したんだ。僕は忘れない。いつまでも。忘れない。

　僕に手紙だ。手紙としての人生。いつか語り合ったのに忘れてしまったあなたに、突然、優しく届く手紙なのだ。肩を叩くように、音楽的なベルが鳴り、届く手紙なのだ。テキストという切手を貼って、アオが吹くシャボン玉に乗せて届ける手紙だ。開けても中には何もない。感情の空間が飛び出してくるだけの。

　あの頃から今のような仕事をやるんだって決めてたんだ。みんなが馬鹿にしてもなんにも気にしなかった。好きだった女の子はいつだって、あなたが最高よって言ってくれてたから。なんにも気にしなかった。あなたは強い力を持っているんだってその子は僕に言った。ひ弱だった僕は苦しみながらもそれを信じた。

　今、ようやく僕はスタート地点に立つことができているのではないかと興奮している。本当の力が試されるのはこれからだ。僕は今まで力をストックしてきた。今こそ全ての力を出し切って、自分が持つことができた使命を全うしよう。これから何十年とかかるだろう。完遂しないかもしれない。でもやるんだ。

死にたいという人からまた僕にメールが来た……。どうなっているんだ、この国は……。メールの文面を読むと、実は内奥にとてつもない希望が満ち溢れていることに気づく。しかし、それをアウトプットする社会が存在していない。そのことに絶望しているように感じた。

彼女は最後に一曲の音楽を添付していた。それがこの曲だ。Norah Jonesの「Sunrise (Salida Del Sol Radio Slave Remix)」。僕が避難計画のときによく聴いていた音楽でもある。こんな音楽を贈ってくれるのだ。僕はつながったよ。さあどうする?

やっぱり新政府はもっとどんどん先に突き進むべきだ。僕は止めちゃ駄目だと思った。なんでこんなに繊細で創造性を持っている人間たちが死にたいと思わなくてはいけない世の中なのか? 怒りを感じる。変えなくては。どうにかしようじゃないか。

みんなは仕事で忙しそうだから、暇な僕がやるよ。お金を稼ぐのに大変そうだから、0円でも生き抜ける僕がやるよ。自分のことに精一杯そうだから、空虚な僕がやるよ。僕はあなただ。

☆

フーのジュエリーとアオのプラ板を組み合わせた作品を、フーの作品をいつも取り扱ってくれている親友から依頼されたそうだ。面白いじゃないか。どんどんアオも自分で生きのびる技術を身につけてほしい。今は学校に行っている場合じゃない。生きのびる方法を教えたい。どんな状況でもしぶとく生きるため。

アオに僕が今まで体験したこと全てを伝えたい。体験したことしか伝えたくない。僕が未成年から脱却できている部分だけを伝えよう。僕は自分の才能を貨幣化させ交易させる方法を習得した。だからそれを教えるんだ。才能でもって人と接する。その時、子どもであろうとじいさんであろうと、人は発光する。

たった今、アオのプラ板作品が一つ売れた! 一万円で都内の隠れた場所にあるバーへ旅立つらしい。

アオは、作品は持っておくよりみんなが喜ぶ方がいいらしいので、僕が彼に持っていく。いつかアオも会いに行くといいよ。つまり、もう始まったわけだ、芸術家の道が。早く個人事業主になって責任持って生きてこ。

アオが購入してくれた方に電話をしたいというので、かけてみた。歌舞伎町の謎のバーでバーテンをやっている方。「プラ板、大事にしておいてください。ありがと」とのこと。アオよアオ、これが経済だ。これがeconomicsだ。これが生きのびるための技術だ。忘れるな。絶対に。人とつながった瞬間だよ。

食っていかなきゃって焦っている人に限って友達が本当にいないんですよ。悲しいことに。そして僕はアオにお金を稼ぐのは借金を稼ぐのと一緒で意味がないから、それよりもあなたが本当に困ったときに食事と寝床を与えてくれる友達を見つけよ。それは一生の財産になる。お金は川や山に捨てろと教えてます。

面白い人生を歩みたい。ただ僕はそれだけだ。みんなが笑って、子どもが怯えるのではなく、どんどん前に突き進んで、大人たちもそれを止めずに、やばくなったら守ってやるからやれるとこまで行ってみなと飄々として、みんなで子どもを守る。僕はそんな楽しい社会に育ってきたよ。だからやるんだ、僕も。

今、希望に溢れている絶望の、まっただ中にいる。とても心地よいよ。意味なんて求めずに、あんたが好きだと叫びたいよ。なんだよ、この社会は……。全ての手を離して、倒れてしまったと思ったら、実は重力なんて何もなかったじゃないか。ただの自由じゃないか。おれの体から、何やらわけのわからぬ、生の喜びが悲しみが絶望が眩しいばかりの希望が、金色の魚となって轟音鳴り響く湧き水のように溢れ出てくるよ。

これが鬱でコントロールした生の姿だ。芸術は抑制である。解放するな。徹底して己をコントロールするのだ。エネルギーは無限大になる。

さあ、いこう。そのまま突き進め。恐れても恐れるな。悩んでも悩むな。金なかったら笑え。馬鹿と呼ばれて生きていけ。信じるな、でも信じてあげろ。好きなら好きとその人に直接伝えろ。接吻し、鼻糞を食べて、サスティナブルな人生を歩け。僕はきみが好きだ。

僕の人生はとんでもなく豊かだと感じている。しかし、その豊かさは、豊かさゆえの残酷さを持っている。野生の牙が突き刺さって取れないよ。抜けなくて痛いけど、それが野生の豊潤な人生ってことか。多くの人々が僕のまわりで渦を巻いている。それが交易だ。しかし、市は虹の立った瞬間の幻でもある。

さすが鬱の花だ。悲しく絶望的な精神状態であるのにテキストが止まらない。頭はありえないほど冴えている。体と心はズタボロだ。躁鬱ライフ第二章の始まりだね。ははは。

『独立国家のつくりかた』のゲラを直しながら、機内で泣いていた僕は、自己陶酔しているナルシストって笑われるのかもしれない。だけど、僕にはちょっと違う匂いのする涙だったのだ。それは覚悟の涙であり、郷愁の涙であり、感謝の涙だった。己のための涙じゃなかった気がする。勘違いなのだろうか……。

こういうこと考えていると、横から、「あんたそれはただの躁鬱病の症状だよ」と、坂口玄白が声をかけてくる。「でも、お前の手渡す薬はもう全部捨てたもんねー、ざまあみろ」と吐き捨てる。すると、「お前、感覚いいじゃん」と、次に蘭学の本を取り出した。そして言った。「お前は次に医術を学べ」と。まじか……。

こういうのを統合失調症って言うらしいです（笑）。もう何でもかんでも病気にしやがって。最近、統合失調症と診断されている人からの電話が相次ぐのはなぜだろう。勉強しろってことか。僕は認知症というのも病気ではなく才能だと曾祖母から教えてもらっていたことを思い出した。

僕は自殺念慮で苦しんでいる人、そして、精神病と勝手に名づけられている人の元へ行きたい。彼らと徹底的に話をして、彼らの才能を見つけ出し、新政府での大臣に任命し、使命を全うしてもらいたい。

坂口玄白はそれ以降無言だ。つまり、やれってことだ。体や頭の使い方のヒントを教えてあげたい。

僕はあなたたちを見て見ぬ振りしたり、臭いものと判断して蓋をしたりしない。直視し、蓋を開けて、やぁ、と声をかけたい。頼っていいと言っているのではない。まっすぐ同等に話したいのだ。つまり、会いたいのだ。

意味のないものとして生まれてきている生物なんて、この世に一つもない。だから、動物は移動し、種子は風に乗るのだ。ならば、人間も自然にしたがって体を動かそう。

都市の幸とは、人間のことである。だから僕はあなたをどこまでも探し続けるよ。アフリカの奥地だろうが、歌舞伎町のマンホールの中だろうが、精神病棟の中だろうが、僕から逃げようが、死のうが、ね。

あなたの優しさは変だよとよく言われるよ（笑）。妹からは素敵な勘違い、フーからは世界一のお節介、と言われてるよ。

☆

本当なんて世界のどこ探しても見つからない。自分が信じていることが本当になっちゃうんだ。だから僕は何も信じずに、この世は一切がイリュージョンだと言っている。

原稿の枚数を数えてたら、八千枚近くある。僕はもう既にこの中に伝えたいことはほとんど全て書いている。売れなくてもどうでもいいのだ。そんなことを僕は気にしない。なぜなら、もう既に書いているからだ。僕は自分の言葉がいつか何百年か後に届けばいいと思っている。この純粋な気持ちが。

昨日、神奈川芸術劇場で僕はふとアスファルトの下の土、そしてダンゴムシのことを想って涙していたら（そういうのをキ千ガイとこの腐った世界では呼ぶらしいですよ！　笑）、八〇歳の婦人が声をかけてきて、「あんたどうしたの？」と言うので、震災から新政府話から全て話した。そしたら婦人はタバコをくれた。婦人と、公共施設であるらしいその神奈川芸術劇場でタバコをふかした。「いつから公共施設なのに僕たちは追い出されるようになったんですか！　それなら草原にしてくれればよかったのに。こんなばかでかい劇場なんかつくりやがって、殺したいわ！」と僕が言うと、彼女は「全部わかるよ。そう私も思うもん」と言った。

僕は婦人に「僕はきっといつか、しかも近年中に立候補せずに自然な形で総理大臣になって、このアスファルトをはつって土だらけの世界にするんです。そして土に謝罪するんです」と言った。八〇歳の婦人は「お前は何も間違ってないよ」とタバコの煙を吐き出した。「ラピュタ」のドーラかと思った。

婦人は僕の話を、どれ一つとして嘘ではないと確信した状態で聞いてくれた。「それ本当なの？」とか、何も知らない奴がよく僕に訊ねるあの言葉が何一つなかった。「この世はおかしい。いつか滅びるよ」と婦人は言った。「だから、今はやるべきことだけをせよ」と。

僕は今、八〇歳や九〇歳や一〇〇歳の人たちに語りたい。そして話を聞きたい。僕は間違っているのかもしれないが、僕が抱えている問題は、実はみんなで共有しているものであるはずだと思ったのだ。八〇歳のこの婦人は理解してくれた。僕はこの婦人一人だけで十分だと思ったのだ。もうちゃんと伝わったのだ。

だから、本当はもう声を張り上げて人々に伝える必要はない。もう伝わったのだ。一人の人に伝わったのだ。それが伝わるということだ。それが「伝説」である。

ちゃんと伝わったのかどうかをこの社会は軽視する。僕はそれしか興味がない。

今、僕は強い自殺念慮に苦しんでいる。だからこんなこと書いているのか？　まあ、それでも死なないのだけど。死なないというよりも「死ねない」のだ。僕は死ねないからだを持っている。だから、死を恐れずに何事も行動することができる。何もないからだ。また今日生きるのである。

これを僕は「絶望眼」と呼んでいる。いつ死んでも悔いはない。殺したい人間は今すぐ僕を殺してみろ、僕が伝えなければならない言葉はもう既に伝説した、という精神で生きること。つまり、生とは死者と生きることである。

地震と原発が多くの人々を殺《あや》めた。それなのに再稼働、それなのに新築、それなのに都市計画、人々はばかだ。死ねばいいのだ。僕たちなんか生きていても何も意味がないのだ。死者たちに申し訳ない。おれは本気で生きてやる。そして、死者のことを無視する人間を殺す。

つまり、自分自身を殺す。

己の死者のことを無視している部分を殺す。

ちゃんと見る。無視しない。

臭い物に蓋をしない。見て見ぬ振りをしない。正直に話す。正直に絶望を直視し、絶望を抱きしめる。僕は生きたい。生きのびたい。僕に何らかの役目があるのなら、生を投げ出しますので僕を生かしてください。死ぬ覚悟で行動します。

僕は一年間ほど黙禱を捧げる必要があると思っている。それなのに再稼働？　ばかじゃないのか……。僕たちは何もせずにただひたすら集まり、死者たちに対して黙禱を捧げるべきではないのか。何もつくらず、僕たちは集まり、語り合うべきだ。未来の生者に対してどんな死者として生きるかを。つくる前に考えるんだ。未来の生者に対してどんな死者として生きるかを。

これが僕がいつも念頭に置いている生きる羅針盤だ。それを考えていたから、いつまで経っても図面が描けず、建築ができなかった。それを、食っていけないからやめなさいと言う教授同級生両親に対して、僕は絶望した。それが人間なんだと。それが人間なんだ。

さあ、集まろう。集まればいい。何もしなくていい。ただ黙禱を。無言の思考を。すると、まわりの人々の、まだ知らぬ親友の、世界の反対側の絶望が、音楽となり鼓膜を揺らす。祈ればいい。ただ祈るんだ。祈りのダンスを僕は踊り続けたい。

☆

あなたは貨幣である。あなたの中の秘めているが、実はまわりの人はみんな気づいてる、あなたの優しいところ。それが貨幣である。才能という以前に、まず、それは貨幣なのだ。

それは子どもが自分でつくってパパに贈る愛のマッサージ券だ。僕のドローイングだ。あなたの僕に対する共感だ。それをお金と呼ぶんだよ！

子どもがあなたにマッサージ券を手づくりする意味を考えない限り、次の日に会社へ向かう電車の中で音楽は鳴らない。子どもを見捨てるな。直視し、そして質問せよ。お前の一番好きなものは何か、と。うちのアオは僕に言うよ。パパとママって。どの子も日本銀行券とは言わないよ。

だから僕はいつも焦らない。それよりも、どんなにキ千ガイとまわりから叫ばれても、自分の中でどれだけ正直な精神でいるのか。どれだけ日本銀行券から離れて己の貨幣を発光しているのか。フーとアオの目は曇ってないか。それだけを確認しながら突き進めば、どうせ時間が経てば意味はわかってくれる。

先へ行くには、自分で決断しなくてはいけない。自分で疑問を感じ、自分で問いを立て、恐ろしいことに自分自身で答えを導き、決断し、それをもとに実行、そして任務を達成しなくてはならない。

頼む、その先へ行け。先とは、それは今、手をつないでいるあなたが大事にしている人だ。僕はフーだけを見ながら自分の先を見ている。この人が、僕のこれまでに見たこともない行動、思考を見せたときの反応。その動物的な生理的な直感的な反応。それだけを見ている。それだけがデータなのだ。

その覚悟で、己の勘を頼りに、徹底したデータを集め、そして練習を積み、一番好きな人にそれを伝え反応を見て、それを社会のど真ん中で、いつか国会議事堂で喋れと言われても恥ずかしくないような緊張感を自給自足でつくり、言葉を放つ。それは常に死との出会いである。常に批判批評罵倒の対象となる。

苦しくなってしまって、次第に自信を失い、声も小さくなり、お金もなくなり、そして消えてしまった人を僕は何人も知っている。もしくは途中から中途半端な仕事をしてしまい、大学教授とかいう今ではサラリーマンになっている世界に行って逃げてしまった人もたくさん知っている。逃げたら駄目なんだけどね。

つまり、社会に向けて何か作品を言葉を態度を変化を示す、放つという行為は、とんでもなく苦しいことでもある。だから、僕は彼らがつくったものを真剣に見たい。だからいつも彼らのところへ向かう。実際に作品を見る。見終わったら怖いけど直接感想を伝える。正直に。だから喧嘩もする。殺されるかもしれない。

だけど、僕はずっと一緒にいなくてはいけないと勝手に思っている。社会に放つ、言葉を世界に届ける人間を、僕は真剣に直視していたい。逃げられないように（笑）。嘘だよ。みんなで協力して励まし、なおかつ徹底して真剣に議論するために。その態度が社会を新しくつくり上げる。

世界は素敵な音楽で溢れている。だけど、それもちゃんと並べ替えないとなかなか見えて来ない。つまり、新政府という存在は、世界の調整役だ。調律師だ。チューニングだ。ラジオの目盛りを合わせるように僕はあなたと会う。新しいことをつくっているのではない。素敵な状態に調律しているのだ。

シンパシーボックス（共感器）として僕がいる。シンパシーシアター（共感劇場）とも言えるかもしれない。そして、僕が扱うメディアは、土である。土地である。大地である。生物である。音楽である。命である。人を好きになるという行為である。つまり、あなた自身である。

☆

家に帰ってきたら、アオはすぐに次の作品に取り掛かっている。僕も焦って、ホテルで原稿書くことにした。せめぎ合う親子。ライバルでもある。アオの制作風景。絵本をサンプリングし、カットする。面白い手法。今日は一万七五〇円稼いだそうです。すげー。

楽しさに疲れはない。疲れたら要注意。つまらないことをしている可能性がある。気をつけろ。アオが完全に僕の師匠でもあると認識。アオの店、盛り上がってます。三歳児でも経済が発生する。あなたたちが、新しい独自の経済をゼロからつくれないはずはないと、アオは僕に伝えているようだ。

僕にはできないという、その人のその言葉は信じられない。黙々とオーブントースターの前で作業するアオは後ろから抱きしめたくなる。自由な精神をもって試す。これがアオから僕に贈られたメッセージだ。僕がやらなくてどうする。親と子はこのようにして切磋琢磨すればいい。教えるな、教われ。

まずは全部自分でやってみる。できないところを協力してもらう。経済的にも精神的にも仕事的にもちゃんとまずは独立する。そこからしか、若い人も育てられない。何にも知らないじゃまずいんだよ。そういう人は供給がなくなると死ぬ。僕は自家発電してるんだ。どんどん自家発電してる。死ねないんだよ。

人を見てると、その独立を、一人で全部やってみるという行為を恐れているように思える。二一歳のときから、この一人で全部やるっていう恐怖心と戦ってきていて良かったなと思う。今、三四歳。一三年も鍛えているのだから、ちょっとやそっとじゃ怖くない。ソーシャルネットワークも無限大に膨れ上がっている。これじゃ金もなくならないし、飯だって食べていける。嫁も怒らない(笑)。

とにかく若い人に告ぐ。会社なんかいつでも入れるから、まずは一人でどれだけやれるか試しなさい。それをやらないと女にモテないよ。だって生活の恐怖心に苛まれている人って、本当に緊急事態に弱いから。緊急事態にだけ強くなれ。そしたら一人でやっていけるし、金も稼げるし、女の子にもモテるはずだ。

僕は正直、どうやったら女の子や男の子に(僕は精神的バイセクシャルです)モテるかしか考えていない。男も女も好きだから(笑)、つまり人間にモテようとしている。人間にモテる。この生理的な感情でしか僕は動いていない。好かれたい。しかもこれはサバイバル能力でもある。好かれるやつは食っていける!

まあ、孤独を愛しているって言いながら一人で黙々仕事をしたりする人もいいと思ってますよ。個人の好みですから。でもそういう孤独だと言い張る人も、僕と一緒に遊んでいると、どうやら人に好かれる生き方もいいなあと漏らしたりするんだよなあ。だって、本当に孤独な人って物理的な孤独じゃないもんな。

僕は人に好かれたいから人ったらしですが、孤独を感じている。どこか？　それはほとんどの人と完全なディスコミュニケーションな部分があるからだ。どんなに親友でも妻でも僕が通じないなあと思う感覚がある。その感覚を僕は「孤独」と呼んでいる。つまり、そこを磨くのだ。孤独は僕の宝だ。大事にしている。

なぜ君たちは試してもいないのに会社に行かなくてはいけないと思っちゃうのか。一人で何でもできるのに、なぜ試さないのか。もしかして馬鹿なのか。試さないで滑り台が怖いから滑れない子どもだって、いつか試すぜ。君たちは何を恐れているのだ。怖かったら怖くない人に聞いてみたか？　そろそろ試そうよ。

僕はただ、草原を好きな人と歩いているだけなのに。ハミングしながら。楽しもうよ。怖がるな。己の才能を、天才を、ちゃんと試せ。

平日は絶対に労働してはいけない。僕はそう自分で決めました。二二歳の時です。もちろん簡単にはそれを実行できませんでしたが、どう考えても平日って空間が余っていたので僕はそれを使いたいと思ってた。五年後に完全に達成できたよ。だから、思う。やればできる。才能は関係ない。試せばできる。

一九歳から二二歳までの自分の創作意欲全開のとき、誰も僕にお前は才能があるなんて言ってくれなかった。誰もというのは嘘で、三人の人が認めてくれた。だけどまわりの人はみんな無視してた。だから僕は今、「坂口さんすごいですね」とか言われても何にも感じない。僕はもう一九歳の時から自分の天才と会ってたんだ。人の言うことなんか気にするな。ほぼ九九%その人の気分で物事を判断しているから。それでも残りの一%を見逃すな。己の天才に気づいている、気づきの天才がいるぞ。彼らは無名とか有名とかで見ない。金の有る無しで見ない。ただその人を見る。そして言う。お前はすごい。だから敬意を表したい、と。

僕は一九歳の時に、「お前は社会が求める重要な人だ」と断言された経験がある。そのときから何も変えていない。だから、ここまで続けてこれたんだ。だから僕は今、若い人間の才能に会いたい。もう三〇歳超えてたら僕は口出しできない。自分でやればいいのだ。若い人。とにかく若い人に会いたい。

若い人よ。三〇歳超えて会社とかに行っている人の意見を聞いてはいけない。もし会社に行っている人だったら、社長か、業績がトップの人の言葉しか聞くな。後は、なんだかほどほどで妥協しろとか言ってくるから、全部無視しろ。そんな大人は大抵、自分自身を慰めるためにやっている。それに引っかかるなよ。

若者よ。大人に気をつけろ。多くの大人は自分にできなかった失敗を若者に改善させるのではなく、同じ過ちを犯させ、自分もそんなに悪くないんだと納得させようとしている。気をつけろ。ちゃんと生きのびている大人は極限に少ない。だからコミュニケーションを取れ。僕は知ってるよ。切り抜けている大人を。

まず本物の大人は、労働をしていない。平日に普通に会社に行っている人からは絶対に話を聞かないこと。もしくは飄々と会社に通いながら新しい経済をつくっている人間を探すこと。でも大体平日を自由に使えない人には注意。大抵、奴隷である可能性が高い。そこらへんの見極めでヒントになるのが音楽の趣味だぜ。

僕は大人には言う言葉はない。伝えたい言葉もない。僕は今から生きのびていかなくてはいけない若い人、子ども、幼児にしか興味がない。その人たちはまだ僕の中では可能性がある。教育機関は最悪かもしれないが、まだ変化拡張する余白がある。大人は僕の中ではもう無理だ。妥協の塊だからだ。人も抑えてしまう。

大人を見捨てているのではない。大人はもう自分でそれぞれやっていこうと言っているのだ。だから、僕よりも年上の人が僕に意見を聞いてくるといつもげんなりする。自分でやりなよと思う。人に頼るところから離れないと。僕は若い人に、人に頼らないで済むように教えている。アオなんか三歳で日に一万稼ぐ。

それを僕はアオに毎日、教えている。一日に一万円あれば三歳児は余裕で食っていけるし、一人くらい雇える(笑)。そうやって組織をゼロからつくるところを教えたい。自分で独自の新しい経済をつくる。たのしい公共をつくる。お金をかけずに。そして共同体をつくりあげる。これが人生だ。楽しいよ。「中途半端に生きるなら死んだ方がまし」。これは僕が一九歳の時に決めた僕だけの家訓である。人には強制しない。僕はそう決めた。中途半端にするな。やるならでっかい夢を持て。人を宇宙の彼方まで吹き飛ばす大志を抱け。クラークさんだって言ってただろう。そういうのを忘れないことよ。生きてるんだから。


僕が吐いた言葉を読んで、頷けるんだけど、変えられないという人がいる。僕はそれが当たり前だと思っている。だって、この言葉は僕は自分に吐いているのだから。だからあんまり真剣に読まない方がいい。

人間は絶対に変わらない。人間は自分が気づいていない自分の天才に気づくことはできる。しかし、変わらない。つまり、やってしまったことは絶対に消すことができない。やり直しも無理だ。修正し、修繕することはできる。でも失敗は消えない。忘れてはいけない。それを忘れるからおかしくなるのだ。

これは僕の独白である。もちろん公開しているから批評することもできる。でも、大事なことは、これは「僕自身の僕の部分を語っているだけだ」ということだ。僕の中の未成熟な大人を、僕は殺したいのだ。

この世には、才能が溢れてる。まわりを見渡してみればいい。話しかけてみればいい。いつもの何でもない友人の見たこともないところへ出掛けてみればいい。そっと聴こえてくるだろう。人間の詩が。僕は耳である。ただ耳を傾けたい。その人間の詩に。

ただただクールであれ。ダサイことすんな。音楽を鳴らせ。かっこいい音楽を鳴らせ。ダサいコード進行はないよ。振る舞いは「舞い」だ。ダンスだ。

ダンス・ダンス・ダンス。「パーマネント・ヴァケーション」みたいにフローリングの上で踊れ。笑え。どんなときでも笑え。冷や汗かいてても笑うんだ。怯むな、ダサいぞ。

☆

僕はなんとか賞とか獲るために書いているのではない。お金が欲しいから書いているのではない。認めてもらいたくて書いているのではない。これは本当にそのために書いているのではない。世界がおかしいと思っているから書いている。そして、困っている人がいたら手を取り合いたいと思って書いているんだ。

それが書くということなんだ。言葉とはそのためにある。人と出会うためにあるんだ。だから僕は言葉を紡ぐ。編み込む、織り込む。タペストリーをつくる。それは人が集まる団欒《だんらん》の場に敷くためだ。僕の言葉で、空間をつくり、人を招き、美味しいミントティーを出すんだ。お疲れ様、何か困ったことないかい、とね。

人間が知らぬうちに色んなことを忘れてしまうんだってことを僕はなぜか幼い頃から知っていた。だからいつもみんなに確認してたんだ。今、語っているこの夢は夢で終わらせないで、忘れないでって。小学生、中学生、高校大学と……。最近その時に遊んだり飲んだりしてたやつらと会う。ずっと離れてた彼らと。

忘れないでよ。あの時に、一緒に語った熱いことを。一緒にこんな社会になったらなと言った世界を。諦めないでよ。才能ないとか言わないでよ。僕の知っているお前の才能が可哀想だからさ。頼む。

そうやって僕は生きてきた。この前、「あなたはなつかしい瞳を持っている」と言われた。なんか涙が出てきた。みんなもしかして気づきだしているのかもしれないと思えた。昔、小さい頃、みんなが遊びながらぼんやり思っていたこと。僕はそれを忘れることができないんです。その経験が全ての行動の動力だから。

人間は振る舞いである。それが全てだ。とんでもなく緊急事態に陥ったときに、どう振る舞うか。タイタニック号が沈没する時のあのオーケストラの人たちみたいに、僕はみんなの前で楽しい歌を歌ってたい。それは不安を隠す歌ではなく、笑い、かつ生きのびようと高らかに宣言する歌でありたい。僕は生きたい。

僕はあなたが好きである。そして僕はあなたである。つまり、あなたの苦しみは僕の苦しみである。同時に、僕の希望はあなたの希望である。どんどん乗って来てよ。僕のおんぶは楽しいよ。負われてみたのはいつの日か。僕はおんぶが好きだった。僕はふと曾祖母のおんぶを思い出す。海へ行ったあのおんぶを。

とても幸福な一日だった。しかも、全く違和感がない。僕はこうするべきだったんだ。早くみんなの前に出て今まで真剣に考えてきたんだから、その言葉をちゃんと手紙のように届けてあげればいいんだと確信した。その自信がある。だって僕にはたくさんの仲間がいる。その人たちの真剣さに心打たれるんだ。

僕はもしも困っている人がいたら、ただ声をかけて、僕にできることがあったら手を差し伸べたいだけだ。お金がないなら、どうにか稼いできて差し伸べたい。なぜならその人が大事だからだ。社会にとって。僕はその視点を持っている。人々の中に埋まっている「星」が見えるんだ。発酵し、発光している星が。

とんでもないことを言っていると思う。僕は……。でも、違和感がない。とても自然な言葉のつもりである。僕は希望しか感じていないし、劣等感もないし、かといって過信もしていないはずだと思っている。そのために知性を磨いてきたつもりである。行動してきたつもりである。だからこの言葉は嘘ではない。

劣等感を持ってしまうと、人間は鈍くなる。劣等感というのも誤解なんだけどね。僕はそれを高解像度で研究するということをこれまでずっとやってきた。すると、そこにちゃんと発酵する光を見つけることができるんだ。それを静かに培養し、まず劣等感を克服する。これが修行ってことなんだ。

言い訳するな。腐るな。自活せよ。自律せよ。自立せよ。上品に生きろ。ジェントルメンでいよう。颯爽と闊歩せよ。吹かせよ江戸の風を。了見を持ち、決断し、答えが出せるようなオトナになろう。劣等感に苛まれた未成年みたいな状態を、カントに倣って抜け出して草原を走ろう。觔斗雲《きんとうん》に乗ってデートしよう。

僕は本気だ。ただの無名の人間が、三四歳の若造が一人で行動することで、しかも0円で、社会を現実に拡張することができるということを示したい。それは若者に対する僕からの勇気という贈り物のつもりだ。試すことが怖かったら、僕の本を読むんだ。きっと勇気が湧くだろう。現代版『オズの魔法使い』なんだ。

僕は恐れを知らぬ好奇心に溢れた優しいドロシーだ。イエロー・ブリック・ロードを歩いていて、出会ったライオン、ブリキのロボット、かかしと一緒に歩くだけで、世界を変えていく。仲間は欠如を訴える。心のないブリキに、あなたは優しいわねと声をかけるドロシー。これは自信ではなく他信の物語だ。

ライオンは自分は勇気がないと信じてる。でも、ドロシーは勇敢なライオンさんだと信じてる。つまり、他者が自分をどう思ってるか。他者をどう自分に取り込むか。自分より、他者が自分自身を信じることこそ自信だということを知る。ライオンはそして他者こそが自分自身なんだと気づく。オズはそんな素敵な物語。

だから、ぼくのことにシンパシーを、共感を、憐れみを、共鳴を、希望を、自信を、勇気を感じてくれるあなたが、僕の自信になっている。つまり、僕はあなただ。あなたは、僕の中のあなたの部分に共鳴しているのだ。他者の中の己を見出したのだ。だから、信じるのだ。必ずやこの男は実現するだろう、と。ありがとう。

人と出会えるということは、自分が出会う準備ができたということだ。つまり、今、お前は動かなくてはならない。自分のことに振り回されるな。自分の使命を全うせよ。そこにしか生はない。そこにしか希望はない。希望とはお前が獲得するものではなく、人々に伝えるものだ。がんばれ坂口恭平。頼むぞ。

僕は社会に絶望したくない。僕はただの希望の塊だ。希望しかない。しかし、まわりにはたくさんの絶望が溢れているように感じる。僕だって自殺念慮からは抜け出せない。なぜなら社会を変えたいのに変えられないというジレンマが苦しい。だから僕も一緒なんだ。希望の塊だけど、自殺念慮には苦しんでいるんだ。

僕は毎日幼稚園の迎えに行けるように、人が寝ている時間に働いて、人が働いている時間はアオと一緒に過ごしてたい。それが時間をつくるという行為。時間は盗まれたら人生の終わりだと僕は思っている。誰にもわかってもらえないが（笑）。

おれはやるよ。しかも、絶対に死なないよ。僕は自分の人生を生きることをもうやめたんだ。もう十分満足したからね。これからはただ社会のために生きる。人々と分かち合うために生きる。お金なんかいくらでもくれてやる。そんなのどうでもいいんだ。僕は生きたいんだ。ただ地球の上で生を全うしたいんだ。

アーサー・ラッセルが僕の中で蠢いている。彼の音楽が光となって僕の中で南方熊楠と一緒に踊っている。それが僕だ。僕は僕ではない。僕は粒子みたいなものなんだ。

つまり、

僕はもう死んだのだ。とっくの昔に。

そして音楽となったのだ。

僕はいつも君の横で音楽として鳴り響いている。八〇〇億の光の粒子となって。掴めない。でも感じるんでしょ。それでいいんだ。生きることを諦めるな。体を捨てて、発酵させ、発光せよ。Radiation of Light。それが「生きる」だ。生きろ。

僕は音楽が好きだった。だから音楽になったのだ。僕はあなたが好きだ。だからあなたになりたい。僕はあなたと同じ粒子になりたい。接吻を交わしたい。音楽としての接吻を。ノルアドレナリンとエンドルフィンが放出しているその大気のプラズマに、僕はジャック・インする。そしてフェンダーを弾くんだ。涙が飛び出てきているよ。アオを抱きしめているよ。ただのキ千ガイさ。そうさ、おれはただのキ千ガイよ。キ千ガイ上等！

Freedom's ferment。自由なる腐敗。自由への発酵。発光せよ。己の天才を社会へ照らせ。

僕は勇者だ。きみは何者だ？　戦士か 魔法使いか 僧侶か 賢者か 商人か 踊り子か 盗賊か 遊び人か 笑わせ師か 吟遊詩人か 船乗りか 旅芸人か 路上生活者か マジシャンか 農家か 果物売りか 音楽家か 遊女か 落語家か 武闘家か 服飾家か 料理家か 指圧師か 精神分析家か 愛人か？　何者だ？　何になりたいのかを聞いているのではない。

僕はずっと自家発電でやってきた。だから止まらない。金がない時から同じ気持ちでやってきた。だから金があっても変わらない。自家発電せよ。さすれば、何も問題はない。後は理解者を求めるのではなく、協働者を見つけよう。金が問題じゃない。人格が問題なのだ。精神を抑制させよ。人のために尽くせ。

僕はただ人生を高らかに笑い飛ばすことしか興味がない。縮こまっている社会を楽しく笑い飛ばす。はっはっは。僕の好きな主人公はみんなそんな気持ちのよい笑い声をしていた。

勝手にどんどん。自らを発光させる。これが一番。

今も本当に僕はフーとずーっと昔、出会った頃、フーから「お前はキ千ガイだ。きっといつか革命を起こす」って言われたことしか頭にねえんだよ。他のことなんかどうでもいいんだよ。自分のことを自分より信じてくれる人間がいたことに心底生きた心地がした、あの無名の金なし時代の瞬間しか見てないよ。

あーだこーだ言う前に、体を動かせよ。本気で社会のことを憂いているなら、隣で倒れている人に手を差しのべよ。やらなきゃいけない労働なんかとっとと終わらせて、早く会いたいあの子に会いに行けよ。急げ。動け。

できないことを口にしては駄目だ。「こういうことしたい」なんてことも、やる気がないなら言っちゃ駄目。言ったら最後、その日から実現に向けて動かなくては嘘になる。だから、今できることだけを口にしろ。それを社会に照らせ。これが僕のずっと昔からの約束だった。そうやって生きてきた。それだけ。

歌え踊れ脇をしめて。シャキッとする精神持ちながら崩れ落ちるように自由に歩け。

☆

まずは坂口家で実験してみる。自らを貨幣化させるという実験を。アオも自分でつくったプラ板が彼女の独自のお金であると気づきつつある。フーも続いて欲しい。そうすれば、どんな状況になっても生き抜くことができる。新しい独自の自らの貨幣をもとにした経済をつくる。これが家訓のひとつだ。

僕の娘のアオが一人で黙々とプラ板をつくっている姿を見てると希望を持てるよ。お前はよーくわかってる。四歳にもなったから、自分のお金ぐらい自分でつくろうね。僕はそんな無茶苦茶な教育をしている。でも、彼女はどんな状態になっても死なないだろう。死なないだろう。黙々とプラ板をつくる限り。

人は、誰かが勝手につくった匿名化したシステムを無条件で信じすぎている。僕は人やシステムを信じることができない。信仰心ゼロの薄情者だ。まあ、そんな人間にしか「新政府いのちの電話」なんてものはできないと思う。僕は誰も信じない。だから裏切られない。騙されない。元々全部疑っている。命を守るために。

アオのお金の価値がどんどん上がっている……。こりゃ、オヤジもうかうかしておられんな。僕のこの勝手に実はお金がつくれるんです大作戦を広めてしまったら、ライバルが増えて大変だなと思った。だって、やれば実は誰にでもできるんだもん(笑)。みんなまだ才能がどうこう言ってるから安心だけど(笑)。

日本銀行券万歳！　あなたのおかげで僕は自分のお金の価値に気づけました。騙してるわけじゃなかったんですね。どうせ人間ってのは自分の才能をすぐに駄目だと勝手に判断し諦めてすぐ企業とかに属しちゃうから、そんな人のために銀行券をつくったんですね。騙さないと絶望しちゃいますもんね。なるほど。

大体、若い人でうーんうまくいきませんという人は、人が動いている時に同じ動きをし、人が寝てる時に同じく寝てる。匿名化生活そのものだ。うまくいくわけなかろうが。見えるわけなかろうが。自分の時間をつくれ。自分の経済観念をつくれ。しかも幼少からの直感の連続としての。それができずに実現はない。

あと、締め切りつくって、締め切り守ろうね。自分で締め切りつくれないと何にもできないよ。別にできなくてもいいけどね。別に自分のことだけ考えて生きていてもいいけどね。でも、才能を自分に使うと枯渇するけんね。そこらへん気を付けて。与えられたものは独り占めしたらいかんよ。天が怒るよ。分けたまえってね。

僕の本を読んで、興奮してくれているのはありがたい。でも、そこで止まるなよ。この本は僕が生きている間には実現できないかもしれないと思って書いている。勿論実現する気は満々だけどね。次はあなたたち若い人がやらないといけない。だからどんどん批判してバージョンアップしてくれ。盲信するなよ。

☆

頭の中につくり上げた思考都市と、目の前の体験している実際の都市空間は、とても音楽的な構造で相似形であり、四次元から三次元への投影である。つまり、自分が体験している空間は、自分が思考していることである。

僕はここ二カ月ほどの間、いわゆる「日常」と言われる時間よりも、「奇跡」と言われる時間のほうが長くなってきています。そしてわかったんです。奇跡と僕たちが呼んでいる事象は、別にありえないことではなく、むしろ僕たちが昔暮らしていたはずの「あの町」では当然の日常であるということが。奇跡という日常。

僕は、絶対に諦めない。今は夢を叶えろ。I WANTの世界で、WE WANTの世界で、しかも、それを括弧付きの〈HAVE TO〉で包んで。僕は絶対に諦めてはならない希望を現実化したい。それは僕の「義務」だと思ってます。それが使命です。希望の現実化という義務。これが僕の仕事です。

僕は、誰のせいでこんなつまらない世界になった、国家が悪い、政治が悪い、行政が悪い、法律が悪い、資本主義が悪い、貨幣が悪い、と言いたくない。だってそれはつまり己への攻撃にもなるからです。では、どうするか。そこに必要なのが芸術です。芸術とは社会を変えるための思考の技術です。

僕たちの中で何か止まっていることがあるはずなんです。止めていることが。夢は叶わない。自分にはできない。人から理解されないことは当然だ。結局はお金なんだ。結局現実的に僕たちはこのシステムから抜け出せないんだ……。などという自分で勝手に決めつけてしまっていることがある。そこに焦点をあてる。

この今の僕たちが匿名化してしまったシステムは変えられない。それはまた当然かもしれない。なぜならそれは、自分自身を抹消することにもつながるからである。しかしそれで変えられないから諦めるという構図では、この生命体としてバランスが悪いはず。おかしいなと思い、僕は調べ始めました。そして発見した。

そうして生まれた思考技術が「レイヤー」である。それによって、僕は不整合のように見えた、システムに対するいらだち、変えられないことへの絶望の中に、変えるのではなく「拡張する」という新しい希望を見出した。そして、それらは一つの音楽的な構造物、音楽という建築であることを感じた。

今、僕たちが立ち向かおうとしているもの、破壊した方がいいのではないかと思っている社会システム、国家でさえも、それは一つの楽器であり、そのピアノの前に立つ、システムを運営していると言われている政府の人間たちは一人の演奏家である。

僕たちはその観客であると思っている。観客であると誤解している僕たちは、とても大きなグランドピアノの前にちょこんと座る演奏家が下手な不協和音を弾いている姿を見て、退屈し苛立ち、ついにはステージにあがり、ピアノを打壊し、演奏家を殴ろうとしている。この演奏家は、実はまだ子どもである。六歳の子どもだ。彼らに手をあげようとしている。

しかし実は、僕たちは観客ではない。僕たちはそれぞれ各々の楽器を持っている演奏者である。僕たちはピアノを壊してはいけない。演奏家を殴ってもいけない。この演奏家は子どもだ。僕たちは彼に演奏方法を教えてあげたほうが楽しいはずだ。しかも口で言っても理解できないので、音を鳴らすことで伝え、教える。

社会システム、政府の人間、警官、行政で働く人々、お金を妄信している人々、それらを含めて、一つの音楽を奏でようと試みたい。とても抽象的なイメージではあるが、僕の新政府活動の目的はこれである。僕は音楽を奏でたい。優しくリラックスできき、かつ、みんなで躍動できるような楽しさを持った音楽を。

僕は音楽を奏でようと人々に向かって語りかけたい。それが僕の芸術の目的だ。僕は指揮者ではない。しがない調律師だ。でも誇りを持っている。薄汚れたワークパンツをはいた調律師だ。でも道具はしっかりと磨き、ピカピカに光っている。まだ調律は終わっていない。まずは自分の楽器を調えようではないか。

そして、音楽を奏でるのだ。一斉に。

お前はジャズだ。調律師としてのジャズ。踊りながら、ステージの上で、一見古ぼけているがきれいな音が出なそうな楽器に息を吹き込め、踊れ、ジャズ。パッパッパ、チーンと金属を鳴らし、その共鳴音によってつくり出す、チューニングのグルーヴを人々に聴かせ、調律のすばらしさを伝えよ。恭平。伝えよ。

僕にはそれが可能だという確信が、希望が、未来が、技術が、夢が、あなたの言葉が、手が、触れた肌が、キスが、とめどなく流れる意味を包含した液体としての涙が、そよぐ風が、ある。だから、僕は諦められないのだ。調律を怠ることができないのだ。溢れ出すこの熱情を伝えずにはいられないのだ。

僕はあなたのことがとても好きなんだ。それを伝えずにいられない。とても心地よい音楽を奏でることを知っている。そこにヒエラルキーはない。ただの音という波が存在するのだ。だから、それがよい音なのかなどと判断するのではなく、どんな音色を持っているのかを知覚したほうがよい。色を音を。

☆

朝からアオに『ベントリービーバーのものがたり』を読む。読むと、どうやら僕に似ていたりする。僕は絵本で育った。僕の幸福は絵本の中にあった。「でも、おとなになっても、歌を歌う時間があるといいんだけどな」というフレーズを読んで一人で泣いてしまった。朝から。ずっと歌うビーバーのおはなし。

僕は小さい頃から絵本や映画や演劇の中に幸福を見つけてた。幸福空間と呼べそうな世界の入り口を知ってた。それがまだ消えていない。それが僕の人生。

みんなが幸福になりすぎて死んでしまいそうなくらい幻の、人々の一瞬の夢を僕は現実化したい。そんな風のような、千年前の僕たちの祖先の夢みたいな空間を、そんなサウダージを感じるような、夢を僕は現出させたい。なんてたって僕は新政府内閣総理大臣であり、そして夢師なんだ。僕は見せたい。本当の愛を。

簡単に諦めるな。どんなことだってできるんだ。僕はそうやって生きてきた。まわりはみんな僕のことをそんなの夢見る馬鹿野郎だって笑ってた。でも僕は強かった。なぜならこの僕のまわりの最高の大人たちは、旦那たちは、僕のことを絶対にやる男として微笑ましく見てくれていた。一九歳の時からだ。世界は困惑し、故障し、どこまでも間違った判断が続いている。で、それを見た僕たちは諦めるのか？　僕は違うぞ。でも、僕は闘わないぞ。僕は夢を現出させる。みんなが共有している「あの町」のあの声をあの風景をあの子を現出させる。お金じゃなく、困ってたら助けて、そしてみんなで楽しめるあの世界を。

僕は好きな子には好きと言う。それが大事な夢。僕があなたと一緒にいられなくても、それでも僕は好きと言う。それが僕にとっての生きるだ。それはたくさんの困難がある。現実的には難しいと言われる。でも僕はあなたと生きる。どんなことだって可能だって僕は言い続けたい。だからいつも現実化するんだよ。

今回のこの僕の夢は、僕一人の夢じゃないはずだと僕は確信している。そうじゃなかったら、誰も協力してくれないはずだ。僕はみんなの夢を現出することができる。僕はただの革命家ではない。僕は自分の精神を好きなのではない。僕はみんなが本来抱えていたはずの、あの夢が好きなんだ。あれが僕なんだ。

僕には夢がある、ではなく、僕は夢である。夢そのものでありたい。あなたの夢でありたい。

馬鹿だから、体が疲弊しても摩耗しても傷ついてもなんでもかんでも動き続けるのだと思う。僕にはその恐怖はない。僕は人々のために国民のために全てを投げ出すことが一番やりたいことなんだ。つまり、僕は夢なんだ。

僕は人に不快な嫌な思いをさせるよりも、清々しい嫉妬を感じさせたい。自分も踊れるんだよって、人々が我こそはって興奮して、踊り始めちゃうような、そんな気持ちのよい嫉妬を催させたい。夢師は、そこで振る舞う。舞を披露する。綱渡りのような舞を死をも恐れず、立ち向かう。それは死のダンスだ。

死のダンス。それは死ぬってことじゃない。僕にとってそれは生きるということだ。人間が有限であることを示すかわりに舞うその風。僕はその風を「生きる」と呼んでいる。僕は風の子だ。子どもは風の子。つまり、君たちだって昔は風の子だったんだ。思い出せよ。その風を。その夢を。今こそ。

世界は綻び始めている。僕はそれを強く感じている。多くの人命が死と隣り合わせになっている。とても恐怖を感じている。だからこそ、今、雄叫びをあげるのではなく、怒りをぶつけるのではなく、僕は優しい音楽を届けたい。音楽なんて気を紛らすだけだと言っている人々に、奇跡の狂った最高の音楽よ、届け。

金稼ぎの時代は終わった。完全に終わった。そして次は人稼ぎの時代だ。共同体稼ぎの時代だ。空間稼ぎの時代だ。君たちは「稼ぐ」ということを誤解している。稼ぐという漢字は、お金を獲得するじゃないからね。真剣に命をかけて「働く」という意味だからね！　真剣に生きる。これこそ稼ぐこと。僕は稼ぐよ。

真剣に生きよ。己の使命を働け。つまり、稼げ。お金に取って代わられている「使命」に気づけ。音楽はいつもその調整をしてくれる。そして空間の解れを見せてくれる。気づいたら飛びつけ。後ろは振り向くな。すぐに襲ってくるぞ。お金がなくなったらどうする？　稼がないと、って。稼ぐとは生きることだ。

☆

今、一八歳の女の子が電話をしてきて「絶望した人が電話ができると聞いたんですけど」と言ってきた。話を聞いていると、まわりの人々にすごく馬鹿にされて生きてきたような女の子だった。しかし、僕にはどう見ても頭脳明晰にしか思えない。僕の本を読んでいないというので、本を読んでよと言うと、彼女は「私は詩を書いているので、それも見てください」と言ってきた。

さらに話を聞いていると、六歳の頃に一〇歳になったら死のうと思ったらしい。それ以来、自殺念慮に苦しむ人生を送る。でも、その時々に死ななかった。なんで死ななかったのかと聞くと、不思議なことを話し始めた。

一三歳の時に死ななかったのは、ランボーの「このまま先に進んでもあるのは世界の果てだけだ」という詩の一篇を読んだからだと言う。それを読み、自分が世界の果て、崖の縁にいると思っていたが、実は果てでも縁でもないことに気づいたという。そして詩を書き始めたそうだ。やばいんだよ、お前は。

彼女は一三歳の時に芸術に気づいたのだと思う。それが絶望眼をもって触れた芸術との出会いである。その言葉には社会を変える力がある。しかし、それを受け取っても、それは社会ではなかなか受け入れられない。だから無理解に囲まれる。それもやはり絶望だ。しかし、僕はそれに感動した。

つまり、どこかにはいるのである。理解できる人間が。その芸術を。この時代に絶望できるのはただただ才能だと僕は思っている。人は嘘をつき、自らを誤摩化し、その絶望をさらりとした人生というものに置き換える。もちろんそれも一つの延命装置だ。しかし、絶望を忘れてしまってはまわりに眼がいかない。

昨夜、女性から電話があって、二〇歳代前半の躁鬱病と診断された弟さんが二週間前に自殺し亡くなったとのこと。弟さんは僕のDOMMUNEなどを観たりしていたそうで、それでも死んでしまったのかと無力感を感じる。最近、薬を飲み始めたらしい。彼は「普通になりたい」と言っていたらしい。胸が痛い……。

「このままだとあなたも死んでしまいそう。だからもうやめてほしい」とおっしゃった。それもわかる。意味はわかる。でも、それでやめてどうするんだ。僕は普通になればいいというのか。僕はそうではないという確信がある。どんなに大変であっても、この絶望を感じることのできる力を失いたくない。ごめん……。

躁鬱の症状が出ている時、しかも鬱がひどい時、僕も彼と同じようにフーに泣きながら「普通になりたい」と叫んでいる。何も考えたくない、何も気づきたくない。普通に会社に行って、普通の思考をして、疑問を持たずに生きていきたい、普通に笑いたいと言ってしまう。

でも、フーはそれは嘘だと僕に言った。

鬱状態の時に普通を希求する。でも考えることをやめることができない。まわりの社会はどんなに絶望的な状態であっても笑って見ぬフリしているように見えて、相反する精神と社会と現実にねじまがり、死にたくなる。

でも、そこがチャンス。フーから嘘つき呼ばわりされると僕の思考が始まる。

だから、その彼とも会いたかった。ちゃんと殴り合いの喧嘩でもしたかった。そこでやめるな思考するのをやめるな。僕たちにはその使命があると言いたかった。僕たちがこの思考をすることこそが普通なんだ、と僕とフーで伝えたかった。でも今、彼はもういない。ならば、僕はもっと生きよう。行動はやめない。

頼む、困っていたら、僕の本を読んでくれ。『独立国家のつくりかた』をまずは先に、その後はどの本でもいい。この本で僕は正直に自分の病気といわれていることに対して向き合い、方法論を提示した。これは僕のスタートだ。社会ではじかれ無視されている人間たちへ向けて、真剣に手を差し出した初めての作品なんだ。

寝られなかったら、寝ずに詩を書け。僕は寝ずに原稿をずっと書いてるぞ。それを笑っているくらいだったら作品を創れ。人々に示せ。寝られないなら、僕が一緒にいる。僕のところに来い。僕と一緒にいればいいだろう。僕が真剣に君が死にそうなくらい苦しんでいる哲学と向き合い、真剣に討論するから。面白くて、涙が絶対に出るから。

それが芸術だということを教えてあげるよ。でもそれからが大変なんだ。それを示すには技術がいるんだ。

人のことをああだこうだ、あいつはキチガイだ、宗教だ、カルトだ、麻薬中毒だ、とか言ってるやつが本当に嫌いなんだ、僕は。どうでもいいじゃないか。人は人。そういう人が困っている人を助けるかというと、困っていても無視してる。僕は人は人と思ってるけど、困ってたら関わりたいんだよ。

人の文句言うのはやめよう。そして、困っている人は助けよう。それが一番シンプルで、それが一番生理的に間違ってなくて、それが一番かっこいいと僕は思ってる。それが一番女の子にモテるもん。そういう下世話さって僕は重要だと思ってる。生理的に物事を見る。それが僕の才能だ。

自殺してもいいけど、僕は絶対にゆるさんぞ。僕はあなたと出会いたい。死にたいという前に、感じる絶望があるなら、僕はきっとあなたと一緒に物事を考えることができる。この世はダサいことに、絶望を感じることを恥じてすぐに忘却する奴が本当に多いから、僕は絶望を感じられる人に親近感を感じるんだ。

フーは僕と出会ったときに、僕に向かって僕はまだ何もなしてないのに、すごい人だと言った。絶対に世の中面白くするから一緒にいようと言った。それが十年前だ。十年経ってここまできた。どこまでいくか。僕はまだ道の途上の気がしてる。まだ先がある。フーは最近また目を覚まし、ついていくと言った。

血のつながった家族なんか早く抜け出して、飛び出そう。僕はいつも理解されずにいた。別に嫌いじゃないんだよ。ただセンスが違うんだ。家族は育つ場所かもしれないが、生きる場所じゃないんだ。生きるために早く外に出て、最高の伴侶を。理解者を。そして徹底して芸術を行う。これが僕の「生きる」だ。

「オデュッセイア」を読んだらわかるよ。山を登るときに後ろを振り向くなと言ってくれた鳥は、山の上から聖水をふりかけると、実は家族だということがわかった。後ろを振り向くな。そして、家族はどこか別の世界にいる。これが新しい世界へのキーワードだ。僕は今、それをやってる。恐れず新しい家族を求めて。

鬱は病気じゃなく花だ。躁は病気じゃなくまっすぐ伸びる茎だ幹だ。自らの体を植物的に解析してごらん。面白いことが起きるよ。

二一世紀はナチュラル・サイケデリック革命の時代なので、躁鬱病とか双極性障害I型とかII型とかくだらない病名つけられて凹んでいる暇があったら、気合いを入れて寝ずに図書館で勉強しましょう。こちらのぶっ飛んだ感覚がわからない人と一緒に人生を歩まないこと。違うんです。モノが。頭が違うんだよ。

そして僕は徹底して勉強してます。しかも全て体験を伴って。だから、適当なように見えるかもしれないですけど、全部、僕にとっては強い真実なんです。だから揺るがないんだ。振る舞いが重要だ。どんな異常事態に陥ってもびびるな。びびってもびびっていることを悟られるな。そのために必要なのが体験と言葉と本当に信頼している人間だ。

妻であるフーは、僕がどんな状態になっても、ちゃんと考えさえすれば、はじめは人から非難を浴びたとしても、最終的に人々は意味を理解してくれるということを確信している。だから僕は強い。僕よりも僕のことを信頼するという体験は、人を強くする。意味の深度が増す。それが愛情だ。

どんな人間でもぶっ飛ばすような生をかけた人間であれよ。歩けば、風が巻き起こる、風雲が起こり、雷が落ち、地鳴り、地割れを起こす。放つ言葉は音楽となり、人々の心に鳴り、嘘つきには刃として突き刺さる。僕はそんな物語の一員でありたい。金欲しさにくだらない生き方してるやつを笑う。だせーって。

しっかりと生きようぜ。そうしないと、僕の娘が笑うんだ。きょうへー、かっこ悪いって……。だから、僕は冷や汗かいて、全てを捨て去る。あらゆる欲望を捨てて、一番やばいことにだけつぎ込む。それが一番気持ちよい。生きてるって気分がする。あなたと接吻したくなる。それが生だ。

僕の命をかけた本気モードが伝わってくれたようで、本日男性三人の命をつなぎ止めた模様。油断は大敵だが、この三人は才能があるように感じるので、くれぐれも中途半端な人間からの中途半端な忠告などには耳を傾けず、生を全うして欲しい。そして、疲れ果てた僕には素敵な女性の抱擁をプレゼントしたい。

「お前みたいな才能ある絶望した人間と、いのちの電話を介して出会える僕は、損得で言ったらどっちだと思う?」とさっきの彼に聞いたら、それは得ですね、と言ってくれて嬉しかったよ。そう、僕は嫌々やってるんじゃないぞ。やばい人間に会えるから、それが僕の生きる希望になってるからやってるんだぞ。

そこそこの幸せとか、普通になりたいとか、叶いもしない、いやむしろ叶ってしまったら絶対につまらなくて自殺してしまいそうなバカなこと言ってる暇があるんだったら、ちょっとは本気で寝ずに死ぬまで、己が感じている芸術を表現できるような技術を磨けよ。少しは総理を見習ってくれ(笑)。もっとねじれの位置にあるものにジャンプするような音楽的階層による行動が必要だと思う。移動じゃダメだ。ワープしないと。

二年前鬱に苦しんでいた僕は泣きながら自分の頭を壁にぶつけフーの前で、「おれは躍動したいんだよぉ。なんだこの平和っぽく嘘ついてる社会は、くそくそ、こんなの嘘だ。何人もおれの友達が自殺してるじゃないか、変えないとダメなんだよぉ」と吠えていたことを思い出した。自殺したいとフーの前で言った。あそこでよく粘ったなぁと。あれは危なかった。死ぬ寸前だった。全てが灰色に見え笑っているやつが信じられなかった。絶望の果てにいた僕は、自分がこの社会で邪魔な存在だと誤解した。フーはそんなことないって言ったのに、そのフーを僕の絶望の言葉で言い負かしてしまった。フーも死ぬと思ったそうだ。

結局、僕が、いのちの電話をやろうとも、人を救うことはできない。やはり、自らの手でしか自らを導くことはできないのはわかってる。でも、僕にはフーがいた。いつも何も言わずにずっと一緒にいてくれたフーが。だから今回のいのちの電話は、僕がフーの役割をしてみようという試みだ。フーの芸術性を。

☆

今日は幼稚園の夏祭りの看板描き。そう、僕はしがない看板描きなんだ。それが元なんだ。小学校の時、親父から教えてもらった明朝体のレタリングを駆使していろんな看板や印刷物のレタリングをしている時、Adobeのイラストレーターはなかったけど、同じようなことやってた。僕は看板を、世界中の看板を描きたいと思ったよ。夢の中で。

僕は今ではとても狡猾で、メディアの使い方も練習を積んだのでうまくやっているし、誰からもコントロールされないように防護しているが、元々はただの看板描きだ。僕がやりたいのは、ただ手を、手の動きを、手の過ちを、線のゆがみを、擦れた音を、揺らぐ精神を、詰め込みたいだけなんだ。

己の揺らぐ心を、世界に社会に共同体にそれらの賭場に投げ出すのって、ふっとすぐに吹き飛ばされるから、困難なのだ。だからこそ、看板描きが必要だ。でも、そのレタリングはデータで出したら終わりだ。レタリングは手描きでないと駄目なんだ。でも、それではすぐに吹き飛ばされる。そこには思考が必須。

僕は逃げ続けている。ずっと逃げ続けている。誰からも追われないように自分だけが知っている秘密の草原に逃げ込んでいる。不思議なアリスのウサギみたいにどんどん逃げていく。誰も怖くて近づけない世界へ逃げる。僕は逃げる。時間という色彩が空間を塗りつぶしてしまうから僕は逃げている。どこまでも。

僕は絶対に捕まらない。捕まりようがない。なぜなら、狡猾だからだ。なぜなら天才的に逃げるからだ。僕は時間には染められない。安定には閉じ込められない。僕は不安定にふらふらとゆらめきながら逃げ続ける。そして法律に唾を吐く。でも法を破らない。法をただ見ている。よくも人間を縛ったなと言って。だから法律を調べる。

風営法なんてまさに笑っちゃう話だ。踊るなんてものがどこに規定されている。捕まっている行為自体が幻なのだ。しかし、なぜ捕まるかも考えなければいけない。営業してはいけなかったら営業しなきゃいいのだ。つまり、日本銀行券と日本国硬貨を使わなければいいのだ。GOLDを使え。

僕は踊ることを永遠にやめない。殺される寸前まで僕は踊り続けるだろう。そして捕らえようと試みる知性の低い無能な無機物である思考を忘れた人間という体を蹴飛ばすだろう。僕はその体を持つ人の心を信じている。こんなの幻だ、と泣き叫んでいるその人の子どもの質問に焦点を合わせている。

逃げろ。僕には構わないことだ。それが一番賢明である。己の逃げ道をちゃんとつくっておけ。僕たちに自由があるなどと恐ろしいことを言うものだ。自分たちが置かれている状況を把握しないとまずい。僕たちは奴隷である。足枷も何もないのに逃げることすらできない獰猛さを失った奴隷である。人も殺せない。そして己を殺す。己のつながりとして生まれてきた己の子どもを殺す。子どもの才能を殺す。

己の体をきちんと見た方がいい。チックタック、時計の動きとは別の振動を起こしているはずだ。それがダンスだ。踊りである。踊りは小さな革命である。己の中で起きる革命だ。踊ることをやめるな。そう自戒している。いつも。

曜日で動いている人間を人間とは呼ばない。救貧院に入れられて、ハサミの使い方を叩かれながら覚えてどうするんだ。時間で思考を区切られてどうするんだ。何を考えているんだ。そんなものじゃないぞ人間は。ただ踊ることができるんだ。己のリズムを忘れた者は必ず死ぬ。

……という、恐ろしいパパは、今から幼稚園に行って、本業である看板描きをやってきます。夏祭りの看板。「おにぎり」とか、「やきそば」とか、描いてくる。さて、そろそろ感じが良くてどんな時でもニコニコ喜んで子どものためなら仕事を中断し、すぐに駆けつけるグッドパパの着ぐるみを着ようっと(笑)。

☆

坂口恭平は小学生のときから全く何一つブレがない。ずっとまっすぐ来ちゃってる。それは手紙のように、素晴らしい人々に会って来たからだ。その人たちに今もまた笑える手紙を送りたい。それが僕の仕事のモチベーションだ。まず笑えること。そして心を打つこと。この二つの要素を同時に押すこと。

僕自身が、手紙なのだ。泣き笑いをしちゃうような手紙そのものなのだ。そのように生きることを選ぶこと。それ自体が、僕にとっての生なのだ。だから小学校の同級生が半泣きで電話してくる。「お前まだ変わってないどころかもっと狂ってきたな」と(笑)。それが最高の褒め言葉なんだ。

僕は本気だよ。昔から。技術もしっかり身につけた。付け焼き刃でない。ずっと子どもの頃から考え続けてるんだ。年季が違う。ちょっと思いついたことじゃない。これは僕が幼い頃に抱いた夢なんだ。だからぶれない。だからちっとも弱まらず日増しに人々に伝わっていく。消えるわけがない。これが僕の生なんだ。

だから僕は嘘がすぐわかる。正しいこと言ってそうな嘘つきや、金儲けしか考えてない環境にいいことばかり言ってる人や、大学教授として偉そうなことをいってる未経験者や、メディアでちやほやされてる無学者が、瞬時にわかる。だから僕は騙せない。嘘つきは近づいてくるけど、僕の前からすぐ姿を消す。僕は嘘発見器だ。

かと言って、僕が本物なのではない。僕がわかるのは僕にとっての嘘だけだ。この世に正しいものはない。だから思考をやめないんだ、僕は。だから、僕に聞かないで。自分で考えろ。

若い人は、何か突破口が見つかるとすぐ走ってそこから抜け出そうとする。若く才能あふれる人はいつもそうしてしまう。結果、どうなるかというと、そこでうまくいかなくなると諦める。そして花が咲く前に散る。そんな姿をずっと見てきた。それじゃダメだ。突破口が見つかったとき、僕は常にもう一つ探す。一つ突破口があるということは、もう一つは必ずある。これが鉄則だ。一つに絞るな。小銭を稼ぐことに注心するな。常に塞がれる可能性を見ておきながら、二つ以上抜け道をつくっておく。そしたら絶対に潰されない。潰される人は弱い人だ。誰も強い人間には攻撃をしない。金がなくても平気な人は金で潰れない。

とにかく練習をする。僕がなぜ総理とわざわざ言っているか？　それは総理ほど大変で、さらにまわりからの攻撃が激しい人もいないからだ。つまり、僕は総理の練習を積むことで、総理とかどうでもいいんだけど、公人としての練習になっている。スキャンダルとか、まわりの人への配慮とか、問題の処理とか。

僕の知り合いで、自分も恭平みたいに総理だと思い込んで街を歩いたら見える風景が変わった、と言ってた人がいた。落ちてるゴミが目についたので拾い、路上で倒れているおじさんにパンを買ったとのこと。パブリック精神の練習になると興奮してた。「あなた、こんなに楽しいことしてたのねっ！」とも言われた（笑）。

僕が新政府をやってる意味、そろそろおわかりですよね？

☆

絶望していた男性が僕と話して落ち着いて死ぬことをやめた、しかも彼女までできたというメール。よかったね。絶望バンザイ。僕は絶望できたから、今の行動ができている。無理せず、怠けず、行きましょう。

僕はとにかく人に対して、徹底してやれやれと言うので、自分もやらなくてはいけなくなる。つまり、わざと人に言っている。それは自らを磨く行為だ。いつまでもダサいことやれないという己への脅迫だ。己に対しての殺意を持った矯正行為だ。己を自由にしてどうする。己は縛る。徹底して。混沌から秩序を。

一応僕が忘れていないのは、僕が自分でやると決めてフーにこれをやると言ってから、できなかったことは一つもないっちゅうことだ。だから僕はただの夢見るオジさんじゃないつもりだ。僕は夢なのだ。夢そのものであると今でも僕は思っている。夢とは子どものことである。僕は子どもの時に夢になったのだ。

すごい人がいて、きれいな人がいて、楽しい人がいて、器用な人がいて、きれい好きな人がいて、歌声が美しい人がいて、エッチな人がいて、大工仕事うますぎる人がいて、優しい人がいる。それが世界だよ。そんな世界があることを僕は知っている。そこに光を当てるだけでいい。それが生きるということだ。

I' ve never had a dream, because I' m a dream.
by Kyohei Sakaguchi

アンリ・ポアンカレが言っていることが少しずつ、体感として理解できるようになってきた。表象空間。それを摑むのだ。それは、風。風のつくりかたである。吹きすさぶ風を己の中に巻き起こす。それは抑制した行動だ。粒子が充満する空間には光や音などの波も存在している。そのことを忘れることなかれ。僕たちは一つのルールで動いているのではない。常に複眼であるのだ。己の中の昆虫に気づけ。蛹《さなぎ》の僕は液体になっている。

昔、言ったことや、大事な人からかけてもらった言葉を、絶対に忘れるな。そうやって僕は育てられた。僕は何一つ忘れることはなかった。だからこそ、苦しんだこともある。でも、その「忘れない」という行為は、昔の自分、人を信頼するという行為だ。つまり、僕はあなたであるということだ。昔の自分もね。

僕は一歩間違えれば、それこそ両親が連れて行ってくれたように精神病院に入れられてしまう。それくらい爆発的なエネルギーで突き進む。それを人は躁鬱病と言うらしい。僕としてはそれは違うと思っている。人間は強いエネルギーを発揮することができる力を持っている。昔から変えていないことだけにはね。

何もかも変えてしまって、食っていかなくてはいけないなどと嘘ついて、お金のことばかり考え時間を奪われてしまった人々には、僕の気持ちや僕のエネルギーの強さを、自分の尺度で測ることはできない。だから僕をキチガイ呼ばわりするのは理解できる。でも、その時、僕は悲しむ。あなたが忘れていることを。あなたは忘れてしまったんだよ。

でも、それでもいい。僕はそれでも諦めずに人々と付き合うことにした。人々は困った人を助けるという単純な行為を忘れてしまっている。時間を奪われていることに気づかないでいる。何もしないお金もかからない風が吹くゆったりとした世界があることを忘れている。

僕は一つの具体例である。忘れない人間の具体。こうなるぞ。忘れなければ。しかも実は人間は忘れていないことを僕は知っている。だからこそ、琴線を打たれ、僕に電話したり、メールしたり、街で会って話しかけてくれたりするのだ。僕はこういう声を聞くたびに希望を持つ。「実は誰も忘れてなんかない」と。

明日も明後日もこれからもずっと僕は言葉を、音楽に乗せて風にも乗せて届けたい。

僕はまだ一年生だ。二〇一一年五月一六日に始めたばかりだ。それで、こんなに多くの人々のところへ届いている。だから忘れていないんだ。忘れたふりをするな。見て見ぬ振りをするな。

僕には国境はない。あるのはそれぞれの地域の独自の楽しさだ。僕は違いが大好きだ。違うから知りたくなる。違うから喧嘩する。だから会って顔あわせて、議論したい。そんな素直なやり方で僕は生きてきた。それで起きたことは涙がでるほど心満ちることばかりだ。その実感が僕にはある。だから突き進める。

みんなも、観光旅行ばっかりじゃなく、思考旅行や議論旅行や共感旅行や寝床探し旅行やまだ見ぬ家族を訪ねる旅行や新しい仕事探しの旅行や経済旅行などをするといいと思う。そこで出会う同志は、言葉がいらない。困っていたら助け合える。ただ、共感するのだ。僕たちが実は昔から気づいていることを。

世界の果てに親友はいる。僕はだからこそ歩き回る飛び回る。それは太古からの人間の原動力だ。それは好奇心よりも強い動機である。どこかにいるまだ見ぬ旧友を探しに僕はいつも胸をときめかせている。人間は孤独であると人は言う。僕は違うと思う。人間は一人だが、孤独ではない。まだ見ぬ旧友がいるのだ。

僕はみんなにとってのまだ見ぬ旧友でいたい。初めて会っても、やあ、と久しぶりの感覚で声を掛けたい。待ってたよって伝えたいんだ。その空間、あの町を、僕たちは知っている。

「この道　ずっとゆけば　あの街に　つづいてる気がする　カントリー・ロード」。

新政府を立ち上げた一年前、娘のアオは僕にこの歌を歌った。アオとずっと前に会っていたような、そんな夢のような瞬間だった。

それ以来、アオは僕の子どもではなく、旧友であると認識するようになった。そうやってみると、僕よりも物事を知っている時に驚かなくなった。子どもは太古の経験を包含している。だからこそ、僕もコクヨの学習机に洞窟を発見したのだ。

どこにでも心を通わせることができる級友のような旧友がいるんだ。今まで会ったことがなくても、一瞬にして話をすることができる。最近は、このフィーリングに包まれている。なんだかいつも泣きそうになる。そして歌を歌いたくなる。歌って一体なんなのだろうとふと考える。歌声よ届け。どこに届けよ。

☆

僕は一人で新政府を立ち上げた。みんな僕のことを笑ってた。大事な人間たちでさえ今回は笑ってた。でも僕はそれまで完璧に言語化を完成させたと思っていたので、別に気にせずに今までずっとやってきた。ただそれだけだ。僕はただやるのだ。誰が笑っても、誰もやらなくても、びびっていても僕はただやるんだ。

だから若い人たちよ。油断するなよ。自分の自信のなさを他者を使って消すなよ。絶対に消すなよ。絶対に己の弱さを忘れるなよ。忘れたら死ぬぞ。死んでった人間何人も見てきてるぞ。気をつけろ。他者で隠すな。見せろ。

完全に開く。己を開く。そうすると目の前に剣が襲ってきた……。何度も死にそうになった。そこで不安を通り越した恐怖と出会える。それが出会いだ。出会いとは恐怖である。だからこそ大事に扱え。恐怖は宝だ。己の次の世界だ。

目の前の人の琴線に触れる。こういう地道な活動だけが僕の道をつくってきた。だからどんな国でも地域でも僕は踊って、歌って、絵を描いて、原稿書いて、つくって、みんなでご飯を食べて熱く語ってきた。僕がやったのはとにかく目の前の人の心を震わすことだ。それができないと世界は変わらないと思ってた。

直接、いろんな人と出会い始めたのは一九歳に路上音楽家になった時である。この時は金曜日と土曜日やっていたが、それぞれ朝までやって一万円稼いでいた。この時に喉を鍛えた。人の感情と自分の歌の波が合わさった瞬間、人が増えたり、感動してくれたりすることがわかった。声の出し方も覚えた。声がかれていてもお金を稼ぐ方法を身につけていった。声がかれても駄目じゃないことを知る。声のレイヤーを感じた。かれている声もグラデーションがあり、それをうまく使えば、逆に普通の声よりもちょっとかれているくらいがノイズが入って聴きたくなる歌声になったりする。そういうのを学んだ。

その時に感じた確信は強かった。僕は路上で歌っている限り、一生食いっぱぐれないことを確信したのだ。一日一万円稼げるのだ。それであれば、何か食べたいときにだけ歌えばいい。腹が減ったときに歌えば、空腹感が減るという効果まで知った。一石二鳥。歌えば、稼げるし空腹感減少。いいね！

僕が無茶できたり、お金のために働かないという強気の行動にでたり、お金をどんどん人に使ったり、トークショーでお金を破ったりするのは、この体験が後ろで守っていてくれるからである。とことんやれ。全てをさらけ出して恐れを捨てて突き進め。どうせうまくいく。うまくいかなくたって路上の歌がある。

僕にとって歌とは、本当の意味での命の水なのである。僕は歌があるかぎり死なない。歌を歌いさえすれば、ずっと生き抜くことができる。だから音楽を聴かせるというのとまた違うのかもしれない。僕にとっての歌とは、生きのびるための技術そのものなのである。歌が僕を生かす。まだ死ぬなと語ってくるのだ。

どうやってでも生きていけるというような環境とは何かということを一〇代のうちから考えておくのは悪くないと思う（ほとんど誰も考えていないと思うが……）。僕の場合は「歌」であった。それを路上で野宿しながらやっていて確信できた。試したからだ。あなたは何だろう？　そして試したか？

☆

僕は、日本国民が一人数千万円の借金を抱えて労働しながらマイホームを持ち、それによってでしか成立しないような経済なんて端からおかしいと思ってる。それは本来の経済からかけ離れている。経済とは「経世済民」である。世を経《おさ》め、民を済《すく》う、という意味の経済がこの世界にはない。それをやらねばと思う。

やはり、みんな住宅ローンとかを抱えてしまっているとなかなか僕の言動には賛同できない。それはそうだ。しかし僕はそれが悪いと言っているのではなく、それはチャラにできると言ってるんだけど……。

とりあえず身軽な人から行動していくしかない。どうせ、システムは崩壊する。その時に、ちゃんと他の世界を増やしておかないと大変なことになる。僕はそう思ってる。

一応言っておきますが、野村総研調べで、このままの勢いで建築業界が建設を続ければ、二〇四〇年頃に総戸数の四三％が空き家になるという試算が出てます。新政府調べじゃないですよ。野村総研です。これはとんでもない数字だと思います。ゼネコンが建設戸数を減らせると思いますか？　できません。

今は二〇一二年、つまり今、家を三〇年ローンで買うと、ちょうど払い終わった二〇四〇年に家のまわりには一〇軒に四軒が空き家になるという試算である。そのときに不動産の資産価値なんてあるのだろうか……。僕はとても恐ろしく感じるが、それでも建設業界は休むわけにはいかないのである。こりゃまずい。

僕はやっぱり地道に人と向き合って、直接言葉をかけて、それで琴線に触れることを行うほうがやっぱり大きな力になる。だからそれを忘れることなかれ。僕はいつかギター持って、再び路上に出るだろう。もうほとんどそれに近いっちゃ近いけど（笑）。とにかくもっと言語を音楽のように。鍛えなくっちゃ。

一応、新政府というのは僕一人で勝手に始めた日常演劇みたいなもんですからね……。だから今、韓国の「パフォーマンス・フェスティバル」に呼ばれているんですよ。これは演劇だから。……ということで、肩の力を抜いて楽にお付き合いくださいね☆

モバイルハウスだらけになったら日本経済はどうするんだ！　って言う方もいますが、本当にそんなこと考えてるんでしょうか？　僕はそりゃないだろうと思ってます（笑）。モバイルハウスは、言っておくとただの冗談です。これは土地を所有しようとやっきになる人々へ向けての冗談です。馬鹿じゃない？　っていう。

そして、「借金をすることが日本経済が発展するトリガーになる」というのは、全く論理的ではない、ということは共通認識でいるつもりです。誰も借金して豊かになるわけない。年収五〇〇万円の人が三千万円の買い物なんてできません。子どもだったらわかる。それはおかしいと。オトナもわかるはずである。

僕は資本主義に対してあんまり疑問を持っていない人でもある。ここでさらっと書いちゃうとまた怒られそうだけど、僕は資本主義はなくなっては駄目だと思っている。でも、同時に態度経済という僕が名付けたまだよくわからん経済も存在している。要はバランスだ。打倒資本主義では全くありません。

僕には「資本主義経済」もあるし、「態度経済」もある。隅田川の鈴木さんとは「0円経済」で付き合っているし、フーアオとは「愛情経済」で付き合っている。避難計画や0円サマーキャンプは「思いやり経済」であり、いのちの電話は「生命経済」で行っている。「音楽経済」も持っている。つまり七つの経済圏で生きている。

僕はお金がなくなったらすぐに五〇万円を入金してくれる兄ちゃんがいる。いつも手づくりのご飯をただで食べさせてくれるお母さん的存在の女性がいる。フーは所持金0円になったら河川敷に行くと言っている。僕が着ている服はNameというブランドをやっている親友がいつも提供してくれる。死ねない経済。

僕は会ったこともない人から嫌われても何にも感じない。自分自身がどう思われるとかには興味が無い。僕は死ねない。僕と手を触れたことがある人たちが、どんどんあれやれ、これやれ、困っていても、それならあれやる、これやるってどんどん協力してくれるからだ。だから僕はやらねばならないことをする。

☆

僕はいのちの電話で、死ぬなとは言っていない。

どうして死にたいと思ったのか。本当に死にたいと思っているのか。どういう時が人生で一番楽しかったのか。どういう時が辛かったのか。そういうことを聞いているだけだ。知らぬうちに人は死なななくなる。ただ本当の声を話す相手が欲しかったのではないか。

本当に今、死ぬ直前で、電話してます。という人もいた。その人は、僕も仕方ないと思った。で、少しだけ話をさせてくれとお願いした。そうすると、最後に彼はとんでもなく泣き、突然、生き返ったような声を出して、死にたいけど、死ねないと言ったのだ。彼とはその後も何度か電話をした。元気かな。

彼はツイッターのフォロワーでもなかった。自殺する前にYouTubeで自殺か何かで検索していたら、僕の独立国家のCMのリンクにあたったという。だから僕のことを何も知らずに電話してきたのだ。その人が「死にたいけど、もう絶対に死にません」と言った。不思議と僕も自然な涙が出たよ。

言っておくけど、別に世界を変えようとなんかしてないよ。僕はただ困っている人がいたら一緒に話をしたいだけ。つながろうとしているだけなんだ。でもそれはただの救済であってはならないと思う。僕はシンパシーを感じているのである。それを宗教と言うのなら言えばいい。僕は何でもいい。どうでもいい。どうにでもなればいい。

僕はただ人々にシンパシーを感じているだけだ。「それわかるよ。しかも、どうにかしたいと思うよ。」しかも、意外と僕はアイデアを持ってるよ」。それくらいなものだ。学校の同級生のアイデアだよ。

自殺は自殺じゃないぞ。僕たちの無視だ。僕の罪だ。そのことを理解しないと先へは進めない。僕も友人を自殺でなくしている。僕は自分が悪いわけじゃないと思おうとした。でも、それじゃ前に進めなかった。僕のせいなのだ。僕の無関心だ。人々への愛の欠如である。人の言葉に耳を傾けることを決めたのだ。

何言われても、何も感じないが、それでも僕は気にしてる。「死にたい人は死なせておけ、あなたのことだけを考えろ」。そりゃないだろう。僕は嫌なのだ。そんな社会は。嫌なのだ。

昨年の五月に新政府を立ち上げたとき、唯一理解してくれた女の子は、僕の娘アオである。フーですら僕のことを狂ったかと思い、精神病院にも連れて行った。しかし、アオは僕を「普通だよ、パパ」と言ったのだ。これで僕は力をもらったのだ。彼女が歌ってくれた「カントリー・ロード」は一生忘れんだろう。感謝。

今日のいのちの電話は、朝までずっと受け付けるよ。いのちの電話限定で受け付けます。いつでも気にせず電話しなね。こういうことやっていると、宗教かよって言われる……。困っている人を助けるのは、僕にとっては当然なんだよ。たぶん本当は、人間すべて当然だと思っているはずだ。それを宗教だとか揶揄しようとする人は、己の当然さを行動できないことをそれで納得させちゃうのではないか。もっと自然な気持ちで。

僕はただの単純な人間である。それはただの人間の当然な感情である。それが信仰であるというならばそうかもしれない。しかし、それは太古からの人間が自然に持つ、困った人を助けるというまっすぐな感情である。犬だって舐める。猫だって寄り添う。その感情だ。それだけを僕は持っているつもりだ。あんまり人のことばっかり気にせずに、自分の自然な感情を気にしよう。それが一番効率のよい生きる方法だ。

僕の経験上、自殺をしたいと思ってしまう人は、この社会において、僕はむしろ自然で真っ当な精神の持ち主だと思っている。こんなに多くの人が自殺し、原発事故のおかげで死の灰は飛び散り、普通に考えれば避難を全面的にすべきなのに、経済的理由でできない。こんなのおかしいもん。だから希死念慮に苛まれるのは、むしろ真っ当な人。

☆

金が貯まってから何かするって人って、絶対に何もしないぜ。それよりも僕の家訓は「夢はまず叶えろ」である。僕は建築家になりたいからまず建築家になった。総理大臣になるべきと思ったからまず総理大臣になった。で、そこから始めるのである。できない理由なんてただの言い訳。それはやばいだろ。

福島の子ども五〇人が熊本に0円で三週間滞在した「0円サマーキャンプ」だって、僕と友人の熊本県政策参与の小野さんと、相馬市でずっとボランティアをしていた熊本人上村さんの三人で、まず0円サマーキャンプを実行することだけを決定したのだ。どうやって、とかは無視して。だから実現できた。まず夢を叶えろ。

みんな、自分の生きのびるための技術を「才能」とか言うからおかしくなるんだ。僕はそれを「風」と呼ぼう。風は誰にも吹いている。その風を感じることができればいいんだけど、みんな才能って目に見えるものだと思ってるから見えないんだ。風はそのものは見えないが、葉っぱを揺らす、水面を横切る。

風は、そのものは見えない。だからといって誰も風が存在しないとは言わない。みんな見えないのに感じることができるのだ。風が揺らしたいろんなモノたちを見て、感じる。これを自分に当てはめてみなよ。自分が動いて他者が動く。それが風だ。あなたたちが言うところの才能だ。だから僕は、他者を見るんだ。

だからみんなも夢を持っているなら、悩まず、諦めず、もがかず、まずは夢を叶えましょう。絵描きになりたかったら、路上に出て、絵を描き始めればいいんです。他に仕事をしなけりゃいい。それで生きると決めるんです。僕はそう決めた。新政府の総理になり、それで生きると。今、一年。まだ死んでないぜ。

試してないのに、諦めるなよ。まじでそれダサいぞ。それなら僕みたいに投げ出して、勝手に夢叶えて、今すぐそれで生きることを決めるんだ。悩むなら、飛び込んだ方がいい。マンションから飛び込むエネルギーで、世界に飛び込むんだ。僕は今、自殺行為に近似値の行為をしている。そしたら生きのびた(笑)。

最近、ほとんど驚かなくなった。何が起きても、それは「あの街」で体験した記憶のよう。いつか会ったことがあると確信できる見知らぬ人々とハイタッチしながら歩いているような。そんな風が吹いている。風師という仕事はそれだ。僕は風になりたい。そして夢になりたい。なんだこの狂い人は。あー、恐ろしいよ。

自分のことばかり要求するな。人のことを考えろ。虫のことを考えろ。社会のことを考えろ。お前の命なんかどうでもいい。お前を使え。死ぬ直前に見つけた言葉です。僕が。

音楽聴いて涙流しているときだけ、あちらの世界にいけるよ。懐かしいよ。早く戻りたいよ。こんな目の前のことばかりしか考えられないやつらが牛耳っている世界にいると、ホームシックにかかっちゃうよ。早く帰りたいよ。でもその前にやらねばならぬことがあるんだ。人々と小動物と虫に会うんだ、僕は。

細かいことばっかり気にしやがって。もっと世界を見ろ。隣の人に思いを伝えてみよ。音楽にちゃんと耳を傾けてみよ。声は鳴っている。あとは聴くだけなのに。

僕にいのちの電話をかける人にお願いがあります。できれば『独立国家のつくりかた』を読んでから電話してきてほしい。図書館で借りてでいいから。そこに僕は絶望の淵に立ったときの精神状態から、いかに自分を抑制しコントロールしたかの方法論を書いているつもりだ。何も知らずに電話するのではなく、知る勇気。

そして、人生相談ではなく、本当に死にそうだけど、死にたくない人のための電話なので、自分の周辺の友人、親族、医師たちと相談して解決できそうなことはぜひその人たちに声をかけたほうがいい。そして、できれば、自分でどうにかこうにか生きのびていくしかないので、自分で考える行為を忘れないよう。

死にそうなときには本なんて読めないんですけど、という人がいることもわかる。僕もそうだった。だから理解できる。だから、僕は『独立国家のつくりかた』を鬱状態に陥っている人にでも読めるように書いたつもりです。なぜなら執筆中に極度の発作的な鬱状態も僕の中には存在してた。鬱で書いたところもある。

自分の絶望を人に預けてどうするんだ。それじゃ、人に希望は与えられんぞ。それで、今、生きている子どもに何を伝えるんだ。かっこ悪すぎるぞ。僕は絶望について、『独立国家のつくりかた』で、「絶望眼」という概念を知覚し、言語化したから、それくらい読んでくれ。読んでわからなければ、言ってもわからんぞ。

僕はいつ電話しても出るんだから、心配せず、ちゃんと絶望に目を向ける。それは死への入り口じゃないよ。己の素直さを忘れていない、かけがえのない宝だよ。だから迷わず悩む。それが、考えるという行為だ。


政府を信じられなくなったから、次は新政府だ。そんな流れにはちゃんと僕は拒絶します。そんなことは書いていない。僕は自分で新政府をつくった。そして、聞きたい。なぜ、あなたは自分で新政府をつくらないのだ。いつまで人に自分の人生を預けているのだ。困ったら人を助ける人になる。それが生きる、だ。

一応、確認のために言っておきますけど、新政府という僕の活動は、僕個人による芸術行為です。これは政治ではありません。国家転覆シミュレーション芸術でーす。つまり、見立てです。イリュージョンですからね。もちろん同時に現政府もイリュージョンですけど（笑）。それらが実在すると誤解してる人多数。

☆

『エルマーのぼうけん』の中で、年老いた猫が、エルマーに冒険に持っていく道具を教えるんだが、それが詳細で数まで記されている。これが僕のあらゆる本の元ネタなのだ。何がどれくらい必要なのか。その量が、この本では提示されている。これをアオに三冊セットでお土産に買って帰ることにした。

さらに年老いた猫は、エルマーに「IF YOU WISH（望めば何でもできる）」と教える。これが、いつも僕の心の中でリフレインとして鳴っている。こんな素敵でどきどきする冒険をしたい。これが僕の生きる動機だ。忘れられない。この本の躍動を。

エルマーが年老いた猫から教えてもらう冒険に必要な道具一覧。

ジャックナイフ
輪ゴム一箱
ゴム長靴
じしゃく
ヘアブラシ
色の違った7本のリボン
ももいろのぼうつきキャンデー2ダース
チューインガム
ピーナッツバターとジェリーのサンドイッチ25個
りんごを5つ

「道はどこにもいかねえよ。同じところにずっとあるからこそ、その上をだれもが歩いていける」

——ボサ男【5巻『オズへの道』】

「人は、いいことをするときには、ほうびのあてがなくてもがんばるものですが、悪いことをするときは必ず報酬を求めます」

——作者【6巻『オズのエメラルドの都』】

「かわってるかどうかなんて、友だちになったら気にしないものよ」

——ドロシー【5巻『オズへの道』】

「けど、友だちを救うためにしたことだ。こんなふうにりっぱに気前よく死ねるなら、うれしいよ」

——かかし【2巻『オズのふしぎな国』】

「そもそも、この世のありとあらゆるものは、かわってるのさ——なれちまうまではね」

——かかし【2巻『オズのふしぎな国』】

「われわれに必要な学校は、経験という名の学校だけです」——灰色ロバ【5巻『オズへの道』】

「死ぬためには、まず生き―てないとなりません」
――チクタク【3巻『オズのオズマ姫』】

ほら、『オズの魔法使い』だけで、あらゆる人生の指針を知ることができる。僕はこれらを小学校の時に学んだ。それを今も継続しているだけである。

☆

いのちの電話で、自殺をしたいと思っている人の電話であることを忘れることがある。それくらい、その電話口からは希望の言葉が出てくることもある。もちろん彼らの状況は絶望的なのだが、それは改善の可能性がゼロであるようには思えない。僕は希望を持ち過ぎなのか。彼らの言葉には力を感じるのだが。

しかし、彼らの熱意を生かせる場所が、この社会にはなかなか見当たらないというのも事実である。そして、それは同時に僕が常に思っていたこととも通じるところがある。僕の言葉は今までほとんど人々に通じていかなかった。だから食っていくのにも大変だった。しかし少しずつ、実は届いていたのである。

僕はよくまわりの人がムカつくぐらい「諦めなすぎの、伝えたすぎ（by母親）」なので、どうにかこうにか自分の世界をつくってきたが、それはやはりタフな人間であるからでもある。それは理解しているつもりだ。しかし、それでもいのちの電話が自殺したい人との対話に思えない。どうにかしなければと思う。

僕は高校一年生の時から、ずっと自殺をしたいと思っている人と話をしてきた。その人たちはどの人も僕の目にはただの才能の塊にしか思えなかった。だからいのちの電話をやっている。これは救済の電話ではない。まだ社会が腐っていない、人間が終わっていないということを証明するための電話だと思ってる。

だからこそ、常に僕は現場にいようと思っている。現場の生の声だけを聴いていたいと思っている。「若い人は～」とか予想したくない。そういう声を持つ人々という「塊」で判断したくない。ホームレスと呼ばれている人々を調べているときもそうだった。だから僕は鈴木さんと出会えたのである。

僕はずっとほとんどの人には理解されていなかった。今もそうだが。それでも、その時々に一人か二人だけ、強く興味を持ってくれて理解を示してくれた人たちがいた。その人たちの贈与によって僕は生きてこれた。僕の行動原理は、この時の理解者からの贈与に対する返礼義務である。返礼義務としての新政府。

自分の使命を仕事として実践しようと試みると、必然でもあるが、とにかく「時間がかかる」。それだからこそ、息の長い、流行とは関係ない、才能が枯渇するという概念がない、使命の遂行が訪れると思っている。時間をかける。十年は最低でもかける。そう僕は思ってる。

しかし、時間をかけるという行為は、今のこの時代ではもう古くさい行動のようにも思えてしまう。で、結局はすぐに諦めてしまう。やめてしまう。才能が枯渇するのである。僕はいのちの電話で、とにかく時間をかけようと声をかけている。その時間は辛い、焦りが出てくる。その待つという力。

待っている時、重要になってくるのが仲間であり、先人である。仲間は一瞬だけでも辛さを忘れさせてくれるし、いつもそばにいてくれる安心感がある。もちろんそれだけでは向上しないので、先人も必ず必要である。先人は自分のやるべきことを体験している人のことだ。彼らが僕の人生には大きな力となった。

いつもそばにいる理解者は今の嫁であるフーである。彼女とは二〇〇二年からずっと一緒にいる。誰もが気づいてくれず腐りそうなときでも、面白いじゃんと興味を持ってくれた。それだけが支えだったときもある。先人は高校時代に会った熊本のサンワ工務店社長山野さんであり、早稲田の師匠石山修武氏だ。

僕は、自分のことを他者を統合したものだと思っている。僕の中にはたくさんの他者が存在している。これまで出会ってきた本の中の人でさえ、それは僕自身の血になっている。

☆

僕は日本で活動しているおかげで本当にどこの国でも仕事ができるようになった。日本は設定重力が重すぎる。界王星みたいに重力が重すぎて、それが逆に訓練になっている。日本はそういう意味で訓練するところなのだ。ところが、日本の皆は誰も外を向かない。英語喋れない。もったいない、と思う。

あんまり人が決めた国境とかいうものに捉われて、自分のことを日本人だとか思わないほうがいいと僕は考えている。「日本とは何か?」なんてどこにも明記されてないんだもん。僕は世界中どこでも死なないような技術を持つべきだと考えている。別に成功なんかしなくていい。生き抜くことができればいいのだ。

若い人はこれからは日本という国境で生きるのはやめましょう。当然の計算ですが、活動領域を拡げたほうが必然的にあなたの独自の経済圏も拡がります。しかし、これはお金の経済ではないよ。「住まいの在り方=oikos / nomos」の経済ね。人間が動けば必然的にお金も生まれるから心配なし。まずは体。

いつも、僕の主題は、クレイジーなテーマをいかに家族に論理的、かつ見た目的にもクールだと説得するか、である。不特定多数の人々のことはほとんど考えてない。目の前の人にいかに伝えるか。それが一番効果があるし、実生活でも実用性がある。

ただただ自分でどんどんつくっていく。評価はどうせ後からついてくる。僕はいつもそう思っている。駄作と笑われようと、プロじゃないと揶揄されようと、笑って済ませばよい。つくっているとき、キラキラと無茶苦茶な気持ちになれた実感のある作品ならば、どうせあとから人は理解を示す。やることが先だ。常に。

ただ、僕はつくるときは芸術をつくろうと試みているつもりです。つまり、他にはないものをつくりたい。人の見る景色が変わるものをつくりたい。そのことへのどん欲さは強いと思っています。そして、ついに国までつくってしまいました（笑）。人々が助け合うだけのシンプルな国を。見たこともないのに懐かしい世界。

芸術は常に社会的なものであると僕は思っている。社会的と言ってもそれは常識的なこととは違う。ルールに従っているというのとも違う。人々が暮らし、できあがっているこの社会の中で、どんなことでも恥いらず、恐れず、それでかつ法ができる前の社会まで包括した変化を見せる。そのことを思考すること。

みんな一つの精神で語ろうとするから、僕としてはあんまり面白く感じないんだよなあ。「音楽とは……」なんて一つで語ってしまうほうが怖いのだけど。僕としては音楽だけで表現しているわけではない。絵だけでもない。言語化だけでもない。トークだけでもない。それら全てである。それら全てで伝えている。

このへんの議題はとても面白いと思う。僕はどうやら分裂している。そして一つの道を極めるような行動ではないようだ。多層な分裂した精神こそが自然な在り方であると考えている。というか、そうだろうという演技をしているとも言えますが……。僕の目的は、イリュージョンを感じさせたいだけだ。

音楽の表現者たちの中で僕がイリュージョンを感じるのは、ボブ・ディラン、初期のベック、笠置シヅ子、アーサー・ラッセルなどである。それは見せかけという意味のフェイクなイリュージョンではなく、四次元体験をしてしまうという表象空間のゆがみを起こすというイリュージョンである。

画家だとピカビアやポロックとかからも感じる。数学者のアンリ・ポアンカレにも感じる。でも、その総合体として四次元空間を感じるのは、南方熊楠、レーモン・ルーセルである。この二人は、それぞれの作品だけの質の問題ではない。それらを含めた多層な精神性、社会的な存在、それら全てが空間となっている。

☆

一週間、体調おかしいなと思ってましたが、しっかりと鬱に突入してしまったようです……。頭が全く動かず。今回は一週間に二回、まじで首吊りそうになった……。こんなのは人生初だ。最近、あー人生って面白いなあって少しずつ思えてきたところだったのにさすがだなあ。この鬱と希死念慮はどうやら僕の体の「安全弁」であるらしい。こうでもしないと僕の体は止められない。普段、希望に満ちあふれすぎている（笑）。

欧州でもフーはつわりで大変そうで、僕は鬱で大変そうで、二人でベッドで寝てるときもあったのですが、残った娘のアオは「パパ、あたし、スロベニアに住みたい！」とか言ってまして、底知れぬ強さを感じ、さらには蚤の市で欲しいものをねだって全部0円で獲得していて、その強さに嫉妬しました。

悩むよりも娘と遊べ。考えるよりも娘と遊べ。そっちのほうがいいと思う実感ばかりだ。しかし、僕はいつもこういうときくよくよする。でも、アオは負けずに外に出す。こういうのは面白い人間の営みだなあ。

今回の鬱では、一つ試しておりました。いつもはゴルフでいうところの深いラフに入り込んだゴルフボールを闇雲に打って、偶然どうにか鬱から抜けるというかなり強引なハンドルだったのですが、それではいかんだろうとフーから言われまして、今回はテクニカルに鬱から抜けるという方法を試しておりました。

僕のこの躁鬱の波は、とんでもなく激しいエネルギーから起きているようで、もちろんそれが躁期では、無数の多重思考が乱立し、一つの四次元建築みたいなものが頭の中で蠢くので「考える」という行為が期間中、止まることなく続きます。今回は昨年一二月から七月まで続いた。原稿四千枚書いた（笑）。

鬱の時はどうなっているかというと、これは僕の体験で得た感覚でしかないのだが、どうやらエネルギー自体は全く衰えていない。というかそれは人間の原動力なので、そもそも変わらない。何が変わっているかというと、接続する神経の場所が違っている感じがする。鬱の時にはとてもネガティヴな接続をする。

躁の時には何でも必ずうまくいく、どんどん新しい考えを取り入れ、いろんな人々の思いを受け入れ、誰も考えたことのない方法論で行動ができる。そのような回路が自分の中にあり、その道しか歩いていない。不安はそこに全くない。だから、狂っていると言われても平気に次に向かっていける。

鬱の時も、僕は全く思考が止まっていないのだ。だけど、考えていることが違う。それは後悔や、反省や、不安や、心配ごとや、恥ずかしさや、そういった躁状態の時には全てシャットダウンしている神経系統と接続する。これはもちろんバランスを取っているのだろう。新政府なんか始めた狂人を生かすため。

鬱のときも僕の場合は考えている。でもそれは、なぜあの時あんなこと言ったのだろう、なぜあの時ついついあんなものを口にしちゃったのだろう、とかばっかり。人に会うと、何を話してよいかわからず（よく喋るやつが何を言う、といつも笑われる）、外にも出られない。でも考えている。考え続けている。

だからゆっくりしろと言われて布団で寝ていてもその頭の中では銀河のようなものが浮かんでおり、そこでは悩みの不安の貧乏の抽象概念たちが暴れつながり、さらに大きな不安となって僕に襲いかかり、どうにかして新政府構想をやめさせようと（笑）、必死にマトモな雰囲気を出してくる。それに負けると ド壺に。

そこには躁状態のときの接続回路は存在しているのだが、レイヤーが違うので鬱の自分には存在すら信じられなくなる。まわりの人は、「いやそれでもこの仕事はよくできたじゃない」と言ってくれるのだが、いや、それは実はとても不安な状態でやっていて、たまたまできただけだとか言っちゃう。泣き言オンパレード。

鬱の僕は、この不安と恐怖の銀河状のものと立ち向かおうとするが、とても無理だと恐れてしまうので、結局行動が後ずさりしてしまう。こうなるともう駄目で、布団で悩み、悩み、ウォーとか叫び、しまいには死にたくなる。ただそれだけだ（笑）。書いてると、どうしようもない姿だが、これで死ぬ人もいると思う。

フーからは「躁と鬱の二極で飛び続けるのではなく、もう一点つくったら面白いのではないか」と言われていた。それは面白いなあと。それが自分が勝手に呼んだ「鬱の花が咲く」みたいな状態へとつながる。でも、それはいつも偶然できていた。もっとテクニカルに行ってみたいと自分では今回、トライしている。

で、先日も「落語やってみたはいいけど、無茶苦茶やって、一万円札を破ったり、三三師匠の前でなんか失礼を働いたのではないか」などと柄でもない悩みを布団の中で話してたら、「過去って変えられるんだっけ」とフーに聞かれ、うおっ、やばっ、変えられないこと考えている、と目を覚ました（笑）。馬鹿……。

そのときに、鬱期が完全に過去のことへの思考になっていることに気づいた。しかし、過去は変えられない。しかし、鬱では後悔、反省の神経回路。ということは、鬱のときには過去のことを考えるよりも、未来のことを考えたほうがいいのではと思い、それを寝る前にトライしたら、苦しいが、うまくいった（笑）。

今回は、今、一番考えたくない、考えると辛くなりそうな、会期が迫っているワタリウム美術館での個展のアイデア……。すると、これが……浮かんできたんです。やはり鬱期も考えるエネルギーの総量は躁と変わらないのかもと思えた。むしろ過去は躁のときにたまに任せてみたらいいのかも。

つまり、僕の場合では躁と鬱の時期のそれぞれが持つ思考のエネルギー総量は同じだと予測できた。で、自信の量も同じなのだ。躁のときは新しいことにトライするための自信、鬱では調子が悪いから守ろうとする自信、つまり下手なプライドみたいなものになる。でもモノは同じ。見る角度が違うだけ。

そこまでわかっても、それでもまだ抜けない感覚がある。なぜなら、鬱期には知らず知らずに自分の立ち位置が変わっているからだ。躁の時は見たこともないステージに立っているけど、鬱の時は知らぬ間にそこから降りてしまっている。で「マトモ」とか「普通」とかそんな存在しない架空の舞台にいる。

後悔や反省や恥という感情は、この「マトモ」とか「普通」とか「世間は」とか、そんな場所から発生している。新政府つくったこの狂人も、鬱期にはこの世界からものを見るようになってしまっている。だから、自分自身が恥ずかしいのだ。それを人に見せられないと思ってしまう。そんな自分を後悔してしまう。

躁鬱のエネルギー総量が同じで、自信というものもちゃんと存在していて、自分が「マトモ」という架空の場所に立っているということを自覚したら、次にやることは、軌道から飛び出て彗星になる、ということだ。それは自分や社会や常識の軌道。常軌。そこから抜けようと決める。そこから「考える」が始まる。

つまり、今の自分のやっている行動では、物足りなくなってきていたのだ。ということで、躁期の行動の常軌に対して、彗星の準備を、ということに気づいた。で、今、考えている。で、考えてたら、徐々にではあるが、それが昨日ぐらいから出てきている。面白いなあと思う。これは新しい展開だなあと。

☆

昨日、高校生から電話がかかってきた。YouTube見て電話してきた。こんなこと考えたことなかったすよ。やばいっすよって（笑）。いいじゃん。熊本の中学生はモバイルハウスを自作してた。いいね。友達をいじめから助けたいけどどうすればいいんだ？　って小学生からも電話がかかってきたからね。

こういう人たちがオトナになった頃を想像しながら、僕は仕事をしていきたいと思う。僕の代では本質的には変わらないかもしれないが、ネイティヴ・ゼロたちが行動するときの準備はできるかもしらん。

五時間寝た。昨日、高校生から電話がかかってきて「就職しても何の意味もないっすよね」みたいなこと言ってて、まっすぐだなあ、お前いい奴だなあと思った。他人から指示されて動く前に、まずは自分で一人で試す。これをフツーと自称する人はなかなかやらない。僕からしたら変態（笑）。高校生よ、まず試せ。

二年前、杉田俊介さんと対談したときに「障害者文明」という話をしたことを思い出したなあ。僕も今や「双極性障害（躁鬱病）」という障害者らしいんです（笑）。障害者手帳二級をもらえるらしい。申請したら新政府総理は年収が意外と多いのでもらえなかった。僕にとっては「障害」どころか、ただの贈り物なのに。

その高校生は大学受験勉強中らしいのだが、「そもそも大学も意味ないっすよね」みたいなこと言ってるので、僕は「行きたい大学の四年分の学費調べて、大学はお金が馬鹿みたいにかかるから、僕は自分で勉強する、だからかかる学費の半額を現金でくれって母ちゃんに言って、家を飛び出ろ」と言ってみた（笑）。高校生の素直さはよかった。

すぐ人間ってそこから当たり前のフツーの一般的な私は健常者です的な発狂しない世界へ、安定の世界へ向かうから気をつけて。僕は狂人になりそうで困るときもあるけど、そんなつまらない世界よりはマシだといつも思うから。納得いかないことをちゃんと口で言える大人になってね。

狂ってなんぼよ、人生は。だから人は自分の欲求に従うしかないと思えるんだ。だから、これ言ったらおしまいよ、的な質問を投げかけられるんだ。当たり前じゃんで終わるマトモよりは、なんでなんでとずっと子どもみたいに質問してる馬鹿でいようと思う。その方が面白いもん。面白いことしかしたくないです。

しかし、今回の谷もまじできつかったなあ。ほんと発狂すると思った。自分で頭の回路が止められないもんだから、ばんばん頭を叩いて壁にぶつけて気を失ってくれと行動して、フーが止めるということを海外でアオが寝た後やってた（笑）。妊娠中のフー……。よくやるなあ、あの人も。感謝しなくては。で、復活した。

でもおかげでまた四七個くらいの新しい発想と実現したいアイデアを持ち帰ってきた……。つまり、僕にとってこの躁鬱の鬱期は、アフリカのトライブたちの密林の中のライオンを殺すイニシエーションみたいなものなのかもね。だから、いまだに狩猟採集の生血の残りを感じる。原始的でいられる。生々しく。

アオもこの鬱状態の僕が発狂寸前で冷や汗タラタラでいるのに、何食わぬ顔で、公園行くよ、と手を引っ張り、二カ月の欧州旅行で一度もホームシックなく、むしろ僕がホームシックにかかり、さらに泣くという状態であったものの、うちのフーアオは文句一つ言わず、公園に連れて行くからすごいなあと。

アオも大きくなったら、躁鬱界の大恩師・北杜夫先生の娘が書いた『パパは楽しい躁うつ病』みたいな明るく楽しい絶望オンパレードの素敵なエッセイ書いたりするのかな。北先生も「ドクトルマブゼ共和国」創設したしね……。担当医からも「躁鬱は建国を試みるから気をつけてね♡」と言われてるしね。新政府……（笑）。

僕は荒唐無稽である。そして同時に現政府も荒唐無稽である。僕が考えている新通貨「平」も荒唐無稽である。そして、同時に日本銀行券も荒唐無稽である。モバイルハウスなんて荒唐無稽である。そして、同時にスカイツリーも荒唐無稽である（笑）。荒唐無稽の荒唐は宇宙洪荒の洪荒から来ている。つまり語源は壮大な宇宙。

荒唐って言葉は元々、壮大な宇宙、まとまりがわからない、一体どんな可能性があるのかわからない、だから、とても気になる、やっぱやばいことって楽しいって意味だったらしい。でも、このくそったれなフツー礼賛の世界では「荒唐無稽」って四字熟語になっちゃう。荒唐ってかっこいいな。子どもの名前に（笑）。

僕は人類みな躁鬱だと思っている。この病気は一週間七日間みたいな固定のリズムで動いてはいかんということを人間に教えてくれる。人と同じ生きび方なんか存在しないことを身を以て体験させてくれる。だから、殺されそうだけど、やはりこの躁鬱にはいつも力をもらっているのだ。この独立病に。

躁鬱病と分裂病が人類が誕生したときからある病とかよく書いてあるが、これを病と思うからおかしなことで、これは当時の人類にとって何かの兆しであったのだ。自分独自のリズムを生きる精神を再び顧みるために。草木の緑色の無限大のグラデーションがもつ豊潤さに気づかせるために。それを今は病と呼ぶ。

この人類誰しもが持つ、躁鬱と分裂を消して失ってしまった人間が多い。それは一見、安全、安定した生き方に見えるけれど、実は自分独自のレイヤーを消してしまっている。それはもったいないかも。でも慣れない人が躁鬱になると本当に死ぬから気をつけて（笑）。だから絶対技術の伝達が必要かも。

僕は鬱状態の時には、あらゆる物質の色が、灰色がかって見えてしまう。だから、どれも魅力的に見えてこない。見飽きる。あらゆることが絶望的に感じ、本当に生きていても意味がない。このままではあまりにも辛すぎる。そうだ！　死のう、死んじゃえばいいんだ。という思考回路になる。

で、フーが首をふる。でも、辛い。色も音も言語も入ってこない。人の話している言語が聞き取れない。意味が把握できない。道を覚えられない。方向感覚がなくなる。時間の進み方が遅い。というか時間に支配される。興味関心がなくなり、ベッドで寝てる。

それ見てフーは何かしなさいと言う。きつくても何か創作しろと。そのようにして、独自通貨「サカグチ」の紙幣になっている僕のドローイング作品は生まれた。これらは大抵、鬱状態のときに真っ当な仕事ができずに苦しんでいるときに描いている。何かわからんがつくろうと思って、描いている。一サカグチ＝五〇万円になった（笑）。

躁の時はとにかく仕事をするけど、鬱の時には自分のこれまでとは違うアートワークができる瞬間でもある。それは今や僕の食い扶持にもなっている。つまり、鬱があることさえも僕の独自の「経済＝oikos / nomos」になっている。これがないとドローイング紙幣は生まれなかった。

二カ月で鬱が明けると、今度はどうなるかというと、今まで灰色だったものたちが突然鮮やかに見え始める。植物の緑のグラデーションをみながら涙が出ちゃいます（笑）。ＬＳＤとかコカインが大好きなカナダの友達からは、お前いいなーって言われます（笑）。どうやらそのような化学的な変容が自然と起こるらしい（笑）。

そうすると今まで平面的なものにしか感じられなかった頭の中のいろんな記憶や思考が、ぐにゅーって、伸び縮みしだして、立体的、空間的になる。この鬱から躁へと変容していくときに感じる変化を見て、僕はレイヤーのことを思い浮かべました。元ネタは自分の躁鬱病であったわけです（笑）。感謝しないとな。

なので、僕の新政府という活動は、実は全く政治的な行動ではありません。もちろん何を政治的というかはいろいろあると思うので何とも言えませんが、僕の認識としては「空間的」な行動なんです。

……と、これを言語化したいのだが、まだあんまりうまくいっていない。でも、いつかしたいなあ。

僕も一人でできるようにならなくちゃ、と凹んでいるときには思っていたのですが、フーから「一人でできないことがあれば二人でやればいい」と言われ、ほーなるほどと思い、それ以降、苦手な部分を修正する作業を全てストップし、得意なことしかしなくなりました（笑）。

といった頃から、人間というものが個人一人という概念ではないのではないかという危ない思考をするようになってきました（笑）。協力するという行為が、何か一人の個人的な人間と人間が意志を持って助け合うというものではないのかも、と思うように。むしろ、それは、新しい「一人」の形なのではないかと。

☆

連絡をずーっととってなかったあの人にも、会いたいと思ったときに、電話や手紙を書けばいい。それで、またつながりが続くのよ。byフー。鬱になると誰とも連絡をとりたくなくなり、また人と疎遠になったことを悩む僕は、いつもこれを思い出す。ほんと、小さい男である。僕は。一生悩み続ける弱虫である。

先日、直島で哲学者の浅田彰さんから『独立国家のつくりかた』を読んだ、そして面白かったと言ってもらえて、嬉しかったのだけど、それよりも家に帰って見た、八〇歳のおじいちゃんからの墨字で書かれた「新政府の大臣になるにはどうしたらいいんですか」という真剣な問いの切実さに感動した。「あなたは美術批評家や文芸批評家や建築批評家からまったく評価されていない」とか言う人もいますが、僕からしたら、そうではなくて、もう今は批評家など存在していなくて、そのかわりに世界中に一人の興味を持ったり、疑問持ったりする人がいて、彼らから僕は毎日反応を受け取っているんだけどなあ……。

何でみんな評価されるのを求めるのだろうとよく思う。僕は躁鬱病だからそんなこと考えない。躁の時って、誰が評価しなくても、自分の中で常にスーパースターになってるからか……（笑）。よかった。この病気で。世相や流行や流れと離れて、自分の仕事を進められる。鬱は誰よりも厳しい批評家だし。

評価を他人に任せないという感覚と、近所の方とのコミュニケーションを行う。この一見矛盾しているようで実は全く別物である行為を実現するためには、世間体という感覚の多層な面に気づく必要がある。そのことばかり、僕は小学生の頃から気になってた。それは自分が故障した人間だと思っていたからかも。

僕は昔から、仕事がないもんだから、ばりばり原稿書きたいのに、絵を描きたいのに、何も発注が来ないから、自分で勝手に架空の会社を立ち上げて、そこから自分に発注して作品つくってた（笑）。笑える思い出。

人はなんか会社っぽいところですぐ働きたがる。あれはやることが明確だから。締め切りが明確だから。もちろんそれでも充実はするかもしれないけど、僕は退屈してた。そして、そんな偉そうなこと言っていても仕事が一つもなかった。だから自分で勝手につくった。それが自分で締め切りを設定する練習になっていた。

その会社は今も現存し、そこから既に四〇冊分の執筆、五冊の漫画単行本、アルバム五枚の契約をしているので（笑）、僕は死ぬことができないし、他から仕事が全くなくなっても、やらなくちゃいけないことが多すぎるので、退屈しないのである。これが退屈との付き合い方だ。子どもが見えない友達と遊ぶようにね。

いまだに仕事というものは他者から降って湧いてくると思い込んでいる人が多いように感じる。おいおい、仕事っちゅうもんは、己の妄想の会社からの発注なんだ。どんな会社を己の中に持っているか、それがその人の生き方になる。みんな現世界に会社ばっかりつくって、何が楽しいのだろうか、といつも思う。

会社は心の中につくりましょう。独立国家も心の中につくりましょう。

みんな漏れでてしまっているんだ。仕事も会社も国家も社会も法律も。それらは元々、人間の中にあったもの。work、ドイツ語のwirkenは、「自主的な己の活動自体」を指しているようだ。だから、僕は昼間ぼうっとYouTubeでやばい音楽をツイートで流すために色々探している時もworkなんだ。

昔は、フーもそんな僕を冷たい視線で眺めていたが、「もう理解した」、とこの前言われた。僕は布団の中で読書して大抵一〇分で寝るのだが、今や、フーはそれやってても「仕事なんでしょ?」と言う(笑)。外界から見たら、ただのぼうっとしているおじさんだが、己の中の会社はアップル並みの注文をしてくる(笑)。

だから、仕事にあぶれるという感覚は僕の中にはないのだ。それよりも、早く外界の会社からも、己の中の「坂口恭平おいこせ設計事務所(小六卒業文集に記載)」に負けないようなアツーい注文が来ないかと今か今かと待ち受けている。今のところまだない。だから己の中の会社の株価がまた上がる。その資産価値が今、八億二千万サカグチあるんです。だから外界で、どんなに盛り上がっていても、実は僕は富豪なんだけどなあと思ったりする。毎日、金にもならないこういう原稿書いているじゃないですか。そうすると、家に帰って、これをサカグチというお金に換えてメモするわけです。

ま、家族持って、新政府つくって、躁鬱病で毎年死の淵さまよって、毎晩いのちの電話をやっては深夜まで電話しまくって、携帯代が一〇万円いっちゃって、嫁から「何が0円よ！　あんたはマイナスマイナス！」と罵られ、0円でベンツゲレンデ獲得し、嫁と娘から乗り心地がいいと褒められる幸せもあるけどね。

何だこのヘンテコな人生は。

つまりは、別に日本でもいろんな生き方ができるってことでもあるわけですが、どうやら、鬱になると、「普通」という観念にやられちゃう。一体、これは何なのだろう。ま、これもまた勘違いな思考だもんなあ。僕もこれにやられるときがある。何だろうなあ、これは。幸せになりたい、というのも変だ。

でも、僕は今回、死にそうな鬱になって本当によかったと思える。僕のことただの躁病野郎のハッピーピーポーと勘違いしている人も多かったもんね。あたしだって、自殺しようとするときあるもん。自分のベルトみて、あー、とか思いながら、壁に頭をぶつけて、フーがよしよしするなんて時もある。

人のことばかり考えて、人に何かしてあげて、それで人が興奮したり、喜んだり、頭の中刷新されたりして、よかったって言われることだけやる。躁鬱病にとって、これ以上の喜びはありません。僕には自分がしたいことはない。人にしてあげたいことしかありません。中身はすかすかです。外にしか向いてない。

人のためって言っても、だからといって他者の欲望を叶えたいのではない、エンターテイメントを提供したいのではない。その人がその瞬間から見える風景が変わる。社会が拡張する。既に存在したのに気づかなかった精神の高揚に気づく。そんな新しい人間でありたい。僕は新しい懐かしさに興味があるのだ。

僕は躁鬱でよかったのかもしれないって、今回の鬱からのグラデーションの過程で、僕はフーに言いました。鬱の僕が勝手に死んじゃってもったいないことしないように、家族三人、いや三月には四人で、気合いを入れて声出して「しまっていくぞサカグチフォー！」とスクラム組みました。アオが陣取りました。

僕んちは家族というよりも、一つのトランスフォーマーみたいだなと思ってます。欧州ではアオがずっと先頭走ってくれてたし、躁になれば僕は人集めるし、金集めるし、フーが凹んだのは一度も見たことないし（驚）、ヤッターマンのロボみたいにそれぞれの良いところを合体させて、一つのアートワークへと昇華。

隅田川の鈴木さんのことを書いたり、多摩川のロビンソン・クルーソーを書いたりすると、いつも、お前が面白いんじゃない、鈴木さんやロビンソンが面白いんだ。彼らに会いたいと人は言う。今、この原稿でのフーもそうだ。坂口恭平が面白いんじゃなく、フーがすごいんだと人は言う（笑）。それが嬉しい。

こう人がつい感じちゃうのが、僕の仕事であると思っている。だから、嬉しい。僕は人のいいところを見つけるのが天才的にうまいと自分で思っている。自分のこと絶望するから見える、人のこと。そして他者すらも、自分の一部だと思うことで、創造が可能になる。ということで、今フィールドワークの対象が嫁。

この前、僕が自殺したくなったのは、全く道を覚えることができないという悩みからです。フーから「で、あなたは迷子になったことあったっけ？」。僕「いや、ないな」。フー「じゃあ、道覚えてるんだよ」。僕「でも通りの名前をすぐ忘れるんだ」。フー「おいおい、じゃあ、地図持って歩きなよ」。僕「……」。

希死念慮を抱えている人は僕も含め、勘違い、思考の偏りに陥っている。むしろ、それだけだと思う。本当に死ななきゃいけないような状態ではないはずだ。だから、これは解決可能なことだと思う。

でも、今はそういうことを話せる機会がないのだ。だからつくればいい。僕が電話を取って不可能を感じたことはない。いのちの電話を取っていると、かなり勘違いが蔓延しているなー……。解像度を上げましょう。さまざまなレイヤーが存在していることを知覚しましょう。つまり、僕の本を読みましょう。なんちゃって。

朝、女の子から電話。この娘は一八歳の希死念慮で苦しんでいる子で、それがかなり酷くて死にたくて叫んでて家で大変な状況になっている時に電話もあった。あんまり酷いので家族の人とも電話で話すようになった。お父さんなんて僕の本を読み出したそうだ（笑）。名古屋で一度会った。で、僕は家を出ろと言った。

今、時計の修理をする専門学校に通っている不思議な一八歳。彼女が貯金をはたいて一人暮らしを始めたのだ。自分でバイトもしており、それも楽しいそうだ。ずっと寝られなかったが、寝られるようになったらしい。今は死にたいと思わなくなったらしい。ちょっとほっとした。行動すれば前にすすむ。

僕と少し似てるところもあるのだが、つまり「狂人タイプ」で（笑）、こういう人は家族と全く合わないので、マトモな思考ができないので、フツーの人たちからは遠く離れたほうがいいのだ。理解してくれる人は必ずどこかにいる。孤独でも自信持っていこーと話をした。

彼女は短歌を詠む。これがまたすごい。高校時代に書いた読書感想文もすごすぎた。こんな才能を持っている人間を見たのは久しぶり（世間じゃ狂人扱いだろうが……笑）。誰か会って作品見せてみたい人っているの？　と聴くと、朝吹真理子さんと友川かずきさんと言う。作品持って会いにいこーぜーと伝える。僕と熊楠の話ができる一八歳。頼もしい。

つまり、今まで触れてきた世界がマトモすぎて、ついていけなかっただけで、しかもそれじゃもちろんつまらないので、ビョーキになって当たり前である。僕も昔は大変だった。狂人タイプは生きていく場所を見つけるだけでも疲れる。でも見つけたら鳥になって羽ばたける。つまらない環境からはさっさと離れろ。

今も死にたいのか、と聞いたら、死にたくない、と初めて言ってくれたので、おじさんは嬉しいよ……。お前の作品、すごいんだから「悩む」なんてつまらないことさっさとやめて、早く作品をつくれ。誰が見てなくても評価しなくてもそれでもつくれるくらい強い力を身につけよう。そうすると生きのびられるよ。

好きなことだけやりゃーいいのよ。人のことなんか気にせずに。自分でもびっくりするくらいとんでもないことやりゃいいのよ。誰か止めても、危害を与えないなら無視していいのよ。それで放っとかれてもいいじゃない。それで一人になってもいいじゃない。それが人生。好きなように生きれば一番楽しいよん。

生きづらい場所にいながら、そのまわりの人たちを必死に説得してどうにか自分のやり方を通すなんて、面倒くさいからやめたほうがいい。僕はそんなことしない。さっとそこからいなくなる。そして、自分のやりやすいところで勝手に始める。やりやすいところって、簡単だ。誰も自分のことを知らないところ。

みんな才能があるとかないとかくだらないことばかり話をするのだけど、才能は全ての人にあって、才能がないのではなく、ただ才能を生かせる場所にいないだけであって、僕も放置して建築の世界にいたらたぶん芽は出ていない。才能がないのではなく、才能を使える場所を探してないだけ。つまり動いてないんだ。

「坂口さんの考え方はですね、あなたが才能があるからであって、私みたいな無能のものには態度経済なんて不可能なんですよ」と言われる。そういうことじゃないんだけどなあと思うけど「でも試さないとわからないですよね?」と言うと怒られるので(笑)、「僕は才能があるんですね。なるほどありがとう!」と。

我慢するとか、受け入れるとか、自分の境遇を嘆くとか、家族との関係が悪いとか、みんなよくやるなあ、物好きだなあと思ってしまう。こういう人は試すのが嫌いなんだよな。試すのが面倒くさいんだろうなあ。僕とは全く逆だなあ。僕なんかよくキチガイ扱いされるから、その点楽だなあ。すぐ逃げられる(笑)。

誰にも自分の行動は止めることはできない。どんなに炎上させても、どんなに文句を言っても、止めることはできない。お金がなくなっても、やめなきゃいいのである。友達が一人もいなくなってもやめきゃいいのである。家族が去ってもやめなきゃいいのである。それでもやりたいことをやればいいのである。

である。

そう言うと、今度は場所を見つけるのが難しいとか言う人もいる。何でもかんでも自分が試さなくてもいいような環境をつくりたいのだろう。場所は見つけるのではない。勝手につくればいいのだ。一人になって、どっかに離れて勝手に家で始めればいい。ただそれだけだ。自分が住んでいる場所でやればいいのだ。

窮屈と感じながらも、その場に佇んでいる。それが苦しいというパターンが多かった。それは動いていないのが原因である。でも、動いていないというか自分自身を認めることができない。そして、まわりが固定しているのに自分だけ動くことはできないと思い込んでいる。ほぼ原因はこれに終着した。

いのちの電話に電話してきた人、ほぼ全員（僕も含めて）の自殺をしたい理由は、どうしようもないくだらない悩みでした（もちろん僕も含めて・笑）。つまり、それは「理由」ではない。なのに死にたいと思ってしまう「症状」なんです。理由があるのではなく、自殺をしようと感じてしまう。それは窮屈さがもたらしている。

昔っから考えていること、疑問に思っていること。それを絶対に忘れてはいけない。僕の鬱はいつもそこから訪れる。僕がふと忘れると、地獄が襲ってくるのだ（笑）。いいのか悪いのかわからない人生だけど、それでも自分でこの道で間違っていないと確信できる。この先どうなるか。恐怖よりも楽しみなのだ。笑え。

僕はからっぽだ。でも、それが何が悪いのよ、とフーが言うので、それでいいじゃんと思えたら、強くなるというか、力が抜けたのだ。鈴木さんと久々に飲んだ。いつもここからだったじゃないかと理解できた。額縁になんか飾るなよ。白い空間で寝込むなよ。笑え。とアオは僕のはらわたを踏んだ。たはっ。

誰もやってないことだけをやる。誰かがやっていると知ったら、その人のところにいって、ちゃんとワークを観て聴いて、そのことを伝える。自分の空間だけで、人生を成立させてはいけない。わたしはあなた、と知ると、なんか楽しくて、珈琲でも飲んでほしいと珈琲をみんなにたてようとキッチンへいこう。

テレビに出るな。テレビをつくれ。新聞で書くな。新聞をつくれ。学校に行くな。学校をつくれ。政治を語るな。政治をつくれ。芸術をつくれ。言葉をつくれ。それが人間の肉体なんだ。これは他の誰のものでもない。メディアなのだ。通貨なのだ。交易して、暴れ回るしかないのだ。ときには落ち着いて紅茶でも飲みながら。

文句を言われる前になぜお前は躊躇するのだ。文句を言われたからといってなぜお前は怯むのだ。なぜ人の言うことを耳にするのだ。なぜ忠告という足枷をチョコレートみたいに食べるのだ。なぜあなたは止まるのだ。なぜできないと言うのだ。と頭の中で声がする本日。僕の心をからっぽにセットしよう。

調べりゃわかることを質問したりしたら、たぶん死ぬと思うよ、己の機械が。さびつくぞ。質問するな。質問を受け付けろ。相談するな。相談は受けろ。鑑賞するな腕相撲。全部逆にしろ。

洗濯物がまた畳めなくなり落ち込んでた先月、やっぱり洗濯物は畳める人間になりたいと僕が嘆くと、フーが「あのー、恭平畳めなくてもいいんだけど」と言われて、はっとした。「あたしが畳めばいいんですけど、自分が思う通りにやればいいじゃん」と言われ、はっとした。なんでもいいじゃん。と、はっと。

恭平よ。正直に生きよ。わからないことをわからないとちゃんと声を出して、それを得意な者に訊ねてね。知らないことをちゃんと知らないと伝え、知りたいと伝えようね。失敗しても隠さずに。本のカバーもかけなくていいよ。言葉を伝えればいいのだ。別に誰もお前は全能である必要性など感じていませんよ。

別にみんな知っていたのである。それがそうであることを。だから、大気中に舌と喉を器用に動かし、微振動を起こし、言葉という音楽に乗せて、風に乗せて、あとは笑って待てばいいのである。

僕の通っている精神病院の担当医の気の合う女医

に、「普通になりたい」と嘆くと、「坂口さん、普通になってどうするの」、と。「今月の新聞読んだけど、新通貨つくるんだって!? 普通になってどうするのよ。いくしかないでしょ。だって、それで食ってるんでしょ? やるなら今しかないでしょ」と言われた(笑)。

☆

アオが生まれたら年収が倍になったので、また次の子どもも楽しみである(笑)。来年はさらに飛躍の年になるのだろう。お金がないから子どもを産めないと思ってたが違った。子どもがいればいるほど豊かになるのである。これはナイロビのスラム街の親友たちに教わった真実。来年は年収がまた倍になるのである。

仲間やフーたちは僕の行動に希望を感じてくれていることが実感できる。僕はもう一回ちゃんとこの目の前の手を取り合える人間ってものに向っていかなきゃいけないな。生身の人間だけを見ろ。だから僕は青山ゼロセンターをつくるんだ。直接ぶつかり摩擦を起こし、逃げずに人間と対面する場所を。見てろよ。好きな人に好きって言われることほど幸福なことはないよ。

そして新しい生命が生まれるのが楽しみで仕方がない。こんなんでどうやって生きていくんですか的な仕事をずっとやってきて、二児のパパなんてありえないと昔は思ってたけど、やってみると、意外といけるもんだね。うちは貯金が家族三人で二〇〇九年に残高二万円になったこともあるけど、借金ゼロで生きてる。

好きな人が僕を肯定し、僕と一緒にずっとやっていくと言ってくれているのだから、この新政府というまわりの人からしたら、ただの狂人の行動としか思えないこの行動を、適当に、軽率に、気楽に、冗談まじりに、後悔せず、反省せず、人の意見を全く聞かず、指摘されても無視をして、自分の責任でやる。

二度あることは三度ある。二つあるものは三つある。現政府と新政府。つまり、あんたたちも早く自分たちの新政府を立ち上げて多政府状態にして、正常な民主主義な状態にしないとマルクスが怒るぞ。プルードンが怒るぞ。カントが泣くぞ。そのどの人の本も読んだことないけどね（『啓蒙とは何か？』は読んだ・笑）。

自分で調べればわかることを人に質問するやつは死ぬ。――坂口恭平

肉体がなくなることを死ぬと思っている人が多すぎるなあ……。肉体なんかなくなっても死なない奴は死なない。肉体持っていても無知の人間は死ぬんだ。死ぬって僕の使っている意味と人が感じている意味が違うのかもね。そういう人はたぶん「人間」に会ったことがないんだな。たぶん。人間に会えよ。

忠告に耳を傾けるな。己の道を歩け。不安なら、僕に電話しろ。090-8106-4666。でもおれの忠告も聞くな。ばかやろう。突き進め。

☆

躁鬱病という、この人を簡単に殺す病気は恐ろしい病気である。たくさんの人間が自殺している。欧州の研究では自殺の原因で第一位がこの躁鬱病である。そして、僕も年に一度その苦しみにやられている。今年も来た。しかもワタリウム個展の前日まで。首に紐もかけた。でも死ななくてよかった。

僕は自分がこの病気を持ってきて、脳がこのようにいかれちまって、本当によかったと思う。幸福だと思う。いつか死ぬかもしれない。間違って自殺しちゃうかもしれない。でも、僕は今、幸福だと書きたい。その記録を残したい。証として残したい。そして、おれは一生死なない。

シヴァとして生まれて来てよかったよ。苦しいけれど。でも、己のエネルギーの太陽に会える時がある。ほんと生き抜けてよかった……。今年も……。とフーとしみじみお茶飲みながら話してたよ。

僕は日常生活において全くできないことがいくつかある。そして、同時に僕にしかできないこともある。それがフーと凸凹でぴったしかんかんだったか

ら、結婚するとどうやら一緒に暮らしても両親たちも納得するらしいので、結婚した。はじめから仕事をするために、この坂口恭平を動かすために結婚した。だから、坂口恭平ってのは、レノン＝マッカートニーみたいなもののつもりで、二人で始めました（笑）。

☆

ラディカルってのは別に無茶苦茶って意味じゃ、アナーキーって意味じゃないよね。語源はラテン語のradicis、radix、これは植物の根っこという意味らしいっすよ。つまり、植物、ルーツ、本能的な、生理的な態度を指すってわけだ。だから僕はラディカルにしてるつもりです。過激が目的じゃない。

僕の人生は何かやたら冒険をしてきたような雰囲気があるが、それは大体演出で、新政府の総理だからといって別に冒険しているわけではない。嫁がいるのもありえない理解をされているからではない。ただお金があるから生活ができているだけで、稼いでいるから嫁が怒らないだけなのだ。それだけです。

僕にはお金を稼ぐことも無視してまで貧乏して、それでも叶えなくてはならない使命とかない。僕の使命はお金を稼ぐことである。僕はお金農家になりたいのだ。稼ぐのうまいし、得意なのだ。困ったことがない。で、今、社会がお金だけなことに不公平を感じてる。これじゃおれが得するばっかりじゃないか！　と。

いのちの電話はなんでするんですか？　ってよく聞かれるが、なぜそんなことを聞くのかわからない。なぜなら、やめずにずっとやっている行動は楽しいからに決まっているじゃないか。そういうことがわからなくなっているということは、生理的におかしくても続けていることが多い人が多いのかもね。僕は楽しんでます。

たとえ、それがいのちの電話で、とても悲しい苦しい辛い電話であったとしても、僕はまだ見ぬ友人と知り合えるかもしれないと思うと、とても楽しいのです。もちろん、全ての人と仲良くはなれませんが、それでも心が通う瞬間、僕はとても興奮し、喜びを感じるのです。つまりこれは「趣味」です。

僕は心の弱い人間である。すぐに震えてしまう。すぐに萎縮してしまう。すぐに傷つく。弱い弱い。弱い、でも強い、とフーは言う。力強い弱さ。僕は弱さを自覚している。弱いなら弱いなりに戦い方がある。だから正直に己の病気を開放するんだ。弱さを隠すと苦しい。でも弱さには弱いというエネルギーがある。

今日の仕事。『月刊スピリッツ』原稿四枚で原稿料は六万円。つまり、僕の原稿料は一枚一万五千円。今日は僕は二〇〇枚書いた。ということ、つまり、今日の僕の日給は三〇〇万円。ということで、僕は自分の給料明細ソフトに三〇〇万円と打ち込む。これが僕の中の世界である。意味わかってもらえないけど(笑)。

仕事は自分でつくるんだよ。人からもらったものは仕事とは言わないよ。自分がつくって、人にぽいっと渡すんだ。それが仕事だ。通貨は日本銀行券のことじゃないよ。あなた自身なんだ。あなたが何かを発すれば、そこで経済が生まれる。世を経《おさ》め、民を済《すく》う。それが経済だ。あなたは波を起こせるのである。

好きな人が僕の前で一緒にいるだけなのに泣いて震えている。それが経済だ。僕にとって一番の通貨は涙なのよ。すんごい音楽聴いたとき、やばい詩を教えてもらったとき、とんでもなく四次元の写真を見せられたとき、人は涙する。

それは「ありがとう」って言葉だ。感謝こそが経済であり、通貨なのだ。

躁鬱病って言わないほうがいいような気がしているんだよなあ。これってただの創造者のことなんだと思うんですけど……。とか言うと、「誰しもが芸術家というわけではなく、才能がない人は薬で抑えて仕事もせずに寝ててください」ってパンフレットに書いてあるからね……。僕は違うと思う。躁鬱病は創造者だ。

なんかペンが乗ってきた。よし、いいぞ。どうせうまくいく。どうせいつか実現する。忘れるなやめるな諦めるな。これが僕の口癖だ。やめなきゃいいだけだ。みんな簡単に諦めすぎなのだ。まわりのいなくなった多くの芸術家を見ながら思う。

芸術の意味を勘違いしている人が多いから、芸術のちゃんとした意味を伝えたい。それが芸術家の仕事である。僕はそれを見せる。今までも見せてきたけど、これからはもっと具体的に見せる。小さな細部が大事なんだ。だから、いのちの電話の一つ一つの声が大事なんだ。それに対面する。それが芸術だ。

政治なんて、おおざっぱすぎて、駄目だ……。解像度が低すぎる。芸術は細部だ。ただの細部だ。あなたの状況、家族関係、言っても仕方のないようなこと、自分の問題だし、それは自分で解決しなくてはと思っているようなこと、そこにこそ芸術はしみ込んでいく。おおざっぱじゃないんだ。細かいんだよ。

人間は複雑さを求める。単純な真理なんか僕にはいらない。僕は細部のがさがさが好きなんだ。それを一つ一つ数え上げたいんだ。それが生きるという行為だ。僕は枠にはまったり、大多数を念頭においた数字とか、全く興味がない。カテゴライズにも興味がない。「ホームレス」ではなく、「隅田川の鈴木さん」なんだ。

この仕事は時間持ちの人間にしかできない。僕は人からの指示で発生している仕事を一つも持っていない。全て僕の体から生まれた仕事だ。だからコントロールできる。時間をつくることができる。むしろ伸ばすことができる。僕は今、時間が広がっている。エバーグリーンの時間に漂っている。時間ありがとう。

自分の才能を爆発させることほど幸福なことはない。新政府はその実験である。もちろんまずは僕が爆発させる。でも次はあなたです。二四時間やりたい。もっとやりたい。そういう毎日にさせる。そんなキ千ガイ人生を新政府で。土日休むとかダルイっす。趣味とかない狂人たちの爆発の場にしたいよ。

世の中にあるほとんどすべてのものが実は自分でつくることができることを知ったら、人は死なないのではないかと思うときがある。だから死にそうな人と僕はたまにどこかにいこうと遊びに誘うが、そんなとき、いつもそんな遊びをする。そうすると、その人たちは泣き出しちゃうんだ。忘れてたって泣き出す。

忘れちゃだめだよ。最高の音楽を。最高のドローイングを。最高の服を。最高の珈琲を。最高の公園を。ついついみんな日常に向かいすぎて、そんな粒子状の最高のアートピースを忘れてしまう。音楽はいつも最高の音楽を聴こう。知らないなら、知ってる人に教えてもらおう。一緒に遊ぼうよ。最高の芸術と。

僕の原稿はそんな思いで書いてます。音楽を。最高の音楽を。美術を。喫茶店を。椅子を。人物を。お寿司を。街を。あなたに届けたい。それが新政府ラジオです。

☆

今、電話があり、学生で将来ホームレスや障害者たちへの福祉の仕事に就きたいが親に反対され困っている、どうすればいいかと。親を大事にしたいと思うならやめて、やりたいことしたいなら福祉やるしかないだろと言うと、背中押してもらってありがとうございますと言って切った（笑）。押すだけでいいのね。

こういう学生を多くのオトナはひ弱だと言ったりする。でも、セックスよりもお金よりも人間が好きな総理は（笑）、押すだけでいいのならいつでも押します。いつでも押させてくださいと思ってます。ちょこっと背中を押してやる。この生きる上で最も大事な触れ合いが、今の世には、ねぇんだよ。だから死ぬんだ。

おれはとことん付き合うぞ。別に助けたいからじゃないよ。あなたが貨幣だからなのよ。日本銀行券なんて嘘の金よりも、ずっと価値のあるお金。あなた自身がお金だと気づいた人間は変わる。目つきが変わる。優しさを持つ。ゆとりを持つ。なおかつ日本銀行券も一杯入ってくる（笑）。それが人生。楽しいよ。

いのちの電話は死にそうだからするのではなく、まだ生きている、いのちがある、ということを伝えるためにある。僕は、自分のことはさっぱりだが、人のいのちの運営方法に関してはけっこう伝えるのうまいよ。自信をつけるにはたくさんの人からの承認ではなく、たった一人でもいいから感動されることが重要。

器用貧乏と小学生の頃から言われてきたので、いつかきっと器用富豪になるぞと本気で世界転覆目指してました。器用はいいことだよ。工夫のある生活には潤いがあるよ。でも、あまりにも器用で繊細すぎると生きにくいので、高校時代ぐらいから少しラフな感じを加えて、崩れ器用みたいなスタイルに（笑）。

みんなが夢を抱いたなら僕が実現する。それが新政府。動くこと生きること。おれは人を死なさんよ。死ぬなとは言わない。死にたくなくなるんだ。僕を見ると、みんな嫉妬して死にたくなくなるんだ。それが僕の天才である。僕はその才能だけがある。僕は生きる才能があるのである。

本当に持つべきものは友である。僕は友の「貨幣」が見える。それを交易するのだ。その場をつくるアルゴリズムとして己を発光させるのだ。そんな命令にも似た音が頭の上で鳴っている。狂気の一歩手前であるかもしれないが、それでも楽しいよ。

生きるっていうのは、本当に楽しいなあ。一カ月前に首吊ろうとしてた人間の言うことだから笑えるなぁ。絶望してた時はそんなこと一カ月後に思うだなんて想像できなかった。だから死んじゃだめなんだ。未来は何が起こるかわからない。だから死ぬなよと自分に言い聞かせる。

いつ死んでも悔いなしと確信した男は、永遠に死なない男である。

理解者は一人だけでいい。その点さえ見つければ、全てのオセロはひっくり返る。

誰も理解者のいなかった大学卒業後の二〇〇一年の一一月に僕はフーと出会い、その日に付き合うみたいな感じになった。その時から金はない、仕事はない、何やるかわかっていない状態であったが、フーから一度も不安の声を聞いたことはなかった。唯一の理解者を得た僕は、全部のオセロをひっくり返す旅を始めた。

僕は妻フーから一度もちゃんと就職してなんて言われたことがない。何も仕事がない時ですら、二〇〇九年に家族三人で貯金が二万円になったときも一度も言われたことがない。お金に関して何か言われたことがない。さらには大学教授になるのは禁止までされている。理由は腐るからだそうだ（笑）。

いいね。大学教授になったら人間が腐るだなんて、楽しいじゃないか。誤解しないでほしいが、これはただ僕の場合だけですよ。僕が安定して給料なんかもらったら、それこそすぐに死ぬと嫁に言われている（笑）。僕は不安定人生で、躁鬱人生で、お金なんかどうでもいい人生で、それで不思議と安定するのである。

安定したほうが安心な人は、そうしたほうがいい。だが、僕の場合は違う。僕は安定すると安心すると死にそうになるのである。（笑）。揺らいでないと駄目なのだ。そうでないと、創造性が爆発しないのだ。だから、僕は不安定であればあるほど、怖いけど、それでも楽しいのである。未来へ思考を始めるのだ。

勘違いされることが多いが、僕にはコネもツテもなかった。何一つ。僕がやってきたことを初めて理解してくれたフーと付き合い、初めて理解してくれたキュレーターの原さんと仕事を始め、初めて理解してくれた出版社と仕事を始めた。ただそれだけだ。ただ一人の理解者をあらゆる分野で増やしていったのだ。

僕は事務所に属したり、出版社の「お抱えの坂」になったり、企業のスポンサーもらったり、政府から助成金もらったり、現代美術ギャラリーについて作品を売ってもらったり、そういうのが心底嫌いなんだ。フーもやらなくていいという。僕たちはただ独立独歩でひたすら歩き続けた。それだけだ。それで十分なのだ。

僕は自分のやることを人からあれこれ言われるのが、本当に嫌いなのだ。人はすぐ他人のやることにくだらない告げ口をする。そういうのが嫌い。僕は僕の好きなように生きる。それを実現する方法は簡単だ。一人でいること。友達なんかいらねえやと思えること。僕はそれでやってきた。それで稼いできた。

でも別に会社に行っている人を否定しているわけじゃないからね。心配なく（笑）。僕がただ嫌いなんだ。そういう社会が。そういうところに属して生きるのが息苦しくて死にたくなる。だから僕は一人でやる。

会社で苦しいと言っている人に会って相談されるけど、僕からしたら、じゃあやめろよ、ってことだ。でも月収二〇万円ってそりゃないだろ、人間毎日働いていていてよー。そんなことを受け入れなきゃいけない会社なんか早くやめちゃえって思う。

で、たまにいる「恭平さんがやめろって言ったから、やめました。で、どうすればいいんですか？」って……（笑）。すまん、僕は知らないよ（笑）。それを自分で考えないと！　とにかく自分の身は自分で守ることだ。自分の家族は自分で守ることだ。政府なんか頼っていても仕方がないぜ。賠償なんか一生かけてももらえないよ。そんなことやるよりも、どんどん次へ突き進んで自分で新しい生きのびる方法論を見つけたほうがいい。僕はだから移住した。そしたら年収二倍になったよ。

自分で仕事をする、自分で稼ぐ、どこにも属さず自分自身を貨幣化して交易するって、どうすればいいんですか、そんなの万人ができるわけないでしょ、と言う人がたまにいるが、その人全てに共通していることがある。それは「誰もいまだ試したことがない」ということ。不安になる前に試せ。それが人生。

なぜ試せないって、試す環境がないから。現政府はだから、人間が貨幣化するのを止めていることになる。なぜなら、こういう自力で稼げるわけがないとしっかりと勘違いしてくれる国民をつくり出すことができるからだ。新政府はそれは嫌だ。みんな試せ。０円生活圏が実現すればそこで人々は試すことができる。

今、首くくって死のうとした人から、僕の生きてて良かったツイート見て、とりあえず死ぬのはやめた、という電話がきたぜ！　やったね。また一人。こうやって一人一人命があることを知覚させていくしかない。それが新政府。生きよ。楽しく。好きな女の子に好きと伝え、美味しいご飯を食べて、人を

助ける♡

　こうやって人を嫉妬させていくしかないのである。生きることに嫉妬させる。生きてても何かあるからなんて言っても伝わらん。生きている姿自体で人を嫉妬させる。僕が興味があるのは嫉妬である。イライラするくらい嫉妬させる。嫉妬は生きるエネルギーだ。屈折してる嫉妬ほど、生きているエネルギーだ。

　誰よりも動き続けて、誰よりも人と会い続けて、誰よりも勉強し続けて、誰よりも原稿を書いて、誰よりも恋をして（？）、誰よりも生きたいと思う今日この頃。突っ走って生きる。それがいのちの電話の電話主のやるべき行為だと思っている。むかつかれないと駄目だ。もっと動かないと。ウザがられよう。

　僕は時々、いのちの電話かけてくる人に「そんなに苦しいなら死んでも仕方がない。僕は君の分まであなたの八万倍くらいしっかりと楽しんで生きるから心配ない。後は任せろ」と言ったりすると「なんかむかついてきました……。死にたくない」と言ったりする。むかつくのは大事なエネルギーだぜ。暇な人に時間くれと言うと、ムカつかれる（笑）。どうせ暇してるくせに（笑）。でもそのムカつきが重要なんだといつも思う。お金の使い方もそうだ。

　好きな人に嫌われても僕は気にしない。あなたが僕のことを嫌いな力よりも、好きなほうが強いから、ごめんだけど、どうせいつか好きになるんだよん。これは男でも女でも一緒。僕は人を好きになる。好きになる力ってのはとんでもない力なんだ。男でも女でも僕は好きになるよ。

　僕は人を好きになる。それは、もう一つのレイヤーの現実を発動させる瞬間だ。人を好きになるっていうのは恋ってよりも、もう一つの空間をつくっているような感じだ。今まで知らなかった自分を知るという作業。人は好かれるとドキリとする。つまり、他者の空間まで創出できる。これが好きになるということだ。

　ずっと好きだって言ってたら、そのうち女の子も、もうわかったよ好きなんでしょ、しつこいなぁ。わかったわかった、わたしも好きだよ、的になる

（笑）。フーも知らぬ間に騙されてそうなった（笑）。女の子はすぐ諦めてこっちのこと好きになる。ひゃは。だからこちらは永遠に諦めない、デリカシーのない総理。

だから、フーは本当に狐に騙されたかのように僕の高円寺のパルテノン四畳半に入り込んでしまったのだった。そして、自分の思考と音楽と食事処のコースを求めもしないうちに受け入れてしまい、ついには嫁になって二児の母になってしまっていた。テロにあったようなものだろう（笑）。ふふ。

先日、電話してきてくれた女の子が、その後、手首切っちゃったらしく一五針縫ったって。その前に電話しろと言っているのだが、どうやら記憶が飛ぶらしい。耳がワサワサしてくる前兆があるらしいので、今度はワサワサしてきたらすぐに電話してとお願いした。とにかく僕には気を使わずにどんどん使おう！　手首を切っても、ほとんどの人は死なないから、ま、それは心配していないんだけどね……。でも、切るのも痛いので、できるだけ回避できるようにしましょう！　切る前に０９０-８１０６-４６６６！　切る直前だと記憶が飛んでいるから、記憶飛ぶ前に、前兆がきたら０９０-８１０６-４６６６！　死ぬなよ。

その子に、何かつくってるかと聞いたら、絵を描いているというので、送ってもらったら、超いい絵なんだよ……。だから、切らずに絵を描け。きつかろうが、死にたかろうが、無視して、絵を描け、その不安は不安じゃないぞ、正体はコントロールできていない創造のエネルギーだぞ、と伝えた。

死ぬのはもったいない。もっと楽しんで、いい思いして、人と共感して、人を感動させて、死のう。死ぬにはまだ早い。もっと楽しいことあるぜ。そのコントロール方法だったら、ちょっとだけ僕にも教えられるよ。

楽になりたいから死にたいと言ってきた青年に、なぜ死んだら楽になると思うのか？　もしかしたら現世よりも超大変な人生がはじまるかもしれないじゃないか。どちらかは五分五分なのではないか？なのに、なぜあなたは死ぬと楽になると思えるのか？　と聞くと、黙って、それもそうですねと冷や汗かいてた（笑）。

みんなギャンブラーだな……。僕はギャンブル嫌いだからしたくないよ。ちゃんと勝つとわかってる賭け事にしか賭けない狡猾な人間だから、全く理解のない死んだ後の世界なんかいきたくないから、無理して現世を生きてるよ（笑）。知らない世界にいくのは気をつけよう。しっかりと経験を積んでからあの世へ（笑）！

2013

新年早々、いのちの電話かかってきてまーす。でも、みんな、気ぃ使わずどんどんかけていいよー。「まだ死んでませんっ！」って電話だったので、僕はとても嬉しいです。絶望しても、気にするな。僕もどうせ一年に三カ月はずっと絶望してる。絶望は希望の種だぞい。忘れるな。

いのちの電話に電話してきている人の八割くらいが、何かをつくっている人であった。それが今、とても気になっている。あと二割の人もそういう話をしていないだけで、実は裁縫とか、漫画とか、料理とか、何かつくっているんではないかとすら思っている。これは希死念慮じゃないかもよ。創造なのかもよ。

新政府いのちの電話の元ネタの一つは、坂口恭平ご愛用のイヴA錠です（笑）。坂口恭平はそんな感じでご利用ください。根本的解決には達しませんが、痛いのは瞬間的になくなるぜ。あとは自分でなんとかしな精神でやっております。090-8106-4666。

「躁病患者の戯言に感化されないように！」と嫁のフーが言っておりますので……。みなさん、僕の話は適当に聞き流すくらいでちょうどいいですよ。たまに、「新政府総理！　あなたの考え方に賛同です！　僕も一緒に戦います！」なんて勘違いしてくる人いますけど、気をつけてください！　僕はただのキ千ガイですよ（笑）！

僕は賛同する人には全く関心がありませんが、「お前のここが矛盾している」とか、「お前はただの病人だばかやろー」とか言う人の意見には耳を傾けちゃいます。そういう意見を聞いて、また妄想の解れを編み直す。こうやって少しずつ筋力をつけていく。そっちのほうが自分のためになる。

食後、精神病院へ。「新政府創設」とか、まともな人が言ってたらおかしいけど、僕は躁鬱なので、むしろ当然の流れ（笑）。躁鬱病の症状が、「建国を試みる」という行為なんです。つまり、あらゆる国家は、この躁鬱病患者によって生まれている可能性もある（笑）。そんな馬鹿な。でも普通の人は国をつくろうなんて考えないもんなぁ。先生曰く、ちょっとこのままた上がっていくのは心配なんですけど……。ということで、安定剤を微量投入されました。ま、しかし、上がりすぎると仕事はうまくいってお金は稼げるけど、その分、落ちた時の地獄も深いので、ちょいちょい調整しながらやるしかないかもね。今回は服薬しながら運転します。

　僕という獣がこの現代社会で難なく暮らすには、こうやって、エネルギーを抑えつけなくてはならないんです。現代社会、エネルギー弱すぎ！　でも、こうすると確かに現代社会でお金がしっかりと稼げるわけで、なんとも不思議な国だな。

☆

　すみません。大方の予想通りですが鬱に再び入ってしまいました。本当にいろんな人に迷惑かけてしまってます。本当に申し訳ない。明日は旅人くんのライブもあるのに……。とにかく体を休めるだけ休ませます。枠越えようとするのにプレッシャーに超弱い。意味わからん体質です。

　鬱はもちろん人に迷惑かけるから駄目だけど、悪いばっかりじゃないぞ。絶望眼があるんだから。そんじょそこらの健常者じゃ見えないもんいっぱい見えるんだ。それは文化だと思う。文明だと思う。だからみんな死ねなくなるようなもの見つけるんだ。自分のほうがもっといいものつくれると興奮するものと出会え。

　三月二〇日予定日で第二子が生まれる。ヤクザな稼業で二人の子どもなんかいて大丈夫かと一瞬不安がよぎるが、月収数千円のナイロビの友達たちの「なんでお前は子どもをもっとたくさん産まないのか。子どもこそクリエイションではないか」という素朴な言葉を思い出す。子どもこそ通貨としての人間だ。

　僕は新しいことなんかあんまり興味がないから（趣味としては大好きだけど）、現代美術の世界で目新しさなんか求められてもそんなものない。僕がやっているのは人が忘れちまってることを眼前に持ってくるという行為そのものだ。忘れるなと言いたいのだ。ノスタルジーじゃない。それが芸術なのだと思ってる。

色々あったけど、ま、それにこだわっていても日常生活送れないから人は忘れる。本当は忘れてないのに忘れたことにしてしまう。そんな日常の何が大事なのか。躁鬱してるとその揺らぎが可視化されるので興味深い。結論、その日常は嘘くさい。何かに蓋をしている。何かをぼっこり忘れてしまっている。

忘れるな。とにかく忘れるな。これは僕の師匠の建築家・石山修武がぼそっと言った言葉でもあった。その今の自分でいいのである。匿名の日常に社会に生活にわざと吸い込まれて忘れたふりしちゃ面白くない。忘れるな。それを言い続けると鬱になる(笑)。ははは、そりゃ人は忘れようとするわい。怖いもんね。

忘れないで、ついつい日常生活といわれるものに戻れなくて、昼間から喫茶店何軒も彷徨《さまよ》いながらこんな文字書きまくってて、疲れると死ぬ直前の地獄にたびたび落ちて仕事キャンセルしまくってまた日常とか社会からこぼれ落ちるけど、絶対に忘れない僕は、それでも生きてるぞ。これが生きる証じゃい。

忘れない行為は、仲間を、そして幸運をたくさん引き連れてくるぞ。どんなに困っていても誰かが手を差し伸べてくれるぞ。飢え死にしそうになんかなったことないぞ。子どもだって育てられるぞ。というか、子どもから育ててもらえるぞ。特典しかないぞ。忘れないということは、生きのびる技術そのものなんだ。「生きのびる技術＝アルス・テクネー＝芸術＝忘れないということ」なのだ。

視覚がブレていくつもの世界に見えて平気に鬼ごっこなどして鬼になり得た自分とただの小学生だった自分の二人を、いや三人を、いや四人を捉えてた多層自分を受け入れてた自分を忘れないこと。それが匿名化社会の亀裂発見器になる。

モバイルハウスをつくって車にのっけて家出しようとしている最高な女子高生から、なぜか警察から電話でその対応。そしてリストカットで十数針縫ってた女の子から最近描いた絵と、リストカットしなくなってきたのでありがとうという嬉しすぎるメール。……って僕は夜回り先生かいっ。でもやるなら今しかない。

女子高生が「土地を所有するのは不可能である、お金は人参やタマネギと同じようなものだ、労働するな仕事をしろ、とか超意味わかるよ、総理」と電話で言ってくれて、なんかうるっときた。絶対に自分で試したこともないのに、独立してやるのなんか無理だから会社に行けという大人の言うこと聞くなよ。試せ。

「橋の下でモバイルハウスを一人でつくろうとしたら、ちょいと警察沙汰になり、家にモバイルハウスの材料を送られちゃったよ」と笑ってた。でも、それを高校の先生が引き取ってくれるらしく、高校の中でモバイルハウスをつくることができそうだとのこと。試せば世界は動く。むしろにっこりと微笑みかけてくる。

僕が総理大臣になったのは、隅田川に住む鈴木正三さんと出会い、二〇〇八年に『TOKYO 0円ハウス 0円生活』を出版し、完成した本を持って行き隅田川で乾杯し、それ読んでた鈴木さんが本当に感動してくれて「あんたが総理大臣になれば世の中が変わるよ」と言ってくれて、お調子者の僕がした約束でもある。

約束は使命というミサイルだ。PromiseはMissionというMissileだ。この三つの言葉は全てラテン語「送る」を意味するmittereという言葉が語源らしいです。なんか面白いな。使命ミサイルをつくり出す約束。中近東の匂いやアフリカ、そしてブルーハーツの歌が聴こえてくるね。

ハンパない生き方をしなきゃ、ね!

☆

外出。フーの外出許可がようやく出たので、今から東京に向かうことにした。チケット買ってないけどたぶん空いてるでしょう。とりあえず空港へ。青山ゼロセンターにようやく、総理が帰って来まーす。今日明日は夜イベントもあるからね。みんないらっしゃい! 最後に自分で尻拭きにいきます。

どんな酷い状態に陥ったとしても、決して諦めない、歩みを止めない。それは、いつかいいことあるから、じゃない。それしかできない、ただそれだけだ。いいことなんかなくても、僕は決して行動をやめない。金がなくなっても刺されても。僕はうざいほど、しぶといよん。躁鬱上等。

人生を区切らない。長い一日だと思え。一つの音楽だと感じろ。抑揚あって当然、昼があれば夜もある。己を蟬だと思え。小学生のときにピアノの発表会で「魔女の宅急便」のジジの曲やって途中で楽譜忘れて四分三三秒、まじで無音状態で止まったからね。でも思い出したらまた弾き始めればいいんだ。それが人生よ。

青山ゼロセンター、やりきりました。夢が、虹が、そこにかかってました。みんなありがとう。そして、僕と直接出会ってくれて、本当にありがとう。青山ゼロセンターはこれで終わりです。一旦締めます。ありがと。奇跡がたくさん起きたよ。結局、一睡もできなかった。フーに怒られる。でも、今日帰るから許してください。そのかわり、と言っちゃあなんだけど、今日は二〇時間ほとんどノンストップで話してたら、生まれて二度目の、起きているのに夢を見た、という状況になり友人に起きながら夢見ながら説明した。起きながら夢日記描いた（笑）。

おそらくこれが狂気の一歩手前というやつかも。でも、これを書けるということは狂気ではないはずだし。いのちの電話も四件出たよ。昨日かけてきた子が今日のトーク見て、あなた見たら死ねないことがわかったと言ってくれた。そうだ。一緒に生きていくんだよ。みんなで！　脱孤立！　でも孤独でいよう。

トーキング・ハイというのだけでは説明しきれない体験だった。サイケデリック体験とも違う。タンポポの一生を自分の体をダンスさせ、口を動かし喉を震わせ、振る舞いによって演じたような（笑）。ううう、たぶんおかしいかもしれないので、不安になってきたのでフーに電話します！

レヴィ＝ストロースは、共同体の首長はまた、医療者であり、呪術者であり、笑いを誘うコメディアンであり、人々の琴線を震わす音楽家でもある、みたいなことを書いていた。そして贈与しすぎて、キレるとか（笑）、女の子が大好きだとか（笑）。時折落ち込むとか（笑）。おれじゃん（笑）。僕はトライブの酋長だったのね。

トーキング・ハイの残像が、起きて見る夢が鮮明すぎたので、さすがに早すぎるかと思ったが、八時ちょうどに新政府文部大臣・中沢新一氏に電話したら、すぐ起きてくれて、僕の夢の体験の話を聴いてくれた……。レヴィ＝ストロースによると、首長の条件は、豊かであることではなく、たとえ財がなくとも借金だらけでも、持っているものを仲間にぶん投げるくらい「気前がいい」ことであるとのこと。中沢さんは首長は弱くていいんだよ、とも言ってくれた。なるほど。すぐ泣くしね。レヴィ＝ストロースと会いたかった。

“I've never had a dream, because I'm a dream.”と言ってごらん。楽しくなるよ。明石家さんまさんも、夢と現実をそっくりひっくり返してしまったらしいですよ。みんなもひっくり返せ。麻薬よりもぶっ飛ぶ、しかも0円！　の方法を教えてあげるよ。

人生二度目の、起きながらに夢を見るという体験をしてわかったことは、目の前のこの世界の固定した全てのものだけが化石であり、音や風や愛や雰囲気や勘や思考の軌跡や会いたいと希求する想いや見たこともないあの町は、全て実在するのだ。

死ななきゃなんでもいいよ、自分の思う通りに体を動かせ。でもその触れられる体自身は化石なのだ。起きながらに見る夢のその放射状の己の体を震わせろ。それがダンスだ。知っている自分を全て殺し、コロンと出てきた骰子《さいころ》を虚空にふっと投げ入れて出たとこ勝負のその四次元の双六を。虹の雲梯《うんてい》伝った猿は僕。

朝起きて前野健太の新アルバムを爆音でヘッドフォンで聴きながら一曲目の一番始めのコーラス、そしてそれが終わった直後のエレキのカッティング聴きながら涙が出てきた。躁状態の関係妄想なのはわかってるけど、これはおれの歌だ。前野健太が青山ゼロセンターで、でも、おれはユーストで、歌っていた姿を観ていた。前野健太が言っていたのは、「国家コーラン節」を歌う前に、僕の『ゼロから始める都市型狩猟採集生活』で書いた、歌舞伎町の天才ホームレスの話。彼はお金が必要なく、あらゆる衣食住すべてを新宿駅周辺から獲得していたのだが、コカコーラだけは無理で、さらに彼はコーラ中毒だった。酒煙草はしないのに。そのコカコーラを獲得するために、その天才ホームレスという都市型狩猟採集者は、あらゆる自動販売機のお釣り口に手を突っ込むのである。ピグミー族が木の穴に手を突っ込みリスが溜め込んだドングリなどを手に入れるように。

毎日正確に五〇〇円は獲得できるというそれで、彼はコーラを買うのだ。つまり、その天才ホームレスにとっての日本国が発行する小銭は「コカコーラ・チケット」なのである。それ以上の価値がない。その話が好きで、「国家コーラン節」にもちょっとだけエッセンスが入ってる、みたいな話をしていた。ユーストで観ながら、びっくりした。そして、ちょっとだけ嬉しかった。

なぜちょっとだけかというと、その時おれは青山ゼロセンターを設計した建築家であり芸術家そのものであったはずなんだけど、鬱が酷すぎて晴れ舞台に向かえず、南青山会館というホテルの狭いシングルルームに一人籠り部屋の壁に頭をぶつけ隣の部屋から苦情が来てしまっていた。死にたくなってたからだ。とにかく両手で首を絞め、少しだけ窒息させ、タオルを口に突っ込み、なんとなく息をし辛くさせることで、少しだけ仮死状態をつくり出し、己の絶望から逃避しようとしていた。不安が部屋に忍び寄り、その狭い部屋は少しずつおれに迫っていた。「インディ・ジョーンズ」のように壁がおれに動いてきていた。絶望。

その時である。iPhoneから前野健太が「悩み、不安、最高!」をループするだけの本気でくだらない歌を歌い出したのだ。壁に頭をぶつけたいけど、ぶつけると隣のやつが怒るので、両手で首を絞めてタオルを頬張っていたおれは、くだらないその歌に救われた。両手とタオルを取ってユーストを直視した。

そんなおれを救ってくれたやつのアルバムである。

「国家コーラン節」は、社会が崩れてもどうなっても、世界に存在する花やコーラやお前の持ってる技で、もう一つ社会を、自分でゼロから始めることでつくり出すことができるという歌だ。聴け。新政府国民は全員聴け。

前野健太、本当にありがとう。おれが馬鹿だからすぐに鬱になってとんでもない状態になってお前が歌いに来てくれたのにおれはいないで重圧とこれからの絶望に押しつぶされて死にそうになっててごめん。でもライブ凄かったよ。ユーストブチブチ切れてほとんど聴こえてなかったけどおれには伝わったよ。

とにかく生きてて良かったよ。あの時ホテルで自殺しないで良かったよ。こんな煙草くさいくそったれな狭い部屋で死んでたまるかと思いながらも、自分の部屋で死んでアオが見つけたらと思うと、ここの汚い風呂で死んだほうがいいと思ってたときの前野健太の歌におれは救われました。そのとき泣いたんだ。

躁状態のときは毎日泣いている僕は、鬱のときに涙が出ないんだよ。なのに、そのとき泣いた。青山ゼロセンターに入れない、そのおれにとっての魔界に入れない絶望とそこで戦ってくれている道師、前野健太の戦いを観ながら、おれに取り憑いた巨大な狐がビビってたよ。お前の歌に。

青山ゼロセンターの展示が半年延びることになったのだが、すると、熊本の大きなデパート、県民百貨店の二階のスペースを0円で提供したいとの申し出が。ハンパないね。地方デパートの二階に、パリのコレットもびっくりの超クールな新政府デパートをつくっちゃおうぜ！

人っ子一人いなくて寂しそうな顔をしている場所を、0円で人で埋め尽くされ笑いの絶えない場所にする。その魔法をかける。それが僕の仕事だ。それを建築家と僕は呼ぶ。今和次郎も吉阪隆正もライトもそうだった。人が集まる場所。しかも僕はそれを0円でできちゃう。土地を所有せずにできるんだ。すごいね。

僕がふっと魔法をかける。するとそこに人が集まる。そこでお金は稼げないけど、人が集まって笑いが止まらない。それでいいじゃん。困ったらお互い助け合えばいいんだから。

県民百貨店を歩いてても、人がまばらなんですよ。つまり、目的を持っていない。キラキラしていない。デパートは今どこもそうだ。だけど屋上にはステージがあったり（笑）、意外と夢のある空間なんだよ、本当は。おれが生まれ変わらせる。お金のためじゃないよ。何のためだと思う？

デパートという、今見たらそんなに魅力のない建築でも、人がつくった建築という空間の中にはどこにも、精霊がいるんだ。僕にはその精霊が見える。寂しそうにしてると耐えられないんだ。青山ゼロセンターもそうだ。僕は人がいなくて拗《す》ねていた精霊を熊本に連れて帰った。それが鬱だ。

熊本に連れて帰った草臥《くたび》れ拗ねた精霊は、辰頭温泉に入ってもらってまた背中に乗せて青山ゼロセンターに連れ戻した。そしたら、彼らは「ダンダール！（ありがとう）」と言って僕を労い、青山ゼロセンターの建築家であることを承認してくれた。そしたら青山ゼロセンターが笑ったのだ。カラカラと。

我が家は週末はゆっくり、子ども文化会館で僕が鬱から明けたきっかけになった、「ミッキーマウス版人生ゲーム」を。おもちゃのお医者さんたちが壊れたおもちゃをせっせと直してる。0円で。こうやって、子ども文化会館にみんなで集まっておもちゃを直しては下の世代に回せばいいのにと言ったら、おっちゃんたちが「そうだよなぁ」と言った。でも、そのあと、「それじゃ会社が潰れちゃうよ」と言った。

会社なんか潰れちゃえばいいのだ。潰れても、おっちゃんが直してくれるから下の世代もおもちゃで遊べる。ちょっと古いけど、それくらい我慢できる。それが「トイ・ストーリー」でラセターが伝えたかったことじゃないか。会社なんか潰れればいい。そしたらみんなで協力しはじめるはずだ。人間ならば。

今回の躁鬱と分裂の通過儀礼を経て、起きながら見る夢として、精霊ダンダールに出会えたことはこれからの人生を今までと全く違う音色にするのだろう。躁鬱は「病」ではないと気づけた。これは命をかけた通過儀礼なのだ、とダンダールは言った。ま、人は狂ったと言うだろうね……(笑)。

水木しげる先生も妖怪が見えるわけだから、僕が精霊ダンダールが今も見えちゃっているのも、水木しげる先生だけはわかってくれるだろうな。それでいい。そんなスペシャルな人生を歩むことができて、むしろ幸福である。

☆

最近、若い子たちから「今まで結婚とか子ども産むとか、まじでなんで大人はやってるのかわからなかったんですけど、坂口恭平さん見てたら、まじで大好きな人見つけて結婚したくなりました。アオちゃんみたいな子どもが欲しくなりました」と言われた。いぇい、やったね。それがおれの目的だよ。人々を集め、楽しく、笑いが止まらないように、苦しい人に眼を向けて、簡単に助けるのではなく、併走するように一緒に生きる。これが生きる、だ。これが家族だ。これが夢だ。おれの。


さて、原稿を書きはじめるぜ。今日は「坂口恭平の幻年時代」という幻冬舎から出版予定の書き下ろし本。まだ一枚も書いていない。でも、今、時がきたと感じ、ホテルへ。隣のibookで前野健太の新作を爆音でヘッドフォンで聴きながら。今から書きはじめる。二時間。

僕はフーをアオを愛するように新政府国民を愛している。昔の恋人も、まだ見ぬ親友も、死んでいった年下の親友も、みんなみんな愛している。あなたたちが起きながらに見ているその目の前の夢こそ、それが僕なのだ。僕は夢師である。いや、夢、である。

零れ落ちる涙をスタート地点にして終わらない詩がはじまる。それがおれの言葉だ。それを三次元に圧縮したものがおれの本だ。今から執筆をはじめる。それは物語だ。おれの幼少期の。一番の幻であり、一番のリアルであり、夢そのものであった、あの懐かしい未来だ。君のところへ届くように。君が好きだ。

では書くね。ばいばい。

キーを打つ右手が、いや、全身が光っている。レーモン・ルーセルが感じた光ってこんな感じだったのかもしれない。立川談志が感じたイリュージョンってのはこんな感じだったのかもしれない。長嶋茂雄は一人で素振りしているとき、こんなこと考えていたのかもしれない。手元には、岡田利規の新作『遡行』。おれの親友たちが、最高の芸術家たちが今、この瞬間につくり続けている本や音楽や映画たちが、宝物にしか見えないよ。ありがとうみんな。おれもがんばる。

おれはなんて幸せ者なんだ。なんて幸福なんだ。どんなに鬱で苦しんで、たとえ縄に首をくくりつけているその瞬間でも、おれのまわりの芸術家たちはつくり続けている。だからおれは生きのびる。どうにかしてでも生きのびる。そして、フーがおれに言う。「死ななきゃ、どうなってもいいよ。ばかやろう」って。

一月一二日の夜に、死ななくて本当によかった。その時、ダンダールは「首長となる恭平よ、もう訓練は終了した、ただちに行動を開始せよ」と言った。そうだ、僕は行動を開始するのだ。あの虹の雲梯を渡りきるのだ。

今、もし君が涙を流したとしたら、その涙を保存しておいてくれ。それが夢だから。つまり、それがおれだから。

はんぱないでしょ。キ千ガイと思うでしょ。でも、たぶんそれはとても普遍的な遊びだよ。ホイジンガを読んだらすぐにわかるよ。図書館へ急げ（笑）。

アオに「パパ原稿がんばってきます！　行ってきます！」と言うと、「がんばんなくていいんだよ、ゆっくりいきなよ」と言われ、思わず、「神様！　ありがとうございます」と言うと、アオは、「神様じゃないよ、あたしは女の子だよ」って言った。はんぱないね。

アオが泣いて聞かないことは本当にしたいことなので、たとえ幼稚園に遅れようとも、0円でできることなら、やることにしている。社会との付き合いはそれくらいでいい。適当でいい。でも、己の欲望や創造するエネルギーは手を抜いちゃいけねえ。そうやってアオには伝えている。やりたきゃやりなよ絶対に。

やりたいことしかしない。やりたくないことはしない。でも、それで人が困ったら、ちょっとやりたくなくてもその人の笑顔のためにする。でも基本的にはやりたいことだけして生きていく。人に迷惑かけないように。それが坂口家家訓。そうすりゃ愚痴なんて言わなくなるよん。人のことが見える人になるよん。

アオよ、大きく育て。やりたいことだけして、人のことを助けることができる、つまり、人と接することそのものがやりたいことである人生を歩んでほしいなあ。パパみたいに、人に囲まれて、困ったときも助けてもらえる幸福な人生になるよ。鬱もついてくるかもしれないけどね（笑）。そのときはおれが助けるから。

アオが、「アオちゃんの大事なお仕事はみんなを助けるだけ！　アオちゃんはそんなこどもなんだから」って言ってます（笑）。空恐ろしいわ、あなた……。

いのちの電話をかけてくる人たちから「どうしてこんな私の電話に出てくれるんですか」と逆に怪しまれたりするのだが（笑）、理由はそんなに難しいことではなく、たとえ顔と名前を知らなくても、それでも自分が一番辛い時に僕にかけてくれるという事実に、素直に僕が喜んでいるからです。僕だけじゃないと思うよ。

だから、本当なら、一番大事にしている友達に、そういう真の自分の叫びを聞いてくれないかって言ってみたいほうがいいよ。ウザがられると思っているかもしれないけど、実は聞かされたほうも嬉しいんだよ。誰一人友達がいなかったら僕に電話しなさいな。僕は新政府国民みんなの親友だと思ってる。

坂口恭平、職業は親友です。でもそれだとなんか訳わからんから、うまく新政府という名前をつけて、自分を新政府総理大臣と言って、みんなに何大臣ですか？　って聞いてます。でも、僕はただの親友であり、いつでも困ったときは助けるし、できることならみんなも僕に対してそうであってほしいと思ってます。

困ったら電話しなよ。でも、芸術は自分で見つけろ。おれが教えたら意味がない。一人で苦しんで見つけろ。でも、死にたくなったらすぐに電話しろ。おれが、君たちが死にたくなる秘密を教えてあげるよ（笑）。簡単だから。

そしたら、おれがなんでこんなことしてるかわかるから。死にたくなったらすぐに電話しろ。でも芸術の相談、批評はおれはしない。それは自分でやらないと生きていけないぞ。生き方を、その死の意味のヒントをあげるから。生きろ！

死にたい人は死ねばいいのである。僕はそう肯定している。そうしないとまわりで突然何も言わずに消えていった、僕の親友たちの死を否定してしまうことになる。僕は誰が何と言おうと、彼らの死を、つまり自殺を肯定する。だから、死にたくなったら電話しろ。それが本当に死なのか確かめさせろ。おれに。

ふざけるな。何が死にたい、だ。そんな泣き言言ってるくらいなら、おれに電話しろ。おれが怖いのはわかる。でも電話しろ。実は意外と優しいから（笑）。アオはおれのことをそう言うよ。

やりたいことしかしない。やりたくないことはしない。でも、それで人が困ったらちょっとやりたくなくてもその人の笑顔のためにする。でも基本的にはやりたいことだけして生きていく。人に迷惑かけないように。それが坂口家家訓。そうすりゃ愚痴なんて言わなくなるよん。人のことが見える人になるよん。

僕は素晴らしい仲間に囲まれているので、躁鬱の症状がどうなろうと大丈夫だと、昨年の八月からの五度の死ぬかと思った躁鬱の津波の連続を経て思いました。たぶんこれからも死にそうになりながらも死なないんだろうと。今回は大きく成長したと思う。人前でここまでさらけ出して逆によかったなと。

みんな躁鬱で大変だったんだろうね。ジミヘンもマーク・ボランもカート・コバーンも。みんな早死にしてしまっているけど、彼らがつくり出したものは生きのびるための技術である。僕は大いに助かっている。その中に込められた情報を、処方箋を、次の一歩を。通信せよ。

☆

二二歳に早稲田大学を卒業するとき、就活なんかしているやつが信じられなかった。絶対こいつとは友達になれないと思ってた。エントリシートってなんだろと思ってた。就活なんかしなくていいんだ。就活自殺なんか増えちゃってどうするのよ。今すぐやめろ就活を。そして踊ればいいんだよ（笑）。音楽と共に。

　卒業時、とりあえず金が五万円くらいしかなかったから、やばいな日雇いしようと思いバイト雑誌眺めてたら、電話がかかってきた。早稲田大学建築学科の石山修武氏からの電話だった。「大学院の試験受けてないじゃないか」「試験嫌いだから受けません。独立するので心配なしです」「ふざけんなばかやろう」。会話。

　大学院の試験も就活も一切しなかった僕は、すぐに独立して生きていこうと思っていた。それ以外の人生を考えられなかった。後に子どもができた時に就活したとかとてもじゃないが恥ずかしくて言えないと思ったからだ。サラリーマンになるくらいだったら死のうと思ってた。糞ったれな人生よりも刹那の高揚を。

　だって、働こうとしている理由が、金だけだったからだ。金さえ問題なければ、僕は自分一人で歌を歌い、おいしいカレーを自分でつくり、書物を読み、研究し、新しい概念を考える。それができていたからだ。だからこれをずっと続けようと思っていた。金だけが理由の労働なんて糞だなと思ってた。困ったらボブ・ディランの「NEW MORNING」というアルバムを聴けば、大抵問題は解決した（笑）。人生なんか楽勝だと思った。

　そんなことを周囲の人は、あなたも安定しなさい働きなさいと言っていたが、フーは「かっこいいよ。

いつかあなたはすごいことするよ」と言っていた。はっきり言って、その言葉だけが頼りだったのかもしれない。社会は簡単に変わるようには思えなかった。でも音楽はいつだって僕に変化をもたらした。

当時、新しい働き方、生き方みたいなものを考えていたのだが、やっぱり難しくて、僕は相変わらず金が無い生活してた。でも創造性は爆発してたから問題なかった。でも、僕のまわりの人間が数人、自殺、ドラッグなどによって死んでしまった。何がいいのかわからなくなった。それでも僕は無情にも突き進んだけど、もっといいやり方はできないものかと思ってた。

僕は要領がいいので、どんなに劣悪な環境でも鼠みたいに生きのびるのだが、まわりの人間は己の繊細さに気づけない人もいた。まずは己の弱さ、繊細さに気づかなくてはいけない。それがこの無思考の社会から抜ける方法だと僕は考えていた。死なない方法を。

そんな中、僕の新政府によるいのちの電話は始まっている。だから自分で解決できることは僕に相談するのではなく自分でやらないとどうせいつかしっぺ返しがきて死んでしまうよ。ギリギリまで自力で考える。そしてマジでやばくなったら僕に電話する。そうやって使え、僕を。利用しろ。僕を。付き合うよ。

死ぬなよ。死ぬくらいなら、その命、僕にくれ。精一杯使うから、あなたの意識を全部吹き飛ばし、真っ白にして、こちらで使わせてもらう。そんなの怖いでしょ、だから、死ぬな。悔しかったら生きのびる方法論を探し出せ。ヒントはいつでも090-8106-4666で伝えるから。でもギリギリまで我慢。

大学卒業後、僕は突然かかってきた石山修武氏からの電話によって、研究室に呼び出され、独立と言い切る僕に激怒し、「お前死ぬぞ本当に、だからうちで一年間くらい修行しろ」と命令され、そのまま僕は世田谷村という石山氏が実験工房と呼ぶ自邸で研究を行うことになった。それは地獄だったけど楽しかった。

そのとき、坂口恭平は二二歳。その年、後に妻となるフーと出会う。所持金は五万円。家賃は三カ月滞納中。無職。世田谷村では給料は出なかった。にもかかわらず朝九時から終電までそこにいなくてはいけなかった。週末オールナイトのバイトを入れ、月に六万円くらい稼いでた。家賃は二万八千円。

その当時から、もう既に躁鬱の気はあったとフーは回想している。突然京都に行くぞと電車に所持金0円に近い状態で乗せられて、結局フーがお金を払って、そして、京都に着いて、そんな自分に嫌気がさして落ち込んでいたらしい（笑）。どうしようもない人間だ。フーはそれが面白かったらしい。変な人。

こんなことを書くと、本当に「就活するのをやめちゃいました！」なんていう若者が出てきたりする……。迂闊な人はやばいぞ。穴に落ちるから気をつけよう。まず独立してできる人間はそれまで訓練してきた人なので、迂闊なままでいくと確実に死ぬので、そういう人はしっかりと他者の指示を受けよう！　就活！

それくらいこの社会は、僕にとっては変なことになっている。早めに気づいて、その問題点を指摘し、その穴に入り込まない、一度も入り込まないようにしないと自分を変更できなくなっている。それが僕に見えている今の社会だ。だからその解決策としてレイヤーという言葉を使った。実は僕には必要ない。

今まで無思考で生きてきた人は、就職しないと生きていけなくなっている。それが今の社会だ。だから僕は、ずっと疑問を感じ、それに対して小学生の頃から、一〇代から二〇代前半まで行動をしてきた人にだけ言っているつもりだ。就活はするなと。

また、天才はむしろ就活して会社を使え。ハックしろ。そして野獣を探せ。

僕のことを天然のキ千ガイと勘違いされている方が多いのですが、一応、僕は毎度、自分が仕事をするときは自分でちゃんと契約書書きますからね。そして、設計図も全て描きますからね。そして、そのための技術はちゃんと身につけてから行動してますからね。むしろ真っ当なやり方してますよ。躁鬱だけどね。出たとこ勝負とか嫌いです。

何のために毎日、狂ったようにツイートしてるかって、これで執筆する力を訓練しているんです。毎日、大声で人に話しかけているかって、演説の練習をしているんです。毎日、ギターをかき鳴らしているかって、いつライブしても良い音楽ができるように練習してるんです。練習命。

みんな行き当たりばったりすぎるんだよ……。若い人特に気をつけてね。僕はただそのように振舞っているだけだからね。ちゃんと準備して、お金も自分で稼いで用意して、それを使っているだけだからね。突然始めたりしたことないからね。全部練習したあとに、全て空で言えるようになって、話してます。

ということで、僕が今、「就活するな」と言っているのは、中学生くらいを対象にしています。今、就活してる人はがんばってください！　今、やめようとしても遅いです！　どんどん会社に入って、むしろハックできるくらい出世しましょう！　出世は出世で楽しいんだと思う。僕入ったことないから知らんけど。

時々、僕の前にも就活悩んでいる人とか来るんですけど、どう見ても独立してやっていくための訓練を経ている人間に見えないので、ほぼ一〇〇％僕は、「就職したほうがいいんじゃないの？　多くの人から君の名前を呼ばれ批判されたらびびりそうだから、すぐに匿名の会社へ逃げ込め」ってアドバイスします（笑）。

さらけ出して、電話番号出して、ちゃんときわどいこと書いて、言って、伝えて、それでいつでも批判してもらえる環境をつくる。これが芸術家の重要なところである。逃げられないように辛いけど設定する。これが独立するってことだと僕は思っている。それは責任を通り越した、むき出しの自分の提示である。

社会に牙をむくにはそこまでする必要があると僕は思っている。そうしない人もまわりにいたけど、大抵中途半端で終わってる。一回くらいはうまくいくけど続かない。金がないからってすぐやめたりする。そういう人はやらないほうがいい。どうせ社会は変わらないから。それくらい難事業だ。だから戦略重要。

☆

スロベニア人のネヴァンカとフランス人の演出家の演劇を観に行ったのだが、そこにいたのが二〇〇七年に僕がフランスのサンナザレで展覧会をやったときに会ったオードレーで、六年ぶりに再会し興奮した。

やめないで、ずっとやっていると、こうやって人と再会する。世界中の人とつながっていると思うと、心がすーっと軽くなる。ここが駄目なら、次、別のところでやればいい。そんなことさえ思えてくる。そうすりゃ無敵である。どこだって、坂口家は生きていける。だから心配しないで、どんどん楽しいことしよ。

この前、死にたいと言った人に「じゃあうちに遊びに来なよ」って言って、呼んでベンツに乗せて熊本をドライブして音楽かけてた時におれが泣けてきた。なぜ人がこんなに苦しむのかと苛ついた。その子に、おれはお前の親友だと伝えたよ。

昔あったいろんなことが思い出され、そして今の自分がそれらによって成立していることに驚き、そして感謝する。みんなのことが好きだったんだなあと思う。そして今がある。

ぶっちゃけ、僕は村みたいなものをつくって、そこでみんなで暮らして、金なんかおれが稼ぐから心配するなと言って、お金を稼げる一〇人くらいと日本銀行券稼いできて、それで他の人にはそれぞれの仕事をやってもらう。みんなくっつかず離れずの場所にいて家族と友人が集まって暮らす。本当はそれやりたい。

で、ずっとハグとか体からませたりして戯れたり一日中してたい。男たちとは文学の話を音楽の話を演劇の話をずっとしてたい。ずっと一緒にいたい。でも、それは今ではコミューンっぽいとかヒッピーですかとか新興宗教ですかとか昔そんなの一杯あったとか言われるから、レイヤーとか言い出したんだ（笑）。

でも、本当は僕はみんなとずっと一緒にいたい。

それだけだ。この分裂がこの疎外がこの労働がこの終電が、やはり好きではない。でも、それを単純にやると、どうやらうまくいかないらしい。僕はそうでもないと思うのだが、だから僕はわざわざ面倒くさい方法論でやっている。

なんか知らんが涙がこぼれてきた。そして、自分はどんなに社会から間違っていると言われても、己を信じて、さらに突き進むことを決めた。僕は自分が間違っていないことにしてみる。

☆

本家「いのちの電話」から商標登録で訴えられたので、「『いのちんの電話』にする?」とアオに聞いたら「『草餅の電話』にしろ」と言われましたので、今日から「草餅の電話」と改名します。人が嫌がることはしたくない。でも謝罪もしたくない。僕は何も謝るようなことはやっていないと信じてる。自殺者を減らしたいだけである。草餅の電話にしたほうが減りそうだね(笑)。

草餅の電話はどんどん修羅場を迎えている……。本当に社会はとんでもないことになっているのだと毎日、実感している。芸術どころじゃないよ。現場では人々がかなり困難にぶつかっている。それに一つ一つ僕がぶつかっていても体がもたないが、放っておけない。

やはり僕のやっていることはこの現政府国民たちが多い世界では、本当に狂っていると言われても仕方がないものだ。だからしっかりと協力者がいない(笑)。僕に近い人にですら無視されている。もちろんできないと自覚しているから迂闊にやると言わないのだろうが。それでもフーが最近話を聞いてくれる!

僕もこれは人は無視するしかないな……と思う。こんなことに構っていたら、確かに自分の人生というものがある人にとっては大変すぎて無理だもんな。僕はなぜかこの仕事が日本円にはならんが縁になるので好き好んでやっている。大変だけど(笑)。

でもこれを無視しちゃいかんと思うよ。社会は。人々は。芸術家たちは。哲学者たちは。政治家は。

音楽家は。無視しちゃいかん。その絶望と接することができる人は立ち上がらなくちゃいかん。現政府ではそれができてない。本家「いのちの電話」ではそれができてない。もっと柔らかい人が必要だ。もっと楽しい人が。必要。

なんか最近、本当にただ展覧会やってとか、本出してとか、建築建ててとか、演劇やって……とか、なんかその「表現」っちゅうもんが気持ち悪く思えて仕方がない。何かを無視しているような気がしてならぬ。それらがああだこうだ議論する前に議論することがあるように思えてならぬ。大抵の人は無視するが。

今、僕がこの草餅の電話にかけてくる人たちとしか、話が合わないというこの悲しさ……。絶望的な状態であることが全く知覚されていないまま、見過ごされて、それらを気にしていては生きてはいけないという他者への無視をみんなで了解しようという恐ろしさ。しかし、そこから離れるとおれも地獄が見える。

ま、それでも僕はやれることしかできないので、無理せず、できないときはできないと自覚し、できるようになりたいと思い、そのために努力するという当たり前のことでしか伝えられないな。でも、心の優しい人ばかりなんだよなあ、草餅の電話にかけてくる人たちは。こっちもゆっくりいこう。ゆっくり。

僕と話の合う人はどこにいるんだろう。どこにいっても、「へー、すごいねー、いやー、私にはできないよー、ほえー、いやー、いいねー、でも大変でしょ？　体壊すんじゃない？　あんまり無理しないでやりなよーー」という会話が続く。それはそうだと理解もできるが、彼らには社会が見えていないのだろうかとも思う。

こんなことやってて徒労に終わるんじゃないかってたまに不安になるよ。こえーもん。そりゃ自分も、忘れて放っておいて、なんかかっちょいい雑誌とかのコラムとか書いて、なんか作家っぽいスタンスで、人前からは離れて、お洒落で、洒落た店で飲んで、文化的な生活送って、とかでもいいなとも思うもん……。

ちょっとやさぐれてます……。とりあえず今日はもうゆっくり休もう。バレンタインデーに、死にたい電話がとにかく多いです。アオのチョコクッキーボーイを思い出して、ちゃんとゆっくりソフトランディングしよっと。

布団の中でずっと泣いていた（笑）。まじ、この馬鹿三四歳ひでーもんだ。頭がまじでいかれちまっているか、完全な子ども状態である。おれはキ千ガイかもしれんけど、言っとくけど、おれがつくり出している芸術は頼むから本物であってほしい。お願いかみさま。

永遠小説「坂口恭平」のはじまり、はじまり。これはとても長い物語です。永遠に読むことのできる古典です。毘沙門天の出会いから始まったとても長く手に汗握るそれでいて静寂な生と死の物語。愛と書《か》く名《めい》の物語。僕は書く名を、ぼくはかくめいを、起こす。必ず。届け。君の元へ。手紙よ。届け。

僕はこの仕事に集中する。そして、運慶のように、毘沙門天を描き、彫刻し続けたい。それが僕のドローイングであり、インスタレーションである。重源のようにモバイルハウスをつくり続け、０円生活圏をつくりたい。そして、空海のように能書家として本を書き続けたい。つまり芸術をしたい。

そして、多聞天として、つまりその一番人間に近い存在である変化である毘沙門天として、人々から草餅の電話を受け取り続けたい。あなたのことを愛している。だから、君たちは心配せずにお守りとして０９０-８１０６-４６６６を持っておけばいい。電話しなくてもいい。いつか会えることを願えばいい。

芸術をつくっているふりをして、ハリボテをつくっている人間には僕は一切声をかけない。そして、心の刀で切り捨て殺す。嘘はついてはならない。僕はそれで人々と付き合っている。そのような人間にしか声をかけない。声はそれくらい大事なものだ、僕にとって。だから向こうから来ても無視する。声は出さない。

嘘をついている人間は嘘をついていることを知っている。それは僕がそうだった。だから僕は自分を自分で殺した。それが必要だった。そこからだと思う。そうしないとハリボテの嘘の芸術ではないものを人に届けてしまう。すると人が死ぬのだ。僕は三人自殺で友達を失っている。声はこちらに来たのに避けたおれ。

坂口恭平は万能ではない。毘沙門天なので、毒にもなるし、それは人を殺す可能性もゼロではない。しかし、なぜか僕は行動を止めることができないのだ。なぜなら、僕の言葉を聴いて理解する人がいたからである。全員ではないのは理解する。だけど僕は絶対に永遠にこの仕事をやめない。

何度も言うが、僕は自殺を完全に肯定している。そうしないと僕のまわりで死んでいった自殺した親友たちの生を否定することになってしまう。だから、僕は自殺したいならしたほうがいいと思っている。誰がその人の死を否定したとしても僕は肯定する。だけど本当は死にたくない人はおれに電話しろってだけだ。

なぜ自殺が悪いのか、おれには理解できない。それでは千利休も否定するのか。おれにはできないよ。人間には名前がある。動物にも全て名前がある。匿名のものなど、そんな人間の塊など、どこにもいないのだ。まずはそこに気づかない限り、新政府は幻となるだろう。僕は匿名の人間には用がない。それは僕にとっては人間ではない。

名前を名乗れ。こう言われたことのない人間だらけになっちまったこの世界には、髑髏《しゃれこうべ》が転がっている。人は死ぬだろう。多くの人間が死ぬ。それは仕方のないことだ。いつの時代もそうだった。だから、僕は草餅の電話をやっている。死ぬべきではない人々と協働するために。これは仲間探し運動なのだ。

☆

新政府は「新政府内閣総理大臣賞」をはじめます。応募要項は後日発表します。

昨日、酒飲みながら「なんで、おれは天才なのに、賞とかもらえないんだよ……。欲しいんだよ実は……。賞が……」と愚痴ってたら、弟子に「師匠、それなら自分で賞つくればいいじゃないですか。賞はもらうよりもつくったほうがいいっすよ。権威はもらうな。勝手につくれ。それが新政府流でしょ」と言われた。

新政府は「新政府商店」をはじめます。詳細は後日発表します。

「Amazonとか販売所とか仲介料ばっかりとりやがってなんだよなあ……」と酒飲みながら愚痴ってたら「師匠、それ自分でやればいいじゃないですか。ネット使うの面倒くさいから師匠の携帯電話とメールで、おれらが梱包する家庭内手工業つくりましょう」と言われた。

新政府は新政府レコードをはじめます。詳細は後日発表します。

大きな夢となれ。肥大する夢そのものとなれ。どこまでも際限なく広がる夢は、あらゆる悪意さえも飲み込んでさらに膨張するアキラとなる。夢はおれだ。君だ。

僕はこの新政府を一人で立ち上げ、周囲の理解も少なく、それでも自腹でゼロからずっと一人でやってきました。自分で考え、フォロワー数も一五〇〇人だけだった自分の本のツイッターアカウントをもらい、それだけで活動をはじめました。質問できる人もいなかったです。みんなやったことないことだったから。一人で考えた。

前線にただ一人自分がいる。そういう状態です。本当はみんなも。それでもなぜか、僕のことを自分よりも（色々と）知っている人だと思っていたり、自分より行動できる人だと勘違いしている人がいるかもしれませんが、おれだってあなたと同じただの人間なのです。技術を凌駕するほどの、一人による経験の多さが今の僕です。

試せ。

自分が何か思い立っているのなら、とにかく今すぐ試せ。会社をやめなくてはいけなかったらすぐにやめろ。悩んだら終わりだ。まわりの人はどうせ経験したことないことだから、自分にできないことはお前もやるなと言ってくる。それはその人ができなくてもいいと他者を引きずり認めさせる行動。無視して試せ。

人の話を聞かない。これほど虐げられてきた言葉はない。だが、僕はいつも静かに自分の心の中でいつもこれを呟いていた。人の話は聞くな。経験した人間を探せ。その人間の経験したことのない世界まで行けるように、経験者からは全てを学べ。そして彼を乗り越えろ。その先へ。未踏の虹へ。ゆけ。君よ。

邪魔だよ。そこどけ。おれはただただ進む。前に後ろに右に左に上に下に。山も川も海も地下だろうが砂漠だろうが、ただただ進む。止めることはできない。それが人間だ。おれの自由は誰にも冒すことができない。それが人生。

高校生から草餅の電話……。死ぬナーーー。福岡の子だったので、早くこいこい熊本へと誘っといた。死ぬ前に一度おれに会っとけ。たぶん死にたくなくなるぞ。おれ見たら、イライラしてくるってみんな言うぞ。なんか悔しくて、イライラしてくるって。自由を見ると人はいらつくのだ。自由を見ろ。

ネットで叩かれてもワイドショーで叩かれてもとうとう警察が入ってきても訴えられて刑務所の中に入れられても僕は自分の活動をやめないであろう。それは死を意味するからである。死ぬくらいだったら、僕は生きる。つまり己の使命のままにただひたすらに動く。嫁の意見だけちょいと小耳に挟みながら。

よく「僕も、わたしも実は○○星雲の宇宙人です！　恭平さん！　一緒に地球を救いましょう！」という熱い電話がかかってきますが、すみません、僕は宇宙人ではありません、たぶん。まだ気づいていないだけかもしれませんが……。でも、僕は虫とか動物とか植物とかと話すことはできます、よ。風を摑むこともできますよ。小さいときには竜巻を起こしてたようです……。

妄想ではないというのは狂人の言葉である。おれは狂人なのか。違うと思うがまわりは笑う。ならばおそらく狂人なのだろう。おれも。お前も。誰がまともか。娘が笑う。げらげらと。アオの目は透き通ってその先が見渡せる。その目の先へ。透明の町へ。おれを誘え。音楽よ。書よ。たちまち渦に飲み込まれん。

狂人であるおれは、世界をもう一つつくることをまったく困難なことと思っていない。金も少しでいいと思っている。どうやら人にはそれは馬鹿げたことらしい。僕が信頼している人間までもがそうおれに伝えるが、試したものは皆無だ。面白いことに、おれがやろうとしていることを試した人間には会ったことがない（笑）。

☆

僕はやはり原発反対ではなく現政府反対なのだと深く自覚する。もちろんそれは自分が属している世界の否定なのである。同時に己への反対でもあるのだ。そうやって生きてきてしまった自分への反対。それをやってしまったら自分ですら消えてしまう。だから何も物を言えなくなるのだろう。これまでもそうだ。

自分のことを棚にあげてよく言うわねとか、結局あなたも現政府のつくったインフラシステムや公的機関を利用しているから文句を言ってはいけないと言う人もいる。それも重々理解できる。しかし僕はやはり新政府を進めていこうと思う。こんな若造のはったりなどすぐに消えると言われようが、やはり行動をする。

原発労働者の問題に家族の根深い問題が草餅の電話にかかってくる。これが僕の現実だ。こういう見えにくい現実が声で音楽として伝わってくる。目を逸らすなと言ってくる。手を差し伸べろと天から声が聴こえる。無視しては多くの人々と同じである。それでは駄目らしい。お前は目を見開けと毘沙門天が言う。

僕は社会に対して、社会問題は口にしたくない。でも、僕のところにかかってきた草餅の電話で直接特定の人から、僕の親友から叫ばれた苦しみには、ちゃんと向かい合い、それを社会に対して、個人の苦しみとしてちゃんと言語化し、伝えたいと思う。それが僕の仕事だ。放っておけないんだ、僕は。人が。

今日は日本最大のハンセン病患者の療養所である熊本の恵風園に、齋藤陽道と一緒に行く。ここの歴史も残さないといけない。忘れてはいけない。人はすぐ忘れる。もちろん僕もすぐ忘れてしまう。だから、忘れないための時間を毎日つくる。そこまでしないと忘れてしまう。それが僕の仕事だ。

　本を書くという作業は「忘れない」ためのおまじないのようなものだ。

　人から動かされる労働をやっている時間はついついいろんなことを忘れてしまいがちだった。だから、僕は早くやめたいと思った。よく死にそうな気分になった。それが二二歳から二八歳までの七年間の修行みたいなものだった。労働は嫌いでも楽しくないわけでもない。しかし、やめなくてはと思った。忘れるから。

　四歳のときから鳴り止まぬこの罪の意識は、杜の宮を潰した、親父たちの世代への恨みなのか、いや、そうではないんだろう、罪ではなかったのかもしれぬ。一瞬、忘れてしまった人間への言葉。それがおれなのか。独りよがりになるなと先人はおれに言う。しかし、おれは四歳から独りよがりだ。それで生きてる。

　世界最高の勘違い野郎でいい。でも一番の勘違いでいたいよ。この世は困っている人間たちを放置する社会なのか。本当にそうか。おれはそうでないと実感しているぞ。おれは違うし、あんたも違うはずだ。つまらん紙くず拾い集めるくらいなら、人と会え。人と飯を食え。人と歌え。あの歌を。叫べ。歌を。

　そいで歌お。みんなで歌お。悲しみの歌を。喜びの歌を。友達への歌を。愛するあの子への歌を。歌は花だ。花は人だ。おれは人間だ。そして歌だ。風だ。

　風の歌を聴け。

　見えない涙が止まらない。それがおれだ。

　ぼろぼろと。ぼろぼろと。ぼろをまとったおれがわらう。わらったさきにはのどちんこ。ちんこのさきにはくらやみが。ゆうきがないならかえりなさい。どこまでいくのかこのたびは。いこうじゃないのよあなたといっしょにどこまでも。うたをうたえ。あのうたを。わすれるな。よろこびを。かぜを。きみを。

昨日福岡から来た死にたいって言ってた女の子は、齋藤陽道の写真見て、彼女も写真撮ってるからか、写真撮りたくなったと言って、ご飯を食べたら急いで帰って行きました。ぐふふ……作戦成功。ぶっ飛んで仕事をしている人間を見たら死ぬとかそんなこと言ってられんのよ。焦るのよ。自分も動かねばって。

もうやっぱり、自分たちに手に負えないと判断したものを国に任せるみたいな今のやりかたはやめないか……と思う。でも、そんな時間はないと大人は言う。僕は自分で今、やっていて、そんなに大変じゃない。草餅の電話だってそりゃ寝られないときもあるけど、毎日でもない。新政府だって余裕もってできてる。

あなたがむかつく人のことなんかほっといて、あなたが解決すべきだと思っている問題に向かうべきだ。みんながそれぞれ問題に取り組めばいい。人の文句を言うよりも、何百倍も効果があるのが、自分で感じたことをその問題を、自分の手で解決しようと試みること、である。それが生きる上での指針になる。

他者なんかどうでもいいのである。それが僕の考え方。国家なんかルールなんか法律なんか警察なんか役所なんか両親なんかどうでもいいから、そんな人たちに文句を言うのなら、そこからちゃんと距離を置いて、離れて、自分一人の足で立って、自分が感じている問題に手をつける。怖かったらおれに電話。

親が許さないから、って言って、自分のやるべき問題に手をつけることを止めているのは、憎しみにつながるので、気をつけよう。好きなことを好きな時に好きなだけ好きなようにやる。まずはそれをやらねば人間は次に進めん。アオを見てるといつもそう思う。

好きなだけ満足して腹が一杯にならんと他者のことを考えることができない。僕はそう思っている。子どもがおもちゃで遊んでいて、誰か子どもが近寄ってきて、おもちゃを取られて子どもが泣いたら、おれは取り返しちゃう。で、満足したらどうせぽいっと捨てるので、それを渡す。まずは満足しないとね。満足しないまま「他の子どもとも仲良くすべきだ」的な思考で、おもちゃを他者に手渡すと、子どもは辛いのではないかと僕は思っている。まずは腹が一杯になるという感覚を学ぶ。ものを貸す。すると、次第に人にものが貸せるようになる。ものを貸す、自分のものを自分のものとは思わない練習。それは「満足する」こと。

もちろん、これは僕が自分で体験したことだけをもとに考えているので、僕にしか当てはまらないのかもしれない。僕は単純にもう満足した。物の世界は。自分の欲しいものは全部ゼロから自分でつくれることを知った。それで終わったのである。金だって欲しいときにいつでもある。だから終わった。満足した。

贈与地獄に持ち込むと、子どもは腹が一杯になる。すると、一つでいいとか、もう二つほしい、とか数が少し見えてくる。そして、満足すると、少しだけ人にものを貸せるようになる。さらに別レイヤーの遊びを開発していくと、もので遊ぶのではなく、思考都市で遊べるようになる。そっちの方が楽しい♡

☆

三月二三日午前〇時二四分、坂口弦、誕生。三月二三日は、北大路魯山人、黒澤明の誕生日であり、西行、海賊キャプテンキッドの命日（笑）。半端ないね。

こんな世……、とみんなが社会に向けて言葉を放つ。そんなとき僕はいつも「よし！　子どもをつくろう」と思う。こんな世に負けてどうするんだよ。こんな時代だから、やるしかないでしょうよ。

僕は家族を増やしていきたい。縮こまっちゃいけない。どんな世界だろうと時代だろうと人間はそれで生きのびてきたんだから。だから、どんなときでもどんな状況でも、気持ちよく、腹をくくって、まっすぐに生きるしかないんだと思う。社会に環境に世界に対応し己を萎縮させたら出るものも出らん。出せ。己を。世界に。歌にのせて。

☆

野良猫が道端でヒクヒクいっていて、車で通りすぎるも落ち着かず、戻って今から病院へ。車で轢《ひ》かれたのか、どうかわからないがほっとけない。空港行かずに動物病院へ。頼む死ぬな。生きてくれー。

死ぬなよ、みんな……。090-8106-4666。

カルトと呼ばれようがキ千ガイと呼ばれようが、おれは行動するぞ。死ぬな。頼む。死ぬな。おれは生き物が死ぬのがやっぱり悲しい。関係ないやつなんていない。同じ大気の中に生きてんだ。一緒にやるしかないだろ。

なんだこのわけのわからぬおれのなみだは。今から水前寺ペットクリニックへ。この猫は、この病院の中では野良猫ではなく、坂口のらねこさんになっている。

瀕死の猫の名は、「坂口たんぽぽ」と名づけた。たんぽぽ、死ぬな。

「恭平が生きてりゃなんでもいいよ」と言ったフーの言葉が染み渡る。

車に轢かれたたんぽぽを見て、車を恨みながら車に乗って動物病院へ駆けつけていくとき、おれなんか死ねばいいんだ。本当に人間なんて死ねばいいんだ、と思った。人間なんかいなくなれば、動物たちが廃墟となった草原を走り回れるのに。室内犬って何だよ。一体何なんだよ。……とベンツに乗るおれは矛盾。

そして、日常に溶け込んでいく自分が空恐ろしかった。「忘れるな」。とりあえずおまじないを唱えた。おれのおまじない。忘れるな。見ろ。蓋するな。生理的に駄目なら今すぐ問答無用で行動をやめろ。変えろ。金放り投げて、己のやるべきことだけやれ。しかし、泣いたんだ。おれは。涙がぽろぽろと。泣いた。

その涙が本当に生きるものへの優しい涙であるのか。おれはずっと考えていた。それは何かの知覚の涙なのだ。しかし、それが何なのかおれにはさっぱりわからんかった。一瞬、交通事故で轢かれたたんぽぽが気持ち悪いんじゃないかって思って通り過ぎようとした。肉体なんだよ。無視するな。忘れるな。「あのこえ」。二〇〇五年につくった歌。ドラムを叩いている年下の親友は二〇一〇年に亡くなった。自殺だった。草餅の電話はこの死との直面がきっかけの一つである。忘れてはいけない。行動しなくてはいけない。この時、そう決めた。

一三歳から二三歳になってフーと出会うまでずっと付き合っていた女の子がいる。彼女が高校生のとき、自殺未遂をした。僕と付き合っているときである。僕はそのときも決めた。何と言われようと、おれがこうと決めたことは徹底して、人がびびって漏らすくらい殺気を持ってやると決めた。忘れるな。

四四歳の男。まず、おれに電話したということは、友達がいない。でもおれが出たということはいきなり親友獲得。しかも、電話したということは実は死にたくない人。一人で寂しいと言うから、おれも一人は寂しいと、つまりそれは自然な心の動きだから、別に狂人ではない。

絶望している話を聞かないんですか、と言われたので、苦しかったり悲しかったりしているのは、別にあなただけでなく、おれもみんなもそう。だから、それは後で対応したい。それよりもあなた感動したことある？　と聞くと、はい、無茶苦茶あります、というので脈ありと判断。書けと命じた。

今までの人生で〇歳から思い出して、これまで感動したことを全て手紙に書いて、おれに郵送で送ってくれ。おれが言えるのはそれだけだ。それはあなたのガソリンになる。これから突き動かす機械の重要なガソリンになる。それをまずは獲得しよう。だから今すぐ電話切って書けと伝えた。

それで、また困ったら、いつでも電話してと伝えた。

これまで感動したこと。涙したこと。忘れられないこと。これを書くという作業。これはまさに、おれの人生なのだ。おれは書いている。おれが忘れたくないかけらを。全てを書きたい。でも、それは永遠に遠い。忘れないために。全ての人間として忘れないために。おれは書く。お前も書けよ。今すぐ。

おれだって年に四カ月くらいは絶望してるんだよ……。でも、書く。おれは感動してきたことを書く。このガソリンを使えば、またどんなに悲しいことがおれの身に周辺に起きても、生きていけるんだ。それがおれの人生だ。書くという作業はそういう作業なんだ。涙の数を数えるんだ。あの本を。言葉を。好きな人と一緒に歩いた道のりを。あの歌を。思い出すんだ。そして、それを書く。自分が感動してきたかけらを拾い集める。細かいものまで、星屑みたいな気持ちで集める。それがおれの仕事だ。だから、止まらないんだ。おれはやりたいこと以外することができない。この社会的にはびょーきだ。おれの自然だ。

坂口恭平街道まっしぐら、いくつもの生と死に囲まれて、おれはただ突き進むよ。風に乗り、花びら掻き分け、そこどけ、そこなしの切ない喜びの歌と共に、おれは突き進むよ。きみと。ずっと。忘れるな。忘れない。あの歌を。どんな花よりたんぽぽの花をあなたに贈りたい。命のおかわりはない。味わえよ。

涙で溶けた鼻水を　手鼻で虚空へ吹き飛ばす。どこまでも飛んでけ。シャボン玉飛んだ。屋根まで飛んだ。

生き方をはっきりさせる。事実確認を怠らない。抽象的な己の悩みなど己の中だけにとどめておけよ。そんなの外に出すな。それを脱糞という。おれは外身だけしか見せないぜ。携帯番号を全世界に晒してもおれの心は誰も知れない。ロックなんかかかってない。心というのは見えない鉄壁であるべきだ。

悲しくて切ない涙は人に見せたくない。おれの涙は人々への音楽だ。オーケストラだ。同時に心では泣いている。その涙は、誰にも教えたくないおれ一人の孤独の海だ。

時間があるときいつも思い出す。本を読んで泣いた夜を。音楽を聴いて泣いてたベッドの中を。散歩の涙を。手の涙を。匂いの涙を。思い出せよ。きみが感じたその涙は、手紙だぞ。絶対に捨てるなよ。本当に遠くから届いてきた手紙だぞ。絶対に失くすなよ。絶対に。

でも、大事にしまうな。ポケットにいれてろ。

☆

僕は「たんぽぽ」という日立製作所の労働闘争歌を、一九八五年四月、新宮市立新宮小学校一年二組に入学した担任の先生、心の師になった佐藤範子先生から「いのちのおかわりはありません」という名言と共に四月の歌として教えてもらった。あれから三〇年近く経つ。おれは忘れられん。あの歌を。空気を。

そういえばおれは人に人生の相談をしたことがない……(笑)。おれがやろうとしていることはいつも誰も体験したことがないことばかりだった。小学一年生のときから。だから相談ができなかった。いつからか、相談どころか自分でも熟考せずに勘だけで選択せずに一本道で生きるようになった。筋金入りなのよ。

三〇年間、ただただ勘だけで生きてきた結果がこれだから、良い子のみんなは真似しちゃ駄目よ。おそらくすぐ死ぬか、すぐ凹んで止めるか、すぐ金がないくらいで、そんなくそったれな理由で行動をやめたりするから。とにかくおれの真似するなよ。素人がやるとまじで死ぬぞ。自分の命は自分で守れ。

みんな「風」のことを考えなさすぎなんだよ。「夢」なんかただの夢だと思い過ぎなんだよ……。もっと真剣に、見えない力を捉える力を身につけよう。そうしないと生きのびられないよ。人を助けられないよ。人を助けてこその人生だぜ。それ以外の楽しみって何かあるの？　あったら教えてほしいよ。

個人の力なんかたかが知れてるなんて言っている人間は、言葉の力とか理解できないんだろうなあ。カフカや南方熊楠が今でも生き生きと残っているって、やっぱり言葉ってすごいんだよ。言葉って人を説得するためにあるんじゃないからね。感じたこともない風を、見たこともない夢を、出現させるための技術。

いや、遊びであってほしい。むしろ。
おれがこんなことやっている理由が遊びであればいいなあと思う。

自分より若い人間に「持続が大変なんだ」なんてまるでおれの両親みたいなこと言うな……。生きてるってこと以外の持続ってあんのか。おれにはよーわからん。

僕の師の一人である建築家・石山修武は恐ろしい男だった。おれはいつもまじでびびってた。失敗したら殺されそうな予感に毎日ひたひたと浸ってた。おれは固くなった。毎日筋肉が心の筋肉までカチカチになっていた。毎日怒られてた。しかし大事な打ち合わせにお金の話してる時、毎回おれを連れてってくれた。

それくらいの強大なプレッシャー、緊張感が人間が成長するときには必要だ。このような通過儀礼を今の人間はほとんど通過していない。だから三十路を超えても足腰が弱い。恐怖と直面したときに固くなった筋肉は次第に柔らかい伸びのあるしなやかなバネになる。そのバネが今、おれの力になっている。感謝。

行動する人間は絶対に失敗してはいけない。失敗しても許されるのは弟子のときだけだ。自立したら失敗は許されない。失敗するやつは行動ができない。しかし、失敗をしないための方法は簡単でもある。死ぬ気で考える。死んでもいいと決めて、誰も知らない道を行く。その前に恐れを知る必要がある。弟子は。

☆

今回の長い鬱（二〇一二年八月〜二〇一三年一月）の後、完全復活したわけだが、あらゆる記憶が全て戻ってきてしまったのである。それが今回の「鬱の花」。今まで社会を変える方法を考えてきた僕が、次に向かうのはどうやら「一生変えられない」ものである「記憶」なのだ。変えられない絶望と希望を書く。

みなさん、ウザいかもしれませんが、僕に文句言うよりは、現政府に文句を言ったほうが効果があると思うので、そちらを優先してくださいね。僕は勝手に、地道に少しずつ準備して、こつこつやっていきます。こつこつ狂ったことを、こつこつただただ好きなことを。努力なんかせずにただ好きに生きる。

他者の評価で自分の作品の存在意義をつくり出すのは駄目である。そんな作品、残らない。まず自分で決めるのである。その作品と一生歩くと。それだけでいいのだ。他者を求める人間は後に他者から否定されて仕事をやめる。それじゃ駄目なんだ。自分で観てあげる。それだけやればいい。僕はそうしてきた。

持ち込みをしたのはリトルモアだけである。それ一社だけで後はしたことがない。一冊本を出せたら、あとは自分でなんとかなると思ってた。作品の力で人々を吹き飛ばさないかぎり、どうやってもいつかは駄目になる。それくらい大変な作業であることを自覚しないかぎり作品はつくらないほうがいい。

ちょいといじられたくらいで凹むような若者では駄目だよ（笑）。そうやって大人は不安だからどんどん芽を摘むので、どんどん無視して独自に自分の好きなように生きればいい。みんなそうやって若い頃から誰でも育ってきたんだ。だから、どんどん好きに一人でやれ。おれにも聞くな。頼む一人でやれ。

だからこそ僕は自分のＨＰ（http://www.0yenhouse.com）とこの原稿で、とことんやってきたことを書いているつもりだ。これは若い人へ送る、方法の技術のつもりだ。どうすれば自分の考え方を社会に伝えることができるか。人の役に立つことができるか。僕の仕事はそれだけだ。

☆

一九九八年、武道館にOASISの来日公演観に行ったときに、エレカシの宮本浩次さんとたまたま会い、もちろんお互い知り合いでもなく、向こうはロックスター、僕は無名の青年だったが、武道館前でなんかOASISよかったなあと思って「Whatever」を歌っていたら宮本さんが入ってきた。「Whatever」ってキーがGで、同じキーの「今宵の月のように」を続けておれは歌い始めて（笑）、もちろんそれに宮本浩次さん乗ってきて二人でマジで歌い合ったのだった。僕はずっともうこのまま気持ちよく生きられるなと自信を持った。おれには風があるんだ。宮本さんにも風がある。と思った。

おれが一九歳のときのことである。おれはこのときからずっと同じ風が、追い風が、気持ちのよい乗り心地の風が觔斗雲のような風として吹いている。ぴゅーっと吹いている。その風を知っているんだ。

風を知る。僕が若い人間に教えたいことはこれだけだ。風の在処《ありか》を教えてやらねばならん。巻き起こす方法を。

立ち居振る舞いを教える。人間にはちゃんと野良猫のような立ち居振る舞いを教える必要がある。忘れてるんだ。このからっとした悲しさを。切なさを。そして力強さを。おれはもうどうなったっていい。どこからやられても負けることない。そもそも勝負をしていない。おれはおれだ。それが風になるのだ。今。

悔しかったら生きてみろ
おれのように　音楽のように
悔しかったら生きてみろ
虹のように吠える詩のように

――「匂ゐの世界」　坂口恭平二〇一三

おれの体の血管には血液よりも音楽の方が濃く入っている。おれは音楽だ。音をかき鳴らせ。自由の鐘を鳴らせ。“Let Freedom Ring!”自由の鐘をかき鳴らせ。おれが忘れていないということを、人と結びつくことを伝えるために。鳴らせ。

おれたちは実は自由だぜ。みんな一様に。自由だ。だけど自由に気づくためには植物と同じように風が必要なんだ。風が立つところには音が鳴る。だから耳をすませ。祈れ。そこらじゅうにおまえの息吹が届くように大きく深呼吸をしろ。目が合ったあの子にはウインクして、声という音楽を鳴らせ。自由の鐘を。

マンクーソを思い出せ。アーサー・ラッセルを。バークリー大学のゲーリー・スナイダーを。あのベニスビーチの煙を。遠くを見ていたあの頃を。その手を離すな。ずっと。

みんな忘れてても心配ないっす。おれが忘れてないから。いつでも思い出させてやるよ。あの時を。

あの街を。
アスファルトからわき上がる雨上がりの匂いを。
おれの雫を。音の雫を。体験の雫を。みんなの泪《なみだ》を。

☆

落ちこぼれってどんな人を指すのだろうか……。
おれは弟子が三人いるけど、彼らはそりゃ現政府からすると落ちこぼれなのかもしれないが、僕にはとても落ちこぼれには思えない。ただの面白いやつらだ。彼らは自分の才能を日本銀行券に替える方法を知らないだけだ。ただそれだけだ。それはそんなに重要ではない。

家族の中で落ちこぼれなんか存在するのか。僕には理解できない。落ちこぼれなんか存在しない。みんな面白いじゃないか。落ちこぼれっていうふうに区分けしちゃうと紋切り型のコンプレックスしか生成されないような気しかしない。家族は一緒にいてくれるだけで価値を持つ。それだけでいいじゃん。

みんなで寝れば眠れない日々もなくなるし、みんなでいれば心の傷は残っても、それでも生きていける。だからみんなでいればいいのだ。仲間で集まるのではやはり限界があると僕は思っている。だから僕は今、家族をつくろうと思っている。新しい家族を。家族は一番小さな共同体である。建築なのである。

睡眠薬よりも新しい家族を。安定剤よりも新しい家族を。血の家族じゃなくてもいい。自分の家族をつくる。これこそ、次の僕のテーマである。精神薬なんか必要なくなるよ、きっと。もちろん薬がいい人はそれでもいいからね。文句を言っているわけではない。ただ、薬飲むよりも人が集まったがほうが安定するぜ。

僕はこれまで二千人以上の草餅の電話をとってきたが、結論は家族問題だけが生死の分かれ目である。それなら、元々の家族で悩むよりも新しく家族をつくるほうがいい。一生付き合う親友を探すのだ。それが家族である。僕は今子どもが六人います（笑）。坂口家は八人家族。楽ですよ。本当に。

いのちの電話をやめたとかいいながら、電話はかかってきます。ついつい五分くらいは話しちゃいます。でも僕はこれから少しずつ移行していく。死ねなくなるような本を書く。一人でじっくり読んで、読み終わったら世界が実は無数に膨らんでいて、そのうちの一つが自分の巣であると気づける本を書きたいな。

慰めるのは嫌いだし、僕自身とてもじゃないが助けにならないので、僕は自分自身が藻掻きながらも見つけ出した「生きのびるための技術」を徹底して言語化したいと思って本を書いてます。助けるのではなく、新しい空間を見つけ、それを表出させる。それが僕の仕事なんだなと、最近強く思ってる。

建てない建築家って何だろうと自分でも思っていたのだが、最近何かわかってきたような気がする。人々は楽園を現実につくろうと試みる。でもそれは常に失敗する。建築はそこに建てちゃいけないのだ。システムをそこにつくっちゃいけないのだ。頭の中に、もう既に存在していることに気づかなくてはいけない。

選挙権のない野良猫は、世界の全てがアスファルトで覆われてしまって食物がなくなろうが、文句一つ言わず生きのびている。虫や動物を見ていると、とにかく彼らは死なない環境をつくり出そうとだけしている。家も建てずに。でも猫にも巣はあるのだ。壁がないエアハウスと笑うことなかれ。僕たちに見えないだけだ。

シマウマもライオンみたいな獰猛な肉食動物から逃げ続けている。永遠の鬼ごっこ。躁鬱の僕もそうなんだろうなあ。一週間という時間の捉え方から、お金という概念から、威勢良く大脱走しようとしてる。大人にはなりたくない。大動物にはなりたいけど。成体になりたい。だから脳味噌と体フル回転で生きる。

そのために僕は家を建てない建築家となり、巣への興味を示している。僕にとっての巣とは何か。まだ言語化はできていない。その一つの形態が僕の本である。どんな建築家も結局は最終的に何かを建てることしかしない。それは大人の手法。大動物、成体人間は何をするのか。それが人生だよ。

☆

この社会では、どうやら、この僕のような人間はなかなか生きていくのが難しいようです。毎日同じ場所に通える人のほうが一般的とされ、毎日違うことしたい人はなかなか金が稼げないようになっていきます。だから僕は書いてます。社会に満足している人は相手ではない。困っている人間へ向けて書いている。直に。

万華鏡のような人生を送るしかない。それが躁鬱の使命です。かき乱すために生きている。まともと勘違いされているルールを崩壊させることが目的です。それは僕が生きのびるためです。つまり元々戦争する運命にあった。この社会と。それは嫌だ。だから僕はLayer（層）& Lair（巣）を発見するしかなかった。

自殺者がゼロの世界は幸福な社会と言えないかもしれないが、多層空間そのものとなる。僕が描きたいのはその存在です。一つの世界で少数派として一矢報いるのではなく、ただ別の新しい世界をつくる。箱物なんかつくらず、思考でそれは実現できる。そのために僕は言葉がやはり重要であるという結論に至った。

僕は人を説得したりするのが嫌なんです。何か善や平和があって、それを人に納得してもらって受け入れさせるような行動が本当に嫌なんです。人間は勝手にそれぞれ生きればいい。言葉は説得するためにあるのではない。それは詩の構造を持つただの空間なんだ。空間をただつくる。それが僕の仕事なんです。

新政府は思考実験である。僕は現政府に一矢報いようなんて微塵も思っていない。だって僕の脳内のある一つの世界には現政府そのものが存在していないんです。「総理！　新政府どうなったんすか？」とか聞かれても「知るか」で終わりです。空間を感じたか感じなかったか、それだけなんです。箱物精神は退屈だ。

次の僕の実験は、多くの人々が未来と過去というような時間軸で生きていることに対し、いやそうではなく、時間というものは生物なのであって一方通行だったり化石化しないということを言語化しようと試みています。未来に夢見ている人間ばかりいるから、ちょい待ってよと時空間をつくろうとトライしました。

アオやゲンは、娘、息子でもありますが、同時に父親、母親でもあります。アオは僕とフーが産んだわけではなく、アオが僕らを選んだという時空間もあるんだと。

僕たちは一つの方向、社会、時間、とすぐ退屈な思考をします。その中で良くしようとしても何も意味がないのです。多層な世界を知覚するべきだ。

☆

大衆迎合する言葉書くくらいだったら死んだ方がましだと思い、一度奈落に落ちた。そして『幻年時代』というテキストを海底から口で摑んで陸に引っ張り出してきた。しかし、それは自分でも「はぁ?」と感じた代物だった。次に出会う新しい創造は自分ですら想像できない。そんな鉱脈と出会えた確信がある。

全く予想することのない変化に自分が瓦解しそうになった。それくらいインパクトを与えられた。人にどう伝わるか、そんなの知ったこっちゃない。もうどうでもいいのだ。己に誠実であれ。人の求める言葉など吐いて建設してもそれはただの化石だ。起きて見る夢を立体化せよ。それが内奥からの伝令だった。

そうやって、泥濘《ぬかるみ》に身を浸し、それでも匍匐《ほふく》前進していくと、その先に何かあるわけでなく、突然の落とし穴と出会う。人のこと気にしてたらその穴落ちるの怖くなるから、人を無視するんだよ。半自閉症でよかったよオレ。

永遠になびかない。誰だって探し求めるものは本当はあるんだ。人のことばかり気にしてその聖杯伝説物語を閉ざしちゃう。おれと会うとついみんな自分の神話を語り出す。じゃ、それ早くやれよ馬鹿。僕はもう人と会う気ないもん。自分のことは自分でやろう。どんどんやろう。やばくてももう電話するなよん。

花屋になるな、花になれ。音楽家になるな、音楽になれ。会社員になるな、会社になれ。芸術家になるな、芸術になれ。おれはそのように教わったよ。自分自身に。自分自身のその幼年時代こそが教科書だってドストエフスキー先生も言ってたぞ。あの絶望の塊のおっちゃんが。賭博師にならず賭博として生きる。

つまり賭け金取り戻すとか、そういうなんか、社会とか言われているような嘘くさい共同体をはみ出なくてはいけない。就活の前日に飲みに誘う馬鹿こそが親友であり、ロシナンテだよ。そのロバに乗れ。おれはいつも一人だよ。熊本で。でも毎日アオの幼稚園の送り迎えに忙しいよ。自転車そのものになってるよ。

人から学ぶことなんかできない。なのに人は人から学ぶのが好きである。自分が四歳頃に感じた違和感とか多幸感とかそのままに適当に年とりゃいいのに変なことばかり学ぶ。教養ってのは知識じゃないよ。何もしないで一人で時間をすごす能力であると躁鬱の先輩らもさんも言ってたよ。一人で甘い蜜を吸え。

幼年時代を持つということは、
一つの生を生きる前に、
無数の生を生きるということである
——『パリの手紙』リルケ

躁鬱病は障害者年金もらえるだけあってれっきとした病気とも言える。どんなに幸福な人間でも突如強制的に絶望に陥れられるのである。自殺の原因としてもかなり高い。つまりこれは鎖につながれている状態なのです。不自由であるということだ。しかし、おかげで鎖の存在に気づけた。あと鍵を見つけるだけだ。

☆

一度、アオの作品展したのだが、一つ五〇〇円で売って数時間で二〇個売り切った。小さい時から金に替えてけしからんと言われるかもしれないが、坂口家としては合格だ。アオよ、これでお前も立派な独立者だ。たくさん稼いで生きのびろ。条件は一つ。やりたいことしかするな。それだけだ。

いくつになっても、自分の技術でもって一人で独立し生きのびることのできない人がいかに多いか。それが問題の根源だ。そんな人間たちは何か技術のある人間や政治性を持つ人間を応援すると称して、ただぶら下がる。僕は同じ部族である弟子と娘息子には命じる。それやんないと死ぬぞと楽しく伝える。

書けませんとか困って電話してくる人がいる。

「書けないんです」

「えっ？　毎日机に一〇時間以上座って一カ月過ごしても？」

「いやそこまでは……」

「馬鹿かお前は。やめたほうがいいよ。まじで」

試してもいないのに人に相談する人間は命を失う。やるしかないのだ。やれば楽しいのだから。

☆

もう一人の人格である「鬱の坂口恭平くん」へ手紙を書いたら？　とフーに勧められ、久々に手書きの手紙を書きました。躁鬱も大変なんですよ、本当に……。

僕が自分の携帯番号を公開して、いのちの電話をはじめたのは、この鬱の坂口恭平くんがいつも死ぬことばかり考えてしまうからです。でもこの鬱の坂口恭平くんも駄目なところばかりではないんです。フーも結構あの人も素敵だよと僕に言います。つい躁の僕が嫉妬してしまうくらいです。優しい人なんです。

優しいフーさんが、手紙を封筒に入れてくれました。糊付けもされているようです。鬱になったら、タイムカプセルみたいに開けようと思います。鬱になると、躁の時の感情の記憶が全て消去されるんです。これは大変なことです。

みんなは鬱のときが病気なんだと思っているらし

いが、躁鬱病というものは、躁状態も明らかに病気の症状なのである。元気が良すぎるということは、人間界ではおかしいのである。緊急事態などで「火事場の糞力」などという名称で呼ばれるエネルギーを日常的に出してしまっているのだ。つまり、どちらも病気。

つまり、結論が「毎日大変」なので、そんなに変わらない。ただ、感情だけが入れ替わる。躁は幸福というものがあるとされているが、それはおそらくこんな感じではないかという感情が宿り、鬱には同じような意味の絶望が宿る。体は毎日大変なのだ。つくるのは躁、思考するのは実は鬱のときなのではないか。

鬱の僕はリクナビなどを検索しようとする。今の僕からすると奇跡的な行動だ。お前に何ができる？　人から言われたことをまともにできないお前に何ができる。お前はただ書くことしかできないのになぜリクナビへ行く？　そして何かをカテゴライズするためにポチらないといけないのだが、当然おれには項目がない……。

石を売ろうとしている夫に、「あなたは漫画しかないじゃないの！　漫画を描いてよ！」と泣きながら叫ぶ妻。そんなシーンがつげ義春先生の漫画にあったような気がするが、同じことが坂口家でも行われている。僕がこのモードに入るとフーから「つげさん！」と言われる。はっと気づき、文字を書こうとしてみる。

フーが僕に「鬱の坂口恭平」（フーに言わせると「もう一人の坂口恭平さん」）へ手紙を書かせたのは大きな手柄、仕事だったと思う。でかした！　と朝、僕はフーに言った。多少、溜息まじりではあるが、それでも最近は躁のときもあんまり注意されなくなった。窮屈を感じるとまた落ちるのを学んでいるようだ。

☆

社会はもっと腐ればいい。できるならもっとずたぼろに腐っていけばいい。腐れば朽ちて消えてなくなるのではなく、発酵（ferment）するのだ。「Freedom's Ferment」というアメリカ独立革命の歴史を描いた本があるが、そんなfermentが気になる今日この頃。

零亭（ゼロセンター）のツリーハウスは「ポアンカレ書店」として新たな命を授かりました。

ポアンカレ書店をはじめるにあたって店長のウッシーに言ったのは、三六五日一日も休まずオープンしろということです。一時間だけでもいいからそれでも毎日やる。毎日やれば仕事になるんです。僕は自分の仕事を何年も休んだことがありません。休みなんかとりたくないこと、それが僕の中では「仕事」なんです。

執筆は休んだら終わりです。日記でもなんか軽い書き物でもいいから、それでも一日も休まず書く。僕は鬱のときは日記を休んでますが、鬱ファイルがありまして、そちらでは毎日一〇枚くらい絶望の原稿を書いてます……（涙）。悲しすぎるからそれは人に見せないけど、それでも休まず書いている。仕事ですから。

自分がやりたいこと、ではなく、自分がやらないでどうする！ と思えるもの。それが仕事である。得意か得意ではないかは関係ありません。僕は執筆を二〇〇七年までやったことがなかった。しかし、気づいたら二〇〇四年から毎日休まず日記を書いていた。それが仕事になったんです。

二〇〇四年から二〇一一年までの八年間の膨大な日記は原稿用紙にして五千枚ありました。これが年末、もしくは来年頭くらいに七巻セットにして出版しませんかという話がきた……。まだ自分が何を仕事にするべきか知覚してない時期のテキストです。『坂口恭平のぼうけん』。

☆

息子はとてもかわいい。しかし、父親が躁鬱の一家って、結構大変だと思うんだよなあ。しかも、遺伝するとか多少脅されてるし……（泣）。だからソーウツ親父でも結構楽しい人生歩めるぜってのをメソッド化するのは坂口家的に重要な仕事。他の人は考えず僕は自分の家族への手紙として書いている。

鬱明け。おそらく、毎度、僕は鬱時に一度死んでいるのだろうと友達とさっき話してた（笑）。生まれ変わって、また新しい着想と共に生きていく。新しい言語をつくりたいと思うようになり、初めて鬱明け宣言が公にされることとなる。『幻年時代』を書いた自分の謎が少しだけ解けてきた。

変わるのも怖い。でも、そこに留まるのも退屈だ。怖いか退屈かのどちらかの選択では、怖いけどそちらへ行くという選択をするのは困難なことで、僕はずっと避けていたような気がする。もちろんそれでも変化をしようとしてきたが。で、今回はその怖い方へ初めて行った気がする。怖すぎてすぐ鬱に落ちたが（笑）。

怖いから落ちて、でも、それで良かったのだと思って、また浮上してきた。退屈するよりも怖いほうが良いのだ。だからこそ鬱状態という巣があるのであって、避難所を持っているのだから、ちゃんと怖がれと思えた。変化は人間誰しもするのである。その変化に対してちゃんと親指立ててヒッチハイクできるか。

自分が今まで確実に変化していると実は知覚しつつも、それが不透明なものと誤解を生じさせて、新しいレイヤーにヒッチハイクすることを恐れ、退屈だとわかりながら同一平面上で双六をしようとしていた。鬱状態という巣はずっとそこにありながら、防空壕としての機能ではなく、天然の木陰のように使っていた。

新しい自分へと変化しなければ、とか僕は考えてしまうんだけど、実はそれは間違いであることが理解できた。変化は自分で起こすのではなく、水流みたいに自分の思考の中に常に起きていて、でも、そこにヒッチハイクするのが怖い、ところがその怖さを忘却する技術も人間持っているので、気づかず進めちゃう。

技術によって変化しては駄目である。それは同一平面上の移動にすぎない。技術は変化そのものを発見し、ヒッチハイクするために向上させ、駆使する。変化は外からやってくるのではなく、自分の中に常に流れている。普段は怖いので忘却という技術が半自動的に稼働している。その忘却を一時中断しようと試みた。

ここまで来て、そして、次にこう変化する、ってのが僕が認識していた「変化」ってことなのですが、どうやら違うということがわかったのは興味深い。僕はもう既にとっくの前に変化している。しかも自分はそれに気づいている。なのに、それを忘却させようとする何かがある。変化は創造ではないのである。

ここで言っている「技術」は、これまで技術革新によって変化してきたこの社会の技術とはちょいと違うような気がする。それは今では芸術と呼ばれているものである。でも、僕は今、芸術という言葉ではなく、やはりちゃんと戻して「技術」という言葉を使おうと思いながら、鬱明けしました（笑）。

坂口恭平組の布陣が鉄壁であると鬱明けに思う。僕を支えてくれる人々がそれぞれに創造的であるからこその坂口恭平なのだ。フーをはじめ、とてつもなく強力な協力に感謝したい。無限のヘルプを受け続けている僕は、やはり、現実をもっと知覚するための道具をつくり磨き続けたいと切に思った。

意識して時間から切り離し創造するのではなく、その今を、その瞬間を、ちゃんと知覚するための方法を、その情調を行う。ラジオのチューニングをするように、現実の多層を言語という等高線で描く。『幻年時代』で実践しようと試みた行為は、僕がいかに生きるかの地図だ。

歩くという言葉。デュシャンとの再邂逅。

☆

昨日の夜、最後、ビリーズバーという僕がいつも立ち寄る飲み屋へ行った。マスターのワタルさんはゲイで僕が熊本で一番信頼している感覚の持ち主の一人なのだが、普段ほとんど僕の創作について対話しない。僕はいつも女の子のこととか、性行為の方法論とか、ほんとそんなんばっかり。今日はちょっと違った。

そんな馬鹿話しかしていない、しかし水面下の坑道では感覚を信用しているワタルさんが、昨日ぽろっと僕に「恭平ちゃんは、あなたがいつも言語化していることは、人からそんなこと前からわかってた、それを巧く言えてるだけと言われそうだけど、気にするな、それが芸術なんだ」って言ってて照れた。

実はワタルさんは僕の本を全部持っていたことをこの前知った。僕はベックの「ODELAY」を聴いたとき同じこと思ったのだ。このやり方はおれも持っていた、と。でも実は、それは自分が持っていたことを前から自覚していたわけではなく、ベックによって想起させられたのだ。僕は持っていたことを忘れてた。

ワタルさんは、さらに「恭平ちゃんが書いてくれたおかげで、今まで腹の中で混沌としていた部分がちゃんと言語化されて社会に自立して出ていっていると思うの」と言った。嬉しい言葉だ。

僕の仕事は言葉の修繕なんです。新しくつくっているものは何一つない。「作ろう」ではなく、「繕う」なんです。修繕した言葉は使われてこそ、僕は嬉しい。それが修理屋の仕事の生き甲斐である。レイヤー、モバイルハウスだろうが、ゼロパブリックの土地利用の方法とか、むしろどんどんみんながやってくれと思ってる（笑）。僕はまた次の修繕場所を探していた。『幻年時代』では人々の記憶という世界の修繕へ向かったのだ。

僕はピアノの調律師のような精神で生きており、その人それぞれの声という糸の調弦が狂っていると、気になって仕方がない。そうやって人をチューニングするのである。それは洗脳っぽいと人に言われるのだが、ピアノの調律師は調律が終わると、すぐにその場を立ち去る。少しのお代をもらって（笑）。

僕は今、集団とは何か、に興味がある。国家でも共同体でもコミューンでもサロンでも政党でもなく、アフリカサバンナの草原を群れ走る「シマウマ三六頭」に興味がある。個人というものが本当にあるのかとか思ったりしている。「三六頭のシマウマ」が「シマウマ」のように思えるのだ。「一頭のシマウマ」など存在しない。

家族だってそうである。僕は坂口恭平であり、著作を発表している、しかし、僕の実感としては生きているのは、「坂口家という集団」であり、坂口恭平は名前というより屋号で、坂口恭平名義の作品は、坂口恭平、フー、アオ、弦四人の作品だと思っている。そのように生きようとしているのではなく、それが自然。

あなたは才能があるから、って言葉を僕は人に使ったことがない。なぜなら、人の苦しみはわからないからである。いつも僕は首を吊りそうになってしまう。この完全な自由を満喫することのできる男が……（笑）。それが僕の人生である。才能なのではない。人生なのである。それが生きるってことなのに。

フーは僕がどんなにどん底でもキッチンでお皿を洗いながら、鼻歌を歌っている。僕の駄目なところを見て、嫌にならないのか、「僕なんかといても幸福にはなれないから子ども連れて離れろ、おれは疫病神だ」と叫びながら、今回は家のモルタル壁を一部破損しちゃった（笑汗）。フーはそれでも僕を僕より肯定する。

そんなフーを見ながら、僕は自分が自分自身が坂口恭平なのではないと知覚したのだ。その世界で一番優しく強いのではないかというフーの皿洗いの背中を見ながら、僕は泣きながら、「壁壊してごめんなさい」と小声で言って、「お前も坂口恭平なんだってわかった」って狂った言葉を吐いた。躁の坂口恭平から鬱の坂口恭平への手紙を書かせたのもフーである。

同じ病を持つ戦友が最近亡くなった。悲しいがお疲れさまでしたとも思った。繊細でいい絵を描く人だった。二回しか会ったことがなかった。もっと多くの人間とつながれ！　死者をも、未来のまだ見ぬ子どもも交えてみんなでやるしかない、と思った。僕は泣いても書かなくてはいけない。

僕はつくり続けるしかない、修繕し続けるしかない、それが最高の絶望を呼び起こそうが、我が家のモルタル壁が全壊したとしてもフーは僕を怒らないのだから、坂口恭平という坂口家四人による集団の家庭内手工業である僕の著作をより広い世界へぶっ飛ばさなくてはいけないと再認識。

いろんなことがいつも起きる。首吊りそうになる。今年は五回もドアノブに紐をかけてしまった。でも、それでも、僕は、生きることが好きなのだ。悲しくなるほど、その眼前に広がる立体的な世界を愛おしく思ってしまい、記憶の精度を常に磨いてしまい、人々が通り過ぎて忘れたふりをする解れを繕うのが生だ。

その世界を、僕たちが普段見ているその空間を、建物を、人間たちの動作を、その機敏さにかけた一抹の不安すら、僕は言葉によって構成し、建築化したい、さらにそれでもって都市を目の裏に起こしたいのだ。そう、全てはそこにある。

それは好きだということだ。僕は生きることが好きだし、音楽が好きだし、言葉を調律するのが好きだし、そして、やはりフーがスキなのだ。

本当に、鬱期にいつ死ぬかわからないという裸の銃を持つ男でございますが、そのとき以外は、僕は言葉を、つまり社会を世界を繕うことに専心することができているわけで、家族共々幸福であると確信している。ぐらぐらと揺れ動く確信を。昨日の夜、寝ながらフーと手をつないでこれからもよろしくと伝えた。

ほとんど地獄で一瞬だけ幸福。それを僕はただ一言、「幸福」と言いたい。そして、今、僕は『地獄の思想』という梅原猛先生の本を読んでいる。幸福は気づけた。で、今は果たして地獄とは何か知りたいのである。それは不幸とは違うような気がするんだもん。都合の良い男、坂口恭平。死ななきゃなんでもやれとフー。

『POPEYE』で僕は二回も鬱で原稿を落としている。原稿は絶対に落とさないはずの僕が（笑）。でも、担当の井出くんは優しく、「とにかく休んで、考えなくていいから休んで」とだけいつも言ってくれる。気づいたら水道橋博士氏や藤村龍至氏が代筆するという新しい展開に、とりあえず男泣きしました。そんな色々ある連載です。

僕はただまわりの人に恵まれているだけなんだ。本当は躁鬱で苦しみ、金もなくなり、路上に投げ出され、家族からも見放され、一人で閉鎖病棟に入っているはずだ、とかいう坂口恭平もいるんですが、今は、「もう今やどちらでもお変わりなく！」と思う。僕は人に感謝している。しかし、野垂れ死にの覚悟もある。

芸術というものは本人の自己治癒の試みの一つである――カール・グスタフ・ユング

これでいいのだ。

☆

ポアンカレ書店でーす。熊本にある世界で唯一の木の上の本屋。知る人ぞ知るどころか、まわりの幼稚園児までやってきて、世界中の人に愛されていながら、全く金にはならない、素敵な本屋です。次の『BRUTUS』の本屋特集では表紙と巻頭を飾るのではないかと予想しています。

僕の予言はほぼ一〇〇％あたります。なぜなら、実現するまで絶対に試みをやめないからです。簡単なことです。でもそれは暇人にしかできない高尚な人生の時間の潰し方です。引きこもりかニートか躁鬱病患者くらいにしかできません。朝きちんと起きられる人とか、人の言ったこと守れる人にはとてもじゃないができません。

躁鬱病治療の権威・神田橋條治先生曰く、「躁鬱病者は、人のために生きることが好きで、とことん尽くすのですが、別にその人が救われることが目的なのではなく、そんな人助けをしている自分が周囲の人から賞賛されることが何よりも世界一好きな、ただの、でも、素敵な自己中心的な人間なのだ」とのことです！　皆さん気をつけて！

自己中心的人間への、そうではない人からのホロコーストばりのプレッシャーが強い社会、日本の近代から何も変わらぬ資本主義風なんとか社会では、こういうタイプは大抵、病院送りとか引きこもりとかになってしまうので、良い子のみんなは真似しないように！　僕は鍛えてます。

フー先生曰く、「どんな人間でも生きていていい」そうです。で、笑われても、「SO WHAT」と言えとマイルス・デイビス先生も言ってましたし、唐十郎先生曰く、「人生は棒に振れ」なんだそうで、つまり、フーは僕にとっての神ではなく、紙なのである。紙様。フーと話していると、原稿書きたくなってしまう。紙様。


いつかまた鬱になるんだおれは。それはわかってる。そして、間違って、どっかから落ちて死ぬかもしれない。誰も友達がいない、洗濯物が畳めない、人前に出てもつまらない、と根拠のない不安に包まれて。

それでも、今日は、僕は幸福だったと、今、刻む。

アオは僕に四歳の坂口恭平がまだいると言った。当たり前のことかと思われるかもしれないが、僕は坂口家のメンバーが大好きです。

フー、アオ、弦、坂口恭平。

それぞれの特色を持ち、お互い一切干渉せず、言うこともきかず好き勝手なことをお互いのためにやる。坂口家気楽すぎる疑惑に誘われてよく人が家にやってきます。ご飯を食べに。

一〇人くらいの人間が集まって暮らせば金なんか一円もなくても誰も飢え死にしないのかもなあ、なんて空想することがある。僕が坂口家に加入したのは死なないためであり、死ねない環境をつくるためでもある。集まる、ただそれだけが、そんな集団の話を書きたいと思う今日この頃……。


僕は心から人間が動物が植物が生きとし生けるもの、つまりあなたが好きだ。会ったこともない無限の旧友の顔が浮かぶ、その夢のあの町へ、おれは空高く羽ばたきたい。今すぐあなたのところへ飛んで行きたい。僕は生物が、いや無生物であっても、きみが好きだ。これが躁鬱と呼ばれる人の正体なんだよ。

朝から涙がとめどなく流れる。いつもだったらずっと頭をなでながらずっと一緒にいるはずの娘、アオがいないので、一人、大阪のスイートルームで泣く。この前、死ななくて本当によかった。正直もうだめだと思って死のうとしました。でも、生きていてよかった。地球先生ありがとうございます。生きます。

違和感に気づいているのならば、まだ生きてるってことだ。まだ動物だってことだ。今、乗っている電車で、たった一人でいいから、知らない人に、一番気持ちをわかってくれそうな人を探して、話しかけてみればいいんだよ。いつから人間は近くにいるのに触れなくなったんだ。触れてる僕は超モテ期だよ（笑）。

笑えればいいんだよ。笑顔失ったら終わりだよ。いのちの電話のとき、死にたいって言ってたやつらが、僕と話してみんな腹抱えて笑ってんだもん。電話して死んだ人はいなかったんだ。だから去年から二千人自殺者が本当に減ったんだもん。つまり、坂口恭平一五人いたら、自殺者はゼロになるんだよ。やばいだろ。

今、ロボット開発者（サンフランシスコ在住）で人工知能の研究をしている投資家の日本人の親父と話してて、おれが死んだらおれの脳味噌を一五体の坂口恭平ロボットにしてもらう契約書を書いたんだ。サインした。それでまた金が入ったから、フーも大喜びだ。夫の脳味噌で金をゲット。笑えるね。

自殺者ゼロ運動なんか簡単なんだよ。手をみんなでつなげばいいんだ（笑）。気持ち悪いね。やばいね。カルトだよね。そうだよね。孤独がみんな好きなんだもんね。僕は嫌だな。僕は毎日、誰かとこちょこちょしながら腹抱えて笑いたいんだよね……。そんな明るい作家、なんか売れなさそう（泣）。

だから、躁鬱になったんだね。人の淡い、哀れな、悲しさ、わびしさ、切なさ、虚しさ、そんなものを自動的に機械的に勝手に脳味噌の信号でつくられて、坂口恭平に飲み込ませる。そこまでしないとこの、人だけを死なせない無敵のキ千ガイ恭平がいると日本国家なんかすぐ潰れるもんね。一五人の恭平。

言っとくけど、僕はもう新政府なんかダサいことやんないよ。自己否定できない糞は糞のままなんだ。自己否定こそが人生よ。革命？　笑わせるな。そんなこと起きるわけないよ。これからのおれは「書《か》く命《めい》」と書いて、「かくめい」を起こすんだ。やばいぞ。おれと会うと、全てそれが文学に、物語になってしまうぞ。

おれの言葉は本当に今、これを読んでいるあなたのところに直接飛んでいくんだ。そして、本はもっとすごいから、ネットばっかりやっている方々もたまには静かに携帯電源切って、ベッドに潜り込んで、『幻年時代』を読んでみなよ。おれがその本の中にいて、ロッテのブルーベリーガムを一枚分けようとするから。そのガム噛めよ。ぶっ飛ぶぞ。

坂口恭平にはたくさんの親友たちがいる。彼らもみな芸術家である。この芸術家たちが、瓦解した世界を変えるのではなく、いずれ新しくつくり上げるだろう。そのときが僕には見えている。だから、動きが速いんだ。見えていない人は静かに自分の声を聴いてごらん。恐ろしいことに今すぐ死ねって言われるから。

一年に三万人が自殺で死んでいて、普通一日忌日とるとしても、三万日休まないといけないのに、毎日普通に働いている人はやばいのではないかという、大学生のときの僕の悩みはまだ解決していない。死者に対してそのような態度を取るお前は死ねと心の中のおれは言っていた。

それが『幻年時代』だ。怖くて読めないよ。ゾンビも出てくるから気をつけて。

時間というゾンビ。
忘却というゾンビ。
臭いモノに蓋をするというゾンビ。
見て見ぬ振りをするというゾンビ。

躁ーーーーーーーって！　日本政府はよくみなさんに「落ち着いてください！」って、動物になるのを止める作業を（無意識風に）日常的にしているから本当に気をつけてね。僕は落ち着かないから。

僕の中では今は戦時中なんだよ。
何も終わっちゃいないよ。あらゆる問題が。

何が戦後文学だ。

今は戦時中である。見えない傭兵に気をつけろ。それがおれの日常だ。それで鬱になったとか笑われても仕方がない。僕のまわりの人は誰も笑わない。その戦時中を理解してくれているんだ。だから助けてくれる。代筆してくれる。涙が出てくるよ。年間三万人の戦死者を弔うこの鬱という儀式への敬意に。

一生アオとこちょこちょ、弦とこちょこちょ、フーといちゃいちゃして生きていこう、もう、と思ったんだ。つまり、家で原稿を書こうと。これで世界をつくることができる。新しい国を勃発させることができると思ったんだ。僕は総理じゃなく作家だよ。総理は誰か代わりにやってくれ。おれはめんどくさい。

おれのやっていることはすべてフリーだから。真似してやってくれ。土地とか金とか立候補とか、もうおれはアルゴリズムつくったら飽きるから。

そして、夢を見つけたんだ。僕はマーク・トウェイン先生に負けない、冒険物語を書くんだ。僕は芸術家だったとようやく気づけたんだ。あとは君たちに任せる。

いのちの電話に電話してきたことのある、一九歳の、時折マジックリンなどを飲んで自殺を図ろうとするとてつもなく興味深い女がいるのだが、その子が「トリスタン・ツァラを読んでいたら、小説を書けということがわかり書き上げました」といい感じに力がぬけたいい声をしてた。その原稿を担当編集者の梅山に送ってみた！

梅山からリアクション。「なにこれ？　すげーおもしれーじゃん！　誰が書いたの？」。やった!!

やることがなかったらとにかく動く。散歩でも、買い物でも何でもいい、立ち止まってもいい、座ってもいい。赤ちゃんと一緒。靴ひも理論よ。「赤ちゃんの靴はかせてあげて手をとったら、後は赤ちゃんはそれをあなたに示してる。動け」と今、新幹線の隣の席のおばちゃんが電話で相手に語ってるけど、おれ涙出てきた。みんな命がけなんだよ。

☆

『幼年時代』。坂口恭平さんの言葉が素晴らしい。
生きるための活力が湧いてくる！

ぐすん……。「幼《おさな》い」じゃなくて、「幻《まぼろし》」なんだよ……。なんちゃって、誤植マニアの坂口恭平です。誤植には自由しか感じられません。レーモン・ルーセルより。メディア・イズ・マッサージ。マクルーハン。

紫式部先生は「まぼろし」という言葉を、僕たちが今、既知のものと思い込んでいる「実際には起こりえないもの」としての幻ではなく、人々に夢や希望や虹や竜巻を見せてくれる「幻士《まぼろし》」、幻術士として、平安時代に使っていました。いつからか、世界には幻術士がいなくなったことになり、まぼろしは、ないものになった。

まぼろし、とは幻術士そのもののことなのです。夢や希望や虹や竜巻なのです。不可能とか可能とかではなく、既にそこにあるはずのもの、また、以前、見た光景であり、再び、あなたの眼前に飛び込んでくる、坂口恭平みたいなものなのです。

社会は今、言葉を見失っている。言葉はもちろんなくならない。しかし、その並び方がわからなくなっている。言葉は氾濫し、一つの迷路をつくっている。レヴィ＝ストロースの『悲しき熱帯』を読むと、首長は共同体の中から生まれるのではないと書かれている。言葉を繕う。これが僕の次の仕事なのである。

僕は飢え死にしてもいいなと思っているのです。坂口家は飢え死になどもう一生しないのではないかとも思っているのです。態度を見せろ、交易し、その先の新しい地平どころか、世界を、ねじれに位置する別の層世界へとヒッチハイクせよ。そのとき、自分自身は完全な通貨、つまり海流となる。ただの生となる。

そんな無縁な楽な寺に近似値な文化圏を目に見える形でつくるのではなく、人々が交流したり、町が醸し出す雰囲気などの見えない要素によってつくり出す。それが建築家・坂口恭平の目指す道です。そのためには言葉が要るのです。さらに複雑な意思疎通を図るためにクレオール言語も必要になってきた。『独立国家のつくりかた』と『幻年時代』という一見全く別物に見えるこの二冊の本を同時に読める新たな思考空間をつくる。こうやって僕は今でも少しずつ自分の可能性を広げていけると実感してます。混血児をたくさんつくる。私生児だろうが何でもいい。思考の中であれば。混沌とした市場都市を脳内に。

しかも、それを僕の中でだけでなく、人々、つまり集団での意思疎通のために、本などのアートピースでつなげていく。つまり芸術とは神経回路でもある。これが人間界では「考える」という行為にあたる。記憶は考えることをキックする。

☆

僕はよく「坂口恭平、きみより私はフーさんに興味がある。あの人のほうがすごい」などと言われる。これもすごいことだ。「えっ、フーに会ったことがあるんですか？」と聞くと「いや……（汗）、ない」と返してくる。「えっ、なんで会ったことのない人を好きになれるんですか？」。しばし沈黙。僕の言葉によるフーを愛してしまっている人がいるのだ。

ツイートや日記などのフーの言葉はほぼ一〇〇％僕の言葉である。僕がフーからこう言われたら嬉しいと思うことを書いているのである。それを読んでフーを好きになるということは、僕は自分の言語能力を褒められていることになるのでお礼を言う。

僕のまわりには、たくさんの「きょーへー、お前ならできるっしょ」と言ってくれた人々がいた。小さい子からおばあちゃんまで。あれが不思議なんだなあ。僕は別に何も為していなかった。今もそうだけど。それなのに、お前ならできる！　っていう人がいる。フーもそんな一人である。無賃のおれにそう言った。

大勢の人の反応を見ずに、僕は一番近い人からの意見に耳を傾ける。それが僕の健康法である。フーは僕の本を読まない人である（最近は、読むようになったらしい）。でも、いつも「できるっしょ」と言うのである。その確信によって僕はキーボードを叩けている。不思議な二人という一つの機械なのである。

フーと、この前、「子どものとき、人の家でご飯を食べるときに合ったり合わなかったり、今でも人の家の匂いがそれぞれ違うこととか、気になるし、それを言語化したい」と話してた。自分の家の匂いって永遠に知覚できないのかな、とか。そして、人間は匂いによって空間を生成している可能性あり、とか。

フーと散歩しているときに、いつもと違う手で握ったことで、『幻年時代』のインスピレーションが湧いたように、日常の何気ない、確実に見逃してしまうはずの会話の中に、僕が言語化したい全てがあるという確信がある。それはどんな哲学書にも書かれていない。でも、僕が世界で一番人々と共有したい感覚。

フーならびにフーの家族が実践している、存在そのものへの徹底した肯定は、人間を生かす蜜であるように思う。かつ、それが甘えでないところに極意がある。肯定する。だからこそ、折れるなと、歩くことを喚起させる。陰陽で物事を捉えない思想。それがフーの方法論。目の前のドン・ファンは無知のフリをする。

妻であるフーが、フーこそが僕にとっては一番知っているようで何も知らない、まるで夢の光景のような人である。つまり、人というのは人を知らないのだ。

僕も自分の四歳の記憶に触れたとき、全く自分を知らなかったことに気づいた。それは絶望的な無知に気づくことでもあり、自分にはまだまだ掘り起こす余白があると知る喜びでもあり、つまりはその世界を他者にまで広げたら大変なことになるという、世紀の発見だった。生きなきゃと思えたのだ。また再び。

僕は自分の脳内に蠢く、そして周辺の人々、世界にざわめく混沌を、星座をつくることによって統合しようとしているのではなく、そのままに、複雑を包含させたまま、周波数をカットアップせず、ただそこに在ることを知覚し、言語化しようとしているのだろう。分裂のまま浮遊している様を描こうと。

バンクーバーの仲間とSkypeしていたら、ふとそんなことを思いついたので、書き記しておく。統合ではなく、分裂のままの存在を、きちんと書く。その可能性と、実はその分裂で成立している、そもそも分裂していることが自然な状態なのであるということを示そうとしているのかもしれない。不思議を。

☆

一番近しい人に、一番複雑なことを伝達したい。これが僕がこれまで試みてきた方法である。それはとても難しい。感情的な受け取られ方をしてしまう。だからこそ、僕はフーを選んだのかもしれない。フーにはそのような感情的な判断が皆無である。僕にもない。一番伝えたい意思疎通が可能なのだ。

大分迂回してきたようにも思えるが、必要な回り道だったと思う。僕が伝えようとしている感覚、人間が決して忘れていない、でも蓋をしている感覚。それを溢れ出させる。そのことによって、新しい集団をつくる。このようなことを考えているらしい。僕は。怖いけど。

幼い頃に、誰かに伝えたい複雑な思考があって、しかし、意思疎通を図る伝達手段を知らなかったために、そのまま浮遊させてしまっている。シモーヌ・ヴェイユは死者からの重要な情報を伝達する装置を「集団」と言った。幼い僕に漂っていた情報は、死者からのものだったのかもしれない。集団とは何かを、思う今。

三五歳にして、ようやく言葉を少しずつ使えるようになった僕は、過去の文献ではなく、僕の中に浮遊している死者からの太古からの情報を文献にして、書物からではなく、その電気信号を集団という装置にジャック・インさせたいと思っている。

僕には死者が内包されている。そして、あなたにも。それを見よ。

土地は所有するべきではない。
——これも死者からの伝達である。
お金がなくても人間は生きていける。
——これも死者からの伝達である。
見て見ぬ振りをするな。臭いモノに蓋をするな。
——これも死者からの伝達である。
日常の中の四次元を弄《いじ》れ。
——これも死者からの伝達である。
書を捨て町へ出よう。
——これも死者からの伝達である。

テキストはとにかく進んでいるようだ。テキスト、テキスタイル。編み物でもするように、その日々の書く時間を楽しみながら、永遠とやっていきたい。終わることなき遊び。ネバーエンディング夕方。それが、おいらの執筆だ。探求ではなく、ただの遊び。死ぬかもしれない真剣な遊び。死んでもいい遊び。

☆

「ブレない」なんて言葉が褒め言葉になりがちな世の中だけど、ミュージシャンに関して言えば、迷い走る者しか信用しないよ、おれは。ブレ続け迷い続け悩み続けてよく躁鬱の波に飲み込まれ約束も破り考え方も変わり、やるといったのにすぐキャンセルしたり意味不明なことしたり、基本的に一貫性のない虫みたいな、建築家／作家とか、新政府総理大臣とかいう人間もいるよ。時々、それを人が信じたりするからさらに救いようもない事態に……。

人が変化しているのに、自分が気づかない場合、人はあいつは変わってしまった、とか、迷走しているなどと言うのだ。それは、自分が変化できていないと自覚している人間による、置いてけぼりにしないでという叫びのような気がする。あいつはもう旬じゃないとか、ダメになったとか、他者には言えないはずだ。

友達がいない夫が、妻が友達たちと穏やかだけど楽しい宴を久しぶりにやって遅く帰ってきたらつい怒っちゃう、みたいな感じ。あれを僕も時々フーにやってしまう……。なんだろあの、寂しいと言えばいいのに怒ってしまう、感情を他者に転移してしまう行動は。いつも、僕も自ら反省する。

『幻年時代』は、そんな変化しない自分を他者への怒りの転嫁をすることによって消化するのではなく、自分の内奥に潜る新しい作品をつくるという変化によって昇華させるという覚悟でつくりました。裏切ったとかダメになったとかつまらないと言われてもへこたれない気合いでつくった。怖かったけど。うまくいった。


自分の変化に気づく。変化は常にしている。安定感あっても仕方がないのだ。変化しているんだもん人間も。動物や虫や風と同じように。芸術は、その変化の軌跡を他者に投射し、僕たちがヒト科の動物であることを知らせてくれる。


町や港や小舟の放つ光の群れは、そこに何かが沈み果てたことを示す幻の網のようだった。

――ヴァージニア・ウルフ「灯台へ」


つまり、坂口恭平自体が、幻の網なのかもしれません。僕を見ると、その人たちの周辺の死者の意識が登場してきたりして。死者からの重要な情報の伝達装置。それが坂口恭平。

人々はみな同じ動物であり、同じ集団であり、それは分けられるものでもなく、そもそも僕たちは分けてはいませんが、それでは上下を操作する人間という文化エネルギーが発動しないために、動物であることを忘れることにしたのです。そして孤独という自慰装置を弄び出した。僕はそりゃないだろと思います。

ヒトと人間という間に揺れ動く、この動物の集団を、書く。僕の仕事はこれだ。もちろん数年後、いや、数カ月後には変わるかもしれません。でも、僕は人間が持っているヒトという動物のその親愛を、触れる思いを、その手を、風に乗ろうとする夢を、かかる虹を、渡り、君に会いたい。

これからはじまる「音文の人」坂口恭平による言葉で構成された建築である本では、人々にそのような実は忘れてはいない、本能とも少し違う、ズレた先にある、愛のようなものを、触れあう手を、主体に扱うと思うので、よろしく。

笑顔を見せるのだ。暗い顔は見飽きている。悲しさや苦しさなんかありふれてる。どこにもある。僕は笑顔を書きたいんだ。笑顔がないんだ。本当の愉悦が。一人で周囲から笑われようが、ビョーキだと揶揄されようが、どうでもいい。おれはおれで楽しいというその笑顔は強い。故に読者をひきつける。

良い話なんて読んだって仕方がないと玄人のふりをする読者風の声は無視したほうがいいと思う。だって、笑顔は僕がフィールドワークするなかでもなかなか見当たらないんだ。笑顔ってのはジャスト・ユニークなんだ。そして、高ぶる。高ぶることなんか人生そうそうないよ。人生は退屈だと多くの人は思ってる。

そうじゃないと言ってあげないと。だから本を書く前には笑顔を見つけるんだ。満面の。人を殺しちゃいそうな鋭利な笑顔を見つけたら、僕の執筆ははじまる。

☆

僕はアオに玩具をよく手づくりするのですが、いい感じに虐げられていて、まったくアオのお気に召されないところが気に入ってます。すぐ壊されてしまいます。「これは一〇〇万円くらいする芸術品なんだぞ！」とこちらが力んでも簡単に壊されていきます。それでいいと思うのです。日常とはそれくらい大盤振る舞いなんだと。

アオが僕の手づくりおもちゃという名の芸術品を壊す振る舞いが、貴族の狂った財の蕩尽、ポトラッチにすら見えてきて、僕は恍惚としてしまいます。そんな二人の姿を見ながら、「変態だよあなたたち……」とアワワ顔でフーが眺むる。晩夏の我が家。いや、熊本の夏はまだ終わらない。

上京した頃、西新宿のヴィニールというレコード屋に通っていた。その後、名前忘れたけど、キングストンの音楽ばかり置いている赤いイメージのお店と海賊版のビデオが売っている店。当時、やっていたのは、ネットワークビジネスにはまったりする大学の同級生たちの洗脳を解くために、僕も一緒に囮捜査官として潜入し、ネットワークビジネスの詐欺を、素直な質問をする学生を演じながら暴くというものだった。フー曰く、お前は勘違いジャック・バウアーだそうだ。ははは。

その質問が気に入られて、ネットワークビジネスの幹部に、「他の団体があって、そこでも幹部をしているのだが、お前は筋がいいから、そこで講演をしてくれないか。ギャラは一〇万円」と言われました。二〇歳くらいのとき（笑）。

今と何も変わらない。僕に騙されないでね。ネットワークビジネス（笑）。

僕は人々とあらゆる人々と親和性をもってしまい、どんな人とも合体しようと試みてしまいます。しかし、それは同時に諸刃の剣で、すぐに疲れてしまいますし、作品化せずに昇華してしまいます。だからフーが人と関わるのはやめましょうと言いました。作品をつくってより多くの人と対話をしようと提案しました。引きこもれと。

全く知らない人たちと電話やツイッターやメールや会ったりしなくなったら、精神的に健康になってきました……（笑）。「そりゃ当たり前や……」とフーが言いました。そこから『幻年時代』が生まれました。本を書くというようやく自分のやるべき仕事と出会いました。七冊も本を出した後にようやくわかった（笑）。

自分が一番大事だと思っている家族や友人たちへ最大限の愛情を注ぐこと。これこそが、一番重要なことだと理解できた。なんちゅう当たり前のこと言っとるんや、と言われそうですが、僕はわかっていなかったのです。より多くの人と関わろうとしていた。ま、ようやくわかった。わかればいいんだよ。

思考に気をつけなさい、それはいつか言葉になるから。
言葉に気をつけなさい、それはいつか行動になるから。——マザー・テレサ先生より
（「世界平和のために何をしたらいいのか」）

帰って家族を大切にしてあげて下さい。

――マザー・テレサ先生より

テレサ先生も大変な人生を味わったのだろう。

僕はできるだけ仕事を断って、家族といようと思う。ここほど創造性が忍び込んでいる宇宙はない。ここには僕が言葉にすべき全てがある。仕事をやめて家族という宇宙へ飛び込む。これが今年からはじまった坂口恭平のスタイルである。

僕の親父は残業を全くせずに午後五時で切り上げて飲みにも行かず、家族のところへ帰ってきてました。当時、なんて人生を謳歌していない人なのだろうと思っていたのですが、意味が最近わかりました。親父は家族という宇宙と弄《あそ》んでいたのだと。

☆

僕は、ただの音楽が好きな談志、いや男子なだけなのに……。僕はただの坂口恭平なのに……。

年収一億円くらいの貴族と勘違いされることがたまにある。おいおい、貯金はいつもアラウンド三〇〇万円だっつーの。それだけで国だってつくれたんだよって話だよ。みんな遠くの夢見すぎて目の前の夢、見過ごしてるって、いつも思うよ。僕は。

好きだよ、みんな。

複雑な意思疎通ってのは難しいものです。伝えたくても伝えることができない。だから僕は言葉を覚えることにしました。言葉を練習した。あれから一五年くらい経っていると思う。四歳の時から考えると三〇年が過ぎた。それでもまだ僕の本当に伝えたいことはあなたに伝えることができていないんです。ぐすん。

だからぼくはクレオール言語としての躁鬱アフターの四歳の坂口恭平を召喚したのです。この二〇一三年に。これはバックではありません。ビー・ヒア・ナウなのです。あなたの、いや、僕の。僕だけの。とても自己中心的な。親愛なる。召喚を。今、ここに、眼前に。風の瞬きと共に。今の汗の薫りに似せて。今。

跳べ、恭平。彼方へ。大好きな人たちへ、ちゃんと面と向かって挨拶しなさい。……はい！

涙が溢れ出て止まらないよ。"This is the wave."なの、いつか会えると思っていたあなたに会ったときの、その瞬間の、軌跡を、記録するそれはレコードみ、だ。これが涙だよ。知覚であり認識であり、そだ。僕はそんなフィルムをたくさん持っている。涙のフィルムを。……という演出してます。

とんでもない音楽を聴いて、素晴らしい演劇を見て、やばい本を読んで、僕は、今が、このひとときが、とんでもない時間なのではないか、Dream Timeとは今、この時なのではないか、とふと、まわりを見回してしまうよ。あまりにみんなが普段通りにすごしているように見えるから、僕も普通に歩く。

石川直樹が言うように、「坂口恭平には騙されないように！」。よく、読後であろう方から電話がかかってきて……、「恭平さん、まじやばいっす、おれと同じこと考えてます、あんた、やばいっす、ついていきたいっす」とか言われるんですけど……、そういうことが僕の仕事なので（笑）。

落ち着いてくださいね！

僕よりも見るべき美術、書物、音楽はもう既にたくさんありますので、まずはそちらのほうを勉強してください。僕にすぐ興奮してしまう人は、美術史の素養がない場合が多いです（坂口恭平事務所調べ）。ぜひともちゃんと歴史を勉強していただいて、そちらの古典作品をちゃんと吸収しましょう。僕は不毛。

YouTubeとかだけ見て、勝手に判断するのはもったいないので、そういう人は、フランチェスカ・クプカなどの抽象絵画の興りを勉強したほうが身のためかと思います。芸術は全ての人には開かれておりません。完全に選民主義的な思想です。悲しいかな。悲しいかな。僕はたぶんエンタメです（笑）。悲しいかな。芸術を志向している人間ではあるつもりですが……、まだまだなのです。その謙遜がうざいとか、言わないでね（笑）。

フーちゃんが弦を抱っこしたまま、「躁理！　もう寝よ！　今日は！　枝野じゃないんだから……、あなたは……」と古い冗談を言われたので寝ます。あれから、随分経った気がするけど、まだそんなに経ってないよね……。みなさん、おやすみ。

私が私でありますように。↑フーの七夕のお願いです。

ぬいぐるみでも、いつも使っている鉛筆でもいいから、横にいる好きな人の手を触ってごらん。星に願いごとするよりも。

ジョゼフ・コーネルとクルト・シュヴィッタースとフランシス・ピカビアを見てたら、坂口恭平は必要がないとちゃんと断言できるはずである。そう、僕は不要な芸術的なもので、本質的な芸術ではないのである。だから藻掻くのである。無能の人。

でも、同時に彼らが伝えられていないことがあるかもしれないと、いつも夜、夢に入る前に、僕は祈るのです。僕にしか感じられなかった感覚があるのではないかと。自意識過剰と言われようが、笑われようが、それでも、僕だけの感覚があるような気がする。『幻年時代』はそれにより生まれました。

『幻年時代』はもしかしたら、近接するくらいまで、来れたのかもしれない、おそらく理解はされないだろうけど……、と僕は思った。初稿も見せたいくらいです。でも、とにかく大変でした。まじで死ぬかと思いました……。弱い人間の遠吠えでもあります。でも、素直な心でもあります。相反する事実なのです。

躁鬱は大変な特質です。人生自体がその扇風機に振り回されてしまう。かつ、空を飛んでしまう。イカロスの翼みたいなものなのです。僕もいつ落ちるかわかりません。でも、僕はずっと飛べるんじゃないかって思う時がある。死者からの伝令を受け取るのが、僕の仕事だと思っているので。恐ろしいですね。

社会がどんなにぐちゃぐちゃになろうが、みんながどんなに泥まみれになろうが、僕の家族がぼろぼろになろうが、おそらく坂口恭平は泣きっ面しながらも、突き進んでしまうのです。それはとても恐ろしいと思います。でもフーは何も言いません。覚悟してらっしゃるようです。死と直面しても凹まず行くのです。

「とても優しいけど、とても残酷な人にも見える。繊細かつ大胆、それが坂口恭平なのよ」と、妻のフーは言いました。どきりとしました。僕は涙は流れるけど、悲しむことができないんです。感情がないんでしょうね、感情記憶喪失の僕には。忘れていってしまうのです。「メメント」の主人公のように。

だから、刺青入れるように、僕は言葉を刻むのだ。

☆

二〇一一年三月一二日に福島原発が爆発し、『はだしのゲン』を小学一年生のときに生まれて初めて全巻セット揃えた漫画として熟読していた僕は、家族七人引き連れて逃げた。当然、非国民扱いされたが、僕はゲンの父さんが憧れの人だったので、気にしなかった。政府が大丈夫と言ったら逃げれば万全なのだ。

『はだしのゲン』が、初めて読んだ漫画でよかったと思っている。金持ちのために死んではいけない。ちゃんと生きのびること。時には家族を捨ててでも自分だけは生きのびること。残酷だが、僕はそんなことをあの漫画に教わった。それを知らずに馴れ合いの大和魂見せられても余裕で無視できる強さを手にした。

というわけで、新宮小学校に九歳のときに全巻寄贈したぶりに、Amazonで全巻セットを買ってみた。選挙するより有効なポチりだと思ってる。生きのびるための技術。僕の本の大元になっている。みんなで庇いながら笑いながら死ぬのは嫌だ。僕はただただ管理される世界から逃げていたい。家族連れて。

閉架に入ろうが、閲覧禁止になろうが、何だろうが、読みたいやつは本に出会うことができる。それが人生だ。一人で生きのびたとしても絶望せずに朗らかに。いつか遊牧民のように独立した坂口家をつくりたい。僕の小学校の夢は、案外早く迫ってきた。いま、その実践の時である。

新宮小学校のみんなに、『はだしのゲン』読んだことあるかって聞いたら誰も読んでいなかった。図書館に聞いても置いてなかった。彼らの将来に不安を感じた九歳の坂口恭平は、母ちゃんが生協で買ってくれた、全巻セットを寄贈したのだ。危機感のない人間は必ず死ぬ。僕はそう思っていた。だから寄贈した。

別に政府が嫌いとかそういうことではなく、集団というものが機構化したら必ずそうなるのだ。人と違う者を、直接触れることなく、抹殺するようになっている。そういうものだ。しかし、シマウマのような動物性を保有した集団は違う。生きのびるためだけに命を懸ける。僕はそんな集団を探してる。どこかに。

夏目漱石が僕の祖父母の家がある河内を舞台に『草枕』を書き、『三四郎』は零亭がある内坪井から東京へ出発したように、僕はこの生まれ育った町、熊本を舞台に闊歩し躍動する人間を描きたい。そして、そのように自らも生きたいと思う。そのような場と震災をきっかけにではあるが、再会したのは幸運だったのかもしれない。

でも僕は二〇一一年三月二〇日に熊本に戻ってきたとき途方に暮れていた。疲れ果てていた。非国民のような目も感じ、何をこれからやっていくのか、どうやって金を稼いでいくのか、妻であるフーと、アオの寝顔を見ながら、暗雲立ちこめる未来を不安な振動と共に思い浮かべていた。そこからはじまったのだ。

両親からもなぜ戻ってきたのか、と問われ、東京の友達からは、あちゃーといった顔で見られている気がしてしまい、僕はどこにも行けないような状態であった。フーだけが相談相手だった。相談を全くしないはずの僕は迷いまくっていた。フーは、僕に、あなたの選択はいつも間違うことがなかった、と言った。

あれから二年半が過ぎようとしている。僕は熊本の町に戻ってくることなど予想もしなかったし、戻りたいと思ったこともなかった。しかし戻ってきてみて、僕は戻ってくる運命にあったことを知るようになる。そして今、僕はこの町で本気で芸術をもとにした都市計画を行うつもりでいるし、実現できる自信がある。

僕がやっていることは塵も積もれば山となる。それだけである。ずっと人から、そんな馬鹿な、そんなうまくいくわけがない、荒唐無稽だ、夢見る乙女だと言われ続けてきました。それでも、ずっとやめずに諦めず毎日毎日書けば、少しずつ山は動くんです。それを僕は知っているつもりです。だから書くのです。

別に新しいことをしようとしているわけではないのです。僕がやっているのは修繕です。調律です。耳がいいので、音色を調律できる。そんな力です。調整することしかしてません。新しいことをやっているわけではない。ただ元にあった状態にちゃんと戻す（今までになく、かつ至極真っ当な方法で）仕事なんだ。

『幻年時代』と『モバイルハウス　三万円で家をつくる』は、どちらもベクトルは違いますが、同じことをやっているつもりです。誰もが当たり前に不可能だと思っている、その塊をほぐすマッサージ。違う音色を自分の音だと勘違いしているので、それを直しているだけなのです。平凡な仕事なのだ。

☆

つい先日、僕は躁鬱脳による自動的地獄から這い戻ってきましたが、再び「死にたくない」「死んでる場合じゃない」「生きている間にテキストを編み続けないと」と思いました。だから、命は寿命に任せて、とにかく原稿を書く生活を徹底的に今年はやっていきます。年内に今年四冊目の新作も完成する予定。

生きているということは歌うということである。
歌うために、生きるのである。
人は歌っているのである。
忘れてはいけない。
人は歌っているのである。
君の言葉には音色が潜んでいる。
この命よ、植物の蔓みたいに、

ちょろりと世界へ伸びろ。
もっと生きたい。と思った夏でございました。

天才的な思想家に「お前は一発屋だ」と言われてしまっているので、何があっても精進して書き続けないといけない。もちろん僕は一発屋である。でも僕は永遠にあらゆる分野で打ち上げ続ける一発屋なのである。花火師のつもりだ。人より下に見られているのは得なのだ。誰よりも下にいる。それが僕のやり方。卑下されると喜ぶタイプ。だって、僕は永遠に運動を活動を執筆を言葉をライブを音楽を止めることができないキ千ガイなのだ。人を殺してでも作品をつくり続けたいと願う、危ない猟奇的な総理だ。僕は新政府総理だよ。でも、あなたのではない。僕の独立国家の総理なのだ。一人で生きていくんだよ。

僕は「死ねなくなってしまう」本を書きたい。人がぶっ飛ばされて、おれみたいな屑のふりしているただの貴族がいると思ったら、イライラして、くそ、おれも生きてやると思ってしまうような素敵な嫉妬を起こしたい。僕は無冠だし、誰からの庇護も受けてないぜ。でも、書きたいことは溢れている。それだけ。

僕は本気で「自殺者ゼロ運動」をやろうとしているんだ。戦争なんかなくならない。病気も消せない。差別もなくならない。放射能なんか手に負えないし理解できない。

でも、自殺者はゼロにできると思っている。僕が全ての人と出会うことができたら、そして手を触れることができたら自殺者はゼロにできる、と妄想でなく思ってる。

一カ月に一度の頻度で、悲しいかな、日本で、いや世界で一番死にたくなってしまうと自称している、日本国家から躁鬱病患者として認定され医療費が九割カットされている（日本国感謝！）僕は、自らの経験に基づいて書を世界へ納め続けたい。生きるという刃を突き刺したい。痛いぜよ。危険、注意！

首くくるか、ミリオンセラーか。僕の人生はどっちかではない。どっちもだ。生か死か、ではなく、

処女のように振る舞え、侵入したら脱兎となれ

一撃必殺。つまり、僕は社会に対してある種の戦争を行っているのである。「THE ART OF WAR」。孫子先生の愛弟子の一人である。

戦いは水のごとく

生きるということは、これで死んでもいい、と思うことである。つまり、生きることは死ぬことなのだ。人に憧れるな。己の気づいていないで、泣いている己のことをちゃんと見て、そいつを子どもと思って、真剣に付き合うんだ。他者なんかどうでもいい。どうせ人は外見、地位でしか判断できない。大抵の人は。だから、無名時代に真剣に付き合ってくれた人としか僕は仕事をしていないのだ。

僕に本を書かせてくれた人たち。信じてくれたフー。小学生時代から僕が世界を変えることを疑わなかった友達たち。何者かわからず声を掛けられたりしていたとき、僕は孫子を読む。

生も死も。

僕は躍動する人間でもあり、同時に亡霊でもあるんだ。Phantom-Hood、幻年時代。それはまさに僕の人生のことなんだ。

なぜ人は周囲に社会に認められることばかり追い求めるのか。作家でも売れないことを嘆くのか。そんなのはどうでもいいのである。溢れる気持ちがあるかないか、なのであり。しかも、「ない」なんてことはありえないのである。自分の溢れる器を「見つける」のではなく、「気づくか気づかないか」。それだけだと思う。

規定の世界に安住すると、すぐに目上の人にぺこぺこしたりする。それよりも、むかつくところがあれば、喧嘩すればいいのである。目上なんか気にしなければいい。しかし、それを行うには、己がまっすぐ自分の世界で冒険している必要がある。一発屋と言われても動揺せずにまっすぐ歩ける土壌が必要なのだ。

人から理解されず卑下されたり馬鹿にされたりしているとき、僕は孫子を読む。

だけで付き合ってくれた女性たち。そういう人こそが宝なのだ。気づけ。

人の文句を陰で言うと、死ぬ。僕はそう教わってきた。日本昔ばなしに。だから、人に対して納得がいかないことがあれば、直接眼前で言うしかないのだ。怖いよ。それは。でもやるしかないんだ。そこからしか次はない。

己を規定せず、極限まで引き延ばす。ホムンクルスみたいな己を見つけ、その次元で生きる。現実と呼ばれているこの世界は無限空間のただ一つの側面なんだよ。でも、この側面には素晴らしいものがある。『死者の書』でも書かれていた通り「縁」があるんだ。他者の存在。それがこの「現実」の素晴らしさ。

「他者の目」を「自分の知らない自分の目」とすり替える。そうすることによって、新しいレイヤーは開かれ、そこに「巣」が表出する。そこに安住せよ。そこはあなたの巣である。巣では安住していいのだ。そして、現実というサバンナへ出るのだ。そして旅人と出会うのだ。縁と円と園でエンデ。

人はしばしば、勇気という言葉を才能という言葉に切り替える。才能がないのではない。勇気がないのだ。才能とは天賦のものだから、仕方がないと思う。しかし、勇気がないと思うのは嫌なのだ。勇気とは、やればできるのにやらないだけということなので、行動を喚起させてしまう。だから才能と言う。面白い。

マーク・トウェインと目指すところは結構似ているのかもしれない。僕がやりたいことは、自分が体験したことをできるだけ詳細に時空のズレすらも正確に恥ずかしさや社会的や家庭的に問題になっても恐れず書き記すということだ。『ピープスの日記』や、ルソーの『告白』、チェッリーニの『自伝』、カサノヴァの『回想録』。

☆

僕はこれから移動が肝になるとは思っているが、同時に、自分が暮らす「核」も必要であると思って熊本に戻ってきた。「熊本」という都市計画に携わることができる核を持ちながら、バンクーバー、ベルリン、ナイロビなどの僕の集団が形成している都市の中のポイントを暴れ回る。どこが核なのかを考える。

僕が震災後、動いたのは、ナイロビの友達と話していたのも大きい。彼らは絶対に政府のことを信じない。金のことだけを考えた人間の形をした変なロボットとしか思っていない。だから守ってくれるなんて思わずに自分たちで独立集団をつくっていた。そんなスラム街キベラの親友たちは僕の先生であり親友だ。

集団をつくる。安住できる巣をつくる。動き続ける。人生を放り投げた旦那に徹する。必要なお金はいくらでも手に入ることがわかったので、金に執着しない。無駄に人に会わない。同時に、門戸は常に開いておく。目上に頭を下げない。かつ偉ぶらないために下をつくらない。まっすぐ透明に亡霊のように歩く。

本当に危機的な状態になったら、全ての法律を無視して行動できるように、自分の法をつくっておく。守るべきものは持たない。名誉・地位・金銭的なものは完全に捨てる。そのかわり、かわいい女の子にはいつも好かれるようにお洒落と哲学には気を使う。時間をつくるために、依頼仕事はしない。自由に。

どうすればそれができるか。僕が考えて実践した答えは一つだけだった。あらゆることをやめ、自分がやるべき仕事に徹する、である。

それじゃ、金にならないし、あなたが才能あるだけだ、と人は言う。そういう人の共通点。「自分で実践したことがない」それに尽きる。

やるなら、今よ。いま。

「会社やめました！　恭平さん！　このあとどうすりゃいいっすか？」と聞いてくる狂人がいる。「知るか。お前が勝手にやってるんだから、勝手に生きて死になよ」と僕はいつもそう言うことにしている。僕は門だ。あとは知らん。勝手にせよ。動くきっかけを得た。あとは自分でやらないとどうせ死ぬぞ。

現実の世界では僕は徹底的に選び抜いて集団をつくりたいと思っている。他者は入り込むことができないようにしたいと思っている。同時に、本の世界ではあらゆる人々がアクセスできるような広い社交空間をつくりたいと思っている。自閉と完全開放。それを同時に実践する。それが僕の次の方法だ。

　僕の体は阿片とおなじような作用をつくり出すことができる。だから、超危険な状態であっても安堵感みたいなものがある。躁鬱はそのような恍惚状態を日常的に体に塗りたくってくれているので、冒険ができる。でも、これ人間みなこのような作用をもっているんです。ちゃんと頼らずに一人で生きれば。


日本銀行券とタカラ銀行券の違いがおれにはわからない……。福島の子どもを熊本に連れてくるのに、三〇〇万円も自腹払わないよ（おれ貧乏人なのに）。ほとんど酔狂なんだよこれは。別に人助けのためのボランティアでも何でもない。ただの酔狂なんだ。日本銀行券を笑っているだけなんだ。

　金なんか人生ゲームのうまい人が稼ぐに決まってんじゃん。無駄なことはしないこと。人生はそんな小銭は役に立たないよ。でも、人間はとても役に立つよ、世界に。世界を喜ばせるよ。誰もが想像できない方法で。だから人間を稼働させろ。金は捨てろ。と、いつも自分に言い聞かせます。

　僕は無一文になったら七〇万円と、一〇〇万円を振り込んでくれる（らしい）人がそれぞれ一人ずついます。というか、それを見つけるために数年間を費やした。で、もう見つけたから、あとは集団をつくって、世界をぶっ飛ばすことばかり考えているわけです。一度七〇万円は振り込まれました。二〇〇九年に。

　そういう金を振り込んでくれる人を見つけてから、七年ほど経ちますが、今のところ、七〇万円を一回だけしかお世話になってません。つまり、これが方法なんです。お金が必要なのではないということがわかったのです。金を払ってくれる友達がいるという安堵感が重要なのです。

　一人で仕事もできない。依頼されることしかしない。家がなかったら自殺する。精神病と言われたら、家に引きこもらせる。友達と飲むより仕事させる。

仕事場では趣味の話をするようなセンスがいい人を入れない。困ったら政府に文句言うよりも自殺させる。やらされているのに自己責任と認識できる下手な知性……。

改めて、知性劣化のための実践をしないように！　この講座の効果、成果に驚き、感嘆している。むしろ感動している。これは別に問題とは僕は思っていない。どうせ戦争なのだ。

知性劣化とは、別に、ものを知らない、智慧がないとかではない。一番の知性劣化は、言いなりになることなのだ。

つまり、違う生の在り方を試させないようにする。内的戦争、これが一番管理しやすい。困れば自動的に自殺するので、問題になりにくい。僕も極悪非道だったらこうするだろう。

「才能がない」と思わせることこそが、知性劣化の一番の目的だ。「才能がない」などと言っている人は要注意。才能は実践しないと判別できない。実践する前にそう言っているのは、十割事実ではなく、ただの知性劣化。

才能とは、その人がもつ貨幣の可能性。貨幣は海流。つまり、動かないとわからない。

僕は麻薬中毒者ではなく、躁鬱王子でよかった。覚醒剤とかヘロインを買うことなく、ほとんどというかそれ以上の快感を、月に一度、しかも数週間味わうことができるのだから。もちろん天然バッドトリップの地獄も知っているけど、常にオーガニックなので、何かと健康的で0円なのがいい。生に乾杯。

僕はもし日本政府が再び戦争やるとか言い出して、ヒロポンが再び解禁されたとしても、全く染まらないだろう。なぜなら必要ないからだ。知性劣化した人々はヒロポンがとても快感に感じられてしまう。だから真面目なたくさんの人々が戦争で死んだ。惨いなと思うのだが、それが世界なのだから、受け入れるしかない。惨いなあ。

祖父から聞かされていた戦争の話が何やら勢いがあったのは、ヒロポンのせいでもあろう。もう祖父はいない。確認することもできない。何も教わっていない。あの惨い経験を。祖父の子どもである僕の両親には何か伝わっているのかどうか、それもわからない。蓋をしている。見ぬフリをしている。だから放射能のように僕が生まれたのかもしれない。僕はむき出しで、全部知りたがる。それを公言したがる。家族からしたら、恥さらしの、恐るべき存在であったのだろう。

『幻年時代』にはそんな片鱗が出てきている。

さらに吹き出させたい。漏らしたい。

死の水ではなく、生の水として。

☆

単純に、単純に、単純に。諸君の問題を百とか千とかではなく、二つか三つにしておきなさい。百万のかわりに半ダースを数え、あなたの親指のつめに勘定書きをつけておきなさい。

——『森の生活』H・D・ソロー

坂口恭平は、そもそもジャンルや肩書きが「坂口恭平」であり、やっている行為も演劇とか音楽とかいうよりも「坂口恭平」としか言えないので、受賞する必要もなく、そもそも売れる必要もない。永遠と「坂口恭平という運動」を繰り返していくだけで幸福なのである。金かからないし、大量に持ってるのでいらない。

だいぶ、MacBook Airの黒鍵と馴染んできましたので、とりあえず、短編原稿執筆に入ります。あと、『月刊スピリッツ』の連載原稿もあるの忘れてた。でもいいんです。僕は書くのが好きなので。調子さえ良ければ、二四時間書き続けても疲れません。好きなことだけやったほうがいいよ。絶対！

疲れないようにしようよ。疲れるの嫌だ。僕は疲れそうになると、鬱になってくれるので、ちゃんと仕事を一週間分くらい、全部キャンセルすることができる魔法を持っています。みんなには迷惑かけるけど、まずは自分を守るのが鉄則だからね。疲れないようにする。それが長期的マーケティングの定石。

若く夢がある子たちは、変なキ千ガイの言っていることなんか耳にいれずに、図書館へ行きなさい。

あそこで全部学べるから。人から笑われても、とにかく勉強をしなさい。蓄積のない人生は悲しい人生だよ。そんなオトナばっかりだから、若い人はなるべく勉強をしなさい。まずは読書。次に経験。

オトナたちは自分が勉強してないもんだから、無理に外に遊びに連れ出したり、酒一緒に飲もうよとか言ってくるけど、そんなの全部無視して、図書館へ行きなさい。今、やっておかないと、いざ、「あなたの番よ」と言われたときに引用文の一つも持っていないと戦えないから。普通のこと言ってるけど真実よ。

そして、音楽ね。音楽を流してくれる最高の友達を見つけなさい。音楽こそ、人生の巻物だよ。巻物持たない人間には免許皆伝はないよ。人生を運転したければ音楽と共に歩きなさい。

どうせ、親友なんかオトナになったらできるから、今は他者ではなく、己を鍛えなさい。若い人よ。とにかくおれがびびってしまうくらい勉強をするのだ。

僕なんか勉強したおかげで、浅田彰先生というその筋には有名な方と氏の本を全く読まずに対談してギリギリ逃げ切れたよ……。読書はしようね！　宮台真司先生というその筋の方には大層著名な方の前でもなんとか逃げ切れたよ。宮台先生の著書読んでなかったのに……。

いや、若い人は読書しなさい。僕の失敗談を言っているのです。僕は読まなかった。読んでいたら、今頃は余裕で現政府内閣総理大臣で、しかも富豪になってるよ（汗）。

僕は今でも子どもだよ。だって、いっつもオトナに言われるもん。「そんな子どもみたいなこと言って……」って。若い人よ。おれは君らより子どもだよ。子どもは会社なんか行かないもん……。

☆

時々「夢が見つからない……」などと恐ろしいことを吐く人々がいる。幸せなものだ。僕なんか夢なんて持ったことがないよ。だって僕が夢なんだもん。そんな夢には唯一、やばいこと不安なこと死んでしまいそうなことしかない。だからそれを研究するのだ。それしか生はない。

僕には一つ、躁鬱病の研究があった。もう一つは、空間とは何かという疑問があった。目の前の世界は信じられなかったのだ。それはとても不安だ。死のうと何度もしてしまった。死にたいと考えたことがない人は、もしかしたらもう既に死者なのかもしれない。僕には夢はないけど、僕は夢だし、そんな夢が死ぬのが怖くて必死に仕事をしているよ。

躁鬱の研究であれば、一生、眠ることなくできるのだ。人々が土地を所有しているという妄想を、僕も抱きたいのだけど、抱けないという不安は、僕に本を書かせる行為へと接続させた。だから尽きないんだ。だから止まらないんだ。売れなくてもどうでもいいのだ。僕は研究をしたいのだ。僕は知りたいのだ。

僕は名声を獲得するために生きているのではない。僕は死ななくてもいいのだと認識するために作品をつくるのだ。それが芸術家の仕事だと思うし、同時にあらゆる人々の仕事だとも思う。死ねなくなる本。「坂口恭平を自殺させないための一〇〇の方法」。それが僕の仕事なのである。だから誰も模倣も不用なのだ。

自殺したいと思っているということは、実はとても人生に有益な精神状態なのだ。大抵の人はそのまま死んでしまうけど……。それは仕事の発芽だ。己が夢であることに気づく道標だ。夢なんか所有するなよ。絶対に持つなよ。失礼だぞ。自分自身に。

「パパって、『手に汗握る冒険』がしたいって七夕のお願いで書いてたよね?」ってアオに確認された。「そうだよ、パパはそうお願いしたよ」。すると、アオがDVDを流しながら同じこと言ってる人がいると見せられた。その人は、アニメのタンタンだった(笑)。

ずっと同じことやっていくんだ。ずっと書き続けていくんだ。そうやってきたのである。誰から何を言われても、気にせずずっとやってきたんだ。それだけなのだ。

僕は現政府からは「躁鬱病」と認定されており、医療費は九割カット中です。熊本市に申請したら稼ぎすぎているので障害者手帳はつくれませんと文書が届きました。でも一年の五カ月くらいは死にそうなんですよ。現政府は金しか見てないのね。金さえ稼いでいれば障害者じゃなくなるって面白いね。金が全て。

そうそう。僕見てたら誰でも「坂口恭平よりましだ」と思ってくれたら狙い通りです。フーちゃんは、「一瞬、あなたの人生も楽しそうに見えるけど私は騙されない。あなたみたいな絶望的な人生は嫌。あなただけにはなりたくない。鬱のまま浅田彰さんと対談なんて卒倒しちゃうもん」と言ってます。

僕は死ぬかもしれないけど、自分の人生以外は退屈そうなので、この道を行くしかないと諦めてます。死ぬまでやろう。死ぬまでがんばろう、死んだらそのときまで。仕方がないと諦めよう、と思って生きてます。

僕はもう遺書を書いているので、あとは果てるまで生を蕩尽するだけなのである。僕の行動はポトラッチである。生贄《いけにえ》のようなダンスである。遺書として僕は本を書いているのだ。死者からの附箋として、言語を紡いでいるつもりである。つまり、危険人物だ。

僕の言論は大風呂敷ではない。いつか未来の子どもたちが実現するであろうその世界の都市計画を、僕は言語だけで、建てることなく実現しようとしているのだ。つまり、死者として書いているつもりである。だからこそ鬱の自分は己を殺そうと試みる。現社会の声として。だから生きのびようと試みるのだ。

僕は社会を増やそうとしている。完全なるもう一つの世界を。今の世界はあってもなくてもどうでもいいのだ。逃げたいなら逃げればいい。絶望しているのなら死ねばいいと思っている。それでも何かひっかかりがあるのなら、やってやろうじゃないかと。もう一つの新しい太古の世界をつくろうじゃないか。

起きて見る夢……。

ま、よくわかりません。僕は僕です。坂口恭平です。何か気に入ったものがあれば摂取してください。それ以外意味はないぜ。何者かになりたいと思う人間は、自分が誰も知り得ない、しかし誰もが追い求めているその坑道を歩き続けていることを知らない。そりゃ駄目だよ。自らを知れ。

僕の幼稚園のときの夢は果物屋でした。胎内にいるときにとにかく果物ばかり母親が食べていたらしいのです。で、二三歳、僕は築地市場の「遠徳」という千疋屋や料亭吉兆などに卸していた高級果物屋で働き始めます。まずこの時点で夢を叶えたわけです。最高級果物まみれの生活でした。幸福な時代だった。

当時、僕は自分の思考する能力について完全な自信を持っていたのだが、誰もそれを理解してくれる人はいなかったとさ。しかも、どう具現化すればいいのかのアイデアはほぼ皆無だったといっても過言ではなかった。『0円ハウス』のもととなる手製の二〇〇頁オールカラーの本を持っていたが、彷徨ってた。

築地市場に通いながらも、躁鬱の波は僕をたびたび襲い、しかも自身で躁鬱であるとまだ認識できておらず（自覚したのは二〇〇九年のこと！）、完全なる自信の塊と、不安だらけの液体みたいな自分の間に取り残され、突如茫然とし、部屋の中を歩き回り、頭を殴っていた時期だ。フーと出会った頃でもある。

というか、やっていることは今も変わらない……（汗）。調子がよければ完全なる自信をもってスーパーサイヤ人としての職能を生かし、鬱に入れば、頭を叩きながら、部屋を歩き回り、自分なんてどうしようもない、そうだ、死のう、死ねばいいのだと書斎のドアに紐をかける……（汗）。何も変わっていない。

唯一、変わったことと言えば、鬱が、落ち込んだ状態、というわけではなく、自分が駄目になったわけでもなく、ただ自動的なもの、かつ、新しい創作を無意識君が見つけようとしている時だと認識できたことだ。これは僕にとっては大きかった。状況は何も変わっていない。認識を変化させたのだ。

これはつまり、『TOKYO 0円ハウス 0円生活』以来、ずっと僕が言い続けている、「世界を変えるな、世界を増やせ。高い解像度で物事を見る。空間は多層なレイヤーによって構成されている」などの著作のテーマと完全にリンクしている。つまり、僕は自分を殺さないために書いてきた。それだけなのである。

僕は自分の苦しい状況を変えたかった。それは事実である。しかし、変えることができないこともわかっていて、ならばどうするかということにずっと直面していた。本の格好をさせているだけで、これはただの僕の己への「窮鼠猫を噛む」である。ギリギリのところで見つけてきた、最後の生きるための道具である。

そういう意味では、僕の仕事は、僕の命と直結している。それは常に喫緊の問題である。常に、二四時間、三六五日、つまり永遠に考え続けなくてはならない、かつ、考え続けたい、考え続けても疲れない、問いなのである。だから永遠に書こうと思っている。尽きないのだ。一発屋で終われないのである。

☆

勝手に躁鬱の僕の状態と、天岩戸の話をまぜこぜにしている。天照大神《あまてらすおおみかみ》が機屋で神に捧げる衣を織っていたとき、荒ぶるスサノオが悪戯したことに怒り、天岩戸に引きこもる。「衣＝テキスタイル→テキスト・言葉」。つまり、「神＝死者」との交信のための言葉を紡いでいるときに邪魔が入り、引きこもる。なんちゃって。

天岩戸から天照を出すために、八百万《やおよろず》の神たちが一発芸大会をする。天宇受賣命《あめのうずめ》に至っては神憑《かみがか》りして胸をさらけ出し、裳《も》の紐を陰部までおし下げて踊っちゃう。セクシーなポールダンスみたいに。すると天照が「なぜおれ鬱なのにお前ら楽しそうなんだよ」とイジケて出てくる。

日本書紀では、日神は「頃者《このごろ》、人、多《さわ》に請《こ》うと雖《いえ》ども、未《いま》だ若此言《かくこと》の麗美《うるわ》しきは有らず」と天照は天岩戸の中で呟く。「これまで人がいろいろなことを申してきたが、未だこのように美しい言葉を聞いたことはなかった」という意。つまり言語化を邪魔され引きこもり、新しい言葉によって出てくるのである。僕……。

自殺しそうになって、いのちの電話にかけてきた女の子二人からそれぞれ久しぶりのメール。二人とも元気そう。しめしめである。一人なんかそのままロンドン行っちゃって、絵の勉強してるようで素晴らしい。作品も送られてきた。すごいいい絵を描いてる。そうだそうだ。もっと描けー。おれも書くから。

鬱は、僕らの先生である。厳しすぎる先生ではあるが。つまりは、自分に才能があるから、それを見込んで厳しくされている、とぜひ誤解しましょう。そして、全力でぶつかるのです。治そうとするのではなく、どうすればより創造的かを考える。きついけれども鬱期にはこれをやらねば超えられません。

鬱は、創造への渇望だと僕は認識してます。だから薬じゃ治らない。もちろん薬は必要です。僕は薬のことを、原稿を書く時に絶対必要なコーヒー&シガレットだと認識してます。これらは嗜好品ではありません。創造に必要な道具です。だから薬も時には必要ですが、道具を以ても治らない。

鬱の時はどうにか現状に戻りたいと渇望してしまう。しかし、それではうまくいかない。より創造的に変化しないと稼働しない。今までの自分では退屈であると認定してしまったのだから、アップロードする必要がある。〝Think different〟ということです。

同じレイヤー上で上昇しようとするとスランプに陥ってしまう。スランプとは素晴らしい啓示である。その上昇を止めろと言っているのだ。レイヤー上の重力を受けながら成長するのは、他者迎合につながる。共同体の中で使われている言語を応用するのは僕の仕事ではないのだ。別のレイヤーにヒッチハイクせよ。

建築家になろうとして、現行の建築家の枠で新しいことしようとしたスランプ↓『0円ハウス』という写真集をつくるという出版レイヤーへのヒッチハイクで乗り切る↓『0円ハウス』に似たシリーズものの写真集をつくろうとしてスランプ↓文字を書くという執筆レイヤーへのヒッチハイク（『TOKYO 0円ハウス 0円生活』）↓取材が足りないのでもうこれ以上書けないと絶望スランプ↓今までやってきたことを小説という体にして枠を取っ払い、自分の思考を書くというレイヤーにヒッチハイク（小説『隅田川のエジソン』）→路上生活者レイヤーに縛られるというスランプ→本質的に興味があるのは空間レイヤーと気づく（『TOKYO一坪遺産』）→その後、空間論を書こうとしたが蓄積がなく挫折→いや、そうではなくて今まで体験してきたものをもう一度空間論として再構成する方法（『ゼロから始める都市型狩猟採集生活』、レイヤー思考、解像度の発見）→東京でしか実践できないのではないかというジレンマ・スランプ→東日本大震災の勃発→地方都市での活動の可能性を確かめるチャンス（でも怖かった）→新政府の発見（『独立国家のつくりかた』）→同一レイヤー上で新政府を進めようとした（他者には受けたが、僕は退屈だった）スランプ→死のうとした→僕を殺さないための方法論を考えていた→より執筆を先鋭化させる（『幻年時代』）。

常に僕には鬱、スランプ、ジレンマ、退屈が襲ってくる。スランプのない人生は退屈なのである。それは同一レイヤーでの成長でしかない。それは僕の仕事ではない。僕は共同体の外にいるのだ。つまり、新しい言語をつくり出す。再構成しなくてはならない。言葉をつくる。ことはつくり。これが僕の仕事なのだ。

言葉をつくるためには死と向かい合い、死者からの伝令に耳を傾けなければいけない。大抵の人間はそれでそのまま飛び降りたり首を吊ったり切腹して死ぬ。しかし、僕は死なないだろう。僕には死の、詩の、構造が見える。だから怪我をしないのだ。それは死者からの附箋が手助けになっている。体に染み込んでる。

記憶、これがつまり死者からの附箋なのである。記憶しようと意識していないのに残っている脳内の残留物。「記憶＝死者からの附箋」。記憶を詠み、それをもとに新しい言語構造として書く。「思い出す」という行為は、僕の言語界では「死者からの附箋がついた頁を読む」ということである。

書くということは、僕の言語界では「『死者からの附箋』（記憶）を読（詠）み（思い出し）詩（死）の構造をもとに建築をつくる」という行為である。

【現実界】　　　【坂口恭平言語界】
記憶　⇕　死者からの附箋
思い出す　⇕　附箋された頁を詠む
死　⇕　詩の構造
書く　⇕　詩の構造をもとに建築をつくる

こうやって、今、使われている言語をもとにしつつ、新しい言語の構成論理をつくる。これが新しい集団の長の仕事である。詩人でなくてはならないし、歌い手でなくてはならない。踊り手である必要性もあり、それをもとに書く「文の人」である必要性もある。そこでできた構造によって建築＝新しい経済をつくる。

集団とは、死者からの重要な情報を伝達する装置である。——シモーヌ・ヴェイユ

つまり、これは盆踊りのことも指している。新政府のことも指している。

死者からの重要な情報、これが僕にとっては書物なのである。僕の著作は僕の著作でもあり、死者からの附箋でもあるのだ。

今、人は書くということを誤解しているような気がしてならない。だから、僕は書こうと思った。調子に乗っていると思われるかもしれないが、僕が書いている理由はこれである。否定されてもいい。僕はそう思っているのである。

僕自身が死者からの重要な情報なのである。僕のものではないのである。

今回もまた死ななくてよかった。でも、同時にたくさんの人が死んでいるので、僕はますます精進しなくてはならないと思うのです。僕は死んでいく人に対して、勝手に責任があると感じてます。さらに動かねばならないと思うのです。

僕は書き歌い踊るために生まれてきたのだと、ようやく確信できた。生きている、生きのびられたことに対して、大きな感謝を感じている。再び大変な地獄に落ちるであろうが、また死なずに生還したいものだと思うのです。この今の、書き歌い踊ること

のできる時間を、再び得たことの喜びを、ちゃんと死者からの情報である作品に変えて、装置の中に装塡したい。

いのちの電話をやっている人間が、一番死にそうだという、楽しい矛盾のような、いや、それでしかできるわけがないというか、なんともいえない危うさと、確信が入り交じり、僕はただ笑う。

これでいいのだ、と笑うのである。

幼稚園に行ってるアオのお迎えにいきます。アオと遊ぶことに忙しすぎて仕事が手に付きません。アオがそれでいいと言うのです。お金なんかいらないと。幻年時代なんだから一緒にずっと遊んでたいと。

いつか、夢の構造による建築を眼前に表出させたい。アオと遊ぶのは、僕にとって、そんな夢の構造、詩の構造を獲得するための、修行でもあり、同時に大いなる喜びなのである。

人は喜んでいた。かつて。そして、今もそれは失われていない。どこにでも散らばっている。死者という幼子たちに。

坂口アオは僕に坂口恭平という名前をくれた坂口サイなのである。坂口アオは僕に直感を与えてくれた南方熊楠先生なのである。坂口アオは僕に集団の意味を教えてくれるシモーヌ・ヴェイユ先生なのである。坂口アオは同時に僕の母親でもある。アオは僕とフーを選んでやってきた、と言ったのだ。

母よ——。

坂口恭平はこれまでの個人活動を終え、坂口家という家族活動へとヒッチハイクし、現在では坂口恭平という主流に流れてくる全ての支流の先の源流、水源までをも含む、「坂口恭平集団」という概念で動くことになる。僕は一人ではない。かつ僕は僕のものではない。死者と生者を結ぶ粒子状の言葉でつながった集団。

さて、いってきます。みんなまたね。

☆

ピラティスとマッサージを合わせたもの。気持ちがよい。

体と対話する。それが僕の最近の研究対象です。体と会話する言葉を僕たちは忘れてしまっている。体のことを知るにはもちろん「ことば」が必要なわけです。ここにも新しい言語構造が潜んでいる。というように僕はあらゆる「ことば」に興味を持ってます。何かを知るためには、そこに潜む言語構造の存在に気づかなくてはならない。

「治療」では駄目なわけです。僕の躁鬱病もそう。治療しても治らない。治るという概念は存在しない。治るということは、良い悪いという観念によって判断されるが、善し悪しで物事を捉えると面白くない。僕は、そこに「ことば」の気配を感じてます。対話をする。もしくは声を聴く。そのための言語を探すのです。

時の流れよりも、坂口恭平の流れに集中する。さすれば、時の流れは心地よい伴奏者になるだろう。伴走者ではなく。スタートからゴールまで走るのではない。人生とはマラソンではない。協奏曲なのである。狂想曲かもしれない。音楽は時間の流れから離れられない。しかし、まず時の前に音楽という風が吹く。

征服しようとしてはならない。ゴールを目指してはならない。そうではなく、音楽を紡ぐ。テキストで織物を編むように。テキスタイルと音楽。その空間を包含した新しい言語構造のように生きる。時は自然と伴奏を鳴らすだろう。時は記憶という死者からの付箋を貼る糊となる。

☆

僕の仕事は多岐にわたりすぎていて、僕と仲の良い人でさえほとんど追えていません。僕の全仕事を通じて理解してくれているのはほんの一握りの人だけだと思う。まあ、それでもこちらは何も気にしないのですが。

僕は元々、建築を志してはいましたが、日本の建築の世界には全く興味がありませんでした。ここに関わっていては痩せ細ると思った。だから、まずは出版のほうに移動した。しかし、日本は無名の人が活躍しにくい場所です。だからどこかに活躍の場がないかと探し求めた。まずパリ、ロンドンへと向かった。

そこでまず反応してくれたのは、現代美術の分野です。ということで、僕はまず芸術家として欧州の現代美術の分野で試すことにした。伝達技術も拙く、なかなかうまくいかなかったが、おかげでカナダの現代美術との接点を持ち、ここでひとまず芸術をお金に替える方法を覚えた。

それでも、まだ見た目の「0円ハウス」に興味を持たれることが多かった。そこで僕はドローイングの発表をはじめた。「0円ハウス」とドローイング・ワークの間を言語で伝えることによって、そこに創造性を感じてくれる人が現れ、僕の絵は一枚五〇万円で売れるようになった。海流が流れ始めたのだ。

その経験のあと、僕は言語の必要性を感じ、日本でも執筆を開始するようになる。そうすると、日本でも自分の放つ情報が伝達されるようになってきた。欧州、カナダでの現代美術と、日本での言語活動。これらをミックスして行うと、より立体的に自分の言いたいことが社会に伝わることを知っていく。

ワタリウム美術館の和多利さんは、そんな僕の言語活動と海外での現代美術分野での活動を、同時に見ていてくれた数少ない理解者の一人である。だから「坂口恭平・新政府展」がワタリウムで開催された。僕の個展なんか今、日本のどの美術館もしないだろう。誰も僕のこと知らない。気にしてないが。

どうせいつか気づくだろう。どうせいつもうまくいく。そんなことを考えている。やり続けていれば、いつもきっと人には伝わる。もちろん、そのためには言語の調弦を徹底して行うのだが、それさえやれば広告・宣伝など全く必要ない。これらは大体いつも自分一人でやる。ノーリスク・オンリーリターン。

ただいいものをつくればいいのである。それだけだ。時間をかけて力を継続させて自分でもぶっ飛ぶものをつくる。それだけだ。それを広告したり、宣伝したり、変に人に知られても鼻につく。つくり上げたら、ゆっくり置いておけばいいのである。じきに人は気づく。僕の経験ではそうだ。伝わらないものは物が悪い。

かといって才能がある人だけがつくれるというのではない。別に僕も才能があるとは思っていない。僕が得意なのは、僕独自の知覚に気づき、それを他者に伝えることを試みることだ。人間には誰しもそれぞれ独自の他者にはない知覚がある。それを伝えればいいのだ。だけど多くの人は誰かの真似事になってしまう。

僕は自分が小さい頃から知覚してきた物事の過程が気になっている。僕の赤色はあの人の赤色と本当に一緒なのだろうか。閑散とした居酒屋と、満席の居酒屋、同じ空間のはずなのに大きさが違うと知覚するのはなぜか。人の部屋の匂いはわかるのに自分の家の匂いがわからないのはなぜか。これが僕の追求ポイントです。

僕の場合、人生はマラソンではありません。そんな走り続けるなんて疲れることはできません。一つのことに執着するということもできません。この道一筋縄ではいかないのです。できるだけ乱雑にしてると気分が良い。だから音楽なのです。ジャズみたいなものです。ブレス、クレッシェンド、アドリヴ。適当。

実は今まで企画が通ってなかった、医学書院・ケアをひらくシリーズにて『坂口恭平 躁鬱日記』が年内に出版されることが決定。今年五冊目の出版！ 熊本での家族との日々を中心に躁鬱に翻弄される坂口恭平の滑稽な姿をぜひ！ 坂口恭平の庭である熊本市内適当マップ完全版も付録に。勿論、鬱記も！

恥も絶望も不安も妄想も、言語化すれば笑えるし、お金になり坂口家という生命集団の運動資源となる。一九歳以来苦悶し続けた躁鬱という病も一つの作品となった。面白いものである。生きのびてよかったなぁ。

☆

Smell of rain take me river.
freeboy, cutegirl, comfortableplace,
Looking up the sky to the lighthouse.
I'm in a Electri-City

……ということで、夢の中で、いま、視神経のAさんを主人公にした坂口恭平の目玉の眼球運動を舞台にした、「インサイド・キョーヘー・ストーリー」の中核インスピ出ました！　さっそく東海道線の中、混雑した車輌にて、揺れ動く地面の上、iPhone 5で原稿を書きはじめる。遠くから訪ねてくれた原稿よ。閃《ひらめ》き煌《きらめ》めきトキメキ。この三つの平安生まれのドキドキな言葉に感謝し、新しい言語構造の作成にひたすら飛び込め恭平。同じく平安生まれのたんぽぽを想いながら、同じく平安生まれの、まぼろし、つまり幻術士になりますなります。平安てんきゅ。お返しは平成に。お釣りは坂口家。

僕はこのようなインスピレーションといつも一緒です。この人とだけ一緒にいます。僕には技術はございません。というよりも、それを使ってはいけないのです、坂口恭平言語界では。裸で、刹那的に、しかし、永遠運動で。閃きをトキメキと共に煌めきのままに。定着するのではなく4D、現象として現す。

だから、おれは時折スーパーマリオみたいに落ちるのです。スターを食べまくってるけど、それでも、落ちることだけは避けられない。それが、マリオ、いや、坂口恭平言語界です。でも、また蘇生する。必ずや生き返る。何度も。「100万回生きたねこ」みたいなもんです。おれは死ぬ。しかし突然蘇る。

……朝の勘違いツイートでしたん。勘違いも時には重要。要は配合成分の塩梅。間違うと水素爆発。慎重に扱いましょう。化学の実験みたいなライフスタイル。人にはオススメできませんが、やばい新物質見つけたときは格別な嬉しさがあります。

僕の仕事は、人々に創造的なインスピレーションを与え、それぞれのクリエイションを誘発させ、新しい身体の運動を呼び起こすことです。僕の作品が認められるか否かは興味ないし、意味がない。僕の作品に触れた人々がクリエイションを生み出す。そのことが僕の芸術活動の基です。つくりたくなるはずなのです。

だから僕は落ちるのです。その運動の軌跡は一つの重要なインフォメーション。僕は成功など興味がない。それよりも、いかに失敗したか、そこからいかなるインスピレーションで新たな創作を行ったか。それを開示するのが僕の仕事です。教育するのではなく、共感装置に徹する。

それぞれに独立国家をつくらなくてはならない。それを基にしてこそ、はじめて、現状の国家観が見える。己の身体の首長たれ。さらば開かれん。既知との遭遇。

モバイルハウス・ワークショップやってくれ依頼が舞い込んでますが、簡単ですのでみなさまで独自に展開してください。みなさんにモバイルハウス・クリエイションを発動させるのが僕の仕事です。つまりは、どんどん勝手にやってください。著作権フリーです。自分の作品をつくってください。そのうち、「ダンス甲子園」にまけない規模で、「モバイルハウス甲子園」やりますから。僕もシード権はもらいますが、一個人のモバイルハウサーとして参加しますから。

勘違いから始まる物語を誘発する。これ、『幻年時代』という作品で試みている新しい身体運動でございます。僕は正しさを提示したいわけではなく、勘違いを、あの日の間違いを、忘れたつもりになってた記憶という付箋を、未知の世界として遭遇させたい。

☆

原稿仕事の帰りに、魚よしの大将とたまたま会って、「おい総理食べていきなよ」と言うので、「金ないからまた今度」と言ったら、「態度経済でいいよ！」と言ってきたので、ごちそうになる（涎）。こんなことあるのが僕の街、熊本。日本銀行券なんかどうでもいいのよ。なんでタダで天草の鯛がこんなに食べられちゃうのだろうか。「態度経済」という論文も早く書かなくてはいけない。人々に生かされている坂口恭平です。

Celebrate Your Life.

大将、ちょうど『独立国家のつくりかた』を読み終わったばかりだったらしい……。嬉しいことだ。

今度は、『幻年時代』読むと言ってくれた。近所の人々に愛されてこそ総理。

なぜ、二カ月に一度は必ず鬱になり自死を試みようとする僕は再び幸福のシャワーを今、浴びているのだろうか？　僕は今、心から幸福だと思っている。腹の底から笑い声が。フーは静かに皿を洗ってる。僕がまた鬱に入るかもしれないという不安は僕だけじゃなくフーもアオも持っている。でも今、坂口家は幸せだ。

なぜ、今はこんなに生きていることが愛おしく、体全体を使い謳歌していると思える僕は、また死にたいと思うのだろうか。永遠の謎である。おれは社会がわからない前に、自分が不可思議だ。解明すべき知恵の輪は己にある。僕は一体なぜ幸福の絶頂と地獄を知ろうとするのか。風になろうと試みるのか。

音楽もそうだけど、一九九九年から僕は作品制作をはじめている。「TAPES」というアルバムの前にも二枚ほどアルバムをつくっている。一五年前から同じことずっとやっているのである。貯水タンクに棲んだのも一九九九年。僕はずっと同じことを言っている。探っている。疑問に思っている。変わらず永遠に。

おそらく僕は一発屋ではありません。一発屋と人からはよくからかわれてますが、僕は消えません。元々、別に誰から認められなくても、ずっとやってきたことなのです。賞などいらないのです。それでも書かなくていけないものがあるから本になるのです。それは止まらない行動なのです。おれはうざいよ。

金があったらどんどん資金使って活動するし、金がなくても0円で活発に生きるし、友達いたら幅広く、いなかったら引きこもって、日本が駄目ならベルリン、バンクーバーを中心に活動の場ならたらふくあるからどこにでもいく。家族がいたら幸せだし、いなくなってもどうせやるんだろうと思う。僕はやるのだ。

「他人と違う」と悩むより「他人が、他人こそが違う」と言い換える。そうすると世界の見方が変わるよ。今月の『POPEYE』に書いた言葉です。

僕は他人の意見は一切耳に入れません。もちろん本当に親身になって心配してくれる人の言葉は聞きます。でも彼らは絶対に否定しません。僕の言っていることに確信持ってくれているからこそ心配になってむしろ協力してくれるのです。

人の否定や嘲笑など一切耳に入れなくていい。一五年間それでやってきた。人は他人のことなんか気にしてられないから、怒ったり、文句言ったりしているときは、自分ができないことをやられて嫉妬しているだけで、どうせすぐに忘れるから、お前はとにかく自分の仕事だけを金のためではなく、三〇年後、五〇年後、死ぬときお前が後悔しないように勤しめといつも言い聞かせてます。

僕がいのちの電話をしているとき、みんなに共通するのは、人から何か言われてそれで落ち込んでいるのである。つまり、いじめられているのである。それで、僕が彼らを否定せずにただ事実確認だけしたら、それだけでも落ち着いたりしていた。フーが三万人くらいいればいいなと思った。フーは人を肯定するのだ。

人から言われたことをあんまり気にしないようにする。そして心が少しでも通じる人は絶対に無碍《むげ》に否定するようなことは言わないから、その人たちとだけ、話をしなよとよく言ってた。で、困ったら僕に電話しろって。僕は人のいいところ見つけるの、おそらくプロだから、すぐにそれやってた。楽しくなるよ。

この話は別に精神的な問題ではないからね。これはただ合理的な思考なんです。人の足をひっぱる人間と絶対に一緒にいてはいけない。それは効率が悪い仕事であり、金の稼ぎ方であり、資本主義的にすら間違っていると思う。感じのよい人とだけいる。それを核にして生きるだけで、大抵うまくいく。合理的に。

みんな僕に電話してきて「友達がいない……」とか言うからね。死にたいときに電話をしようと思う人こそ友達だと思うのだが。合理的ではないし、論理的ではない人が多い。それで死んでしまっているかと思うと、まずい。僕が本でやろうとしていることは、このような単純な合理的論理的思考である。

「土地は所有できない」も、「日本政府が日本銀行から借金するやり方はやっぱりおかしい」も、「家は余っているのに経済発展のために借金させて家を買わせること」も、「お金がないと生きていけない都市環境になっている」も、人々にとっては子どもの質問。でも、僕にとっては合理的で論理的で根源的な思考です。

僕は、よく人から変な考え方してますね、とか言われる。でも、そのときに、その方たちが変だと思っているところを、細かく説明すると、すぐに納得してくれる。でも、今の社会ではそうはうまくいかないという。つまり、自分ではおかしいと思っても社会から見ておかしくなければ、正常となるのが今の人。

幼年期の僕たちは、誰も土地を所有できるなんて妄想に囚われてなかった。

人間は人からの忠告など耳に入れず好き勝手に生きればいいのだ、と馬を見てふと思った。人の言うこと聞きすぎだし、人から言われたことで落ち込んだり制限されすぎだ、といのちの電話しながら思ってた。やりたいことをやればいいのだ。それで飢え死にしても本望じゃないか。もっと孤立し自閉すればいい。

☆

人間は何でも商品化するのが好きだな……(笑)。モバイルハウスで僕がやろうとしていることの一つが、商品化しないということなのです。

考えるのが面倒くさくて考えることをやめた人間たちに、「あなたたちが欲しいのは安いけど感じがよい、こういうものでしょ?」と言って提示する他者迎合をやったら終わりなのである。それでは今までと一緒なのだ。そうじゃなくて、どうやってコミュニケーションを取るかってのを考えるのが面白い。

僕はモバイルハウスつくってとよく依頼されますけど、全部断ってます(笑)。新政府はどうなってるんですか? と聞かれても、知りませんと言ってしまいます。モバイルハウス・ヴィレッジはどうなったんですか？　と言われても、知りません、と。僕は人からやってと言われるのが嫌いです。自分でやれと思ってしまう。

いつもいい感じに勘違いされ続けるけど（笑）、それが面白いと思う。モバイルハウスを安い家だと思っている人が多くいて面白い。僕がやろうとしていることとは違うけど面白い。僕は言うことは聞かない（笑）。僕は自分が孤立して感じていることを伝えているだけ。だから感じてくれたらそれで僕の仕事は終わり。

僕はダンゴムシや野良猫が僕に伝えたことをただ書いているだけだ。それをもとに商品をつくって、人々が考えるための大事な時間を奪って売りさばくことではない。共同体から逸れてしまった人からは、その共同体の輪の中がそう見えているよということである。人々の行動を一時的に停止させるために本を書いている。

でも、本は買ってね！　というと、矛盾していると言われるときがあるが、断言して言うが、全く矛盾していない。

僕の音楽集「昔の詩人たちの詩に曲をつけるシリーズ」を、服部良一さんにプロデュースしてもらいたいなと夢想する。服部良一さんといえば、今、もしもやってもらうなら細野晴臣さんではないかと勝手な連想をしてみた……。勘違いも甚だしいが、ワタリウム美術館での個展を見ていただいたとの情報を獲得し、もしかして奇跡もあるのではないかなどと妄想。妄想は自由。考えなくては実現も何もないからね。狙うはＮＨＫの「みんなのうた」（笑）。

作品をつくるのも楽しいけど（大抵は鬱を通過するので実は死にそうだけど・汗）、アウトプットの想像をするのが僕はとても好きです。つくったものをどうやって伝えるのか。本を出すときも書く内容よりも本という形を考えるのが好きだったりする。次は児童書だ！　とか（笑）。

それは大学の課題の時からそうだった。建築学科はみんな模型とか図面とか提出するけど、それって大学でしか通用しないプレゼン方法だと思って、僕は貯水タンクに棲んでそれを撮影してビデオテープで提出した。課題が終わっても人に見せやすいし、台詞ゼロだったから世界中の人が理解できる、とか。『0円ハウス』出すときも、僕はゴシック体だった表紙デザインを明朝体のほうがいいっすってお願いした。バイリンガルにしたいと言い張って五万円出版社にもらって翻訳者を見つけてきたし、海外流通を目で確認するためにディストリビューターたちに会いにフランクフルトのブックフェア行ったしなあ。

通貨、カレンシーは「海流」という意味があるらしいが、僕はそんなことばっかりしか考えていない。今度は黒潮に乗るか、はたまたカナリアか。それでどうやって水蒸気になって雲になって雨となり、どの地に降り立ち、川となって濁流を世界にぶっこむか。そんなことを考えている。つくるというよりも「潮」。

ただ売れること考えてるのは面白くないもんなあ。別に作品は売れなくてもいいと思っている。どこの誰に届けるか。僕はその流通、配送方法がどれだけ確実にできるかしか考えていないのかもしれない。というよりも、それが僕の「売れた」という意味なのである。奇跡よりも軌跡を。そこから星屑が零れるぞい。

僕の表現方法は破綻していることばかりだが……、配送方法は確実であると思っている。僕は届いてほしいという人に届かなかったことはない。といっても、届いてほしいという人は現実に元々いたわけではなく、僕はその「人」を「創造」するのである。どこかにいるかもしれない未知の「人」をつくる。

☆

明日、午前六時半に運動場でパパたち集合なのを忘れてましたので、今から寝ます。それではまた。日常生活、家庭生活。躁鬱野郎は、これらのいわゆるフツータイムが耐えられません。もっと手に汗握る冒険のような人生だけしか興味がないし、創造的な対話だけしたいと思ってしまう。しかし、それでは言葉が人に届かない。家庭と躁鬱の二枚腰の人生こそ平易な文体による創作を可能にするぅ！　だから、早く寝て、明日の運動会に備えなさい。

いのちの電話をかけてきた子が、最近では電話ではなく絵を送ってくる。つくるほかないのである。躁鬱野郎は（笑）。

つくっていると、人から嫌なこと言われたり馬鹿にされたりといろいろあるのだが、躁鬱野郎はつくるほかないのである。どうせ文句言ってた人もずっと言うことはできないもんで、途中からぱたりと止む。ただただ突き進み、誰よりもつくるほかないのである。他者の評価というロケットを下ろせ。誰よりも早く走れ。

躁鬱人であることを恥じるな。誇りをもて（笑）。鬱が明けて躁へ向かうとき、さまざまな発想と共に音楽がやってきます。

したくないことは絶対にしない。これが鬱期の僕にとっての鉄則。したいという欲望なんて鬱期にはゼロだ。したくないことをどうやってせずにいられるか。それが知らぬ間に僕の人生の組み立て方とつながっていたような気がする。

会社に入りたくない。人と一緒に仕事したくない。毎日同じことしたくない（笑）。家族と離れて働きたくない。遅刻するかもとか思って焦りたくない。満員電車に乗りたくない。寒いときに外出したくない。夜遅くまで仕事なんて無理。残業なんて絶対に無理。いつでも煙草が吸えないと不自由を感じる。毎月同じ給料なんて嫌だ。自分の仕事なのに会社の手柄になるのが嫌だ。嫌だ嫌だ。

夢なんてないけど、したくないことだったらたくさんある。したくないことをしていると鬱になる（笑）。だから、鬱になって落ち込んでいるときは、いいときなのだ。全部ドタキャンできるし、新しくやりたいこと見つけて躁になって好き勝手に生きる。好き勝手に生きて、したくないことをしない。これが実は儲けられる（笑）。ちょっとでも嫌なことがあると、僕は鬱に入るので（笑）、とにかく毎日、嫌なことがないか点検し、発見したら速攻でその嫌なことを躊躇なく捨てることにしている。依頼もどんどん断るし、宴にも参加しない。それでも定期的に鬱に落ちるから、僕は嫌なことに関しては貪欲なのかもしれない。嫌なことをしない。

いのちの電話をやっていて感じたことは、人は夢を持ち、それが叶えられないことばかりに集中するけど、嫌なことを取り除こうとする人が少なく、それで困っている人が多いということ。夢なんかどうでもいいから、嫌なことするな。お前が行ってるその会社とかいう退屈な機関を取り除け、とよく言ってました（笑）。

死の灰も嫌だったので、かといって海外で暮らすのも僕は嫌なので、行ける範囲で一番西ということで実家の熊本へ移動しました。すると、気持ちも楽になり、離れた分取り返そうと気合いも入り、収入が倍になった。嫌なことと躁鬱とお金。

しかし、まじでこの三日間、また鬱で危なかったのだが、昨日の深夜、本当にぎりぎりのところで、今書いているものの方向性が突如見えてきて、寝ずに書いてたら朝でき上がってた……。なんじゃこの綱渡り。それでも躁鬱の僕はつくるしかないのだと書いて描いて踊り歌いまくるしかないのだと悲しくも再認識。

いつ書けなくなるのかわからない状態にいることは間違いないのだろう。不思議なことに躁のときは全く不安がない。鬱のときは二四時間恐怖であるが。しかし、その鬱から躁へとグラデーションを描くときに、僕の言語が生まれるので、もうこれを技術と思うしかないのだ。躁鬱は僕にとっては技術なのである。

躁鬱の人は、創造をやるほか道はないように思う今日この頃。しかし、世の中そんなに甘くはないとみんな言う。そういう才能がなければ、できないのだと。だが、創造とは何かをつくることだけではない。面白い発想を持ち、他者がなんとなく考えているが具現化したことがないことを見せるのが創造だ。躁鬱はこれ得意。

自分の価値を人に判断させたら大抵悪い方へ向かうから、僕は試験とかコンペとか参加したことがない。審査員も全てお断りしている。人に理解されたら終わりなのである。落ちたら凹むのになぜ試験受けるのだろうか。人に判断させないことが一番。人は自分の理解の範疇の人しか合格させることができない。

僕は大学生のときから言っていることは全く同じであるが、当時はみんな笑っていたし、先生からはお前馬鹿じゃないかとしっかり言われてた。でも、人に理解されていないということは、誰もやっていないし誰も気づきたくないことなのだから、そのうちきっとと思ってた。将来が不安ということは、未開拓な場所。

すごい人はなんとか賞や面接を受ければいいのだ。どうせすぐ理解される。才能がないと思う人は、人に判断させては駄目である。一人でやる。一人で黙々、他人から見たら不安になるようなことをやっているというのが一番不気味なのだ。社会が動揺するのだ。それが個人の仕事なのだ。労働は試験から始まる。

それでどうやって食べていくんですか？　という質問を受けるかもしれない。でもそれは、質問者の頭には労働をしてその対価をもらうという生き方以外想像ができていないだけなので、無視してへらへら笑っていれば良い。あー、この人は稼ぎ方というものを一つしか知らないのだ、と。その不安を逆になだめてあげれば喜ばれるよ。

☆

ルー・リード死去。我が師がこの世からいなくなったようです。高校生のとき、「ＶＵ」一枚目が全く理解できないけどずっと聴いてた。「ブルー・イン・ザ・フェイス」観て、いつかこの親父と会いたいと思った。で、八年前ＮＹに行ったとき探した。ルー・リード師匠の教えにより、僕はドラッグを摂取するのではなく、自分自身がドラッグそのものになることにしたのである。人間覚醒剤の誕生。僕がギターを弾いて彼の曲「ヘロイン」を歌っている傍ら、アオは折り紙で四つ葉のクローバーを折っていた。幸運は自前で生産することにしたようだ。それでよし。大人になっても忘れるな。

僕がやってたいのちの電話に死にたいと言って電

話をしてきたレズビアンの女の子がいて、実は写真撮ってて、見たらやばくて、話してたら一応元気出て、しかもスタンダードブックストア心斎橋店で展示をやることになった！　しかも、彼女もできたって。

こうやって死にたい人に話を聞いてきたのだが、ほとんどの人が何かつくっていた……。死にたいんじゃなくてつくりたいのである。よかったね、ほんと。もちろんこれからつくり続けるのは大変なんだけど、それでも死なないためにつくり続けるしかないのです。僕も全く同じ。それにしてもいい話だ。

『躁鬱日記』の「鬱記」を担当編集の白石さんに送ったら「いやーこれはすごい！」と感心するので「何がすごいんですか？」と聞いたら「全然面白くないところです！　いやーこれには勇気づけられました！」と訳のわからないこと言い出した。というわけで、ひた隠しにしてた（笑）僕のもう一つの側面もしっかり刻まれているようです。

躁鬱という精神障害の解像度を上げてみる。躁鬱の本を読むと、大抵、躁になると散財欲情大妄想、鬱になると死にたくなる否定的自動思考。なので、できるだけ真ん中に、という治療というか対応しか載っていない。僕はそのままでもいいよと慰めるよりも、昨今のおとなし社会の中ではむしろこれは武器になると思った。何でもできるのに。黙ったまま、金がないならないままに、仕事ないならないままに、国が勝手なことやっても静かに落ち着いて。

好き勝手にしないという教育がしっかりと浸透してる日本では、マトモな人は結構大変なのかもしれない。キ千ガイでよかったと時々思う。もちろんその後、お釣りがくるけど。

ＳＯとＵＴＵの時では、脳味噌で使われている回路が全く違うのかしら。ＵＴＵのときに言っていたことをフーに聞かされるも、悲しいかなそんな感情を持った記憶がない……。何か原因があって絶望を感じるのではなく、自動的に絶望を感じる脳の路線に切り替えられるという感覚なんだよなあ。ＳＯはその逆。

自殺で死んでしまう人の多くが、この僕と同じような「自動的にセットされた絶望」に苦しんで実行してしまったのではないかと思ったりする。というか、そもそも絶望を感じること全てが、回避できないものというわけではなく、脳味噌が勝手にもう無理と感じてしまうことから発生するのかも。

絶望の状態に入っているとき、僕は自分で「これは絶望トリップである」と言い聞かせます……（泣）。旅《トリップ》ですので、終わりが来ます。風邪をひいたときに高熱でトリップするように、絶望への見方を変える。絶望トリップは強力で、あたかも自分が生まれてからずっと絶望してたように思わされる。「違う」と念仏を唱える。寝込んでいても絶望はひしひし忍び寄ってくるので最後はなんか体動かさないとやばいと思って、焦って、僕がやることはやっぱり「書く」みたいです。「きつい、きつい、本当にきつい……」とかなんとか自動筆記のように思っていることを書くんです。それが「鬱記」なんですけど、今読むと酷い……（笑）。

でも、この躁鬱の功名は捨てたもんじゃないとも思っていて、つまり超天国から超地獄までがグラデーション状態で体験できるので、自分自身の感情は全く安定せず不安の塊のような人間になってしまうのですが、その分、あらゆる感情の波長もキャッチでき、周波数を合わせればその人間になれる。

この道一筋の職人さんみたいな生き方に憧れますが、躁鬱の僕は毎日興味関心が変わってしまうので、なれません……（泣）。僕は処女作がインスタントカメラで撮った写真集（汗）、次は突然書きはじめたノンフィクション、調子にのってその流れで書いた小説、挿絵も自分で、展覧会も、ＣＤまで出して。脈絡なし。毎日変動、中途半端、それでも自分を回転させるには、この道一筋が強い権威を持っているこの社会で、その分裂、変動、気分の赴くままに、それをいかに生きのびるための技術として応用していくかを考えなくてはいけない。僕はおそらく永遠に一発屋として生きるのではないかと不安を感じてます（笑）。

一人で自立して生きていくことが当然とされるこの社会で、僕は完全に無理だと早めに諦め、フーに坂口恭平を半分任せてます。フーは出会って一二年、一度も相場変動したところを見たことがないプロ。「坂口恭平」は個人名ではなく看板です。家庭内手工業の。僕は首相でフーが主将でアオの手詔《しゅしょう》を作品に反映。

☆

躁鬱ブームの到来の予感……。この病気は社会でもっと早くしっかりと認知された方がいいです。「そうそう、上がり下がりって私にもあるある、わかるわかる」とか言ってくれる優しい健常者の方に、「実は……違うんです……」と伝えましょう（笑）。絶対に、他の人とは働き方を変えなくてはいけないと思うんです。

統合失調症や躁鬱病は、アルタミラの壁画の時代くらいからのとても古いというか人間の起源頃からあった病気と言われてます。しかし、そういった脳のズレにより文字や図形が発明されたとも。鬱で死にそうなときは、僕は原始人なんだ、その記憶が壁画を刻み文字が現存しているんだ、と自分を鼓舞することにしてます。

確かに苦しんだ分面白いことも起きるのです。今回の鬱は今までになく酷いものでしたが、上がった瞬間に、これから書こうと思っている本のタイトルが一二冊分も鯛が空から降ってくるみたいに落ちてきました。こうやって来年から二、三年の仕事が決まるわけです（笑）。理解できないかもしれませんが……。

しかし躁鬱病は本当に外からわかりにくいので、なかなか今の社会では普通に仕事をしていくのは難しいのではないかと想像する。僕は端《はな》からやれないと思ったので試すことすらしなかった。躁鬱には塾が必要だと思う。薬よりも塾だ。どのようにやれば自分に合ったことができるのか。それを知る必要がある。

自分に合ったことしかできない。それが躁鬱の特質の一つだと僕は感じている。というか、これは実は人類皆そうなはずなんだけど……。多くの人類は我慢するとか、なかったことにするとかできるように機械的に調整されているように感じる。躁鬱野郎は社会には迷惑だが、これが全くできないのである。

僕が『躁鬱日記』を書いた理由の一つが、躁鬱に関する本を読んでも何一つ効果がなかったからだ。治そうとしても無理なのである。それよりも河出文庫の『南方熊楠コレクション』第一巻の中沢新一さんの解説のほうが僕には躁鬱的に有益であった。ヴァージニア・ウルフもレヴィ＝ストロースも中島らもさんも効果的だ。

つまり、僕が毎日、不安を永遠に抱えながら、でもなぜか書こうとしており、それが何かはわからないが、その藻掻きそのものこそが、そこでの一つのふとした選択が、自分の方法であり自分に合っている。気分が少しいい痕跡なのである。日常生活はただの一日ではなく、ミステリーサークルを知らずに自作している。

だから『躁鬱日記』は全くもってＨＯＷ ＴＯ本ではありません。ただの痕跡です。選択であり、景色への注視であり、人々が存在しているという確認です。それでしかないし、だから僕が治ったとかそういうことでもなんでもないんです。でも、やるんです。書くんです。訳もわからずに。それを笑うんです。

毎日死にそうだけど、おかげで新作はどんどん産まれるし、ベッドの上で寝てばかりだけども家族とずっと一緒だから、その二つが大好きなことなので、ぎりぎりで死ぬよりもマシであると思えるのである。「死なきゃなんでもいいよ」とはフー先生のお言葉です。

残業をできるだけせずにすぐ帰ってきて、よく母ちゃんに怒られてた親父を思い出す（笑）。どうやら血のようである。宮崎駿さんみたいに家族を放置してでも徹夜で仕事するみたいな日本古来の芸術家の姿に憧れつつ、やはり親父の血を受け継いだ僕はベッドでアオ弦と戯れながら原稿書くしか能がないのだ。

☆

小説家フォークナーを知れば知るほど、震えてるぞ……。全く本を読んでこなかった坂口恭平は今、小学生のように勉強をしております。気が遠くなりますけど、それでもフーは「後悔するよりも、いつからだって勉強しようと思えばできる」と安定感抜群の言葉を吐くので、気が遠くなりながら文庫本を読む。

まとまりのない、とか、一筋ではない、とか、継続できない、とか、いつも大抵良い意味では捉えられないのだけど、僕の場合には、そうでないと発症するので、つまりとても「良い」のである。社会には無意味かもしれないが、僕という生命体が稼働するにはとても重要な思考の分裂なのだ。分裂に感謝。

諦めたり、できないとすぐ口にするのではなく、ひたすらやるのみで、「それで野垂れ死になどするわけない」と、おれではなく、フーが言ってるよ（笑）。はんぱねぇよあの女の子。憧れる。おれは「歩」です。先頭走って、「と金」にはなってるかもしれないが……。「玉将」はフーです。詳しくは『坂口恭平 躁鬱日記』を読んでね♡

日々の生活の中に、いつもたくさんの世界が紛れ込んでいるのを確認する。躁状態のときには、さらにそれが増幅されていく。もちろん、僕の躁状態はいいことばかりではない。問題も多い。それでも僕は、躁真っ最中のときに湧き出てくるあらゆる人々、景色、大気、感覚に対する大きな愛情が好きである。『躁鬱日記』は僕の闘病記とも言えるかもしれませんが、僕としては「集団」を書いたつもりです。共同体というよりも集団という感じ。フーとの夫婦という集団、坂口家という集団、仕事の仲間たちとの集団、そして坂口恭平という人体を構成する細胞たちの集団。

鬱のとき、僕は「孤独を感じる。あー、僕は孤独なんだあー」と鬱の症状特有の孤立感を言葉にし、フーに嘆きます。するとフーは「恭平、人間はみんな一人ですよ」と台所に立ちながら、温かい目でとてつもなく怖いことを口にする。慰め合うために集まるのではなく、なんか知らんが集う。それを書きました。

今日は、文字はお休みにして、『POPEYE』と「翼の王国」のドローイングを一気に仕上げることにします。集団はまとまらずバラバラなことをする。それを一つにまとめず口出さずにいかにそのままやるか。つい人間は人の行動に口を出す。坂口家はAB型のためか知らんが、お互い注意しても言うことをきかない（汗）。で、そういう集団が今のこの社会にはなかなかない。だからすぐに短絡的に自殺につながってしまう。

『躁鬱日記』は新政府公約の（笑）、自殺者をゼロにする行動の一環でもあります。自殺は仕方がない、自殺したい人は誰が止めても自殺するなどという人がいるけど、僕の体験から考えると、それはありえない。自殺は必ず止められる。むしろ自殺を社会が促している可能性を僕は感じている。

自殺を止める何らかの方法はあると思う。実際に二〇一二年、僕はいのちの電話をはじめ（現在はフーに止められ停止中）、二千人と話したけど、統計上では一五年ぶりに自殺者が三万人を切った……（笑）。僕に電話はしないけど電話番号は登録している、相談はしないけどつながったのを確認して切る人もいる。

僕の結論は、自分は本を書いた方が一番人と集団の在り方として楽だし、より効果的だということがわかったので、直接人と触れるような機会はこれからどんどん減っていくと思うが、本はどんどん書き続けると思う。何らかの集団を形成するための、僕の考える集団とは何かという本を書き続けたい。

『躁鬱日記』は、僕の本として、自分自身が全部混ざってきていい感じになっていると思う。『独立国家のつくりかた』はある一面であるが、『躁鬱日記』はできるだけ、その全体像を見せようと試みた。これからはこのような書き方になっていくのではないか。『幻年時代』はそれをより先鋭化させたもの。こちらも続けたい。

僕は、自分が目立って、ぐちゃぐちゃになり、それでも、躁鬱だろうがなんだろうが作品をつくり続けてたら、遠くにいるかもしれない死にたくなった人々が、イライラしたり、嫉妬したり、悔しくなったりして、死にたくても僕が死ぬまでは死ねないと思うように活動しようと思う。怒りだって素敵な力だ。

この前、いのちの電話を僕がやらなくなったからって怒りの電話をしてきた男の人がいて、留守電聞いて僕がかけなおしたら、別に今は死のうとは思っていないと言うから、冷やかすなと今度は僕が怒って切ったら神奈川県からわざわざ熊本の〇亭に文句言いにきたらしい（笑）。素晴らしい。僕はいなかった（笑）。

みなさまみたいにまっすぐ進むことができない整合性のない人生なんだから、仕方ないんだよ……（笑）。一週間というスパンで物事が捉えられず、明日になったら考えてること変わるから約束もできない僕が、どうにかレイヤーという言い訳（笑）を導き出し、社会と一応仲良くしてるんだから。

ハウス加賀谷さんの『統合失調症がやってきた』（イースト・プレス）売れてるなあ……（笑）。しかし、躁鬱、統合失調症という人類の起源からずっと存在しているらしい永遠に治らない病気たちの本が奮闘してますね。いい世の中なのか、狂ってるのか、おれにはわからないけど……。

躁鬱の自殺者を減らせば、自殺者数がかなり減ると思う。躁鬱の自殺念慮はほぼ幻影なので、本気にしないほうがいいけど、知恵の輪みたいにすり抜けるのが異常に困難で、僕は毎回首をくってしまいます（汗）。フーが泣いて、毎度初めて間違っていることに気づく。すまぬフー……。駄目な夫です。

躁鬱は調子にのって言うわけではないけど、経験上、知的な病だと思う。つまり、誰かが癒してくれて治るのではなく、自ら、芸術と触れたり、己の使命が言語化できたときに、抜ける。そういうものだと思えば、徹底して図書館で研究していても腐らない。自分をどうやって持っていくかが重要です。

僕が芸術運動を行おうとしているのは、もちろんこれは僕の使命だと勝手に思い込んでいるところもあるのですが、それは同時に自己治癒なのである。こうすることでしか僕は救われないのだ。使命とは、別に自分の得意なことを社会へ披露することではない。そうしないと死んでしまうから仕方なくする行為なのだ。躁鬱のための医学書は一冊くらいあれば十分である。あとは、自分独自のロケットの発射法と墜落した場合のエンジニアの雇い方を自分で試行錯誤して見つけなければいけません。一例として僕は日常生活を言語化し発表してるつもり。

鬱のときはつげ義春さんの作品は絶対に読まないように。誤解する。あれは、鬱のときに描いた作品ではありません。あれは躁状態になったときに描かれたものです。僕は経験上、そう思う。だから、躁になったら読むといい。家族とひなびた温泉に行きたくなるから。本当に行ったらだめよ。落ちるから（笑）。読め！

躁鬱に関して個別に相談とかはもう乗れません。フーに止められてます。自分が体験していることを徹底して言語化していきますので、それを勝手にご利用ください。僕は徒党も組めませんし、団体もつくれません。ただ一人で茫然といつも散歩して気の赴くままに勝手に生きて書くだけのキ千ガイです。ご注意を。

鬱のときに読める本はクーンツの『ベストセラー小説の書き方』。別にベストセラー小説が書きたいとかそう思わない人も結構、面白いと思いますよ。人間関係で迷っている人は、こういう「籠ってとにかく書けー！」みたいな本は我流の自己啓発本になったりする（笑）。こうやって僕は本を処方します。

あと、僕は今回の鬱の間ずっとジョセフ・コンラッドの『闇の奥』（光文社古典新訳文庫）を読みながらMacbook使ってテキストファイルで複写してました。そうすると本を読めない僕でも読めるんです。かつ文章の勉強にもなるし、なんにせよ『闇の奥』が無茶苦茶面白かった。映画観てると不安になるけど、これはいい。

鬱のときは体を動かしたいけど、全く動かない。でも何か動かさないとどうしようもない。村上春樹先生は（躁鬱かはわかりませんが）翻訳をします。これもすごくいいと思います。創造的なことはしなくていい。読めばいい。しかもできあがったら本として出版できる。それを応用して僕は複写やってみてます。そうすると他者の思考になれる。指だけだけど、それでも体は動かす。頭も動かす。しかも創造的に動かす必要がない。読まなくてもいい。意味なんかわからなくてもいい。複写するんです。そうすると不思議なことに読めてくる。そうやっていかにして創造的な思考回路が生まれているのかをゆっくり他者の思考を使って理解することができる。

だから医学書とか、こうすれば鬱が治るとか読むよりも、全く創造性の必要のない、しかも誰とも会わずに、外にも出ずに、他者の猛烈な創造性と触れるきっかけをつくったほうが僕の場合とてもいい。

こういうときは音楽が鳴らないけど、曲のカバーだったらできるし、本は読めないが複写はできる。絵の模写も。自分で絵を描かせる芸術療法みたいなものがあるじゃないですか、ああいうのは僕は違うと思う。経験者としては。鬱の時は創造性がないんだから。他者にならないと。他者になるために、自らの意識がゼロになっているのだから。他者になるという時間なのだと思う。自分は殺して誰かになる。自分になろうとすると死ぬ。

『ＭＹ写経のススメ――鬱の人へ』みたいな本書こうかな（笑）。結構売れたりして。

「がんばれと言わない」とか、「太陽の光を浴びよう」とか、「規則正しい生活を」とか、「ネガティヴに考える脳のクセを治そう――認知療法のススメ」とか、僕にとってはどれも創造的な治療ではない。もちろんそれも効果あるかもしれないが、僕にとっては逆に精神的負担になる（笑）。「創造性のない創造」が一番。

でも、これは僕の方法なんです。だから『躁鬱日記』もＨＯＷ ＴＯ本じゃないんです。僕の行動。これをメソッド化してもつまらないんです。その曖昧なところを今度の『躁鬱日記』では突き抜けているのではないかと。でも、きっと自分の方法を見つけたくなるはず。

自殺者を減らすということを事業目的にした、利益を徹底的に追求する株式会社を立ち上げたらどうだろうとふと閃いたのでメモ。僕は経営者になるのをフーに禁じられているのでやれませんが……。誰かやったらどうだろう。月刊『自殺なう』とか雑誌つくって。

希死念慮を持つ人は知性・才能を持つ人も多く、

でも毎日働けないとかそういう理由だけで、貧困に陥っている場合があるので、なんか人材は豊富にいそうな感じがするのですが……。僕はできませんが……（笑）。

僕はいつも「死にたくなったら金が稼げるからやったー」と昔書いたノートを死にそうになっているとき読みます（笑）。死にたくなると僕はその後、抜けたときに閃きとともに本が生まれるので死にたくならないと稼げないのです（笑）。というように、死にたくなったら周囲からは引かれるけど金が稼げたら楽しい。

躁は浪費へ向かうので、早めに一発高い買い物をしておくと、躁抑止につながる。前回は七万円のJames Hockのスカートを買った。別に自分のために買いたいわけではないのだ。購入する、つまり、そこに価値を見出すという行為を他者に伝えたいのだと思う。あなたが最高なのだということを。

来年も世界中で躁鬱力をふりまきたいと思います。良い子のみんなは真似しちゃだめだよ。本当に死ぬから（笑）。「プロ・キ千ガイ」の仕事です。僕はキ千ガイですけど、完全に訓練されたキ千ガイです。そこのところを勘違いなさらぬように。躁鬱は言語化を催すが、大抵はただのパラノイアの言葉になってしまう。そこに構造を見出すか。それは徹底した訓練です。毎日勉強です。会社なんか行っている場合ではないし、金稼いでいる暇はない。訓練を。

かといって、パラノイアだと駄目だと思っているのではありません。そういった世界こそが、僕にとっては一番自然な状態だと思っている。しかし、それを人々と共振するのにはまだ社会が熟成されていない。だから、プロのキ千ガイが必要なのだと思っている。楽団みたいなものです。大気を音楽化したい。

今日も楽しい一日を　ずっと連絡していないあの人へテレパシーを　気になっていたことを箇条書きして、紅茶でも飲んだら　笑う鳥の群れみてきっと狂った小学生のあいつ思い出し　皿を割り　謝る

死者からの附箋　使者からの艀船　詩社からの不

宣　ししやからのふせん

自分で装画を描いて、挿絵を描いて、物語を自分でつくって、しかも登場人物はみんな僕のまわりの家族と仲間たちで、世界中を飛び回り、ときには困難に陥り、地底世界へ迷い込むが、それでも負けない、前を向いて飄々と闊歩する坂口恭平が主人公の本を書きたいと思ってた小学校四年生の僕、一〇歳。いよいよ、その僕の小学四年生のときの夢が実現したのではないかと思った。

僕は出会う人々すべてを登場人物にして物語をしようとしているキ千ガイである。いのちの電話してくれた顔を知らないあなたも登場人物だ。世界のすべての人々を僕の物語で語れたとき、僕が目指している革命（＝書《か》く命《めい》）が完成するのだ。

ぎりぎりぎりぎりのところまで微分して、世界を人々を隅々まで書く。僕はそのようにして、新しい革命運動をはじめたいと思っております。このキ千ガイをなにとぞよろしくおねがいします。つまり、気をつけてください。できるだけ離れて生活していてください。触るとキケン！

訓練は二五年もかかったのだとふと思いました。

僕は九五歳で死ぬらしいので（註・夢情報）、あと六〇年。足りるかわからないが、あらゆる人々に会おう。まずは一億二千万人の人と会おう。自殺者をゼロにしたいとNYクリスティーズの桂さんに言ったら、頷いてくれた。NYで面白いことしたい。

僕はあと六〇年かけて、まずは日本の自殺者をゼロにする。

それがとても具体的な僕の初期設定である。初期設定さえあればいいのだ。あとは日々を愉しみ、悲しみ、笑い、絶望し、隠れて女性と会い、フーに怒られ、アオと遊び、弦と歌い、嘘をつき、苦しみ、首を吊ろうとしてしまい、団欒をすればいい。

僕は人の人生も巻き込み、共食いし、しかも僕が生きのびてしまうという恐ろしい生物だと思っている。僕のまわりにも躁鬱人でありながら若くして自ら死んでいった友人たちがいる。その人たちが報われるためにと思ってやっているのではない。僕は、もしかしたら僕が殺したのではないかとも思ったりする。勘違い野郎と思われるかもしれないが。

人を引き寄せる行為を徹底しながら、多くの人と関わりたくないと思っているこの矛盾する僕の行動は、自分の中ではとても納得のできる結果である。それを面白いとも思うし、鬱のときにはもう一人の殺し屋がやってくるのも当然だとも思う。でも僕はそのままでいこうと思う。

でも、本でだったら、「離れつつ、一対一で会う」という矛盾する運動が実現する。僕は読者と仲良くなりたいとは思わないが、読者の中の中の中くらいで、一緒にお茶でも飲んで雑談したいとも思っている。本ではそれが可能だ。だから会いたいという電話ではなく、本を買ってください……(笑)。やはりこれは広告なのか……。

僕は同年で自ら死んでしまった友人が四人いるのだが、それは正常というか、よくあることなのだろうか……。僕はこの社会は根底からおかしいとずっと思っている。もちろん素晴らしいことも起こる。目の前の世界を否定はしない。でも、ずっとここはおかしいのだから、現実をもう一つつくるしかないと思ってた。

社会構造をどうするとか、政治的にどう変化させていくのかとか、そんなことを考えているのではない。僕はただ、横で起きている事実に対して、反応しようとしている。それだけだ。隣の人を、というか、僕がまた鬱に陥り、自動的思考によって意識を失った状態で自殺しないように、そのために仕事をする。

☆

青山ブックセンターに到着したら入口で、浅田彰先生とばったり。先日、鬱で対談をブッチしてしまったので、不義理を謝ると、優しくぶっ飛ばせと応援していただいた。『躁鬱日記』を送りますと伝えた。僕にはたくさんの励ましてくれる方たちがいる。力強い。浅田彰先生からも、「死ぬな」と。「大変でしょうけど」と付け加え。

僕は自分の周辺でいつも黙って応援してくれる人がいる。彼らの素晴らしさを伝えたいというのが僕の人生の動機なのだ。僕はフーがいかなる人間なのかを人に伝えるという行動によって生きながらえているのである。僕はレンズのようなものだ。故障しやすいが精度は抜群である。

青山ブックセンターでは齋藤陽道くんと対談するのだが、僕が思うに、僕は齋藤くんよりも、齋藤陽道の素晴らしいところがわかっているのである。それが、躁鬱病といわれている僕の本当の姿だと思う。僕は憑依的でも創作的でもなく、身体的に、他者になることができる。鼻につかない素敵な職能。誰も悪い気がしない(笑)。最強。

人間覚醒剤としての坂口恭平もこれからもっとがんばろうと思った。僕は人々の意識変容のために存在し、歩いていたい。一日一〇万円で僕の人間覚醒剤生活を一緒に体験できるデートツアー男女どちらでも可、とかやろうかな。株式会社躁鬱で。おっぱいの大きな女の子がクラビアアイドルやAV女優になるように、躁鬱の僕も自分の特性を使って、仕事にしてみよう。

会って話すだけでぶっ飛ぶドラッグとしての坂口恭平。一日一〇万円。誰かに社長をやってもらおう。鬱のときは静かに人間阿片として。鬱のときは誰よりも下に位置できるので、リラックス、そして過去しか振り返らないので、サウダージを味わうことができる。株式会社躁鬱。コースは「人間覚醒剤」と「人間阿片」の二つのコースのみ、とかどうかな?

フーから過去最速くらいのスピードで、「株式会社躁鬱で人間覚醒剤というコースを演じる坂口恭平という男の小説を書いてくださいね。事務所ほんとに立ち上げないでね」と連絡。

あ、そうだ、ついつい忘れる。僕は思いついたら全部本にすればいいのである。金もかからん。誰にも迷惑かけない。夫婦円満。やれやれ。

「たぶんわたしがあなただったら絶対自殺してると思う」と友達が言ってた……(笑)。とにかく良い子は真似しちゃダメ。参考にもならないと思います(笑)。しかし、このような固有の方法と技術でもってしか、完全に固まっていると誤解している人間が多い社会は揺れ動かないと思う。自殺しないように気をつけます!

早くも、「坂口恭平全集」を出しませんか、という出版社からの狂った依頼メール。狂いすぎているのでとりあえず、「やりましょう」と即答。月報とか入れて、定期刊行で、プレゼントが届くように。最後揃ったら箱に綺麗に入るようにディアゴスティーニ方式で。前注文で千部揃ったら全一〇巻を刊行するとか。アイデアは湧くなあ。

☆

『躁鬱日記』、同じ躁鬱の人も読んでくれているようで楽しみである。僕は他の躁鬱人と対話をする気は実のところまったくないが（自分自身のことで精一杯・笑）、こうやって本を通して触れ合えるのは可能性を感じている。直接会うよりも数段いい。

しかし、『躁鬱日記』を出してからというもの、本当に僕はどんどん図々しい人間になっていく（笑）。躁なら躁のままに、鬱なら鬱のままに、それを剝き出しに生きてもいいんだと思えたからでもある。すぐにきっと仕事なんてなくなるのだろうとも思う。それでも今に強く可能性を、感じるのだ。一瞬でも自由。

僕は生きている、その時間が、人と人が結びつく、その力そのものが、いかに愉快で、素敵なものであるかを、やっぱり伝えたいのだ。僕は何度も、しかも月に一度以上も死にたくなりながらも、つまり目の前の世界に時折絶望しながらも、やはり人々にそれを踊りながら伝えていきたいと思っているのだ。

躁に入ると、現実が変容していく。偶然しか、奇跡しか起こらなくなる。僕の場合、そういうときは現実よりも僕の直感による深層建築空間のほうがリアリティを持つ。だから瞬時に次に出会うべき人と出会うことができ、実りのある情報交換ができる。僕は目の前の世界だけが現実だとは思っていない。会いたい人には会えるし、実は昔から思っていたことが全て実現するのである。

遠くから鳴っている音にちゃんと耳を傾けることができる時間と静かな場所があれば、いつでもそれは当然のようにやってくる。踊りながら転げてくる。

くるくる笑いながら、お久しぶりと言ってくる。「切手のないおくりもの」。つまり、向こうから勝手に突然、いつでもやってくる。耳を傾ける。これが「祈る」ということだとキリストは言ったそうです。NHKでたまたま観た朝の番組の受け売りですが、これが「切手のないおくりもの」。

今年は五冊本を出したが、五度死にそうになった（笑）。来年の刊行予定は六冊くらいあって、またかなりクレイジーなのだが、つまり、それは六度くらい死にそうになるということ。来年の目標もまた、「死なないこと」でございます。でも、今は本を書いている瞬間だけはありえないほどの幸福を感じてます。

☆

躁鬱王子はこの道一筋の人生を歩むことができない。サバイバルテクニックとしていくつもの分裂した仕事をする必要がある。同時にそれは僕の脳の動きと連動しているので、僕の得意なことでもある。文章と絵とお噺と振る舞いと音楽を同時に行うのは、治療であると同時に一番それがやりやすいからである。

来年、二〇一四年は二〇〇四年に『0円ハウス』でデビュー（?）して、ちょうど十年になる。いやー、いまだに一発屋野郎のままで、さらに躁鬱カミングアウトまでしてますが、それでもよく生きのびてきたものだとちょっと今年は思った（笑）。死ななくてよかったなあと。

今年の終わりになってきて、ようやく、自分があと六〇年くらい書くぞ。あと六〇年くらい生きたとしたら面白いことになるのではないかと思えた。あと六〇年間、毎日毎日、書いていたら、どんなものが書けるのだろうか愉しみに思えてきた。今年のはじめには想像できない心境である。書く力は書かないとつかない。それしかない。

鬱の僕は迷うが、結論が「死にたい」と思ったら、「死にたい」と書く。「きつい」と感じたら、「きつい」と書く。どのように書くかなどと逡巡するよりも、どのように書くかを悩んでいる自分の行為全てを書き、そのまま突然登場人物を自動的につくり、その人を動かす。それはどうせボツになるが、気にしない。

僕は連載がそんなにあるわけでも、誰かから頼まれている仕事があるわけでもない。しかし、僕は自分がゼロからつくり出したものがあったら、いつでも出版したいと思ってくれている人がいる。つまりほとんどゼロなのだ。やるしかないのだ。締め切りもないのだ。空虚に近い。死ぬか生きるか、だから書けるのである。そんなわけで誰からも依頼されず（笑）、突如生まれた五〇〇枚の原稿を元に構成された新作『躁鬱日記』をどうぞよろしくおねがいします。面白いはずです。誰からも頼まれていないのに出来ているんだから。

この永遠運動でどんどん狂気の世界に入って、原稿書きまくります。酒飲む友達がいなけりゃ書き続ければいいじゃないかと思います。余暇のことばかり考えすぎなのではないか。人から依頼される会社における仕事のことばかり考えすぎなのではないか。お金のことばかり心配しすぎなのではないか。

どれも大事なことかもしれないが、僕はそんなこと考えるよりも、誰からも頼まれていない、やらねばならぬことを書き続ける時間をつくりたい。

いのちの電話はもうやめたんですよね、友達が大変で相談に乗って欲しい、という電話が。いのちの電話といっても、僕は別に特別な技術を持っているわけじゃない。僕がここで示したのは、「もしも誰も相談乗ってくれる人がいなくても僕は話を聞く」ということだ。

君がいるなら大丈夫じゃないか。君が聞くんだよ。君が動かないと、社会は変わらないのではなく、表象空間が変化しないのだ。だから君がやらないといけないんだ。というか、やると目の前の空間が、現実だけでなく無数に存在することを知覚できるんだ。

こんな面白いことをやらないで死んでいくのか。君は。坂口恭平君、君だよ、君。面白いことを人に任せるな。全部自分が味わうんだ。

それしか人生はない。現実という空間は無数の人間たちによって存在しうると思われているだけだ。目の動きを調べれば一目瞭然。人間は実のところ焦点が合っているところしか見えていない。あとの風景は実は真っ黒で記憶で再生してるだけなんだよ。

現実を変容させるなんて、不可能なんだと思わないこと。不可能だと思うのなら町へ出て、あらゆる人々に話しかけてごらんなさい。ドラクエみたいに自分が会うべき人に出会うから。でも気をつけてね。そんな僕みたいな行動すると大抵はキ千ガイ扱いされるから。それでも凹まない戦士は次へ進めるよ。GO。

脳味噌は否定形を受けいれることができない。こうしたら駄目でしょなんていわれても稼働しないのだ。こうすればもしかしたら一億分の一くらいかもしれないけれど、ちゃんと鍛錬して技術を向上させたらできるかもよ、というと初めて発動するのである。それで行動しちゃうと地獄絵図になるが、ビビるな。GO。

もっと機械的に動くんだ。人情で動いていたら、動作が鈍る。僕は自分のことをロボットのように捉えている。嫌なことを根性で乗り切るのではなく、自分ができることを最大限実現するにはどうすればいいのかを人間機械論的に考える。ざわついたから九州へ逃げたし、現政府が嫌だから新政府を立ち上げた。僕には家族、自分という体も、建築にみえる。建築というか都市というか空間というか。

ギリギリ幻覚、ギリギリリアリティ、それが僕の一番仕事が捗《はかど》る状態である。幻覚もうまく使うしかない。これは僕のサバイバルテクニックである。焦点ズレると、大変なことになる。だからこそシミュレーション訓練を。それはマティスの「生きる喜び」であり、夢野久作の「ドグラマグラ」を鑑賞すること。

マティスの「生きる喜び」をはじめとした「コリウール風景」の習作とか、僕の躁状態の視線と似たところがあるんです。だから、それをどうやってキャンバス上に表現するのか、どのように変換するのか、その勉強になるのです。こうやって、芸術作品は感動というよりも僕にとっては「JUST A

技術」なのだ。

やりたいときにする仕事が一番捗る。やりたくないときにする仕事は自分の首を絞める。これは現代ではありえない仕事の進め方かもしれないが、こちらのほうが効率がいいのである。だから僕はその実験をしている。といっても僕は自動的にやりたくないときは鬱になるので心配ない（笑）。そういう生き方もある。

僕は一日に二時間ほどしか書けない。もちろん、ずっと椅子に座っている作業がなければその二時間はやってこないけれど、時間をかければいいというわけでもないし、かといって放置して遊んでいても言葉は降りて来ない。とにかくひたすら椅子に座りながら作業をやっているといいメロディーが見つかるのだ。

そこで車輪を動かせば、その運動量で次の仕事くらいまではできる。今は収穫期なので、僕は働かなくてはいけない。とにかく次も必ずやってくる鬱の前に仕上げたい本が三冊ある。それを書くのだ。どうせやってくる。動けない日々が。金の稼げない日々が。だから今、光るしかない。発光あるのみ。我が人生。

『キ千ガイの仕事術』という本でも書こうかな（笑）。半年鬱で寝込んでいるソーウツ野郎の生きのびるための技術。七八〇円くらいの薄ーい本（笑）。

鬱のときはどうにか自殺を試みようとするが、このときだけは、今の躁だけは、生きててよかった、キ千ガイとして生まれてきてよかった、とほっとするんだよなあ。ゴッホ先生も絶望の塊だったわけじゃないはずだ。きっと幸福な瞬間があったからこそ、あの絵を描けたはずなんだ。絶望の絵には見えないもん。

☆

僕はどうやら、公開しながら原稿を書く方が合っているらしい。かつ、月一連載とかだと、短気なので落ち着かない（笑）。自分のＨＰで自分で依頼して自分の中の作家さんに書かせて原稿締め切りを自分の中の編集者が決める。これが一番楽で、仕事も進む。もちろん経費0円。ノーリスク・オンリーリターン（笑）。

健常者と言われている方々は、リスク取って倍返しとかが基本みたいですが、僕はそんなことをしては体が壊れてしまうので、徹底的にノーリスク・オンリーリターンの経済圏をつくってます。資本金0円。経費0円。社員0人。道具一つ。依頼や他社からの締め切り依頼を極限に減らし、自宅執筆療法。それしかできん。

キ千ガイにはキ千ガイなりの働き方がある。で、基本的に労働という他者からの指示によって動く行為はできないと断言できる。それでこそのキ千ガイである。キ千ガイは「発動」しかできない。自分で何かはじめるしかないのである。僕はそれをlaborじゃなくwork、つまり仕事と呼んでいる。それをやれ。

……というふうに僕は勝手にゼロから仕事を立ち上げるのです。起業するでもなく、まるで俳句を詠むように。しかし、目的ははっきりとしてます。稼ぐためにやらないいんです。治療のためにやるんです。自分がそれで治癒できたらと思うと、発奮しちゃうんです、キ千ガイというものは。治りたくないくせに（笑）。SAVE キ千ガイ！

「SAVE キ千ガイ」ですけど、そのキ千ガイというのはつまり、僕自身のことを指してます。他のキ千ガイの人とは会いたくありません（笑）。なので「おれもキ千ガイっす！ ちょー共感するっす！」とか言われても無視させてください（笑）。一人でやってるだけで十分です、キ千ガイは。だから本書きます（笑）。

僕はキ千ガイかもしれませんが、人々が口にするあの「まとも」というものがおれにはさっぱりわかりません。

よくこんな狂気の呟きを四万人以上の人がフォローを外さずに聞いているものだとフーに言ったら「みんなも私の方法をわかってきたんじゃないかな？　右から入れて、きれいに左からだす。恭平の考え方を取り入れないで音楽として聴く。これが一番の付き合い方だもん」とのこと。なるほど、素敵な無視（笑）。

なんとなく最近胸騒ぎがしているのでしばらく連絡をとってなかった人に電話したりしている。躁鬱のこの胸騒ぎは、僕にとってはアンテナのようなもの。なんとなく感じているだけだが、気のせいとは思わない。何か意味があると思って生理的に正直に行動することにしている。新政府もそれではじめたのだ。

僕は胸騒ぎのするままに行動していこうと思っている。しかし、それだけでは、わかる人がわかればいいという世界になってしまう。だからこそギリギリまで言語化していく必要もあるだろう。僕は胸騒ぎの言語化を試してみたいと思っている。

みんなも鬱にも躁にも一度くらいはなってみて、急激な変化や、極端な行動などに少しは慣れておくのも悪くないのではないか。鬱になることを恐れる人は移動することができない。移動、変化には鬱がつきものなのだ。いつかの練習と思ってちゃんと絶望しておくのは決して損害ではないと思う。

緊急事態になると行動的になるのに、平時、僕は家で全く使い物にならない。躁鬱野郎は緊急事態オンリーの出番なんです。だから今は平時の生き方の練習をしてます。本を書いているのはその一環。少しずつ平時も退屈せずに過ごせるようになってきました。

☆

僕が躁のときは町行く人みなに話しかけ、何か問題があったら馬鹿みたいに一緒になって考えて解決を図ろうと試みる。いのちの電話を一年で二千人受け取ったときもこの精神状態だ。そもそも新政府自体がそうだけど。これは病状というよりも、僕の夢の世界なのである。躁のときは、夢が一瞬だけ表に出てきてしまうのだ。現実と融和してしまうのだ。だから危ないのである。だから鬱にして、止めるわけである。その意味もわかる。夢は実現しないのだということもわかる。でも夢を消すわけにはいかない。虹は渡れなくとも虹を見ることはできるのだ。でも渡ると怪我をする。

最近は、少しだけ現実的な思考ができるようになって、坂口家では好評です（笑）。最近は虹をただ眺めてるだけです。もう渡ろうとも思いません。でも虹が存在していることは忘れてません。そのための足場を壮大な建築としての足場をあの香港の竹の足場を虹にまで届くように建設してます。それが言語化です。

僕が最初に書いた落語「虹のさんぽ」は、アオにせがまれた僕が調子にのって虹を散歩してたら滑って転んでしまって町の人々が集まり、虹までの足場をつくって、ようやく届きそうになった瞬間に手を離してしまったらアオの鏡のネックレスに陽光が当たり僕の顔に反射して猿になり虹を雲梯のように渡る話です。

「鬱のときは人に会いたくない、一人で生きていくと言っているけど、結局、あなたは人と触れることでしか次に進んでいないわよ」っていうフーさんの言葉、当てはまるな。最近感じています。

人からの評価を待つのではなく、とにかく自分で少しずつ進んでいくしか僕の場合は道がないのである。自分の動いている思考と行動の軌跡を、その都度真空パックにしていく。毎日三〇枚ずつ書いていけばいいのだ。止まらず、日々の変化をちゃんと眺めてみよう。来年はさらに加速したいと思う。

とにかくお前の頭はキ千ガイで毎日くるくる変わるし、分裂し、幻視を見てしまい、どれが本当かわからず、錯乱するのだから、せめて目の前の、時間を持っていることになってる「現実」では、毎日同じことを繰り返すのだ。定時に定量の仕事をこなすのだ。退屈などと言ってられないのである。

小説でも、詩でも、ノンフィクションでもない「文」というもの。僕が書いているものもそれに近いような気がする。ベンヤミンもハンナ・アーレントから「文の人」と呼ばれていた。今、こういった「文」に、作文に、興味を持っている。それが何なのかわからない。でも、これは僕の幼少の頃からの夢だ。

平安時代の文学作品においては、赤ん坊が意味をなさない「声」をあげるのも「ものがたり」と呼ばれていたようだ。「ものがたり」という言葉は「話をすること」そのものと不可分であったのだ。僕は今、この意味での「ものがたり」に興味を持っている。ファンタジーでもつくり話でもない物語。

おれが作品つくりまくってるから、アオが負けじとプラ板つくりまくってる……。欲しくなってしまい、二〇〇円で買収した。

僕は『ユリイカ』で特集されることはないと思うのだが（笑）、『ユリイカ』みたいな感じで、「特集・坂口恭平」というのをつくりたいと思っている（笑）。分裂してるから、自分でそれを見ながら、活動を俯瞰したい。一人でつくろうかね……（笑）。自分大好きだねとよく人に言われます。分裂してるからわからないんです！

僕は大工もやったし、築地もやったし、ずっと立ちっぱなしのホテルマンもやったけど、結局、文を書く行為が一番肉体労働だなと思う。疲れる。でも、一番得意な仕事でもある。だから、やるしかないと思う。僕は一日に三時間以上は書けない。そこで毎日ケリをつける。すると他の時間がすっきりと遊べる。

直感的な人間と思われるけど、毎日ルーティン活動をするのが実は一番平穏な気持ちで生きていられる。毎日一五枚原稿を書いていたら、月に四五〇枚。これで一冊の本の原稿が仕上がる。これを一二カ月続けたいというのが本音。もちろん作品として結実するのは全てではないが、毎日永遠運動してたい。ずっと。

〇亭には僕の弟子（一年限定で来年三月卒業見込）が二人住み着いている。タイガースは「療養記」を六万字書いてたが、面白くないので何か違うことしたらと言ったら貼り絵し出して、急遽謎の才能を発揮しはじめた。パーマは毎日町の爺婆の聞き取り調査してる（笑）。毎日何かをやるのは難しいが、人生はそれだよ。

その貼り絵、五万円らしい。なんか才能ありそうなので、どんどんやれと言ってみた。毎日やれと。飽くことなくやる。人から認められなくてもやる。それでも気分が悪くないものはきっとうまくいく。

誰から何を言われても、やめずに毎日続けていても、腐らず、人から認められなくても気にせず、やる。それを僕はとにかく続けているような気がする。別に何の賞もとってないし、別にお墨付きもらってるわけでもない。誰の下にもついてないし、それでもただやり続ける。月産四五〇枚書けばいいんだ。多分。

　色んな若い人が、若くない人も僕のところにくるけど、そうやって人のところにくる人は、大体が飽くなき探求をしていない人が多い。だからこそ、その物量の無さが自信の無さとなり、今手元にあるものをなんとか認めてもらおうとして安心しようとしているように見える。ただひたすらつくればいいのにと思う。

　継続しようとするエネルギーは、やればやるほど強くなり、そのうち、やることで一つの経済をつくり出す。経済といってももちろんお金が入ってくるわけじゃない。でもその行為自体が、世の中に流れている時間やお金の価値を超えてくる。毎日継続できることが見つかれば、他所《よそ》で働く必要がなくなる。

　来年はもっと無責任にぶっ飛ばして、書き描き唄い泣き躁鬱のままにやります。守らなくてはいけない約束はできるだけせずに。気が向くままにネパールへ行き、突然閃いた言葉を虫取り網で捕まえようとしているうちに別の世界へひょいと入り込んでその探検記を書きます。予定は未定。躁鬱のみぞ知る。で。

　アオも、僕に鬱にならないで〜、とは一言も言わない。躁は一緒に自転車でどこまでもいくし、何でも買ってもらえるので、好きらしい……（汗）。子どもたちも親父の病状をバネに大きく育っている様子である。大変心強いし、これでしかいられないので、僕も反省することなく、突き進んでいきたい。

　僕は躁状態に入ると、テレビの正月番組の企画書やら、新政府拡大計画やら、新しい事業計画書などを書きはじめてしまう。で、それを誰にも理解してもらえないもんだから一人で実践してしまう。今年はそれを小説にするということを覚えた。あとは読んだ人がやりたければやればいいのだ。僕は企画する。

躁状態になると電話したり、企画したり、どこかへ旅に行きたくなるが、躁鬱王子として一言ヒントを伝えておくと、それらは昇華せずに、ちゃんと言語化したほうがいいよ。応募規定A４一枚で、そのうち「躁鬱甲子園」というのをはじめるから、奇想天外な企画を溜めておいてね……という本。

鬱で死にそうになったときは、どうやって自殺できるかを、ＮＨＫの「ピタゴラスイッチ」みたいに、手づくり機械仕掛け自殺装置を設計しよう！　それもまた甲子園の春夏みたいに「躁鬱甲子園〜鬱篇」で募集して優勝者には実物を佐藤雅彦さんの研究室の学生につくってもらう……という本。

どや、少しはわかってきたやろ？

ある一つの水素原子H^+と、ある一つの水素原子H^-が出会って、水素分子H_2になるのか、原理はわかっていないそうだよ。そこには縁が発生しているのである。あと、風が高いところから低いところへ吹くことはみんな知ってますが、なぜ風が発生するのかはわかっていないらしいよ。

僕は何かの間違いで本当に総理大臣になったら軍事を放棄し周辺国どころか遠い国からも宇宙からも攻められ経済破綻もするだろうが、自殺者はゼロにする自信だけはあるんだけどなあ。もちろんそんな国みんな嫌だろうけど（笑）。金はないけど、妖艶な国にはなりそうだが、みんな金が好きだし無理だねやっぱり（笑）。

今年の坂口恭平の仕事を終了します。みなさんお疲れさまでした！　躁くんありがとう。そして、鬱さんありがとう。

2014

僕はあらゆる選択の決定を、前日の夢の内容で決めている精神世界野郎です。全くオススメしません。小学四年生ぐらいからそうです。テストで満点取る方法は、夢で満点を取る、でした。本の構想もほとんど夢でしますので、現実世界ではほとんど考えあぐねたりしません。良い子は真似しちゃだめです。

会いたいんですけど、という電話がかかってきたので「本読んでないでしょ?」と聞いたら、「はい」と言うので、本を読んでもらえれば会う必要はないと思いますと伝えた。メインの森を半年かけて歩いてきたと言っていたので、それなら僕に会わずに自分で行動したほうがいいと伝えた。自分でやったほうがいいのだ。

できるだけ、情報によって得た人間とは会わないほうがいい。それよりも道端でたまたま出会った人々の声に耳を傾けよ。それが僕の経験で得たことだったので、それを伝えた。納得してくれたようだ。本を三冊Amazonで買ってくれたらしい。ありがとう。本を読んでほしい。あとYouTubeで十分よ。

僕は偶然に出会うこと以外の出会いを全く信用していない。それ以外でうまくいったためしがない。「出会い」は、邂逅の意味です。つまり、偶然たまたま会うことが出会い。出会いはネットには転がっておらず、道端にしかない。

二〇〇四年に『0円ハウス』(リトルモア)という写真集で出版デビューをして、今年二〇一四年で十周年になります。肩書き不明の躁鬱野郎で金もツテもありませんでしたが、どうにか生きのびて、気付いたら新政府の総理にまでなってました(笑)。今年はこれまでになくぶっ飛ばす予定ですのでよろしく。

十年で、単行本を一〇冊、文庫化三冊、韓国語翻訳二冊、フランス語翻訳一冊、映画化二本、CD一枚。現在も絶賛発売中です。一発屋とは思いますが、その一発をさまざまな場所で分野で世界各国で続けている。そんなふうに自分のことを思ってます。今年はじめは小説の世界で一発屋になろうと考えているようです。

新幹線の中で、新作書き下ろし『現実脱出論』を書き始めました。二〇枚を新幹線の中で書き終わる。こちらもかなりぶっ飛んだ内容になりそうな予感。とりあえず最後まで書き終えるようにがんばろっと。僕は一切書く前の構成をしません。右から左に書いていくだけです。何が出るのかわからない。そちらのほうが無意識との付き合い方はうまくいくようです。

新作『現実脱出論』は『躁鬱日記』のあとがき「鬱の花とクレオール」を起点にしてはじまった新しい言語の蝶を捕まえようとしている行為の過程が書かれることになるのではないかと朧《おぼろ》げに思っている。それはとても楽しいことだし、大変だけど遂行したいミッションミサイル。

妄想と言われようが突き進んでみよう。どんどん狂ってなんかないさ。お化けはみんな友達さ。毘沙門天の天命受けて勘違い躁鬱野郎の坂口恭平は、かつて、生き生きと闊歩してた町民の姿を息遣いそのままに描いてみたい。

小学四年生頃の自分に近づいてるような気がする。「坂口日日新聞」で連載小説を書いていたあの頃にた降りてきた。感謝である。今年は十年目でもある（笑）。挿絵も装丁も全部自作してたあの時代に。高らかに唄いたい。

寝たい時に寝る。書きたい時に書く。それを絶対に譲らないためにどうやって時間と付き合うか。僕は社会と付き合おうとは思わない。なぜなら社会は時間という抽象的すぎる存在によって生まれているからだ。だからまず時間と付き合う。今、その「時間」というものを書いてます。

僕は躁鬱以外病気をしない。風邪で寝込むこともない。疲れて一日ゆっくりすることもない。僕は自動的な脳運動の変化とだけ付き合っている。悩みもない。それなのに、なのか、それだからかわからぬが、定期的に自死を試みる他者がいる。だからこそ社会の一員としていられる。そんな気さえする。

死なねーぞ絶対。

今年は依頼原稿が一つもない。それでいいのだ。僕は昔から誰からも依頼されることなくやってきたのだから。自動的に生きる。ただ書く、という時間をできるだけ拡張してみたい。次書くことが今日までが、一つのピークが訪れているという実感がある。

自伝を書くことばかり考えていた小学四年生の僕としては、日記は記録ではなく、冒険物語に近いと思っている。認められる前に全集を勝手に出す(笑)。僕が小学生の頃やっていた会社「サカリオ」に近い形で、手づくり出版をどんどん突き進めていきたい。

今は小説ばかり書いているから、「あら今度は作家に転向ですか」と言われることもあるのですけど、それもまた違うんだけどなあとか思っている。小説は僕にとって文章表現の訓練として一番最適な方法なのである。僕は小説家になりたいわけではない。ただ自分の思考を社会へ放出する技術を磨いているつもりです。

依頼も受けずにただひたすら書く。賞も貰っていないのに書き続けちゃっている。文豪でもないのに函入全集を刊行する。連載は少なく永遠に書き下ろし野郎。これはつまり、子どもなのです。子どもの行動です。小学四年生の過去一番創造性が爆発していたあの時代へ帰還する。十周年の今年はここからはじめます。

躁鬱王子、思考混沌、単純作業、日々励行。それのみである。小説も新書も日記も一緒くたに、鉄屑と見なされた言葉を拾い集めて物語をつくりたい。

「I'm a story」というタイトルの本を英語で書くことが今年やってみたいことです。昨日、『独立国家のつくりかた』の翻訳者のコーリーと話していて、なんかできそうな気がしてきた。

アオと一日会っていないだけなのに、あやとりの梯子ができるようになってたり、花を調べるのに植物図鑑の索引を利用していたりと成長している。おれも勉学に励まなければ確実にこの生物に負けてしまうと思った。好敵手!

僕は思考家じゃなく、思考者だと思っている。「者」は会意文字で元々は漆を入れる器のこと。

フリー・レイセンがエラスムス賞を受賞するとの報。彼女は一昨年のベルリンで僕に巨大なモバイル劇場を依頼してきたとても素晴らしい変人です。鬱だろうが何だろうが、僕に作品を完成させたあの動きと思考は、今も強く突き刺さってるなあー。超かっこいいおばちゃん。僕の新政府活動に共感してくれた人でもある。また会いたいなあ。「あなたは空間的な哲学者のように見える」と言っては、ワイン飲みながら、僕の壊れた五歳児のような英語による語りをゆっくり聞いてくれた。熊本にも来てくれた。この人に会って、『幻年時代』を執筆するきっかけとなる思考をするようになっていった。ベルリン楽しかったなあ。

僕は仕事を理解してくれるまわりの人々に本当に恵まれているなと思う。僕は作品をつくる前からそういった人々に助けてもらっていた。金をもらうでも仕事をもらうでもなく。ただ、あんた面白いんだからもっと行けーって言ってもらっていた。その人たちは今もみな元気だ。みな社会に浸透していってる。すごい。

東京だけでなく日本全国を飛び回り、海外出張もぶっ飛ばす。本だけでなく美術、九州内では行政とも付き合う。そんな奔走と、自宅に最近つくった書斎「空巣」での定点執筆。しかし書くことはこれまでのフィールドワークから小説、妄想日記まで奔走。定点と奔走。それを相似形で生活全てに嵌め込む。

それだからこそ、決められた時間内で徹底して集中する技術をさらに高める必要があると思っている。今は一〇時から一四時までの四時間で原稿用紙一〇枚。それ以外は全て妄想と人と会う時間と家族と遊ぶ時間にあてている。さすれば、退屈と奔走が同時にスリップして渦をつくる。独楽《こま》のような感じか。

しかし、最近の執筆状況はここ十年で過去最高と言ってもよい質と量かもしれないなどと万能感のまま言っても、何の意味もないかもしれないが、月産二〇〇枚～三〇〇枚を確保できている。月に一冊のペース。病気で困るくらいだったら、作品をつくろう。フーは今の所、躁状態に見えないとの反応。よしっ。

ただつくるだけでは鬱屈していく。それを若い頃に思い知った僕は、十年間、徹底してアウトプットする方法を探し続けました。一昨年頃から原稿を三五〇枚書き上げれば、それをタイプの違う約五人の編集者から選んで送り、本にする自動システムが確立しました（笑）。それであれば病気の先を突き進める。ゆけ！

「食っていくのどうしようか」とか、「病気で身動き取れなくなったらどうしようか」、という問題の先をいく。そのためのルーティンである。毎日一〇枚原稿書くことのほうが、ルーティンとして確立すれば、生活のことを気にする間もなく、創造力があれやこれやと暴れ出す。金も必要な分は寄ってくる。

創作物をつくろうとするのではなく、自分自身が巨大な恐竜の一部なんだと思っている。一つつくっても、それはまだ尻尾である。もっとつくっても、それはまだ背中のトゲトゲである。大きな、未知の生命体の一部なのだと思って書いている。まだ会ったことのないものと会いたいだけで、スランプという自作感はない。

そのかわり、自分の作品でミニチュアの恐竜をつくってはいけない。『0円ハウス』が心臓で、『隅田川のエジソン』が尻尾で、『都市型狩猟採集生活』がなんちゃらとか、配置しているとスランプになる。もっと、違う、恐ろしい生命体の影を感じないと駄目なんだと思っている。ジュラシック・パークみたいな影を感じろって。

☆

ショウペンハウエル先生の『読書について』。送ってもらった本だが、面白い。一八五一年当時、印刷物の氾濫で、あまたの評論本が出ているが、どれも匿名ばかりでけしからんと怒っており、今読んでも身が引き締まる。匿名による攻撃は破廉恥行為であり、根こそぎ破壊されるべきとのこと（笑）。ごもっとも。

シュタイナーのゲーテアヌムがあるドルナッハの近くに、ロンシャンの教会があることをさっき知った。行きたいなー。シュタイナーはゲーテ研究家でもあり、ワイマールに六年間滞在し、ゲーテ全集の編纂を行っている。先日、取材したバウハウスとも連環している。僕は高校時代、近所の図書館で借りた建築の本の中で、第二ゲーテアヌムを見て衝撃を受けたのだ。

シュタイナーは僕にとって、まず何よりも建築家として最初に認識された。そう言えば、ワイマールで、躁鬱の先輩でもあるゲーテ先生設計の公園と館も見た。まだ何かわからないが、手がかりの予感。シュタイナーはゲゼルにも影響を受けているようで、土地私有のことなんかも参考になるのではないかと、こちらも勝手に妄想している。

あんまり前情報を持たずに素直に現場に浸ってみようと思っている。しかし、ここで、高校のときに衝撃を受けたあの建築を見る機会が訪れるとは。

僕の場合、抽象的に考えていたことが十年後に形になっている。『0円ハウス』を出したときに思考していたことがようやく言語として具現化できるようになってきた。つまり『独立国家のつくりかた』もまた十年かかるんだろう。小説でやろうとしていることも十年かかるんだろう。また十年やれるといいな。

タイムカプセルを埋めても大抵どこに埋めたか忘れてしまうが、思考は永遠に忘れない。記憶を僕は「死者からの附箋」と勝手に呼び変えているのだが、思考の中のポストイットは糊付けが強く、いつまで経っても劣化しない。その耐久性に思いを巡らす。食っていけないからやめる、ようなことができないのだ。

「実行するためには考えよ、考えるためには、実行せよ！」ゲーテ先生、意味がわかりません……。ゲーテ設計のワイマールの公園はまさにこのような感じで、古いのか新しいのかわからず、雑木林なのか計算して植えているのかわからない、わからない、解決できない、という可能性がほとばしってました。

口笛や、ぽんと肩を叩くくらいで伝わることをしていきたい。日本の近代詩人を調べていると、勉強になることばかりである。ゲーテもシュタイナーも自由だよ。本当に。ただ歩けって囁いてくる。口笛吹いて歩きたい。

☆

僕はいのちの電話を一応、家族の説得もあり止めたのだが、それでもまだ電話は一日一件くらいかかってくる。着信履歴を見てかけ直すと出ない……。でもあとでメールで「つながることがわかったので安心しました」と来る。そういうことなのだと僕は勝手に思っている。いつでもつながる回線が一つあれば安心する。

最近は、偽善者と罵るメールやSMSも多いけど（メアドも電話番号も公開してますから当然ですが……）、そういう人に「人に文句を言うのは、自分が傷つくからやめたほうがいいですよ」と一応、意見を返信すると「すみませんでした」と返ってくる……。私、ロバの耳の穴みたいな仕事してます（笑）。

と、書いてたら、電話がかかってきた……。おーい、今、スイスだよ……。僕に電話したような感じで、いるかいないかわからないけれど、それでも一番仲が良いと思っている人に、今電話した感じで電話できるようになれるといいですね、と伝えました。僕は相談を受け付けません。電話には出ますが……。

興味深いのが、今、僕は躁鬱の波にさらわれていないのでいいですが（近年稀に見る落ち着き、という時が一番危ないけどね）、鬱になってツイッターでアナウンスすると一本の電話もかかって来ない件。リテラシー高すぎる……。誰よりも僕が一番自殺しそうだと思われているようです……（笑）。

僕は着信拒否どころか、全ての着信履歴にもう一度電話をかけるので、逆に怖がられます……（汗）。だから、ワン切りしても意味がないので、ご注意を。こちらはいのちの電話経費に一二〇万円使ってますから、豊富な資金であなたの元に電話をかけ直しますので（笑）。嫁には怒られ続けてますが……。

丸二年間、いのちの電話をして、自らも一〇回ほど首を吊りそうになった経験から言わせてもらうと、自殺の原因はとても簡単です。原因はないんです。ただ鬱に線路が変更してしまって、自動的に死のうとしてしまっているだけです。それが誤解だと気づくためには独力では不可能。他者が必要となる。それだけ。

心に闇があるから死ぬわけではないです。僕はそう断言します。もちろんこれは僕の見解です。死ぬスイッチが入っているだけです。つまり、誰にでもそれは起こりうるし、誰の自殺も理由はない。誰かがいれば死なない。ずっと一緒にいれば死なない。人は働かないといけないと言う。僕はその多忙を殺したい。

というわけで、僕は二四時間、いつでも起きていればですが、電話に出るようにしているというわけです。以上。Feck Business Life!

僕はずっと暇人です。昔からずっと。つまり、暇は創造的につくり出せるはず。金とか関係ない。金があってもなくても僕はずっと暇人です。そのかわり徹底して孤立して生きてますけど。人と約束しない、というかできない。躁鬱だもん（笑・汗）。

人が死なない都市。僕にとって勝手にやっている一人仕事いのちの電話は、れっきとした建築家の仕事なんです。建てない都市計画家・坂口恭平は、自殺者がゼロの都市を余裕でつくることができると思ってます。僕は一昨年は二千人電話に出た。つまり、一五人坂口恭平がいれば自殺者はゼロになる（笑）。

「能天気な人ね……」とよく人に笑われてます……が、先日、シリコンバレーでＡＩ研究をしているプロフェッサーとサンフランシスコで出会ってこの話をした。「僕の脳味噌をＡＩで一五人分つくってくれないか？　そしたら日本の自殺者がゼロになるかもしれない」と。彼は笑っていたが、とても面白い提案だと言っていた。先日はクリスティーズの人も興味持ってたし。

☆

いい建築を見ると、僕はいつも生きるエネルギーを獲得してしまいます……。やっぱり人間は思考しなくちゃいかん。思想なんかいらんけど思考を忘れちゃいかん。人任せにしても駄目だし、知性を持つことを恐れてもいかん。賢者に会えばそりゃ怖いけど、心して穏やかに対話し、日々精進しなくちゃいかん。僕は馬鹿なんです、と開き直っちゃおしまいだ。僕は賢くなりたい。

シュタイナー先生は恐ろしい存在です。でも出会えて良かったと思いました。ちゃんとその場に立ってよかったなと。恐怖と対面したほうがいいのだ。

どんなことが書けるかわかりませんが、言語化してみようと思いました。人任せにしないよう。開き直らず、賢者に出会って絶望し思考しましょう！

建てない建築家としての、ゲーテという源流から流れてきたシュタイナー先生、そのちろちろと流れる小川の、そのずっと先のほとんど枯れようとしている、水滴くらいに私もなれるはずだ、きっと。とても誇大妄想的と皆には思われるでしょうが、自分としてはれっきとした実感で感じました。ならばどうする恭平。

日本で僕がずっと感じていたシュタイナーや、シュタイナー教育に関して持っていた偏見や違和感は何なのだろう。それとは異質のものをここで感じている。日本で一度、シュタイナー教育の体験みたいなものを僕以外の家族で行ったらしいが、そのときの体験談も異様だった……。この違いは何なのだろうか。

やっぱり、ある人間が考えたことをもとに教育方法を構築していくというのは無理があるのだと思う。教義や信条になってしまうと駄目だ。「シュタイナーの考え方」には興味があるのだが、それが組織化されたり修復され保存されることにはまだ僕も違和感を感じている。ただ個人として残された著作を読書するしかない。

「新政府の次の展望は？」と大真面目に質問されるときがある。「もしかして新政府が存在すると感じました？」と聞くと「はい」と言うのだ。そこで僕は終わりなのである。組織化して社会を変えようなどと僕の本には一行も出てこないはずなのだが……。僕の仕事は全く理解されてない。

なぜ人に託すのか……。僕には全く理解ができない。もちろんこういう人は僕の本を読んでいない。聞き返すと一〇〇％読んでいない。何か表面上の言葉だけで連想し、次に託せる場所を見つけたと早合点し、また思考を止め、やってくれという人々がいるかぎり、何も変わらんだろうなあ。つまり永遠に変わらない。

物事はなるようになってなったわけであって、それを変えようと思っても変えられるわけがない。だから僕は自ら新しくつくるべきだと思い、書いたのだ。それは僕の創作物である。その妄想に他者の信仰が入り込むと、ろくなことにならない。「シュタイナー教育」では駄目なのだろう。シュタイナーを知ればいいのだ。

ある人が正しいと感じたからといって、その人の言う通りに生きるようになってしまったら終わりである。会社に入ったからといって、会社の言う通りに生きるようになってしまったら終わりである。「正しい人は誰か」を探している今の社会が本当に僕は嫌いだ。人の意見とは常に食い違わないとおかしいのだ。

今まで、読書してこなくて本当によかったと思っている。まずは自分で思考し、誰から止められても、職を失っても、金がなくても、それでも意地でも自分の意見を食い違っている社会の前に提出する。その後に、先人の残してきたものを確認し、参考にする。多数決な社会は本当に嫌いだ。

皆で力を合わせてうまくいったためしがない。自分で示すことを続けなくてはいけない。濃度を薄めて他者に理解を求めてはいけない。濃度はそのままで伝わらないものは社会に必要がないものだと思うしかない。でも一人の人間の機械運動は誰にも止めることができない。そう思いながらやってます。独りよがり。

今回の滞在ではっきりと感じたことは、シュタイナーの存在が、現在生きている僕にしっかりと今でも「一人で考えて行動しなさい」と言っているようだったということだ。人に理解を求めたり、徒党を組んだり、シンボルをつくるのではなく、徹底して孤立して行動してくださいと言っているように見えた。

そういう意味では、僕が新政府をはじめた二〇一一年の思考は何一つ変わらず自分の中に今もある。むしろ、より先鋭化しているように感じる。

やっぱり今、この世は無政府状態ということで、間違いないのだろう。数値を信用せず、生理的な反応に素直に従いつつ、極端な動きも同時に避ける。戦争が起きたら、どこへ逃げようかね、と夫婦でSkypeでそれなりに真顔で話すような日々になるとは……。しかし、そんな今の社会を面白いなとも思う。

こういうときに自分で決断するという訓練をしておいたほうがいい。まわりの人がみな右向いても、左向くには訓練がいる。毎日、人と同じことをやっている人は特にそうだ。僕がやっていた訓練は人の言うことに全て耳を傾け、かつ、一切従わない、ということ。

馬鹿にされたり、後ろ指をさされて不安になるかもしれないが、禁煙時や異常性欲のときと一緒で、大抵、五分間くらいその場で駆け足して、運動し、体内を燃やせば解消する。不安になって、決断したことを訂正したりせず、その場で足踏みして肉体エネルギーに変換させる。そうすれば次第に不安は消える。

しかし、福島第一原発が爆発しても逃げられない人が多いところを見ると、戦争行くぞと言われれば、はい、とは言えないまでも、無言で戦場へ行ってしまう人が多いのだろうな。今の世の中の人は。一人で決断するという機会が少なすぎて、全く訓練できていない。金だけの不安で、人の指示に逆らえない。

一人で生きる訓練。それは一人の自分自身（＝ただの分裂症の混濁した思考の渦に巻き込まれているヒトという機械）にどうやって乗り込むかという取扱説明書の執筆をするようなものだ。

建てない建築家として熊本という都市にしっかりと根ざして付き合い、新政府総理として現政府とは交わらない別レイヤーでは日本から独立した振る舞いを行い、作家として瓦解してしまっている言語社会を再稼働させるべく本を書き続けようと思った。

社会にもの申すよりも、誰にも理解できないけれど、自分もやってみたらやばい、楽しい、みたいな狂ったことやったほうがいいのではないかと思って、ずっと僕は行動している（笑）。新政府もそうだ。人に何か叫ぶよりも、徹底した自由を見せたほうが面白い。

静かにただ祈ればいいと僕は思っている。キリストは祈ることは「聴く」ことだと言っていた。無言で耳をすます。これが一番恐ろしい。全て嘘が浮き上がってしまう。下手に声を荒げるよりも、静かに、でも神経を集中して聴きながら生活する。

　許可を取れば、マイクを使って公共の場所で、私的に大声を張り上げていい、と、僕は決して思わない。それをやっている人はみな一緒である。強者であろうと、弱者であろうと、そこに違いはない。僕は一介の通行人としていつも思う。路上演奏家だった僕はそう思うよ。

「自分にも話す権利がある」と言った瞬間に、その人間も権力にまみれたと罵っていた人間と同じになってしまう。許可とか取らなきゃいいのだ。でも人に迷惑かけないようにしなきゃいけない。だからマイクなんか使わなきゃいいのだ。地声で人に届ければいい。これが僕の仕事の鉄則である。

　社会を変えるために、土地を管轄する権力の許可を得て、マイクで叫ぶ。それは宣戦布告をすれば戦争をしていいということと違うのだろうか。僕には一緒に思える。今の世が戦争に見える。素敵な音楽が流れたら、みな黙って聴き始める。許可を得たエレクトリックよりも、口笛のほうが僕は好きだ。

　いつも地声と口笛で突き進もうと思う。許可は永遠に取らない。

「正々堂々」と銘打たれているものには、僕はいつも怪しい視線を送ってしまう……。制度を変えるには、制度の中に正々堂々と入らないといけないという構図は、僕には戦争に見えるのだ。

☆

　ふと思ったのだが、今は好景気なんでしょうか？　僕は人生で一度も景気というものを感じたことがなく、僕の仕事も好景気もなければ不景気もない。そのかわり出版不況というのも全く感じない。ただ鈍感なのかな。景気というものを感じている人って本当にいるのだろうか？　よくわかりません。

　僕は一九歳で上京してずっとお金がなかったのですが、一度も不景気と感じたことがなかった。二六歳に本を出して、二九歳で事務所立ち上げて結婚して子どももできてそれでもまだ金がなかったけど、届いてほしい人には作品が届いているという確信があった。好景気ということは、よくわからない人も買うってこと?

　景気って言葉は元々は、和歌の批評における余情意識を表現する用語として使われてたらしいっすね。『方丈記』でも「山中の景気、折につけて尽くることなし」と出てくる。そういう景気だったらなんとなくわかるような気がする。人間の景気はその時期ごとにそれぞれの良さがある。それだったらわかるけど。

　二〇歳の頃から僕を知っている人と今、電話していて「あなたは一体何をやろうとしているのか全くわからなかったけど、違和感を感じたことは絶対にやらなかったし、NOがはっきりしていて意固地にさえ見えた」と言われて、へーと思った。やりたくないことだけはっきりしていたし、一度もやらなかった。

　その成れの果てが今の自分か、と考えると、まあそれで納得もしているので、やはり人の言うことには真摯に耳を傾けて、全て右から左へ受け流し、自分が立てた行動指針は一切ぶらさずにこれからもやっていこうと思った。僕は時々人生相談されるが、そもそも相談なんかしないほうがいい。否定されるだけ。

　僕は相談をしたり、意見を聞いたりしない。だって、それは自分でもまだわからないことだから、人にわかるわけがない。想像できないことは否定するのが人間である。だから決まって「それはできない」と言われる。だから黙々と粛々と行動すればいいのだ。十年経てば知らぬ間に形になっている。そんなものだ。

　もちろん、精神状態的にどうかはフーに聞く。作品的にどうかは梅山景央に聞く。どういう人に会えばいいのかはサンワ工務店の師匠に聞く。というふうにそれぞれの相談役はいる。その人たちはイエスマンではなく厳しい方たちばかりなので、大抵否定される。その言葉だけは聞くと決め、あとは笑顔で無視する。

☆

二〇一一年三月一五日に熊本に帰ってきてからも

うすぐ丸三年が経つ。十年かけて「建てない都市計画」をやってみたいと考えている。少しずつ浸透していっているのも感じる。今年は熊日出版文化賞までいただき、励みになった。熊本には「都市の幸」がインフラのように整備されていると梅山氏と話をした。

都市計画というと、熊本では細川護熙総理だったときにアートポリスを行い、大金の税金を使って建築物を建てた。僕はそれを高校生のときに目の当たりにして「間違っている」と思い建築家を目指した（笑）。地方だと磯崎新さんみたいな建築家が大金使ってよくわからん建築物建てるのが都市計画になってしまってる。

建てずに、金も使わずに、新しい上物作らずに、改装費に大金かけるのでもなく、元々あるものをうまく交易させて、都市計画をしてみたいな。それがこれからの十年間の仕事になればいいと思っている。文字の仕事はできるだけ広い世界へ向けて、建てない都市計画は徹底して熊本に根ざしてやりたい。

音楽家に来ていただき宴をする「まぼろし」も、そんな「建てない都市計画」のつもりである。最高に面白いことをやれば、地方だろうが、金がなかろうが、無名だろうが、行政からは無視されていようが、何だろうが構わんのだ。結局、人は集まるのだから。エンタメでは今、人は集まらん。面白くないと。

丸三年経ち、〇亭・ゼロセンターともとうとう三月末でお別れです。三月二一日に鹿児島のゼンが「三、二、一、〇！　だから、祭りをやる」と言っていたので（笑）、何か起こるかもしれません。あと、うちにあるものガレージセールでもして処理せねば。あと一カ月。寂しくもありますが、僕はなぜかすっきりしてます（笑）。

音楽やるならNavaroがあり、演劇なら早川倉庫、そして五月には長崎次郎書店が復活という奇跡の展開もあり、僕の家周辺に場所ならいくらでもある。ゼロセンターに固執することなく、熊本市内、特に僕の住んでいる新町周辺全体を勝手に自分の庭のように一坪遺産的にしていったほうが面白いと思った。

一緒にモバイルハウスをつくった熊本の中学生が珈琲屋台を出して、一〇〇杯売ったとの報。素晴らしいね。大人よりも中学生、小学生のほうが素直に自然と受け入れている様子。これで次は屋台村できたら、名所になるね！

モバイルハウスは十年後は普通の常識的な住宅になるものだと思って集英社新書『モバイルハウス三万円で家をつくる』を書いたので、こうやって一〇代の子たちがぶっ飛ばしているのを見るのは痛快である。家賃なんかにお金を払わない日がそのうち来るのだろうと思っている。家は一〇万円くらいで建てなきゃ損だという時が来るのかも。

お前はモバイルハウスに住んでいないじゃないかとか、これでどうやって家族で暮らすのだ、防犯はどうするんだ、とか言われますが、そういう方々はとりあえず置いておいて、実際に行動する人たちのためにまた新しいアイデアを考える。それが僕の仕事であります。

ほとんど廃墟だったこの〇亭も、三年一緒に育った今では春の訪れに嬉しくなって建具全開にしちゃうくらいの健やかな人になった。これでもう誰も壊したりしようとしないのではないかと思った。所有している人も価値を感じてくれて嬉しい次第である。僕がやりたいのはそれだけ。人が気づけばいいのだ。

☆

三カ月安定期が続いているのだが、一昨日少し調子が悪くなった。創造性がまるでなくなってしまう。緊張し、体が強張り、不安になってしまう。しかし「それは脳味噌の誤作動なのである」という坂口家の家訓に従って、眠りにつくまでフーにマッサージをしてもらった。枕にはマジカルハッピー券（笑）。翌日復活。

鬱になりそうなときに、ならないように力を入れるのではなく、うまく抜くこと。鬱になりそうだと言ってしまうと引き摺られそうになるが、できるだけ家族全体に開示し、そのイライラをイライラとして昇華せずに、不安になっているという心情を理解してもらうこと。そして坂口家全体で力を抜く。

そして、僕は「書く」という行為を三日間続けてしなかったら、自動的に鬱に突入することがわかってきた……（笑）。止めたら死にそうになるのだから、やるしかないという感じになってきた……（汗）。芸術行為ではなく、ただの治癒行為なのだなと再認識。

絵は描かなくても、唄を歌わなくても鬱にならないのに、書かないとすぐ駄目になってしまう。やはり僕にとって、言葉にならない現象を三次元空間である現実という世界に映し出すには、「書く」という行為であるという自覚は出てきているのは確か。それだけではまた駄目になる。絵と唄とお喋はスパイス。ということで、今日も書く他ありません。

僕は躁鬱なので、不安なことがあるとすぐ波が揺れる。だから不安と触れると、それを無視するわけにはいかない。考えると不安になるから忘れた方がいいという思考では、波はもっと酷くなってしまう。だから早めの手当をするしかない。三月一五日早朝に、とりあえず西に逃げることしか考えなかった三年前。

主治医、カウンセラー、フー、共々からベストの状態という評価をもらう。日常的には中庸を。夢や狂気や絶望や死、つまり躁鬱は、現実を離れて作品づくりの中に全てぶち込む。昨年春からこの方法でやりはじめて一年。ようやくその感覚がわかってきたような気がする。

ゼロセンターに居候している弟子たちはみんな引きこもりや眩暈《めまい》持ちばかりのビョーニンなのだが、最近は独自にいろいろやり出しており、ゼロセンターはサナトリウムとしてもしっかり成り立っていたのかもしれないと思ったりする。もう満足したのでこれ以上はいいが（笑）、みんな自立していくようなので楽しみ。

石川直樹と坂口家で車に乗って話していた。「お前は躁鬱あるからいいけど、おれはないからチョモランマまで行って躁鬱みたいな天国と地獄を味わっているんだ」と言っていてウケた。健常者も健常者で大変なんだね。お互い、死なないようにがんばろうと激励しあった。四月からまた彼はヒマラヤに行く。

☆

夏目漱石の『明暗』が面白い。そしてそれはサイモン&ガーファンクルの面白さと共通しているような気がする。そこで「研究」と銘打ってヘッドフォンをしてS&Gのアルバム聴きながら、『明暗』読んでたら、アオからずるいと言われた。自分もそのような仕事がほしいというので、自分で勝手に作れと命じた。

始めは処女の如く、後には脱兎の如し ――孫子

まわりからはしっかりと馬鹿にされ、家ではしっかりと研究を。才能はないと思われていたほうがやりやすく、賞もできるだけもらわない、つまり人に評価させる隙を与えない。それで毎日少しずつ一〇枚原稿書く。一番近くの人の意見と一番遠くの人の意見を耳に入れ。あとは感謝しながら聞き流す。やめないこと。

多くの人間は見たことがないものを見ると、批判してしまう。批判は一人だと死んでしまうので、集団を形成する。それにより現実という世界をつくり出す。それはあたかも昔からあると勘違いしてしまいそうな仮想空間である。批判、否定、非難はそういう観点でいくと素晴らしい印だ。やめるな、継続せよ、という。

単純化しないこと。赤子の話す意味のわからない声（平安時代はこれを物語と呼んだ）のように、日常のちょい裏にあるもう一つの空間の芽をちゃんと摘まずに動くこと。見えることだけに寄りかかっている現実を蹴り飛ばす。二つの眼に見えている図像は二次元でそれをズラして二・五次元つくってるだけだぞ。

三月中に完成する予定の新作書き下ろし本『現実脱出論』は、このあたりを突っ込んで書いてます。社会的にどう振る舞うかという視点ではなく、いかに物事を知覚しているかをしつこく書いてみた。それはほとんど物語の様相を呈している。でも僕は計算式のつもりで書いてみた。

この歳になって生まれて初めてニーチェ先生の著作を読みました。ジラール先生が読めと書いていた『この人を見よ』。序文でいきなり、僕が『現実脱出論』の冒頭で書いていることと同じ文句が出てきてびびりました。

「仮象の世界」といわれているのが現実の世界なのだ――ニーチェ

『現実脱出論』を書き終えた後に「お金」についての本を書くことになっていて、僕なんかが書いていいものかと思うのだが、とは思いつつも実は誰もわかっていないのが「お金」なので勉強の意味も含め、ゼロから調査し考え、書いてみようと思っている。そんなこと考えていたら先日預金封鎖の夢を見た。

日本でも戦後に一度預金封鎖が行われていたことを初めて知った。一九四六年二月一七日、旧円から新円に変わる時に。完全に預金封鎖されるのではなく、引き出し通貨量の制限や給与の一部が強制的に預金させられたらしい。でもこれは銀行券の話なので、日本国がつくっている硬貨は流通していたとのこと。ほー。

日本の通貨は、〈日本国が発行している硬貨〉＋〈日本銀行が発行している紙幣〉を足したものなわけで、だからこそ硬貨は自国だけで流通する。日本銀行はなんか公的な機関っぽいけど元・三井銀行ですもんね……。ということで、フーに「金《きん》じゃ切り売りできないから、百万円くらい小銭に変えとく？」と提案（笑）。「馬鹿じゃないの」と即却下されました。へそくりでやってみよう。タイムマシンのように。

しかし、本当に僕は知らないな。駄目だな。お金のことを何も知らないのに、お金を使ってしまっている。これではチェーンソーの使い方を知らずに、使おうとしてしまっているようなものだ。でも誰も教えてくれなかったからなあ。僕はアオにアオがつくる素敵なプラ板がアオの「お金」だと伝えました。

日記、小説、ノンフィクション、当事者研究、画集、写真集、新書、いろいろ書いてますが、これで全てを表すことができるというものは見つかっていない、というか、存在するかどうかわからないので、自ら知覚しているものを現実という空間で他者に伝達するためにはあらゆる方法を取るしかないのである。

音楽と絵を描くという行為は、やはりそれが主流ではなく、書くことを補完するものだという認識は強くなってきた。では「話す」という行為はどうか。それは音楽とも絵とも違う。書くこととも違う。書くだけでも駄目で、話すだけでも駄目。書くという完全孤立状態があって、その後に話すとより伝わる。

何がやりたいかわからないという時の自分は何も書いていない、つくっていないことが多い。馬鹿みたいに圧倒的につくっている時は迷わない。つまり、そういうことなのだ。誰よりも何よりもつくる。それを永遠に続ける。それ以外に実現の道はないし、迷いが吹っ切れることもない。何言われてもひたすらやるだけ。

鹿児島でモバイルハウスに一年間住んだという若い女性からの電話。東京でやらないかとスカウトされ今年から東京でモバイルハウス生活を実践してみるとのこと。鹿児島では月三千円の駐車場に住んだと。こうやって実践してくれる人が現れちゃうから面白い。そのうち常識になったりしてね。

自治体がやらないから文句を言うのではなく、まずは自力で実践してみる。自治体と敵対するのではなく、うまく潤滑油になればいい。モバイルハウスじゃ住めないと言っている人はとりあえず置いておいて、実践しちゃう人を促すアイデアを出す。みんなにわかってもらえなくてもいいのである。

本は届かせたいところには不思議なことに必ず届く。売れるか売れないかは実は問題ではない。出してくれた出版社が損をしないように初版売り切ればまた次がある。『0円ハウス』も最初反応してくれた人はフランス人やオランダ人たちだった。二〇歳のときに初めて行った海外の書店に並んだことに希望を感じる。

共同通信の文芸時評で「新潮」四月号二〇〇枚の新作小説「徘徊タクシー」評が掲載されていたとのこと。東京新聞、読売新聞、共同通信と読んでみたがどれもこれまでの著作の読者とは違う人が読んでいることが感じられ、風通しの良い気持ち。自分でもよくわからない方向へ進んでいきたい。血迷いたい。

一二月五日の鬱明けから明日で五カ月目に入る。不思議なことに波は揺らいでいるものの凪の状態。安定しているとは思わないようにしている（笑）。しかし、ここまで長く落ちずに浮遊しているのは震災後初めてだ。震災後、僕は躁鬱の津波に飲み込まれ続けてきた。溺れそうだったが書くことで生きのびている（汗）。

☆

概念を形成することすら、一つの集団的活動なのである。――マイケル・ハート

0円生活圏の目的は自律ではない労働の拒否です。僕が自律ではない労働を停止したのは二〇〇七年だと自覚している。借金こそなかったものの（元々、僕の思考に借金というものの概念自体が存在していない）、実になった仕事も少なく、形にはなっていなかった。金もなかった。でも拒否したのだ。行動をする前に拒否しなければならないと考えていた。

大学、国家という制度の中での建築設計を拒否する。就職を拒否する。終いにはバイトも拒否する。その中にいては行動ができなかった。それでは生きていけないではないかと周囲からは言われていたが、とりあえず無視して拒否した。拒否のない抵抗は上半身では動きがあるが下半身は弱いと僕は考えた。

かと言って、僕は人に労働の拒否を薦めるかと言えば、特に薦めない。僕はただ一人で自分が考えていることを書き続け、自らの手が届くところだけでは徹底的に行動していこうと思っている。しかし、それも一つの集団的行動なのであるのかもしれないと、マイケル・ハート先生に気づかせてもらって腑に落ちた。

創造することと生み出すことが抵抗になる。それどころか、創造することと生み出すことは、脱走

の技芸の形式である。——トニ・ネグリ

僕が小さい頃、坂口家では毎夜川の字になって寝ていたのだが、その時にみんなでいろんな話をした。それは僕たち家族以外の人間たちについてどう考えているかということを面白おかしく伝える小咄《こばなし》のようだった。今、僕が書いたりトークしたりするときいつもこの夜の語らいを思い出す。共同体の萌芽を見た。

なぜ人は他者に、僕は娘に物語を語るのか。それは物語こそが一番複雑な意思疎通を可能にするからではないか。これも『現実脱出論』の主題の一つになっている。

僕も記憶力はかなり自信があるのですがアオには負けます。アオの記憶力はハンパない。風の温かさや、一歳のときの言葉にできなかったときの本当に伝えたかったことまで。それらをどうにか僕に伝えようとする。言葉を持っていないから伝えられないだけで、〇歳のときから人間は考えていると言っていた。

新作小説「舟鼠」の資料として江戸時代の被差別部落について調べている。僕が路上生活者について書くと「彼らが0円でも食べていけるのは資本主義経済の中でサラリーマンが必死に働いているからでただ寄生しているだけ」とよく言われていたことを思い出した。古代ギリシアの奴隷のような発言にも聞こえる。

人間も自然というものに寄生しているのにホームレスが残飯食べるのは気に食わない。三味線のための猫の皮が虐待になって、牛肉を食べることは虐待じゃない。暴力が根底に存在しない共同体なんてものは存在しない。また興味深い関心とぶつかっているような気がする。

躁鬱患者は毎日同じことができないし、一週間のスケジュールも組めないし、気が向かないことすると鬱になる。これじゃ徴兵検査にも落ちるだろうし、奴隷にもなれないのだろうなあ。共同体から外され生贄になるしかないのかも。それならば芸能民として舞い続けるしかありません。望むところだ。

分裂していない人間は操作しやすいのである。社会制度として、お金がなくなると生きていけなくなると仕込めばそれで操作完了だからだ。しかし本来、分裂していない人間など一人もいないのである。分裂しているからこそ、自らを統合しようと「思考」を促すのだから。分裂のない統合はただの思考停止である。

社会的に死ぬが、肉体は死なない生贄が芸能民であったのかもしれない。共同体の中の人々は分裂を体現する生贄を見て、風通しの良い体験をするが、同時に河原者にはなりたくないと強く団結していく。狂人を精神病院に入れるのは、彼らが新しい集団を形成しないようにするためなのかもしれない。

創造することと生み出すことが抵抗になる。それどころか、創造することと生み出すことは、脱走の技芸の形式である。——トニ・ネグリ

そこで先のこの文言を読むと、またじわっと来る。

☆

税金なんか使わなくても芸術振興はじゃんじゃんできるのである。ものをつくる人間がその場所に住んでいれば。建築がなくても文化は生まれるのである。ものをつくる人間が日々、その場で空気を吸ってれば。税金捨てて、芸術家たちは町へ住むのだ。

熊本に三年住んで、それなりの成果があったと思う。そして、最近はさらに日本ではなく、もう一つ別の国で活動してみたいと思っている。ちゃんと武者修行し続けていないとすぐ怠ける。今年は英訳が二冊出るので、ちゃんと日本にいなくても食べていける訓練をしたいと思う。熊本ともう一つ別のどこか。

根無し草でいるのは努力が必要である。すぐ何かでうまくいくとついついその場に滞る。金が手に入るところにいようとする。一瞬はいいが、どうせいつかそれは腐る。腐ることを前提にして行動したほうがいい。どこにも属さないでいるのは難行なのである。変わることが一番難しい。変わり続けていたい。

最近は、依頼仕事をできるだけ少なくし、自分のペースで作品づくりをやるようになったのだが、それにより思考に集中する時間が必然的に増えている。とにかく一日一〇枚原稿書き続けて四カ月経った。千枚近く書いたことになる。仕事というよりもこれは治療なのだが。直感は緊張と弛緩の間、つまり時間が必要。

小学校のおさらいで享保の改革調べている。目安箱の投書で匿名のものは全て破棄されていたらしい。町医者だった小川笙船《しょうせん》が目安箱に江戸の貧民の惨状を投書し、小石川養生所という無料の医療施設ができた、ということなんて全く知りませんでした……。小川笙船が赤ひげ先生なんですね。「目安箱」は明治の呼び名で、江戸時代は「ただ箱」と呼ばれていたという。

今日、書斎で背伸びしながら「いやー、最近、精神落ち着いているなー、躁鬱治ってたりしてなー」と独り言を言っていたら、ドアの向こうのアオが「躁鬱はずっと治らないんだよ、パパ」と一言……。はい。そうですよね。わかりましたと頭を下げた。もう少しで安定期五カ月目。でも油断は禁物である。

最近、執筆方法が固まってきた。それが精神の安定に確実につながっているのだろう。主治医からも顔が落ち着いているとの評(笑)。一日一〇枚をとにかく書き続けること。これが功を奏している。調子が良いときは完全な創作を一〇枚。調子が悪いときは写経として他者の本を一〇枚分書く。

最近はまあまあのときの執筆方法も身につけた。それは「滝沢馬琴方式」と僕は勝手に呼んでいるのだが、何か適当に原典を選んで、その本の筋をそのまま模して、自分流に登場人物や時制を調整して、模倣半分創作半分の作品をつくる。こうすれば調子が良くても悪くてもまあまあでも一〇枚書く動機があることになる。

もちろんずっと一〇枚分創作していることが一番望ましいのだが、僕の場合安定期であってもやはり不安定であることには変わりない。だがどんなに揺れても一〇枚書くという仕事量は変えないようにする。これが昨年末からの新しい戦法。これをやってからは鬱入りしていない。継続していることが重要なのだろう。

創作は一見、閃き頼りなところがある。ところが閃きではじめても書き続ける体力がないと萎んでしまう。鬱で創作が止まるとそれ自体が原因となってさらに悪化する。だから「創作」と「書く」という作業を完全に区別して、書くことだけは一日一〇枚、一日も止めずに行うことにしたのだ。

閃きも二つある。ある日、突然天から降ってくるタイプと、書くという行為を継続していることによって摩擦が生まれ火がつくタイプ。それも完全に分けて考える。本の初動はこの天から降ってくるタイプからじゃないと、完全な動機となりえない。でもそこからは継続による閃きにちゃんと変換していく。

☆

丸五カ月粘りましたが、脳の誤作動発動しました。きついっす……。

まだ何とも言えないが少し復活したかも。鬱の谷が浅くはなっているような……。とりあえず明日からちゃんと台湾行って仕事することにした。三日くらい死ぬかと思ったが、死ななければいいのだ。無事に行けそうなので台湾の美術展のディレクターにやっぱり行きますとメール。

エアチケットも購入し、制作するための材料も買ってくれていたので向こうは冷や汗だっただろう。本当に申し訳ないと思うのだが、こうしないと僕は仕事ができない……。それを全て受け入れてもらい、仕事をする。大変です。

新作小説「舟鼠」構想スケッチは一〇〇枚まで書いた。まだ清書じゃないがぼちぼちと書いている。つまり今回は鬱のときも執筆はずっと続けていた。一日に三〇枚くらい書いた日もあった。空転していても書くことがなくても書く。元々書きたいことなんてないのかもしれないとふと思った。

何かを伝えたくて書くのではなく、ただ書くという運動をひたすらに続ける。そのようにすることでしか、躁鬱という現実社会で病と呼ばれる脳機能のブレと併走し続ける日常は超えられないのかもしれない。調子がよければ毎日外を歩き人と出会いそのことを書く。家に籠ってたらその空転をただ書く。それでいいのだ、と諦めたら、力が湧いてきた。目的や充実や意味に走らない。行為や運動に集中する。そうしないと突き抜けたものとは出会えんだろう。

目が覚めて、ベランダから外の樹木を眺める。お、緑色が鮮明に見える。灰色じゃない。つまり、台湾に行けそうだ。ということで出発。視覚は僕にとって、物を見るというよりも、体温計みたいな役目です。

思い出すという結果よりも、ヘッドフォンで音楽を聴きながら地下鉄から外に出て日の光と朝の匂い嗅いだときに何だっけこれは……と思い出そうと蹴りを入れられるとき幸運だと感じる。それはいつも過去のどの場面にも似てそうで、実はどれとも違うのでないか。その情景は確かにあるのだけど。旅の前の見慣れた風景。

「舟鼠」、一〇〇枚書いていたのだが、そこでブチ当たり、やはり落ち込み、しかし、また這い上がってきた。で、一昨日、あらすじの一部が底の宝箱の横の貝殻の中に忍び込んでいたことを発見し、今日、再び〇枚からスタートし、一〇枚書ききって、編集者に送ってみた。やるよん、何度も。ドラクエみたいに。HPは0になってもLVは0にはならんのだ。

結局、今まで「舟鼠」書き続けてた。今日三〇枚。なんだか変な物語がまたはじまっているような気がする。ただ面白いから書いている。それだけだ。それだけでいいと思っている。鼠はそこに穴があるから逃げるのではなく、逃げるからそこに穴ができるのだ。悩んだ分だけハイパーダッシュモーター。グリスまみれ。

今、一五歳から引きこもりだった一九歳の青年から電話がかかってきて、『隅田川のエジソン』から読みはじめて、全部読んで『躁鬱日記』で引きこもりから抜けましたという嬉しい電話。毎日一〇枚日記を書きはじめたとのこと。全国の引きこもりの方、ぜひ、『躁鬱日記』を！（笑）。読後どのような思考の変化があったのか、商品開発センター部カスタマーアンケート係長として、つい事細かに聞いてしまった。これができちゃうのが笑える。本に携帯の電話番号載せといてよかった（笑）。

今年も八月四日〜八月一〇日まで福島の子どもたちを熊本に招待する「0円キャンプスクール」が開催されることが決定した。何と今回でもう七回目。実行委員は若い人たちがやってくれるようになった。毎回一五〇万円はかかる。それをどうにか集めている。素晴らしい。

日本政府はもう何もしない。本当に馬鹿タレだ。人の命よりも金ばかり考えやがって。もうこうなったら暗殺するしかない、と家で国会議事堂や首相官邸をグーグルアースで見て動線つくってたら、フーが後ろから肩ちょんちょん叩いて「ほら、それを小説にしろ！」と言った。ぐすん。僕にはそれしかできません。

弟子・坂口亭タイガースの新作がようやくできた。タイガースは一年中どころか、物心ついたときからずっと眩暈に襲われていて、それで昨年は京都からゼロセンターに来て、サナトリウム状態で一年間茫然と暮らしていた。文字書かせても面白くないので何か昔からやってた好きなことないの？　と聞くと、「貼り絵」と答えた。

そこで、貼り絵を中途半端で終わらせるのではなく、一つの作品としてしっかりつくってみたらと言ったら、必死こいてやってた。これが一作目なのだが、貼り絵をやってると眩暈が止まるらしいのだ。僕と同じである。僕も本を書いて夢中になってると躁鬱が治まる。

最近、僕は思うのである。病は本当に病なのか、と。もちろん眩暈も躁鬱も大変きつい。しかし、その現実さんからは「病」と思われているものは、実は一つの「技術」なのではないか。そっちに行ってはいけない、こっちに行きなさいという道標でもある。これが治ってしまったら逆にまずいのかもしれない。

しかし、僕は二〇〇四年まで本を書くという行為を知らなかった。「こっちへ行ってはいけません」という信号だけは受け取っているのだが、その対処法が小学生くらいから変化していなかった。僕はノイローゼだと思い込んでいた。実は症状は重要なのだ。対処法の技術向上を心がける。これが治療であり創造。

こんなことは誰も教えてくれない。だから小学生でノイローゼだった僕は、野球に喩えるとバットを逆に持ちキャッチャーの方を向いて八重樫みたいな体勢でホームランを打とうとしていたのだ。

知らぬ間にそれは「病」と名づけられた。納得がいかなかった僕は人を見ながら自分の「構え」をモニタリングした。

さっき、昔いのちの電話に電話してきた女の子からメールがきた。時計職人の丁稚くらいにはなれたから鳩時計や振り子時計だったら時間はかかるけど修理できるようになったそうだ。この人は短歌がすごい。だから二四時間毎日短歌つくって、時計職人の学校には行けるときに粛々と行こう！　と返信した。

タイガースにも、月に一週間バイトして生活費稼いで、あとは二四時間貼り絵をしていこう！　と伝えた。そうすれば眩暈の時間は減る。つまりこれは治療になる。しかもそれは、こっちに行きなさいと、現実さんがツンツンしてくれたおかげで得た独自の道でもある。これは尽きない。芸術とかどうでもいいのだ。

だから僕も二四時間本を書く。一日一〇枚をずっと続けてみる。障害やノイローゼは、それ以上皆と同じことをしようと試みるのは諦めて、自分の道を探しなさいという信号である。障害もノイローゼも二四時間苦しめられる。そのエネルギーを、二四時間継続できる何か別の行動に変える。それが成長であり創造。

☆

あなたの夢を叶えるために坂口恭平が必死で応援するお店「夢屋」をやりたいと思い立ち、企画書を書いて皿を洗っているフーに提出したところ、笑い転げて膝から台所の床に崩れ落ちた……。「お前はつげ義春先生か」と言われた。「絶対ママの言う通りだよ」とアオにも言われた。了解しました！　本書きます。

「なんであなたはいつもお店をはじめようとするのよ。本を書く人なんだから、本を書いてよ」って、確かにまんま、つげ先生だな。どうやらここ数日で躁転したらしい。ここ半年なかった勢いがあるようだ。学校やらお店をはじめようとするのはレベル7だよ、とフー。一カ月夏休みとって正解だった。

昨年の一二月に『躁鬱日記』を出版し、坂口家は一二月六日に原子力も真っ青の「坂口恭平躁鬱エネルギー規制委員会」を発足。あれからまもなく丸七カ月、二〇〇日が経過したが、鬱期は八日間だけになった。ここ五年間で一番いい状態である。二〇〇日の間、完全な躁転はなかった。今度は躁転対処の訓練の時である。

躁転すると人と関わりはじめる。お金を使いはじめる。本以外の企画をしはじめる。学校をつくろうとしはじめる。市長選に出ようとしはじめる。総理を暗殺しなくてはいけないと思いはじめる。ということで、ちゃんと坂口恭平を幽閉しておく必要がある。そのための夏休みだ。独房に入れておく必要がある。

対策①　躁転すると毎日一つ新しい謀叛、業務等を思いつく。それらは実践すると捕まって鬱のときに自殺したくなるので全て梅山（担当編集）に電話しよう。梅山と今新しくはじめようとしている仕事はこれらが種になる。いろんな人に電話したくなるが、梅山だけに集中させよう。彼は笑わない。本のネタだから。

対策②　お金を使いはじめると坂口家が破産してしまう。これはもう既に手を打った。坂口家の家庭内手工業全てをマネジメントする「合同会社ことりえ」を六月四日に設立した。代表はもちろんフー。使途不明金が多すぎた僕の口座もしっかりと管理されている。本代は月に一万円もらえることになった！

対策③　本以外の企画、謀叛を企画することに関しては何度も書いているように、その企画を実践し、血と汗流し、苦しんだり、喜んだり、時にはフー以外の女性と熱愛しているさまを、その夢と希望、絶望をもう一度包んで、本として書くこと。版元と契約する前に書き下ろせ！　それだったら無問題。

早寝早起き朝ご飯をこころがけます。というわけでちょいと早いですがもう寝ます。おやすみなさい。本や音楽や絵や建築と思いつくままにつくり続けている作品で他者と触れ合えばいいとようやくわかりました（遅いです）。できるだけ知らない人とは会わないようにしてます（笑）。でもトークも好きなので話したいのですが、今後はトークもすべて「演劇」、つまりフィクションであるということにします（笑）。

「躁鬱病の人は、他者に親切で、他人の幸せが自分の喜びになる点で、一見、鬱病の人と似ています。しかし、他者と溶け合っているわけではなく、他者を幸せにすることができた自分を喜んでいるのです。子どもらしい、愛すべき自己中心性です。これを貫くことが躁鬱病の人の養生法です」

――神田橋篠治先生

「躁鬱病の人の養生で最も大切なのは、自分の長所を再発見することです。『こんなことができる』『この点では、私は大した者だ』と思えることが『気持ちいい』ことなのです。自分で自分を称賛するのです。自惚れです。寄付をしたり、社会的に貢献したりして、いい気分になるなども健康法です」――神田橋篠治先生

☆

僕の家は、親父が残業せずに五時きっかりに帰ってきたり、子どもが遅刻したら親父が午前中会社を簡単に休んで送ってくれたり、母ちゃんはもちろん専業主婦で、弟と妹も歳が近く、ずっと一緒にいたからなのか、そんな親父に昔は反発したこともあったが、結局、今、僕は二四時間家族と一緒にいる……。

海外にも仕事で年三、四回は行くが、家族と離れ

るとすぐに鬱になるので（恥ずかしすぎて人には今まで言えなかった・笑）、長くて滞在は十日間までと決めている。一人旅なんか全くできないし興味がない。フーと出会った二一歳以来一度もしたことがない。意外ですねと言われる。僕は本格的に弱いです。

さらに九歳のときに親父の会社の異動による転校から「引越し鬱」なので、引越しすることができない。環境の変化で全身が亀頭になるほど敏感に反応してしまう。二〇一二年の二カ月の欧州旅行はそのためにフーが妊娠していたにもかかわらず家族四人で行かせてもらうことになった。おかげで楽しかったけど。

僕にとって朝九時から夜遅くまで家族と離れて会社に行くのは寂しすぎて駄目なのだ。アマゾン奥地の家族たちが抱き合って土の上をごろごろしているレヴィ＝ストロースの写真を見てほっとした。ああ、僕はこれでよかったのだと思った。鬱で寝込む力は、人類がもつ土の上でごろごろしていた家族の記憶である。

でもこういうことを男の友人たちの前で言ったりするのは、恥ずかしいものである。ま、このようななかなか口にするのは恥ずかしいけど、実は力を抜いて、ぽんと口に出して人に伝えたいことこそが、僕に本を書かせるようになったと思うから、今ではその羞恥心や繊細さや力強すぎる弱さには感謝している。

そして『現実脱出論』の第二稿へ。もうこうなったら書いて書いて書きまくるしかない。仕事の依頼よりも先を突っ走る、死ぬまで終わらせない自動的な機械運動を。

僕の知人が所長をやっている熊本の福祉施設は〇歳から一〇〇歳まで入れる全国でも珍しい不思議な場所で、彼女は僕が『徘徊タクシー』という小説を書いていると伝えると、「うちでは徘徊も立派な仕事だと思ってるから、毎日、付き添ってどんどん徘徊してもらってますよ」と言っていた。僕は躁鬱も「仕事」だと思っている。

多摩川のロビンソン・クルーソーと久しぶりに携帯で連絡を取ってそんな話をしたら、わたしゃ昔、カラーコンピューターの開発者だったけど、躁鬱の人は他の人の眼よりも、微妙な色の違いを知覚するって研究も出てたからねと言ってた（笑）。室町時代の顔料屋だったら、重宝されたんじゃないかと笑ってた。

ボケ老人と思われたり、精神障害者と見なされたり、路上生活者は排除され、古い建物は破壊されて、虫はいなくなり、どこを歩いてもアスファルトが続いている（実はダンゴムシはコンクリートが大好物らしいけど・笑）。いまここが戦時下であると僕は思っている。そのための仕事なのである。金のためではなく。

我慢してても苦しいんだから、やりたいことやるだけやって苦しいほうが、最後に一瞬だけ楽しいんだと思う。やりたいことやるほうが断然苦しいと思うけど。「今までのどんな肉体労働より、本を書くのは苦しいものである」とは、『ベストセラー小説の書き方』を書いたクーンツ先生の言葉です。それが遊ぶということ。

『徘徊タクシー』の次の本もほぼ書き終えたので、今週は、やりたいことなんでもやっていい、失敗しても勇気を出してどんどんやっちゃう週間に突入します。そういうのを日本でもやればいいのにね。貧しくはなるかもしれないけど、自殺者は減ると思うけどなあ。人の言うことが全く聞けない僕はそう思います。

毎日、子どもと一緒の時間に寝て、朝四時に起きることにしているので、もう寝ます。アオから、早寝早起き朝ご飯！と言われて、はっとしたのです。子どもはいつも羅針盤。明日も朝四時から一一時まで集中して原稿一〇枚書きまくって、お昼ぼうっとしたら午後二時からウッシーと弟子のパーマがオープンした「ポアンカレ書店」に行きます。また明日。

朝書き、かなり効果的です。今日も朝四時起き。四時半から書きはじめたから、五時間の仕事。四〇枚分の推敲だと、昼間やったら夜になっても終わらないと思うけど、朝だと五時間で終わる。このまま会社とか行けそうだし……。カフカ先生を見習って、徹底してヒトが働いていない時間に書こうっと。

午前四時から九時まで原稿を書き続ける、「朝書き倶楽部」を発足したらいいかもね。好きなことでは食っていけないから諦めましたとか言い訳できないようにするために（笑）。いひひ。みんなでやればより緊張感持って、朝集中できるもんね。それから会社でも何でも行けばいいのだし。カフカに倣い、烏組。

☆

僕は人間らしさを疑っているんです。「人間性」よりも「人間」に興味があるんです。

今日はまたいつもと違うオッちゃんのところへフィールドワークしつつ、オッちゃんの家の前でトランプ。オッちゃんの生業は貴金属拾いで月収一〇万円。生活保護なんか必要ないとのこと。「余裕です」と笑みを浮かべつつ、血統書付きの犬を二匹所有していた。

会社にも何回か入ったが結局、上司がむかつくので一カ月で喧嘩してやめちゃうのだそうだ。今この生活は二年になる。ようやく自分の仕事、やりがい、生きのびる方法がわかったと言っていた。自分でやらないとわからなかったんだと言っていた。それこそが真実である。試さんとわからんし試すとうまくいく。

オッちゃんは深夜だけが仕事の時間で、あとは趣味と子ども同然の犬と過ごしている。時間持ちである。時間の貧困こそ、思考停止に陥れるにはうってつけの方法なのかもしれない。お金の貧困問題に取り込まれている中、時間持ちと出会うと、実は問題はお金のふりして、思考するための時間の貧困かもなー。

ポアンカレ書店に今日はアオの店も出てる。プラ板の店。二個五〇〇円で夏のボーナス狙ってるようです。ぜひ買ってね。かわいいよ。アオには小学校卒業までにはお金的にだけは自立してもらうようにします。ずっと一緒に暮らしたいけど、いつでも一人で生きのびられるように自分で稼ぐことを覚えてもらうつもり。

アオは稼いだ六〇〇円を大事に家の形をした肩提

げバッグにさっとしまっていた。今日はとにかく楽しかったらしい。子どもに向けて、常に内角高めの球を投げ続けていきたい。硬球じゃなく、ゴムボールだけど、常に攻めていきたい。『独立国家のつくりかた』読んでモバイルハウス自作したのも熊本の中学生だった……。

昨日会った路上生活者は金がなくなっても地球では問題なく生きていけるよと僕に言いました。でも一人じゃ寂しいからね、と言ってました。今の人は孤独でしょ？　と。そう言うと、彼は用事があるといって友人とゲームセンターへ将棋しに出かけてった。友人は金と無縁だがやり続けているところにいる、と。

早朝の執筆仕事を終えたら、午後二時から午後七時までポアンカレ書店に出る毎日をすごすことに決めたので、そこでは美術作品をつくり続けようと思う。全て一点ものの作品群を。カレンダーとか、便箋とか、紙粘土人形とか、ギャルソンの服解体して自分で洋服もつくってみよう。つまり「サカリオ」が発動します。

今、奇跡的な電話がかかってきた。住宅の設計を依頼したいとのこと（笑）。思わず受けてみた。土地を所有しないで、格安で家を建てる方法を実践できたら面白いと思った。変なことやってると面白いことが数珠つなぎに延々と続くのですね。

明日は『はだしのゲン』を持っていこう。これは僕が小学三年生のとき、親が全巻セット買ってくれて、興奮して読んで、みんなにも読んでもらいたいと思い、福岡から熊本に転勤するときに福岡の小学校の図書館に置いてなかったので、寄贈しました。だからこの全巻はまた新しく買ったもの。今度は売らないけど立ち読み用に置いとく。あのときからやっていることは基本的に変わってないな（笑）。

寄贈したと言ったら、母親に呆れられたことを覚えている。すぐ調子に乗るんだから、と幼稚園の頃から言われていたなあ……。でもいいものを見つけると、人に伝えたくなるのは人間誰しも持っている自然な感情だもんね。所有欲よりも伝達欲です。

こういうとき僕は、ふとレノン&マッカートニーの逸話を思い出す。彼らは作曲をするときにメロディを採譜、録音しなかった。翌日忘れるようなメロディでは人々に伝達できないと判断したというのだ。どこで読んだか忘れたけど。すぐ人にあげられちゃうのは、その本に興奮したから全部覚えているのである。

一応、ポアンカレ書店内で、僕は「夢屋」という出店を出してます。相談料一万円で叶えたい夢を必ず一緒に叶えるという本気の仕事です（笑）。もしも一万円払って叶えられるんだったらお願いしたいことがある人は相談してね。

夢は抱くな、夢は明日ではなく、今日叶えてすぐ飽きて次の夢へ行け、が僕の方針です。

〈夢屋の例〉

客「あのー小説家になりたいんですけど」

僕「じゃあ明日から僕と同じ時間帯に原稿書いてお昼にその日書いた原稿送ってください。短編でやっても金にならないので、いきなり長編からやれとクーンツ先生はおっしゃってますので二〇〇枚書きましょう。新人なので一日二枚で一〇〇日で」

客「えーと技術とかいらないんですか？」

僕「技術を身につけて仕事をする人なんてどこにもいませんよ。仕事をしていると技術が高まっていくんです。だから今日から一日二枚で。僕は一〇枚だけど」

客「それでたまったら？」

僕「セブンイレブンでコピーして一〇冊本つくります」

客「えー、それじゃ食っていけないじゃないですか」

僕「どっちなんですか？　小説家になりたいんですか？　金を稼げる小説を書ける人になりたいんですか？」

客「小説家です」

僕「じゃあ、それをセブンイレブンでコピーしたのだから、セブンイレブンに置いてもらえるように僕がお願いします」

学校で学んで作品がつくれるようにならない。一人でつくってもおそらく一生うまくいかない。ならばどうするか？　先にやっている人と併走して、自分も息が苦しくなりながらも、そのスピードで一緒にやっていくしかないんです。友達や先輩がいなくても、先人は図書館に無限大にいます。その人たちと併走する。

躁鬱は病気と見なすのではなく、ちゃんとメソッド化して「技術」と捉えて、きちんと学問すべきだと思う。今の躁鬱への見方はどれも平均化することで治療するという、「医」ではなく「医学的」なものでしかない。そうではなく、いかにすれば自分の力を最大限社会に還元できるのかを具体的に示す必要がある。

躁鬱を病気とみなされ、挙げ句の果て自殺してしまっている人間がどれだけ多いことか。デンマークでの統計によると、自殺の原因は躁鬱は男性が第一位、女性が第二位らしい。脳の誤作動で死んでいる人が一番多いということである。希死念慮は躁鬱による誤作動。

死にたくなるのは脳の誤作動で、性格のせいでも心のせいでも育ちのせいでも幼少の虐待のせいでも孤独のせいでもいじめのせいでもない。つまり、自分のせいではない。ただの誤作動だ。脳が「あー口が臭いから歯を磨かなきゃ」と同じように、「あー鬱はじまったから死ななきゃ」と勘違いしてるだけなのだ。

それを知るだけで、どれだけ自殺者が減るか。首相が代わっても、またどうしようもない首相が出てくる。雇われ店長みたいなノリだもんなあ。それよりも自殺者をゼロにする行動を僕は起こしていきたい。一人で本を読む行為はそのことに直接触れることができる。だから書きたい。「孤独最高！」と書きたい。

新作『徘徊タクシー』はそんな自殺者をゼロにするという僕の行動の一貫でもあります。もちろんただ楽しんで読んでもらうことが一番ですが。いつも僕は「どんなに弱い人間でも不要な人間はいない」と書きたいだけです。

徒党を組んでうまくいったためしはない。とにかく一人になること。集団で行動できないなんてどんだけ自意識過剰なんですか、と言われても「いひひ、そうなんですよねー」と笑って、それでも一人でいるほうが好きならいればいいのだ。死にたくなるとき、集団になじめないと苦悶する。それ、勘違いです！

躁鬱野郎は人々を喜ばせるためだけに生まれてきた可能性大なので、その行動を徹底させよう。ポアンカレ書店はまさにそれが具現化されたものである。でも同時に孤独が天下一好きなのである。一人で煙草吸っているときが一番幸福なのだ。だから朝一人で本を書く。

躁鬱学1　自意識過剰ってすぐ人に言う人がいるけど、躁鬱の人にとってそういう人は何の得にもならないのでしっかりと無視しましょう。揉めると生理的に鬱になるので逃げたと嘲笑されても気にせず逃げましょう。あなたはただ人を喜ばせたいのだから喜んでくれる人のところにだけ行けばいいのです。

躁鬱学2　人を喜ばせると、人は嬉しくなり、勘違いして来週飲み会があるので参加してくださいよ！　と誘ってくれます。ありがたいことです。でも、来週のことなんかわからないのでその旨をまず伝えましょう。やりたくないことすると毒なので、うそも方便、気が乗らないときはうまく断り、孤独を楽しむこと。

躁鬱学3　鬱期に家に籠りインターネットで躁鬱関連の情報を一二時間見続けてしまい「まさに今日のおれが駄目な人間というものだ」と思い悲観していると思いますが、逆にやりたいことやっているのだから躁鬱には効果的です。ネットサーフィンしているのは屑だ、とか言う人を無視して徹底的にやってください。

「メンヘラ」とか言ってくる人と付き合わなくていいですからね、躁鬱野郎のみなさま。メンヘラって言うけど、どんだけあなたは健常者なの？　って思いますもん。差別もいいところです。でも差別されたからって差別するなって怒るのは躁鬱野郎は苦手なので、静かに無視してまわりにいる人を喜ばせ続けようね！

「健常者」なんてものはどこにいるのだろう。常に健康な人って……。「おー、お前躁鬱らしいじゃん、薬飲んでるのー？　ひえー、メンヘラかー」とかいう人を見て、僕はこの人はどう考えても、頭の螺子《ねじ》がどこか外れていると思いましたが、障害者ではなく健常者であると言いました。常に健康って確かに狂気ですもんね。

認知症の人もそうです。本当に病人なのか、あの人たちは。発達障害といわれる人も。その言葉はうまく使われているのか。僕は言葉の使い方がいつも気になります。社会がズブズブスカスカしていると きは、言葉がおかしくなります。そんなときは歌が光を放つのです。詩が新しい構造を見せてくれる。

躁鬱野郎は差別に対して抵抗し戦うことができません。なぜなら、その差別をする人でさえ実は喜ばせたいと思ってしまうからです。そのため幼い頃は、近づいてはいじめられ、それでもついつい近づいてしまいます。にこにこしてるのでみんな勘違いして、さらにどんどん馬鹿にするのです。困ったものです。

躁鬱学4　躁鬱野郎は戦うことができません。喜ばせることしかできません。文句を言ったり、嫌いだと言われた人には近づかなくてもいいんですよ。皆と仲良くなりたいと願う特質を持っているので、ここを調整するのが難しいですが、とにかくあなたの全身を理解してくれる人とまずは時間を過ごすこと。

躁鬱学5　やりたいことをやらないと死にたくなってしまいます。死ぬくらいだったら、ジリ貧になるほうがましなので、どんどんやりたいことをやりましょう。そして、さらに重要なことは、すぐに飽きます。人間は一貫性のあるものだと気張らずに、飽きたら潔くやめましょう。人は笑いますが、僕は肯定します。

言っておきますけど、この躁鬱学の言葉みたいなこと、元々、僕自身全くわかっておらず壁にぶちあたりつづけて毎日死にそうになってました。それがここ数年で少しずつ変化してきたのです。つまり躁鬱は病気ではなく技術なのです。ちゃんと方法を覚えて先人と併走し、実践すれば、お金も稼げるよ（笑）。

だから本当は、プロの躁鬱の方たちを集めた派遣会社「ソーウツ」を立ち上げたいくらいなんです。でも本当にそれをやると妻に肩をポンと叩かれますので、こうやって書いているのです。つまり、これは『徘徊タクシー』という小説ができあがった方法論でもあります。「徘徊タクシー」の次は「株式会社ソーウツ」ですかね（笑）。

今日の呟きに反応してくれた人は『躁鬱日記』もぜひ読んでほしいです。僕は「ケアをひらく」シリーズの立案者であり担当編集者である白石正明さんと出会って、躁鬱が一つの技術だったと再認識できたのです。『躁鬱日記』の発売記念トークの打ち上げに来てくれたのが、今、話題沸騰中の『ユマニチュード入門』（担当は白石さん）を書いた本田美和子さんで、初対面でしたが僕の高校の先輩でした。

そのときに認知症の話になり、僕は曾祖母が言った言葉を思い出し、その時『徘徊タクシー』という小説の断片が生まれました。『躁鬱日記』は、これまた読んでほしいけど、なかなか読んでもらえていない『幻年時代』という本を書いているときの話です。『幻年時代』は僕の四歳のときの数十分の記憶、家から幼稚園までの道のり七〇〇mを歩いたことを記録した不思議な本です。しかもこの話は『独立国家のつくりかた』のプロローグでもある。

このように、連環し、変貌していくことで、今回の『徘徊タクシー』という小説が生まれました。僕が苦悩だと思っていたことが、実は自分にとっての技術だったのだと気づく過程で生まれたのです。

あー生きててよかった……。ほっ。全国、いや世界中の躁鬱野郎のみなさま、河豚の毒にハマっているような人生ですが、これからもがんばっていきましょう！　ですが、絶対に豊かさを失っては駄目ですぞ！　ここで神田橋篠治先生の名言を。「躁鬱者は充実と平穏が両立できる」。みなさんも豊穣な人生をぜひ！

三島由紀夫賞は落選したのだが、気にしないつもりだが、選評で自分としては納得がいかないこと書いてあって少し落ち込んでいた。すると『躁鬱日記』の担当かつ僕の躁状態の叫びを電話で全て聞いてくれる優しい白石さんから「坂口恭平は人を幸福にさせることをやればいいんですよ」と言われ、ハッと我に返った。

確かに最近、書く技術が向上したことは自覚するが、それでこのままいってどうするのかと思っていたところのこの言葉で、すっと元の道に戻れたような気がする。でも書きたい。すると白石さんは「朝原稿書いて、昼間はアオちゃんと遊んでいてくださいよ〜」と笑って言った。そこで再び朝書きに戻したのだ。

朝は幽閉されて家で原稿を書き、お昼は家族と一緒にご飯を食べ、午後からアオを自転車に乗せて、一緒にポアンカレ書店という趣味に明け暮れて、お客さんたちに過剰なサービス精神を振る舞う。これで孤独、家族、愉快のフォースが揃ったのではないかと勝手に思っている。

同じ躁鬱であり、悲しくも自殺してしまった小説家ヴァージニア・ウルフ先生が称賛した、一九世紀の女流小説家ジョージ・エリオット先生の言葉。

It is never too late to become what you might have been.

あっちこっち、あれやったりこれやったり、分裂し、忙しく、時にはまどろみ、靴脱いで、裸足でかけてこ、アスファルト。さっと飛び乗りゃ橋の欄干、よろめきながら、歌をうたう……ようにして生きれば躁鬱は安定します（笑）。

さらに今、二冊の次作を同時に進めてます。全く別のことを同時にする。ながら人生。それが安定のコツなのです、僕の場合は。分裂こそ人生。統合するな。統合できていると思っている人なんていないもんね。実はきっと。

僕は一年に何度も地獄を見るが、なんども春を迎える。死なきゃ花が見れる。

☆

『現実脱出論』を脱稿して、ようやく少しの間だけ解放された。でもすぐ次の本を書きたいと思っている。昨年からずっとこれからどうやって生きるのか大学生ばりに考えちゃって苦しんでいた（笑）。それでも作品をつくってたのが良かったのかもしれない。案ずるよりも産むが易し。その中で成長していくしかない。

僕は困ったらいつもフランシス・ピカビア先生の一九九九年に日本で開催された展覧会のカタログを見て、勇気をもらう。今回はこの言葉をいただいた。

ただ一つの変化があるのみだ。永久に続く変化が。
——フランシス・ピカビア

自分はどんどん変化しているのに、自分自身が一番変化を恐れていたのかもしれない。これまでつくってきた道のまま進もうとしていた。でも、そうするとすぐに鬱になった。ピカビアの作品は、そんな僕をいつも笑う。おいおい、お前、そりゃいかんだろう、と、笑う。こっちこいよと手招きしてくる。

まじめな人々は
少しばかり
腐乱死体の匂いがする
——フランシス・ピカビア

気まぐれこそが飛び切りの幸せさ
僕は素晴らしく元気だぜ
偶然に身を任せてね。
——フランシス・ピカビア（詩「幸福」）

これ読んで、このまま進もうと思えた。二〇歳代はずっとデュシャンこそが僕の空間知覚の父であったつもりだったのですが、少しずつ違うと感じるようになり、実は今ではデュシャンにほとんど興味を失っている……。デュシャンには鏡としてピカビアがいた。その、すぐに鬱になるこの毎秒変化のピカビア先生を三〇歳になりようやく知り、道が開けた。変化を恐れると、ピカビアに笑われる。僕にとってピカビアは芸術家ではなく、いまだに知覚できたことのない、未知の言語だ。

流浪の民でなくてはならない。様々な国や都市を

渡り歩くように、幾つもの思想を通過していかなければならない。――フランシス・ピカビア

追随されるための方法とはただ一つ、誰よりも早く走ることだ。――フランシス・ピカビア

過激なようで、実はとても素直な言葉。それがピカビアという言語。ピカビアには他の芸術家には感じられない「愛」のようなものを感じるんです。

世界中の人が大好きなのに、いつも一人でいたいし、誰の意見も耳に入れることができない僕は、そのピカビアの愛情がとてもしっくりいく。それはあらゆるものの肯定であり、否定であり、集団の忌避であり一人の人間への愛。

目ではなく、魂で見えているものを描け、というピカビアの言葉がいつも刺さります。目は見る。魂は見えている。僕たちは本当のことに実は気づいている。フーと出会って、あの人が見えている人だと気づいて、僕は自分の見えているものを書くようになった。僕の中ではピカビアと平凡そうなフーは同じ魂。

僕は何か新しいものを生み出している創造者ではありません。ただの機械です。ただの装置です。旧式のような最新式のような真空管アンプなんです。もう既に音はここに存在している。聴くのではなく、聞こえている音を、僕というアンプはスピーカーを通して鳴らす。それが僕の仕事です。

おはようございます。明後日からの東京行きの前に原稿三〇枚のお仕事があることをようやく受け入れて、今から書きます。昨日は素敵な夜でした。夢みたいというよりも、見たこともない景色だったけど懐かしい気持ちで満たされました。今日も愉快に。

まずはオランダの国王からエラスムス賞をもらった、僕の欧州での活動に勇気をいつも与えてくれたフリー・ライセンの受賞記念本のための「ユートピア論」。パンクなおばちゃんであるフリーは、僕のことを踊る哲学者だと言ってくれて、無名の僕にいつもとんでもない仕事を依頼してくれます。

僕の周囲には、僕よりも数段素敵な、僕が自慢し

たくなる友人たちが無限と思えるほどたくさんいる。別に偉い人じゃない。むしろ、ちょっとつまずいているような人々だ。でも、僕にはその人しか鳴らせない音色を察知する能力だけがある。僕はいつも周囲の人々の振る舞いに涙し、その舞う姿が文字となる。

朝書き、はじめます。

人は騙せても、時間は騙せない
——フランシス・ピカビア

ピカビア先生！　いつも勉強になります！

私の病的なまでの不安は、常に未知のものへと私を駆り立てていた……私が模倣し、なんとか表現しようとするのは、「私の」自然なのだ。
——フランシス・ピカビア

最近の僕は高校二年生の頃の自分を自己模倣しています。自己模倣というのは、よく悪い意味で使われているけれども、ちゃんと自分を顧みて反省できない躁鬱野郎の僕はこの自己模倣をすることで、どうにか自分をアップデートしているのです。自己模倣こそ新しい創造への扉なのです。

僕の処女作『0円ハウス』から『独立国家のつくりかた』までの六冊は、全て常に前作の自己模倣です。嘲笑する人もいたが別に気にしなかった。なぜなら僕のことを一番よく知っている弟がいつも僕に「お前は完成した概念を本に書いているのではなく、本を書きながら成長している。ずるい」と言ったからだ。

☆

一昨日の真夜中の、吉本ばななさんからの「絶対的な自信を持って」という言葉が本当に今も体にじーーんと鳴っている。絶対的な自信。それはまさに僕が今、フィールドワークをしている対象である妻のフーが持っている自信だ。金がなくても、何もしてなくても、自分や周囲の人々の存在を肯定する自信。

のろけているのではなく、今、僕は真剣にフーという人間が持っている、その「自分と周囲の人の存在の肯定」を口にすることなく、しかし確かに持っているフーを、文化人類学的に調査している。一番触れている人でもあるので、毎日記録できる。昔、観音様とはこのような人のことを象徴していたのではないか。

そんなフーをフィールドワークした「悩まない人」という本も今、書いてます（笑）。一五〇枚分。すると、フーが言うのです。「わたしには、お母さんが観音さまに見える」と。フーのお母さんがこれまたすごい。穏やかさ半端なし。しかもフー母は僕に「あなたは私の父に似ているところがある」と言いました。フーのお母さんのお父さんは、自動車整備工場を経営していたらしい。機械をいじるのが好きで壊れた扇風機でもなんでも捨てずに直していたのだという。自宅の増築も自分でやるし、何でも自分の手でやっていた。かつ、漏斗の先を斜めに切ると泡が立たないことを発見し、特許も取っている、とフーが言った。

最近、僕の読者よりもフーのファンのほうが多いのではないかとさえ感じるときがある（笑）。みんな会ったことないのに……。でも、フーには何かがあるのだろう。隅田川のエジソン・鈴木さんと出会ったように、僕は今、フーをフィールドワークしている。トイレの中も全部見ているので鍵をかけるようになった。

僕は哲学書は読めないが、哲学が好きなんです。でも読めません。それでもいいです。本とは持つものなのだから。文字は読まなくても香りを醸し出します。その匂いを嗅ぐのです。目次を読むのです。すると、僕はすぐに自分の本を書きたくなる。だから本は大好きです。しかも今年読めるようになりました。

自分は何者なのかますますわからなくなっている……。と家で悶々と頭を押さえながら考えていると、以前まではフーがまた肩をポンと叩き「もうなんでもいいでしょうよ。あんたはあんたよ！」と言っていたが、最近は「そうやって考えるのが好きなのよ。悩むのが趣味なのよ」と言われはっとした。

フーの言葉で、僕は自分が「自分は何者なのか、は自分は何物なのかであり、自分はナニモノなのかであり、つまり、人間とは何か」を考えていたのだ！　という、勘違い野郎ギリギリアウトの結論に達しました。フーは春樹先生みたいに「やれやれ」とは言いません。「そうなんだよきっと」と言いましたとさ。

でも僕は、ドゥルーズは洒落てるけど、やっぱりハイデガーの「家を建てることをしなくなった人間が思考を失った（坂口恭平の完全なる意訳、誤読と思います。きっと）」が二〇世紀の人では一番気になってます。全時代的には土地所有への疑問、哲学書、小説、告白自伝書いたルソーですが。

といっても、両者、読んだことはありません。でも本は持ってます。

音楽として生きたい。言葉ではなく歌をうたいたい。僕は楽器は下手だけど、それを口で、文字で、振る舞いで、態度で、演奏しているつもりです。届け。

☆

アオが「わたしも切りたい」と言って自腹で髪を切っている。たいした幼稚園児じゃないか。ＯＬしながら大学行くみたいに、ポアンカレ書店でプラ板売りながら、小学校に行ったらいい。そしたら人生に生活に余裕と自信が生まれる。小学校は目立つ人はいじめられるけど、お店では喜ばれる。繊細さは小学校では笑われるけど、創造には不可欠だ。まず主軸は自分で人生をつくること。学校は二の次。

しかし、完全0円のゼロセンターはどことなく居心地が悪いときもあったのだが、小銭や千円くらいが飛び交うポアンカレ書店では、とても心地よい風が吹いている（笑）。これが一体何なのかを、最近は考えてます。バイトの僕は二度目の夏休みだけど、ポアンカレ書店行ってあげてくださいね。

ごっこ遊び（ごっこあそび）は子どもの遊びの一種で、何かになったつもりになって遊ぶものである。

子どもの遊びのうちで普遍的に見られる様式の一つだが、子どもが興味や関心を抱く対象を模倣することで行なわれる。ロジェ・カイヨワの行なった遊びの分類の内の「ミミクリ」（模倣）に属する。

——Wikipediaより

自己が所属する社会を模倣する自己社会模倣。これが創造の源である可能性があったりして。なんてね。「ミミクリ」。かわいい言葉じゃないか。ロジェ・カイヨワ先生。

この「ごっこ遊び」からカイヨワを見つけた伏線として、今朝、千葉雅也さんとツイートでした自己模倣話があった。つまり、人間は一人ではありません。同時にいろんな無数の光線が人々を貫き、機織りのように、反物のようになっているのです。テキスタイル。テキスト。つまり、僕は糸として文章を書いている。

直観振動がマックスになっている。ちなみに、「直観振動」とは、人々が「貧乏ゆすり」と言って、母親などから「やめなさい」とたしなめられる行為のことです。うちでは「直観振動」として奨励されるどころか、赤飯を炊いたりします。新しい鼓動を感じた瞬間を祝う文房での祭り。それが直観振動です。止めるなよ。

僕が原稿書いている間に、アオはポアンカレ書店用に新作プラ板つくってる。やばい、技術向上してるよ……。この調子だと月収五万円くらいいくぞまじで（汗）。教育上は完璧だが、作家としてすこし嫉妬してます。

アオを自転車の後ろに乗せて「みなさんようこそおいでなさいました。船長の坂口恭平です。これからみなさまを舟鼠から恐竜までなんでもでてくるジャングルクルーズへ誘います。準備はいいですか？　チャイルドシートのベルトとヘルメットはしっかりとね！」と言いながらペダルを漕ぐと白川が闇の奥になる。すると、アオは喜ぶ。ジャングルクルージングとして喜んでくれる。騙されてくれる。

一方、僕が目を定点で止めて、焦点を外しながら「おい、アオ、おれは恭平ではない、おれは恭平の体に乗り移ったタカシだ。お前のパパは躁鬱激しいからどっかへ捨てて来たゾ」と冗談で言うと「恭平やめて」と本気で泣く。

「優しい嘘」ってのは風に体が乗っていく。キャハハと放つその音が大気の粒子を次から次へと摑まえては、生き物に変えていく。ジャックと豆の木のようにつるつると伸びた蔓は、僕の体に絡みながら、自転車の上に屋根をつくる。僕にとって小説は、アオを自転車に乗せて話す新作小咄である。

僕は最近、小説家のふりもしてますが、現代美術家のふりもしてます。現在はワタリウム美術館にて開催中の「シュタイナー展」でシュタイナーが作ったゲーテアヌム探訪の文と「3D黒板模型」が展示されてます。また、新宿伊勢丹に巨大なドローイングを展示します。二〇〇万円です(笑)。

僕はときどき、建築家のふりもします。ベルリンでつくった劇場は、壁とか窓とか全部ゴミだし、家の中に大木がささってるよー。先日は住宅設計の依頼まで来ちゃった。設計料0円で快諾したよ。

僕はときどき、音楽家のふりもします。アルバムも十数枚つくっているけど、販売しているのは一枚だけです。「Practice for a Revolution」結構いいよ。

僕はときどき、アフリカ人になります。ケニアのナイロビでつくったわけのわからん自転車はゴミを拾って、鍛冶屋と一緒に、自転車自体からつくりました。

僕はすぐ飽きるので本を読み通すことができませんが、本の中に描かれている空間を立体的に感じることができます。そんな自分の読書法を「立体読書」と名付けました。スティーヴン・ミルハウザーの『マーティンドレスラーの夢』という本の中の空間を絵にもしています。

次はハリウッド・スターになりたいので、今度、オーディション受けてきます。メル・ギブソン先生を筆頭に躁鬱仲間がたくさんいますもんね。

主治医には「法律を犯さない範囲であれば、やりたいことをやりたいだけ飽きるまでとことんやりなさい。飽きたらすぐにやめなさい。そのときに駄目だとか思わないでいいです。どんどん次の世界へ行きなさい。やりたいのにやれないと鬱になるから、それがいやなら好きなだけ好きなことやりなさい」と言われてます。

そういう人もいるということです。みんながそれをやればいいということではありません。ご注意を。

人生は何をやってもいいんです。人はあなたのことに興味を持っていません。笑われているように見えても、実は大抵、人は自分のことに精一杯なので、人のことを笑う暇はありません。だから、とことんやりましょう。人から止められても、それは一時的にその人がイライラしてるだけです。無問題。ＧＯ。

僕はあなたに前に一度、会ったような気がしているんです。小学校の同級生のように、それぞれに役目があり、へんてこなところがあるかもしれないけれど、それをみんな面白く受け入れ、水しか飲んでないのに笑えてきて、夕方になって離れるとき泣きたくなるくらい鼻の先がつーんとなる。

僕は本当に無知で愚かなので、どんどん助言してください。全て吸収したいです。そして、もっととんでもない本を書きたいです。マーク・トウェイン先生のような作品をいつかきっと完成させたいと思ってます。人生はそのための修業です。でももっと言えば、ハックルベリー・フィンのような人生を生きたい。

僕の仕事はそんなにバカ売れするようなものではありませんが、世界中に一人か、二人ですけど、それでも必ず反応してくれる人がいて、それで本当に救われています。初のトークショーもお客さんが五人でした。でもその人たちは本当に熱心に聞いてくれて感動してくれた。そういうところからはじまってます。

僕は何のツテも、お金もなかったし、そもそもお金を稼ぐようなことをやりたいとすら思ってもいなかった。面白いことをしたかっただけ。すると、本当にアルゼンチンやフランスから本を読んだと訪ねてきてくれる人がいました。恐らくこれを読んでいる人がまだ誰も知らない頃。二〇〇四年の話です。十年前。

ちょうどフーともその頃に会ってます。二〇〇一年。二三歳の頃。フーは無名で三カ月家賃溜めて電気も止められているとき、セブンイレブンで蠟燭を買ってきてくれました。フライパンの上に蠟燭を五本立てて灯したのを今でも覚えてます。一三年前の話です。二人で蠟燭の火も悪くないと笑ってました。

電気が止められて、笑ってはいましたが、確かに僕は不安だったわけです。一人で独立すると言ったものの、何をやればいいのかわからない（笑）。そもそも何を仕事にするかすらわからない（笑）。でもフーは大きな声で笑いながら「あなたはきっととんでもない人間になるよ。だから一緒にいる」と言ったんです。

その時、僕は過去にも一度、僕のやっていることとか、考えていることとか、そんなことを含めずに、ただ存在を、僕が息しているということそのものを、フーみたいに肯定してくれた人がいたことを思い出しました。それが祖父だったんです。祖父は僕に天命でもあるように言っていた。存在をただひらすら肯定。

僕の中でフーと祖父はつながっています。フーと出会った年に祖父は膵臓癌で亡くなりました。僕は祖父の生まれ変わりのようにフーを観ているところがあります。フーはフライパンの上の蠟燭から僕との人生をはじめてますので、躁鬱だろうが何だろうが無一文になろうがあそこに戻ればいいと思ってるのかも。

フーと祖父に共通していたことは、二人とも僕がどんなことをしているのか知らない、ということです。フーは僕が書いた本をずっと読んだことがありませんでした。祖父も僕の成績なんかそんなわからなかったはずです。それでもなぜか僕の仕事や進学を肯定したのです。どうせうまくいくよ、と。

僕の仕事は、仕事とは言ってますが、仕事のふりして、このように存在を肯定してくれた人々への感謝の言葉のつもりです。だから本を書くことが一番やりやすいのかもしれません。最近そんなことを思います。絵も歌も何でも好きだけど、僕は言葉が好きなんです。いや、言葉で伝えることが好きなんです。

存在そのものを全肯定する。それがフーの得意技です。僕は今までいろんな人に出会ってきましたが、このような態度を持っている人は一度も会ったことがありません。そういう意味で希少動物だと思っています。そんな目でフーを見てます。愛とかなんとか僕にはわかりません。ただ「人間」だなと思うのです。

すぐ僕は、自分が何か実現できたら、フーに自慢しにいきます。誰かの作品がすごすぎたら台所で嫉妬して悔しくて泣きます。誰かに作品の文句を言われたら、そっちのほうが正しいのかもと焦って落ち込みます。人が楽しそうな姿してたら僻《ひが》みます。しかし、フーは「恭平はそのままでいいよ」と言います。

『徘徊タクシー』を書いているときも、実は何度も鬱になり「もう書きたくない」「書けるような人間ではない」「これからも自分の頭だけで家族を養っていくなんて不可能だ」「もう数年後には忘れられている」とかフーに泣き言言ってます。フーは「そうやって結局いつも完成させてるよ」と笑います。

☆

今年は本が読めるようになったので、本当に嬉しい。昨年までは家には本棚すらなかった。推敲という作業を覚えてそれ以降、人の文字が読めるようになった。この人はどこを推敲して「消しゴムで書いた」(by 安部公房先生)のかを考えると読めるようになった。純粋な読み方ではないですが、僕なりの読み方。

「本が読めない」と担当編集の梅山景央に泣きついたら「いや、お前、それ逆に羨ましいよ。読む本がまだ無数にあるってことなんだから。まだ伸びる余地があるってことよ。でも、素直に感じたことを書くことは忘れちゃあいけないよ」と言われました。この人はいろんな書きたくなる本を教えてくれます。

僕の大事な全一千ページのマーク・トウェイン先生の『完全なる自伝』によると、トム・ソーヤもハックルベリー・フィンもすべて自伝なのだそうです。僕も今まで出会ってた人々との邂逅を、その人となりとお茶目さと愛らしさを、その人間や風を書きたいです。

僕は今、朝書きをして、喫茶店とか行かずに家だけで原稿を書く訓練をしている。月三〇〇枚は書けるようになった。家で書けると家族と触れることができる。アオ六歳とゲン一歳と遊ぶことができる。同時にこれは介護の練習でもあるのではないかと最近は考えている。家で宇宙に飛びながら家族と過ごす練習。

介護で発生している問題というものがあるとしたら、家族といるということと、生活を実現することが離れているからなのかもしれない。本当は僕は自分の両親も、フーの母も（彼女の父はフーが中学生のときに亡くなっている）、フーの姉ちゃんとかも僕の弟家族や妹家族なんかも近くで暮らしたい。家族で集落つくりたい。

そろそろ気づこう。自分がずっと前から気づいていることに。目から鱗が落ちる。これは自分が気づいていたことをランダムな光線によって再認識する瞬間のことだと思っている。知らなかったことなんかじゃない。ずっと小さい頃、まだあなたが時間をもっていなかった頃感じていたことでしょ。絶対。だから僕の本読むんでしょ。絶対。知らないことなんかないっしょ。

〈**注意**〉「ポアンカレ書店」は実在しますが、『徘徊タクシー』は小説です。小説という物質としては本屋で平積みされてる可能性が高いですが、小説内の徘徊タクシーという会社は実在しません。ポアンカレ書店と徘徊タクシーの連絡先はどちらも090-8106-4666なので、お気をつけください（笑）！

しかし「目の前の世界というものは、現実という空間だけが存在しているわけではなく、複数の空間が領土争いすることなく、不思議な連環を形成することによって成り立っているんだ」ということをみなさんも重々承知していることはこちらもわかっているつもりです。体感を信じろ。事実には矛盾が多い。

どうせまた地獄行きだけど、そんな体と運命だけど、今だけはこう言えます。たくさんの助けてくれる仲間と家族に囲まれて。僕は今、心の底から幸福です。ありがとうございます。それでは福岡にいってきます。

☆

アオが一人で作品をつくり、お金と交換し始めて、どんどん成長している……。無駄なもの買いたいと言わなくなったし、ゲンにトミカの前に立って、この中だったらどれでも買ってあげるよと言ってた。癇癪《かんしゃく》あげなくなったし、夜驚《やきょう》が全くなくなった。ただ毎日楽しく疲れて寝てる。幸福らしいです。

創造を主軸にして、学校こそもう一つのセーフティーネットとしての居場所にする。それが一番楽しいよ。宿題なんかやっても仕方がないよ。頭がいい人は、どんどん先に進んだ方がいい。自分で考える癖をつけたら、楽しくて仕方がなくなるよと伝えてます。自分で稼ぐと背筋がしゃんと伸びる。

今はアーティストでさえ、作家でさえ、自分の作品を必死になって売らないどころか、売り方を知らないから……。僕は自分の作品は自分の子どもだから、ウザがられても売ります。人に伝達したくて書いたのだから、たくさん売って、たくさんの人を喜ばせたい。それしか考えてない。

今回の『徘徊タクシー』は僕の中ではこれまでの作品と全く変わっているので、不安で何度も鬱になり書くという仕事をやめたくなり自信をなくして、もう就職しようとしてました（笑）。本当に。三島賞選評でも酷評で、トイレで一度泣きました（笑）。変化は怖いものです。だけど変化したのだから、正直に生きるしかない。

しかしこの五日間、読んでくれた人の感想を聞いて励まされました。やっぱりこのままでいいのだと思えました。これまでは表現とは自分を表すのだとやはり心の何処かで思っていたのかもしれません。だから叩かれると凹んでた。今はそこから少し自由になりました。僕は周囲の声を遠くの人々に届ける装置です。

まだはじまったばかりですけど、読んでくれたかた、本当にありがとうございます。そして、今は亡き母方の曾祖母と祖父に、父方の祖父母に感謝を伝えたい。むしろ彼らの声が僕を通過して本になってます。死者からの附箋を読み解き、ちゃんと翻訳し人々に伝達すること。それが僕の仕事であり使命であります。

人間は考えなくなったとか、今の日本人は駄目だとか、自然が破壊されたとかなんとかかんとか文句を言う人はたくさんいますが、僕にはそう見えていません。死者はいつも僕に優しく話しかけてくるし、虫の姿になってヨッと挨拶してきます。アオは僕を選んで生まれてきたと言いました。世界を軽蔑してはいけない。

目の前の世界から現実から逃避しては駄目です。もっと敬意を表すのです。すると、自分が匂いだけでお城を建てていたときのことを思い出すでしょう。手を触れるだけで、相手の考えていることがわかったりするでしょう。目を合わせてないだけで、実はたくさんの人々と共有し生きていることを知るでしょう。

みんな時間のないころのゆめをみてゐるのだ

——宮沢賢治「雲の信号」

先日、蟬の脱け殻をアオが欲しいというので楠にへばりついてる脱け殻をとったついでに木に抱きついてみた。みんなも木を抱きしめてみたらいいと思います。ありがとう、と本当に思いました。そんなことがあってから躁鬱の波が緩やかに穏やかになっていったのです。一カ月の夏休みはとても素敵な日々でした。

朝顔で緑のカーテンつくったのも、殿様バッタ捕まえたのも、木を抱きしめたのも、アオが一緒にやろうと教えてくれた。今回の立役者はアオである。アオの口から死者からの伝言が届く。アオに、そして死んでいった祖先の方々に感謝を伝えたい。

僕は本気で社会を変えたい、広げたいと思ってます。でもそれは目の前の社会というよりも、無意識社会の革命です。そこに手をつけないと、人間は自分が持ってる大きな力に気づけない。そのためには芸術が必要なんです。孤独が必要なんです。怒りよりも穏やかさが必要なんです。時間のない思考が必要。
遠くのあなたの頬を撫でるにはどうすればいいのか。それを僕は絵と文でやりたいのです。ハンナ・アーレントはベンヤミンのことを「文の人」と言いましたが、僕は絵と文の人です。ディランは自分のことを「シング・アンド・ダンスマン」、つまり歌って踊る人と言いました。あなたはどんな人ですか？

人を蹴落とすよりも、憐れむほうが、強くそしてとても効果のある行動だと思う。そこには絶望はないよ。誰かと一緒にいたら決して人間は死なないのだから。僕は本当はみんなと一緒にいたい。それが自殺者ゼロの方法だ。だから電話番号を公開したのだ。いのちの電話をはじめたのだ。本を書いているのだ。

シャボン
僕は幸福になりたいのではない
僕は人々を幸福にしたいのだ
僕は孤独になって本を書いている
みんなに寄り添うために
目に見えないものが飛んでらあ
娘はシャボン吹き
横浜の祖母に届けと願った
風よ吹け

——坂口恭平

☆

久々の覚醒剤都市・トキオ。のっけから大工事やら、縦横無尽の電車に、クーラーどこもガンガンで、気合いはいってきた（笑）。すごいとこだよ。ここは。ディズニーランドだね。さすがオリンピックだね！　建物ボコボコ壊してるなあ。建物の神様が見えちゃう僕はただ涙が出るけどね。それでも経済が発展するんだもんね。それでみんなが喜ぶのなら仕方がない。消えた建物は僕の小説の中で蘇らせるよ。
でも僕も東京好きだからね……。これが麻薬の恐ろしさだね。今、品川で、ゴミの大きな山がある神社が見えたのだけど僕の幻覚かな。

東京、罰が当たらないといいけど。建築家の人たちも、「断る」という行為があることも覚えておいてね！　お金のためだけに働いた人が昔話でどうなったか忘れないでね！　みんな全員死んでるから……。

とにかく自戒します。ぼくもその仲間だ。死なないように、お金のためではなく、人々の幸福のために、ちゃんと行動できるようにしないと。きっと死んでしまうだろう。気をつけよう。

どうか悪霊をお金と勘違いして、大地を叩いたりしませんように。祟りが蔓延しませんように。大地は僕にとってとても恐ろしいものです。だから所有などできないし、誰のものでもないと言っているのだ。建築家はその一番大事なところを、わかっているのに蓋をしている。僕は心配してます。

大地をそんなに激しく叩くな。悲鳴を感じるぞ。大丈夫なのかな。その振動は全部人間に跳ね返ってくるよ。

今日、「新潮」の二〇一〇・一〇月号に掲載されていた吉本隆明さんと吉本ばななさんの親子対談を読んでいて、最後に吹き飛ばされた。先日、ばななさんが僕に投げかけてくれた「絶対的な自信を持って」という言葉は、実は吉本隆明さんがばななさんへかけた言葉だったのだ。涙がぱらりと落ちた。

僕は人から、「自信を持って」と声をかけられたことが今まで一度もなかった。それは僕が苦しいことを人に見せられなかったからだろう。僕は、吉本隆明さんからばななさんへと届けられた言葉をかけてもらった瞬間、どばーっと滝のように液体が零れた。力が抜けて、素直な自分に再会した気持ちになった。

その瞬間、僕は、フーと出会ってすぐのときに、はじめて調子が悪いところを見せたときのことを思い出した。本も何も出さずに力だけが空回りしていた二三歳のとき。フーは、あなたはいつかきっととんでもないことを成し遂げると思うよ、と呟いた。僕は自信がなかったけど、そのフーの言葉を灯台に見立てた。

To the Lighthouse

躁鬱の先生、ヴァージニア・ウルフのあの横顔が一瞬フーに見えた。人が信じてくれている自分を心許なく動かしてみる。僕は他信を持っていたことを思い出した。

僕は自分自身を信じることができないのだけど、人の強さを見つけることができる。そして、人が信じてくれている自分自身を受け入れることができる。思考は伝達されることによって初めて体をなす。その伝達はたとえ肉体を失ったとしても可能なのだ。祖父が信じた僕とフーが信じてくれた僕は友達に見える。

朝一で理研の方の自殺のニュースを知る。人を喜ばせたり褒めたりするのはどんどんやっていいけど、人に文句を言うのは恐ろしいことだから心してやらないといけない。ましてや会ったこともない人に文句を言うのはいけないことだ。言葉は口にしたら現実に聞こえなくても消えないから。ご冥福をお祈りします。

自殺者ゼロ運動。僕の行動の根源にあるこの願いは、周期的に脳の誤作動が起きてしまう僕自身が、年に何度も希死念慮が自動的に発生してしまうためでもあるが、大事な親友、友人を三人自殺で失っているからでもある。一昨年から昨年にかけて二千人ほど、いのちの電話を受け取ったが、触れ合えれば「自殺者ゼロ」は可能なことだ。

死にたくなってしまうことは誰にでもある。それは不思議なことではないし、ましてやおかしなことでは決してない。健常者という概念がはびこってるこの世じゃ死にたいなんて言うと精神的に弱い人と認定されてしまうが、ただの脳の誤作動だから。

死にたくなったとき、いつもの大事な家族や仲間ですら遠くにいるように感じてしまい、罪の意識は八〇〇倍にも感じられる。ただの脳の誤作動だよ。

静かに仕事やるべきだが、呟かずにはいられませんでした。僕に電話して欲しかった。僕は永遠に電話番号を変えないつもりだ。090-8106-4666は永遠に不滅だから、まじで今、死ぬってときは、フーにはもういのちの電話やったらあなたの体が壊れると言われたが、僕は出るからかけろ。

親友の自殺を僕は否定したくない。そうしないと彼は天国に行けないもん。だから悲しんだままではなく行動してみようと思っていのちの電話をはじめた。おかげでたくさんの仲間ができた。僕が鬱のときには心配して電話をかけてくれる人まで現れた。助けているようで助けられている。ありがとう。

本家「いのちの電話」から、訴えられたこともあるけどね（笑）。どうやら、「いのちの電話」って言葉は商標登録してるらしいっす。商いしてどないすんの、と思って凹んで鬱になったら、フーが今こそ本家に電話しろというので、本家に訴えられて死にたくなってると電話したなあ。あれは笑ったな。フーと腹を抱えて（笑）。

小説『徘徊タクシー』は量を終えた僕の次の段階のステップの一作目であると思ってます。自我が取れ、人に自分の話を聞いて聞いてとお願いするのではなく、人々の話を僕というアンプを通して、本というスピーカーで音を鳴らす。エフェクトをかけるのではなくできるだけ忠実に。己の自然さを模倣する。

かといって、難しい言葉にすればいいのではない。今の文学の世界は僕にとって建物が余っているのに建て続けている建築の世界と同じような違和感も感じている。僕にとっては「土地は誰のものでもない」という命題があるのに、それが無視され、大地の上の建築の哲学や意匠の優劣ばかりが議論されている。

文学も、その枠の中での新しさ、奇抜さ、遅延、狂気などを目立たせようとしているのではないか。僕は大地に興味がある。本を読む、書こうとする、その人間の無意識に興味がある。本は誰のものでもない。文学者だけのものではないはずだ。だからこそ僕は専門家ではなく、素問家でいたい。アンプでいたい。

書くときの力が抜けたのだ。アオが縄跳びを飛べるように練習しているとき、必死に足下を向いて毎度すごい力んで飛んでいるので、深呼吸して膝から下を力を抜いてと言ってみた。でも言葉じゃわからない。そこで僕が目の前に立ち、僕を見ながら飛んでごらんよと言った。すると飛べるようになった。

目を合わせると、アオは姿勢をしゃんとして、そして僕もアオも二人で笑って穏やかになった。つまり、少し力が抜けたのだ。

いつも考え込んでいるとき、ふと空を見上げるが、あれはお天道様と目を合わせているのかもしれない。力を抜くという、僕が憧れつつ恐れてもいた、平凡なフツーの意識に興味がでてきた。

そのとき、いつも力まずに生きている人間が目の前にいることに僕は気づいた。それはフーである。フーは力が抜けている。「フーは力抜けているよね」と言うと、フーは「そうかな。ま、でもとにかく『楽』だよ」と言った。目の前の平凡なフツーの専業主婦であるらしいフーは、実は僕の手本になる名人だった。

自分という力が抜けると、周囲の世界の色の鮮やかさが増す。内側を見るのではなく、外側を見る。外側を見て、内側を表現するのではなく、外側の他者を事物を風をただ書く。感覚器官で捉えているままに。そこで得た知覚は、それぞれの人間の内側に違う像として映る。しかし、なぜか時折共感する瞬間がある。

そんな「共感器（エンパシー・ボックス byフィリップ・K・ディック）」のような装置。それが創造であり、現実に生まれ出てくる作品であると認識するようになった。『徘徊タクシー』はそんな装置として具現化された作品の一つである。

僕は「無意識の状態へと導く薬剤（ラテン語：principium somniferum――ホメロス『オデュッセイア』より）」でありたい。

「神の歌はその場にならないと歌えない。その刻になると自然に神が歌わせてくれる」

――「日本人の魂の原郷　沖縄久高島」より

おこがましいが、僕にもそうとしか言えない刻がある。もっと言えば躁鬱はそうとしか言えない。でもそれを言ってもみんなびっくりするから、本という手に取りやすいものを書く。

テキストを書かないと手や心が震えて、躁鬱の波が荒れていく。言葉が奔流し、大気がざらついてしまう。哀しい性だし、書くのはとても大変なんだけど、それでも自分が仕える事、仕事を持てたことは朗報だし、家族もほっとしたのではないか。昨年は本当に波に飲み込まれていた。もちろんそれは今もだが。

アルゼンチンのブエノスアイレスからインタビューの依頼……。なんだか、不思議な波がまたはじまってきた。日本で徹底してドメスティックな動きをし、日本語でテキストを書く。これが僕にとっては重要なこと。体の動きだけ世界中へ広がっていけばいい。思考は徹底して熊本で行う。

妻のフーと六歳の娘アオと一歳の弦と延々と一緒に戯れる。それでしか僕の思考は生まれないし、修繕されていかない。しかし、そこで増殖した思考は世界中へ飛び回らせたい。まるでシュタイナーの言うところの「蜜蜂＝思考」が飛んでいるかのように。

家の周辺で、目の前だけで起きている、日々の粒を、そのまま、感じたまま、聞こえるまま、触れたままに文字に変換し、紙の上に定着させる。そんな見えない写真のような行為が、アルゼンチンにまで飛んでいっていることが僕には強く希望であり、まだ生きている理由であり、変えられるという確信なのだ。

何でもやってみればいい。人から笑われても放っときゃいい。他人のことなんかどうせすぐ飽きちゃうから、そのうちその人は文句を言うのを忘れるだろう。自分に合っていることを探すのは難しい。僕もわからなかった。日本人は最初喜んでくれなかったが、ケニア人が僕に反応した。そんなもんだ。

窮屈さからは永遠に逃亡し、自ら知覚した感覚からは決して目を逸らさない。同意せずにその人の意見を全面的に肯定する。人が寝ているときに働き、人が起きているときはずっと踊る。猫には必ず毎回無言で話しかける。死にたいと思うのは脳の誤作動。好きな人には好きだと伝える。イライラしてたらカロリーメイト。ふと誰かの顔が頭に浮かんだら必ず電話をして「呼んだぁ？」と聞いてみる。すると楽しいことが起きる。電話をよくする変な人、と思われていたほうがお得だと思う。

つい人間は思いついたことをそのまま実行せずに、この社会に合わせて少しだけ変形させる。そして「オリジナリティがないね、きみは」と自称プロデューサーに言われ落ち込んでしまう。

そのままやればいい。思いついたままに。

やれないならまずそのままを書いてみればいい。

それは簡単なことだ。

そのままに生きるコツは、そのままにやることだ。それで問題が起きたときはどうするか、やはりそのままにやる。人がそのままにやろうとしていることを怒ったり、止めようとしたり、嘆いたりする人は、自分がそのままでないことにイライラしている。昔好きだった音楽とか質問すれば大抵おさまる。

無理をしないこと。無理とは自分の理ではないことを実践することだ。じりじり自理をする。ジリ貧になってもじりじり自理を通す。無理はしない。そのままにやる。これは、無理がはびこった社会にとっての街の灯になる。じりじり音を鳴らす電燈となる。

……なんてことを、タクシーの中で考える。

さ、家に着く。フーとアオとゲンに早く会いたいよ。おみやげどっさりうんとこしょ、お菓子におべべにキスにキスに。踊って待てよ坂口家。

☆

ポアンカレ書店は態度経済実践・実験の場です。もう今月は家賃分稼いだので、オープニングに集まってくれた方や、なじみのお客さん、何か作品つくっている人、誰でもいいですどうぞ実験に使ってください。二階にはライブスペースまでありますので音楽家の方もぜひ。

勝手に公民館と図書館と児童館とサロンをつくりました。何でも先にやっちゃう。実現しちゃえば人は集まりやすい。あーだこーだ言うよりも先に実現しちゃう。そうすると、まわりの人が気楽に参加できる。恐怖心を僕が担う。僕はレジ締めはできないけど、恐怖心がないので挑戦ができる。これが僕が仕える事。

熊本では税金使わずに、人の力で知性を使って勝手に町を育てていきます。誰から頼まれなくてもやめられないこと。それが一番強い。広告料なんて0円で何でもできる。それが僕が新政府をはじめた理由でもある。あの頃の行動の種が芽吹いている実感がある。楽しいことしてたら自然と人は集まる。

人が集まる様子を見ると僕はいつも豊かな気持ちになる。人間こそが貨幣なのである。『独立国家のつくりかた』に書いたこの文章が少しずつ具現化されている。金があるときはいいが、なくなると消失せる文化じゃセクシーじゃない。金がなくても人が集まる。それが一番艶《なまめ》かしい。ほとばしる生は金じゃ買えんよ。

『独立国家のつくりかた』は一つの小説である。新政府も小説だ。小説は社会を変えることはできないと人は諦めているかもしれないが、僕は実際そのような小説によって人々の眠っていた力が発揮される瞬間に何度も立ち会った。『徘徊タクシー』も姿形は違うように見えるが言わんとすることは同じである。

創造が人の役に立つのだということを僕は行動して示したい。日本語を使った新しい言語構造を示せば、人は違う動きの可能性に気づく。想像力は現実とは別の空間を具現化するのである。それが僕の仕事である。首長となって人々を動かすのではない。想像力という潤滑油を世界に注ぎたい。艶かしく。生々と。

僕の周辺の仲間がどんだけすごいか、優しく力強く知性溢れて颯爽と闊歩する人間か。僕はそれをただ伝えたいだけなのである。僕は人間讃歌をうたいたいのだ。人間一人一人が貨幣であり、それによって世界が形成されていることを伝えたいのだ。坂口恭平銀行には日本銀行券はないけど、人間は半端ないよ。

本日、ポアンカレ書店にて、プラ板作家アオちゃんの夏の新作コレクションが発表されます。コレクターの方、初めて見る方、どなたも大歓迎ですのでお集まりください。アオが接客します。リアル・キッザニア、ポアンカレ書店。自分のことは自分でやる方法をコドモたちに伝えたいです。親の金からの脱出。

自分で生きていく方法を身につけたら、引きこもりなんかいなくなるわけである。どうやって生きのびるか、自分の技術をいかに社会に照らすかを知らないから、いつまでたっても会社から抜け出せない。そこが嫌だと引きこもりになる。僕は突飛なことを言っているかもしれませんが、坂口家ではこれが常識です。

いじめられても、友達できなくても、人から笑われても、どうなったって、生きていくためには自分を知る必要がある。自分に何ができるかを挑戦する場所。それが社会であるべきなのです。今はそんな社会ではない。だからポアンカレ書店という小宇宙でそれを実践しているのです。小さいところで試す。

アオはプラ板の夏コレクションのために流す音楽の作曲までしているので、iPhoneのボイスメモで録音した。そうそう、全部自分でまずはやってみる。そうすればノーリスク・オンリーリターンのたらふく人に振る舞える態度経済が可能になる。

アオにやばいライバルが現れた！　小学一年生のリンちゃんも自分でつくったプラ板を売りはじめました。しかも、そこで売ったお金でアオのプラ板を買いたいと言っているそうです。泣けてきます。リンはアオのプラ板のファンでもあります。素敵な仲間。

アオもリンという、同業者でありながら、お互いの能力を理解しあっている仲間に会えてよかったなあ。僕にとっての石川直樹と言うか（笑）、才能のあるライバルは必要なのである、絶対に。ずっと一緒にいなくても、また再会すればすぐに気持ちのよい会話ができる仲間は永遠の水だ。

☆

躁鬱の先輩ロビン・ウィリアムズ、自殺ですか……。どんどん躁鬱先輩がいなくなっている。晩年はみんな大変だしなぁ。ご冥福をお祈りします。かつ、躁鬱人間たちが幸福な晩年を送るには？　晩年だけじゃなく、人生全体そうだけど、それが僕のテーマの一つでもあります。新政府の政策は自殺者ゼロ！

躁鬱高校の後輩のエイミー・ワインハウスが死んじゃったときも凹んだけど、ロビン先輩はまたつらいなあ。ブライアン・ウィルソン先輩は創造を再発動させてどうにかもってるのかな……。

躁鬱の人は、絶対に、酒とか麻薬や女性や金とかとにかく依存してしまう。ま、人間は誰しも依存するけれども。でも、体を痛めつける中毒は晩年やられるから、躁鬱の人はできるだけ健康的な中毒者になりましょう。僕は自動筆記中毒です。躁鬱の人は酒も麻薬も不要でぶっ飛んでいるので、素面で楽しむこと。

健常者とか言っている人はみんな幻覚を見ちゃっている人なので、そう自認する人はとりあえず放置し気にせず、自分が鬱になっても凹み過ぎないように、早めに嗜みとして慣れとくように。別に鬱バージンでいることなんて大した役に立たないから。それよりも鬱になっても笑える環境づくりのほうが大事だよ。

僕の場合、原稿書き中毒なので、ハマるときは一日に八〇枚ほど原稿書いちゃうわけです。ほぼシャブ中の方々たちと変わらないくらいアドレナリン出まくって同時に巣の中にいるような安心感がある。翌日、完全に鬱になるけど（笑）。それでも全部天然だから体は壊れないし、原稿はお金になるから家族には喜ばれる。

今の中毒はあまりにも単純すぎて僕にはとてもじゃないけど興奮しないし、創造性がないので、中毒になる気がしない。お酒とか麻薬とかダサい。もっと豊潤な中毒があるはずなんです。それを見つける。それはとても楽しい作業です。だって中毒になって頭がおかしくなりそうだけど、それが仕事になるものを見つけるのだから。

明るく楽しい創造的な中毒者になる。僕はこれで躁鬱と少しだけうまく付き合えるようになりました。僕は、「飲む、打つ、買う」ではなく、「書く」でした。みなさんはどうでしょうか？

躁鬱患者が多いハリウッドスターたちに直接、躁鬱操縦士の免許皆伝をするためにロサンゼルスに降り立ち奮闘する「マニック・ディプレッション・カンパニー」という会社を設立したいとフーに企画書を提出したら、案の定「その脚本書いて、ロサンゼルスに持っていってハリウッド映画にしろ」と言われた。

☆

アオの夏コレやはり売れてます。ポアンカレ書店で一番の売れ行き。今日ももう既に千円超えちゃってます。今日は長崎次郎書店で迷路の本を買ってました。自分のものは自分でする。坂口家の愉快なスパルタ教育です。どんな時代だろうが不景気だろうが孤独だろうが僕が死のうが何だろうが生きろ。

あと、僕は夢師という肩書きも持っていて、夢を叶えるのが無茶苦茶うまいので、相談料一万円であなたの一番叶えたい夢をさっさと叶えて次へ向かうという「夢屋」もポアンカレ書店の裏でやってますので、僕にこそっと声かけてくださいね。

暗号は、

“I've never had a dream, because I'm a dream.”

です。

最近の暗号は、

“I'm a story, not TOY STORY.”

です。

☆

本を書くのは本当に大変で、今年はこの『徘徊タクシー』と『現実脱出論』の二冊を書くのに苦労してちょっと駄目になるかなと思ったときもあったのですが、どうにか終わらせることができて（『現実脱出論』はまだゲラ段階ですが）ほっとしてます。二年前の新政府活動よりも確実に深化できていると思います。ぜひ多くの人に読んで欲しいです。

そして、朝からプリンスの「パープルレイン」を通しで聴きながら『現実脱出論』のゲラを読んでます。夜一〇時に寝て五時に起きて仕事をする。だいぶこのシステムがうまく回るようになってきました。日が昇る前に仕事を終えると、一日が二倍にも広がったように感じるのでオススメですよ。

「総理です」ってパフォーマンスするのもいいんだけど、ちゃんと社会を変えたいのなら現代は言葉が崩れてしまっているから正々堂々言語で勝負しろ、と同じ熊本の思想史家であり石牟礼道子さんの『苦海浄土』の編集者でもある八〇歳代の渡辺京二さんから今年元旦に叱咤を受けました。その答えがこの二冊です。

渡辺京二さんは西南戦争よりも先に明治政府に対して抵抗した熊本士族のレジスタンス「神風連の乱」や孫文の辛亥革命を助けた熊本の心優しい狂人である宮崎滔天《とうてん》の評伝などを書いた人です。僕は横井小楠《しょうなん》先生だと思って、坂本龍馬と勝海舟が小楠を訪ねて意見を聞いたように、助けてもらってます。

熊本のある部分にはまだそのようなレジスタンスが残っています。中央政府の言うことを絶対に聞かない精神が残ってます。自分たちのことは自分たちでするという精神で漲ってます。熊本で独立する気すらあるんじゃないかと思うときがあります。そんな死者からの伝言が時々聞こえます。

これからどのように行動していけばいいのか鬱になり苦しんでいるとき、レヴィ=ストロースの『悲しき熱帯』を読んでましたが、はっきりと「首長は共同体の中からは生まれない。常に共同体の外から生まれる」と書かれてあります。つまり、新しい言語構造を持っている人間の言葉こそ今、必要なのです。

自分のことを「文の人」（ヴァルター・ベンヤミン by ハンナ・アーレント）であることを自覚したので、これからは徹底して文を書きます。ようやく集中できるものを見つけたんです。もちろん音楽も踊りも喋りも何でも今まで通りやっていきます。でも主軸はあくまでも文です。作文に徹底します。

僕は江戸に出てきて遊学して、ちゃんと熊本に戻って来てよかったと思っている。やはり根がないと行動が起こせない。根に気づけば、八〇歳代の先輩も真剣に僕に向かって殺さんばかりに叱咤してくれる。そのような自分にとっての酋長を持つこと。生まれ育った湧き水を飲むこと。これが大きな力になる。

だから今、東京や紐育や巴里で遊学している熊本人もちゃんと成長したら、戻ってきたらいいと思っている。ちゃんと自分を育ててくれた大地に対して恩返しをする。僕は別に何かを信仰しているのではない。それこそが変革の近道だと思っているのだ。熊本には先人がたくさんいる。みな助けてくれる。心強い。

渡辺京二さんからは、熊本で文学運動を起こすようにという命を受けているので（笑）、何らかの形でそれを実践していきたいと思っている。ポアンカレ書店や早川倉庫はそのための場所になるのだろう。ちゃんと自分の考えていることを、感情的でもただの合理的でもなく「自分の声」で人に伝えられるようになるために。

☆

安倍総理に文句を言うのもいいけれども、それでは自分があの場所であの舞台であのような緊張感で、何を口にするのかを毎日、リハーサルし続けることを怠ってはいけないと思う。人間は人から見られていないときは何でも言えるが、注目を受けたり、大勢の前に出ると、すぐに萎縮する。鍛えなければいけない。

まず匿名の声を出してはいけない。お天道様は見てる。どんな人間に対しても、自分が言われた嫌なことは言ってはいけない。お天道様は見てる。困っている人がいたら構わず助ける。お天道様は見てる。お天道様が見てると思って行動すれば自ずと道は開ける。僕はずっとそうやってきた。

千人以上の聴衆の前で自分の考え方を話すだけで、本当にまじでやばすぎておしっこちびりそうになる。だから、そういう人のことを少しは考えていろいろと物事を考えないといけない。ルネ・ジラールの供犧の本も読んだらいい。フツーと自らを呼ぶ人たちは常に生贄を求めている。恐ろしいことだ。

社会は聖なるものを守るために生贄が必要である。つまり暴力が必要なのである。戦争反対と言っている人も、実はその裏に暴力を孕んでいる。暴力の存在しない社会などない。全ての人間が矛盾を持ち合わせている。
もちろんそれでも暴力をなくしたい。どうすればいいのか。それを考えていかなくてはいけない。

いのちの電話に最近また電話がかかってくるけど、出ることにしてます。笹井さんとロビン・ウィリアムズの死に対して勝手に責任を感じてます。僕が殺したのだと思ってます。面白がったり、あいつは駄目だとか言ったりしてしまったら、それはもうそれで罪なのだと僕は思ってます。

かと言って、人と関わらないようにしたり、何も言わなくなるようじゃつまらない。歯に衣着せぬ言葉を言い放って、それで傷つけてしまったら、それに対してちゃんと対応する。それは苦しい作業かもしれないが、それでこそ人間だから。だからいのちの電話はやるから。090-8106-4666。

僕は会ったこともない人を好きになってしまう。これはビョーキかもしれないが、本を書く上では最高の能力なんです。全ての人の無意識のバスガイドみたいなことができるんです。洗脳や麻薬の酩酊とはまた一味違う楽しい旅を。ピロートークに近いと思います。みなさん濡れてくださいね。男も女も。いやん。

怒りの力によって人を誘導することもできる。しかし、それは結局戦争へとつながるエネルギーと大して変わらない。だから僕は欧州型のレジスタンスがどうも肌に合わない。それよりも阿波踊りのほうが好きなんです。サンバカーニバルのほうが好きなんです。觔斗雲に乗ったような気持ちにさせたいんです。

今朝の朝刊。僕のおかげでとはいいませんが(笑)、熊本は政令指定都市で一番自殺率低いとの報道。しかも僕がいのちの電話をはじめた二〇一一年から減少傾向に(笑)。僕はいのちの電話で「あなたが死にたいと僕に告白してくれたことに僕はとても嬉しく、生きててよかった、こんなに人に信頼されるなんて本当に幸せだ」って言うだけなんですよ。でもそれで、人が「あっ」って言って落ち着いて電話を切るんですよ。それだけなの。人間を無視するな。目を合わせて手をつなげ。

なんで僕のところに電話がかかってくるかといえば、僕が困っているからであり、一生治らない躁鬱病で毎度死にそうになっているからだと思う。だから、僕は電話をかけてくる人を馬鹿にできないもん。メンヘラとか言ってヘラヘラ馬鹿にできないの！　僕はその人から頼られたことに対して感謝しかないよ。

人間を無視するな。ちゃんと自分とも他者とも現実とも目を合わせて生きていくぞ。その覚悟が、今回の二冊の『徘徊タクシー』『現実脱出論』という本です。二冊で一つになっているので、みなさんどちらも買ってください。上下巻みたいなものです。『世界の終りとハードボイルド・ワンダーランド』みたいに。

今回の僕の革命は恐ろしいほどの優しい革命しちゃうからね。とにかく手を触れる。目を合わせる。話し合う。本気の笑顔を振りまいて。抱きしめてキスをして、危ないからね。僕の次の文章がそんな文章だってことだよ（笑）。勘違いしないでね。現実ではみな冷静に静かに颯爽としてよう。洒落者として生きよ。

僕はなんてことのないただの馬鹿者ですが、ただの空洞ですが、その空っぽのなかに入り込んで来ている、神さま、音楽師、言葉、人々の声、が半端ないので、時々、頭の頂が開いたとき、光放ち、果てしない動きをします。しかし、それは僕ではありません。あなたです。僕の体はあなたなのです。たぶん。

十年後、躁鬱の人を差別する人なんか一人もいなくなってるよ。きっと。

僕はそのように人々に伝えなさいと言われてます。誰からって、あなたからです。たぶん。

僕はあらゆる自殺して亡くなってしまった死者からの伝言を預かっております。それをただただお伝えするだけです。

集団を形成するなと命令を受けてます。言葉を一人で書き続けろと言われました。

多摩川のロビンソン・クルーソーである船越さんは、実は僕の親父なのですが、現世では違います。彼は僕にその業を教えてくれました。これ以上言うとオカルトとか言って拒否されるので言いませんが、オカルトとは元々「見えない」ことを指します。見えないものは存在しないと言い張れる人はいません。きっと。

見えないものを人々の前に現す人のことを平安時代では「まぼろ」を現す人として「まぼろ・し」と呼んでました。だから、僕の息子は当初「幻」と書いて「ゲン」だったのです。賢明なフーに止められましたが。今は幻のことを見えない存在しないものと思い込んでます。きっと勘違いですがね……。

お盆の頃。僕は羽黒トンボ、神様トンボを見ながら、そんなことを思いました。

☆

宗教には戦争は存在しない。宗教を利用した戦争しか存在しない。言葉には戦争は存在しない。言葉を利用した戦争しか存在しない。純粋な戦争は存在しない。戦争を利用した戦争しか存在しない。つまり戦争は本質ではなく、道具でしかない。本質は変えられないが、道具であれば代替物がありうる。

しかし、たとえ戦争がなくなったとしても暴力は消えない。暴力は本質である。宗教の根源であり、共同体を形成する理由でもある。

戦争はただの道具である。その本質には暴力がある。この暴力は永遠に消えない。なぜならそれが共同体の原理だからである。ではこの暴力をどのようにして昇華するか。それが芸術なのである。同時に生贄が必要になる。新政府いのちの電話は生贄になるという宣言である。僕は生贄になるつもりがある。

だから僕は総理大臣であると言っているのだ。総理大臣になりたいと言っているのではない。僕は新政府内閣総理大臣である。既に。つまり、僕は生贄であることを決めたのだ。僕はその暴力をかわす技術を磨いてきた。みてごらん。朝方からこんな連ツイしてるのに一切炎上しないでしょ。これは技術である。

僕はナントカ賞とかいらねー（もらえるならもらいますが・笑）、とエライ人からの評価はどうでもいいです。まず金にはなっても一年くらいしか賞味期限がないから。でも読者の人は違います。僕がまだペーペーだった頃からずっと読んでくれた人々。僕は読者しか見えてません。彼らは大衆ではありません。

ジュール・ヴェルヌ先生、マーク・トウェイン先生、ディケンズ先生から学んだことは「大衆といって人々を馬鹿にするな」です。知性が高いと思ってあぐらかいている人々こそ恐ろしいものはない。ピカビアの言うところの腐乱死体です。読者の人々にやばすぎる麻薬もびッくりの本を届けたいです。

ヴェルヌ先生がいなければ、レーモン・ルーセルは生まれてません。

トウェイン先生がいなければ、ヘミングウェイは生まれてません。

ディケンズ先生がいなければ、ジョイスは生まれてません。

滝沢馬琴先生がいなければ、坂口恭平は生まれてません……とは言いませんが、そんな気分です。

少しずつお気づきになられたかもしれませんが、これも『独立国家のつくりかた』の新政府活動の続きなんですよ……。そのまんまでやるとエラい人が怒りだして退屈するので、戯作にしてみたのです。戯作者。これが僕のもう一つの肩書きであります。イヒヒ。


今、電話がかかってきて、「私もこんな世の中だから、光照らすほうに力いれたいっす」という女の子。『朝の、おんがく。』という朝食とライブという楽しそうなイベントをするんだって。一回目は、友人のあだちれいざぶろうとテニスコーツ！　素晴らしいラインナップ。もう売切れたって（笑）。

通勤前に「いってきます。ありがとう」と女の子からの電話（笑）。こちらもありがとう。仕事がんばれよー。駄目ならすぐ家に帰ってこいよー。ほんとは人間には何でもできるんだぞー。

文に絵に音に振る舞いにあらゆる角度からみなさまの知的性感帯のツボを押し続ける男、坂口恭平です。生の歓待でもあります。そろそろ宴がはじまる頃だよ。夏の終わり頃から準備して待っててね。湿り気のある艶かしい日々を。からっとした涙を。風に乗れ。砂埃を竜巻に。飛ぶよ牛若丸。

とにかく僕が適当でいられるのは、まわりが鉄壁だからです。妻のフーをはじめ、五人の豪傑編集者、いつも優しいリコリコ、天才税理士、高校の同級生かつ貧困時代の僕を助けてくれたIT長者、実は熊本にいる四〇歳代、五〇歳代、六〇歳代の各々新政府総理、鉄壁すぎるんです。

そして、たくさんのコドモの友達。親友であり娘のアオ、天使であるゲン、守護神である福の神、毘沙門天。あらゆる神様に見守られて生きてます。僕の使命は「人を生かせ」です。生き生きとこの大地の上で踊らせなさいと命を受けております。ならばやるしかありません。まずは私めが踊るのです。さっ。

ただみんなが小さい頃考えていたことを今もずっと忘れていないだけですよ。僕は。そして、人は誰も忘れていないんですよ。実は。

僕は人を幸福にすることだけが、幸福なのである。人からはそんな馬鹿なと言われてきたが、悲しいかな、それが事実なのだ。僕は人を幸福にすることしか考えていない。でも簡単なことで幸福にさせたくない。でも複雑さだけじゃ女の子がいなくなる。単純に見えて実は知的なことで幸福にさせたい。

☆

人間の知性には上には上がいる。つまり、人を馬鹿にすることなんかできないのである。だから、馬鹿にした人は間違いを犯している。だからって馬鹿にするなと言わなくていいですよ。放っときゃいいんです。反面教師にしましょう。人のことは馬鹿にしない。常に人から馬鹿にされてると楽ですよ(笑)。

僕は分裂症も併発してますが、その分裂を贈り物と捉えて、分裂のままに生きてますので、作品も必然的に分裂しております。でも実は、みなさんも分裂しております。統合失調症だなんて不思議な名前です。統合なんかするもんじゃありません。『現実脱出論』はそんな話です。分裂したままに生きる技術。

ま、何でもやってます。小さい頃から「器用貧乏」って笑われてたので、そいつら全員ぶっ殺すと思ってたのですが、そこはちゃんと社会人らしく、ぐいっと腹の底に収めまして「器用富豪」になると決めたんです。だから器用貧乏と言われても笑えるようになりました。小学生のときの話です。

若い子たちは一〇歳代ならそのときに、二〇歳代ならそのときに、ちゃんと作品つくっとかないとね。それが種になる。つくらないと永遠に進まない。でも六〇歳でも七〇歳でもつくりはじめたら、そこからはじまるから心配は無用だよー。変に若いときにまわりからちやほやされるより、孤独でいたほうがいい。

さて、また明日朝四時に起きて仕事をするので、もうすぐ寝まーす。最近は娘と息子と同じ時間に寝てます。それが一番。コドモはいつも僕に次の生き方を教えてくれる。この前は「昼間働いている場合ではない」と言われました。だから朝四時から午前一一時までの七時間労働に変えたのです。おやすみ。

アオからは「昼間は遊んだ方がいい。虫を見つけにいったほうがいい。白川沿いを歩いたほうがいい」という助言。ここで、オトナは「そんなこと言ってたら金にならん」と言うんです。しかし、僕は昔話の世界に生きているので「神様がそうおっしゃっとるんじゃから。早寝早起きしよ」と行動を変えたのです。

僕にとっての神様とは、縋《すが》るような存在ではなく、素直な存在です。アオ、犬、虫、風、フー。彼らはみんな素直です。言い訳なんて一言もいいません。素直にやりやすいようにやればいい。金がなくなったらなくなったで考えるべ。それよりお天道様が怒るようなこたぁしちゃいけねえと思えている人たちです。

人のことを馬鹿にしたり、死ねとか冗談でも言ったり、嘘をついたからって言葉のリンチに合わせたりしちゃいけないんです。鳩はいつもそう言います。でも僕のその考え方はどうやら今の社会では受け入れられません。みなさん自分のことを正しいと思っとるらしいのです。僕は自分が正しいのかわかりません。

☆

朝、死にたいと言ってきた女の子に、とりあえず我慢してね！　我慢できたら夜電話してね！　それを永遠繰り返そうね！　と伝えたら、まだ生きてます電話かかってきた（笑）。よしよしいいぞー。それを永遠続けよう。生まれてきてよかったのかなんか勝手に判断するな。判断できぬものを判断するからおかしくなるんだ。

僕がいつも死にそうで苦しんでるんだよ……。がんばろーぜー。まじで。付き合うから。その、「でも死にたくないエネルギー」が一日に一〇〇枚原稿書かせるんだよー。僕は幸せ者だから書いてるんじゃないんだよー（笑）。そんな人に本書けるわけないじゃん。どうしても生きる痕跡残さないとやばいから書いてるんだよ。

みんな絶望との付き合い方、あんまり上手じゃないなー。僕がド鬱のときの僕とフーとの対話をそのまま録画して、教則ビデオつくりたいよとフーに提案してみた。フーは、だからそれ、今あんたが書いている「不安西遊記」〔『幸福な絶望』（講談社）所収〕っていう本じゃん。文字の方がいいよ。きっと、とのこと。この名編集者め！

僕は本気で自殺者ゼロにするからね。いつかきっと。半端ないぞ。その気持ちだけは。なんてったって、僕が一番死んじゃいそうなんだから。自らを生かすための自殺者ゼロ運動。当事者意識半端ないぞ。死にたい方、覚悟しといてください。

朝方は誰も使ってないから、空気がたっぷりあって、時間も拡張するので、早朝の二時間は、昼間の五時間くらいに匹敵します。

出版されてすぐに人々が気づかなくても何にも気にしないんです。どうせいつかきっと読んでくれると思ってますから。安心しているんです。それくらい時間かけてしっかりと推敲してやばいの書いてますから、最近は。だから『徘徊タクシー』読んで気に入った人はぜひ過去作品にも手を伸ばしてみてね。

僕はどうせ永遠書き続けますから。やめられないんです。人気商売とか何とかどうでもいいんです。僕の本を好きな編集者が一人だけいれば本は出続ける。資本金が0円でできるのが本を書くという行為です。手がなくなっても口述筆記で書けばいい。だから強いんです。永遠運動なので。止まらないんです僕は。

食っていけないから他の仕事するとかそういう問題ではないのです。お金がないからやっていけなくなったとかそういう問題ではないのです。これは生きる問題なのです。僕は生きているのです。だから書くのです。それだけなのです。だから永遠運動なのです。芸術とかどうでもいい。生きているから書くだけ。

これが一番恐ろしい僕の行動です。文句を言われても止まらない。バッシング受けても止まらない。2chで叩かれても止まらない。ツイッターで炎上しても止まらない。いじめられても止まらない。逮捕されても止まらない。刺されても止まらない。本は残るので、たとえ殺されても止まらないのです。

本一冊書いて、映画一本撮って、絵の展示を一度して、写真コンテストに一度提出して、それで駄目だからってやめる人は、それが合ってない人なんです。落ち込まないでさっさと次の合う仕事を探しましょう。後悔しても意味がない。どんどん次へ行こ。それはマッチョな考え方じゃないんです。優しい考え方です。

僕がやっている行為は、本を書く、絵を描く、歌を歌う、話をする。ほら、どれもお金が一切かからないでしょう。ノーリスク・オンリーリターン。リスクは自分の命だけで十分です。自分の全生命をかけて二四時間真剣に創造すればうまくいくのです。うまくいかないと言う人は、大抵夜は普通に寝て朝普通に起きてます。

かと言って、毎日ツイート原稿一〇〇枚書いて、いのちの電話でかかってくる電話にずっと出て、さらに本を書いたりしたら、おそらく死にますから気をつけて。人にはそれぞれの特性があるので、それぞれのカラダの具合に合わせてやってくださいね。僕は躁鬱です。この社会では病人だけど、実は、ただの狂人です。

無理はいけません。自理を通しましょう。僕は僕ができることを、できることだけを、ただただ一〇〇%出すにはどうすればいいのかと三〇年間考えてきました。その結果、この状態です。アスリートみたいなものです。訓練してます。原稿一〇〇枚は練習しないと書けません。みんなもそれぞれ訓練しよう。

自理を一〇〇%通している人間を社会が放っとくわけがない。それは社会が有益であると判断するわけです。そのようにして人間は生かされます。これで金を稼いで食っていくと考えている間はうまくいきません。徹底して滅私し自らの体を機械のように捉え、性能を判断し油を毎日さして生きると、普通に食えます。

無理している人は、社会が求めていないのに、強引に動いている可能性があります。それは社会にとって有益ではないので悲しいかな、突然不要だからと放置されたりします。そしてその人は運動を止めてしまうのです。そうではなく、永遠運動を見つける必要がある。見つけ方は簡単です。無理をしなけりゃいい。

社会というものは実は存在しません。それでも集団が生きていくために約束事としてそのようなユートピアをつくり出したのです。だから文句を言っても無理な話なんです。そうではなく、ちゃんと他者に、具体的な誰かに相談する。どうすれば自分が無理なく自らの力を一〇〇%出せるか。『現実脱出論』にはこのあたりのことを書いたよ。

でも、みんな忙しすぎて時間泥棒にやられすぎて他者の相談を受けることができていません。それどころじゃないと。早朝のこの時間は誰も余っているはずなのに。時間がないと確認する前に言っちゃうんです。だから僕は時間をつくっていのちの電話をやっているんです。時間の在処を示しているんです。

死にたいと電話してくるという人の多くは「友達がいない」と嘆く。おいおいそりゃねえだろ、と僕は怒ります。あなたは今電話をしているじゃないか？　僕のことは友達とは思えないか？　と聞きます。彼らは勘違いしている。死にたいと口にできる他者こそ友達なのだ。一人だけいるじゃないか。ばかやろう。

冷たい嘘はあんまり好きじゃない。嘘のない人生も好きじゃない。優しく楽しく愉快な嘘が好きなんです。みなさんもご存知だと思いますが、新政府というものは実在しません。実在したら僕は死刑なんです（笑）。これは優しい嘘です。楽しい嘘です。人々の日々の生活を彩りたいと思ってついた愉快な嘘です。つまり、『独立国家のつくりかた』は、一つの小説です。

友達がいないと思ったり、「お前友達いないだろ？」とか心ない言葉を誰かから言われたら、こう言えばいい。「わたしの唯一の友達は新政府総理大臣坂口恭平です」って（笑）。みんなはコイツはとうとう頭がいかれちゃったと思って引いていくでしょう（笑）。何だよ新政府って（笑）。でも友達いるからいいじゃん。

笹井くんもロビンくんもおれに電話すりゃよかったのにと反省してます。もっと僕の電話番号は世界中に広めていかないと。

新政府いのちの電話

090-8106-4666
If you want to die, please call me.
+81-90-8106-4666

僕は天才ではありません。いや、逆の意味で考えればみんなに天から頂いた才能はあるんですが……。それを言うと「世界に一つだけの花」みたいになるのでやめときましょう。僕の才は、未来と過去と現在の概念がないことです。どれも等しく風景として捉えてます。だから全て等価です。予知とかじゃないっす
任侠は小銭のためにあくせくしません。電話相談したからってお金なんか取りません。でも理由があるのです。ただの奉仕活動ではありません。僕は社会を変えたいのです。だから初期投資しているのです。ただそれだけです。実は堅実家です。0円0円言っているのはただ自己投資しているのです。未来のため。
僕になぜ不可能という文字が存在しないのか。そ

れは簡単である。励ましてくれる人がいるからだ。馬鹿にして笑ったりされても、気にするなと言ってくれる人がいるからだ。諦めることができない馬鹿な僕を、それは長所だと褒めてキスしてくれる人がいるからだ。人がいるからだ。だから不可能がないのだ。

マルセル・モース先生の贈与論に従い、そうやって受けた恩恵は当事者ではなく、そのまた他者へ返礼せねばならない。だから僕はいのちの電話を、このツイートを、とにかくひたすら0円で行動しているのである。それは感謝なのだ。だから僕に感謝せずにそのまた他者に尽くせばいい。それがモース先生の教え。

人には金を払うのではなく敬意を払いなさい。それが僕が小さい頃から教わってきたことだ。大地にもそう。金を払うのではなく敬意を払う。みんな昔話とか読んでないのかな？　なんで間違っちゃうのかな？　もしかして忘れちゃったのか？　そんなことはないはずだ。記憶は永遠に消えない。ねっ丹下健三先生。

☆

起きてきたアオに昨日のプラ板の売上一一〇〇円手渡す。もう一万円くらい稼いじゃっている……。恐るべき幼稚園児。自分のものは自分の手で稼いで買うようにと伝えたら、欲しいものがあんまりなくなったらしい……。つまり、モノを買ってとねだるコドモは、実は「一緒に遊んで」だったのね。物欲じゃない。

オトナはコドモと遊ぶ時間がないからモノを買ってたんですね。自分で反省しました。本当はコドモはモノなんか欲しがってない。アオは自分で稼ぐようになって人にお金を使うことも覚えました。自分の作品を人に見せることで本当の友達のつくり方も学んでいるようです。朝仕事終わらせてアオと一緒にいよう。

家に籠って原稿書いているだけじゃ社会は拡張されない。人々と戯れ、家族と対面し、一緒に成長し、ときにはお姉ちゃんにちょっかいだしフーに怒られながら、歌をうたい、絵を描き、川の中に飛び込む。そんな運動の軌跡が世界を少しだけブラすのだ。僕はカント先生の本は読めないが、生活は見習ってます。

【カント先生の一日】 朝五時起床。六時までお茶飲んで煙草吸って瞑想。七時まで執筆。一一時までレクチャー（四〇年間も）。その後午後三時まで四時間食事しながら友人と雑談。四時まで一時間散歩。夜七時まで友人宅訪問。帰宅後三時間読書し、夜一〇時就寝。

【坂口恭平の一日】 朝五時起床。午前一一時まで執筆。その後、午後二時まで三時間コドモと戯れる。午後二時から午後七時までポアンカレ書店のカリスマバイトとして精力的に人に触れ笑い転げる。夜七時から家族で夕食（酒は飲まない）。夜八時から呟く。夜一一時就寝。

僕は今、この生活で生きようとしてます（笑）。

☆

建築なんか難しく考えちゃだめですよ。お金と一緒です。貨幣とは何か？　とかムズカしく考えちゃだめよ。罠にはまるからね。アオのプラ板見てるとそう思います。アオのプラ板には愛があるのよ。今のお金には愛がないの。それだけで十分。建築だってそうだよ。愛の溢れた笑いの家を建てた方がいいよ。

自分の頭で考えよう、自分の手を動かそうって言っているだけだよ僕は。自分で動いたとき、ほんと全てが変わっちゃうんだから。家なんか自分でちゃっちゃっとつくっちゃえばいいんだよ。一〇〇万円以上使う人は人間としてどうかと思うよ。僕はね。

こういう話は建築家の人は誰も言わないから僕がたまに言うのです。そういう役目も必要なんです。家といえば二千万円以上はするとか思い込んでいる人に、そうじゃない世界もあると伝えたいだけです。

建築家は否定しないけど、設計依頼するなら全ての見積書くらいはもらったほうがいいよ。部品一つから。

とにかく、建築家や住宅メーカーの人に一つ一つ聞くことです。コドモみたいに。ドアノブはいくらするんですか？　大工さんは一日いくら払っているんですか？　こういうコミュニケーションが大事です。双方にとって。僕の師匠はそう言ってました。

僕は家を五〇万円で建てて、設計料として五〇〇万円払うような社会にしていきたいと思ってます。僕の仕事はそのような経済システムによって成立してます。０円でいのちの電話をして、その活動で違う所からお金をもらっているのです（笑）。だから心配しないでね。もっと楽しい稼ぎ方があると思ってまーす。

設計の依頼、いのちの電話、はどちらも０９０-８１０６-４６６６まで。お待ちしております。僕をどんどん使った方がいいよ。僕は公共物なんだから。僕はお金でもあるので、使えば使うほど価値があがるので、よろしくです。設計料、いのちの相談料は受け取りません。

僕はここ数年、印税と絵の販売だけで食べているから問題ない。だから本買ってね（笑）！『徘徊タクシー』新作小説よろしくです。図書館でも読めるからお金がない人は図書館で全部読みましょう！　もっと重要なのは僕の考え方を世界に広めることなので！

今日もみなさんに素敵な陽光が降り注ぎますように。

Celebrate Your Life.

ただの町の相談役になってきたな……、こりゃ（笑）。みのさんの生電話みたいなオファーがありそうで怖いわ……。しかも速攻でオファー受けてフーに怒られてる風景が目に見えるよ……。さ、仕事しよっと。それではみなさんまたね。

この原稿で行われている「徘徊ラジオ」は全てフィクションです。実在する団体、個人等とはなんら関係がありませんので、ご注意を。僕は小説家です。村上春樹先生と同じ職業です（笑）。春樹先生みたいに籠れずにみんなの耳元にいるけど、真逆なだけで性質はきっと同じです。優しい嘘つきです。
結局本日の朝書きは締めて六〇枚。何事も日々鍛錬。毎日続けないと意味がない。永遠運動を続ける。そうすればきっといつか人々は理解してくれる。「小説なんか書いてどうすんだよ?」とまわりから言われたこともあるけれど、それでも僕は黙って書き続けます。文句は永遠には続かない。行動だけが永遠に続く。
Life goes on.
笑われても笑い返したりせずにひたすらやるべきことに精神ぶっこめよ。

☆

僕は本来話をする人なんだろうと思う、上から憑依したように次から次へと言葉が奔走してしまう。確かにそれはそれで重要なんだけど、面白いけど、おそらく多くの人は感じられるけど意味はわからないと思うのです、それを文字に定着することで思考を伝達するのです。『現実脱出論』はそのことを書いたよ。

昨日も結局数えたら原稿用紙一〇〇枚分ツイートしてた(笑)。狂ってる。一応落ち着いているんだけどね。その分、書くスピードが上がっていく。表面上の躁を抑制すればするほど筆圧が半端なくなっていく。これが今年の実験です。ここ四日で一冊の本に相当する三五〇枚書いてます(笑)。みなさんご注意を。

それでも朝一でその日の仕事を全て終わらせて書いているので、うちの家族もなかなか文句言えない……(笑)。いひひ。書くべき原稿をまず書いて、その勢いでツイートで宣伝する。宣伝と言いながら、実はこの一〇〇枚の原稿は翌日の一〇枚原稿のための訓練になっている。こうやって時間を引き伸ばすのです。

僕がはじめた「キョーヘイ式躁鬱メソッド」による訓練を行えば、この金しか考えていない腐ったような現代社会でも、しっかりとイタコとして生きていくことができます(笑)。ただの精神障害者と言われても、ねえ……。僕たち躁鬱野郎には躁鬱野郎にしかできないことがあるんですからね。日々の訓練こそが重要です。

はっきりと言いますが、躁鬱はビョーキではありません。ただの技術です。ただの役目です。だからその機械をしっかりと操縦し、社会に役立てたほうが楽しい。でもそれをうまく現政府はコントロールできてません。というかコントロールしたくないのです。見えないものは見えないと信じさせるのが現政府だから。

見えるものしか存在しない？　聞こえるものしか存在しない？　触れるものしか存在しない？　馬鹿にしちゃぁいけません。僕は見えないものしか見えませんし、聞こえないものしか聞こえませんし、触れないものこそ存在の息吹を感じますけどね……。『現実脱出論』はそんな話です。ちょいと危ない無意識旅行記です。

新作小説『徘徊タクシー』もそれが全編ちりばめられてます。それがノンフィクションという訳のわからない名前のジャンルではなかなか受け付けられないのに、不思議と読者は小説であるというと読んでくれるんです（笑）。僕の中ではこの小説につくり話は一つもありません。物語は詰まってるけど。全部僕が体験したこと。

☆

本当は小学校の先生になりたいです。実は。小学校の先生になりたいです。

この前、ＮＨＫ「ようこそ先輩！」から出ませんか？　と依頼があったとき興奮したけど、『徘徊タクシー』と『現実脱出論』書いていたので、断ったけど、やっぱりやりたいなあ（笑）。

引きこもりの人も、認知症の老人も、コドモも、障害者も、みんな日本銀行券的に自宅に縛られ、身動きが取れなくなってます。自分で稼ぐ、これこそ小学校で教えないといけないのです。それが僕の方針です。オトナにコントロールされないように早めにお金だけは自立しておく。すると文句言われないよー。（笑）

「言うこと聞きなさい！　さもないと夕食お預け

よ！　オモチャ買ってあげないわよ！　大学進学協力しないよ！」と言われたときに「あっ、そう、じゃあ自分で買うからいいよ」と言えると家族の方々と対等に付き合えて、家庭円満になりますよ。僕も躁鬱だけどそれで坂口家食べていってるから我が家では躁鬱万歳。

フーなんか「躁鬱が治っちゃったら、私たちはどうやって食べていくのかしら♡」なんて言ってます……。そうやって、僕の病を癒してくれてるんでしょうね。優しいですねフーさんは（笑）。

☆

僕は一人の親友を、そばにいてあげられなかったせいで死なせてしまった経験があるので、もうそれはやめようと思ったのです。いのちの電話をはじめたのはそれがきっかけです。いつでもおれには電話をかけていい、世界中の人が。知らない人でも親友でも。そういうつもりでやってます。だからやめないのです。

だからちょっとやそっとではへこたれんのです。もちろん鬱はそれでもきちゃうけどね（笑）。いつでも、いのちの電話はやってるからね。本当に真剣に死にたい人だけ電話してね。あとの人は、自分の仕事に集中してください。

もっと本質的な変化のためにはみんなで無意識の世界へぶっ飛んで一度手をつなぐしかない。それでもって、現実に舞い戻り、徒党を組むことなく、それぞれ静かに生きる。現政府なんか無視して独自の生活感覚で生きるしかない。だからこそ無意識の海に潜水する必要がある。穴は僕が見つけといたよ。来てね。

自分のことは自分でする。それに限るよ。意識世界では。

無意識世界は自分なんて概念がないんだよ。だからこそ、そこではみんなのことをみんなで協力できる。死のうとしてしまう力よりも早く強く「書く」。それが僕の生きるである。

フョードル・ドストエフスキーさんの口述筆記のごとく。僕は鳴述筆記で怒濤のように書いていきたいと思います。初稿はそれでも「潜れるだけ潜る」(by大江健三郎先生)、それを推敲で徹底的に盆栽のように刈り込む。

僕が二〇日で千枚原稿書いてパンクしないのは、みなさまがいるおかげです。鳴述筆記はあなたたちのように静かに、でもじっくり聴いてくれているまだ会ったこともない無意識の人々のおかげで成立するのです。これは僕の内側の声ですが、確実に無意識面上ではあなたのところへ直通しております。

僕は自分の本を読んで「損した、金返せ」と言われたことが一度もありません。そしてそれだけのことを書いているつもりでいます。だから本当は全ての本を読んでほしいです。図書館でもいいです。でも全ての本を読んでほしいんです。そうしないとわからないこともあるからです。全て僕の子どもだからです。

僕はまだ社会が変わると確信できている。この確信は一体、何なのだろう。でも不思議ではない。僕のまわりの人間と話すと、いつも愉快で、そうだ、こういう人間たちが生きているんだから、もっと面白くなるはずだって確信するのだ。それは本質的な政治である。つまり日常である。無意識から湧き出る笑顔。

僕は生きていると、その生きているという実感で涙が溢れ出てくるという、現実世界からしてみればただのキ千ガイです。しかしこれは文を書くときにはとても大きな力となるのです。僕は感動の物語になんか興味ないです。ただひたすら生きているその目の前の日々に浸り涙が溢れ出てくる様を描写するのです。

みんな僕とは既に友達なのだから、友達が欲しいからといって自分を曲げて生きるのではなく、正々堂々一人で好きなことに打ち込んでください。坂口恭平の心からのお願いです。困ったら電話すればいいのだから。090-8106-4666。でも困るまでは一人でやらないとだめだよ。成長しないから。

僕はただの悪童ではないよ。台本を書いて毎日毎日演技の練習をしている人間です。バスター・キートンやチャップリンに憧れている男です。即興などしたことないよ。いつも台所で妻の前でずっと踊りながら唄いながら原稿書いていてトークショーをやってます（笑）。つまり訓練しているんです。遊んでないよん。

僕はたぶん、どんなサラリーマンよりもサラリーマンだと思います。完全に滅私してお客さんのために死ねるぐらいですから。雇われ店長とか最高のポジションだと思います。

日々修業。修業するなら楽しい愉快な修業がいい。魔術を感じる修業がいい。それは創造なのである。売れなくてもいいじゃないか。売れたらもうけものと思っとかないと頭が変になるぞ。僕は売れなくてもいいよ。出版したら誰よりも宣伝するけど売れなくても落ち込まないよ。だって好きでやってるんだもの。

言葉の魔術による創造に喜びを見出せない作家は、私にとってとうてい作家とはいえません。ものを書くということのために作家は生きているのです。どうして書くことを嫌うことができるのでしょう。

——レイモンド・チャンドラー

好きなことを二四時間三六五日続けたら必ずうまくいく。——坂口恭平

私の本は水だ。偉大な天才の本はぶどう酒だ。しかし、みんなは水を飲む。

——マーク・トウェイン

これらの言葉を忘れてはいけないといつも思います。

☆

僕は次は漫画家を目指しているので、『風の谷のナウシカ』を買いました。来年くらいに漫画出したいです。やりたいことは全部やって死にます。それまでは死にません。

アオはプラ板をつくり出して、それで人と対話し、経済が生まれはじめて生き生きとしている。僕は小

学校に入れたくないけど、友達できないのも辛いので別に行けばいいじゃないかと適当に言っているけど、宿題は一切しなくていいと言ってます（笑）。人から教わる勉強を0に。止めてはいけないのは思考なのだ。

宿題やるからみんな馬鹿になってしまう……（涙）。人から教わるとその時点で全ての人生が終わるんだよぉ……。自分で考えることを忘れたオトナばかりの社会なので、僕は躁鬱として生きてきてよかったなと思う。一度も人の言うことを聞かなかったし。文句を言わせないためにその人たちより勉強した（笑）。

アオは言葉にする天才です。ゲンは音楽が肌で理解できるみたいです。二人ともそのような天才を伸ばしてほしいです。僕は何も教えたくないです。どんどん自分の思考という空間を広げてほしいんです。そして、他者に対して創造という具体物で伝達してほしい。それが生きるということだもんな。人のために。

小学校を自作したいとフーに言うと「やめてください」と言われました。確かにこの日本でそんなことやれば変な目で見られるしなあ。僕もフッーの小学校で生きてきたしなあ。でも宿題むかつくから、教科書全て丸暗記してた（笑）。

しかし、小、中、高、大学と僕はそれなりに楽しんだけど、何の思い入れもない……。それよりも家に帰ってきてからの自分の時間こそが重要だった。一人でペーパーファミコンつくったり、長編漫画描いたり、新聞小説書いたりしてたことこそが自分の今をつくっているので、それだけやり続けたかったなあ。

自分で小学校をつくるヘンテコなオジさん先生の小説でも書きなさいとフーに言われたので、プロット書いてみることにしました。僕が実際に社会で動くと、ろくなことにならないので、アオとゲンに耳打ちするだけにしておきます。みんながんばれよー。小説に書いてみよう。面白そうだ。

と、思いつつ、小学校くらいで潰れる才能ならそれまでよ、とも思っている多少残酷な僕もいる……（笑）。揉まれないとね。社会は永遠に厳しいから。

時折、雲間から素敵なおひさまみたいな笑顔出すけどね。僕もずっと無視され、笑われ、それでもやってきたのだから。小学校はそれはそれでいいのかも。
アオは自分でプラ板売って稼いだお金で買った絵本を弦に読み聞かせてる。素敵な幼稚園児だね。

☆

僕のいのちの電話は、我慢できるだけ我慢してもいいけど、もうダメだ首吊りそうってなる直前には電話しなきゃだめだよー。別に僕は助けられないんだから。ただ苦しんでいるんだ、ということを、知ることしかできませんので、なるはや、でお願いします！

電話番号は『徘徊タクシー』の中にも書いてるよ。090-8106-4666。死にたい人はこちらまで。こちらは死にたいと思えている貴重な方専用電話ですのであしからず。それ以外の人はかけないでね！

僕にとって、この社会に絶望して死にたいと思ってる人の方が正常と思ってますので。地震と津波であれだけたくさんの方が亡くなって普通に働ける方が無理なんです。一年に三万人が自殺で死んでるのだから、三万日喪中するのが普通の感覚だと思ってます。

いのちの電話なんかやって大丈夫？　と言われることがあるが、正直言うとなぜみんなやらないのか理解ができない。でもそれを言うとまた理解されないので、とりあえず一人でやってます。そして現行のいのちの電話はかけてみたらいいと思うけど、たぶんつながりません。回線が少なすぎるんです。僕はiPhoneなので、着信がすべて表示されるので、たとえ話し中であっても、後でかけ直すから、かからないからって落ち込まずに待っててね！

僕はそんなに変なことをやっているとは思ってません。当然のことを自然体でやってます。楽に無理なくやってるつもりですよ。死にたいって電話してくる人もみんな穏やかだし、ほっとして泣く人のほうが多いっす。ま、仲良くやろーや、という確認電話みたいなもんですよ。

関東圏の男性から死にたい電話。聞くと、やっぱり文の人になりたいって夢が。やっぱり夢のある人が死にたくなるというのが僕が見つけた法則です。だから死にたいってことは夢があるってこと。「一緒にやってこーぜー」と一言。自分から電話を切った。まずは生活保護もらう算段を。一度ゆっくりしよう。

死ぬなよー、みんな。死ぬ前に僕の本を読んでくれよ。そしたら電話番号載ってるから感想聞かせてよ。そしたら死なないよきっと。

☆

バカンス終えてフーと珈琲飲みながら話している。僕にはフーが「魔女の宅急便」のキキにしか見えないと言うと、フーが確かにアタシ一三歳で止まってるかも！　と言った。フーのお父さんが亡くなったのがフー、一三歳のときだったらしい。「落ち込むこともあるけれど私、熊本の町が好きです！」とフーは時々言う。

『徘徊タクシー』の最後のシーンの執筆のきっかけとなったタクシーの運転手さんにでき上がった本を渡したいと熊本タクシーに電話したら、なんとGPSで八カ月前に乗った経路を確認してもらい、運転手の方が判明！　今、電話を待っているところ……。実は実話なんです……。誰も信じないと思うけど（笑）。

素敵な人たちに囲まれて坂口恭平はすくすく育ってます。タクシーの運転手さん、今からうちに来るって（泣笑）！　みんな、なんでこんないい人ばかりなの……。人間っていいな。

直接感謝の言葉を言うのは恥ずかしくても、手で背中をさすったりして伝えるように、小説というものは、人々へ、しかも会ったことのない人にまでも、感謝を伝えることができる。僕にとって小説は感謝の七変化である。みなさんどうもありがとう。涙の流れないじわりとした嬉しさが体を温かくする。

小説が紙の上から剝がれて、僕の日常に入り込んできている……。フーと二人で向かい合っている。今日は不思議な日だ。毘沙門天様が観てるのか。水の流れるままに動けと孫子は言う。

タクシーの運転手さんに『徘徊タクシー』を手渡し、お礼を伝え、認知症のお母さんの具合を訊ね、『ユマニチュード入門』をオススメした。もうどこからどこまでが現実かわからないが、それでいいんじゃん、とフーが微笑んでる、穏やかな真夜中。また二人で珈琲を飲む。静かな時間に戻った。おやすみなさい。

タクシーの運転手さんと二人で涙ぐんでしまいました……。運転手さんの電話番号を聞いたので、これからタクシーはあなたにお願いしたいですと伝えた。不思議なご縁です。僕はこのような日常の幸福の粒を、拾い集めてミッキーみたいに振りまきたいです。僕は目の前の世界が好きなんです。希望をまだ感じている。

僕は恐ろしいことに、すべての人と、数十億人の人と、直接手を触れたいと小さい頃から願ってきた。僕にとって小説はその一つの秘密の大作戦である。僕は人々と、死者や未来の人間とも、そして今生きるすべての人々と直接手を触れたい。その手とは何なのか。その回答の一つが『徘徊タクシー』です。

僕はお金はあんまり興味ないけど、人々には異常に欲張りである。人々の中に入り込もうとさえしてしまう。現実では受け入れられないだろう。だから書く。読むという約束をしてくれた人に入っていく。そして手を触れる。文字を書くという行為は僕にとって、「触感」なのである。

熊本には可能性しか感じない。熊本では奇跡しか起きない。だから僕は熊本に住んでます。またいつか鬱になって死にたくなるのだろうけど、今はそう、はっきりと思います。

新宿伊勢丹のドローイング展、たくさんのみなさんきてくれてありがとうございました。楽しんでくれたようでよかったです。ドローイングは売れませんでしたが(笑)。五mの壁を持っている日本人はなかなかいないので難しいでしょうが、原価一五〇万円で販売中。

僕は日本で全く絵が売れませんでしたが、カナダのバンクーバーのコレクターたちに絵を見せたところ、みんな買ってくれたんです。それが二〇〇六年。それで生きのびることができたと言っても過言ではありません。彼らはウィリアムズ・バロウズが毎年遊びにくる場所の周辺にいる人たちだった。かっこよかった。

六〇年代はかなりぶっ飛んでいたけれど、そこからアーティスト一筋になる人、商売をはじめた人、いろんな人がバンクーバーにはいて、商売で成功している人は自然と一筋でやっているアーティストを積極的に支援してました。僕は彼らの仲間に入り、そこから現代美術での仕事がはじまった。感謝している。

僕の展覧会には僕の大好きな小説家だったウィリアム・ギブスンやダグラス・クープランドたちもやってきて、トークショーを聴いてくれたりした……。そういったことが大きな自信につながっている。日本じゃ全然伝わらなかったけど、あっ、伝わる場所もあるんだと思えたのだ。それが八年前。

欧州ではノーベル賞に匹敵する賞と捉えられているオランダのエラスムス賞を今年受賞したフリー・ライセンは、僕のことを「踊る哲学者」と呼んでくれている。根無し草の僕に向かってこう自信を持って言ってくれる一人の友人のおかげで僕は生かされている。一一月アムスで授賞式に行く。感謝を伝えに。

落ち込んだり、しめじめ、いじいじ、色々疲れているときは、ぜひとも坂口恭平作品をお試しください。僕の本を読んでも、まだ駄目だなあと感じた方は、ぜひとも090-8106-4666まで。ヴィタミン・K、坂口恭平が直にお待ちしております。腐乱社会日本から無意識世界へ逸脱させる装置としての坂口恭平をどうぞご利用ください。日本銀行券はいりません。人間自体のほうが僕には重要です。

なんかフィリップ・K・ディックの世界みたいになってきましたね。おほほ。

さて、そろそろアオと二人で自転車乗ってポアンカレ書店へ行きます。今日は二人で店番です。親子で仕事しているのは楽しいです。アオは夏休み一万六千円も稼いで、今日の朝もなんかオモチャ問屋で買い物してました。僕から自立しはじめてます……(笑)。幼稚園年長の六歳やるぅ〜〜。

今日もアオは稼いでる。こりゃ、確定申告しなきゃね、アオも今年は。確定申告してこそオトナです。自分で稼いだら申告する。そうするともっと稼げる。清廉潔白にしておくと、清らかな湧き水がどんどん流れてくる。それをまた止めずに淀みなく他者へ。すると楽しいメリーゴーランドのできあがり。

ポアンカレ書店はただのたまり場のフリしてお店です。買ってね。みなさんの小銭で形成されていく、ただのフリーダム。おれはフリーダム。きみもフリーダム。ポアンカレ書店で小銭を落とせば、その途端にフリーダム。だむ。たぶん。今度、バーベキューパーティーしようぜい。

アオがかき氷つくりたいからってお客さんにただで振る舞っている……。アオは恐ろしい湧き水だ。で、アオは帰りに長崎書店で一四〇〇円の絵本『パンダ銭湯』を買う気満々である。稼いで、その日に散財する。あなたには江戸の風が吹いているよ。

今こそ創造のときなのである。腐乱する世界は発酵する。Fermentation of you.

☆

怒ってはいけないし怒っている人を馬鹿にしてもいけない。平静を装ってもいけないし間違っていることは正す必要がある。揉めることを恐れてはいけないが、揉めてもいけない。それをあなたならどう実現する？　と僕はいつも問われている。それを考えるのが僕の仕事であり、それはとてもやりがいのある仕事だ。

さて、散歩にでもいってこよう。散歩してるときが一番面白い考えが浮かぶ。

誰のお世話にもならず、誰からも金を受け取らない。一人でひたすらやっていく。誰にも頭を下げずにかつ威張らずにいる。上下や左右関係は三次元空間の思考である。僕は四次元が好きだ。上も下も右も左もなく、時間すらないその空間の中で愉快に暴れる。金ではなくただ知性を使うだけだ。これが一番強い。

僕がやろうとしている政策の柱はただ一つ、自殺者をゼロにすることである。そのための具体的な方策として、ベーシックインカムではなくベーシックゼロ。つまり、0円生活圏をつくる。土地代だけでなく水も電気も一定量までは無料。無駄使いする人はお金がかかる。節約する人はちゃんと得するようにする。

生活に関してノーリスク・オンリーリターンの環境をつくる。リスクは、自分のやるべき仕事へのチャレンジだけで十分だ。生活のリスクのほうが今は強くなりすぎて、人々はチャレンジができていない。だから知性が発達しない。知性はチャレンジと共に愉快に成長する。それを実現できる都市をつくる。

しかも、僕が扱おうとしている問題はほとんど多くの人にとって重要であるはずなのに、放置されている問題である。つまり、これは誰の邪魔もしない（笑）。人にとってのゴミのような土地や家を、僕は宝物として扱うだけなので。だから不動産屋にも迷惑かけませんよ（笑）。むしろ地価が上がるから喜ばれる。

僕は地価が上がったからって土地を売る人間のことを悪くは思わない。この世界で生きるには仕方がないのだろう。でも昔話では土地を高く売る人間は地獄に落ちてきたし、実際に現行の土地基本法では罰則がないだけで違法でもある（笑）。ま、それでもやるならやればいいのだ。人間は永遠に懲りないのだから。

ま、こちらは毘沙門天さまの命令を受けてやっているだけです。現行の法律とか金の損得とか関係ないんです。それを言うと、みんなが引くから黙っているだけです。最近では「小説家」というとても都合の良い肩書きまで獲得したので、どんどん本当のことをフィクションとして書いていきます。

尚、僕のこの原稿は小説であり、すべてフィクションです。実在の人物、団体とは関係ありません（笑）。

☆

人が好きなのである。作品つくるより僕にとって大事なのはそれが動機であるということだ。ガウディは、良い作品をつくる上で重要なこととして、第一に愛情、第二に技術、と言った。

どうせいつかは日本銀行券は紙屑になる。それを求めて生きるより、喜びを分かち合い、それぞれの知性を認め合うことのできる同志、仲間を通貨だと思って交易、流通させたほうがいい。通貨・カレンシーの語源は海流である。豊かな潮流をイメージして、意識でも無意識でも空間を泳ぎ回れ。僕は人間銀行をつくる。

ま、真面目くさらず、愉快に剽軽《ひょうきん》な顔してやってこー、ってこと言ってるだけです。でも、それでもやばくなって顔面蒼白になって死にそうになったら090-8106-4666に電話してね！

みんなで協力して何かできるとは思わない。生贄がノリノリでなんかやってると楽しそうだなって人が寄ってくる。僕は人と協働できない人間なのだが、生贄になるのは大好きだ。そういえば一昨年、前世を見られる占い師に鎌倉時代からの戦争時での身のよけ方を記憶していると言われた（汗）。死なないらしいです。

ちゃんと言語を扱う力を鍛える。毎日一〇枚書き続けて鍛える。説得するのではなく、共感装置としての性能をあげるために詩の構造を四次元的に鍛える。日々鍛錬である。表層で人々を熱狂に陥れたりしないように抑制力を鍛える。先人を敬い、模倣し、徹底してバージョンアップするために鍛える。毎日。

十年書き続けてきて、日々の鍛錬の意味が少しだけわかってきた。まだ青いが、それでも自分が鍛えがいのある人間であることだけは理解した。中途半端に言葉を使わないようにしたい。だけれどもそれを恐れて遅筆になっても力はつかない。さらに十年書き続けるつもりだ。書き続けることでしか伝えられない。

僕は躁状態のときは自分で原稿を一〇枚書く。鬱のときは他者の本から原稿用紙一〇枚分の原稿を写経する。使うエネルギーはそこまで変わらないのである。つまり、躁と鬱は天国と地獄のように上下の位置関係じゃないのかもしれないというのが最近僕が注目している点です。

調子が良いときと、調子が悪いときがある。それは避けられない。良いときと悪いときの行動の変化が自分をさらに追い込むことがわかったので、良くても悪くてもどちらでも同じ行動ができるように心がけたら、調子のブレが格段に少なくなった。体という機械の動きに感情的に反応するとろくなことがない。

躁鬱はこのように人間の「日常」というものがどんなに不安定なものかを示してくれるし、だからこそ、不動の知覚ではなく、狩猟採集のように動く対象物を受信する可動の知覚を持ちながら生きることの重要性を僕に伝える。これはまさに「躁鬱病」ではなく、「躁鬱学」なのである。僕にとっては生きる羅針盤である。

今も新政府いのちの電話０９０-８１０６-４６６６、やってますけど、みんなこの可動の知覚について無知すぎるのではないか。ちょっとブレてしまったからといって人生自体が激動に変化しすぎである。鬱になったって躁転したっていいじゃないか。僕はそれでもブレない行動指針をつくることを勧めている。

しかし、このような対話をする場所が今、ほとんどないのである。新政府いのちの電話は、はっきり言えば、別に死にたい人を助ける機関ではない。僕は「死にたい人は夢を持つ人」だと断定しているので、その夢を聞くんです。そして、それを実現するために毎日鬱だろうが続けられる日課を一緒に考える機関。

僕は愚かなので、すぐいのちの電話だけでは飽きたらず、その人の隣でずっとその人の行動を注視し、手直ししたいなどという妄想があるのです。女の子なら二カ月くらい彼女になってどうにか世話をしたいなどと思ってしまう。しかし無事にフーによって後頭部を殴られ、晴れて原稿を書くのです。本は隣人。

僕が今の妻であるフーと出会ったのは二〇〇一年、

今から一三年前です。そのときフーは全く本にもなっておらず貧乏で家賃も三カ月溜めてしかし思考だけはギンギンだった僕を見て開口一番「お前やばい、絶対うまくいく」と言ってずっと一緒にいた。この時のフーへの返礼が僕の新政府いのちの電話です（笑）。

フーはいまだに僕の本なんか一冊も読了できたことはありません。つまり、僕の作品や考え方の細かいところなんか気にしないでそう一言呟いたわけです。作品がどうのこうのとか実はあんまり関係ないと僕は思っている。僕もいのちの電話で「お前、面白いからずっと続けろー！」って言っているだけです。

僕は自分の作品の細かいところにああだこうだ言ってくれる人のことをありがたいことだと思いながら、耳にも一応全て入れて、それで全て聞き流しながら完全に無視します。常識的に考えては大抵の創造は生まれないからです。作品とか関係なくずっと一緒にいてくれる人はただのイエスマンにはならない。厳しい人。

つまり、新政府いのちの電話の目的は「死にたい人を死なせないこと」ではなく、「死にたいと思っている人が持っている夢についてのまずは唯一の理解者になり、その理解者の幅を広げることを電話主に勧めていくこと」です。諭しても人生は何もはじまりません。理解なくして前進はありません。

☆

坂口恭平の原稿は全て物語です。実在のフーとは関係がありません（笑）。

よく読者の人から「私、坂口さんよりフーさんのほうが好きなんです！　フーさん最高！」というお言葉をもらいます。僕が驚いて「えっ⁉　フーに会ったことがある人ですか？　お知り合いか何か？」と聞くと「いや、坂口さんのツイートで読んで……」って。それ僕に対する最高の褒め言葉ですよ！（笑）

今日のフーの言葉「人間は自分で思っているより他人からは大した人間だと思われているもんです

から、みなさんぜひとも自信を持って今日も楽しく生きていきましょう（笑）。今までの人生全て自分で選択してきたのだから後悔という概念はありません。ちょいと失敗したって、誰も見てませんよ。気にしない」。

モバイルハウスはみなさんがどんどん実践してくれたらそれが一番嬉しいですっ！　お前、住んどらんじゃないかって言われるときもありますが、そんなことどうでもよくて、ただ実践する人こそ前に進めると思ってまーす。僕も来年には自邸建設の許可がおりそうです（笑）。フーがそろそろ……、と言ってました。

僕は物語を徹底して書き続けます。読者の方は自分に使えると思うところだけどんどん使ってくださ〜い。僕はとにかく人々が安く楽しくみんなで集まって暮らせるように、愉快な建築案やサバイバル方法を物語として提示していこうと思う。法律犯さないならなんでも好きなことをやりなさいという主治医の言葉を聞き入れて、どんどんやっていこうと思います。

これからも人が捨てた神を大事に拾い続けていきたいと思っております。すぐ人はゴミとか言って捨てたり、けなしたりするからなぁ。それはあんまりだと思う。ちょっと息吹きかけるだけで生き返るのに。僕はいつも人が嫌いなものや、厄介だと除け者にされた人や、捨てられたゴミのことが気になります。

僕はひもじい生活を慎ましくしましょうと言っているのではないと自分では思ってます。ただ、生活に関してだけはノーリスク・オンリーリターンにしたい。いきなり借金して家建てるよりも、まずは三〇万円くらいで試してみたらいい。三畳間に住む必要もない。三〇万円あれば三〇畳のモバイルハウスができるよ。

頭の体操をしようってだけである。今、目の前にある現実は、ちょいと歪んでいる可能性が高い。だから違う角度から世界を見るきっかけをつくる。そのために物語が必要なのだ。違う自分になりかわり、その目で世界を見させる。僕の仕事はそんな装置づくり。思考のためのエンジニアみたいなもんです。嫌われてもひたすらやってると、そのうちみんな戻ってきたりしてくれる(笑)。だからこそ継続しかない。ただただやり続けるのみ。十年前は何もなかった。理解者もゼロに近かった。十年経った今、すべてが変わった。でも元々ゼロなのだから、そこを恐れず自分のやるべきことに邁進していきたい。次の十年。

たまたま日本酒買いに入った新屋敷の古い酒屋のお母さんと話してたら、実は阿蘇の豪族・藏原《くらはら》家の子孫でびっくりした。イザナギの子孫でした！　物語はあちらこちらに転がってる。

僕が熊本に帰ってきたことと、僕が小説を書き始めた、いや、今までの全ての著作が物語だったのだと気づいたのには大きな関連があるはずだ。熊本というまだ土の匂いの残る大地を持つ街で暮らすことで、僕は自分の中に内包されている物語に気づいたような気がする。それは誰の心にもあるものだと思う。

アオ「また、トイレに面白い本置いといてね！」

坂口恭平「はい！　かしこまりました！」

僕はアオが好きだ。

僕は今、家で家族と暮らしながら、料亭で仲間と遊びながら、通りで見知らぬ人々と声を交わしながら、その人それぞれの耳裏のほうにくるくると蔓のように物語がカプセルホイホイのように忍び込んでいるのに気づいている。それはとても弾力性のある空間だ。夢で見た耳だ。うれしくなって、ヒョイと吠えた。

西南戦争の発端になったのも熊本の神風連の乱（林櫻園《はやしおうえん》の教え子たちによる）だし、宮崎滔天の兄、民蔵は僕が二〇〇九年にずっと読んでいたヘンリー・ジョージの『進歩と貧困』に影響を受けて土地公有制を訴えるようになる。新政府やら土地は誰のものでもないという僕の考え方はとても熊本的なのかもしれない。

一体、自分にはどんな血が流れているのか。はたまた前世は何だったのか。僕には何にもわからんが、躁鬱の周期と共に、血がどくどく濁流のように流れるのを感じることが時々ある。気のせいということにしている。が、それでも時々書物を読むと、ふとその血を思い返すときがある。一体何なのだろう。

関係はないと思うが、僕はガイ・フォークスと同じ四月一三日生まれであり、アインシュタインが一八七九年三月一四日生まれに対して、僕は一九七八年四月一三日、つまり並んでいる数字が全く同じの足して三三。「カバラ秘数術」をやっている人曰く、マスターナンバーと言われ、何かやっちゃう人だとのこと（笑）。面白い。

そういえば小学一年生のときに子ども劇場で「かわいそうなぞう」という戯曲を観て、何かやらねばならないと思い込んだことを今、ふと思い出した。あれは本当に衝撃的な演劇だった。僕は小学生のとき劇作家になりたいと思っていた。『芥川龍之介全集』を親父に買ってもらって、「三つの宝」という戯曲にハマった。

ま、こういうあれこれの妄想は0円だし、ただひたすら楽しいので、信仰しなければ体に毒でもないし、別に誰の迷惑もかけないので、遊びとしてオススメします！　『徘徊タクシー』はそのような旅のメソッド指南書でもあるのかもしれません。よくわかりませんが……（笑）。

他人を攻撃するな、文章で復讐をするな、文句を言われても言い返すのではなくその力を利用して逆にぶっ飛ばせ、基本的に信頼する人間以外からの野次は無視して邁進せよ。毎日継続できるルーティンを創造し、それを気が遠くなるくらいまで実行せよ。さすれば山も動く、と思ってます。

また明日ね。消灯。夢で逢いましょう。

☆

一に朝仕事、二に朝仕事、三、四飛ばして五に朝仕事。「仕事」だけだとかさつく言葉でも「朝」を入れると、ふっと素敵な暮らしの匂いがしてくる（笑）。僕は朝働いて、お昼で完全に終了して、昼過ぎからは娘、息子と必死こいて遊んで、夜早く寝るこの生活にしてから仕事の速度も密度も上がった。おすすめ。

『ゼロから始める都市型狩猟採集生活』を出したときに宮崎駿さんに献本したのだが「読んだ、面白かった」というお返事をいただいた。ちょうど「借りぐらしのアリエッティ」公開中で、なんだか不思議な縁を感じたのであった。「風立ちぬ」も『幻年時代』とつながっているようだったし、『徘徊タクシー』の伏線になってる。

仕事を継続していると、時々、肩をポンと叩いてくれる、無言の励ましがある。それを支えにやっていけば、どんなことを周囲の人々に言われようが、お金にならなくて食っていけなかろうが、もうちょっとやってみたいどころか、死ぬまでやってみる、と思える。

理解を得れば、かかる考えをも棄てる
——宮沢賢治

理解者はたった一人でいいのである。僕にとってはそれがフーであったし、新政府いのちの電話はその理解者に自分がなれないかとの試みである。

多くの人々は言葉では世界は変わらないと言う。しかし僕は全くそう思えないのである。多くの人々は他者のことは理解できないし、それに構うよりも自分の人生をうまくすることのほうが重要だと言う。しかし、僕は全くそう思えないのである。言葉は他者との橋であり、他者は自分へのドアだから。

既存の日本語という言葉を使って新しい言語をつくり出す。これまでの重力をもとにした構造計算を経て算出した言葉の構造ではなく、別の構造体の可能性を探る。そのときに生まれるのが詩の構造だ。僕は詩人ではないので詩は書けないが、この詩の構造を意識している。詩の構造で人々へ架ける橋を建設する。

☆

試さない人生など生きるに値しない。
——ソクラテス先生

暮らしていくにはお金がかかるから、才能がないから、今はよくてもずっと死ぬまでやれるかわからないから、まだ修行が足りてないから……。若い頃の僕は、試さないための言い訳ばかり考えていた。ソクラテス先生の言葉につられて海に飛び込んだら、溺れ死ぬどころか海中の素敵な生命群と出会った。感謝。

みなさんもソクラテス先生の言葉に従い、どーんと大いなる海に酸素ボンベなしで飛び込んでみたらいいっすよ。金が入るわけでも、人からちやほやされるわけでもなく、ただ日々産みの苦しみと将来の不安に押しつぶされそうになるけど、好きなことを好きなだけやってるわけで、どうせうまくいくから。

生きるために食べよ、食べるために生きるな。
――ソクラテス先生

はい！

統合失調症と発達障害の弟を持つお姉さんからの電話。才能を感じるので、弟さんがよければ僕に直接電話してほしいと伝えた。僕のいのちの電話は実は新しい才能を探すという僕の仕事でもある。死にたい人、ぜひ電話してください！　死にたくない人はまだまだなので電話する前にまずは自分で試してみてください。

死にたい人は090-8106-4666坂口恭平直通電話まで。つながらなくてもこちらからかけ直すのでご安心を（笑）。あなたの声をスキャンして才能を発掘します。

理解を得れば、かかる考えをも棄てる
――宮沢賢治

他者を理解する。それはどんな時代であっても人間に残されている最後の希望よ。

ま、困って行き詰まっても最後に090-8106-4666があると思えば……、みたいなお守りとして、僕の電話をお使いください。一人も友達いない人は、私の友達は坂口恭平ただ一人ですと言えばいいのでは……、と思っております。

時々「死にたいわけではないんですけど、相談にのってほしい」という電話が来ますが、基本的に自分のことは自分で考えたほうがいいっすよ。死にたいときは脳の誤作動がはじまっているので死ぬ前に電話して！　と言ってますが、それ以外の人はぜひ自分で考えましょう。そっちのほうが楽しいよ！

「みんな」という言葉にまどわされてはならない。「みんな」はどこにも存在しないし、「みんな」は決して何もしてくれない。
——ヘンリー・デイヴィッド・ソロー

徒党を組むな。——坂口恭平

人とすれ違うときに、強い憎悪を抱いてしまうという人からのいのちの電話。それは僕にもあるのだが、そこで直接行動すると捕まってしまうし、相手も痛いので、グワーっと感情が湧き上がったときを「創造の病」と捉え、ちゃんと時刻をメモして、創造的な発想をする力にしたらと助言しました。

人生は解決すべき問題ではなく、味わうべき神秘なのだ。
——（躁鬱だったっぽい）キルケゴール先生より

二年前、いのちの電話してきた女の子がやってきた（笑）。もう死にたくないんだって。よかったね。絵を描きはじめたというから見せてもらったら、やばい絵描いてる。それでよし！　狂うだけ狂えばいいのだ。セーフティーネットは090-8106-4666。

絶対みんな死にたくはないのである。もちろん本当に死にたい人は、自ら死んでいるわけだから、僕のところに電話しないだけなのかもしれないが。僕がわかっているのは、死にたいと思い僕に電話してきた人だけだけど、本当に死にたい人には出会ったことがない。つまり、対応すれば自殺者は減るはずよね。

死にたかった人、結構面白い絵を描いてる。がんばれー。千枚くらい描いたらそれで食べていけるようになるよきっと。自分のやりたいことで食えてないという人は、ただ量が足りてないだけなのだと思ってます。僕の見解です。

僕はこの十年間で二万枚原稿を書いていた。才能とか関係ないのだ。どうせ五年前なんて誰も僕のことを知らなかったのだから。二〇〇枚書いて才能がないと言って諦めるのでなく、馬鹿になって自分の才能のなさに気づかずに書き続ける人間は、自殺するかもしれないけど、一生書いてるはずだ。そんな人間でいたい。

マイウェイルーティン毎日ルーティン馬鹿にされてもけなされてもルーティン毎日知らぬうちに誰も笑わなくなるよ死ぬな生きろでも死にたいと思うのは大事だよ僕はその気持ち一生消したくないそのおかげで見える世界があるわけで死にたい気持ちは大事に守る死なきゃなんでもいいとフーの笑い声聞こえた。

今、いのちの電話。レスキュー隊員の人から。

119から090-8106-4666への電話（笑）。

メンタルレスキュー隊員・坂口恭平出動させる。生死の狭間で苦しむ人々と触れていくうちに人間は簡単に死ぬと思うようになり、自分もなぜだか知らないがビルの屋上の縁に立つようになってしまったとのこと。

『独立国家のつくりかた』を読んで感銘を受けたと言う。感謝。話をしてたら面白い男で、僕が大変なことに遭遇したら連絡していいですよと言う。僕の携帯も119くらい短縮番号にしたいな。レスキュー隊員は僕たちが蓋をして無視している多くの死に触れている。だからこそ哲学が必要なのかもしれないと話す。

彼はシルビオ・ゲゼルやカントを読んでいると言う。そしてさらに頭がぐちゃぐちゃになってきたと。僕は「いや、君は体験しているんだから、本はほどほどにして、自分が感じているそのモヤモヤをちゃんと自分の言葉で書いたほうがいいよ」と伝えた。まず書く。その後読む。実際家はこっちの方がいい。

レスキュー隊員は公務員だが、その仕事の枠では閉じ込められない体験があるのだと思う。僕のいのちの電話は完全に個人的な行動だが、僕としては公的な仕事としてやっている。プライベート・パブリック。今の社会は「公務員」とすることで、市民が蓋をしたいことを丸投げしている。匿名のままに。哲学がない。

匿名ではない、固有の個人である現・レスキュー隊員から直接、僕のいのちの電話にレスキュー要請が入って本当によかった。僕自身もレスキュー隊員の匿名性に加担していたことを知った。この社会で死に関わる仕事をしている人が持たざるを得ない匿名性を、少しだけ解放する場があるといいのかもしれない。

とにかくこれで知り合った以上は、また死にたくなったら僕に電話をするように伝えた。これで僕との「死ねない地獄」がはじまるわけである。僕に電話せずに死ぬことは許されなくなったのだから(笑)。二人で笑った。笑ったらもう大丈夫なのかもしれない。また死にたくなったら電話してね。面白い話をしよう。

僕はこのいのちの電話のおかげで、いろいろと新しく考えなくてはいけないことに出会えるので、とてもありがたいと思っている。言い方がおかしいかもしれないが、これもフィールドワークの一環である。ランダムに人々から電話がかかってくるが、近しいポイントで共感をしている気がする。興味深い。

僕はインターネットを使って、しかも晒して、ランダムな人からの意見を、いのちの電話によって集めているのだが、不思議なことに、ネット上でよく見られる罵詈雑言《ばりぞうごん》や悪戯が入ってこない。僕は別にブロックとかしないし、基本的にいのちの電話は全部出る。悪戯電話一本かかってこない。不思議なもんだ。

一度、ワン切りしてきた人がいてかけ直したら、かけてませんとオバちゃんが言うので「たぶん、あなたの息子かなんかがかけたと思うんです。僕、いのちの電話をやっているので、自殺するかもしれない。すぐに代わってください」と言うと、息子が不貞腐れて出て「悪戯しましたごめんなさい」と言われた(笑)。

以上のことは、「僕の場合」ですからね。簡単に電話番号なんて公開するもんじゃないですよ。スノーデン先生に怒られますよ。

僕は精神のレスキュー隊員なのです（笑）。119と同じような意味での090-8106-4666なので、時々、応援の電話もかかってきますが、そういう声はぜひメールでお願いします……。今もツイッター読んだんですけど、って電話がかかってきた……。メンションでいいじゃん……。こら。

☆

今日、トークには『ユマニチュード入門』のイヴ・ジネストさんと本田美和子さんが来てくれます。「ユマニチュード」とは認知症のケアの技術のことですが、認知症だけでなく、人間の触れ合いすべてに適用することができる技術だと思ってます。

僕がやっているいのちの電話にもユマニチュードと同じような体験がある。死にたいと言う人の多くが、自分が人間として認められていないと感じている。会社員であるけれど。家族はいるけれど。しかし電話では僕のツイートに関して議論したり、その人の好きなことについて語る。すると安心したような声を出す。

僕が患っている躁鬱病に関してもそうである。このちょっとだけ人とは違う起伏の激しい気分屋満点の特質は、ついその人の性格だと思われてしまい敬遠されてしまう。それで孤立しているパターンが多いのだが、電話で「性格」ではなく「特徴」なので、あなたのせいではないと言うと、まずは落ち着くことができる。

いのちの電話をやっていて感じるのは、まずは「理解する」ことの重要さ。そして、その「理解」が多面的であればあるほど、創造的な対話になっていき、より安心感が増したということ。ただ死んではいけませんと言っても駄目で、趣味の話から、好きな本の一節から、そんな共感の連鎖をつくり出すことが重要。

僕のツイッターはそういう意味で使っているつもりです。多面的で多層な四次元空間のような「理解」を得るために考えていることを書いたり幅のありすぎる興味をそのまま記したり、音楽を時折入れたり、「一人電通」したり、いのちの電話をしたりする。一つのツボではなくより複数のツボを押すための道具。

☆

本日、作家、思想史家であり、石牟礼道子さんの『苦海浄土』の編集者である渡辺京二氏がポアンカレ書店に来てくれて「ちゃんと熊本で文学をやりなさい」と叱咤激励を受ける。光栄である。『幻年時代』は本物だと畏れ多い言葉も。あんまり売れなかったけど僕のコアな部分を書いた大好きな作品なので嬉しい。

渡辺京二さんがいるということが僕が熊本で作品をつくっていくうえで大きな励みになっている。しかも、直接来てくれて僕は失礼極まりない。これからは僕から会いにいきたい。ちゃんと先人がいる。それが僕が熊本で自信を持って行動できる基礎になっている。根無し草ではないと最近では思えるようになった。

人に恵まれているおかげで行動ができている。だから人々のために行動したいと思っている。それは夢想でエゴだという人もいるが、僕は徹底してこの道を進もうと思った。昨日、イヴ・ジネストは僕に、ひたすら真っすぐ進めと言ってくれた。クレイジーにしかできないことがあるのだ、と。

子どもの時間に合わせて生きる。これもまたユマニチュードである。人間の生きる態度。ユマニチュードとは態度経済のことなのだと知覚した。今、弦を寝かしつけたので僕も寝る。そして朝書きへ。子どもの時間で一緒に行動すると、言うことを聞いてもらうという瞬間が減る。子と同じ空間に生きる。朝書く。

同時に子どもは僕に朝時間を使うことで生まれる自由を教えてくれる。何かを見つける行為が良しとされる社会だが、これからは「見つける」ではなく「見つめる」。自由を見つめる。これが「現実脱出論」である。耳を澄まし見つめ空間を感じる。この行為を僕たちはもう一度取り戻さないといけない。

そのガイドブックです。

僕のいのちの電話も「現実脱出論」である。この電話の中だけでは、耳を澄ます、見つめる、空間を感じることができる。なぜならそこに共感があるからだ。僕は電話してくれた人にお礼が言いたい。一番困っているときに僕に電話してくれてありがとう。声の握手。これが僕にとっての自由なのだ。夢なのだ。

僕は本気である。僕は自殺者をゼロにしたい。でも希死念慮をゼロにしたいわけではない。死にたい人は必ず夢を持っているからだ。いのちの電話は僕の態度経済である。経世済民、つまり世を経《おさ》め民を済《すく》う意味での経済。それを本気で考えているという態度。これが僕が考える創造である。

本当に『現実脱出論』を読んでもらいたい。いよいよ明後日、見本ができあがる。楽しみだ。早く人々に届けたい。声の握手を。耳を澄まし、見つめ、空間を感じる。そして創造とは何か。真剣に書きましたのでぜひ読んでください。これからもひたすらまっすぐ道を進みます。おやすみなさい。

☆

おはようございます。昨日、ようやく冒頭と文体が見えてきたらしい新作「舟鼠」をもう一度書き進めてみます。とにかく書いてみることでしかわからないので書き進めてみるしかない。当たり前のことですが、いつもそれによって新しい作品が生まれていることに驚いてしまいます。珈琲飲む前に書く。

今回、新作長編「舟鼠」は一日七枚のペースでいこうと思っている。これまでと違い、空間自体もゼロからつくってみようと思っているからだ。七枚を五〇日間継続して、三五〇枚。今回のテーマは集中力を持久させることである。僕は書きたい主題よりも書き方のテーマのほうが重要である。主題は常に胸にある。

本日分七枚書き終わり新潮社の加藤木さんに送信。書きはじめてみないことにはわからない。ただ文体はうまくいっているような気がする。イヴと出会い加藤木さんが熊本に来てくれて背中を押してくれて、昨日渡辺京二さんが叱咤してくれた。このように、人々の後押しで発酵に気づいた瞬間、執筆は急遽はじまる。

今日はイヴによるユマニチュードの講演を聞き、日本初のユニットケアを取り入れた熊本県こども療育センターで脳性まひの子どもと触れ、長崎書店で石牟礼道子さんの本を買い、弦が熱を出し月を見た。台所の洗い物が終わり梨を剝いてほっと一息。新作長編小説の序章がはじまり心がまた入れ替わった。新学期。

もう寝ます。熊本がケア先進国であることを認識した日であった。独立ケア国家をつくったらかっこいいなと思った。ケアの現場にもっと創造が入り込むとイヴも報われるのではないかと思案する。医学と芸術はまだ出会っていないと僕は感じている。しかし元々同じものであったのだ。おやすみなさい。

五時から朝書きして、今、今日のノルマ七枚を書き終わる。通算一四枚目。物語の水がようやく溜まってくれたようだ。淀みなく進んでいる。孫子の教えの通り、水のごとし執筆を。渡辺京二さんの『もうひとつのこの世　石牟礼道子の宇宙』がすごすぎる。もうひとつのこの世、これまさに『現実脱出論』の主題なり。

水に常形無し
日に短長有り
月に死生有り　――『孫子』虚実篇

渡辺京二さんから電話があり、今から夕ご飯食べに行かないかとお誘いを受けた。ありがたく外出。もちろん原稿締め切りはぎりぎり。でも行こう。何か不思議なことが起きている。

渡辺京二さんは、「君は私が出会った中で石牟礼道子さん以来の天才だ」と言ってくれました。今日ばかりは謙遜せず、ありがとうございます！　と僕は言いました。本当に生きてて良かったです（涙）。調子に乗らずにこれからもがんばります。北一輝の話、癩病武将の大谷吉継の話、滔天、民蔵の話。楽しかったなあ。

☆

よし行こう！　行こう！　何が起こると言うのだ。何も私たちにこれ以上手を出すことはできない。私たちはどこへでも望む場所へ行けるのだ。汚辱の中へ、悲惨の中へ、悪徳の中へ。人は私たちを侮辱し、飢え死にさせ、嘲り笑い、切り刻み、刑務所へ送ればいい。——「螺旋」ノサック

おはようございます。ノサック先生の言葉を噛み締めて、今日も「舟鼠」を書こう。三日目。じっくり七枚書きます。昨日の渡辺京二さんとの対話がまだ頭にじんと残響している。ほろりと涙が出そうになるが、そこをぐいっと我慢する。生きるってそういうことだ。ぐいっと我慢してまっすぐ歩く。

ノサックの絶版本、集英社「世界の文学」シリーズを購入する。「螺旋」という短編集を発展させた長編「弟」、自殺病が蔓延した社会を描く「待機」の二つの小説が入っている。九八円だった……（笑）。もうこの社会が僕に協力的にしか思えないっす。僕が欲しい本はいつも安い。読めと言っているようなものだ。

昨夜、渡辺京二さんから「きみは占い師をやったほうがいい」と言われた。僕は今、平安時代初期に作られた足利学校という当時の関東圏における今の東大みたいな最高学府について調べているのだが、そこでの主な学問が「易学」であった。いのちの電話も多分に巫子の要素がある（笑）。はじめようかな（笑）。

無事に本日分七枚書き終えた！　一〇時半からの精神病院、間に合った。昨年の一二月から丸九カ月。一日〜三日寝込むときが何度かあったが、それでも今年のような状態はここ十年間でも体験していない。よくブレるけど、ブレてもそのブレを家族で毎度確認する。かつ規則正しい生活。創造活動のルーティン化。

フーから「占いなんかやってどうするのよ」と言われました。躁鬱病はＣＥＯ病。「起業禁止！　全部それを小説に書くって言ったでしょ、何度言った

らわかるのよ」と呆れられました。というわけで、作家にまた戻ります（笑）。

『独立国家のつくりかた』からもう二年か……。僕の頭は毎日知らぬ間に僕の及ばぬところでどんどん変化していってる。『幻年時代』、『躁鬱日記』、『徘徊タクシー』と訓練を経て、また文体も変化してます。しかし、『現実脱出論』の白黒反転ジャケットの企画通ってよかったなあ、本当に。ただの一瞬の閃きでした。

直観は一瞬の熟考である。木の実はただ何も考えずに見つかるのではない。仲間たちと日々踊り、唄い、飯を食い、家族と笑い、泣き、喧嘩し、そんな日々の粒、営みそのものという行為によって知らぬ間に軌跡を描いてつくり出される熟考の末に、ふと森の木陰の先に見つかる。

今日、精神病院で主治医、カウンセラー、そして、家に帰ってからフー、病院に送ってくれた親父からそれぞれ「お前は成長した」と言われ、生まれて初めて成長を感じた。僕はようやく二足歩行をはじめた猿人だ。毎日壊れるけど永遠に修理できる旧車のエンジンだ。新しい構成要素でまた円陣組んで遊ぶよ。

人生とは、解決すべき問題ではなく、味わうべき神秘である。――セーレン・キルケゴール

☆

エクスタシーの語源はギリシャ語のἔκστασις（ekstasis、エクスタシス、外に立つこと）で、魂がみずからの肉体の外に出て宙をさまよう、といった意味が込められている。

――Wikipedia「エクスタシー」より

プラトンは『パイドン』の中で、ソクラテスに「何かを純粋に見ようとするなら、肉体から離れて、魂そのものによって、ものそのものを見なければならない」と語らせた。

――Wikipedia「エクスタシー」より

メモ。寝てたらふと目が開き、Wikipediaの「エクスタシー」を調べたくなった。また寝ます。おやすみ。

次に読む本が決まったっぽい。『パイドン』やばそう。哲学は死の練習。自死否定の書でもあるようだ。

出会うべき人には出会うべき時機に、出会うべき磁気に引き寄せられる。必要なとき信号は決まって伝わってくる。つまり、時々ふと立ち止まったり、夜中にはっと感じることは、死者との出会い、なのかもしれない。死者との出会いが読書である。死んだ人間の本しか読むなと僕の師匠は言った。

知らないことを知ろうとするんじゃなくて、身近な人と手をつなげ　――坂口恭平

☆

硬く重い世界の中で死ぬことを恐れずに、ピアノ線の上で一本下駄履いて軽くぴょんぴょん飛び跳ねる。そこからしか世界は裂けん。のびのびできないことを二度とするなとおれは決めた。

熊本到着。まっすぐ家へ。今日は家で、アオとライバルであり親友の小一リンが遊んでいるらしい。プラ板つくってるのかな。アオはリンという一緒に創作する仲間を得て幸福なのだそうだ。学校の友達は大人になると大抵会わなくなるが、創造の友は一生ものなのであーる。よかったねアオとリン。リンもそういう友は初めてなのだそうだ。

学校だけではないランダムな出会い。創造行為を通じた出会い。これが人間がのびのびと、気持ちよく声を出せるきっかけになると思うが、それが他の教室や習い事ではなくポアンカレ書店という「市」だったというのは大変興味深い。

アオの新作、リンというライバルがいるので技術がどんどん上がってる（笑）。明日は僕が店番なのでこの新作も入荷します。ぜひ。八月は二万円超えました……。いいぞ年長さん。

僕は自己模倣を続けながら少しずつ修理・成長さ

せて作品をつくる。それでも毎回全く違う思考の軌跡が記された本になっているはずだと思いながら発表している。昨年からは変貌の度合いの幅も拡張している。売れそうにない本ばかりだ（笑）。でも版元が損はしないようにギリギリ売れている。今はそれでいい。大事なことは自分がその変貌に興奮できたかどうかである。『独立国家のつくりかた』以降の『幻年時代』、『躁鬱日記』、短編「蝿」、三島由紀夫賞候補作の『徘徊タクシー』、そして『現実脱出論』と完全に読者のこと置いてけぼりにしている可能性は高い。版元に損はさせたくないが、攻めを忘れると潰れる。

変に売れてしまうと次にもまたちゃんと売れないといけないと窮屈になる。その意味では僕の精神衛生上は今の環境は実はちょうどいい塩梅なのかもしれない。僕自身はもっと広く多くの読者に読んでほしいと願っているが、それよりも今は技術向上のための鍛錬を心がける時期なのだろう。今は伸び伸びできてる。

潜むのは潜むのでそれは一つの技術である。結局は食っていけてたら何の問題もないのだから。ベストセラーにならなくても、ちゃんと書店営業して一人電通して本を毎日一〇枚ずつ書いていけば、十分家族養えるという事実を最近知覚し、さらに攻められるという実感がある。もっと内角高めの文書きたい。

人に合わせると腐る。自分に合わせても腐る。人を模倣しても腐る。自己模倣しても腐る。人にも自分にも合わせなかったらそっぽ向かれる。模倣したまま創造すると次の作品は生まれない。その間の感覚を。自己、他者との人間関係を。僕は今、人間関係の在り方だけを探っているのかもしれない。

二〇一一年からはじめた「新政府いのちの電話」は二千件の電話を受けた。その結果、二〇一二年には一五年ぶりに自殺者の数が三万人を割り、二〇一三年の自殺者減少率日本一が熊本になった。全部僕がやったとは思わないけど、何らかの効果はあったと思われる。二千人×一五年＝自殺者はゼロになる。

ということで、これから一五年間は徹底して物語を書いていく。振る舞いながら、歌いながら文を書いていきます。

☆

一一月にオランダ王の宮殿で開催されるフリー・ライセンのエラスムス賞の授賞式に招待されているのだが、何だかすごそうだがフーにそのすごさを説明できない……。EUのノーベル賞みたいなもんだよと言ってもふーん、だし……。男的な説明じゃダメなのね。旅費くれないかな、フー。フリーをお祝いしたい。

今回、エラスムス賞授賞に際して、初の英語の原稿を依頼され、天才的な翻訳者と一緒に書いたのですが、受けが良く、英語の原稿依頼も積極的に受けていきたい。僕は書くのは下手だけどオーラルは完璧なので(笑)。次は英語のオーディオブックをつくろうとしてます。SEもつけて「ラヂオの時間」みたいに(笑)。

僕はただ無数のドラえもんに囲まれているのび太みたいなものだ。僕は自分は本当に大したことのないまあまあの人材と思っているが、僕のまわりの人はみな一生オススメできるであろう宝物だと思っている。僕はお金持ってないが、素晴らしい人間はまわりに無数にいる。人間富豪です。

僕の能力はただ一つ。命を投げ出しているということだ。いつ死んでも構わないと思っている。だからこそ選択、判断に迷いがない。才能はない。命もない。ただの亡霊として、その宿命と使命を全うするのみである。この世界に命がどうなってもいいという人は、僕は自分以外に出会ったことがない。

つまり、恐怖心がゼロなのである。みんなは守るものがあるらしい。僕には全くない。家族も守るべきものだとは思っていない。生きている限り一緒に喜びを分かち合うかけがえのない親友たちだと思っている。フーとアオと弦は喜びの神だ。一緒にいるだけで笑いが零れ落ちる。笑いの泉なのだ。

僕が人に伝えられることは唯一、僕の真似だけはするなってやつだ。僕は人々の才能に気づくことができる。なぜなら僕はのび太だからだ。僕は自分が亡霊であるということに気づいている。だからこそ他者の光が見える。それは悪く使えば似非占い師だ。僕は金を直接貰ってはいけないと命令されている。だから本を買いなさい（笑）。

好きなことを好きなだけ好きなように好きな人とやる。窮屈を感じたらその瞬間に作業をストップさせる。これやると大抵の社会では弾かれます。で、弾かれると落ち込みます。そこで僕はそのような社会にはじめから入らないと決めました。試験をやめたのは高校生のときです。人に判断させないようにする。

二四時間、自分が一番得意なことに集中するわけなので、一番稼ぎがよくなるのは資本主義経済的に考えても、態度経済的に考えても、経世済民的に考えても、当然のこと。当然の理を通す。僕がやっているのはそれだけです。特別なことはしていない。フツー・シンキングです。恐怖心だけを完全に殺してるだけ。

当然のことを実行するのは、当然なのだから超簡単です。しかし、当然のことを試すことなく、当然のことだと知覚するのはとても難しい。当然のことを当然だと知覚するには経験する必要がある。だからペンギンは飛ぶのです。しかもそれはいつも当然うまくいく。試すとは祝福みたいなものです。

死なない方法。それも簡単です。僕と仲良くなればいい。それはどうすればいいのか。簡単です。僕の本には大抵僕の電話番号書いている。ネットにも。なぜそんなことを坂口恭平はするのか？　その答えも簡単です。やはり僕は新政府総理大臣だと自分のことを思っているからです。僕は公人です。公共空間です。

だからぜひとも新作『現実脱出論』を。これは本じゃありません。共感装置です。僕の電話番号ももちろん掲載されてます。新しい形の公共。それは無意識でのそれぞれが持つ独自の知覚への共感と理解です。それ自体が通貨となり経済となりうるのです。

現実だけが全てではありません。人々はあまりにも現実だけを信じすぎてます。もちろん現実も実在する空間です。でもその一つにすぎません。

これまでの本とはアルゴリズムごと変貌しているのだが、しっかりと読者のかたはついてきてくれている。無視されても仕方がないと開き直って出版したのに、しっかりと読んでくれている。嬉しいことです。それと同時にリテラシーがありえないほど高くなっているのを感じる。社会が瓦解している証拠ですね。

☆

この朝の時間だけは他者、社会の時間と付き合わずに済む。僕だけの時間で他の仕事や連載などを完全に無視して原稿を書く。つまりエクスタシス、現実脱出の状態で本を書く。これを毎日やると山も動く。するとお昼からの育児、依頼仕事、いのちの電話などの他者との仕事が心地よくできる。時間の使い方。

それでは「舟鼠」、執筆開始です。本を書き上げたからってほっと一息ついてる暇は僕にはありません。死なないために書いてるので（笑）。フーから、あなたが書かなくなったら死ぬから、いつかミリオン売っても同じく朝書き続けなさいと言われました。はいっ！

障害がおそろしいものに見えるのは目標から目を離すからだ。——ヘンリー・フォード

長い小説を書くのは怖いけど、目を逸らしたら殺される。障害から逃げるとそれは不安になる。不安は体を鈍らせる。具体的な問題ではないからだ。ジャングルの向こうの二つの光は虎であると確かめる必要がある。

高校生のときに『独立国家のつくりかた』を読んで仲良くなった子から電話。今、大学二年生になっていた。『方丈記』のレポートを書くときにふと僕の本を読み直したらしい。高校生のときとは違う感情が湧き出て、いてもたってもいられなくなりつい電話したとのこと。こんな反応が一番嬉しい。ありがとね。

頭でっかちのおエラいさんの批評なんかよりも僕はこのような読者の人々の声こそが一番突き刺さる。僕の言っていることは別に難しいことではない。至極単純明快な話である。でもみんなが忘れてしまっていると思い込んでいること。それを僕は書くことができる。だからみんな愉快に落ち着かなくなるんだ。

しかし、『独立国家のつくりかた』を書いてから二年でここまで独立国家をつくるという話を世界中で聞くようになるとは僕も想像していませんでした(笑)。四年前にモバイルハウスをはじめたときは、こんなにモバイルハウスって人が言ったり、住んだり、売ったりするとは思いませんでした……。

もしや予言者じゃないだろうね、あたしゃ……(笑)。

今、ずっと死ぬ死ぬと電話で言っていた、いのちの電話にかけてくる、死にたい人からの『現実脱出論』を読んだ感想メールを読み、思わず、ぐっときてしまった。彼はもしかしたら生きる力を得たのかもしれないと思えた。それは僕の力ではなく、読む、読みたい、読めた、という力なのだと思う。ありがとう。

その素直な言葉が、今までずっと自分を傷つける言葉ばかり吐き出していた彼から出ていたことに僕が驚愕したのでした。彼は作家になりたいと言っていたので、原稿を書いて僕に送るように言っていたのだ。三回目の原稿で僕はぐっときた。もっと生き続けてほしい。ずっと。

『現実脱出論』は多くの人と共感をするために書かれた本ではありません。むしろ、それぞれの人の、それぞれに伸びている触手のような感覚の先のそのエッジの部分に柔らかく触れるように心がけました。とてもデリケートな部分ですので直接触れないように、でも意識してそれについて対話できるように書いた。

僕は人に何かを教えられるような能力はないと思う。むしろ近くにいると、たぶん火傷するのであまり近づかないでほしいと思っている。でも、僕は「見る」「聞く」ことができる。送られてきた文も小説も絵も音楽もいのちの電話も。僕は全てを受け入れたがっている。判断することなく。

どんなに「生きるどころか死ぬ価値もない」と思っている人からの電話でも、なぜか僕はその人間に可能性を感じてます。みんな謙遜するのが上手なので僕のその言葉を真に受ける人はほとんどいないけれど。坂口家家訓は「良いところを称賛されたら謙遜する前にお礼を言おう」である。人はお世辞を言えません。

『現実脱出論』からは巻末に僕の携帯番号090-8106-4666を毎回ちゃんと明記することにしました。最後の聞く人になります。キリストは「祈るとは聞くことである」と言いました。僕はキリスト教徒ではありませんが、とても共感します。『現実脱出論』は「読む」よりも「聞く」に近いかもしれません。

現実から現実さんへ。あなたを取り囲む厳しい現実は、実は同級生みたいなものだ。得意なこともあれば駄目なところもある。それを嫌うのもよし、いじめるのもよし、死んで一生付き合わないようにするのもよし。でもせっかくなら僕は一緒にダンスしてみたい。ヘンテコさを慈しみながら。

もし本当につくる人であろうとするなら、真実を語る言論ではなくて、創作物語を作らなければならない。——ソクラテス
われわれ人間はある牢獄の中にいて、そこから自分自身を解放して、逃げ出してはならない。

——ソクラテス
アオや弦やアオの親友リン、中二のモモ、小二のツバキ、そんな、本やつくることが好きな子どもたちを見ていて、僕は自分の作品が彼らに子どもに強く守られているような感覚を受ける。徹底して洗練させたいと願うようになったのは彼らに言葉を伝えたいと思うようになったからだ。文学をしたいわけではない。

希死念慮は通過儀礼である。そこには助力が必要なのだ。いのちの電話は、直接的な助力、『現実脱

出論』は死者、未来の人まで含んだ人々への手紙のような助力です。死にたいと思うのは悪いことではありません。むしろ成長痛です。そう言葉をかけてあげられる先達がいればいいのだ。

いのちの電話が鳴っているので、寝られていない……。しかし、世も末だな、本当に。社会ががたがたに崩れて腐っているその切片だけをまじまじと見ている。一五年後には日本は全て崩壊しているだろうなと思う。だからこそ、別の何かをつくる準備を一五年先のためにしよう。もうここは駄目だ。腐ってる……。

今から自分が気乗りのしない世界に入ろうと必死になるくらいだったら、十年くらい食えなくてもバイトでもして、十年後にちゃんと使い物になる技術を磨いたほうがこの崩壊している社会じゃお得だろうけど、どうもそのことが伝わっていかない……。どうせ腐る社会に乗るために技術磨いてどうするんだろう。

簡単で単純なことを複雑にしてしまう世界はつまらない。単純なことの背後に複雑な豊かさが存在していることこそ伝えるべきである。人は手をつなげば、その時だけかもしれないが一瞬、ほっとする。それでは解決にならない、とか、もっと抜本的解決を、とか、どうでもいい。直接的かつ複雑な単純さでいく。

いのちの電話は、同時に僕にとっては日本にちらばる消失しそうなほど小さな声で語り継がれている民話を収集しているようなものだ。現代版『忘れられた日本人』(宮本常一)でもある。僕は現実空間では定点にいながら、iPhoneを介した記憶による友情空間では、世界中を飛び回っている。通話料無料による宇宙旅行だ。

いのちの電話が死者からの伝言のようにも聞こえる。名も知らぬ人々の叫びは公共性を持っている。その公共とは現実がつくり出している公共空間とはまるで違う。僕に新しい空間の在処を教えているようにも思える。不謹慎な言い方かもしれないが、僕は助けているのではなく、導かれているのかもしれない。

見て見ぬ振りをするなと呼びかけられている。確かにそうだ、と僕はいつも思う。元々現実だけが唯一の世界だなんて、誰も思っちゃいない。そう考えると、見て見ぬ振りをすることができるからなのだ。忘れたふりをすると、地獄に落ちるぞと僕はお天道様に言われている気がするので、背筋が伸びる。

今も毎日三件くらい電話がかかってくる。月に一〇〇人くらい。年一二〇〇人である。これを三年ほど続けているわけで、採集した声の量は膨大だ。

僕は十年後にはきっと自分が考えている、次の共同体の在り方が理解され、受け入れられるはずだと確信して書いてます。どうせいつかはきっとうまくいく。だから、人々に受け入れられることを求めるのではなく、自分の中の一番エッジの部分で読者の方とやりあいたい。真剣に言論をしたい。創造をば。

僕は誰かによって何物かによって報われるために書くのではない。もう既に報われたと思ったから書いている。だから現実での無理解や、軋轢や、無視や、罵詈雑言に、一度は動じてしまうかもしれないが、行動を止めないのである。

町や港や小舟の放つ光の群れは、そこに何かが沈み果てたことを示す幻の網のようだった。

——ヴァージニア・ウルフ

『現実脱出論』を書き終えて、ようやく僕は自分が『幻年時代』をなぜ書いたのか、少しだけわかってきたような気がする。『幻年時代』はそれほど今も僕にとってもナゾです。右のウルフ女史の「To the Lighthouse」での言葉は『幻年時代』のときにいつも朝唱えていた呪文です。

腐乱した社会から目を逸らさずに、発酵するまで待てる足腰の強い創造者が次の世界をつくるんだろう。それは痺れみたいなもの。足が痺れて地面に吸い寄せられるとき視界は真横になり骨格は柔軟になり速度は鈍る。腐れ。寝て。腐れ。待て。使い慣れたものを調合・再構成し、痺れと眩暈と恍惚を表出させる。

私は目に見えるものを描かない。私の頭脳、私の魂が見るものを描こうとしているのだ

——フランシス・ピカビア

自分は発達障害です、と名乗る男性から電話。僕の本が読めて感動したので巻末の電話番号を見て本当につながるかわからないけどかけてみたという。あのね、僕の本を読める人は発達障害じゃないよ。人からそう言われたり笑われたりしても無視すればいい。自分は違うと思っていればいい。自分の世界こそ真実。

どんだけ貧弱な教育環境だろうね、この今の社会は。ほとんど人がそうやってナントカ障害と診断され、薬飲まされ、矯正されていく。もちろんそれもその人を安全に管理するためには必要だというのが社会の善。しかし、それは全く以て彼らにとっては健康的ではない。『現実脱出論』はそんなあなたへの自然薬。

『躁鬱日記』を読んで一五歳から四年間引きこもりだった青年が突如、外に出はじめました！　と言うので、そのままぶっ飛ばすと躁転しすぎてリバウンドするから毎日一〇枚ずつ原稿書いたらと言ったら、どうやら明日にでも一冊の本が書きあがるらしい（笑）。両親に言うと狂ったと思われるので黙って書いているとのこと。

「思いつきが止まらないんです」と、どこかで聞いたことがあるようなことを言うので（笑）、とにかく外であんまり人に声をかけたりしないで、極力家の中にいて、家族とも天気の話くらいしかせずに、基本的に原稿だけ書いてろ、と指示（笑）。でも躁状態は使いようによってはうまくいく。決死の行動ですので要注意を。

朝からメールが入っていて、いつも人混みに入ると「死ね」となぜか言ってしまうという以前から相談を受けていた人から「昨日は人混みの中にいたのに一度も言わなかった」との嬉しすぎる報告が！　自分のことのように喜んだ（笑）。

先日電話してきた発達障害の男性からも再び電話があり「『現実脱出論』と『独立国家のつくりかた』を読んだら、それまでずっと消えなかった『死にたい』という気持ちがなくなった」との嬉しすぎる報告！　自分のことのように嬉しいよ。僕は装置そのものなので、すぐに他者に染み込んでしまう。人の幸福が栄養分。

『現実脱出論』は、僕が躁鬱の波に苦しみ死を決したときに見た幻覚を発端に、執筆が開始してます(笑)。希死念慮が消えなかった人が読めば「死にたい」という気持ちがなくなったというのは、死を決した僕が立ち上がる過程を疑似体験できたからかもなあ、なんて思いました。

何の疑問も持たずに元気に人生を謳歌している人はこの本を読む必要はありません。この本は自分が通過した死ぬ間際からできることなら力強く生きて人々のために体全身を捧げて、それで燃えて死ぬという決心がつくまでの過程で書かれた。現実に疑問を持つ全ての人々に読んでほしい。

『現実脱出論』という本は死を練習することのできる装置のはずです。そのことで今、偶然生まれてきた自分の周囲への解像度が増すはずなのです。選ぶことのできない父と母を、偶然手にした本や音楽について、なぜか一緒にいる恋人や、自分の部屋にあるあらゆるモノ。そんな彼らと再会する本なのです。

今回は一切、アジテーションしてませんので(笑)、影響を受けやすい人でも安心して読めますよ。ただひたすら僕の感覚の回転扉が回っているだけの本です。風を感じるだけの本です。その意味では意識変容のための通過儀礼に使う薬剤にも似ているかもしれません。天然物なのでご安心して服用してください。

☆

来年春にポアンカレ書店にて石川直樹の展覧会が開催されることになった。しかもポアンカレ書店を全面改装し、石川直樹美術館にします(笑)。誤解され続けている石川直樹の真の面白さを、坂口恭平がちゃんと解説するイヤホンガイド付き。ポアンカレ書店はギャラリーを飛び越えて美術館にまでなった(笑)。いつか「ポアンカレ国」になったりして……。

今日は、僕がアオと弦を子ども劇に連れて行って、フーはダブルフェイマスのライブを観に行った。そのあと、合流し、坂口修一郎さんとも八年ぶりくらいに再会。その後、ポアンカレ書店へみんなで行った。楽しい日曜日の午後だった。魚よしで飲んじゃって子ども劇はネムケ眼で幻覚見てるようだった。

帰宅してフーがぼそっと「なんかみんながいろんな方面から集まってきてくれて、なんか発酵してるみたい」と言っていた。熊本に突然連れ帰って丸三年が過ぎた。フーはもう故郷のように接している。たくさんの気持ちのよい人間たちに囲まれて楽しいのだという。躁鬱も悪くないね、と(笑)。

僕の躁鬱はたくさんの人々を巻き込んでしまう。躁状態は壮大な計画を企画し、つい口車に乗せられてみんなもわっしょいわっしょい。でも結局鬱になりあらゆる計画がポシャるので今度は多くの人々に迷惑をかける。フーは疲れてしまっているのではないかと不安だったが、今日声かけられて少しほっとした。

とは言いつつも、この記憶も次第に薄れ、必ずいつかはまた鬱状態へ突入していくのですが……。とりあえず弦を風呂に入れてくる。

次の仕事は一五年後の世界の姿を、社会の在り方を、個人の生き方を、熊本という建てない都市計画を通じて、創造する。まずは徹底的に文によって。これを小説、それも児童書という形で実現したい。来年の目標がまた一つできた。熊本行ったら絶対寄ってね。のおかげである。寿司屋、「魚よし」

自分が立ち上げた新政府という構想が、二〇年くらい先の未来を描いた小説だったのだと感じるようになってきた。一度は離れたいと思い、忘れようとも試みたが何度も蘇ってくる。そんなとき、五二歳の坂口恭平が笑ってた。なるほど今度は未来の解像度をあげるのだ。

「小説にするならいいよ、あなたはキ千ガイなんだから、実際に行動しないでね、小説の中でなら独立でもなんでもやっていいよ」とフーは言いました。

「やりたいこと、やったもん勝ち、青春なら〜」とアオが歌っててびびった。

今日、またタイガースの貼り絵が売れたらしい。二万円で。やるじゃないか。どんどんつくる。誰からの要請もないのに、ただただつくり続ける。それで飽きもしないなら、やっていける。理解者はただ一人いればいい。二人目からはただの儲けもん。歯磨きと同じレベルに、継続していることを忘れちゃうほどにやる。

やりたくないことで一日八時間働くよりも、金にならないかもしれないが飽きることなくやり続けられることを二四時間やるほうが、目先では不利だが、十年後はどう考えてもそっちのほうが技術が向上していると思って僕は一度も就職しなかった。それは賭けでもなんでもない。合理的な判断のつもりだった。

おかげで二〇〇九年、アオが一歳、僕が三〇歳のとき、大学卒業して八年経ちバイトもやめて専業になって二年目のとき、うちの貯金の残高は二万円くらいになっていた（汗）。しかし、0円になったらやばいかなと思ったが、いつまでたっても0円にはならなかった。

僕の経験では、仕事を続けていれば貯金残高が二万円にはなってしまうが、0円には永遠にならない。これは貧しい話であるが、僕にとっては大きな自信になっている。とても不思議な実感でもあるのだが……。坂口家はこの状況がベースになっている。この時は鬱の対処法を知らず、僕もフーも慌てていた。

今の教育で僕が一番不思議なことは、お金の稼ぎ方を教えてくれる学校がゼロだということである。そんなわけで僕はアオに幼稚園のときからお金の稼ぎ方だけを教えたいと思う。アオには日本銀行券を稼ぐのではなく、あなたのプラ板があなたの通貨です。だからそれと日本銀行券を両替するのだ、と教えてます。

僕は経済学ではなく経世済民学をアオと弦には伝えたいし、econoicsではなくoikos / nomosを伝えたい。つまり、経世済民＝世を経め、民を済う、oikos / nomos＝住まいの在り方を。自分自身こそが通貨であり、それはcurrency＝海流だから絶えず流れているもの。

ポアンカレ書店の店長ウッシーも、突如はじめた古本屋で月一〇万円稼ぐ感覚は覚えただろうし、坂口亭タイガースも自分の貼り絵で七万円ほど稼いだ感覚は覚える。つまり、お金を稼ぐことが目的ではなく、自らが通貨をゼロからつくり出せるという行為を試し体感することが重要だと僕は考えている。

いのちの電話が最近多くなっていて一日に五件ほどかかってくる。かなりこじらせていて、一度の電話だけでは対応できない案件も多い。しかし同時に僕はその人々にまだ見ぬ宝の予感も感じている。ツイッターもいのちの電話も日本銀行券は獲得できないが、坂口銀行には人間という通貨が貯まっていく。

いのちの電話も日本銀行券的には無償行為だが、サカグチ通貨的には多額の報酬を貰ってやっている。現政府総務省は自殺防止に三〇〇億円くらい使っているらしいので、僕のいのちの電話も三〇〇億サカグチのつもりです。だから何時でも出てる。誰でも出てる。かけ直している。奉仕活動ではありませぬ。執筆活動と何ら変わらぬ「仕事」と思ってやっている。このツイッターもそうである。

僕の本を高校の国語の教科書に掲載したいとの依頼。すごいことになってきたね。楽しみ。もちろん快諾する。素敵なことだぁ。というか、国語の教科書そのものをつくりたいなどと妄想を連ねる。

最近は中学生だけでなく、小学生の読者も出てきたからね。高校だけでなく、小中学校の教科書にも侵食していきたい。僕は徹底して子どもに言葉をちゃんと届けたい。大人も子どももぶっ飛ぶ言葉を紡いでいきたいっす。『現実脱出論』も中学生が読んでいたから、いけると思っている（笑）。

昨日、渡辺京二さんに、「社会は絶対に変えられない、でもあなたの周辺を変えることができる。熊本じゃなくて、あなたの住んでる新町で独立しなさい」と言われたことが頭に残っている。

朝からいじめられている高校生の話を聞く。絵描きになりたいらしいので、学校なんか行かなくていいから、絵を徹底して籠って描いて僕に送ってよとお願いしといた。健やかないい声を出す子だった。これじゃまるで夜回り先生じゃないか（笑）。いじめ反対！　地獄に堕ちるからただちにやめなさい。

そして、仕事に戻る。朝の原稿七枚完了。「舟鼠」また無事に再開できた。これで累計六二枚。三五〇枚まではまだまだ長い道のりだが、やり続けていれば、どうせいつかは終わるのである。気が遠くなる前にやる。書くと、また次作のアイデアも浮かぶ。行動することでしか前に進めない。肉体労働なしには進めないのだ。

僕は幼い頃からずっと視界に靄《もや》がかかっているような印象があった。何か行動を起こしても他の子のようにうまくできない。経験が体に結びついていかないという感覚があった。無邪気にできないというか、迷いのない行動が困難だった。それでもまわりからは何でもできると言われていたので相談できなかった。

唯一、僕は記憶力だけは自分でもコントロールできたので、それで他者や外界との関係を調整していた。それでも内心はヒヤヒヤものだった。記憶力で学校ではなんとかうまく乗りこなせるが、大学に入ってから日雇いなどバイトをするとボロが出た。仕事を全く覚えられないのである。よくコケていた。

仕事の休憩中とかが特にしんどくて、これは弟からも指摘されたのだが、世間話というものができない。病院などに行っていたら、発達障害とか自閉症とか言われていたのではないかと思う。やたらと他者の内面、意図するところを敏感に感じるので目を合わせられないし、よくトイレで一人になっていた。

家族の中でも、僕はよく笑われていて、忘れ物はよくするし、デパートや服屋などに行くと、急激に緊張してしまい、時々、訳もなく怒ったりしていた。自分が選んだ服を家族に審判されるのが怖く、選択することができなかった。あまりにも細かいことなので、誰にも相談できなかった。人生やべーと思った。

大学卒業後、僕は師匠である建築家・石山修武氏の研究所に行ったのだが、ここも本当に息苦しかった。威圧的な場所にいたり、自由に体を動かせない場所だともう駄目なのである。会社なんてとても行けなかった。すぐに烏山神社まで逃げ出し、よくそこで煙草を吸っていた。すると気が楽になった。

その後、築地市場で働いたのだが、ここもみんなに快く受け入れられたのだが、仕事は一向に覚えられない。それで緊張して手元が不安定なので、果物を落としてしまい、卸先にもたくさん迷惑をかけた。みんなはそんな僕を優しく笑うのだが、その笑いが突き刺さってしまい、すぐにトイレに逃げ込んでいた。

さすがに人生お先真っ暗だと不安になった。それとともに躁鬱の波もどんどん激しくなっていった。その頃出会ったフーには、自分の状況を打ち明けることができた。フーは別に変だと言わないので、彼女といる間はトイレの中にいるのと同じような安定した状態になった。僕はそこから少しずつ変わっていく。

その後、ようやく自分の本を出版するという方法を思いつく。なぜかというと、自分のやるべきだと思う仕事をやっている間は、バイトをしているときに感じていた「経験と体が結びついていかない」ことが一度もなかったからだ。このとき二四歳。今から一二年前。その道は厳しかったが、お先真っ暗ではなかった。

それから四年間、僕は二四時間、自分のやるべきだと思う仕事だけに集中できるように試してみた。すると徐々に視界の靄がとれてきたのだ。お皿を洗っていても割ることが全くなくなった。コケることもなくなった。ようやく経験と体が合一し、思考をそのまま行動に移せるようになった。

今思うと、単に、自分の得意なことじゃないことだけをしていたのだ。自分の才能を伸ばそうと思ってくれる仲間といなかっただけなのだ。自分がつくり出したものをちゃんと提示できていなかっただけなのだ。そのことに気づいてふっと体が軽くなったのを覚えている。

自分で駄目だと思っていたところは、障害ではなかったのだ。違う場所にいただけなのだ。今、いのちの電話を受けていて、たびたび若い頃の僕の姿と重なるような人々の声を聞く。才能あるのになあ、違う場所にいけたらなあと思う。寄り添って見ることはできないので、そう声だけ掛けている。僕も同じだったと。

僕は全ての人々の問診をしてみたいという妄想がある。適材適所ではないが、ちゃんとあるべき場所へいくと、とてつもない可能性を広げるのが人間なので、それを試してみたいという妄想がある。自分勝手な妄想だなあと思うが、妄想だからまいっかと思うところもある。新政府はそれを少し試してみたのだ。

問題は大抵、日本銀行券である。世の中、うまくできているというか、よく仕組まれているというか、一体何のためにそのような足枷が必要なのか。あらゆる人間は社会にとって有益であるはずなので理解に苦しみそうになるが、つまりはこの世界には人間のフリした悪魔も存在しているということなのだろう。

僕はこう見えて銭ゲバとまではいかないが日本銀行券での不利を一切排除するという思考回路が、全ての行動の一番先頭にくる。無償行為もよくやっているが、そのためには事前に違うところでお金を稼いでからしか行動をしない。世の中には悪魔などいないという前提の無垢な人が多いが、僕は違うと思ってる。

☆

今日も新作小説「舟鼠」ノルマ七枚完了。これで一一日目。累計七七枚。今回は、毎日の思考の変化を定着させるという目的があるので、いつもよりもペースを落として、そのかわり持久力を訓練する。五〇日間で三五〇枚書いてみようと思っている。あと三九日間。一〇月中に目処を立てたい。

毎日、別人のように変化しているので、それが興味深い。今までの執筆はできるだけ同一人物として書こうとしたが、今回の小説は完全に分裂する自分のそのスペクトラム自体を原稿化してみたいと思っている。うまくいくかわかりませんが。試すのはただなので、ただひたすらやってみる。

「坂口恭平様の掛かる費用はゼロ！　リスクなしです。ＮＯ！　リスクでございます。坂口恭平様の魅力を最大限に広め、圧倒的な売り上げを献上致します！　弊社はベンチャー企業として登りつめるために様々な取り組みをしてまいりました。だからこそ、坂口恭平様にサービス提供できます」というメールが来た……。

「原発をやめなさい！」という亡くなった祖母からの幻聴から、知らない男が「今からお前を殺しにいく」という物騒な幻聴に変わって怖くなったといういのちの電話。その子は以前、詩を書いていたらしい。ふむふむ。幻聴は悪いものではないから、毎日記録して、調子がよいときは詩を書くよう提案。電話をかけただけで、幻聴が止まったという不思議な話も。幻聴はやっぱり、他者と共有したほうがいいのかも。

幻聴を聞き取れる人はとても重要なので、「もっと他人の幻聴を聞いてみたい！」という暇な人が増えてくれれば、世界はもっと面白くなるだろうに。暇なのは今のところ、僕だけのようだ。幻聴の話なんて、僕は憧れの耳で聞いている。僕は幻覚は何度かあるが、幻聴はないので、実は羨ましい。

どんな日本の辺境に行くよりも、いのちの電話をやっていたほうが、怪奇現象や異能者に出会う可能性が高い。僕は無償の奉仕活動としていのちの電話をやっているというよりも、①無意識世界へのフィールドワーク、②死にたい人はそれだけで才能があると僕は認識しているので、人材の発掘、が目的なのかも。

たった今、『現実脱出論』を読んだ三〇歳代くらいの男性から「あのー、僕もアオちゃんと同じく風って生命体なんじゃないかと思ってるんです……」というとんでもない電話が（笑）。もう現実脱出テレフォンが次々とかかってきてます（笑）。実感している人がいるのがすごい。やっぱり世界は広いなあ。

やっぱり本の巻末に電話番号を書くのは面白い。読んだ興奮そのままの声でアンケートを取ることができる（笑）。高尚な読書じゃないかもしれないけれど、僕がつくった新作の装置のモニター調査として考えると、非常に有益です（笑）。みなさんありがとうございます。

アオは先日も「おっ、今日は風が優しい！」と言っていた。ちなみに、僕は風に生命があると感じられたことはない（笑）。アオが言うので、そのように注目するようになったというわけです。しかし、鳥取のその男性は空山《そらやま》という山に吹く風が、生きているように感じるらしいです。そよ風が、と。

なんか、ピンときて、『幻年時代』担当編集の梅山a.k.a.九龍ジョーに電話。『幻年時代』のやばい書評についても言及。そして、野本三吉さんの『不可視のコミューン』を再読する。九龍ジョーにもらった本。さらに今日聞いた、熊本の中にある日本ではない場所の話と水俣病が重なった。次の本の形が見えた瞬間である。

物語の世界が開けた僕は、またこの現実の中で蠢く物語を求める旅へ出ろと、つまりフィールドワークをせよ、と言われているような気がしている。一一月はオランダ、福島県相馬市、一二月はモンゴル、カリフォルニアと向かう場所が決まっていく。何か新しい鼓動を感じている。『現実脱出論』の次は何か？

町や港や小舟の放つ光の群れは、そこに何かが沈み果てたことを示す幻の網のようだった。
——ヴァージニア・ウルフ『灯台へ』

僕はいつもこの言葉に戻っていく。
消えた街を物語の中に建築として表出させ、今、目の前の現実に存在する人や街を、いつか沈む世界として物語る。これ我が仕事なり。

どうやら、いのちの電話をかけてくる人の多くは僕と話している間、不安じゃなくなったり死にたいとは思わなくなったりするようだ。電話を切った後はわからないが、最中はそうだと僕に言う。つまり環境さえ変えれば全て変わるのではないか。一時的かもしれないが、僕は現実とは別の環境装置になっているかも。おやすみなさいませ。

☆

朝からまた「舟鼠」の原稿を書き直した。気は遠いが好きなようにやってみる。

今日分の七枚を書き終わる。ずっと七〇枚から変わらずだが、自分の中では変わっていると励ましてみる。やっぱり一一月、一二月は執筆に集中しよう。よくわからないけど、適当になんか書こうと思っていたら、「株式会社躁鬱」という架空の企画書という体の小説が一〇枚進んだ。何一つ面白くない原稿だなと思ったが、どんどん進む（笑）。こういう適当なものを一つ書きながらやったほうがいいのかもしれない。好きなことをどんどんやる。誰からも頼まれずにやる。

赤瀬川原平さん死去。『老人力』『超芸術トマソン』。高校生で「宇宙の缶詰」と出会い、いつか会って話したいと思い、『0円ハウス』を出版したときすぐに読売新聞書評で書いてくれ、『TOKYO 0円ハウス 0円生活』を出版した二〇〇八年にジュンク堂池袋本店で対談をさせてもらい、次はあなたががんばりなさいとお言葉を頂いた。赤瀬川さんありがとうございました。

☆

一昨日から風邪をこじらせ、そのまま鬱なのか体がどうも動かない。今年はずっと鳥人間コンテストのように粘ってはきましたが、ここらで着水したようです。すみません東京行きの調整失敗しました。今年はもう静かに家で次作原稿だけに集中します……。写経本は夏目漱石先生の『坑夫』に決定しました。籠って力つけてきます。

絵画療法。アオの幼稚園のバザーの班長をフーが担当しているので、命令されてカレー屋の看板描きました。今日、ド鬱の時に養老さんと対談した時のことを思い出した。ほとんど何も話さない時間が過ぎたが、養老さんは「ゆっくりやりましょう」と笑いながら話してくれた。

栄養補給中。ガルシア＝マルケスの自伝のような小説のようなライナーノーツのような『生きて、語り伝える』がすごすぎて、布団から起きて正座して読んでいる。弦が仕事場をくれとうるさいのでベンチを転用してつくった。僕は籠りたいのだが、子どもにはそんなの通用しない。それでいいのだろう。

アオがつくった歌がたくさんボイスメモに入っていたので、アーカイヴをつくっている。来年頭には音楽集ができることだろう。プラ板の次はCDつくって売ってみよう。大黒柱が躁鬱なので、我が家は全員総出で家庭内手工業でお金つくって日本銀行券にどんどん両替しようと項垂《うなだ》れながら遺言を食卓で言い放つ。

お金もらう仕事ばかりしてると腐乱死体みたいになるから、どんどん自分でお金をつくる。日本銀行券は贋金だ。真金づくりに励もう。

昼間、たまには外に出ないとと思って散歩するが平日の誰もいない路地の塀に当たる光が、これを書きたい、と思わせて少しだけ元気になる。子どもは知ってるんだよなあ。今日は弦が連れ出してくれた。彼らはこの光をどういう装置で記憶するのだろうかとしばし考えていたら、弦は玩具問屋でトミカ握ってた。

この季節の午後四時過ぎ頃の北向きの壁に当たる光は、何かを呼び起こす。その呼び起こそうとしている対象の映像ではなく、呼び起こそうとする力そのものを書きたいと思う。生きる原点。

アオが三日前から、絵本ではなく文だけの本『エルマーのぼうけん』を僕の本棚から取り出して、横で読んでいる。「アオのものにしていい？」と聞いてきたのであげた。僕は今年からちゃんと本が読めるようになったというのに向こうは六歳である。負けてられない。僕はコルタサルの『遊戯の終わり』を買った。

『エルマーのぼうけん』の語り手は実はエルマーの子どもである。エルマーの子どもが、エルマーが語ってくれたお話を思い出して子どもの視点で書いている。その種明かしは一番はじめに出てくるが、それ以降は出てこないので読者は知らぬ間にエルマーと同化する。しかしエルマーは、子どもではなくお父さんなのだ。

また最近、人の夢に出るようになってきた……。小説書いていると、そうなる。

いのちの電話に電話してきた人に、すごい作品よかったんで、がんばれがんばれ言ってたのだがロンドンで個展するようになったとのメールがきた。よかったよかった。どんどんやってけー。今、僕は落ちてるが、すると、いのちの電話をする人がいなくなるというこのアルゴリズム、やばすぎるような気がしてる。

原稿はMacBook Airじゃないと一行も書けないのに、歌の歌詞は断片のような紙に手書きじゃないと書けないのな~んでだ。

恐怖心、逃げたって勝てるわけがない。

他人の内面には全く興味がないのに、他人のそぶりに憧れる。我が娘さえ異生物に見える。他人の、彼らのその何気ない動きに嫉妬する。で、それを何かで表したいと願っていたことを思い出した。それを書きたいと幼い頃から決めていたのかもしれない。

水疱瘡《みずぼうそう》で一週間幼稚園に行けないアオを誰もいない公園に連れて行く。椿の葉っぱ一枚と、お団子を交換してもらいました。箸と皿も買わなくちゃいけないと言われ、乗せられるように購入。本当に泥団子を嚙んだら、「あなた幼稚園で食べたらダメだって言われなかったの？」と怒られました……。この現実と虚構のバランスがすごいですね、子どもは。演じてるのか本気なのかわかりません。僕はいつもマジです。

今日の夜は、渡辺京二さんと伊藤比呂美さんと熊日の浪床さんと四人でお食事会。さらに石牟礼道子さんがいるんだから、熊本狂ってるなぁ。京二さんはありえないことに僕の本にハマってくれているらしく今日は『隅田川のエジソン』を読んでくれていて、傑作だった幸福だったと言ってもらった。涙が出た。みんなは僕の文章下手だと言うんだけど、渡辺京二さんだけは上手いと言ってくれる。僕は君のこと全面的に受け入れるんだ、と言ってくれるので、僕も全面的に受け入れることにした（笑）。

一人の人間からの肯定は、一億人の否定よりも強い。目の前の声を聞き逃してはならんと改めて思う。素朴な受容には無数の消しゴムの跡が潜んでいる。これからもちゃんと人の声を素直に聞いていこうと思った。素っ気ない仕草の身近な偉人たち。

一週間、天岩戸に入り込んでました。ようやく表に出られる……。大分早いですが今年はこれにて仕事納めします。来年に向けて充電しときます。まずは来年一月の新刊の準備をば。

NYから国際電話と表示があり、何事と思って出るとスミソニアン博物館が発行している雑誌『スミソニアン』の記者から。『0円ハウス』の取材だけかと思ったら、分裂気味のあなたの全作品について取材とのこと。狂っててよろしい。つい快諾してしまう。でも取材は来年にしてもらった（笑）。英語で本を早く書きたい。

そういえば、八年前の二〇〇六年にバンクーバー州立美術館で生まれて初めて個展を開いたときのオープニングにスミソニアン博物館のキュレーターの人が来ていて「いつか仕事しましょう」みたいなこと言っていたのを思い出した。とにかく三歩進んでも常に二歩下がってしまう私だが、継続こそが仕事。

シド・バレットが手がけたモザイクアート作品がオークションに。音楽家などという肩書きから解放させて、もっと創作する人間を全方向から見るべきだと思うなあ。僕は音楽家の絵とか、おばあちゃんが自作した歌が好きで創作を継続してます。そんなわけで、音楽家MARKの絵とか文とか、DJのFran-Keyのレシピとか文とか漫画とか、何とかならんもんかな、と自分のことで精一杯のくせしていつもお節介でつい考えてしまう。

僕は仕事を「分裂状態を収束させるのではなく焦点を合わせずそのままで突き進む」ようにする、とある時決めました。

躁鬱は失うものも多いが、同じくらい学ぶことがある。我が家では失うものはそこで回避できたとしてもどうせいつか失うから早めに失っておくべきだと決めた。しかし、学んだものはなくならない。鬱のときはつい「元に戻りたい」と工夫しようとするが、それでは永遠に学べない。引き下がっては駄目なのだ。

引き下がってどうにか元の状態へと返り咲きしようと思ってしまう。これが僕の鬱状態のときの心境。しかし元に戻ろうとした途端、鬱の溝はさらに深くなる。溝の底には次の体の振る舞い方の源泉があるのだが、そこまで行くためには引き下がらない、前の状態へ戻ろうとせず、前進すると覚悟する過程が必要になる。

今、「舟鼠」という小説を書いているわけだが不思議なことに毎度、鬱になる前はこれ以上絶対に進めないと思うし、これは今までの自分のやっていることと違いすぎてついていけなくなると思うし、つまりは不安になる。そして鬱が明け、覚悟が決まると、文体が変化する。今んとこ五回ほど文体が変化している。

鬱状態は創造の病なのである、もしくは「通過儀礼」のようなものだとしか思えない。昔は恐怖心のほうが強かったから、鬱明けが遅れるし、鬱の溝も浅い。そうすると摑み取れる獲物も小さい。覚悟が決まってくると、鬱の溝は深くなりジャック・マイヨールみたいな潜水が必要になるが、死ななきゃ還って来れる。

日本ではただのキ千ガイ扱いされてるけど、オランダやスミソニアン博物館からは「いいね！」と言ってもらえるので、凹みすぎず調子にも乗れずちょうどいいバランスです。

また高校生から電話がかかってきて、『独立国家のつくりかた』が課題図書になっていて、先生がレイヤーについて説明したけど、あんまりわからなかったので、詳しく知りたいとのこと……。しばらく話をする。しかし、興味深い展開である。

動画を観ただけで、「感動した！　一〇〇万円を払いたい！　口座番号を教えてくれ！」と突然、電話がかかってきた。「サンタですか？」と質問したら、日本語で違うと言った。奇特な方もいるものだ。

感謝。

精神病院の定期検診。今年一年はどん底にも落ちずにグッジョブ！　来年もこの調子でね！　とのこと。僕はどこかしら物足りなさがあり、もやもやしてるんですけどと伝える。本の中で暴れろとのこと。

2015

やっていることが一八歳のときから何一つ変わっていない。路上生活者の家の調査（後に『0円ハウス』）、貯水タンクに棲み（後に『都市型狩猟採集生活』）、移住ライダーをつくったり（後に『モバイルハウス』）、かつそれをドキュメントなのかフィクションなのかわからないタッチで描く（『幻年時代』）のも変わっていない。

ていうか、一五年前の自分に嫉妬している。こいつ本当に馬鹿だわ。他者が批判する気も起きない。当然ながら理解者ゼロだった。弟くらいかな。それでもなんかすんげー気持ちよかった。もしかしたら世界一の建築家なんじゃないかって思ってた。

既存の建築というものに対して、その構造を使って皮肉を行って顰蹙《ひんしゅく》を買うみたいな、高度なことができずに、ただひたすら自分の中で真っ当な建築をやっちゃって、完全に無視されてた。でも、今はそれで良かったんだと思える。僕は皮肉は嫌いなんだ。僕は自分がいいと思うことをただやっているだけだ。

一九歳の「貯水タンクに棲む」という僕の最初の作品からクオリティがほとんど上達していないのは笑うしかないが、それでも僕は自分が感じた疑問からスタートして、それをずっと問い続けていると久々に自覚できて、映像観ながら笑いながら少しだけ気合いが入った。同調せず小賢くならず自分の問いで勝負しよう。

土地を所有できるという感覚がまだわからない、と家族で買い物した帰り道に一人で頭を抱えていた。フーに「ねえ、家賃を払うのっておかしいと思わない？」と聞くと「おかしいとは思う。でもそういう社会の仕組みだから仕方がないんじゃないの？」と言う。でも「おかしいとは思うんだ！」って僕は喜んだ。「おかしいとは思っているのか！」と僕は飛び上がった。

「ええそうよ」とフーは言った。僕はフーに抱きついて「それだけでいいんだよ。ありがとう。君はおかしいと思えているんだね。社会とか仕組みとかどうでもいいよ。おかしいと思えているんだね」と、ジャングルで生き残りを発見した気持ちになった。

今、「お礼だけ言いたいので、勝手に電話しました。生きよう、と思えるようになりました。ありがとうございました」と、知らない男性はそれだけ言って電話を切った。僕が何をしたのかわからないが健やかな声だったので悪い気はしなかった。また死にたいと思う日もあるでしょうけど落胆せずいきましょう。

日々の記録をまとめていたら、原稿がもう既に五〇〇枚を超えていた。苦しければ苦しいほど原稿はたまっていく。それは喜ばしいことなのかもしれない（泣笑）。だから、足元の自転車のペダルが軽いとき、その微量な重力の違いに、長い映画を観たときのような時間の遅延を感じる。それは豊かな不安だ。

精神病と言うな創造と呼べ。

今年は二枚目の音楽集CDも出る予定です。素人のくせにと言われそうですが、「法律を破らなければ何でもやりなさい。そうすれば躁鬱の波は落ち着きます」と主治医に言われているので気にすることなく、今年もどんどん分裂状態で新作を続々発表するのでお財布が調子がいいときでいいのでどれか買ってください。

クオリティを高めることに努力するよりも、どれだけ信じられないほど幅広い分野の領域へと関心を持ち続けるか。それが僕の治療になる。努力するとすぐに落ち込むのでやめたほうがいい。ただひたすら好奇心を発動させ続ける。書き上げられず次の作品へ向かっても駄目な人だと思わないこと。それでいい。

そんなやり方は、真面目な日本では全く当然のこととは認識されていない。むしろ怠け者扱いされている人が多いだろう。だから躁鬱者は日本で生き抜くのは難しい。アメリカじゃ「CEO病」と言われているらしい。どんどん起業しちゃう病気だと。自分で立ち上げて途中から人に任せるのって、実は良いことなのにね。

以前、いのちの電話にかけてきた、死にたかった人が、今やロンドンへ行くことを決意して飛び立って展示をするってメールがきた。死ななくてよかったですね。「精神病と言うな創造と呼べ」を実践してるねえ。誰に何と言われようと、生きればいいのです。

僕はいのちの電話を、アーツ&クラフト運動や、バウハウスのつもりでやってます。芸術家発見運動なのです。自分を駄目だと言う人を慰めるようなことは僕は得意じゃない。その人の駄目じゃないところを見つけることだけが得意。バウハウスには教師と生徒の境目がなかった。みんなで発見していったのだ。

馬鹿な僕は、馬鹿なのに反省することができないけれど、それを内省することなく、それなら、どんどん先輩たちに教えてもらって、吸収すればいいと開き直って、ただひたすら好奇心の赴くままに、少しずつ本を読むようになってきてます。もちろんどれも数頁しか読めません。でも興味を持つことが楽しい。

鬱のとき、僕はこの本に救われました。『21世紀の世界文学30冊を読む』（新潮社）。都甲幸治さんのこのシリーズは新作も出てます。弟に教えてもらった。僕の鬱抜けアイテム1です。

鬱抜けアイテム2。『科学から空想へ』。この本もすごかった。藤原書店から出ている石井洋二郎さんの本です。フーリエについての本。僕はフーリエなんて知りませんでした。そして感動しました。『四運動の理論』も買っちゃいました。

鬱抜けアイテム3。「ゲンロンカフェ」での東浩紀さん浅田彰さん中沢新一さんの鼎談の映像。生まれてはじめてネットの動画にお金を払いました。おこんな頭の良い人たちと対談しちゃってたのかと頭三方とも僕は個別に対談をしたことがありますが、が下がりました。必見です。感動しました。

これら三点の鬱抜けアイテムによって、再び、僕は生きて現実に戻ってきました。本当に感謝しております。芸術には思想には行動には、道徳や規則や政府にはできないことがある、という単純で豊かな、肩をぽんと叩くような皮膚感覚での実感を得て戻ってきました。

僕は人の良いところしか見えない。悪いところには興味がない。それが僕という装置の特性だ。僕は他者にしか興味がない。僕は自分に興味がない。僕が生きている意味は他者が存在していることを確認することにある。なぜなら僕の目には他者しか映らないからだ。死者でさえも。僕はそんな、ただの装置だ。

祖母と電話した。『徘徊タクシー』をまだ手渡していなかった。でも祖母は気にせずに「どんな話なの？」と聞いてきたので「じいちゃんの葬式とひいばあちゃんの徘徊を助けるじいちゃんのシーンは丸々実際に僕の目に映ったまま書いた」と言ったら「じゃあ、恭平くんの本の中ではまだ二人も生きてるのね」と言ってくれた。

夢の中でも人に会える。それが死者と会うということだ。それは書物の中で、起きて見る夢として、現実でもヒントを教えてくれる。人の肉体はいつか大気の中に紛れて見えなくなってしまうが、目は眼球だけで稼働しているのではない。その目はみんな持っているが、時々忘れられる。だから僕は書き、夢を見る。

僕のいのちの電話は「嘘発見機」ならぬ「天才発見機」なのである。死にたい人には何らかの「天才」つまり、天から頂いた才覚がある。声の調子で、僕はそれを察知することできる。もちろん僕が鬱のときには無理だが。

平安時代に生まれてくればよかった。現代ではただのキ千ガイ似非宗教家と断定される。……なんて言ったりするけど、ほんとは全くそんなこと思っていなくて、全くもって自分はまともだと感じているところが、まさに毎月精神病院へ行っている僕の真っ当さなのかもしれない。このギリギリのポイントで現実と夢でまどろむ。あくまで現実は下書きである。そのことを忘れるなと言い聞かせる。

サンフランシスコからきたような自由なアメリカ人を見かけたので話しかける。お前の話を聞いていたらデヴィッド・フォスター・ウォレスの小説「Infinite Jest」を思い出したよと教えてくれた。同じ新町在住二〇年とのこと。熱いね。

ウォレスは元気か？　と聞くと、二〇〇八年に自殺したよと言った。僕は意地でも自殺をしないようにしようと思いながら今、家の前。素晴らしい日和。素敵な寒さがセーターの中、吹き抜ける。ありがとう。

Infinite Jest＝無限の冗談（しゃれ）。いい名前だ。

命を守れない機関は機関ではない。新政府の唯一の政策は「自殺者ゼロ」である。今の国はもう組織でもなんでもない。そんなところには属せない。だから僕は自分で世界をつくるしかないと二〇一一年五月一六日に思い立ったのだ。あれ以来、僕の考え方は何一つ変わっていない。ないならつくるしかない。

僕は熊本で今の命を守れない政府とは違う新しい世界をつくりたいと思っている。だからこそ渡辺京二さんと石牟礼道子さんという大先輩のような、それでいて小学校の同級生のような三人組のふりをして一緒に遊んでいるように学ばせてもらっている。自分が住んでいる街を愛せるような世界をつくりたい。

僕はまわりから似非宗教家とか詐欺師とかなんとか言われて、大抵は無視して好き勝手にやっているが、時々落ち込むときもある。だけど渡辺京二さんが「何と言われたっていいじゃないか誇大妄想からしか世界は生まれん」とこの前ハッパかけてもらって、おおそうか、もっと気にせず突き進もうと決意した。

食っていくために書いている人よりも、書かないと死んでしまう人の原稿を僕は読みたいのである。作家になりたいと思っている人よりも、書かずにはいられないので毎日ずっと書いてしまっている狂気の人の原稿を僕は読みたいのだ。なぜなら僕がそうだからである。僕は書かないとおそらく既に死んでいる。

書くこと、つくることは死を遅延させてくれるのだ。僕は自死するまでの時間を限界まで伸ばしたいと思っている。家族もそうである。フーがいてアオがいて弦がいて家族を形成するという行為は、僕の死を遅延させてくれるのだ。それくらい僕にとってこの社会というのは絶望なのである。

人から認められてどうする。死なないために書くのではなかったのか。自分の生をこの絶望の社会の亀裂に染み込ませて、この現実を破壊しないかぎり、生きていて何の意味がある。人が死ぬのを放置する社会のどこがいいのだ。僕には理解不能だ。

お願いです。僕の行動は死んでからしか意味がわからないと思うので、ぜひ本を読んでください。本の中でだけは僕は心から落ち着いて言葉を人々に、いや、自分自身に投げかけることができるのです。動画とかツイッターとか全部駄目だと思うんで興味がある人は本を読んでください。

☆

拙著『徘徊タクシー』が第26回「日本ファンタジーノベル大賞」を受賞したとの一報が入る。ありがたく頂戴いたします。賞金は誰かにすべてあげます。感謝。大賞賞金五〇〇万円か……。いらん。『徘徊タクシー』を書いている間、僕は本当に幸福だった。あの瞬間に戻りたいと思うことが今でもたびたびある。書き終わるのは辛いだけ。そういう意味で日記は僕にとって永遠に戯れることのできる文学なのである。終わりのない物語。ネバーエンディング・ストーリー。

お金で何かを買いたいとか思ったことがない。僕は現実ではない世界に浸り続けたいだけである。だから僕は日記を書き続けるのである。プロットは体の中にある。プロットを考えて小説を書くという西洋式の方法論にいまだに何一つ心が動かないのは、それが止まった時間だからだ。時間なんて存在しないのに。

祖母が「『徘徊タクシー』の中ではケンシ（祖父）さんとトキヲ（曾祖母）がまだ生きてるとね。恭平くんありがとう」と言ってくれたことが僕にとっての最高の返礼だった。生者と死者を切り分けるこの現実とは違う空間を表出させること以外に創造者の仕事があるのだろうか。感謝。

賞金を使って「第一回坂口恭平賞」でもつくろう

かな……。受賞したことを知った友人から電話や釣ったばかりの鯛や自分で焼いた蓮根クッキーや野花が続々と届き、驚いている。子どもたちまでやってきてアオと弦とレゴをやっている。なにやらにぎやかで幸福な家族の風景。しゃれのわかる人々たちが周囲にいて本当によかったなあ。Infinite Jest。

みなさん本当にお祝いの言葉、ありがとうございます。電話がひっきりなしに鳴っていて嬉しい悲鳴です。でもアオと弦は関係ないらしく、電話を置いて遊びに行きたいというので今から砂場へ行ってきます。箱庭療法をしてきます。この喜びを今は亡き、祖父ケンシと曾祖母トキヲに捧げます。ありがとう。反響がすごすぎて逆に驚いている。賞なんていらないと昔は言っていたが、やっぱり嬉しいものだなと。人々が喜ぶ顔を見てそう思った。授賞式は二月とのこと。

おそらく死ぬときってこんな感じなんだろうなあ。懐かしい人から連絡がきて、生きていてくれてありがとうと言われ、他人が笑っているのを観ている。認知症の曾祖母もこんな感じで僕を観ていたのかもしれない。嘘とか本当とかじゃないんだよって。お金なんか意味ないんだよって。人の笑顔が一番だねって。

僕はこんな冗談みたいにひょっこり死にたいなと思う。みんなに笑っていてほしい。僕の仕事はそれなのだ。喜劇役者ではなく、喜人間。苦しいときも全部書けるからさらけ出せるから、死にたいことも全部人に言えばみんな涙ためてても爆笑してくれる。僕は笑われるために生まれてきたのだろう。それでいい。

おそらく僕の躁鬱の全てを家族以外で唯一現場で観ているワタリウム美術館のえっちゃんが『徘徊タクシー』が一番好き！　って言ってくれたのが、今もじーんと響いている。僕は国立競技場で首吊ろうとしていたときに和多利浩一さんが車で探しにきてくれて息子さんの部屋のベッドに寝かせてくれたのを思い出す。あのとき本当に死ななくてよかったと思う。

たくさんの人からの電話が止まらない。京二さんが嬉しそうな声で、それが、それこそが嬉しかった。

これで雑誌がはじめられるのだから。感謝である。神様。

「日本ファンタジーノベル大賞」という死者からの附箋を感じる。そのポストイットを。おれはそこを読み、編み、噛み、挟み、睨みながら笑む。感謝。本当に今日の受賞には救われた。選んでくれた選考委員の方々、洒落た贈与をありがとう。しかと返礼させていただきます。

家に帰って来たら、真っ暗な部屋の中でアーサー・ラッセルの「In The Light of The Miracle」が爆音でかかっていて、びっくりしてたら小さなケーキを家族が用意してくれた。やるな、フー。感謝。

これがまさに『徘徊タクシー』の舞台になった時代に僕が毎日、フーと一緒に爆音で聞いていた音楽なのであった。アーサー・ラッセル先生、僕はしかと生きます。気合い入れてぶっ飛びます。現実から脱出し、魅惑のあっちの世界をめくって人々の前に表出させまーす。

絶望しても生きていることが素晴らしいと伝えること。その矛盾は文学であればイエロー・ブリック・ロードのように一本道に見える。だから書くのである。絶望もしているし、生きているという事実を受け入れてまだ先へ進もうとも思っている。その矛盾が、人を動かすはずなのだ。矛盾を空みたいに見上げてみる。

お祝いに何か本を買ってもいいよとフーが言ってくれたので、デヴィッド・フォスター・ウォレス「Infinite Jest」を買った。今年は翻訳を練習してみようと思ってます。

おれは馬鹿だからと開き直ったら一巻の終わりである。もう手遅れだと思っても僕は勉強をしたいと思った。だから渡辺京二さんのところに通っている。こんなに本を読んでいる人を僕は他に知らない。そのような知性の塊の男の前にいつも身を寄せて面と向かって遠慮せずぶつかること。そこからしか次はない。

諦めずにぎりぎりまで粘る。人と関わることを恐れて諦めてしまったらもうそこで人生は終わる。そのような恐ろしい世界で仕事をしているのだと最近感じている。かといってガチガチに緊張してはいけない。恐怖と向かい合いながらそれでも飄々と闊歩する。だからどん底にも落ちるけど明日があるさ。

敵わないと思える親友がいるということは絶望であるが、己を殺せばたちまちに幸福へと転換する。無知を知るだけでなく、無知を恥じ、でもそこで落ち込まず、すぐにじゃ教えて教えて教えてくださいと、知へ近づこうとせよ。そこには場ができる。それは今、完全に消失されたと思われている教育の場だ。

☆

熊本では小学生が僕の本を読んでくれている。意味がわかるって言ってくれる。さらに来年は高校の教科書にも載るらしい。小中高生たちとこれからのことを考えていかないと。もう働いている人は身動きが取れなくなっている。働く前に僕は彼らに生きのびる技術を伝えたい。例えば自分でお金を稼ぐ方法（笑）。

僕は死ぬ前にアオにどうにかして自力でお金を稼ぐ方法を伝えねばとなぜか自動的に考えているようだ……。とにかく人からの指示で体を動かさないこと。それが重要なのである。自分の生理的な感覚で動く。それがその人の振る舞いになる、不思議なタッチになる、言葉では言い表せない感動になる。

フーがジュエリーつくる横でアオもプラ板でジュエリーをつくっている。その姿がいい。すると、ある大手アパレルからアオに依頼がきた（笑）。ふむふむ。いい感じ。学校でお金の稼ぎ方を教えないのはフェアでない。まずは自力でやってみる。それに何十年も慣れてると人を助けてあげられるようになる。余裕ができる。

僕は一九歳まで自分でお金を稼ぐ方法を知らなかった。路上でギターで歌いだしてから丸一日歌えば一万円くらいになることを覚えた。なんだ、もう死なないじゃないかと、気持ちいい風を感じたのを今でも覚えている。それで日本全国まわりまくった。金に困ったことがなかった。歌えば人が集まったから。

先立つものはお金じゃない。そこを勘違いしている大人が多すぎるから大変なことになっている。いのちの電話で、完全に理解したことは、全ての問題は「家族」である。僕は家族についての研究家だと思っている。家族、つまりそれは共同体であり政治である。人が集まることの根源。先立つものは人間だよ、きっと。

だからシェアハウスやコミューンじゃなかなかうまくいかないんだ。まずは家族。今の家族には哲学がない。だからおかしくなってしまう。だからいのちの電話にかけてしまう。それは家族の仕事である。言いにくいことはいっぱいあるけど「死にたくなってしまってる」だけは言える環境が家族にないと駄目だ。

毎度毎度繰り返し言っていることだが、経済ではなく経世済民を、economicsではなくoikos / nomosを考えなくてはいけない。新作『ズームイン、服！』はそのことをフィールドワークした本です。僕は家族と経世済民。ここに向かってずっと歩いている。

また明日からぐっと潜って、新作『家族の哲学』を書きます。こちらは今、四五枚。二〇日間、毎日地蔵様に参拝しながらクローブ嚙みながら書いてます。怒りの感情がまったくない……。今回は不思議な躁転です。穏やかです。

クローブ（丁字）は、僕がいつも使っているシーボルト三番目の弟子がつくった吉田松花堂の毒消丸（よく旅行する石川直樹や岡田利規にも送ったことがある）の中にも入っているし、それこそ正倉院の中でも発見されたという由緒正しい生薬です。

フランチェスカ・クプカの絵も落ち着きますよ。内面はぶっ飛ぶけどね。現実を見る目を変えることができる稀有な画家です。抽象画初期の人です。素敵な人ですよ。

一六歳で躁鬱、分裂と診断、薬を飲み続けた二二歳の女の子から電話。お母さんにも電話を代わってもらうことに。僕の最近の戦法はこうやって家族を巻き込むこと。新しい家族の形成の実践はいのちの電話で行われていく。小学生のとき詩が浮かんだが祖母に捨てられたという(涙)。才能があるので原稿を依頼した。

　僕は女性と電話で親身になってしまうと恋愛のような感情がどうしても発生してしまう。もちろんその気はない。でも人間というものはそういうものなのだ。だから家族というものを絡ませる。家族はその戦争の抑制になる。いのちの電話は僕が新しい社会と家族を形成する概念を導き出す装置になっている。

　みんな電話かけてくれてありがとう。僕は通話料が無料なので、すぐに書け直してあげるから電話代なんか心配せずにどんどんかけてね。今日は午前一一時半から午後四時までは原稿を書きます。それ以外ならいつでも電話してきていいよ。待ってまーす。死にたい人限定ですよ！　僕は死にたい人にしか興味ない。

　とにかく僕は一人で籠って書き続けるしかない。共感を求めている余裕はない。僕は死なないために文の奴隷になって書き続ける。自分の言葉を見つけてそれを声に出したい。違うことを恐れず、はぐれても気にせず、笑われることを厭わず、病院に送り込まれても主治医に反発せず、でも一人で書き続ける。

　どこに身をひそめる？

　僕なら自分の言葉でシェルターをつくるよ。

　僕には麻薬ではなく、麻酔が必要なんです。「薬」ではなく「酔」。「酔」は意識をなくす、心を奪われる、ということ。現実から一瞬離れて現実を見たいんです。

　いのちの電話にかけてくる人＝実はつくりたい、もしくはつくっているのに誰にも見向きもされていない人。僕は見るっす。死ぬ気でつくってるのしか興味ないです。絵を描くように生きる。

　二二歳の詩人と(というか昨日いのちの電話にかけてきた子だけど)、もう親友になっている(笑)。熱く二時間電話して、その中で僕は一つの長大な物語までつくった。興奮して「どうだ今の話やばくね!?」と言うと無反応なので感動しすぎて泣いているかと電話を耳から離してみると、充電が切れていた（笑）。素敵ね。

おかげでツイート白熱しなくて済んだ。やはり持つべきものはトモである。呟きすぎるのは体に毒である。毒も少しなら麻酔効果があるが、やりすぎると中毒になり死に至る。僕は昨日いのちの電話をかけてきてくれた「元・死にたい人」に助けられた格好になった。それでいいじゃないか。完璧な人間などいない。

小学生から電話がかかってきて「血管や内臓はフル稼働なのに先生が『脳は三分の一くらいしか使ってない』って言ってたんですけど、三分の一で今のこんな状態であと残り全部使ったら、一体、人間はどうなるんですか？」と質問された瞬間、ふわーって頭の中の世界が膨張した。問いの振る舞いが素敵ですね。おやすみなさいませ。素敵な夢を。

☆

書店回りなんかしてどうするのよと言われたりするのですが、売りたいというかー、もちろんそりゃ本を世界中で読んでもらいたいから書いているんですけどー、人に会いたいだけなんです僕は（笑）。書店員さんと会うとやっぱり楽しくなっちゃう。一緒に一丁やったるか！　と通じ合う瞬間、本をつくってよかったと思える。

自分で考えていることをただひたすら素直に問い続ける。行動し続ける。金がないとかどうでもいいこと言わずにまず試す。人に会う。話す。描く。書く。とにかく僕にはそれしかできないしそれができる！

人に頼らない。まず自分がやる。自腹でやる。足を踏み出す。出す。何か出す。提案する。自分の言葉で人に好きって伝える。まずはこっちから伝える。出方をうかがうことなくとりあえずぽいって投げる。で、待たずに次へ行く。返信や返答や返済なんか待たずに次へ行く。すると人がやってくる。笑いながら。

足を踏み出す。これは一番簡単な行為だ。何を恐れているのだ。何を怯えているのだ。何を心配しているのだ。何を不安に思っているのだ。何を何を何を。簡単ではないか。ただ足を踏み出す。やれ、やれ、それやれ、きょーへー。と自分に言い聞かせる。人にこれを言うとすぐに怒られるので自分に言う。ほら。

一生、蹴飛ばされ、一番はじめに冷たい氷海の中に飛び込むペンギンでありたい。

人の言葉を使わない。人の振る舞いを追わない。人の声を聞き入れながら上手に聞き流す。人が頷くことしたって仕方がない。そんな既知の世界には人々はわくわくしない。見たこともないけれど、ずっと見たいと思ってたヴィジョン。それを頭蓋骨の裏側に映し出すのが幻術士の仕事だと思っております。

紫式部は「幻」のことを「まぼろ」をつくり出す「士」つまり、幻術士として使っている。僕たちはいつのまにか幻っていうのは、存在しないものと思い込んでしまっている。僕はそう思わない。まぼろし、それは人間の役割の名称なんだってことを思い出したい。紫式部先生。ありがとう。

僕が起こす革命の矛先は、社会ではなく家族であり、文化である。

文化という言葉が僕がとても気になっている。僕は熊本をしかも家の前の「新町」「古町」界隈を「文化首都」にするという目標をつくった。歩いていける距離のところでさまざまな芸術が溢れ出て毎日夜毎議論が交わされ、朝はみんな必死こいて創造に励み、それがThe way of a lifeになる町。

新しい社会、家族の形成のために必要なのは、新しい言葉である。だから僕は人と出会い構成員の要素を確認してはすぐに家に引きこもって言葉をつくっているのだ。僕は何かをしようとしているらしい（笑）。僕の本にはそういった「造語」が時々出てくる。まだ甘いけどね（笑）。がんばります。精進精進。

文化とは何か。文化という日本語ももちろん造語なのだが、これは坪内逍遥がつくったとされている。

どこから来ているか、それは「文治教化」である。これは「刑罰や威力を用いないで導き教える」ということである。今の社会で行われていることは「武化」である。僕はそうではなく「文化」で社会と家族を形成する。

文化＝cultureの語源はラテン語のcultusである。耕すという意味もあるのでそれが強調されているが、僕は違うと思っている。衣食住における道具、薫陶、宗教のシステム、祭礼なども指す。どちらかというとそちらが近いのではないか。詩的構造と住まいの在り方。それが文化。素敵な言葉。

レヴィ＝ストロースは「言語は文化の条件である」と言う。まさに僕もそう思う。今使われている言葉が現状の文化の限界を指し示している。みんないいことしか言わないし、そうではない人は悪意がたっぷり。溜息が出るような文化。僕は徹底してそこから脱出して、自分の言葉を見つけたい。文化をつくりたい。

ま、以上の話は僕の妄想なので、適当に聞き流しておいてね。決して大学の論文の参考文献になど使わないでくださいね（笑）！　誰もいないと思うけど。言葉の綱渡り。その曲芸をやらねばならないんですよ。平和を祈ることも大事かもしれないが、まずは言葉をつくれと自分に言い聞かせてる。

誰かを揶揄するようなことはしてはいけない。正々堂々、新しい文化、つまり言葉をつくればいいのである。僕はそう思っている。だから、とにかく新しい世界をつくるためには人に会い、言葉を交わすしかない。詩的構造の言葉による対話。それしかないでしょ。同じ言葉を持つ人間が集まってもろくなことがない。

今は社会的変革のためにみんなで同じ言葉を使っているような気がする。西欧の人を見ても中国の人を見ても日本を見ても。それじゃたぶん無理だろう。それではない方法を考える。だから面白い。それは音楽的段階、つまり鍵盤のような言葉によって実践される。それを発明しなくてはいけない。一人で独自に。

徒党を組むな。一人でやれ。その一人一人が詩的対話を実践することでしか人は本質的に「集う」ことができないはずである。それが家族だ。それが共同体だ。そこでは新しい言葉が小鳥のさえずりのように鳴っているはずだ。音楽のように。

僕はとにかく自殺者をゼロにする。それしか道はない。文化さえあれば自殺はなくなるのだ。自殺は自ら起こした文化への無理解を感じた人々の絶望を表している。テロリズムという言葉は自分たちのことを棚上げしすぎて気持ちわるくて使いたくない。家族の中でこそ同じことが起きてしまっているのだ、今。

「テロリスト怖いねえ」とテレビを観ながら言っているお母さんの隣の部屋に籠っている子どもから、僕に電話がかかってくる。それはとても恐ろしいことだ。

誰がテロリストなのか、と言いたいのではない。言葉が完全に腐っていると言っているのだ。だから文化を立て直す。新しい詩的な結びつきの言葉を生み出す。

☆

さて今から五時間執筆します。ツイッターやめて書けるかどうか。止まらない人々との共感の衝動をクローブで鎮めてがんばってきます。また夕方。応援してくれる人は新作を注文してください。今すぐ（笑）！　ありがとう。いつも。ありがとう。本当に。

人々のおかげで僕が生きられてる。この根無し草が。経世済民。お金は回してなんぼ。僕はなぜかいつも物々交換。お金を持つ必要がなくなってきている。熊本ではね……。この町はすごいね。

お金だけでなくモノも人もなにもかもすべてがどんどん集まってきている。そうやって集まったものはまた別のところへ飛んでいく。こうやって経世済民は回っていく。経済はお金のことじゃないよ。むしろストリートみたいなもんだ。蜂の道、猫の道、人の道、道、未知、満ち、途。何かの途中。どこへいく。

熊本、知らないうちに宣言もせず、日本から自然と独立してたりして（笑）。つまり、日本銀行券いらなくなってたりして、と思った。とりあえず僕の周辺ではそういうことがポツポツ起きちゃっている。僕はただそれを見つめている。誰も気づかず笑い転げているうちに、新しい共同体の概念ができていたりして。

お金持ちじゃ生きのびられなくなってきている。やはりちゃんと修行を積んだ人が上に浮かんできているように見える。もうこれからは騙せないだろう。ただ素直に実直に歩いている人に花びらは降ってくるだろう。風に乗って。香りと共に。その馨《かぐわ》しさを感じられる感性を磨く。それは楽しい修行である。仙人様。

今日は四人相手にご飯を食べながら一人ずつ占いをしていた。僕は占いでお金は取らない。ただ見えるものを見えたままに伝えるだけ。僕は「当たる！」とかじゃない。次にどうすればいいのかがわかるらしい。今日は仏さまがにこっとしてた。いい日だった。

僕の本業はもしかしたら作家でも建築家でも新政府内閣総理大臣でもないのかもしれません……。自分で空恐ろしくなったけど、今日はとっても楽しかった。やはり天草の魚を食べ続けたい。熊本で生きたい。熊本で人々をつなげ町自体を変質させたい。新しい詩的構造でもって。

レヴィ＝ストロースの『親族の基本構造』が読みたい、と言ったら渡辺京二さんが諦めたような声を出し、貸してあげるから明日来なさいって言ってくれた♡　完全にお互い二〇代の親友同士みたいになってる。Amazonで見たら一万五千円。フーが怒ると心配してくれたのだろう。明日フーを初めて連れて行く。

フーさんに早く会いたいよ、と京二さんがずっと言っていた。僕は京二さんの娘さんのリサさんが大好きだ。不思議な関係。新しい家族みたいな気配がする。

そして、初めて石牟礼道子さんと出会ってからずっーーーーーっと道子さんの顔が頭から離れない。「大丈夫ですよ、もう」と言っている……。なんじゃこりゃ。

なんなんだろう……。でも不安はない。むしろ楽しいことがこれから起こることだけはわかってる。それは愉快で穏やかでみんな疲れないステキな爆発なのだそうだ。僕は春みたいにうきうき生きている。

☆

たとえ近代社会の仕組みがどれだけ正当であろうと、なかろうと、天から与えられた土地を売り買いしている人間たちは過ちを犯している。必ず地獄に堕ちるのだろう。だからこそ、いろいろと考えないとね。土地の売り買い、やめたほうがいいよ。天がおこっちょる。

いつでも人間の争いは土地の奪い合いである。売り買いしている限り終わらない。平和を叫ぶ前に土地を天に戻す必要がある。あとで高く売れるから今のうちに買っておこうなどと考える人間は人間ではなく悪魔だと思っている。僕は。悪魔からはなるべく離れておく必要がある。悪魔は決して消えない。無視するしかない。

土地は誰のものでもない。そのイミがわからない人は僕の言葉を聞いてもイミがないだろう。意味と忌み。でも異味を楽しむってのも一興だとも思う。

とにかく小中高大学生のみなさん、土地は買わないことです。家も買わなくてよろしい。自分でつくったほうがいいよ。もしくは今、建ってしまっている家を借りたらいい。家賃を大家に払いながらも、大地に敬意を払っていると思ったら少しはイミがあるかもしれない。とにかく悪魔の声を聞かないことです。

僕は建築家といいながら、建物を誰かのために設計・施工することができないのはそれが理由です。完全に近代的な思考からは外れてしまってます。はぐれものです。でもそれでいい。そうやってきてよかったと思っている。建築家はみな悪魔と付き合わなくてはいけない。そうではない方法を探しているのです。

今日は弦と一緒に、今から子ども劇を観に行きます。僕は子どもの頃、演劇を見るのが一番の幸福でした。「エルマーのぼうけん」「かわいそうなぞう」「ペルーの仮面劇」。たくさんの思い出があります。そして、親になった今、その幸福が変わらないことを実感し、うきうきわくわくしてます。それでは。

☆

それにしても、自分にしか関心のない人間が増えて、異質な他者を排除するような風潮がはびこる昨今、坂口恭平の、この他者への異様なまでの興味は瞠目に値する。なんで坂口恭平はこうまで人を見つめ、見出せるのか。前からそんなことを思っていたが、本書を読んでその根っこの部分に少しだけ触れられた気がした。

——石川直樹（『ズームイン、服！』書評より）

ありがとね。石川くん。ここの言葉が強く響くよ。僕はただ人間のことが好きなんだ。好きってことに理由はない。ただ「好き」なんだ。人を好きになることが一番の得意技なんだ。フー曰く「なんであなたはそうやってすぐ好きになるのかね。女の子じゃなければ素晴らしいことだけど！」

好きな人に好きと言ってごらんなさい。すべて変わるから。あの人が嫌いだとか、あの人に好かれたいなどと言わずに、ただ、好きって言ってごらんなさい。それは人に喜びを与え、人を幸福にし、その笑顔はあなたに生きていて、と伝えるでしょう。その重要さを伝えるために僕はこの地に降りてきたと思っている。

☆

今、家族という集団をつなぐ哲学がちと足りない。社会を定義する哲学が崩壊していることと同様に。社会は常に家族という集団によって構成される。だから社会を変えるためにはまず家族の哲学を立て直す必要がある。家族とは何か？　この単純な問いこそが僕の次のテーマである。しかもこれは建築的命題でもある。

だーれも家族について真剣に討議しないんだもん。社会についてはみんな馬鹿みたいに語り合うけど。僕はそれを寂しく思う。家族はそんなに恥ずかしいものでも、見せたくないものでも隠すものでもないよ。唯一の大事な要素といってもいい。社会的成功ばかり求めてないで家族的幸福とは何かを問うべし。

僕が今年決めたことは「子どもが言う通りに行動する」である。たとえ仕事をしていても、アオや弦が帰ってきてと言ってきたら、さっと仕事をやめて家に帰ってくる。そして、ひとしきり遊んだあと、また原稿に戻る。そうやって行動したほうがうまくいくことがわかってきた。みなさんもぜひ子どもと一緒に。

できるかよ馬鹿、と言うなかれ。子どもは（それはたとえ一つの側面かもしれないが）真実を見ている。風が見えている。だから僕は従うのだ。親としてではない。それは一つの指示、命令として捉えている。可愛がりではなく、ありがたいのである。

小学生のとき、マザー・テレサに憧れてたなぁ。ナイチンゲールにも。ヘレン・ケラーにも。僕はこういう女性たちが好きだったし、そんな女性になりたいと思っていた。母性が目覚めた（笑）。

日本人はインドのことよりも、日本のなかで貧しい人々への配慮を優先して考えるべきです。愛はまず手近なところから始まります。

——マザー・テレサ（一九八一年四月、初来日時の言葉）

ネットで流れる本当か知れないニュースよりも、僕のところにかかってくるいのちの電話のほうがどう考えても切実で、その問題に取り組むべきだと思う。マザー・テレサさんのこの言葉を僕は時々思い出し、目の前のことに専念する。「なんで『いのちの電話』なんかやってるんですか？」などと聞かないでください。

マザー・テレサが初めて来日してから三〇年以上経つわけだが、社会的には日本は強国の一つに入っているかもしれないが、僕には家族が静かに崩壊し、土地を荒らし、人々は自殺している国に見えている。

だから僕は家族を見る。身近な視線で。電話をいつでも取る。誰からでも。強いつながりを求めている。

家族について徹底的に考え続けた哲学者がこれまでいなかったと以前書いたのだけど、それはまさにマザー・テレサかもしれない、と今、気づいた。

愛は家庭から始まります。まず、家庭から始めてください。やがて外へと愛の輪が広がっていくでしょう。——マザー・テレサ

帰って家族を大切にしてあげてください。
——マザー・テレサ

明日から家族でセザンヌの真似をして、キャンバスと絵具を持って阿蘇の山を描くために、一泊二日の旅行に行ってくる。こういう時間をつくることが躁鬱野郎には大事なのである。勘違いしながら旅行をし家族と過ごしながら創作をする。

「哲学=フィロソフィ」は、フィロが「愛する」で、ソフィが「智慧」である。本質的な意味での哲学を考えたいもんだ。愛する智慧。

子どもと寝ていたが、深夜突如目が覚めて文献漁る。七〇〇年代の「魏志倭人伝」に既に阿蘇山と明記されている。石、と書かれている。明日、僕は押戸石というストーンサークルを見ようとしていた。変な符合が多くなってきている。関係妄想タイムだな、こりゃ。

神話はフィクションではなく真実の記録なのではないかと、ふと思った。つい自分が読み取れないものをすぐ人はフィクション扱いしてしまう。知らぬうちに自分の都合がいいように利用してしまう。でも人間はやはり真実を次の人に手渡すために書いているはずである。つくりものではなく。

脳の誤作動で目の前の現状見て自殺してしまうのは、あまりにももったいないので、困った人はぜひ『躁鬱日記』か『現実脱出論』読んでください。それでもやばかったら即電話。これで大体の人は死なないのではないかと思ってます。理解しあえれば人

は死なない。電話がつながればなお一層人は死なない。これ事実ナリ。

☆

僕と熊本県副知事小野さんとの対談が、福島0円キャンプ支援のための催しで開催されるとのこと。新政府と現政府でありながら、連携している熊本の文化度の高さがわかる一日になればと。面白くなるぞい。

熊本では新政府と現政府が共謀できている。そこが面白いのである。僕は単なる権力否定者ではない。その争いには意味ないとすら感じている。面白いことをする。そのことに尽きる。政治はなく、徹底的に路上の精神で。でも適当にやるのは好きじゃない。やるなら本気でやらないと。

金なんかなんとでもなる。福島0円キャンプだって丸三年で一五〇〇万円集めている。自分のための金は集まらないが、人のための金ならなんとでもなる。素敵じゃないか。人が集まっている証拠だ。継続は人なり。力がなくてもなんとかなる。継続は人となる。それは力を必要としない、素敵な熱源だ。

分け隔てる人間は好かん。偉い人が本当に偉いと思ってる人は好かん。人間みな同じ。総理大臣であろうが精神障害者だろうが何だろうがみな同じ人間である。だからこそ素敵な違いがある。そのことにちゃんと気づいて行動するにはコツがいる。誰かを否定している人間は自分の中の権力を否定しているのだ。

☆

一週間執筆休んでた。今日からまた再開。新作『家族の哲学』書き始めます。

僕というキ千ガイのために、みんなが協力してくれるので本当にありがたいです。これは介護の一つの形なんだと自覚はしています。僕が死なないように助けてくれているんでしょう。時々忘れて、僕は自分が天才なのではないかと勘違いしてしまいますが、友から介護を受けていることを忘れないようにしたい。

その返礼として、僕は人間さまに、人間さまたちが生きてくださっていることが、そのことの事実がいかに素晴らしいものであるかを、体を使って振る舞い、踊り、唄い、文を編み、とにかく全身全霊で鏡のように照らしたいと思うのです。僕は死者に遣わされている感覚がある。現実の尊さ。風の気持ち良さ。


これまで、僕のテキストはほとんど輸出されていないにもかかわらず、気になってくれた人たちが美術展示などを口実に世界中に呼んでくれた。今年は英文の本が出るので、ようやく僕の思考が深く伝わっていくことになる。スミソニアン博物館発行の雑誌『スミソニアン』の取材in熊本も水曜日から再開。すごいね。

毎月恒例の精神病院の診察忘れてた。来週に延期。元気ってことだから忘れるくらいが一番いいのかもしれないけど。クローブのことをちゃんと伝えてみようと思う。僕は抗鬱剤や精神安定剤の類は一切摂取してません。僕の躁鬱には本当に悪影響しかないので。てんかん薬だけは飲んでます。それもいつかやめたい。

それにしても抗鬱剤とか向精神薬とか飲んだらどうなるかわからないのに飲んでいる人々は、苦しいのはわかるが、やはりちゃんと調べるべきだろう。僕の知り合いの薬剤師の人たちは漢方主体にみな切り替えてきている。希死念慮は薬による精神のズレからくる。

僕は漢方というよりも、中国伝来の生薬を自分の体を使って人体実験しながら研究していきたいと思う。僕は他の人の医者になるつもりはないが、僕自身の医者でありたいと思う。自分のことは自分で診る。躁鬱野郎はその精神が重要なのである。なぜなら、これは社会からは障害者扱いだが、本来障害ではないから。

新作『家族の哲学』一〇〇枚突破。新作「舟鼠」も一五〇枚書いているんだが、まださらに掘らなくてはいけないことがわかってきたのでとりあえず置いている。置くこと。これも大事。かつ同時進行。これも僕の場合は大事。完成させようと思わずに好き勝手に書きたいものからやること。これが僕の操縦方法。

完成できなくても落ち込まずに捨てずに横に置いて次に移る。これは社会的には中途半端と言われて大抵失敗するが、僕の場合、僕が社長なので、それでいいと自分に伝えている。できるときに必要なものが生まれてくる。これは経験を通じてわかったこと。必ずいつかは完成する。しかも完成しなくてもいい（笑）。

完成させずにどうやって食っていくか。これが昨年ぐらいからの実験である。いかに過程をそのまま定着し、それでもって生きのびるか。中途半端な人間だと言われても気にすることなく、いかにすれば精神衛生上心地よく生きていけるか。かつ金が稼げるか。難しい命題だけど目指すのは0円。いつかうまくいく。

本日分新作『家族の哲学』一七枚執筆完了。これで一一七枚。どこに進んでいるのか全くわからず。でも不思議と不安はない。とにかくこのまま導かれるままに書き進めてみようじゃないかと決めた。決めりゃいいのだ。決めたら次のボスがでてくる。決めないかぎりダンジョンからは抜け出せない。仕事終了。

僕は「自分」の目から見た「他者」のことが気になる。「自分」は大事だが、それは「目」という機能としてだけ僕にとっては重要で、「他者を観察すること」が僕の人生では最も重要な行動である。僕は全人類をスキャンしたい。僕の躁状態は全人類に対する「恋」なのである。全ての生を肯定するのである。

新作『ズームイン、服！』は三年取材しているので、僕の躁だけでない側面がいろいろと出てきている。躁・七五％、鬱・二〇％、無我・五％、みたいな躁鬱スペクトラムを一章ごとに体感できるはずである。全部違う。僕の目の調整ツマミが全て微量であるが異なる。分裂しつつ共存する視点が僕の中にはある。

僕が思うに、躁鬱病者は、自分のことを考えたり、反省したり、後悔したりしていると人生終わってしまう。常に社会には馴染めず、基本的には一人が確保されつつ気が向いたときだけお祭り騒ぎのように集団のところに交わらずも参加したいのだが、大抵そんなやつは村八分にあう。じゃあどうすればいいのか。

躁鬱病者は他者を喜ばせたいのである。他者を助けたいのである。しかも奇跡的なことに他者を助けることに興味があるのではなく、助けることで称賛を受けることが自分の生きる自信になるからやるのである。それは社会的に見れば非道な手法だ。しかしそれを割り切る。すると自分の生きる道が見えてくる。

この躁鬱思考は他の人間には全く理解されない。だから躁鬱病者の多くは精神障害者と認定され年金をもらい部屋に引きこもる。しかし部屋に籠っていては躁鬱病者は最後には死んでしまう。

人のために身を尽くし死に絶え、それで銅像ができたことを天国で喜ぶ。躁鬱病者は人と共に生きるしか道がないのだ。

躁鬱病者を治すのは実はそんなに難しくない。しかし、現行の西洋精神医学では完全に不可能だと思う。薬は補助でしかない。本質的なのは「人から求められること」「長所が生かされること」だけである。とにかく人から必要とされること。そのような機会が今の社会では生まれない。だから僕がつくるのだ。

自分の長所を他者と共有すること。これが人間が復活するきっかけになり、その後の人生の生きる糧になる。これは元々家族で行われていた。しかしそれは今どこにも見当たらないように人間は感じてしまっている。だから僕は自分の携帯番号を公開しているのだ。僕は長所を見つけるプロである。目利きなのだ。

自分に自信がない、などと言うなかれ。自信とは人から与えられるもの、と吉本隆明さんは言っていたはずだ。長所は人から見つけられるもの。自分で何でも掘り出そうとするからろくなことにならん。

それよりも人からの言葉すべてに耳を傾け、嬉しい言葉はすべて受け入れてごらんなさい。人生変わるよ。

とにかく、簡単なことなのだ。自分で考えるから難しい。自分では考えない。そのかわり人からの意見をすべて受け入れる（もちろん罵詈雑言は無視する・笑）。人を中傷する言葉は無視していい。でもその人が真剣になって長所を伸ばそうと怒っているのかもしれないから、ちゃんと耳をすますこと。

どんなに人から汚いと言われ、才能がない、あっちいけと家族からも言われ、明日首吊って死にます、みたいな人と電話していても、僕はつい長所を発見してしまう。そういう意味では僕はとても危険な人間だと思う。社会的に抹殺されるというのは、淘汰されているわけだから。僕はそれを認めないのだ。死を。

いつか僕は医術家として生きたいと思う。社会への医術。建物への医術。人間への医術。それらを分裂したまま共存させて施す医術家。かつあらゆる文化的創造活動を行いたい。つまり、それは植物の精霊神でもあったギリシア神、アポローンである。僕はアポローンになりたい。それが僕の目指す一つの形だ。

人を好きになり、なんでも精魂込めて死ぬまで人に尽くしてしまう。それは日本では「おせっかい」とか、「勘違い野郎」とか言われて避けられてしまうが、そんなに悪いものではないですよ。気になさらんで好きにやればいい。躁鬱病者は僕の言葉では「愛や恋や創造の専門家」なのです。好きにやればいい。

そして、それでもうまくいかず困ったら、僕に電話すればいいのだ。

電話番号はみなさんもうご存知ですよね。090-8106-4666。二四時間対応、着信あればこちらから全て折り返します。電話代払えない人はこちらからかけ直します。ソフトバンクが全面支援してくれてるので心配無用。

……というキ千ガイの戯言でした。さあ、みなさん今日も朝から楽しく動いて人に会いましょうね。

社会は僕をもっと利用すればいいのに、とたまに思う。そんな僕は素敵な勘違い野郎。

Please use me, please call me my cellphone.

０９０-８１０６-４６６６

僕には協力者があまたいて、お金も住まいも食べ物も困らないので、とにかく利用しましょう。

「自分の頭でまずは考える」って行動は止めないでね。そうじゃないと僕の整体は上手くいきません。やってもやっても上手くいかない人はすぐに電話する。スナフキンの言葉に従い、ちゃんとまずは「試す」。他者に依存しては駄目ですよ。それでは観察ができませんから。それでは躁鬱失格になるから要注意。

死にそうになってやばくなったら僕に電話すれば少しは治まるだろう。死ぬことはないと思う。それ以外に何の不安があるのだ？　もしくは何の不安が必要なのか？　不安を欲してどうするのだ？　不安など僕の電話番号に委ねておいて、そろそろみなさんそれぞれ好きなことを二四時間徹底して行動してくれないか。

人類恋愛。

そもそも僕は自分のこと哲学者だと勘違いしているのに、キ千ガイ扱いされていること自体がアツい。素敵だ。僕は犯罪やってもたぶん「ああやっぱりな～、あいつおかしかったもん」と言われるのだろう。それはとても大事なセーフティーネット。僕の人生はノーリスク・オンリーリターン。感謝。

そもそもプライバシーという概念自体がない。むしろ僕は自分を完全に外側にむき出すことで他者や集団や社会自体を僕の中に内包するという手法を試みている。すると覗き見という概念がなくなるので人は欲望を失ってしまうのだ。僕を覗き見ることはできない。逆に僕はアクセスしてくる人を全部知ってる（笑）。

僕はサイン会とかに来てくれる人で名前を書いたらその人のツイッターのアカウントの写真覚えてる。大抵当たってる。別に監視しているんじゃないですよ。観察しているんです。好意を持って接しているんです。国民のことを気にかけているんです。気になるんです。人が元気かどうか悩んでないかどうか。

僕はタイムラインを一秒も観ない。人が関心を持っていることに全く関心がないのです。僕が関心を持っているのは人そのものです。その人の情報はどうでもいいのです。既成概念なしで情報なしでその人そのものを観るのが僕の仕事です。

僕はエゴサーチという概念がない。エゴサーチ＝ツイッターなのだ。坂口某とか坂口の「口《くち》」のところをカタカナの「ロ」で書いている人からエアリプから名前が出なくても僕のことを書いていると想像できるものからそんなもの全て日々調査しストックしてます。気持ち悪くてごめんなさい……。別に自分が大好き人間ではないのです。ただその人が気になるのです。要注意ですよ（笑）。

それしながら、いのちの電話受けながら、子育てしながら、原稿用紙を一日に二五枚は書いているんです……。なぜなら人からの依頼を一切受けないからです。自分から仕事を生み出すことしかしてません。僕には催促は無理なのです。そもそもそういう仕事をしてません。とにかくキ千ガイなのです（笑）。たぶん。

☆

僕は原稿用紙一枚一律五千円の格安作家ですので、一日二五枚ということは、二五（枚）×五千（円）＝一二万五千円。これが僕の日給です。格安でもそんなに問題ありません。こういう経済の考え方を伝えたいのですが、人にはなかなか理解してもらえません。ま、それはそれでいいです。みんな忙しいの好きだから。

僕を消費するのは無理だと思います。僕は読者のことを消費者と思っていないので。かつ生産のほうが常に上回っているので。かつそれは売ることなくツイッターみたいな0円のツールで言葉のシャワーとして蕩尽されているので。僕は植物みたいなもんだよ。

どんな食べたって飲んだって、お米やお水は必要でしょう。僕はそこを目指してます。お米やお水。それが僕が向かうところです。スティーブ・ジョブズには全く興味がないのです。商品をつくることに全く関心がないのです。僕は存在するだけです。何の意味もありません。消費なんて下手な言葉は使っちゃ駄目よ。

たとえ鬱で辛くて人と会ったとき一言も喋れないとしても、和気あいあいすることができなくても、あなたが好意を持っていればいいんだよ、と僕の妻、フーは鬱のときに教えてくれました。人が好意を持つよりも先に、こちらが好意を持つ。さすれば言葉なんかいらないんだよって。すごいためになりました。

眠れないときは、眠れないといって焦って動き回るのではなく、ただ静かに目を閉じて横になるだけで体は休まるんだよ、だから目を閉じてればいいんだよ、と僕の妻のフーのお母さんはおっしゃいました。フーのお母さん（僕はおばちゃんと呼んでる）がまた、さすがフーのお母さんなんです。助けになってます。

植物や水や土地たちは誰一人として人間にお代をくださいなんか言わないでしょ？　その意味を考えてみればいいよ。そしたら、なぜ僕が、いのちの電話や、ツイッターで言葉を書いているのか、他のいろんなこともわかってくるはずです。僕は人間を目指してません。僕の先生は植物や水や土地なのです。

植物や水や土地は僕の躁鬱を笑いません。当然だと肩を叩いてくれます。彼らは分裂病を避けません。むしろ僕たちもまさに分裂しているんだと共感してくれます。彼らはお金を要求しません。にもかかわらず寄生している人間に文句一つ言わず大量の愛を放出するのです。それだけ人間は失ってしまいました。

他の人間に笑われたり、卑下されたり、差別されたりして凹むくらいだったら、僕は植物と水と土地と対話する。そんな姿をファンタジー野郎と馬鹿にしている人だって、水は飲んでる食べ物は食べてる土地の上に寝てる。路上生活者のことを都市に寄生していると言う人間は自分のことを棚に上げてる。

自分に余裕がないのに人のことなど考えられないという人は、コンクリートに埋め尽くされている土地のことをたまに考えるといい。すると彼らがいかに文句も言わずに僕たちを生かしているかに気づくだろう。時々起きる地震はそんな彼らのズレを治す整体なのだろうと想像できるかもしれない。固執しないこと。

僕は心の優しい人間ではないと思います。しかし、徹底して合理的な思考をする人間だとは思ってます。人間的合理性ではありません。植物的合理性、水的合理性、大地的合理性の研究を日々行っているのです。僕にとって人間の生理的感情だけがその合理性とつながることができます。若者よ、そこを磨くのです。

僕が行っている行動は人間たちへの愛というよりも、植物や水や大地と交わした約束をひたすら守っているだけです。それが愛に見えるのだから、人生って不思議だなあと思うのです。人間と自然界との関係の素敵な矛盾が人間を次の行動へ促す。そんな過程を垣間見ながら僕は約束を守ってきてよかったと思う。

しかもこれは、一人電通・坂口恭平の仕業であることはお忘れなく。僕は新刊『ズームイン、服!』を三万部くらい売ってみたいなと思いながら行動してます。妻フーの監視のもと、意外としっかりとお金も稼げるグッドパパを演じ切ろうとしてます。ちゃんとそういう視点でも眺めてくださいね。狡猾な鼠かもです。

いかに人々を言葉で、言葉にならない感情をゆさぶり、説得、納得させるか。これが古代ギリシアの弁論術が目指したところです。僕はユニベルシテでアリストテレス先生に髄に染みわたるまで学んだただの口喧嘩ソフトマシーンでもあります。強い思いだけじゃ駄目なんです。構造が。詩の構造が重要なんです。ちゃんと「信用のおけない奴」という肩書きを残しておく。これが重要だと思いながら、時々適当で反社会的で反道徳的な行動もやってます。

それは一つの技術だと思ってます。僕は感情の赴くままに行動したことはありません。いつも設計するのです。設計図を描くのが四歳から変わらぬ趣味なんです。

そのかわり僕はフーから「定期収入は結局お金にならないので禁止」という訳のわからん命令を受け

てます。これだと政治家も駄目だし、大学教授にもなれませんし、連載仕事をたくさん持つこともできません。でも、そのおかげで確かに定期収入をもらっている仕事をしている人よりも時間があり、稼ぎもいい。

常に一人で孤独でいること。誰からの入金も頼りにすることなく、豪快に生きること。お金は貯まったらすぐ人に使うこと。肩書きは複数持つことは平賀源内先生とギリシアの哲人たちに習いました。誰からも焦点を合わせられないこと。合ったらすぐに逃げること。これが自由への失踪、いや疾走の方法論です。

僕は自由という概念が存在すると思ってます。なぜなら時々知覚するときがあるからです。僕は時々、自由を感じてます。もちろんたまにです。毎日ではありません。でも知覚したことがあるんです。だから実感を持って言葉にするんです。自由は悪いものではありませんし、毎日必要なものでもありません。

僕は自分では自身のことを「馬鹿」だとか「キ千ガイ」だとか思ってませんが、いつまでたっても人に、家族ですら理解してくれませんでした。だから徹底して弁論術を学んだんです。フーだけは理解してくれました。二〇〇一年、僕と会って「お前やばい、いつかとんでもないやつになる」と言ったんです。

つまり、人の長所は本来、恋人が見つけるものですが、僕はそれを反転して、恋人よりも電話がつながるような人間になれば、あらゆる人々の長所を引き出せるかもしれないと思い立ち、電話番号を公開したのです。つまりこれは、いのちの電話のフリをした、僕による「建てない都市計画」なんです。

よ！

「あの頃、夢を持っていた」なんて言わないで。夢は持つものではありません。所有してはならぬ。夢そのものになる。〝I've never had a dream, because I'm a dream.〟それが僕のもう一つの肩書き、夢師の仕事です。意味はわからんでしょう。でもいいんです。

とにかく音楽を聴くんだ。とにかく体を振るわせるんだ。貯金箱から小銭落とすように社会の亀裂で恐れることなく、踊るんだ。大丈夫、危なくなったら、僕に電話すればいい。麻薬なんていらないよ。言葉でぶっ飛ぶんだよ。恋人から「好き」って言われたときのことを思い出してごらんなさい。あれが薬だよ。

本日のツイッターしながらのながら仕事は三五枚。一枚五千円ですので（笑）、つきましては、一七万五千円分働きました。僕は仕事帳を大学ノート一冊にまとめてます。貯蓄だってすごいあるんですよ。そりゃそうです。これだけ働けば。僕は億万長者になって、「(株) 独立国家」をつくりたいです（笑）。今、胡散臭い自己啓発系の版元と一緒に『僕の「ながら」仕事術〜億万長者になりたい人へ』という本をつくってます（笑）。

疲れた……。とりあえず一休憩を入れて、次は筑摩書房で書いている「異色住」という新作の執筆をはじめます。こちらは毎週一回原稿を送ってます。僕は同時にいろんなことをしないと効率が悪くなるんです。ひっちゃかめっちゃかな状態こそ、安定するんです。

今日、渡辺京二さんと話してて、京二さんが「石牟礼道子さんも戦災孤児を引き取ったりしてたんだよ。ホント、お前もそっくりなんだよ」と言っていた。京二さんは僕の異常なほどの人類愛を決して笑わない。その理由を知ることができた。石牟礼道子さんがまさにそうだったのだ。僕はつい笑みがこぼれた。

☆

僕は作品をつくってないと死ぬと思うので、資本主義のセオリーからは外れていると思うんですが、誰が求めていなくても作品が湧き出てきます。今年も六冊くらい本が出版されると思います。死ぬよりもマシだと思ってます。だからこそ書店営業は狂ったみたいにやるのです。本が売れないと版元に悪いから（笑）。

こういうキ千ガイで勘違いでソーウツ野郎にしかできないことがある。それはお祭りの創成だ。普通の頭をもった健常者という人々にはこれはできない。ということは、僕の人生はまさにそれだけをやっていればソーウツは治まるのである。普通になろうとするから死にたくなるのである。そのままいけ。

こっちが動けばあっちも動く。これが僕の行動原則。まずは自分が動く。さすれば人が動き出す。なぜなら楽しいからだ。人と人が協力しあい、奇跡の空間をつくり、人々に楽しんでもらう。これが芸人の人生だ。笑ってもらってなんぼである。命賭けてなんぼである。生と喜びの蕩尽こそ人生である。

結局口にしたら実現するのだから口にしちゃったほうがいい。実現しちゃえば、やめなければ続く。「福島0円キャンプスクール」も次で八回目。すごいことです。僕が絵を描く予定なので、一枚一〇万円で一〇枚買ってくれれば、福島の子ども呼べます。やらぬ偽善よりやる偽善と友人のチカオが言ってたなあ。やりましょう。

新作『ズームイン、服!』ですが、まだ発売されて一〇日しか経ってませんが、もうマガジンハウスには残り在庫僅かとのこと。部数はかなり刷ったのですが、すごい勢い。僕も版元も予想外の展開(笑)。ありがたい。重版出来前に売切れないで……。

しかし、一人電通で書店回りをちゃんと着実に堅実にやれば、ちゃんと本は売れるのである。本が売れないと嘆いている人たちが僕には理解ができない。本はちゃんと可愛がって育ててればいつだって売れる。無名な人間だって売れる。書店員の人と仲良くならないで、どうやって本を売るっていうんだい。

僕はいつか頭が完全におかしくなって脳味噌が崩壊してしまって文章が書けなくなったら、出版社で営業マンとして地道に働こうかなと思ってます(笑)。たぶん名物営業マンになるぜ。脳味噌が完全に壊れたら、会社員にはなれないと思うけど……(笑)。時々派遣でやります。

大事なことは、楽しくて愉快な場にすること。関わっていないと落ち着かなくなるような環境設計。僕はそういう意味での建築家です。楽しい空気や空間には人間は論理的なものを超えて集まってしまう。

これが怒りや憤りがもとになってしまうとイスラム国みたいになっちゃう。あれじゃ大した国にはなれない。怒りを原動力に集まっても限界がある。何かの抵抗勢力にはなるかもしれないが、楽しさや愉快、つまり喜びがないと新しい創造は生まれない。喜びはどんなものよりも「糊」になるし「熱源」になる。

僕はお金は持っていませんが、なぜか人が寄ってくるのです。これまでの経済観念ではお金があるところにしか人は寄っていかないことになってました。でもそれが変化している。僕はお金は持っていない。大して有名でもない。でもなぜか寄ってくる。僕はそれは喜びを見出しているからだと判断している。

文というものはそれくらい強力だってことです。ペンは剣よりも強し。まさに僕はそれを実践しようとしてます。企業とか政府とか法律とか差別とかそんな枠で物事を捉えるのではなく、新しい共同体の在り方を示す。「文治教化＝文化」。これが僕の行動指針です。徹底的に文で現す。それが人間にできる唯一の政治。

富の偏在を是正することなんかまるで興味がない。偏在していると感じているのは妄想なのだから。その富とはお金である。うちではお金は富の一つと捉えられていない。富を偏在ではなく、遍在させる。僕は文という富を持っている。みんなもそれぞれなんかあるっしょ。女の子がとろけちゃうような富を。「富＝人間の生活を豊かにするのに役立つ資源」のことだよ。それがお金なわけないのは文字見れば一目瞭然でしょうが。僕は文による喜びをつくりだす。それが僕の持っている資源です。飯食えなくたって、僕の文読んでたら、イッちゃうはずだよ。きっと。僕は飯よりも創造の興奮のほうが重要なのだ。それが喜び。

みんな食うことばっかり考えてるからね。僕は食うよりも創造的な行動をやっていることのほうが重要なんです。それで飢え死にしても本望なの。クロープは食欲減退薬なんです。密教とかの修業で使ってた。彼らも食うよりも創造だったわけ。そこに富を感じてた。富っていうからおかしくなる。「富＝喜び」なのよ。

こうやって動いているだけで、必要とされる。お金ではなく、湧き水のように喜びをつくりだす。これは僕がいつか死んでも家族がみんなから愛されるようにという思いでもあります。僕はすぐに死んでしまうのではないかという妄想を持っています。それもまた自分がつくり出す喜びの種なんです。刹那い喜び妄想。

今日もまた風邪が治らず、家族は呆れ果て、友人家族と遊びに行きました……。寂しくて書いているだけです……。みんな付き合ってくれてありがとう。ただの寂しがりやより。

僕は他者がいないと成立しない。一人で本も読まないし、音楽も聴かないし、食事もつくらないし、どこにもいかない。一人旅なんか興味なし。いつも人のためなら面白い本も音楽もレストランも見つけるし、ツアコンやらせたら右に出るものはないっす。徹底して他者のための人生なんです。一人だと亡霊。

寂しすぎて辛くなってていのちの電話に電話したら案の定、つながらず死にそうになってたら、この前知り合ったばかりの女優の方が電話してくれて、今、多少、天国にいるような気持ちになっている……。かわいい人は存在だけで一つの喜びと治癒効果があるのですね。突然元気になって布団の上で踊ってます。

寂しいと大きな声で言うと美女が電話をかけてくれるって、どんだけ現実って素晴らしいのかと今は布団の上で泣きながら、原稿を書いている、起伏の激しい僕は、躁鬱病です。

躁鬱病者は組織の中にいないと、何の被害も受けませんが、組織のトップになってしまうと抑制する機能が失われてしまいますので、あとは夫人の言うことくらいしか頭に入らなくなってしまいます。夫人が放置したら、もう一巻の終わりでしょう。躁鬱病者は組織ではなく、孤立していたほうがいい仕事ができます。

みんなから馬鹿にされているくらいがちょうどい

いのです。たった一人の理解者がいれば絶対に自殺はしませんから。それで十年、二〇年、三〇年とずっと一人で何かをつくり出し続ける。これが躁鬱病者の一つの楽しい生きのび方だと思います。孤立しつつ、厖大な人々と関わる。この矛盾が一番楽なんです。

僕が常にどんなところにも所属せず自由に生きているのは躁鬱病の特質をうまく使うためです。僕が政治家になったり大学教授になると、おそらくすぐに女学生などに手を出したゴシップなどで叩かれ凹み、逃げ場がなくなって自殺するでしょう。我が家はそれをはじめから見越してます。「金よりも命」派です。

僕もまた諸刃の剣ですのでご注意を。大事なことは僕は誰に迷惑もかけていないということです。僕は組織に属しておらず、税金をもらって作品をつくっているオフィシャルな芸術家でもありません。誰からも支援を受けておらず、ただ一人でコツコツワールドワイドにやっているだけです。誰も文句言わないでね（笑）。

批判や批評や思想には政治色が常に見えてしまうが、喜びや愉快さには政治が見えない。もちろん政治というものはどんな分野、思考、態度にも含まれている。ところが喜びでは、みんな政治的主義主張の違いでの喧嘩をしないのだ。そういうところが好き。喜びは徹底して人々を分け隔てなく受け入れる。

今日は朝から、リアル世界で風邪ひきで家族はみんな遊びに行ってしまい、ただ寂しいだけの、ひげもじゃの三六歳のおじさんの構ってちゃんツイートをみんなウザがらずに聞いてくれてどうもありがとう！　フォロワー減るかと思ったら、逆に一〇〇人くらい増えていてびっくりだよ（汗）。ありがとね。好き。

☆

『徘徊タクシー』、映画化、来い（笑）！　何でもまずはおねだり。おねだりはただ、したいって意思を伝える。すると人は動く。ナンパ術ではありませぬ。これすなわち経済の術なり。

If you say you like her at first, she likes you.

今日は朝から精神病院定期診察っす。先生は躁鬱王子をとにかく自殺させないという目標を掲げ、かつ躁転を利用し金稼げと言ってます（笑）。時々、鬱期のときに、小さくなっちゃって「サラリーマンになって定期収入を得たいです……」とか言っちゃうんです。すると、主治女医と美人カウンセラーは二人して、ガハハと笑って、「無理無理！　やめときな、ぶっ飛んだ作品を創造したほうが家庭もあんたも安定するよ」。

僕は仕方なく書斎に戻るのでした。

マーク・トウェインになりたいと小学生の頃思ってた。トム・ソーヤよりハックルベリー・フィンよりもマーク・トウェインという名前が一番主人公の名前っぽく感じた。彼になりたいと。僕はマーク・トウェインになってstrollingを続けていくんだろう。小学生の頃そんなこと思ってた。マーク・トウェインの本なんか一冊も読まなかったのに（笑）。

フィル・スペクターになりたい二〇歳代もあった。僕はすぐに誰かになりたがっていた。熊楠にもディランにもスピルバーグにも。しかもすごい短絡的かつ世俗的っす。洒落の欠片もなくフーが呆れてた。

さて、仕事に行ってきます。それではまた。朝のラジオタイムでした。みなさん素敵な一日を。困ったらすぐ僕に電話してね。お相手は090-8106-4666坂口恭平でした。ばいちゃ。

まだ僕の携帯番号を信じていない人がいる……ワロタ。一応、世界で唯一ウィキペディアに携帯載っけてるラブリーな人間です。なお、スマートフォンで坂口恭平wiki見たら、090-8106-4666のところにアンダーライン引かれており、クリックすると、僕に直通電話がかかるような仕掛けになってます（笑）。暇な人は試してみたらいいよ。ワンコールで出てびっくりして、すぐに切っちゃう人続出してるけど。

僕のフォロワーは四万五千人以上いるのに、なぜ本は三万部しか売れないのだろうか。それが僕は疑問である。僕の文はただで読むくらいの価値しかないということなのか。何とこの世にはフリーライダーが多いのだろうか。あなたはホームレスの人たちのことを都市に寄生しているとは言ってはないよね？

でも『独立国家のつくりかた』は、六万部以上売れているわけで、みなさん一冊は買ってくれている計算になるので、みなさんありがとうね。疑ったりしてごめんね（笑）。

僕のツイッターは、人々のために何か与えているわけではなく、ただの一人電通のツールです。完全なる制作費0円の広告です。なので、つい言葉につられて本買ったりしないでいいですからね。しっかりと見定めて、本当に面白いと思った本だけ買えばいいのですよ。ただでさえ坂口恭平は十分に稼いでます。

それではみなさんまたあとで。午後四時くらいまでは小説執筆に専念してみます……。と言いつつ、結局「ながら仕事」やらないと僕の場合奇跡的に効率悪いので、たぶん呟くと思います……。

実はこのツイッターの執筆も僕の新作の原稿なんです。だから別に0円で読んでいるわけじゃないのでどんどん読み流してくださーい。ツイッターは僕にとってしっかりと監視されている締め切りが秒単位の「スーパー原稿執筆養成ギプス」なんです。このおかげで『独立国家のつくりかた』ができたんですから。

六万部売れた『独立国家のつくりかた』は、実はすべてツイッターでオンタイムで原稿を書いてました。だからツイログ遡れば、全ての文言を見つけることができるのです。それを超編集してます。そうやって僕は原稿書いてる。ツイッターは僕にとって0円メディアではありません。ただの仕事です。

僕は毎日、喋り続け、書き続けているので、それを流してしまうともったいないと感じたフーが、全てをツイッターで書きなさい。そして、それを書籍にまとめなさい。人は面倒くさがりだからきっとうまく編集したらちゃんと本は売れる、って目論んでいたようです。フーさんの財テクのおかげで我が家は安泰です。

僕は実は他のアカウントも持ってます。どれもフォロワーは0人近いです。ツイッターは僕にとって原稿執筆ソフトなんです。一四〇字が一つのパラグラフになるし、これはアフォリズムとしても使えるし、かつ一四〇字に収めるために、毎秒推敲する必要があるのです。これだと一日に原稿用紙五〇枚すぐに書ける。

今年はツイッターと日記を同時に毎日三〇枚ずつ合計六〇枚書きつつ、それ以外の小説執筆もやってます……（汗）。クレイジーですが、どれも本になるので我が家的には奨励されているどころか投げキスの嵐です。二月（既刊）、四月（音楽集）、六月（英訳版）、七月（日記本）、ここまで既にほぼ完成済みです。

ただ今、若い人にどうやって人の下につかずに誰の言うことも聞かずに借金もせずに一人で黙々と楽しい仕事をつくりだせるかの一つの例を提出してます。真似することはできないと思いますが、一つの例です。そういうものがあればどんなやり方だってあるってことです。僕は資本金0円ではじめてます。

最近、「夢師」の仕事も忙しいです。みんな、夢の中で呼ぶので引っ張られて、ついそっちに行ってしまいます。僕はあるときから現実と夢をそっくり入れ替えたので、夢のほうがリアルです。現実は家族ですら、すべて夢の出来事だと認識してます。ちょっと楽しい遊びみたいなもんです。お金もかかりません（笑）。

二〇〇四年に第一作『0円ハウス』を出版してからずっと一発屋と言われてきましたが、ノンフィクションも新書も小説も写真集も音楽集も当事者研究書もずっと一発屋でしょうが、ずっと一発を打ち続けてます。とめどない創造力さえあれば、人から何言われても叩かれても行動を止めないので食ってはいけます。

他人のことを「一発屋」とか「すぐ消える」とか言う人のその「すぐには消えない知性や感性や才能」というものを一度は持ってみたいものだと僕は思います。「それは嫉妬だから気にすることないよ」

とフーちゃんはさらっと言いますが、嫉妬だけで人間は他人のことをそんなに酷い物言いできるのでしょうか。

僕には健常者の気持ちがやはりあんまり理解できないみたいです……。精神障害者と言われている人たちの気持ちは本当にすぐに理解できるのだけど……。九割の人口を持つ通称・健常者たちの不可思議な生態がますます気になっている坂口恭平です。

フーちゃんは誰にも一言も文句を言いません。文句を言うのは嫉妬を感じているからだと思っているそうです。確かに僕も石川直樹とかによく文句を言いますが、性根を調べると一〇〇%嫉妬でした。フーちゃん恐るべし。フーさんの言うことだけを聞いていればいいのだと信仰してます。他人の文句は言わないこと。

僕がただの根無し草だと思っている人にはなんで僕は一人でこうやって活動しているのか理解できないところがあるかもしれないですが、僕には有能な編集者、ディレクター、金銭的なパトロン、巫女さん、精神的支柱のフー並びにかわいい女性たち、とにかくまわりの応援が半端ないんです。だからぶっ飛ばせる。

僕は一人で活動はしてますが、サポートメンバーが半端ないです。大してペイしていないのに、どんどん応援してくれます。だからこそ、やらなくてはいけないし、やればやるほど応援者は増える一方なのでますます強靭な精神が保てます。みんな熊本に来たら、僕が活動している理由をすぐに納得してくれる。

引きこもりの人が多いのは、親がお金を出して養いつつもその子の独立を認めないからである。そういう人たちには、どんどん自分で会社をつくるという方法を教えたほうがいい。どうやってお金を稼ぐか。これは不思議なことに現代ではオトナも知らんのです。だからみんな会社に行っちゃう。金稼ぎこそ重要な教育。

ネトウヨとか言われているような人は、そういう人多いですよね……。だから僕は文句を言うというよりも心配してます。どうやってお金が稼ぐのかを教えたら、人の文句を言っている暇はないですから。

さらに稼いだお金は人に使ったほうが楽しいことを伝えると、みんな喜んでお金を稼ぎはじめる。楽しい円環。

「坂口恭平のお金の稼ぎ方」とかどこかで口座、いや講座でも開こうかな。こういう一番世俗なことと呼ばれているものを柔らかく楽しく伝える。それが僕の生きる道。僕はこういうのが好きです。だってお金があればみんなにいろんなものを振る舞えるじゃないですか。

坂口恭平お金の稼ぎ方　その①　まず勤めている会社を今すぐやめること（もちろん自己責任で）。大事なことは今すぐやめること。人からお金をもらっていては永遠に学ぶことができませんので、これはマストでお願いします（大抵、ここで脱落します。さいならー）。

つまり、今からはじめる「お金の稼ぎ方講座」は今のところ、勤めたことがない、もしくは現在無職の人だけに開かれている講座です。だーれも、今すぐやめろって言われてやめる人はいません。だから、僕は仕事に就けないと悩んでいる人にのみ書きます。よろしくー。

お金の稼ぎ方講座　その②　どうやってお金が発生しているのか不明なところで働くのは、僕の世界では不浄なこととされ、禁止されてます。あと仲介料みたいなものを勝手に取られたりすることも不浄なこととされてます。お給料なんて制度はその最たるものです。お給料は僕の世界ではタブー行為です。

今日は既に原稿用紙四七枚突破中。さらに一〇枚小説を書いてきます。それ達成すれば五七枚。坂口恭平経済圏では一枚五千円ですので、今日の稼ぎが二八万五千円になります。このようにしてお金を稼ぐという一つの例です。給料はんたーい。中抜きはんたーい。資本主義はんたーい。恭平主義でいこ。

僕は「坂口恭平大学」をつくりたいのですがフーに禁止されてます。でもどうにかしたいのです。ですが、この「お金の稼ぎ方講座」を本にすれば、家族からは文句を言われることなくお金も入るわけでうまくいくのです。というわけで、オンタイム執筆をはじめるのです。これは仕事です。無償の施しではないよ。

新作『家族の哲学』一〇枚書き終わる。これで一二〇枚突破。三月中に初稿を書き上げるというゆったりとしたペース。あと二〇〇枚弱。さて、次は筑摩書房「異色住」の短編「(株)躁鬱」に取り掛かる。とにかく分裂して書く。そのほうが確かに効率がいい。分裂を分裂と言わず、何かいい言葉がないかな。

ノルマで区切らず、徹底して時間で区切ると効率いい。時間割りよりもノルマ達成が早まったら、ノルマ優先する。そうすると、空き時間が生まれる。この時間はただぼうっと全然関係ないことする。ヒラメキはこのとき起きる。

健常者も、矛盾を感じても実務をこなすことができてしまうという立派な障害を持ってますからね。躁鬱病の人と何にも変わりませんよ。あしからず。

僕は人の長所にしか興味がないんです。人の短所にはまるで興味がない。自閉的に人の長所をその人よりも愛してしまうんです。だからウザがられる。僕がその人の長所を褒め称えるもんだから、褒められていない人間にとっては苦痛でしかないみたいです。なお、僕は長所に関してだけは嘘つきません。

僕と話すなら電話をすればいい。電話ならばいつでも出ます。でも僕は知り合い以外の人に会いたくはありません。偶然の出会い以外のエクスタシーを知らないからです。会いたいと言われると会いたくなくなる。突然道端で花を見つけるみたいに人と会いたいんです。ワガママです。でもこれが私の生きる道。

炎上マーケティングが本当に嫌いです。そういう人は地獄に落ちると思います。僕は喜びを分かち合いたいのです。それ以外に人と関わる必要がないです。喜びを分かち合うこと以外は僕は一人でずっと散歩してたいです。虫とか花とか風とかと戯れているほうが人間と遊ぶよりも楽しいです。一人が大好き。

いがみ合うくらいなら孤独でいるほうがまし。人の文句を言いたくなるときは、大抵自分が退屈していて嫉妬しているときだから一人になって落ち着くほうが後々意味がある。人は人と関わりすぎるのではないか。僕は会社なんか行けそうもない。興味がない人といるとそれだけで死にそうになる。極端な人間です。

本を書くのは一人仕事なので、僕はどうにか社会と連携が取れている。こういう仕事しか僕には向いていない。「みんなでがんばろう」とか言われると、すぐに鳥肌が立ってしまって、死にたくなる。でも観察するのは大好き。観察して長所を伝えるのも大好き。でも一緒に何かやろうと言われると死にたくなる（笑）。

僕は他者には全く興味がないが、他者の長所には強い関心を持っている。それはその人の唯一の自由な空間だからだ。それだけが社会にとって有益。それ以外はまるで有益ではないと僕は考える。人間に興味を持つと、その全てを受け入れないといけない。それは家族で十分なのだ。家族は全て、他者は長所だけ。

僕は何がまともかわかっているつもりではいます。僕はまともなことをやっているつもりです。年間三万人もの人が自殺してるのに黙禱もできない人間を僕は恐ろしい生物だと思ってます。

僕は最近、娘と息子の意見しか耳にいれてません。とても心地よい風を感じられるようになりました。締め切りよりも娘と息子。これで万事うまくいきます。

なんでもいいよ、生きてれば。あなたが死んだら悲しいもん、とフーは言いました。フーは本当に辛い毎日を送っているのではないかと時々悲しくなるけど、我が家はいつも笑い声が鳴り響いてる。不思議な矛盾。抱きしめたい。

☆

【坂口恭平躁鬱講座】（基礎編）

躁鬱の人はいわゆる健常者の人たちとは成り立ちが違いますので、同じように生きようとしてはいけません。普通になろうとすればするほど退屈で鬱々とした気分がどんどん深まってしまいます。ここではそんな躁鬱生たちのための基礎講座をはじめたいと思います。

躁鬱講座基礎編①　躁鬱人はまず一つのことに集中することができません。この道一筋が全く性に合いません。基本的にいくつもの仕事を持つようにしましょう。仕事といっても金が稼げなくても実は全く構いません。大事なことは注意散漫にすることです。「ながら仕事」が大事なのです。複数思考が得意なのです。

躁鬱講座基礎編②　躁と鬱の大きなギャップについ嘆いてしまいますが、実はそんなに違いはありません。エネルギー量は同じです。だから躁状態だと飛ばしすぎているので駄目だとか、鬱だと落ち込みすぎていて駄目だとか言わないでいいです。どちらもとても重要な思考の過程です。どちらも差別しないでね。

躁鬱講座基礎編③　躁の時。何でもできると思えてきます。そして実のところ何でもできます。だから何でもやればいいのです。躁の時に気をつけるのは、いくつか条件をつけることです。躁のあなたはそんな条件くらい簡単にアイデアで乗り越えます。負荷をかけたほうが実現性は高まります。

躁鬱講座基礎編④　僕の躁の時の条件はまず、①お金を一銭も使わない。②どんなことでも企画していいが、その企画をすべて実現していると疲れるので、その全ての企画を実現するまでの過程を小説にする。架空の実現を書物の中で達成する。③夜一二時までに寝る。④法律を犯さなければ何してもいい。

躁鬱講座基礎編⑤　躁鬱の人は、何も作家じゃなくてもいいです。僕の場合、まず工事現場で働きはじめましたが、これは退屈すぎて駄目でした。でも次に行った築地市場では持ち前の他者への親和性がうまく作用し、結構うまくいきました。でも「表現」をしたかったのと、同僚との対話で退屈な時が時々あり、結局リタイア。

躁鬱講座基礎編⑥　次に行ったのが築地市場で卸していたホテルです。ホスピタリティが高い職業はとても合ってます。はじめワシントンホテルに行きましたが、ここではホテル感が弱かった。やっぱりちょっと特別な雰囲気が好きなのです。そこでヒルトンホテルに乗り換えたら、ここがかなり肌に合った。ヒルトンホテルはうまく仕事をこなすよりもゲストを喜ばせることのほうが求められていたんです。

勿論ラウンジのマネージャーにはいつも怒られてましたが、ヒルトンホテルの支配人からは僕はやたらと気に入られていた。ゲストが誕生日だと知ると高級メロンを勝手に切り、一人で唄ってあげていたからです。

築地市場ではほどほど喜ばれ、ワシントンホテルでは結構喜ばれ、でもヒルトンホテルでは一番喜ばれた。ゲストにだけ対応がよいのでマネージャーからはふざけるなと言われてましたが、毎月給料とは別にチップを三〇万円くらいもらっていたので何も気にしませんでした。躁鬱人はサービス業が向いています。

躁鬱講座基礎編⑦ 僕の仕事も今、ツイッターを書きまくり、いのちの電話をしまくり、新政府をつくり、音楽祭を催し、絵を描きそれを振る舞い、本を書き電話番号を掲載し読書感想電話を求めたり、と基本的に作家業というよりも、サービス業と言ったほうがいいかもしれません。新概念のサービス業。

躁鬱講座基礎編⑧ 躁鬱人は退屈だと思ったらその瞬間に立ち上がって全然違うことに向かうようなことができないことが続くと鬱になる。鬱は無意識の棄権です。やりたくないことを、窮屈なことをしていたから嫌がっているわけです。躁鬱人は体さえ動けば嫌なことでもやっちゃいますから体が棄権するのです。

躁鬱講座基礎編⑨ それを避けるためには、とにかく嫌だと退屈だと思った瞬間に席を立つことです。まわりから変な目で見られても一時の恥だと思ってぐっと無視して外の空気を吸いにいけばいい。そして次に興味を抱いたものへ罪悪感を持たずに突っ込んでいく。これを繰り返していればとても心地がよいです。

躁鬱講座基礎編⑩ 躁鬱人は長所を伸ばすことができたらそれだけで嬉しくなってお金のことなど求めません。得意なことをやって、それで人が喜んでくれたり、称賛してくれたりしたら、それで全てが丸く収まります。才能の上下はないです。自分が得意だと思っているかどうかが重要です。苦手なこと禁止。

躁鬱講座基礎編⑪　鬱人は基本的に反省することができない。自省もできない。自分にできないことをああすればよかったとか、なんて駄目な人間なんだろうかとか自省しても何の意味もないし、成長の可能性は皆無です。すぐにやめましょう。まわりから文句言われても反省してはいけません。凹むだけです。

躁鬱講座基礎編⑫　躁鬱人はよく仕事がうまくいかないとか言うけど、調べると大抵その仕事を好きじゃないし、得意だとも思っていない。うまくいかないの当たり前だし鬱が治らないのも当たり前。小学生とか中学生の時を思い出すこと。まわりの人から褒められた経験をちっぽけなものでもいいから思い出せ。

さて、今日の講座はこれにて終了。躁鬱生のみなさん、宿題です。躁鬱野郎ならどんな人にでも一つだけ体内にセットされている「得意なもの」「好きなもの」「まわりから褒められること」。一つだけでいいですから、見つけてきてメモっといてくださいね。明日はそれを使って一つの作業に取り組んでみます。躁鬱大学閉校！　おやすみ！

僕は躁鬱大学をつくるのが夢ですが、フーに「大学をつくらないこと」と禁止されてます。なので、原稿上で架空の小説としての「躁鬱大学」をつくっているのです。これはオンタイム小説です。登場人物は生きている人です。それはすべて文字化されてますので有能な編集者によって作品になっちゃいます（笑）。

今日は原稿用紙九〇枚書いてしまった……。僕は何をやっているのか……。しかし、一枚五千円相当の商品券がもらえるので、本日は四五万円稼ぎました。よくがんばった、よしよし。

僕は本をつくるために書いているわけではありません。書きたいから書いているのです。書く才能があるから書いているのではありません。毎日膨大な量の原稿を書いているので、知らぬうちに技術を身につけただけです。本にすることなど求めていては書けない。ただ書く。その行為に昇天する。それのみ。最高。

　好きで得意で飽きないものを毎日二四時間、他の苦手なことをすべて無視して放置して時々フーに任せてやり続けているのだから、うまくいかないわけがない。必ずうまくいく。好きこそ物の上手なれ。ことわざに従えばいいのだ。永遠に僕は書き描き歌い踊り話し泣き笑い電話に出る。永遠にやめない。

　僕は本という作品を作ろうとしていない。だから本質的には作家ではない。僕はただの「文の人」だ。文を書き続ける。構成なんか何も考えていない。体のリズムでその血肉の律動をそのまま文にのせているだけだ。だからプロットなんかない。物語ですらない。僕はただただ書き続ける。文を。言葉を。書く人。


　一人電通もさらに加速します。宣伝費0円でここまでできるの結構すごいでしょ？　やればできるんですよ。誰にも頼らないこと。まず自分が率先すること。無理とか言わなきゃうまくいったとき調子に乗れる。簡単に無理とか無駄とか言わないこと。


黙っておく。それよりも音楽を聴いてリラックスしてようね。

「誰からも必要とされない」って嘆く前に、誰かに「オラの人生にはあなたが必要だ」って言ってごらんなさい。僕なんか誰にも必要とされないどころか、ウザい奴呼ばわりされてるよ。でも止めないもんね。僕は人々の長所を見つけそれが僕にとって重要だと吠え続ける。すると不思議なことに人が集まってくる。

　好きになられるよりも前に好きになる。必要と言われる前にその人を欲する。先手必勝は楽しい恋の物語。告白されるの待ってるよりも、人を好きになるという行為を実感するほうが楽しいよ。きっと。

　僕は人のこと好きになりすぎて、いつもフーに怒られている。「それは好きじゃないんだよ……。チミ……。チミが好きなのは、私でしょうが……。なんで世界で一番好きって言ってくれるのに、次の一言が世界で二番目に好きなのはリコリコです！　なんだよ……。チミ……。いいかげんにしなさい」。

　どんなに絶望的な人間を見ても、僕は涎をたらしてしまう。それくらい、その人のいいところが見えちゃうからである。これは恐ろしいらしい。僕がそのポイントを指摘すると、すごく嫌がられる。なぜなら、認めたら行動を開始しないといけないからだ。えっ、それって生きるってことだから楽しいじゃん？

僕は人生で一度もお世辞を言ったことがないので、ぜひとも僕が褒めたなら、自分を卑下したりしないで、ただ一言「ありがとう」って言って欲しい。卑下してどうする？　何の意味があるのか？　僕にはやはり健常者の癖が異常に見える。意味がわからない。どういう脳味噌の構造をしているのか。褒めているのに。倒錯している……。すごい性癖だ。

健常者として生まれてこなくて本当によかった。少数派でよかった。少数派なので、多数決で決められることの無意味さをよく理解できるようになったし、基本的に人のことを貶《けな》したり、告げ口したりすることは自分も困るのでしない。健常者は支配者でもあるので、そこらへんがルーズというかデリカシーがない。

☆

朝から二時間、新作『家族の哲学』を執筆。一〇枚書き終わり、これで一四〇枚突破。とにかく粛々と次の作品をつくる。『ズームイン、服！』が売れている今、また次をどんどんつくる。それしかやれることはない。今年に入って丸二カ月で書いた原稿は一千枚を超えた。今年は精力的である。ま、躁ってことだ。

躁になっても自分の得意なことができているのであれば、実は穏やかに仕事を進めることができる。躁転してみな暴れ始めるのは、自分に合った仕事を見つけようとしているからである。それが見つかればこっちのもんだ。あとは一生やり続けるだけだ。飽きたら次を見つける。躁鬱人は一貫性など気にしない方がいい。

一貫性という言葉は、健常者がつくり出した矛盾に蓋をする便利な言葉だ。躁鬱人は使わない方がいい。

韓国の光州Gwangju広域市で仕事をしている親友マックスから、今年の九月にGwangjuに0円生活圏をつくってほしいとの依頼を受ける。何度もきていた韓国からのこの依頼がいよいよ実現しそうだ。日本よりも先に韓国で0円生活圏を。快諾した。三月一六日から二泊三日でリサーチに行くことに。マックスは、昨年、レヴィ=ストロースももらったEUのノーベル賞に匹敵するエラスムス賞を受賞した我らが肝っ玉母ちゃんフリー・レイセンの愛弟子。僕とは二〇一二年にモバイル劇場を一緒につくった盟友。

僕の仕事もようやく日本で少しずつ面白くなっているが、まだまだベルリンやバンクーバーなど世界各国での仕事の面白さにはかなわない。それくらい僕の仕事は他の国ではしっかりと受け入れられている。スミソニアン博物館が特集しちゃうんだもんね。さすがリテラシー高いっす。日本でもがんばります……。

日本では「ちょっとイタくてウザい躁鬱のおじさん」、みたいな扱いでウケる。そんなところが日本のお茶目さである。それでも読者の人だけは理解してくれている。この受容と無視のギャップが楽しい。ベルリンやバンクーバーではそのギャップがない。ちゃんと哲学として受け入れてもらってる実感がある。

時間はかけるだけ、かけたほうがいい。焦ってやっても大抵失敗する。でも時間をかけていると当然だが理解されない時期が長く続くので辛い。僕が携帯番号を公開しているのは、そのためだ。辛いときには電話すればいい。辛いのは我慢できる。でも時間をかけて自分を構築するのは、怠ると一生棒に振る。

ゆっくりやってほしいんです。だから僕は電話番号を公開している。一人だけでも理解者がいればその人は活動を続ける。僕はそんな人たちに恵まれていた。いつも助けてもらっていた。お金がなければ絵を買ってくれ、旅行に行けばいつも部屋に泊めてくれた。それを僕はいのちの電話で実現しようとしている。

僕が売れなくても賞とらなくてもずっとやってこれたのは簡単かつ強い理由がある。それは「理解者がもう既にいた」からだ。フーは出会ってすぐ「お前いつか超やばいやつになる」と言い、世界中の狂人たちが「キョウヘイグレイト！」と言ってくれていたからだ。金にはならんかったが毎日興奮してた。だから今度は僕がそんな言葉を人にかける番だと思っているのだ。理解者がたった一人だけいれば、永遠創造活動が実現する。それはすなわちゴールだ。まずゴールする。そこから技術を高め、さらにより広がりのあるゴールへと向かう。電話で話そうぜと言っているのはそのことだ。自殺を止めるふりして、ね。

僕のこの文を読んでいる人はみな「一人だけ、坂口恭平という友達だけはまずいる」ということでいいのではないでしょうか？　ドラえもんみたいに。コロ助みたいに。ミギーみたいに。

人類みんなが朝方仕事人になれば、みんなで遊べるのになぁと妄想を抱く。朝が一番頭が働くのになぁ。あと、人間は一日に三時間しか本当の集中はできません。やれないことはしない。できることを一〇〇%やる。これがあたしの仕事術。

朝、躁鬱で請求書が書けないフリーランスのデザイナーから電話。親友いるかと聞くと一人いると言うので、その親友に僕から電話。「手数料千円取って請求書書いてあげて」と依頼。その親友笑いながら「お安いご用です」とのこと。最近はこのように僕と死にたい人と家族もしくは親友の三角形をつくっている。効果大。

いつ殺されてもいいから思うこと全部やってみよう、と思ったら、僕自身は大変気が楽になりました。怖いもんなしになりました。清々しい気分になりました。でもあまりお勧めはしません。家族と幸せに暮らすという人生もありますし、仕事仲間と和気あいあい楽しく過ごす人生もある。それもまた愉快な人生。

思うままに生きる。僕は子どもにはまずそれを徹底してさせるべきだと思っている。才能がないと嘆く人がいるが、じゃあ何をやろうとしているのかと聞くと、「それはまだわからない」と言う……。ってことは才能が何なのかわからないだけじゃん！　自分を簡単に卑下すんなよ！　と今日は一回だけ怒っちゃいました（汗）。

お金で悩む人を昔から理解ができないみたいです。僕は全く日本銀行券が信用できないので、お金で困ってると言われても、生活保護もらいなさい、としか言えない。その悩みだけは、対応ができない。お金を信じている人は現政府に悩み相談をしてね。僕はお金を信用していないからお金に困ったことがない。

大学卒業間際で知った小説家レーモン・ルーセルと、文化人類学者ミシェル・レリスのおかげで、こういう人たちみたいにぶっ飛んだまま、ずっと空を飛び続けて、駄目になって死んでもいいやと思ってたら、一応、今のところ生きている。人生を棒に振るのは、意外とサバイバル術なのだと思う今日この頃。

ずっと気持ちいいことして生きていたいなあと思ってた。やりたくないこと絶対にしないと思ってた。ずっとぶっ飛んだままで生きるにはどうするか。いや、どうするかと考えるのではなくずっとぶっ飛んでいればいいいんだ。ずっとぶっ飛ぶためには音楽をいつも耳の奥に突っ込んで、体を日々揺らす必要があった。

ミシェル・レリスの『ゲームの規則』が初翻訳されるらしいよ……。ごくり。帯文書いてよと言われ、まじっすかと答えた。レリス先輩、お久しぶりっす。僕にとって、書物は学ぶものでも、知識を蓄積するものでもなく、ただぶっ飛ぶためにある。

人生は解決すべき問題ではなく、味わうべき神秘なのだ。——キルケゴール

ぶっ飛ぶもの片手に天国状態で疾走する方法ばかり考えてた馬鹿な私。金は十年くらい稼げなかったけど、その代わりストレスはゼロだったなあ。毎日、ぶっ飛んで泣いてたもん。どうせいつかうまくいくさと思ってた。呑気な人間。

問題を解決するのは二の次で、何やってるときが

一番ぶっ飛んで、何もいらない、涎出まくって幸せかということを知ることのほうが先決である。涎垂らして、路上歩き回っていたら、金もいらんし、ステータスだって、自信すらいらん。ただ、二四時間麻痺し続けたいものを見つけるが先よ。それが人生。

人間はどうせ何かの中毒なのだから、何の中毒になろうかとちゃんと考えて、どんどんそこに注ぎ込んだほうがいいと思うのだ。覚醒剤中毒の人だって、それで幸せならいいではないか。警察がなぜ捕まえるのか、僕には理解ができない。製造している人を捕まえるならわかるのだが。

あなたの中毒は何ですか?

人間、笑いながら、涎垂らしながら、何の欲望も持たず、ただただ中毒になって、十年もやり続けていたら、それで食えるようになるもんだ。だって、それはとめどない衝動であるし、十年やり続けられたのだから、金も不要だったってことだし、どんなクズみたいな分野でも中毒になれば、戦士になれる。

本を書く時は、呪術師が薬草を混ぜ合わせて魔法の薬を調合するようなイメージでやってます。意味を伝えようとか、社会の不正を正そうとか、まるで考えていない。真面目な批評なんかされたら恥ずかしくなる。僕はただぶっ飛べるような薬草を調合しているだけである。天然の薬草だけで。楽しい旅をつくる。

僕は躁鬱病なので、以前はリチウム、デパケン、という気分安定薬と呼ばれる薬剤を毎日飲んでいたのだが、なぜ効くのか先生たちも実はわかっていない。薬を処方されている人は一度なぜ効くのかを聞いてみた方がいい。麻薬と向精神薬は成分を見る限りそこまで違いはない。向精神薬も一人でバッドトリップしたら、そりゃ自殺する。

中毒するものは、ちゃんと自分で選んで、ずっと中毒していられるものを選んだほうが健やかに中毒生活が送れる。わからないままに、社会制度や医学を盲信して、鵜呑みにするのが一番やっちゃいかんこと。何にハマるか。それを選ぶのが人生。できるだけ生のもの、オーガニックなものを(笑)。

もちろんこれは僕の個人的見解ですが、同時に現在の精神病院の先生たちの見解も同じく個人的見解である。その二つの危険な賭けをするなら、自分で選んだほうが後悔はないし、後で誰かに文句も言えない。潔い。

僕は一日原稿一〇〇枚書いてしまう、書き中毒です。坂口安吾はアンフェタミンが必要だったかもしれませんが、僕の場合は、躁鬱エネルギーによって素面で、完全に純粋な書き中毒っす。

すぐ鼻歌を歌って作曲してしまう鼻歌中毒でもあり、子どもの言葉を全部聞き書きしたいので、仕事よりも完全に子ども優先の子ども中毒でもあり、語源が気になる語源中毒でもあり、何にせよ、三六五日二四時間あらゆる行動思考を文字化したがるトゥルーマン・ショー中毒です。健やかな中毒。金かからん。永遠中毒。

ご意見などございましたら、ぜひ、090-8106-4666の新政府総理大臣直通電話まで。半コールで出ます。

僕がいのちの電話をし始めた二〇一二年に一五年ぶりに自殺者数が三万人を切ったのだが、それ以来二〇一三年、二〇一四年も三万人を切っている。昨年は二万五千人にまで減った。減ったのは自分のおかげだと自覚している僕は勘違い野郎だ。減ってもそれだけの人が死んでるのは辛いが、いつかゼロにしたい。

とりあえず死にたくて、実は死にたくない人は090-8106-4666坂口恭平新政府内閣総理大臣直通電話まで。本当に死にたい人は僕に電話せずに死んでいくので、最近はその人たちにどうアクセスするかを思考してます。みなさんおはようございます。今日も生きてるね！

とは言いつつも、僕は自殺を否定しているわけではないので、時々びっくりはされる。死にたいと言う人に、それなら仕方がない、僕はあなたが自殺したとしてもあなたを否定できない、僕は肯定する！と言うとびっくりされる。死にたくない人には協力したいが、本当に死にたい人もいるはずだからだ。

僕の親しい友人三人が自殺で死んだ。いのちの電話を始める前のこと。始めてからは一人もいないが、彼らのことは肯定したい。だから死ぬという選択もありうると思っている。でも自殺のない社会にしたいとも思っている。いつか。ね。

僕は人が調子が悪いから気にかけているだけだが、人からよく「なぜ私のことを気にかけるのか？」と聞かれることがある。「ありがとう」という一言で済みそうなのに、みんな気にかけられることが少ないのか、何か騙されているような顔をする。ただ気にかけているだけだ。それが普通の人間関係だろうよ。

だから何でもとりあえず相談してみなさいな。我慢しすぎてても仕方がないさ。大変な問題と思っていたことは二人で考えれば、テーマになる。ノー・プロレム、テーマソング。歌をうたおう。

僕はお金はないけど、愛ならあるよん。僕は飢え死にするよりも、キスがないほうが辛い……。キスし続けられるなら、それで死んでもいいさ。そんなもんよ。人間の生きる理由。食うよりも触れる。触れることが僕には大事なのである。男の子にはたまにで十分だけど。

キス一回でモルヒネ数倍の鎮痛効果あるらしいですよ。お金よりもキス。みなさん接吻してますか？

気に入らないときは、たとえ友人のライブであっても、席を立って、帰ることができ、それでも誰も文句を言わないで、ほうっておく。そんな社会が楽しいぜよ。躁鬱病の人はこのやり方ができるようになってくると、楽になる。

嘘をつかない人間と付き合うと緊張するし疲れるが、ちゃんと本当のことを言ってくれるので、結果的にはいいのである。イエスマンとばかりいると気楽には過ごせるが、いつか自滅する。ちゃんといいところはいい、ダメなところはダメと言ってもらえる人間を探すのは困難だが、見つけたら一生もんの宝だ。

時間をかけたほうがいいものができあがる。時間をかけたら嘘もばれる。今の国家が放置している自殺者問題、原発事故なども時間が経てば人はわかるようになる。悲しいかなそれが現実だ。急いでも人間の心は変化しない。少しずつ言語で、調整していくしかない。でも僕はその方法に希望を感じている。

言葉遊びでもなく言葉で集めるのでもなく「ことはあつめ」それが僕がやっている行為である。僕はそれを使うのではない。僕という体を通して、その装置から、言葉をただスピーカーに乗せるだけだ。主はあくまでも言葉。僕じゃない。僕の言葉を放っているのではない。

☆

みなさん、値をつけられないように気をつけてくださいね。値は自らつけるものです。それが通貨の本来の意味ですぞ。それじゃ食っていけんのよという人はそのままでいいのです。それでも食っていくのだ、なぜなら食物さえあれば食っていけるのだからと理解している人が今は攻めればいいのです。無理禁物。

僕は六歳の年長さんの娘アオに徹底して「自分の作品は自分で値をつけろ」と伝えてます。それがお金のつくりかたです。人から言われたら終わりなのです。それを大抵の大人は忘れてしまってます。平気な顔をして一人で一度も試さずに会社に行くのです。六歳の娘には自分で値をつける技術を伝えたい。

僕が今まで何をやってきたかというと、コツコツと「お金」をつくってきたんです。日本銀行券ではなく「サカグチ」というお金の価値をつくってきた。僕は本を書き絵を描き歌を唄いいのちの電話に出て映画に出演し講釈し続けてきて、お前は何者？　とか言われてきたのだが、僕は気にせずひたすらお金をつくってた。

フーは「こんなふうにお金集められるの恭平だけよ」と言うのだが、そうではない。僕に特別な才能があったわけではなく、僕にあった才能をコツコツ「お金」に育ててきたのである。日本銀行券に替えると才能は枯れる。だが才能を「自前のお金」＝「サカグチ」に替えると生き生きしてくる。それをやってきた。

でもそんなことやったって、結局は一人でやることなんだから日本銀行券には及ばないと屁理屈言う人が時々いる。僕は別に日本銀行券を潰そうとしているわけではない。ただ一元化されすぎているので、日本銀行券の効力を少し弱めようとしているだけだ。つまり多元的通貨の可能性を探っている。自前のお金で。

僕は何かを潰すというような行為に全く興味がない。今の安倍政権ですら。彼は病気だと僕は直感しているので、やばくなって死ぬ前にやめたほうがいいのではないかとは思っているが、別に潰したいとは思わない。潰すよりも効力を落とす。そのことに興味がある。もう一つ二つ公共をつくり、通貨をつくる。それが僕の目指すところ。

新政府という僕の芸術運動はそういう視座からつくられている。僕は酋長になろうとしている。しかしそれも四万人くらいの酋長だ。しかもその中の国民と呼んでいる人も他次元では勝手に首長になればいいと思っている。それでも中心核は必要だ。蠢く中心核。力強い弱さを持った多元的共同体をつくりたい。

僕の新政府は実のところ「新家族」という概念に近い。そこにはいわゆる商品経済が存在しない。家族の中は商品経済ではなく徹底して態度経済なのである。一緒にいるだけで無償の食事が食べられる。だからこそお風呂は洗おうと思う。僕の経済観念はそんなものだ。アルゴリズムは「困ってる人を助けよう」。

現国家も日本銀行券も生きのびさせる。それは一つの現実の形だからだ。しかし、本来世界は無数の現実によって成り立っている。それを一元化して括弧付きの「現実」と呼ぶからおかしなことになったのだ。ちゃんと多元化させる。国家も通貨も複数共存させる。僕のイメージとしては家族も多元化させたい。

今の家族は一つの在り方——血のつながり——しか認められていない。暴力が酷すぎる両親がいたとしても血のつながりがあるから家族だと思わないといけない。でも、本来家族とはそんなもんじゃない。困っている人がいたら無償で助ける。これが社会と逆立する家族の概念の基本的な考え方だ。別に家族をつくろう。

僕の新政府いのちの電話という行為はその「家族

の拡張」の実験でもある。家族に言えない、親友にすら言えない「死にたい」という問題を打ち明ける「場所」を設計する。これが建築家としての僕の作業でもあり、思想家として「家族とは何か?」「どこにもない家族」に対して思考する軌跡自体である。

別に家族をつくることに成功したら、暴力を受け続けていた両親を無視することができる。戸籍上は離れられないかもしれないが、そんなのどうでもいいのである。別にその両親の記憶を全て抹消する必要もない。別で補完する。拡張する。そうやって生きのびるのだ。それは至って自然な思考の結果である。

だからこそ、なのだが、僕も自分が助けたいと思う人を「選んでいる」可能性がある。自分でもまだそのへんはよくわからないが。僕は「家族だと認識できる」人を選んで助けようとしている。現国家みたいに「全ての人を保障する」という感覚が最初からまるでない。時々いのちの電話でもお断りすることがある。

僕は残酷な人間だなあと思うこともある。それが僕が選んだやり方なので悔いはない。訂正しようとも思わない。現国家の在り方、全ての人を管理し救う努力をする、などという妄言をはじめから言わない。それは僕からすると不可能な話なのだ。それは家族という概念を無視しすぎている。社会しか見てない。

新政府いのちの電話を三年間やった結果で得た一つの重大な結論は、「自殺は社会問題ではなく家族問題である」ということだ。しかし人々は自殺の問題を社会に預けている。そんなことで解決できるわけがない。当事者であることを自覚するということは家族の問題として捉えることである。誰もそれをしてない。

この世には「社会をナントカしたい!」と意気込んでいる方々はたくさんいるので、僕はそちらは人に任せておくことにしている。僕の生涯取り組むべき主題は唯一「家族をなんとかしたい!」ということである。僕は現在四万五千人の人間を家族と思っている。おそらく世界で一番巨大な家族組織の酋長である。

恐ろしいことに僕は「反」という概念がない。頭の中から完全に除去されている。対立する二つのどちらかを選ぶという概念がないのだ。そうではなく、新しく「創造する」のである。しかも社会ではなく「家族」を見ている。これはね、「訴えられない」「捕まらない」「殺せない」んです。全てからズレてるんです。

☆

今日の夢は素敵な夢だった。とんでもなく美味しい、酒も出ない料理屋でご飯を食べていた。食べると体が変容するという。食べて空を見てたら空が水彩画になって絵具が垂れて地面に落ちて来た。上空から羽のついた馬が飛んで来たのでユニコーンかと思ったら三本首のペガサスだった。とても幸福な夢だった。

今日の夢のペガサスは、青いペガサスだった。しかし三つ首だったからなあ……。竜なのかな、ケルベロスなのかな……。

僕は命は惜しくない。それよりも全生命を注ぎ込むことのほうが重要なのである。全生命を注ぎ込んで生きていると、すこしだけ現実のちょい先へ飛べる。僕はペガサスに乗ってそこへ行くのが好きなんです。

今日の夢でのペガサスがとんでもなく気持ち良さそうに飛んでいたことが印象的だった。良い知らせが待っているに違いない。強力な協力者が現れることだろう。今の道で何の間違いもないと自信を持って起きることができた。幸運が舞い降りてくる確信。自らの懐に入れずにそれを振る舞っていきたい。夢感謝。

僕は相当、明晰夢を見るので、いろんな夢を見てきたが、ペガサスは生まれて初めてだった。ビックリマンのレアシールが出てきちゃったときの興奮と似てた。

僕はほぼ全ての現実界での決定を、いまだに夢のお告げに全任してます。平安期くらいの精神で生きてます。だから迷うということが一度もありません。夢に託しているのです。なので失敗したことも一度もありません。二択という概念がないのです。いつも一つです。選べない。決まってる。だから覚悟できる。

☆

今日は一九世紀末のミュンヘンの話を聞かせてもらった。昨年から読書をすることができるようになった僕は昨年、今年と吸収する時期と捉えて、スポンジとなって生きている。毎日が勉強であるとようやく思えるようになった春。渡辺京二、石牟礼道子という二人と面と向かって接してみる。恐怖心を捨てて。

怖いからって逃げていても仕方がないのである。一番恐ろしさを感じる人間の横にぴたりとついて生きていく。それが書く体力をつける一番の方法。自分の才能じゃ足りないということをできるだけしっかりとじっくり自覚する。それは辛いことだが、最近、楽しくも感じられるようになった。年をとったのだ。

ずっと好きな仕事を続けていたら時々は報われることもある。でも大抵は報われない。昔、弟が僕に言った言葉、「おんちゃんはずるい。おんちゃんは才能があるわけじゃない！　下手な鉄砲数打ちゃ当たってるだけだ！」（笑）。確かに正しい。でも打つしかないじゃないか。試さないとわからないし、試せばわかる。

とにかく、今僕は、人生何度目かの丁稚奉公をやっているわけである。いつまでも丁稚奉公は大事だと思っている。人間は経験するとすぐ、それだけを続け、いっぱしの人間になってしまう。すると学ぶ可能性が減ってしまう。僕はできるだけ怒られていたい。ケツを叩かれていたい。それが僕の技術習得の心得。

好きになった人からは好かれる。尊敬している人からは尊敬される。僕はこれを一つの武術だと思っている。好きや尊敬は嘘つくとすぐばれる。嘘をつかずして、心酔せずして、ぴたりと真横につく。体の動き、発言それら一挙手一投足に力を入れたら終わりだが、気を抜いても終わりである。日頃から訓練する。

時間をつくる。お金をつくる。これもまた一つの武術なり。金持ちになれば時間が余るわけでも、人にお金が使えるわけでもない。

ピンポン玉　見知らぬジイジと戯れる
遠い在りしの　我が息子かな

弦はどんな人にでも向かって行く。霊場の仕事をしてた七七歳のおじさんが自分の息子は幼少のときワシと遊んだ記憶がない、と嘆いた。

忙しい世界は金も稼げて幸せかもしれんが、記憶の世界は金がかからないことを考えると、実は金にだけは嘘ついたり誤魔化したりしていいのではないかと思った。「気づいたときには子は大きくなってた。いまのうちにたんと遊んであげなさい」と今日の見知らぬジイジは僕に教えてくれた。というわけで目一杯遊ぼう。

自分ができると思ったことは絶対に実現するのである。だからこそ、自分が本心から考えていないことは口にしないようにしたほうがいい。そして人から不可能だと言われても、自分が本当にやりたいと思っていたら口を閉ざすことなく、ことあるごとに口にしたほうがいい。実現するためにはまずは言葉にする。

言葉にするのは怖い。でもそこで怯むようなことなら、絶対に自分にはできないということだから、実はその恐怖は明確でつかみ所満載である。恐怖は実現可能なものにも実現不可能なものにも存在する。つまり実現するためには怯まなければいいだけなのだと僕は考えている。怯まないために言葉にする。

なお、このような思考は、極めて僕の個人的なものなので、子どもは真似しちゃダメだよ！　これは僕が怯まないためだけの方法論である。言葉にすることは恐ろしいことなので、子どもは絶対に真似しないこと。ちゃんとまずは実践者の協力のもと、言葉を扱ったほうがいい。少なくとも僕はそうしてきました。

安易に言葉を使い、安易に否定され、安易に落ち込み、安易に諦め、安易に別の道を選び、安易にその道を嫌い、安易に自らの人生を悔い、安易に他者の言葉を否定しはじめる、という大人にならないようにするために。子どもは実践者の庇護の下、徹底した訓練をすべきだと思う。非実践者の庇護が最もまずい。

それではみなさんおやすみなさい。よい夢を見るこつは、寝る前に枕元で目を瞑《つむ》り夢の舞台を少しずつ手入れ修繕しながら眠りに就くことです。現実のことをあれこれ逡巡するのではなく、夢はまた別の世界なのですから、そこはきちんと分別して夢の整理整頓をするとうまくいきますよ。どちらも実在の世界です。

どうか楽しい夢を。

☆

おはようございます。さっそく仕事をはじめとります。僕は顔も歯も磨かず、着替えもせず、朝飯も珈琲も、朝の一服もせずに布団から上がるとそのまま書斎の椅子に座って机に向かいます。起きたまま書きます。それは小学生時代に日曜日の朝、漫画描いてたときから変わらない。

昨日充電が切れたから急遽いのちの電話を「いのちのメール」に変更したら、そっちのほうがやりやすいって人もいたので逆によかったかも。いのちのメールって書いたら本家「いのちの電話」に訴えられないだろうから（「いのちの電話」は商標登録されているらしく、僕はそれを侵害してると訴えられてます・笑）。

しかし、三年連続で自殺者が減り、今年は日本全国で二万五千人近くに。統計を見ると僕が上京した一九九七年以降、三万人を超えていた……。とりあえず一九九七年、僕が高校生くらいの状況には戻したのかもしれん。次は二万人を切っていきたい。それでも二万人以上の人が自殺で亡くなっている。信じられない。

僕の中では、年間三万人近い自殺者が出る共同体というのは、その事実だけで、即刻解体すべきだと思うのだが、どうも他の人はそう思っていないみたいだ。自殺者が多数出るような共同体は失格であり、それを取りまとめている族長は責任をとって解体し、新しい組織に任せるべきだと思うのだが。摩訶不思議。

みんなは僕の行動を不思議がるけれど、僕は逆に今の状況こそが不思議に見える。人が死んでいっていることが平気になったら終わりである。それは戦争と同じなのだから。戦争反対の前に自殺者ゼロ運動を。

しかし、最近、自分でもびっくりするくらいの心の穏やかっぷりである。あまりにも穏やかすぎて、死期を感じているのだと思われた方がいて、死なないでください、という旨のメールをいただいた。感謝。でもどうかご安心を。僕はこれまでの人生でおそらく今、一番、もっと長く生きのびたいと思っています。

僕の穏やかさは躁鬱の死を意味する。つまり、そうなると作家としての僕は死ぬだろう。つまり才能が枯れるってことだ。でもそれでいいではないかと思っている。僕は本を書くことが生きる目的ではない。生きる目的に最近、気づいたのである。書くことはあくまでも手段にすぎない。机の上の人生なんて嫌だ。

死ぬまで書き続けたいと思ってはいるが、それよりも自殺者をゼロにしたい、いやいっそのこと新しい共同体をつくってその族長になりたいという希望のほうが強いかも（笑）。そのための準備をしている感覚がある。それがたまたま美術作品や文学作品や音楽などの僕のアートワークになっているだけだと思っている。

いつか一緒に笑いたい。

どんなことをされても、怒りという感情が湧かない。訴えられたら、それに対応するだけだ。昔はよく怒っていたが。今は何をされても動じない。僕には音にならない声が聞こえるのである。人々の声が聞こえる。狂っているのかもしれないけれど、僕はその声が聞こえるかぎり絶望しないし、受け入れたい。

お天道様は見てますからね。樹木もわかってる。彼らが無言のまま受け入れていると思うのは人間の驕りだろう。土を掘り起こすな。アスファルトで埋め尽くすとき罪を犯していると自覚すること。建築家はまずそこからはじめないと駄目だ。学生のときから平気で図面を引く人間になるなよ。まず熟考すること。

みんながやっているから、とか、そんなこと言ってたら何にもできなくなる、とか言わずに疑問を持ったことは今すぐ止めること。それじゃ飢え死にする、とか言わずに飢え死にすればいいと思っている。そこまでして守る命なんてあるのか。そうではなく、なくなりそうな命に目を向けてみる。穏やかになるぜい。

人と違う生き方をしていて孤独であってもいいではないか。その何がいけないのだ。その生き方を選んだのは自分ではないか。納得がいかなかったり、違和感を感じたり、生理的に受け入れられなかったからその道を選んだのだろう。その何が絶望なのだ。それは素敵なことじゃないか。いのちの電話はその確認。

今年は「動じない」練習をすることに決めている。躁鬱の波にさらわれようが、誰から誹謗中傷を受けようが、とにかく苦しんでいたとしても動じないこと。何でも練習に変換すれば、はじめてその知覚を現実脱出した状態で受信できる。その不安な感情を感知し、分析し、スケッチする。あらゆる「目」で見る。

☆

僕は左翼でも右翼でもなく、垂直尾翼のつもりで生きている。

生者も死者も含めて世界で唯一、wikipediaに自分の携帯番号を掲載している、自殺者ゼロ運動指揮者、新政府総理大臣坂口恭平です。夢は十年後に自殺者数をゼロにすることです。今のところ三年で八千人減らしました（自称）。あと二万五千人。できない数字ではないと思ってます。よろしく！

僕は――死ねなくなる妖怪――坂口恭平です。僕といると死ぬのが馬鹿らしくなるらしいですよ。生きとかないともったいないと思うらしいです。絶望している人から苦情の電話がかかってきます。でも妖怪なんだから許してあげてください。妖怪のいない日本は面白くないよ。オバQはどこいった？　鬼太郎は？

僕にとっての唯一の批評家はお天道様でございます。この人は嘘言わんから怖すぎるけど、時々、とんでもなく美しい春の陽気を与えてくれるので、飴と鞭に完全にやられてます。でも自分のことを誰よりも一番見てるだろうから、批評にブレがないし、何よりも間違いありません。

僕は春を贈り続ける男です。


人々がいう「安定した仕事」という仕事たちが全く安定しているように見えないのは気のせいだろうか。僕の仕事のほうがよっぽど安定しているような気がする。安定というのは、稼げるということとは違うのだろうか。僕にとって安定とは、稼げることなのだが。最近人々の言葉の意味がわからない。

今、来年高校の教科書に載る僕の原稿ゲラチェックしてるが、教科書に「新政府樹立」とか書いてあってほんとにいいのだろうか（笑）。知らぬふりしてゲラにオッケーを出してみる。


音楽だけが、たとえ認知症になったとしても消えない。忘れたくないことに出会うと僕はつい歌が口から零れだしてしまうのだが、その理由がわかった。歌は永遠に今に息を与える。

ずっと歌ってたので、フーが「『POPEYE』の絵、描かないで遊んでていいの？」と台所で独り突っ込みしてたらしい。それを聞いてアオが「パパ、あれが仕事なんだよ」と返したの、とフーが言いに来た（笑）。娘、いいぞ。おかげで自由に歌ができる。「パパはなんでも仕事なのよと私が言ってたのに」とフーが呟いた。

「空き瓶」という、結構、最近の歌の中では会心のできだった。曲が溢れ出てきて、それをまず録音して、その音から情景拾いつつ、体験談も交えつつ（笑）、新しい音楽空間をつくり出すことができたような気がする。素人でもやり続けていれば少しずつ上達するもんである。みんなの心の中に音楽はあるのだから。

☆

ドイツで早起きして、原稿書いてたら、九月、韓国光州市で行われる国立アジア芸術劇場でのオープニングパフォーマンスについて、新しい提案がなされて、返答をした。よりシンプルで強いメッセージが込められる案になりそうだ。今までにやったことがない方法を試すことになるので気合いが入る。

今年は、次の可能性のための訓練になるのだろう。仕事の分裂も規模も大きくなっているのでまだ完全に飲み込めていないところもある。簡単に自分の既知の部分で処理したらそこで終わりのような気がするので、ちゃんと未知の領域の気配を感じながらやっていきたい。焦点を合わせず楽しく歩く技術を探る。

既知の自分が不安を感じているとき、未知の自分は武者震いしている。どちらも震えているため、その「自震」はまるで災害のように感じられるが、天変地異が起きているとき、倒れないようにと体をコンクリートみたいに固くすると、ぼきっと折れる。むしろ自らの植物的合理性に目を向けて体を動かしたほうがいい。

☆

今日はアオの小学校の入学式。とうとう一年生になる。熊本に戻ってきたときは二歳だったのかと振り返り、びっくりする。べんきょうもいいけど、プラ板づくりと作曲得意なんだから、どんどんそっち伸ばしたらいいじゃん、と思っている。

さすがに疲れがたまったのか、とうとう鬱期突入の予感。しばし休息します……。

長丁場となっている今回の鬱期。まだまだ崩壊しておりますが、おそらく今、一瞬だけ正気に戻ったので、三日後の「石牟礼道子の音楽」という音楽会の告知をします。一時間前まで死ぬかと思いましたが、今は部活の帰りみたいに清々しいです。きっと一瞬でしょうが。

しかも何と書き下ろし中でした新作『家族の哲学』の初稿を奇跡的に昨日、脱稿しました！　二五〇枚書いたところで完全に壁にぶち当たって鬱りましたが、そのクッパ城のような状態の中、二〇〇枚書き進むという初めての展開でした。引き続き、推敲はじめます。秋頃にはお届けできるかと！

というか、そもそも部屋に籠って四五〇枚なんて原稿を書き下ろすなんてこと、元気なときじゃ退屈過ぎてできるわけがない。そもそも書くとは、この鬱のときに書くということなのではないか、と思い至りました。書いている間だけぎりぎり生きていて、あとはずっと干涸《ひから》びてました。

しかも、先週は石牟礼道子さんから「鬱はきついですもんね……」とお電話をいただき、申し訳ないというか、自分で企画しといて、ほとんどまわりの人に助けてもらい続けて、本当に馬鹿なやつですが、チケットはもう少なくなっているようですので、まだの方はお早めに。道子さんもいらっしゃるようです。


今回の鬱抜けアイテムはデヴィッド・フォスター・ウォレスの大学卒業生へ向けたスピーチ「This is a Water」の日本語訳でした。DFWさん、翻訳してくれた方に感謝。DFWは自殺してしまったけど、「Infinite Jest」英語全く読めないけど、時々、開いてます。

とはいいつつ、今回は本当に深ーい鬱なので、おそらくまた明日は潜っていると思います。というか、本書いているのに、潜ることをしなかった今までのほうがおかしいのではないかと元気な自分を疑いはじめてます。初の展開です。呟いてばかりいないで、もっとちゃんと潜ろうと思いました。以上。

もはや自分の体を自分のものとはとても思えません。記憶は分断されてるは、脳味噌はどう考えてもロシアンルーレット的に回転しながらいろんな部位と接続されてるは、幸福と絶望が点滅してるは、それが日常生活の中で起こるので、余裕こいて授業参観とか行けません。フーアオゲンは相変わらず平常運転……。

あと、少し遅れましたが僕の二枚目のアルバム

「新しい花」がもうすぐ発売されます。今の正直な感想は、なぜ僕がアルバムを出しているのか（しかも二枚目）、自分で意味がわかっていません（汗）。フーが歌ってるのでそれを聞いてほしいです。

アオから、がんばれよと、アクリル画一枚届いた。負けた……。

一カ月ぶりに朝起きても、調子がいいので、驚きながら、朝食をつくったので、みんなで食べて、アオの集団登校のところまでゲンと一緒に歩いていって、朝日を浴びた。朝方から体を動かすのも一カ月ぶり。今回は寝て抜けたのではなく、書いて抜けた。二〇〇枚書いたら抜けた。書け抜けた。新しい仕事方法か。

躁のときは籠って原稿なんか書いていたくないし人に会い続けあらゆる偶然を根こそぎ拾い集めたいので動く。動いて「摑む」。でそのノリで書いても同一平面上の動きにしかならない。ここで鬱の登場。今回初めて鬱期に書き下ろしを書いた。鬱は籠れる。書くことしかできない。鬱のほうが仕事に向いてる？

鬱になるのを不安がっていたし鬱の最中は恐ろしいほど人の声や音楽や本にすら関心がないため、好奇心がなくなったと勘違いしてしまっている。しかし、本当に書くこと以外、死ぬことしか考えないような状態になった今回は、二日で一一〇枚ほど書いていた。書き終われば鬱は抜ける。推敲は鬱明けの楽な気分で。

……という新しい方法を獲得したのかもしれないと今、備忘録的に書き留めておく。が、これは誰しもにあてはまるわけではないので、参考にはしないでね。一つの例として見て。

昨日、会社員の弟と話していて、「あんたよくそこまで悩めるね、悩む時間があるってことは、もしかしたらいいことかもね」と言われた。

躁状態の時は原稿が一日五〇枚ほど書けるので、調子に乗って書くのだが「書き進める」よりも「何を書くか」ということを摑むためのエネルギー源として活用したほうがいいような気がする。鬱の時にきついけどその初期設定で書き進める。すると、かなり自己批判的に進むので、鬱明けに背骨が見える。フーが観察するに、躁の時も鬱の時もエネルギー総量は変わらないような気がするらしい。つまり、向かっていく場所が違うだけだと。単純に言えば、躁は外、鬱は内側への探索が尋常ではなくなる。外へ向かっていても創造はいつまでたっても平行線である。外で得て内で書き、再び外で再確認する循環を。

ずっといのちの電話ブッチしてました……。すみません。五月いっぱいくらいブッチしますが、みなさん、生きのびてください。六月からは受け付ける予定。しばらく一人で天岩戸に身を潜めます。一〇日間で第二稿仕上げる予定で、計画を立ててみた。そして次の本に移る。だからまた鬱は必ず来る。来い。

躁鬱気質の人は、分裂気質の人ともいわゆる健常者種族の人ともまるで性質が違うのだが、参考になる方法論がほとんど皆無に近いので、なかなか大変だろうと思う。健常者の人を参考にすると、ほんと毎日反省の、きちっとして、一貫性を持ちなさいと言われてしまうので、これは当然ながらこじれる。

好奇心がまるでなくなる、という現象はフーには全く理解できないらしい。フーは世界有数の健やかな人間である（当社比）。好奇心がなくなるという現象は鬱期間中は大変辛い症状として捉えられるが、実は早く創造しなさい、せっかく内側にフォーカス当たってるんだから、と言っているように僕には見える。

もっとしゃんとしよう、年賀状は毎年書こう、週に二日は友人と食事にでもいこう、趣味をつくろう、とか言われると、躁鬱気質は今までの自分の反省に忙しくなってしまい、こじらせる。そんなのどうでもいいし、やりたくなったらやればいい、飽きたらすぐやめて、気になるほうへすぐ移動、と言われると楽。

このような躁鬱気質専用リラクゼーション的思考回路を、なぜフーが自然発生的に、半ば生まれつきのようにして、持っているのかは現在、調査中である。

加納鍼灸院から帰ってきた。「あんたの鬱は明るい鬱だねー、体は悪くないよ。たぶん、新作書き上げたら治るから十分苦しんで書きなされ」、と忠告を受け、その通りに明けた朔日。鍼の先生夫婦も「石牟礼道子の音楽」に遊びにきてくれるとのこと。ありがたいかぎり。

今年は何を書くのか、ではなく、ただ書く。死ぬのは面白くないから、ただ書いていく、書いている間はどうやら死のことは考えていない、だから書け抜けていくことにしようということを当面の初期設定にしてます。もちろん売れるものを書く。でも、その前にこの「ただ書く」という姿勢は忘れてはいけない。

昨年末から書き続けた「躁鬱日記2」が『幸福な絶望』という仮タイトルで進行中。こちらは初稿八〇〇枚。もちろん大分削る予定ですが、デザインの大枠が決まる。かなり興味深い流れになっている。七月刊行予定。突き進もう。人から何と言われても作品をつくる。死ぬくらいならつくる。つくれ。生きててよかった今。

ということで年末から四月一杯の五カ月間くらいで一三〇〇枚くらい書いているので、今年はまずまずの勢いのはずだ。こんなに絶望しなくてもいいはずだ、と思うのだけどそうは問屋が卸さないのが、面白いところなのだと強がってみる。もっと書こう。インプットは毎日の目、耳、皮膚。本や映画ではない。

昨日まで死ぬ死ぬ言ってたのに、今日は、壮大な構想を紙に書き付けて演説している僕の横で項垂れている三〇歳代後半の女性一名。僕の実母に励まされている。とにかく僕は仕事を受ける前にフーに電話をして確認するようにした。僕にはもはや判断ができない。僕は自分を信用することができない。

しかし我が家では鬱明けというのは節分のような行事なのである。舞茸の天麩羅、美味。我が家四人と母と祖母の六人で天麩羅会を。

混沌としたまま、そのまま決めず、分別整理せず、ただ黙ってじっと見つめるのは、大変で、きつくて、苦しいので、早くレッテルでも貼って楽になりたいけれど、僕は混沌こそが楽しいことだと思っているし、そういうことであればもしかしたら相談に乗ってあげられるかもしれないと思う。混沌教室。

悩んでしまって、股の下の冷や汗が止まらない状態を、悪いことで忌避すべきものだとは、口が裂けても言えない。勿論好きだとも言えないし意味があるとも自信を持って言えないが、僕は愛おしく思う。しかも、これは自分に向かって精一杯言っているのだろう。元気な今は他者に向けてると勘違いしてるが。

起きてきた女が、便所に行く途中、扉をちらと開けて「明日は大事な日なんだから、早く寝なさいな」と言った。

柚子の花、香りが夜風に、母、名を知らぬ
明日は母の日　おやすみなさいませ

自分に対して祈っているのに、思い浮かぶのはいつも他人で、言葉は人に向けて書いているのに、自分がはたと気づく。

他人と自分の区別が曖昧になるのは、症状なんですよ、と主治医は言うが、曖昧になっているのではなく、滲んでいるだけだと答えると、カルテに何か書きつけた他人の指先が異星。

干涸びた　ダニと言うな　知恵袋
お天道様　おやすみなさい

☆

鬱が明けると、今度はあらゆるものを引き寄せていく……。話はどんどん肥大化していく。また海外でのとんでもない仕事が舞い込んできたが、とにかく一つ一つをフーに相談し、フーに決めてもらってる。今の僕には全部できると思えてしまっている。躁と鬱の坂口恭平を知るフーしか判断できないのだ(汗)。

フーから「三日前の坂口恭平からの伝言ですが、彼は『新しい仕事を受けさせないように止めてくれ』と嘆いてましたよ」と言われ、驚いている。もう、「メメント」みたいな世界になってきている……。とにかくフーの反応を見ながら、鬱の自分を空想し、落としどころを創造しないといけない……。

鬱の一番どん底で危ないときに石牟礼道子さんから電話がかかってきて「きついですもんね……」と言葉をかけられ、自分の体調も万全ではない道子さんにこんなことさせて、僕は何をしているのだろうかと落ち込んでたが、やはりその魔法がかかり僕は鬱明けし、空は晴れて、素晴らしい日になるねきっと。

渡辺京二さん、石牟礼道子さん、伊藤比呂美さん、岡田利規さん。熊本には僕の周辺だけでもこれだけの先達の文の人たちがいる。文の人がしっかりと町の人に尊敬され、受け入れられ、そして、それが広がり、人々が集まっている。熊本の町がそれによって今、少しずつだけど、変化、成長している。文治教化。

おそらく、僕特有の勘違いなのだろうと思うが、「文」がまだ死んでいない町に僕は今、家族や友人たちと暮らしているのだという実感が、これからの町の在り方を、もう既に幻視させてくれている。昨日、アオは私も打ち上げに行くと言って宴の席で僕の歌「西港」を独唱してくれた。大した女だと思った。

宴が終わり日常に戻り、僕はこれから夏からはじまる新しい本のお産のために、再び書斎に籠ります。今年はこれからさらに英訳も含め四冊ほど出る予定。こう言うと大げさだが、命をかけて文を書いてみたい。新しい表現など僕にはできないが、気持ちよく生きられる町のための文だったら書ける自信がある。

アオのはじめての授業参観に行ってきた。背筋がピンとのびて、いい声出てた。朝顔の芽が四つ出ていた。一緒に帰ってきた。

あの人はすごい人だ才能がある人だそれにひきかえ私なんてと言うよりも、今、体が気持ちいいと反応しているのか、窮屈だと感じているのかと生理的な動きに耳を傾けたほうがいい。体にも波がある。つまり、体もまた音楽なのだ。音楽を聴きながらこの音がドなのかレなのか悩む人はいない。楽しいかどうかだけ。

さてこれから家族で夕食。みなさんも素敵な夕べを。じゃね。

あんたは文句なんか言わんで、早く次の創造をはじめなさい、それしかできないんだから、とフーに言われたので、これにて終わります。

☆

その強烈な分裂した作品群から、西欧の芸術界ではそれがたった一人の作家によるものとは当初信じられず、「坂口恭平」というのはニコラ・ブルバキのような数学者集団と同様、ペンネームであろうと思われていたこともありましたが、坂口恭平はあくまでも一人の人間です。本も歌も絵もぜひ手にとってね。

二四時間三六五日、一生懸命自分の好きなことに打ち込めばいいのである。それで飢え死にした人を見たことがない。早く試そ。とにかく自分で考えること。既存の人間には既存の方法しか生み出せない。新しい人間になるしかないのだ。意味の世界ではなく無意味な世界で。二四時間三六五日ひたすらに休まず。

好きなことしかしていなかった子どもの時を思い出したらいい。余計なことはしないほうがいい。下手の考え休むに似たり。一番初めて褒められた記憶を思い出せばいい。それが無理なら二番目に褒められた時を、それが無理なら最後に他人から褒められた記憶を思い出す。やっていて気持ちよかったでしょ。

そんなの現実的ではないと言う人もいるが、そういう人は大抵自分ができていないから悔しいだけなので、無視してやったほうがいい。やったほうがいい。人間は簡単には飢え死にしない。どうしても金が必要なら一日だけ日雇いすればいい。それでまた翌日から二四時間三六五日好きなことをはじめるのだ。楽しいよ。

二四時間三六五日好きなこと。

僕は空洞なので、死にそうになりながらものをつくっている人の作品はすっとはいってくる。死を抜けると、絶望的な幸福がふってくる。ふってくる。それが創造です。創造はこの世のものではないものの切片。音楽は、その移ろう座標を愉快にあぶりだす。『現実脱出論』も時々は紐解いてほしいっす。

自分の体を自分のものだと思っている人は永遠に死にたいとは思わない。無所有の感覚は、この世にはおれんのです。だから死にたくなる。当然なことを無視できる人は死なない。土地は誰のものでもない。僕のこの根元の思考は、批判でも、抵抗でも、何でもなく、ただの素直な当然です。放置できない当然。

抵抗ではなく、僕は放置できない当然を素直に歌うだけである。それがわたしのいきるみち。

つまり、私は求道者ではないと思う。起きたら、目の前に道があった。そこを歩いているだけだ。名も無き草の道。何をしたいかなんか考えたことがないんだもん。何が当然かだけ素直に考える。それが考えるってこと。驚くべきアイデア、人間の使い物にはなっても、お天道様には当然だけですぞ。道を歩けばいい。

気づいたときがはじまり。気が遠くはなるけれど、いくつになっても遅くはない。それが、目の前にぽんと現れた道。ただ歩け。そんなに地面を怖がらないで。蜂も悪さしなければ刺さないし、僕の友人はニホンミツバチと一緒に散歩してますよ。道とは、自分にとっての一番の当然と向き合うことだと思う。

新政府いのちの電話にかけてきていた女の子が、ロンドンに行って、ぶっ飛んでいる。躁鬱の子なので、もちろん今でも鬱には落ちているらしいが、つくり続ければ、生き続けられる。つくるとは生きること。とにかくお互い続けよう。励みになる。ではおやすみ。

☆

今日は毎週一度の石牟礼道子さん訪問。一緒に散歩しました。榎の木を見ながら、二人でゆっくり風を味わいました。先達からしっかりと方法と技術を超えた、書くという精神を全身で学んでます。養護施設で慰問スペシャルパーティーもしました。「天の祭ぞう」も歌いました。今、橙書店で原稿書いてます。

記憶が風で飛ばされる前に、チャイを飲みながら、とにかくインスピレーション・ノートに訪問記を書き残してます。命を振り絞って生きてらっしゃる人間の、息吹をどうにか文におさめたいと祈りながら、書いてます。素敵な青い花を摘んでたら二人で怒られました(笑)。

二枚目の新譜「新しい花」は初回分が入荷初日で全てなくなりまして、ただいま重版中でございます。重版分ができあがるのがしばらくかかるみたいなので、品切れの可能性もあるかもしれませんが、なにせ発行元の土曜社は一人出版社ですので、優しく見守ってくれるとありがたいです。嬉しい悲鳴。みなさんに感謝。

新譜「新しい花」は、二一世紀の「LIFE」by小沢健二みたいなものつくりたいなとぼんやりと思ってました。そんな馬鹿なとおっしゃる人もいるかもしれませんが、僕にとって音楽は大事な趣味なので許してくだされ。「LIFE」は恋で光ってますが「新しい花」は愉快な家族の光を表現しました。

音楽は聴くものというよりも、僕にとっては感謝するものです。音楽という存在が、僕を、その苦しみを一時だけ、どこかへ連れていってくれるのです。涙粒を現実世界に置き残して。

娑婆で起きたことは娑婆の中で最終的には綺麗におさまる。でも悩まないと駄目だ。悩まないで成長などありえないし、歓喜も訪れない。悩んだ分だけ嬉しいし、悩んだ分だけ幸福になる。最近、プライベートでも仕事でも自分の体でもとんでもないことが次々と起こり、卒倒しそうになったが諦めないでよかった。

苦しめば苦しむほど、その苦しみが深ければ深いほど、作品は光り輝いてくれる。死ななきゃなんでもいいっていう相棒の妻フーの言葉を念仏のように唱えながら、その死への洞窟を歩くしかない。それは苦しみ以外の何物でもないと今まで思ってましたが、今は素敵な修業であり喜びだと思えるようになってきた。

毎度毎度死にたくなってしまう僕も絶対に自殺しないから、苦しんでいるみなさんも絶対に自殺しないでください。死ぬくらいなら、その叫びを、復讐心ではなく、できるだけ素直になって向き合って、ありのままの姿のままを描いてみてください。手段は何でもいい。誠実に向き合えば光明はきっと見つかる。

死にたい、は、つくりたい、ということ。

つくりたい、は、生きたい、ということ。

自分に正直に生きるのは混沌の只中に身を曝すことで、当然ながら苦しいが、最後の最後に喜びがきっと訪れる。怖くなったら僕に電話すればいい。僕も恐怖を経験しているから。でも最後は一人で乗り越えないといけない。

自分の愛する人が死んでいくのは、耐えられません。それくらいだったら、僕は誰が何と言おうと、それが常識から完全に逸脱していたとしても、手を差し伸べる。文句を言われても殴られても刺されてもどうでもいい。耐えられないことをそのままにしてられない。お天道様はきっと理解してくれる。

☆

カリフォルニア大学バークレー校からとある賞の審査員をやらんかという、ドッキリとしか思えない依頼が届く（笑）。日本の大学からは完全無視の私ですが、バークレー校だったらやろうかな（笑）。フーは鬱になるからやめとけーと呑気なことを言っている。今年は『独立国家のつくりかた』の英訳も出るので楽しみ。

僕は日本ではただのキ千ガイ野郎と言われますが、ベルリンやバンクーバーや韓国やアメリカ西海岸ではそれぞれに違った角度ですが、自分の仕事に対する敬意を感じる。ずっと日本では仕事だけで食べていけず苦しんだが、彼らの敬意が僕を生かした。感謝をしている。無名でも作品だけで判断してくれた。

だから若い人は、自国でうまくいかないからって諦めないでね。他にも国はいくらでもあるんだから、自分の創造を求めている国はきっといつか見つかる。そして、そこに住む人々はきっとあなたを大事にし、くだらん陰口じゃなく、清々しい賛辞を贈ってくれるよ。「気持ちのいい」ことをする。これが一番。

人を妬むよりも、その人の作品を全部模写して、自分の中に取り入れてみる。僕も以前は、先達に嫉妬しすぎて、フーの前で、悔しがって泣いたり、全部真似してました。昨日、フーから「そういえば、最近、嫉妬したり真似しなくなったね」と言われました。少しだけ成長したのかもしれません（笑）。

新しい作品がまた爆発的に生まれている。久々に訪れたエブリデイ・インスピレーション・クリエイション・タイム。お天道様に感謝し、この力を、創造を、自分の所有物にせず、世界に人々にできるだけ開いていきたい。やるべきことはやはり「書くこと」だった。苦しみを歓喜の渦にぐるぐるぐるぐると変換させせよ。

躁のときは根源的な素直さに向かっていくのだが、それはこの社会では、問題を起こす火種となる。僕は今、完全に子どもになっている。大人たちと話していると、理解ができないのだ。人に会わないで、家にいればいいよとフーの提案を飲むことにした。体が大人で心が子どもの僕は、娘と息子と遊んどきます。

カリフォルニア大学バークレー校からの審査員依頼を考えるに、日本の、才能を理解しようとしないテンションが高すぎて逆に関心が出てきた。それはそれでいいことかも。単純に創作をするうえで無理解という圧がかかっているので、諦めなければとてもいい重力を感じながら創作ができる。若者よ、助成金とかもらうなよ。

ただひたすらつくる。理解されなくても売れなくてもただただつくるつくるつくり続ける。誰かに届けようと必死になるよりも、つくる作品の量を増やす。二四時間三六五日つくるだけ考える。逃げずに悩む。人が右を見たらまずは左を即座に向く。デビューしても続けないと意味がない。つくり続ける下半身を丹田を鍛える。

死ぬくらいならつくる。僕はただそれだけを考えている。しかし、常に死にたいと思ってしまう。三万人自殺しているのに三万日喪に服すことなく、のうのうと働けてしまうこの社会のことを、僕はただおかしな世界だと内心思ってる。もちろん三万日悩んでいたら全員自殺してしまう。僕はそれでいいと思っている。

躁期は恐怖心が完全に除去され、あらゆる試練にも勇敢に立ち向かえる。もちろん恐怖心の総量は変わらないので、鬱期にその代償を全て払うことになる。阿片の恍惚、禁断症状と酷似している。僕は書くことで人々が日々向かい合っている恐怖心を和らげようとしているのかもしれない。己への極端な実験によって。

失敗はいつか必ず挽回できる。しかし恐怖心は試さないかぎり永遠に克服できない。人間にできることは「試す」ことだ。それを恐怖心が邪魔をするなら、僕は生贄となって人々の恐怖心を一時だけでも完全に除去したい。それが新政府いのちの電話であり、書く使命である。試せば、少なくとも一歩は前に進む。

人生最大の深い鬱を体験し、今度ばかりは首に縄をかけてしまい、死ぬ恐怖は無感覚になってしまったが、それでもフー、アオ、ゲンの笑顔がむかつくほどに頭にこびりついて、頬にビンタを一発かまして、『家族の哲学』の続きを書きはじめ、四七〇枚の初稿を書き上げた。そして僕はまた完全に生まれ変わった。

もう絶対に死ぬもんかと思えた。バックミンスター・フラーが自殺未遂したときの言葉を思い出した。死ぬ気で書くと決めた。あらゆる恐怖心を吹き飛ばし、ただ足を前に一歩進めることのできる力を生み出すためだけに書き続けることを決めた。何と言われてももうどうでもいい。ただつくり続けると決めたのだ。

今、生きているのだという実感があり、それに喜びを感じている。起き抜けのフーと強く抱き合って、戻って来たよ、と伝えた。フーは「早くツイッターログアウトして、原稿書いちゃいなよ」と言った。はい、そうします。ではまた明日。ありがとうございました。

躁の爆発的なエネルギーは他者に向けると喧嘩にしかならない。しかしそれをひとたび家族に向けると、フーとの夜の営みは充実し、アオとは自転車で河川敷をどこまでも、ゲンとはミニカーでモナコグランプリのイリュージョンがつくり出せる。躁は社会でも他者でもなく、ただひたすら家族に放出せよと知った。

☆

紛失していたレーモン・ルーセルの『アフリカの印象』の挿絵（誰からも依頼されることなく、僕が勝手に描いたものです・汗）一〇〇枚が見つかったので、ほっとしている（笑）。基本的に僕は描く行為に興味があるので、保存は超適当です。絵が売れるのはただのおまけだと思ってます。書けりゃ描けりゃ幸福なの。

僕にとっては作品をつくるという行為自体が快感なので、それがどうなろうが、実はどうでもいい。おかげでプライドなんか全くないので気持ちよく書店回りできるのである。なんとか賞とかとって作家先生なんかになっちゃったら書店員さんたちに頭下げるのできなそうだしね……。常に誰よりも低位置設定作戦。

しかし僕は、やっぱり売れてナンボとも考えている。売れなかったら版元も書店も読者も妻も子どももやっぱり嬉しくない。でも同時に、売れなくても全然問題なし！　という底が必要だ。だから快楽原則にちゃんと従う。快楽原則によって生まれたものを売るために、一人電通は命をかけて売る。ノーリスク・オンリーリターン。

みんな次に何がくるのか、何が新しい方法なのか、わからない。だから指標をわかりやすいものにして示す。日本銀行券ってのはまだみんなが盲信しているので、利用しやすい。そこで自分の世界をつくり、試し、示す。忘れちゃいけないのは、その後日本銀行券をちゃんと蕩尽し、盲信を笑うことだ。

前回の「福島0円キャンプスクール」で八〇万円足りないと、実行委員会に言われ、僕は数時間ほどで八枚の絵を売って、八〇万円を獲得し、それをすべて0円キャンプスクールにぶん投げた。蕩尽すればするほど、その日本銀行券という世界がいかにどうでもいいかを伝えられる。そして自分の新しい世界を示す。

僕は花や音楽やかわいい女の子や家族が横にいてくれるだけで泣けてくるので、お金がなくても健やかに生きていける。だからみなさん、もし僕が死んだら、坂口家の他のメンバーであるフー、アオ、ゲンにたくさん贈り物してあげてください。そう考えて、僕は生きているところがある。実は0円じゃない説（笑）。

農耕民族全盛の時代ですが、躁鬱くんたち狩猟民族もなかなかやるんだぞってとこ見せていきたいっすね。この息苦しいと言われている時代に。騎馬で颯爽とアスファルトを駆け抜けたいよ。時には落ち込むけどね。マンモス捕まえることもできるんだぞい。それが私の生きる道。おやすみ。

僕はあと十年間、本を書く仕事をしようと思っている。才能はそんなに長くは続かない。続けている人もいるが、それは僕の性に合わない。だから徹底して十年間、書きまくる。死ぬ気でやってとんでもない人間になる。そして、そこですっぱりやめて僕は次の仕事に移りたい。熊本を福祉国家にしたいのだ。

精神病、認知症、自閉症などと言われている人々には、いわゆる健常者と言われている人々とはまるで違う世界が存在している。彼らと直接会って、話して、彼らの才能が完全に開花し、それが直接社会の人々に反映されていくような愉快な都市をつくりたいと思っている。そのために、僕は今、本を書いている。

才能は人々に使わないと開花しない。蜂や花を見てると、そういうことが自然の摂理なのだと理解できる。僕はまずは文によって、次の都市のありかたをすべて書き記したい。それが師匠である石山修武から言われた言葉でもある。全て書いてから、建てろ。それを実践していない建築家があまりにも多すぎる。

フーが「あなたはいつかきっと建築家として、何かを建てると思うよ」と昔、僕にふっと言った言葉を思い出している。二〇二五年からその仕事ははじまるのだと考えている。人々と自然と建築による共創造。これを実現したいのだ。狂人と馬鹿にされてきた人間たちと手を取り合って、つい笑っちゃう都市をね。

僕はやろうとしていることがちょっと人と違うらしいので、なかなか実現するのが難しいです。だから簡単な方法を見つけるのです。やりたいことをやりたいようにやらせてあげると窮屈さを感じずに楽しく仕事ができます。そうすると僕は最大限の力を発揮できます。自分のフィールドを勝手につくる。

正直、僕は人の世話をしたい。僕は人の長所を見つける名人だし、それを周知させる名人でもある。でもまだ今は修行中。だから自分で本を書いて、それを周知させ、実現するという練習をしてる。いつか人々の話を聞き、手助けをしたい。いのちの電話は今できる最低限の仕事。いつか全ての人の話を聞きたい。

だからこれから十年待っててね。それまでは自殺しないでね。仕事を諦めないでね。僕が書く仕事を終えたら、みんなでぶっ飛ばそうじゃないか。そう考えると、これから十年間、何か一つのことに集中して修行しようと思えたりしませんか？　いつかの喜びのために。

デンマークでのホイスコーレ運動の研究をしている清水満さんとの講演会、すんごく面白かったです。九州が独立した場合のGNPがオランダと同じくらいだって試算出てるのとか知らなかった。なんだ、独立してもイケるじゃん（笑）。九州の人はやっぱり本州とも沖縄とも違うもんなあ。十年後に。ぜひ。

これからの十年間、僕は何を学ぶのか。そのヒントが今日はごろごろ転がっていた。清水さんとはこれからも会って勉強したいし、デンマークにも行ってみたい。十年後から精神障害者、認知症患者、自閉症の人々などが愉快に暮らしていける町をつくるために奔走したいと思っている僕には収穫だった。

九州をもっと練り歩きたい。どんな可能性があるのか。どんな人間がいるのか。独立する運動までは まだ至っていないが、たくさんの人が独立する方法 については研究してきているようだ。中国では国を 治めるとまず九つの州に分けたという。だから九州 という土地も元々は独立した国だった。元に戻して みたい。

なんて妄想してたらフーから「あんた十年は本を書くって言ったよね？　まーた新政府はじめちゃダメよ。放っとくとすぐ動こうとするんだから。そんな興味があるなら、あなたが九州独立に向けて奔走する小説を書けばいいじゃない。それだったらいいよ。印税入るし」と。なるほど。次の本の企画ができた。

というわけで、お風呂に入ってもう寝ます。デンマークの民衆による民衆のための生きた教育機関ホイスコーレは歌ではじまり、歌で終わる、というのが基本らしい。それって坂口家じゃん！　と思った。新作「新しい花」、予想外の爆発的な売れ行きで嬉しいかぎりです。でもみんな歌を求めているのだと感じた。

僕の考えていることはベルリンやバンクーバーやカリフォルニアでは、すんなり受け入れられるけど、偉い人や有名人や建前が大好きなこの国の人にはなかなか伝わらない。それでもフーに「あんた、すげーからがんばれ」と二〇〇一年に言われてから一五年目の今年、少しずつ人々に伝わっているのを感じる。

諦めずにひたすら命の続くかぎり行動し続けるのでますますの応援をよろしくお願いします。では、夢で逢いましょう。困っている人を助ける。土地は誰のものでもない。自殺者のいない国。僕が目指している世界はそんなに複雑じゃない。シンプルな世界だよ。文化、文治教化が実践できる都市計画をしたい。

自分のつくった新しいCDに対して、フーに対して嫉妬心がめらめらと湧いてきたので、フーに吐露した。フーはぷはっと笑っていた。くそう、また今度つくる本は超楽しいやつにするぞと思いを強くした。こうやって僕は分裂した坂口恭平同士で嫉妬をさせあって切磋琢磨させてます。強い動機はこうして生まれる。

プライドや嫉妬などは誰しも持ちますからね。でもそれをできるだけ吐露しつつ愚痴にならんようにしないといかん。そういう感情はカツカツで貧相な状況をすぐ生み出すからね。嫉妬したら、その場で言う。そして、よしよしってしてもらう環境設計。VIVAフーの作文は見事な愛と嫉妬の文でした。VIVA吐露。


意味や象徴や理由やルールや構造やくだらんこと気にしてないで、全部を音楽として受け取ってごらんよ。キース・ジャレットのコンサート行って、あの音がドなのかレなのかなんて考える人は誰もいない。これってすごいことなんです。人に考えさせるってことを忘れさせる秘密。音楽は新しい思考の方法なのだ。

馬鹿になれって言ってるんじゃないよ。全く違う感じ方、言葉の意味を理解するという多くの人が唯一と思っている「理解する」という方法がたくさんあることを、音楽はその片鱗を現実の世界で奏でながら見せてくれる。キスも、肩をさするも、涙を流すのもそうだ。そして新しい理解を知れば人を助けるようになる。

音楽は一人では成立しない。人と聴いたり、人に奏でてもらったり。音楽はそういう共同体の片鱗を、音が鳴っているときだけ一瞬だけ見せる。僕は歌うように書きたいし、書くように歌いたい。いつもそこには音楽がある。音楽こそが僕の全身であり、目指す先でもある。届かないけど存在する虹みたいなもんよ。

音楽は上下関係や、人見知りや、偉いとか、貧しいとか、馬鹿とか、天才とか、どうでもよくさせてくれる。無礼講って意味じゃなく、全てを受け入れる。そこに喜びがあるから、みんな離れることができない。音を止めることができない。僕はそんな本を書きたい。子どもから一〇〇歳までみんなが読める本を。

喜びこそ、僕が一番得意なこと。これまであらゆる人々から僕が得た喜び、そこで流した涙、教えてもらった音楽、その感動、新しい創造への扉になった音楽への感謝、意識を変容させてくれた音楽が見せてくれた世界、その空間、それを鳥のように見せてくれたあの喜び。僕はそれを全て音楽的に記憶している。

音楽は商売にしちゃいかんよ。お天道様が見てるから。心配することなかれ。音楽家は徹底して喜びを表現すればいい。それを糧にして生きていればお金はあとからどんどんついてくる。これまで受けた喜びを全身で表現するだけでいいんだと思う。音楽は売れなくなった、じゃない。音楽は売り物じゃなく喜び。

昨日、清水満さんに言われて一番嬉しかったことは「坂口恭平さんを見てると、パッチ・アダムスを思い浮かべます」という言葉。清水さんは個人的にパッチ・アダムスと付き合いがあるようで、そんな人から言われ、楽しくなった次第です。僕が次に目指している研究領域が「医術」だけに、とても嬉しい。ハッピー。

いつか、パッチ・アダムスと会いたい。いつか会いたいと思っていた同志のロビン・ウィリアムズはもう死んじゃったけど、まだパッチ・アダムスは生きている。生きているということは会えるということ。それはまるで奇跡なのではないかと思うよ。この世に会いたい人がいるということは最上の喜びなのである。

悲しかったことも、苦しかったことも、すべて吹き飛んじゃう。それが僕の躁鬱の悲しく嬉しく素敵で残酷な性。今は幸福なのである。三週間前は、フーの前で「もう死にたい」と頭を壁にぶつけたのに（泣）。家族はその全てを見ている。うちでは全てを吐露し、さらけ出し、みんなで考えていく、と決めたのだ。

余計なお世話かもしれないが、僕はこのように、一度海底に沈んで死ぬ寸前になって地上に晒される不可思議な人生ですので、この現実の素晴らしさ、人々が集まって生きていることの奇跡を健常者よりも何千倍も感じちゃうのです。だから僕はこの世の喜びを書くのです。それが仕事です。素敵なおせっかい。

苦しんだ分、今、チューリップが開いてる。今のうちに注ぎ込む。ありったけの精神を。すべて言葉という音楽に変えて。僕にできるのはこれしかないし、僕は書くことが何よりも好きだし、それが得意だと思っている。この仕事でなら、人々の役に立つかもしれないと思えている。紙に感謝している。

紙様、ありがとう。

音楽的構造を持つ社会（ユートピア【utopia:トマス・モアの造語】）と家族（ウィコゲニア【wikogenia:坂口恭平の造語】）が融合した新しい花。そんな花を咲かせることこそ、新しい人間のやるべき仕事である。話しかけるように水をかける。植物的合理性。

夢みたいな瞬間を体験してしまったのだから、やるしかないっしょ。

☆

それぞれの分野で最高の才能を爆発させている仲間たちがぶっ飛ばしている姿を見ていると、悔しくて、よくフーの前で、自分の才能の中途半端さに泣いてしまっているのだが、器用貧乏でもそれなりにやることあるじゃんがんばれと励まされてます。というわけで僕の夢は器用富豪になって振る舞うことです（笑）。

僕の仕事がいつもなぜかうまくいくのは、僕の背後で手伝ってくれている人たちが素晴らしい才能の持ち主だからです。編集者、デザイナー、映像作家、音楽家、批評家、師匠、料理家、医師、ファッションデザイナー、女の子、そして妻フーと子ども。完全にそのおかげです。それはこれからわかってくるはず。

僕の中には無数の人格が存在していますが、基本的に僕は小学生の時にあらゆるストッパーを全て破壊し、自由に生きなさい、と多層な人格全てを受け入れ認めてあげることにしました。それはとてもびっくりするほど気楽になる思考の反転であり、それぞれの人格同士の対話もできるようになってきました。

人は実は全く他人のことを気にしてません。なので、自分のやりたいようにやればいいんです。文句を言う人も時々いますが、大抵その人自身が苛ついている場合が多いので、歯向かうとろくなことになりません。はい！　と大きな返事をして全て聞き流しましょう。反省せずにただひたすら己の興味を貫くのです。

それでは、推敲仕事はじめます。みなさんも素敵な早朝をお迎えください。僕は朝散歩の午前七時まではまず三時間ぶっ通しで推敲やります。時間を決めて集中させる。人間がコントロールできるのは現実における「時間」という概念だけです。時間といかに付き合うかそれがその人の生き方になると考えてます。

早朝の時間は、ほとんどの人が寝てますので、固定された時間の塊があんまりないです。だから短い時間のあいだにとても集中することができるのです。日曜日とかゴールデンウィークとかみんなが使っている時間は家で寝ているか子どもと近所を散歩するに限ります。人が使っていない時間を使うほうが楽だよ。

では素敵な夜明けを。新しい朝を。

Breath the air!

人が素直でいてくれたら、素直になってくれたら、それだけで嬉しくなる。不思議なもんだ。素直でいようさ。素直さはまわりの人間を素直にする。時々、頭の固いおっちゃんから怒られたりするけど、こっちは平気なもんさ。楽しい場所には人が集まり、そのおっちゃんも、結局はこっちで一緒に餅をつく。

餅つきってのはだから大事なんだよ。僕は二〇一一年三月に帰って来て熊本で初めて正月、石臼で餅つきした。その町内で三〇年前までやっていたことだったんだ、と言って僕を毛嫌いしていた町内会長が喜んでくれた。一度毛嫌いした人も餅つきに参加してくれたら許してあげる。許すこと。僕の仕事の一つ。

消えたものを、また生き生きと表に現す。死者からの言葉を今、生きている人々に伝える。それが僕の仕事だと思っている。僕は別に霊が見えるわけじゃない。でも、僕は死者の言葉を聞くことが時々ある。それは大好きだった祖父の言葉だったり、身に覚えのない室町時代の町民だったり。聞くことが仕事。

僕は聞く耳持たないね、と子どもの時から言われてきた。でも、それは違うんだ。僕が子どもの頃、まず大人に質問をした。でも、それに誰も答えないのだ。それは死者からの大事な伝言だったのに。それを無視するもんだから、僕は聞き入れられなかったのだ。聞く耳は十分持ってるよん。媒介なんだから。

土地は誰のものでもないのに、なぜ人間は所有するのか?

僕のこの子どもの頃からの質問に答えてくれる大人にまだ出会っていない。

だから僕はそんな大人たちの言葉が耳に入らないのだ。おかげで小学校教育にすら染められず成長できて、すっかり愉快な人生だけど。それで困ったこともないよ。

ディランはこういう問いの立て方と、対応する大人への対処の仕方をしっかりと身につけており、それは高校生から僕にとっての生き方の一つの参考となった。意味がわからないまま、目の前の利益に手を染めると、地獄に堕ちると、日本昔話は言ってたよ。沖島勲さんの脚本を今、読みたいっす。

小さいときに素敵な人間に出会えたことが今の僕の仕事につながっている。小学一年生のときの佐藤範子先生に今、会いたい。探しているけど、見つからない。「いのちのおかわりはありません」と僕に言葉をくれ、日立の労働闘争歌であった「たんぽぽ」を七歳の僕に教えてくれた。僕のことをいつも褒めてくれた。

何をやりたいか、なんて一生考えなくていいから、何に疑問を持ってきたか。あなたの子どもの時の質問は何だったのか。それを思い出せばいいんだ。それがはじめから決まってるあなたの人生だ、と僕は思ってきた。僕は四歳のときくらいから、思考が何一つ変わっていない。一度も諦めたことがない。

母は僕に「あなたは諦めなすぎなのよ!」と怒ったりしてた(笑)。"NEVER GIVE UP"がうちでは、困った言葉になっちゃってた(笑)。

今は母が僕に対してアリストテレスだったのだと

自覚してる。彼女は僕に永遠に疑問を投げかけて来た。それに僕は答えて来たのだ。彼女は禅問答の老師だった。感謝。

母への感謝を歌にでもしようかな（笑）。

Greatful Days.

☆

二〇歳代の躁鬱という若者から電話。僕が知っている症状を伝えるとほぼ全て意味がわかるという（笑）。仲間発見。躁鬱野郎は内省できないからこれからどんな失敗をしても一生反省をしてはいけないよと言ったら笑ってた。まだ入門したて。黒帯の僕が教えられることはたくさんある。対処の方法を全て伝えた。

早く「（株）躁鬱」を設立したいよー。フーの認可はまだおりてません（汗）。でも気が向いたら、いつか勉強会をツイキャスでやるよ。投げ銭教室。

熊本県という名称を、「マッサージ天国」にしたい、と一昨日の講演会で言いました（笑）。徘徊が自由にでき、躁鬱は自分のペースで休みたいときに休んで躁がきたら、壮大な創作に集中してもらい、分裂の人にはお告げ係をしてもらい、マッサージやケアをする人が一番重要な職種で、音楽家もそのうちの一つとなる。

……という妄想の天国をつくる話をまずはフーの言う通り、小説にしたいと思ってます。それがどこまで実現するのか。今はまず、石牟礼道子さんが療養しているケア施設でギター片手に慰問会をして、一〇〇歳近くの長老たちとちゃんと面と向かって目を合わせて対話するところからはじめます。

正直、自分の作品をつくるよりも人をマッサージしたり、ただ手で触れたり、言葉でどうにか心を落ち着かせたりしてあげたりするほうが、僕は合ってます（笑）。でもそれだけではうまくいかないことがわかる。修業がたりない。僕にとって書くことは今、一番楽しいことですが、同時に修業なんです。いつかの。


パッチ・アダムスが医科大学を卒業後、すぐに無料診察の病院をつくったことを知り、一人で部屋で大泣きしてしまった。一二年間そこで無料の診療活動を行ったそうだ（当時はかなり奇異に思われて、全く寄付がなかったので、無料診察を続けるために他で働かざるをえない状況だった）。涙は新しい発見のとき。

つまり、十年後の二〇二五年、僕はしっかりと蓄えた貯蓄と（笑）、多くの新政府国民たちからの寄付によって、無料の病院を設立するのかもしれない。そこから、僕の考える、「医術と芸術が融合された新しい家族と社会の在り方＝ユートピア&ウィコゲネス」が実践されるようになる。生薬の研究も行われる。……という直感が舞い降りて来た。清水満さんに感謝しなきゃ。

ユマニチュードのジネスト、鍼灸師の加納先生、そして、今回のパッチ・アダムス。僕が次に向かっている領域は医術である。

……なんてね。今からフーとゲンを送って来ます。ゲンははじめて幼稚園に遊びにいく。アオが通った幼稚園に来年から通う。そのプレ保育。

☆

新作『家族の哲学』は、できたてほやほやの出版社である毎日新聞出版から九月刊行予定となりました。僕の場合、版元から依頼されて書くわけじゃなく、ただ書くので、版元が決まるのは、後日になります（笑）。僕にとっては、いや、おそらくあらゆる作家にとっても健やかな方法だと思います。お楽しみに。

生まれてはじめて揃えた全集が届いた。『カフカ全集』全一二巻（新潮社）。フーからの褒美。今回の鬱明けのきっかけが、出版することなど考えず右から左へ書きたいことを書き、飽きたら書くのはやめていたカフカの「書くことへの態度」だった。

散歩の帰りに僕の小説『徘徊タクシー』でも大事な役割を担ってくれた百年饅頭の素敵なおかあさんのところに体の具合を訊ねにいく。摘んだお花と枇杷をたっぷりあげたら喜んでくれた。店の前の魚市場のこともこれから取材させてもらえることに。お花と交換で、ちゃっかりガーナチョコレートを獲得しているアオ。贈与論を体で体験してもらう。これが坂口恭平学校（笑）。人から何かもらったら、つい人にあげたくなる。それは見返りという言葉では言い尽くせない「対話」なのだ。人間にはその本能がある。

いのちの電話も、こうした子どもたちとの学校も、毎日執筆に励んでいるのも、全ては十年後にはじまる、僕の医術と芸術を基礎とした新しい学びとケアの場所である新生「ゼロセンター」設立のための基礎なのだ。僕が次に目指す職業は、医術師である。これから十年間、実施と書物で徹底して勉強したい。

僕は小さい頃からずっといろんな卜占師《ぼくせんし》たちにお世話になっている。医術と呪術は僕にとって、ほぼ同義である。僕は一五歳の時、三〇歳になると作家になっており、四五歳になると〇〇になっていると言われた。一八歳のときバスの席を譲った占い師だった女性から手相を見られ予言された。その後多々。ま、自己暗示にかかりやすい、勘違い野郎、と今まではずっと笑われてきましたがね……。

僕はすべての人を信仰しているので（笑）、こういう言葉を永遠に忘れないんです。

神様には敬意を払うが、神様以外に敬意を払わない人が多すぎることに僕は頭を悩ませてきた。そんな人はいのちの電話を実践することはできないだろう。僕がいのちの電話をしている根源的な理由は、僕の思考では「すべての人間、植物、現象が神である」と捉えているからです。ま、僕はキチガイですからね。

僕の絵が生まれてはじめて売れたのが二〇〇七年。買ってくれたのは昨年亡くなってしまったバンクーバーの近くにあるボウエン島元市長ジャック・アデラー氏。彼は無名だった僕の絵を見た瞬間、五〇万円で「Dig-Ital」シリーズを二枚買ってくれた。あれから八年。日本人も少し買ってくれるようになった。

僕はコマーシャルギャラリーに一切所属してません。僕の知り合いからお金に余裕のある狂った人を紹介してもらい、そこへ自分の足で絵を持参して交渉してました。仲介料なしなのでありがたかった。

フーは「絵なんかが売れるの？」とその時はまだ驚いていた。今では僕はフーに完全に管理されてるけどね。

八年前に、僕のことを知っている人はほとんどいなかった。僕の日記は一日に一五〇人〜二〇〇人くらいの人が訪れていた。先日、福岡でそのときから日記を読んでくれていた人がやってきてくれて、初めて話した。こうやって無言で僕の文をずっと読んでくれている人がいる。だから僕は強いのだなと思う。

日本は本当にすごい人間でもほとんど理解されないことが多いので、逆に僕にとってはとてもいい修業の場なのである。お金が必要なときは海外へ行って絵とお金を両替していた。理解者は世界中探せばどこかにはいるので絶望は一度もしたことがない。でも僕は日本の変わらなさが気になるので日本で戦う。

つまり、日本で実現することは、大抵の国で実現する。一番大変なところで実践する。それが一番力になる。この国は知性があるのに、知性のある人間を受け入れることができない可哀想な国だ。文句を口にしない慎ましい国民性につけ込んで、知性を潰そうとしている。そりゃあかんやろ、と僕は思っている。

知性のある人間のことに恐怖心を抱く権力は、自分のところに知性を呼び寄せる。だからみーんな大学教授になっちゃう。本当に知性のある人間はどこにも属す必要がない。知性というのは強さだけでなく、朗らかさ、親愛さであるからだ。町を歩けば施される。それが真の知性である。壁の中にいてはいけない。

知性のある人間こそがこれから必要なのである。知性とは独立を意味する。独立独歩で思考し、そのことそのものに喜びを感じることのできる人間。食っていくのが不安で大学に籠っていても仕方がない。研究は家でこそ、やるべきだ。南方熊楠やダーウィンやファーブルを見れば一目瞭然。知性とは町を歩くこと。

大工も医師も料理人も鍼灸師も小説家も知性が必要なのである。権力に囲われず、人々に囲まれようではないか。権力はケチだよ。人々は実はケチではない。ちゃんと体で示せばそれなりのことが返ってくる。嫌味臭いこと言えば、僕は大学教授よりは稼ぎがいいよ。生活の安定とは、人々に囲まれることなり。

日本の大学からは声もかけられませんが、カリフォルニア大学バークレー校という、僕が一応、大学の中でも一番まともだなーと思えるところからは学生向けの文学賞の審査員のお誘いの話がきた。躁鬱だから、できるかわからんって返信したけど。大学とはそんなもんです。決して信用しないこと。己を信じる。

何でも本当のこと言ってしまう人間が近くにいると、ろくなことにならない。これが今の大抵の大人と言われている人の思考法です。若い人、ご注意を。徹底して知性を磨け。どうすればいい？　ボブ・ディランに聞きなさい。彼は毎日夜は町で歌ってたけど、午前中は一人で図書館にいたよ。一人でやれ。

僕は友達はたくさんいますが、大人の友達は一人もいません。みんな怒っていなくなるんです。「ナンダチョーシニノッテンノカコノヤロー！」とか言って。来るもの拒まず去るものにはちょっと一言声かける、が僕のモットーですので「いつでも戻ってらっしゃい」と伝えてます。必ず子どもになって戻ってくる。

「大学にいる建築家はみんなどうしようもない人なんですか？」と聞いてくる学生がいる。自分で調べなさい。その教授の年収と、彼が年にいくつのプロジェクトを実現しているか。教授が大学とは別に事務所を持っていたら、その設計料は全てその事務所に入っている。大学と建築設計の給料のパーセンテージを比較する。

人間が信頼に値するかどうかは目を見ればわかる。しかし、それがわかるまでは長い年月がかかる。学生のうちはまだ未熟者だから、まずはその教授が町からどれくらい求められている人なのか、金額で判断すればいい。それで少しずつわかってくる。自分が払っている学費しかもらっていない「自称建築家」は怪しいぜい。

自分が生きのびていくために、本当に親身になって、食っていく方法を教えてくれる教授。せっかく大学に入ったんなら、そういう人を見つけて、学費分くらい、ずっと付き添って、盗みに盗んで卒業しないと損だよ。大学という資本主義社会の中に入っちゃったんだから、資本主義的にちゃんと獲得しないとね。

大学生から野暮な質問が多いので、ここで答えておく。僕に質問するなよ。あなたの大学教授がたくさんいるじゃないか。その人たちに聞きなよ。お金をたくさん払ってるんだよ、あなたたちは。あなた自身ではなくても、あなたの両親が。それがあなたたちが信用している資本主義。うちは違うから。態度経済。

☆

なんと、ネットショップ「BASE」で始めた趣味の店「坂口家」、開店二時間で一〇万円の絵が一枚売れてしまいました！　買ってくれた方、ありがとうございます。他にもいろいろサービスして、楽しい感じで、僕が包装して、チュってして送ります。三一日に展示が終わるのでちょっと待ってて。

病人と呼ばれ、毎日過ごしてきましたが、創作をはじめてからは、優しい人が褒めてくれるので、少しずつ回復してきてます。小学校とか中学校とか高校とか、つまんなかったなー（笑）。足が速いほうがモテるし……。

絵を喜ばせてあげる。これが絵を売る秘訣です。絵人が絵を選ぶんじゃなく、絵が人を選ぶんです。絵を喜ばせたら、絵が人を選んで、離れなくなる。絵を喜ばせるにはどうすればいいか。絵を見てもらうんです。絵を見せる。評価されるためではなく、絵を喜ばせるために。みんな評価されようと絵を使いすぎる。

絵だけでなく、音楽だってそうだ。人から評価されるために創作物を利用してはいけない。コマーシャルギャラリーに入ったり、レーベルに入ったり、なんでする必要があるのか僕にはまだ理解ができていないし、理解できるように教えてくれた人もいない。絵や音楽に仕える。喜ばせるために命をかけてみよう。

大学時代の夢が、設計も、中に並んでいる商品も、制服も、レジも、ぜーんぶ自分でつくったコンビニの店長だったので、店ができて本当に嬉しいです。夢が叶いました。最近、服をつくりたいとも思ってますので、僕デザインの服が並ぶ日もくるかも(笑)！

絵も音楽もそうなら、女の人もそうである(笑)。僕はそう思って生きてます。女の人を喜ばせるためだけに生きる。女の人に仕える。赤子に限らず、あらゆる生命を生み出す女の人の奴隷になって、せっせと働く。それが僕の本望です(笑)。僕は絵の音楽の文の、そして女の人の奴隷であり、それで大満足なんです。

全く本を読まないのに、無茶苦茶本が好きな僕による「坂口恭平文庫」もはじめますよ。もちろん趣味の店「坂口家」で。新品の本を定価で出します(笑)。売れて欲しい本をお手紙つきで送りたい。橙書店に協力してもらいます。

本を喜ばせる。本のことを理解しようと人間のほうから近寄ってみる。それこそが愛情だと思う。僕は時々、人間には厳しいところがありますが、植物や動物や本や音楽や絵にはひたすら優しいつもりです。彼らのおかげで僕があります。そして人間は今、世界の中でのさばりすぎているように思えます。

『山之口貘全集　第1巻』(思潮社)、瞬時に売れてしまいました。本当にありがとうございました。天国にいる貘さんもきっと、高田渡さんもきっと、喜んでくれていると思います。本はすごいんです。死者と出会えるのですから。買ってくれた人、感謝です。小さいけどドローイングを即興で描いて送りますね！

趣味の店「坂口家」は、一見、趣味の店ですが、ゴレンジャーで言えば喫茶店「ゴン」みたいなものです。つまり、これは水面下でずーっと続いている新政府の総司令部です(笑)。商品が流通する場所をつくる。つまり交易の場。それを僕は次につくろうとしています。新しいゼロセンターでもあります。ふふふ。

趣味にも、命をかける。これがキ千ガイと三七年間言われ続けている坂口恭平の生きる道でございます。「だーから、すぐ趣味じゃなくなるのよ……、あなたは……」とフーが横でブーたれてますが、次のジュエリーをがさごそしてもいます。彼女も楽しいらしいです。家族で遊べる。これがお店のいいところ。

気になったことを気になった分だけ、好きなことを好きな分だけやって、飽きたら速攻でやめる。僕はこういう性質なのですが、これまで「お前、そんなんじゃやっていけねーぞ、食っていけねーぞ」と言われてきました。でも僕はずっとそれをやって、実は結構きちんと稼げてます。みんな嘘言ってたのね……。

「お前のこと考えて言ってるんだぞ! そんなことじゃダメなんだ! この道一筋にちゃんと真剣に技術を磨かないと食っていけないんだ。お前みたいにあっちふらふらこっちふらふら興味の赴くままに生きてたってこの社会じゃやっていけないんだぞ!」と言われてきましたが、どうやらそれは嘘でした……(涙)。

人の言う言葉を耳に入れる前に、まずは耳栓して、自分の力をやれるだけ試してみましょうよ。尻込みしてるみなさん!

でも、これは僕の実体験だけからの言葉です。もちろん、この言葉も耳に入れてはダメですよ。なお、これは禅問答ではありません。

"Just do it!" NIKEの宣伝文句です。CMです。

僕には何の能力もない。だが、僕には他の人の能力が見える。いや、だからこそなのだ。僕はただの空っぽの人間である。僕には言い切ってしまえばエゴや所有の観念がありません。僕は娘と息子の所有をめぐっての喧嘩のときも、冷酷に伝えます。それ以上やると許さない、と。彼らは恐れて喧嘩をやめます。

息子は娘が愛しているものを欲しがります。それは当然の感情です。娘はだからこそ、それを取られたくないと必死になります。そこで僕は息子が興奮するようなものをつくりはじめます。すると息子は僕のところにきます。僕は娘に「きみはそれで遊んでろ。こっちはこれで遊ぶ」と伝えます。娘はこっちにきます。

所有に関してだけ、あとは自分の本当の感情を口にする吐露という行為にだけ、僕は子どもに対してとてつもなく厳しいです。所有の観念こそ、争いを生み出すもとです。そして吐露する技術はその子自身を助けます。争いを避け、自らを助けられる者。そんな人間には人を助けるという重要な技術が贈られます。

ま、基本は楽しくやろーぜーです。僕は土地を所有している人間のことが、やはりどうしても許せないみたいです。つまりそれは自分も許せないのです。だから、僕は鬱のときに自殺を試みるのでしょう。それで死んでも仕方がないと思っているところがあります。人間はやはり間違いを犯していると思っています。

人間生きていれば間違いなんてあるよ、そんなこと気にしないでいこーぜー、と考えると楽になります。しかし、楽になったあと、僕の場合は必ず揺り戻しがやってきます。どうやら間違いは訂正しないかぎり、ダメなようです。だから、訂正するために、行動してます。いつかできるかな。やってみたいな。

勘違い野郎で障害者だと認定を受けている人間の言っていることですので、健常者であると自覚できている人には関係のない戯言です。聞き流してくだされ。そして、同じ躁鬱病の人たちも、お前みたいなやつとは違うんだと思われているでしょうから、無視してください。僕は躁鬱でもないと思う。

フー「おいおいBASEはもういいよ、早くパッチ・アダムス観ようよ！　あなたに似てるんでしょ？」ということのようです。いつかパッチに会いにいくという目標ができて嬉しいです。というかまだ映画は観てないので、まずは観ますね。どうも直感のほうが勝っちゃうんです。おやすみ。

おかげさまで本日の趣味の店「坂口家」の売上は三〇万円近くになりましたが、なぜかフーには怒られました。お金を稼いでも、うちでは大して、褒められません。それよりも、静かに家でゆっくり家族と過ごしていると、全員に抱きしめられ褒められます。僕はそれでいいと思います。そんな家族経済でも。

昨日、「パッチ・アダムス」観てたら、あまりにも自分に似てて、しかもまわりの人間たちの無能さにほとほと呆れて、耐えられなくなって、一時間も観ずに、停止ボタンを押してしまいました……。明日、がんばって全部観ます。やっぱり本人に会ったほうがいいな、と思いました。

趣味の店「坂口家」。毎日、朝、アップして、あとは仕事する、という約束で、フーから許可得ました。商品も揃ってきて、いい感じです。「坂口家」は僕が小学四年生のときに考案した「サカリオ」という世界観、ブランドを実現するためのものでもあります。夢は必ず実現します。

熊本大学の昨年度の入学試験に、『現実脱出論』が使われたというギャグに近い、楽しい話が舞い込んできた。熊大、やるねぇ。『現実脱出論』が赤本に掲載されることになりました。日本も変わってきたじゃないの（笑）。いい感じだね。

『現実脱出論』って、僕が毘沙門天の幻覚を見た話書いているんだけどね（笑）。さすが、講談社現代新書。日本はフォーマットさえしっかりしていれば、どんなサイケデリックなことでも、一般入試に出せるってことだね。小論文らしいし（笑）！　選んだ先生、最高！　感謝感激です。大学教授の文句言うのもうやめます（笑）。

僕は自殺しません！（と、今はもちろん思ってます。）躁鬱の鬱期はそんな人でも自動的に死にたいと思ってしまう、不思議な症状が出るので、躁鬱の人、気をつけてね。死ぬなよ。死ぬくらいなら、死ぬ前に僕に会ってからにしましょう。僕と会ったら絶対に死なないはず、と僕は思い込んでます。

がんばれ！　受験生。大学なんか何の意味もないぞー！　本当に学問がしたいなら、自ずからやっているはず。やりたくないことするなよー。義務義務言うようなつまらん大人になるぞー。やりたいことをやっているときが一番かっこいいから。異性にモテたい人は好きなことだけやっててね。人は楽しい人が好き。

　お金や仕事や土地所有や子どもなどを行動できない理由にしてはいけない。やりたいことをする。好きなことをする。この根元に立ち返らないといけない。そんなわけにはいかないと言う人がいるが、そういう人は好きなことがわかっていないだけだ。わかっている人は即行動。わかっていない人は思い出せばいい。


　僕が創造しまくってたらアオも詩が生まれたといって紙に書いた詩をくれた（泣）。泣きながら、僕は作曲させてくださいとお願いした。いい歌つくりたい。ピアノ教室を六月でやめて、僕がやっている「歌づくり教室」に通いたいと言い出した。もちろんオッケーした。

　アオは六月一日が誕生日なので今日買ってきたガットギターをプレゼントすることにした。ピアノよりも持ち運びがよく、というか僕が使ってて歌をつくりまくっているから、それに興味を持ってくれたのかもしれない。アオも僕と同じで練習が嫌いだ。「習う」よりも「歌をつくりたい」そうだ。それでいいんだよ。

　アオが部屋の隅で暗くなっている。今までたくさん作品つくってきたけど、ここまで恥ずかしがっているのは初めてだ。自分でも会心のものができたのだろうと思う。会心のものができると、自分でもびっくりするのだ。それがいいのかわからない。その時すごい不安になる。僕は体験済みだよーと伝えておいた。

　今日、二〇一五年五月三〇日は、アオにとって芸術と触れたはじめての瞬間だったのだろう。僕はここで書き留めておく。辛いけど嬉しい。きついけど楽しい。興奮しているけど不安。その矛盾する二重思考。そこでびびったら終わりだ。びびらないように、まわりの人間はただ彼女の芸術に感謝すればいいのだ。


　自称・資本主義者フーは僕がいつ自死するかわからないという状況下で生きているのだと思う。可哀想だと思うが今は全く死にたいと思っていないためフーの気持ちをどうしてもわかってあげられない。鬱の坂口恭平のことを今は記憶していないのだ。哀しい性だがそうじゃないと僕は生きていられないのだろう。

趣味の店「坂口家」はそういう意味でも、みんなで助け合う楽しいお店にしたいと思う所存であります。家族の中での助け合い運動。いのちの電話にかけてくる死にそうで理解されていない芸術家たちの作品もいつかここで売りたいと思っている。友人の音楽も。

☆

今、いのちの電話がかかってきて、その方は配偶者が津波に飲み込まれて亡くなっていた。そして、目の前で別の人が津波に飲み込まれているのを見ていて、助けられなかったと後悔していた。これまでこのような3・11の被災遺族の方からいのちの電話がかかってきたことはなかった。一時間半話し込んだ。

彼女は「こんな話、重くないですか?」としきりに確認していた。僕ははっとした。今、被災遺族の方はみなこのような心境に遭っているのではないか、と。東京オリンピックとかふざけている間に、重い悲しみにくれている人は同じ境遇の人以外には吐露できていないのではないか、と。

彼女ははじめ、「絶望度九五%」と言った。電話の最後には「八〇%になりました」と言った。「被災遺族の方にとって僕は少しくらい役に立ちましたか?」と聞くと「私にとっては助けになりました」と言ってくれた。電話だけだが、親友になった。これからもずっと連絡を取り合おうと伝えた。名前も教えてもらった。

今、日本は死者を弔うことなく、無視し、なかったことにすらしようとしている。新政府はそれを決して許さない。そして、被災遺族の方に対してとても心配をしている。だからもしもきつかったら、私は死者からの伝言をお伝えすることができるかもしれないので、電話をください。090-8106-4666。

彼女に僕はさっき、アオがつくってくれた歌を電話口でギターを弾きながら歌って癒そうとした。すると彼女が「それは旦那からの言葉なのですか？」と聞いた。「いや、娘の言葉です」と言うと「私の町の震災前の姿が目に浮かびました」と言った。「かぜ」という言葉が多用されていることに驚いていた。

三月一一日は、東北の東海岸ではとても風が強いのだそうだ。だから、毎年黙禱しながら、強い風にあたっているという。アオの言葉「かぜはやさしい」。その言葉にはっとしていた。風が悲しみや恐ろしさの根元であると感じていた彼女は、その、「かぜはやさしい」という言葉に涙を流していた。

おやすみ。忘れるな。決して。死者からの附箋。僕は死者との対話を常に試みようとしている。生者は時折ミスを犯す。死者を忘れる。弔うのを忘れる。その時、いつも悲劇が起きる。僕はそれをどうにか避けたいと思っている。年間三万人の死者が出続けているこの国をまともと思っている能天気な生者たち。

なぜ生者がみな、いのちの電話をしないのか？それが僕から生者に対する子どもの質問である。プライバシーとかお金とか仕事とか、いのちに比べたら、どうでもいいだろうよ。もちろんこれは極論である。僕みたいな金もない暇人はこの世には存在していない。人々は生きることに忙しい。謎の天秤抱えてる。

でも、今日、その被災遺族である女性が電話をしてくれて本当に嬉しかった。礼を伝えた。一生友達でいましょうと伝えた。アオの詩が、その人の苦しみを少しだけ和らげたのだ。「アオちゃんにありがとうとお伝えください」と言ってくれた。アオは歌をつくったあと腑抜けになったので、元気になったら伝えます。

みなさんおやすみなさい。僕は元気だよ。

僕の職業は治療師なのかもしれないと思う今日この頃。僕は人をケアしたい。それが一番得意だし一番好きだし天からやりなさいと言われていることでもある。おやすみ。夢であの人に逢えるよきっと。

アオ、本当にありがとう。僕はいつもフーやアオやゲンに、自分の力を導かれる。

僕がいのちの電話でどんな対話をしているかを、NHKラジオ第一で日本中の人に聞かせたい。そしたら、無視できないはずだし、共鳴してくれるはずだ。自殺したい人たちの声、被災遺族の声。僕はそれを毎日、聞いている。キリストは「祈りとは聞くことである」と言った。僕も人の声を聞き続ける。

人にやさしく。

死者にやさしく。

それは得をするためではなく、ただ尊いものだからである。すべての人、もの、植物、を尊いものとして捉える。尊敬すべき人にだけしか敬意を払わない人が多すぎる。僕は間違いを犯した馬鹿野郎と言われているような人からのいのちの電話も、他の人と変わらず受けている。

☆

熊本大学の一般入試小論文で自著『現実脱出論』が出題されてから、教材やら、赤本やら、不思議な仕事の依頼が増えている。大学に受かりたかったら、僕の本を読むように（笑）！　でも本当は行きたい大学じゃなくて、会いたい先生をまずは見つけてね！　受験生のみんな！　学歴より人歴が大事なのよ。

先日も芸術家になりたくて美大にいこうとしている人から電話がかかってきて、どんな芸術家が好きなの？　誰に学びたいの？　と聞いてもすぐ出てこなかった。だから原美術館の「トゥオンブリー展」行ってみたらと伝えた。まずは現物に触れる。生きている人間に出会う。あとは図書館で「世界美術全集」を読みなさいな。

とにかく、心臓破裂するくらいの感動を受けたものだけ、興味を持ちましょう。職業にすることを決めましょう。人生は長いです。それくらい愛着のあるものじゃないと、すぐ飽きちゃいますから。愛着のあるものと永遠に付き合う。それが一番技術も磨けるし、楽しいし、きっと人も喜ばせることができる。

僕の家族見てて「よくこの人たちは僕とずーっと一緒にいて、疲れないよなあ」と思う。多くの人は、僕と一時間以上付き合ったら疲れるだろう。時々、他の女子とデートしたりすると、五時間一緒にいて倒れた人がいた（汗）。でも本でなら、誰でも僕と付き合える。あなたが自分で主導権握れるから、ぜひ本で逢いましょ。

いのちの電話以外で、つまり、死にたい人じゃないかぎり、僕と直接は話す必要はないと思います。僕、ただウザいだけなんで（笑）。話止まらないし、発想が止まらないので、延々と新しいアイデアを話してしまうし、付き合ってたら体がもたないので、ぜひ本を買ってくださいね。それぞれのペースで坂口恭平を。

カリフォルニア大学バークレー校からの文学賞の審査員の依頼も受けてみることにした。何でも経験だ。詳細はまた追ってお伝えしますね。日本では熊大だけ僕の仕事をちゃんと学問と受け取ってくれてるみたいっす！　嬉しいっす！　僕は学問が好きだけど、ずっと一人でやってるので遊びと勘違いされてます（笑）。

わからん人はわからんでいいのよ。そんな強引にわからせようとせんでも。どうせいつかわかる。どうせいつかきっとうまくいく。どうせいつか面白くなる。どうせいつか愉快な学問を人々に伝えられるようになる。どうせいつか、どうせいつか、と僕はずっと信じて諦めない。夢と死のはざまで。

僕は諦めたこともなければ、挫折もない。なぜなら人と同じ場所で比べられたり評価されたりする世界に住んでいないからである。僕は自分の学問が好きで、それを追究したいだけなのだ。諦めることは死ぬことを意味する。だから諦めないとは生きることを直接意味する。生き学びそれを人に伝えるだけの人生。

僕は自分では自分のやっている仕事の重要性に小学生くらいで気づいていたが、ずっと他者に理解されているという実感はなかった。あとでわかってくれればいいという思考回路はその頃既に培っていた。大人は子どもを馬鹿だと思っているふしがある。それがすごい嫌いだった。一〇歳の僕は超感覚だったのに。

どんな人も馬鹿にしない。この行為こそ、どれほど難しいか。そして、この行為こそ、どれほど多くの学問への道を開くのか。学問とは、問うという学びである。人の言葉に耳をすまし、自分の問いへの礎にする。敬意こそ学問の神なり。人を愛すという行為は感情であり学問である。つまり学問とは感情でもある。

家の中で本読んでたって、何にもならんよ。本当に。読書とは僕にとって、精神が落ち着いているときに、死者と対話するための儀式である。まずはあなたの町を愛し、歩き、人々と話をしてごらん。そうすれば、きっとあなたが生まれてはじめて抱いた問いと再会するから。それがあなたの「仕」えるべき「事」である。

僕はこの「生まれてはじめて抱いた問い」に答えようとしているだけである。その問いを今でもしっかりと記憶しているのだ。だから一切ぶれることがないのだ。だから、スランプもなければ、諦めることもしないのだ。問いとは広場のような世界である。

町の写真見たってつまらんでしょ？　問いという町を歩こ。

☆

朝、歩いている人に声をかけると、みんなが返事してくれるのが嬉しいし、それが昼間と夜ではあんまり起きないし、僕のことを変な目で見たりするのが不思議になる。やっぱり朝はいいな。みんなが優しい。おはようございます。趣味の花摘みは続いてます。楽しいです。０円の趣味だからフーにも怒られません。

朝からいのちの電話。相手は僕が「百点みつこ」とニックネームをつけた、坂口恭平大学首席卒業の素直な女の子。僕の質問にすべて正解を叩き出した。他の人に褒められたことある？　と聞くと「一度もありません」とまた素敵な返答。絶望九〇％から話しはじめて電話を切る時には喜び二〇％に伸びていた（笑）。

百点みつこは詩を書いている。送ってもらった二六行の詩を一〇行くらいに推敲する方法を伝えた。髪を切ったみたいにすっきりしたと百点みつこ。なんと彼女は大学でアメリカの中東政策の研究をしていて分裂症になり、死にたくないからとずっと詩を書いてきたとのこと。二千個くらい詩があるそうだ。

苦しんでいたのは、詩を書くためだったのだ。それを伝えると百点みつこははっとした。推敲は喜びなのだから、これからはその二千の詩から選んで推敲して完成させてコンビニでコピーして詩集をつくってよと依頼。その詩集はうちの趣味の店「坂口家」で販売することになった。お楽しみに！　いいねこれは！

もし今の日本が本当に資本主義社会であるならば、次はおのずと開けるはずだが、僕には資本主義ではないように見える。終わっていることを延々と続け、あとで損することばかり率先し、人と同じことばかり追っている。誰もやっていないことをする。これがヘンリー・フォード先生をはじめ資本主義者たちの口癖だったはず。

僕はいつだって、みんなが右向けば左を向くし、怖がっていたらわざと飄々とした態度をとり、笑われたらもっと馬鹿にされるようなことをするのが好きだ。なぜならそれが生理的な反応による行動ならば、いつも最終的にはうまくいくからだ。結局そっちのほうが稼げる。かつ損しない状態で徹底的に試す。

人と同じことをする。人と同じ場所で働く。人と同じものを獲得しようとやっきになる。これらは全て資本主義的行動としては明らかに間違っている。もちろん消費者としては格好のカモということになるのだが。気をつけよっと。誰もやってないことだけをする。これが僕の中では資本主義世界の模範解答。

あー、早く0円生活圏をつくりたいっす。おかしな世界をおかしいとちゃんと言える時代にしないといかんですな。僕の構想としてはまずは0円医療圏。これが大事なんじゃないかと思っている。十年後、0円医療圏を、マッサージ天国（元・熊本市）につくりたい。

まわりの素敵な人たちが「キョーヘー、お前の思う通りに好きにやりたいだけやってみろー！」と言って行動する領域を提供してくれるからこそ、僕は生きられている。これまでの時代だったら、僕の活動なんか無視され笑われ本も売れず、それでカツカツになって終わりだったろう。今は本当にいい時代だ。

見た目の政治やシステムは故障し、誤作動をはじめているが、これは鬱と同じである。鬱のときには、体は全く動かなくなるが、実は次のアルゴリズムの生産を、裏で行っているのである。だから鬱が明けると僕は新しい創造を行うことができる。今は日本全体が鬱である。だが、鬱は必ず明ける。創造の準備を。

決算月が終わり昨年度の収入が確定。約一二〇〇万円でした。こうやって公開するのは若い人たちの参考のため。連載、単行本、講演、絵画が主な収入源。二〇〇八年に事業をはじめ、二〇一一年から四年間一千万円を超えている。食えない仕事ではない。ベストセラーがなくても食ってはいける。

作家は食えないとか、本や絵は売れないとか、自営業は不安定な職業だとか、そういう体験をしていない大人からの囁きだけで自分の夢を諦めている若い人が多い。とりあえず一回試しましょう。そして、この世はお金がないとやっていけないのは確かです。0円世界をつくるために、まず自分は稼ぎ、人々に施しましょう。

「どうやったら0円で暮らせるんですか？」という人の言葉は聞くだけ聞いて置いておく。そうではなく今は「どうやったら0円で暮らせる世界を一緒につくれますかね？　私にも技術と余裕があるので協力したい」という人と動くことにしてる。僕はお金がない人を助けたいわけではなく、お金の不要な世界にしたいのだ。

僕も毎回鬱の度に死にそうになり、一カ月前は首までくくりそうになり、ぎりぎり粘って作品必死に書いているので、みなさんもきついのはわかりますが、死ぬくらいなら、人に馬鹿みたいに施したり、半端ない作品をつくるよう努力しましょう。その苦しみはきっといつかの幸福につながるはずです。きつい分だけ。


今日は、いのちの電話が多い。もう既に一〇件くらいかかってきている。家庭内暴力、離婚、同棲していた人と別れた、躁鬱病、統合失調症、創造活動をやりたいのに鬱で死にそうになっている。いろんな理由があったが、求めているのはただ一つであった。それは「深い理解者が欲しい」ということだ。

僕は死にたいと思っている人に共通して存在していない「理解者」になれると思っている。なぜなら一カ月前もまた死のうとしたからだ。死にたいという感情は何もただネガティヴなものではない。理解者さえいればそれはのちに大きな力となる。力になるまで待つには理解者が必要なのだ。僕は理解者になるよ。

もっとみんな吐露したほうがいい。もちろん、誰にも言えないだろうが、吐露できる人を一人は持っていたほうがいい。そうすればもっと楽になれる。


現実では楽にいたほうがいい。そうすれば、自分の思考、人を助ける行為にもっと集中できる。自分の現実での環境で苦しむのは、一番辛いし孤独である。吐露を。

☆

死ぬのはいつも、他人である
――マルセル・デュシャン

昨日、全著作集読みながら、はっとした言葉っす。『デュシャン全著作集』面白いっすよ。これ巻頭の言葉だけど、生きているって何なのかふと考えました。そんなことばかり考えている子どものままの私です。考える時間がありすぎるのね。素敵なこと。

考える時間を減らすために労働がある。考えさせるとろくなことはないと、労働を強いる人間は考える。考えられたら、無心に働いてもらえなくなるから。言われた通りにやってもらわないと困る。だからできるだけ長時間働いてもらう必要があるし、休みはできるだけ少なくしたい。考える時間を盗られぬよう。

鬱になるときは大抵そういうときだ。考えたいのだ。労働の時間ではなく、考える時間が欲しい。体も休めたい。体に英気が戻るとちゃんと考えるからだ。みんな鬱のことを悪く言いすぎだし、忌避しすぎだ。僕は毎年しっかりなるからわかる。ちゃんと考える時間をつくるのは未来の豊穣のために不可欠なのだと。


自殺者をゼロにする。これが新政府の唯一の政策です。まずは二〇一五年九月四日から二一日まで実験的に、韓国光州で、その政策実施を行う予定。電話ではなく、直接、対面するという「いのちの相談」を僕自身がやるつもり。かなり体を張るパフォーマンスだが、いつかはやりたいことなので練習をする。

僕の身振りと声、つまり、踊りと歌は、何か人々に生きようと思わせる力があると、これまで三年間の、新政府いのちの電話で実感してきた。さらに僕の言葉は、自分の自意識から出たものではなく、対面する人の本心、もしくはその人に関する死者からの言葉に近い。黙って聞いてくださいと最近は言ってます。

そして、その後、僕がこれまで書いてきた一五冊の本、物語を読んでもらう。これはどこの図書館にも置いてあるので0円で手に入れられる。そうすれば、治療になるのではないか。僕はこれまで芸術家だと思っていたが違うのかも。いやむしろ本質的な意味で芸術家とは治療師のことを指しているのかもしれない。

生きる絶望を理解し、生きる喜びを分かち合う。僕にできる仕事はこれだと思う。

自分が暮らしている町が、豊かで楽しいということを伝えることは、僕にとって生き甲斐なのである。生き甲斐だけをやる。そうしないと僕は鬱になる(笑)。つまり、鬱は僕の生き甲斐のバロメーター。今もいい線いっていると思うけど、やっぱり鬱にはなる。いつか完全に生き甲斐だけに専念したい。

僕はやりたいことはとことんやるけど人からのお願いには一切応えることができません。いやむしろ、嫌でもやってしまうところがあります。そうやって鬱になってきました。もう人からのお願いには一切応えないことにしたんです。すると楽になった。これからは自分が誠心誠意やりたいことに命をかけるよ。

さて、今日も推敲です。書いている作品に入り込みつつ、毎日の日常ともいい距離感。花とも仲良くさせてもらっている。パソコンの前からできるだけ離れつつ、やるときはがっと仕事をする。最近、メリハリが少しだけできるようになってきました(笑)。大人になってきたのかも。おはよう。今日も楽しく。

昨日、「E.T.」観ながら、E.T.を捕まえようとする大人たちに納得がいかず、怒りをディスプレイにぶつけてたら「パパって、子どもだよね?」とアオに言われた(笑)。むしろ、光栄だよ。

二〇〇五年当時、本当に金もなく、仕事もなく、希望だけは持っていたが、自信もなかった。絶望してたら、フーが「何でもいいから何かつくれば?」と言い、それで、やりたいことしようと思って、レーモン・ルーセルの本を開き、挿絵を描きはじめた。僕は自分のドローイングの中でも一番好きだけど、ほぼ誰も知らない作品。

素直にのびのび好きなことだけに命をかけて生きていれば十年くらいはかかるけど、きっとうまくいく。僕はそれを体験で完全に実感している。それが僕の力だ。自殺しそうになるが、その希望が、最後までぎりぎり僕を守ってくれるので、僕は死なない。この希死念慮は創造の源なのだ。それを僕は知っている。

フーの口癖「恭平、あなた、孤独だ、孤独だって鬱のときは悩んでるけど、孤独だと悩むのは大変だよ。だって、人間はみんな、孤独なんだから……」。フー先生! 勉強になります! 感謝。

鼻がついてるせいで匂ってしまう、目がついているせいで見えてしまう、口があるせいでしゃべってしまう、と悩んでても解決しないもんね。鼻や目や口がある神秘を味わう。人間が三人でも四人でもなく、たった一人であることの孤独という神秘。味わう方法を見つけるが人生よ。

グレン・グールドの精神と全く同じだ。僕は演奏会にはまるで関心がないが、録音はずっと親友のようにやっている。一度やった曲を演奏会のために練習するということの意味がわからないのだ。僕はこれからも永遠に親友・マイクと共に録音し続ける。むしろ演奏会でも作曲風景を見せたい。新曲こそ僕である。

絵もそうだ。変にギャラリーとか入って売れちゃうと延々と同じタイプの絵を描かなくちゃいけなくなる。毎日違う絵を描くことこそ最大の喜びなのに。だから僕はお金とつくるものを完全に分けている。やりたくないことやったら地獄に落ちると言い聞かせている。それやるくらいなら死んだ方がましだ、と。

メジャーデビューして、なんとかロックフェスティバルに出たいとか、原稿用紙二五〇枚にまとめてなんとか文学賞とって小説家になりたいとか、なんとかギャラリーに属してニューヨークで個展してコレクターに売りたいだとか、僕は夢のない人の妄想だと思っている。夢は生き生きと毎秒弾んでるのにね。

夢は持つな、好きな夢を見よう。夢は所有物じゃないよ。虹に似たもの。僕は夢になるのが夢です。素敵な夢を見てね。夢にまた出てきちゃうかもよ。おやすみ。

今、持てる全てを出し切る。出し惜しみしたら終わり。ネタ切れなんて言うような人間にならんように早めに出し切り憔悴する。その先にしか光明はない。いつかビッグになったらこれをやるんだなんて考えていることを、今すぐやる。僕はそうやって本を書き続け、新政府を立ち上げ、いのちの電話をやってます。

出し切っても出し切っても出し切ってもウンコは出る。ウンコは熟成させないと毒となり、熟成させると植物の栄養となる。ウンコになるまでは体の中でいろんな過程を経る。体に入る前には素敵な料理として皿の上に並んでる。料理はフーが真心込めてつくってくれている。その野菜はウンコで育ってい る。感謝。

大事に自分の力をとっておく。これが僕にはできない。それはダメなところだなと思っていたが、最近では、だからこそいいんだよと開き直った。「宝の持ち腐れ。私財は死財なり（熊本・島田美術館に書いてあった言葉）」。貯め込むな、使い切る。貯金してどうする。貯めるは溜めて溜息となる。素敵に呼吸せよ。

貯め込まない人間は、明日死ぬかもしれないから、今こそ、と考えられる。そんな人間のつくるものが面白くないわけないじゃないか。そう言い聞かせ、自分の欠点を少しだけ楽しくさせる愉快犯。

僕はこんなにたくさんの人に愛されていて、ただの幸せ者にしか今は思えないのに、なぜ死にたくなるのだろう。なぜ一カ月前は首を吊ろうとしていたのだろう。不可解だったが、今はわかる。幸福も絶望も僕は学ぼうとしているのである。人々へ創造の素晴らしさを伝えるために。僕は絶望の底にも向かうのだ。

フー「あなたは死ななきゃなんでもいい！」

同時に僕は、今たとえ死んだとしても何の後悔もない。そういう人生を生きている。やりたいことを二四時間真剣にやる。好きなことしかしない。やりたくないことしなきゃいけないくらいだったら嫌われてもいい。子どもにもそれを毎日伝えているつもりだ。いつ死んでも心配ない。あとはただ寿命を全うするのみだ。

☆

日本国立・熊本大学の小論文入試に、新政府総理の狂った文が使われるなんて、まさに乱世だね。素敵な世界のはじまりだね。問題が、またいいんだ、これが。入試問題つくった教授と酒でも飲みたいっす。

動物園の動物は食べる不安がないのに、なぜ生気を感じられないのか

僕は大学入試というものの意味がわからなかったので、受験をしていない。指定校推薦を見つけて、大学に入っている狡猾な鼠である。そして、入試には、自著についての小論文まで出し、さらに人々を苦しめる悪魔である。だからこそ中身は面白いものを書かないと、と思っている。悪魔だからこそ優しい心で。

昨年の『徘徊タクシー』、『現実脱出論』、そして今年の『ズームイン、服!』、「新しい花」。全て重版してます。しかも版元が使った広告費は微々たるもの。基本的に僕が一人電通でぶっ飛ばしてます。重版すれば版元にとって、あとは全て儲けになります。百万部売れる必要が全くない。真剣にやれば誰でもできますよ。重版さえかかれば、必ず次の本の可能性が見えます。

『独立国家のつくりかた』のときは六〇軒以上書店を回りました。それで六万部です。つまり、やった分だけ、苦しんだ分だけ、世の中というのはちゃんと返ってきます。もちろんやり方を考えないとダメだけどね。やり方は僕のツイッターで完全公開してるよ。

このやり方で、今のところ、四年連続で年収約一二〇〇万円くらいです。銀行頭取になっても年収は二千万円ですよ。みなさん、若いうちから、お金に縛られないようにやり方を身につけよう。僕のやり方であれば、ツイログで遡れば全部書いてるよ。お金を稼いで、人にどんどん使おう。人が喜ぶよ。

トマト農家のように、お金をちゃんと稼げるお金農家、しかも自分のものにするようなケチな人ではなく、きっぷのいい素敵な旦那のようなお金農家。0円生活圏実現のためには、そのようなお金農家が必要です。

僕は、重源や空海や最澄や宮沢賢治やマザー・テレサやキリストのことが素敵だと思ってます。彼らは0円生活圏を建設しようと必死になってた。僕は彼らの遺志を受け継いでるつもりです。生きのびるための方法をつくり出す。これが資本主義の次にく

る、死なない主義経済。僕はそれをやってる。

もっと日本の歴史を見てごらんなさい。インドの歴史を。中国の歴史を。お金を稼ぐことよりも、もっと愉快で楽しい世界があるんだよ。しかも、それは夢物語じゃない。なぜなら歴史に残ってる。実現してたんだよ。ちょっと前までは。みんな本をちゃんと読もうね。歴史を見よう。そして未来の姿を想像してごらん。

僕が今、書いていることは、若い人に向けて限定して書いてるので、大人は読む必要ありません。この前、「E.T.」観てたら、アオから、「パパは大人じゃなくて子どもだよね？」と質問されました（笑）。「トム・ソーヤ症候群」って言われそう。冒険をやめられない馬鹿野郎。

僕のような人生を英語では、〝Infinite Jest〟と言います。僕が大好きな作家、デヴィッド・フォスター・ウォレスの最高傑作のタイトルでもある。彼は自殺しちゃったけど、しっかり僕は遺志を受け継いでるつもりです。私淑した人間の死は、永遠に忘れない。それが私の生きる道。命をかけた冗談人生。

人に全身全霊で尽くすことの愉悦。いいことしか起きない。たくさんの人々が、僕に好きって言ってくれる。自分の長所が完全に生かされた状態。躁鬱の人は、こういう状態こそが健康の秘訣です。子どものような自己中心性。それを貫きなさいと主治医は教えてくれました。

僕はメシアじゃなくて、美味しい飯屋みたいなもんです。みんながそこにいるだけで幸福になって何にも食べてないのに舌鼓を打って、お金払って、ありがとうと感謝して、帰っていってくれる。僕という飯屋の常連客のみなさん。いつか武道館借りきって、僕が手料理こしらえるからみんなでパーティーしよ。

午前の推敲が終わったので、今から、精神病院にいってきますね。僕が通ってる精神病院は、水俣病問題に献身した、かの原田正純さんが、数十年も診察をしていたところだったと先日知りました。こういう符合が好きなんです。今度、原田さんの御宅に行きたいと思ってます。いつかの福島の問題のために。

僕は人々に全身全霊で献身することこそが、生きる上での一番の喜びで、さらにそれによって人々が喜び、恭平さん最高っす！　と褒め、称賛してくれることこそ、さらなる一番の喜びです。そんな自己中心性を持ってるけど、害にはならないと思うから優しく付き合ってね。みなさんありがとと。病院いってきます。

☆

趣味の店「坂口家」、バカンスへ行こうキャンペーンで、坂口家家庭内手工業の慰安旅行のためのスペシャルキャンペーンをはじめます。バカンスの旅費は四人で三五万円。五万円の絵を七枚売ろうとしています（笑）。五月決算の坂口家。一年間がんばったねー、って思ってくれた方はぜひ！　素敵な絵を七枚選んでます。趣味の店「坂口家」で発表します。

慰安旅行って行ったことなかったけど、今年からフーが社長兼経理兼介護士兼愛人を担当してくれたので、マルタ島に連れていきたいのです。冗談のわかる頭の柔らかい方々、何卒よろしくお願いします。なお、この旅費はもちろん慰安旅行ですので、経費として計上させていただきます（笑）。経理は喜びそう。

「坂口家四人で果たしてマルタ島へ慰安旅行行けるのか!?　キャンペーン」実施中！　全てドローイング五万円均一で大出血サービス中です！　素敵な絵を揃えました。ぜひ！

そして、「コルビュジエ設計のサラバイ邸の思い出1」が一瞬で売れてしまいました！　ありがとうございます！　小さなドローイングをもう一枚おまけします！　感謝！「アーメダバードの犬」が売れちゃいました！　僕が大好きな絵！　泣！　でも嬉しいっす。フーちゃんがマルタに行けるなら何でもします！　感謝！　あと一枚でマルタに行けます（笑）！

両親が「私たちも」とか言い出した……（汗）。フーちゃん、今、小学校のプール危機管理講習から帰ってきました。まだマルタ島話のことは冗談だと思ってるので、黙っときます……（笑）。

絵を買ってくれた方には全員直接電話してます。「みんなでマルタ島楽しんで行ってらっしゃい！」と励ましの声までいただきまして、もうなんだかワクワクドキドキ、ひょうたん島とかペンギン村とか、チキチキバンバンの世界になってきてます！　こんな冗談みたいな人間が本当に生きていたんだね、と、後の人にしっかりと笑われるような人間になりたいっす。笑って笑って。私はなぜか生まれつき、人から馬鹿にされ、笑われると、嬉しいのです。人々の笑う、その笑顔を見ていると、涙がぽろぽろ落ちていくのです。みんな生きててありがとね。

今はない、僕が大好きだった祖父の家の記憶をもとに描き起こしたドローイング作品「祖父の家」が売れました！　本当にありがとうございます。これで三枚目！　これで先日売れたものと合わせて一時間で三五万円を超えちゃいましたので、マルタ島に行けることが決定しました（笑）！　やったーーー！

フーちゃんは徹底した倹約家でタクシーもろくに乗らない人なので、バカンスに行こうなんて言っても、全く応じないんです。だからドッキリ的に今回、絵を売ってバカンス代を稼ぐことにしました。そしたら、文句もなかろう（笑）。躁鬱の旦那を持つ妻は大変ですから、休ませてあげたいっす。プカーっと海に浮かぼ。

絵を買ってくれた人とは、一生の付き合いになる。電話をして、近くに行ったときには一緒にお茶を飲んで、二人で天国を味わう。一生続く幸福な返礼地獄の仲間にみなさんもぜひ（笑）！　買ってくれた人と電話ばかりしている総理より。

趣味の店「坂口家」、本日ももう既に八千人の来客者がきてくれてます。僕はこんなに人によくしてもらって、本当に幸福な人間です。次の鬱のときも、絶対に死なないように、がんばります！　死ぬ死ぬ詐欺みたいであれだけど、一応マジなのよ……（泣）。

「バカンスへ行こうキャンペーン」で絵やフーのジュエリーを購入してくれた方々、ありがとうございます！　ジュエリーはフーの直筆お手紙、僕の絵の場合は作品（五万円）とは別に、五万円相当の僕のドローイング（小）がついてきます（笑）。発送は京都大阪旅行から帰ってからになります。感謝！

Infinite Jest!

趣味の店「坂口家」、全て完売し、そして一時休業します！　みんなまた会いましょうね。そしておやすみ！

人間界では贈与には返礼しなくてはならないが、僕はもしかすると人間ではないので、見返り全く求めてません（笑）！　。ただひたすら僕のダダ漏れの贈与を受け取ってください。喜んでいる顔を見て「恭平、超かっこいい、もうチューしたいくらい」と言われるだけで、嬉しいのです。自己中世界の申し子です。

あらゆるものすべてを、ただひたすら贈与する。僕はその行為のプロです。それで儲けようなんかちっちゃなこと考えてたら稼げません（笑）。ひたすら贈与する理由があるんです。それは信用です。こいつは、決死の人生だと信用してもらうんです。命かけてるな、と。僕の目的は世界を完全に変えることです。

僕は命の続くかぎり、徹底的に湧き水みたいにダダ漏れの創造行為を続け、人々を治療し、概念を変質させ、新しい世界をつくりたいと小さい頃からずっと思って行動してます。本格的に動き出したのが一九九九年。僕のことは誰も知りませんでした。僕は平気だった。一生やるって決めてたからね。

なぜそんなことをしようとするのか。理由なんかないんです。そうやって生まれたというだけだと思っている。だから、僕は何も迷いがない。僕はただ困っている人を助けたい。納得がいかないことを納得するまで納得しない。おかしいことを文句を言わず、人々を納得させることで気づかせる。それだけです。

僕は今の政治のこととかまるで考えられないのです。そもそも政治の意味が僕の場合全く違うので、人々の会話に全くついていけない。僕にとっての政治とは、文化の語源である文治教化（＝文によって治め、教え導くという古代中国の理想的な政治の在り方）なのです。だから文を書いているのです。ひたすら。
文人のいない世界で、人々が救われるわけがない。民主主義とか言われても、私には何のことやらわからない。文が人をつくるのです。文がない場所で、カンペばかり読んでいる世界の人々は、地図のない樹海をただ歩いているだけです。文は地図であり、灯台です。それがないとはじまらない。今は文がない。

次のドローイング祭りは、東京に場所を移して盛大に行います。世界で一番人が行き交う駅（たぶん）である新宿駅東口にある、僕が若い頃から、お世話になっている最高なカフェ、ベルクにて「坂口恭平ドローイング展」が七月一日から一カ月間一三〇枚ほど壁一面に展示されます。みんなベルクにきてね！

今は千円札を誰も転売しない。千円札を二千円で売ることはしない。それは大多数の人々がその価値を共感しているからである。それが通貨となる。僕の絵が完全に転売されなくなったとき、それは通貨となる。僕の絵をいつまでも持っていたいと愛してくれること。これが通貨の起源である。僕はそれをやりたい。

お金のことを勉強したかったら、経済書なんて読まないことです。読んだことがある人はもう終わりと思ったほうがいいと僕は思ってます。お金って何だろうって疑問を小さいときから持ち続けている人だけが、答えに少しずつ近づくことができます。経済学者なんてちゃんちゃらおかしいよ、と僕は思う。

現在の経済学者は、まず銀行券が流通することを当然だとして、話を進めています。つまり、それは一つの偏った信仰をもとに行っている行為なので、本質的な経済、つまり「経世済民」ではないのです。その信仰を信じている人間だけが救われるという思考をした人による、銀行券学者なのです。

僕のドローイング「マーティン・ドレスラーの夢 by スティーヴン・ミルハウザー」の原画を買ってくれた方が、なんと一カ月間限定で、僕の家の前の行きつけのフランス料理屋クラシクに飾ってくれてます。僕の絵のパトロンの方と、クラシクで白ワイン。ここの生ハムほんと美味しいのでぜひ。パトロンといっても主婦の方なんですよ……。へそくりで買ってくれてる（笑）。「別レイヤーなんで」とか言いながら（笑）。感謝。

☆

今から新政府いのちの電話、公開生放送を一本だけします。死にたい人は電話を。それをみんなで聞いてください。僕と死にたい人との対話を。かかってくるかわからないけど（笑）。

同じ境遇に陥った人しか理解することができない。僕は先月、死のう、と一度、決めたから、あなたの死にたいという精神が理解できるし、しかも、死ななくてよかったと思えたから、あなたが死ぬのを、死ぬ気で止めようとしている。それだけだ。他意はない。絶望していない人間は僕のことを見なけりゃいい。

死にたい人間は死なせておけばいい、という考えの人を僕は徹底して無視し、聞き入れず、ただ粛々と、自殺者をゼロにするという夢に向かっていきまーす。夢は必ず叶う。諦めなければ。僕は絶対に諦めないという特徴を持っている。だからこれまで叶わなかった夢は一つもない。だから思う。自殺者をゼロに。

みんなおはよ！　今日も僕は生きてます。生きてりゃいいよ。ほんとに……。面白いことがいつかきっと起こるから。十年後。頼むから、みなさんこれから十年は生きのびてね。笑いすぎて死者続出のマッサージ天国つくるから（笑）。国づくりから天国づくりへと僕の興味は移行してます。

恋することを忘れちゃだめだよ。誰かを好きになるという行為ほど自分に自信をあたえてくれるものもない。

石牟礼道子さんのところへお見舞いに行ったら、道子さんは病院に行っていて、入り口のほうで一人の八〇歳代の男性が立ち往生していたので、声をかけると「郵便局に行きたい」というので、施設の社長の許可をもらい、人生初の「リアル徘徊タクシー」をした。四〇分ぐるぐる彼の言う通りに走った。幸福だった。

私はただ人々に優しく接したいと思っている。ただそれだけだ。それが私の仕事だとも思っている。私は人に優しくするために生まれてきた。接するために生まれてきた。声をかけるために。励ますように歌うために。私は人々の前で舞を踊り、弦を奏で、歌をうたう。それが私の仕事である。それだけが。私の。


今、NYに住む方が、以前ワタリウム美術館での僕の個展で見た僕の絵のことが頭から離れないので売って欲しいとメールをくれたので、また新政府通貨として日本銀行券と両替した。レーモン・ルーセル「アフリカの印象」の挿絵一〇〇枚のうちの一枚。感謝。

レーモン・ルーセル「アフリカの印象」のための挿絵一〇〇枚を僕は二〇〇五年、何の仕事もないときに暇すぎて死にそうになってたらフーから「何か描きなさい」と言われ、描いたのである。十年越しで、来年、どうやら『アフリカの印象』抜粋新訳と共に、本になるようです。続けてきてよかった。感謝。

僕は今は初版はすぐに売切れるようになってきたくらいは読者がいるが、十年前は誰も知らなかったし、五年前だってほとんどの人は知らなかった。「あなたは才能があるから、他の人は違うのよ」と言う人もいるが、十年前は「才能ないいんだからやめなさい」って言われたからね（笑）。継続ってすごいでしょ（笑）？

僕のトークショーなんか初めてやったときはお客さん五人くらいだったし（一人はうちの親父）、音楽家なんか夢のまた夢物語！　って笑われてたし、雑誌の小さな挿絵の原画をいつか売るからすぐに戻すように、と言うと笑われてた（笑）。そんなもんよ。自分を信じる前に、作品を信じてあげなよ。自分がつくった子どもを愛せよ。

うちにあるレーモン・ルーセルとミシェル・レリスたち。僕は彼らを「建築家」と大学生のとき呼んでいたのだが、理解してくれる者は誰一人いなかった。それで平気だった。どうせいつかわかるんだから、僕は粛々と仕事を進めていた。

理解者がいないと嘆いている人がいるが、僕はその点で嘆いたことがない。なぜなら図書館に行けば簡単に僕の理解者になってくれるはずの死者たちがいたからだ。自殺していた人も少なくなかったが、みんなもう死者になったのだから関係ない。僕は図書館でレーモン・ルーセルと雑談してた。それでもう、十分だった。

理解者がいないと嘆く人の特徴は、本気で理解者を探していないことだ。本気で見つけるには生者は頼りなく(なぜなら考えがコロコロ変わるから)、死者こそが一番適していることに若い人は早く気づくべきだ。つまらん先輩からボロクソ言われたくらいで自信を失っているようじゃ、死者の存在は無になる。要注意。

文句を言う前に創造を行わなくてはならない。創造なき抵抗は、無に終わる。創造こそが抑圧と抵抗という二つのつまらん関係を破壊し、焼け野原を飛び越えて、全てを草原に変えていく。孫悟空が觔斗雲ですれすれを飛んでいる。草の先は笑うように揺れる。耳かきのボンボン。同情するなら創造せよ。

☆

心を込めて言ってくれる言葉こそが忠告なのである。それ以外の忠告に似た中傷はすべて気にしなければいい。僕にとって周囲にいる忠告者こそ宝物である。フーは、僕のアイデアの八割くらいに首をふったり、傾げたりしてくれる。イエスマンは不要だ。本質的な忠告者こそ成長に必要な栄養である。サンキュ。

「零塾もしなくていいんじゃない?」って言うもんだから、さーっと冷めた(笑)。「新政府もどうでもいいんじゃない?」って言うもんだから、さーっと冷めた(笑)。「あなたが書く本はいいよ!」って言うもんだから、嬉しくなって書いている。「見立てが大事なのよ」とフーは言った。「小説くらいにしときなさい」って。

「調子がよくなるとすぐ、人を治療したり、教えようとしたり、助けようとしたり、体全身を使って他者に力を蕩尽しようとする。それはもちろんいいことだけど……」とフーは首を傾げる。今まではそれでも強引に押して行動してたが、最近は、さーっと冷める方法を覚えた（笑）。僕は創造だけしてればいい。

「趣味の店『坂口家』をやればいいじゃん。あそこでできることだけをやる。0円でやりすぎると、それはそれで怪しすぎるから（笑）、お金ってものがあるのかもねー。宗教法人にしても気持ち悪いしね（笑）。あなたは作家・建築家・芸術家くらいの肩書きで十分よ。ほら楽になったでしょ？」とフーは言った。（笑）。

坂口恭平は、聞く耳を、獲得した。

躁鬱で聞く耳を持てるようになると、楽になるばかりでなく、仕事のクオリティは確実にあがる。僕が聞く耳を持てるようになったのは、昼寝をするようになったからだ。昼寝をすると、一日の真ん中で、心臓が一度、リセットされる。真横になるのだからポンプする負担が減る。あれで思考が柔らかくなる。

みなさんも昼寝をしましょう。一日三〇分昼寝。ランチ速攻で食べて寝る時間をつくったほうがいい。すると、聞く耳が持てるようになる。素直になる。体に正直になる。背筋がピンと伸びる。すると肝臓が楽になる。すると眼精疲労がなくなる。すると片頭痛がなくなる。肩こりが楽になり気持ちが軽くなる。

昨日はアオが疲れた顔をしてたから「学校休めば？」って言うと、楽になったのか、学校を休んだ。皆勤賞なんかどうでもいいから、体を大事にしなさいと伝えた。それで学校が終わった時間になって、車でドライブに連れて行った。二人で軽い平日の夕方の風を浴びて、楽になった。たまにはサボろうよ。

体と心は心臓を蝶番にしてつながっている。身（シン）と心（シン）。心身心臓顧みる。これが最近、加納鍼灸院に三日に一度通いながら学んだこと。これからは四、五日に一度でいいよと言われた。悪くなる前に体を看る。こちらのほうが結果的には経済的だし、毎日気持ちよい。

これからは家族を中心とした、大事な親友たちだけと会えればいいと思えるようになった。大多数の人と会うことに全く関心がない。「ネットの申し子なんだから、あなたはネットで他者と対話すればいいじゃん。いのちの電話もやってるんだし、会わなくていいよ」とフーが言う。いいね、フーちゃん。僕が楽。

さっきのツイートをフーに見せたら「へーいつもただ「(涙)」にしかなっていない私の気持ちが言語化されてる。こんなこと言った覚えはないけど、確かにそう思ってたわ。ほっとしてるありがと。ちゅ」と言った。つまりこのアカウントのフーは、フーに内在するフーを僕が言語化したフーなのです。見えないフー。

目に見えないけど確かに存在しているフー。僕はいつもそのフーの言葉を書いているのです。僕はここで夫婦の心の対話を試みている。フーもこのアカウントを常にチェックしている。食卓での話だけでは僕たち二人の対話は難しい。

一万三五八一人の恭平と、揺るぎない一人のフーの対話。

☆

麻薬を使わずにぶっ飛ぶことができる国民性を、人々はもっと自覚したほうがいいと思う。米国での死亡原因は、飲酒が麻薬過剰摂取を超えたらしいですぞ。ま、どっちも麻薬だけどね。とにかく薬を飲み過ぎている。一年以上飲み続けている薬は合っていないということになる。なぜなら治ってないのだから。

薬がダメだと言っているのではない。薬の飲み方があまりにも無謀すぎて、そりゃバッドトリップするだろうよ、と思っているだけである。向精神薬などを飲み過ぎてパニックになって僕に電話してくる人がいるが、多くがバッドトリップしているのである。治すための薬が飛ぶための薬になってる。本末転倒。

まずは自分が飲んでいる薬について知ること。全部調べること。商品名だけでなく、化学式、主成分、その成分が、植物からは何で採れるのかを調べてみる。全ての薬は植物に通じるわけだから。盲信して薬飲んでるとろくなことにならないよ。高血圧の薬とかね。
気をつけてね。――作家の坂口恭平より

☆

人間はすぐ頭が固くなり若い人の作品をまだまだひよっこだとか言いそうになるのですが、ちゃんと真摯に向かえば若い人がひよっこなのではなく、僕の頭がいかに固くなっているのかを知るだけなのです。人を知ることは自分を知ること。嫉妬やプライドにやられるくらいなら作品に感動したほうが健やかだね。
最近は理解ができないものと出会ったとき、すぐさま、それを面白くないと評するのではなく、自分が理解できないだけなのだ、時間が経てばわかるかもしれない、と少しだけ思えるようになった。理解の幅はかなり広いほうだと思っていたが、それでもやはり年々狭くなっているので、判断を遅延させる方法で。
僕の仕事はどんどん変化していっている。だから離れていく読者もたくさんいる。しかし、新しく読んでくれる人も増えている。最近はむしろ前より読者が増えている気がする。離れた人もいづか僕の変化の面白さに気づいて、なーんだおもれーじゃん！　って戻ってきてくれると楽しい。それが創造の面白さ。

Le sommet du bonheur humain réside dans la soumission la plus absolue.
（人類の幸福の頂点は、ほとんどの場合、絶対的な服従である。）

私は女性と躁鬱と文の奴隷である（笑）。言われた通りにする（笑）。自由など全くもって必要を感じない。彼らが僕を利用し自由を感じてくれれば幸福なのだ。

小説家の場合、才能、天分といったものは気の遠くなるほど長い時間、つまり何年もの間粘り強く修練を積んではじめて身につくものなのです。早熟の小説家というのは存在しません。
――バルガス＝リョサ

早熟の詩人や音楽家はまれにいる。しかし文を書く作家、小説家には存在しない。才能には最後に気づくのである。地獄かもしれないが、決めたのだからあそこまで行ってみよう。そんな呑気な勇気こそが、人間を生かす。才能がないと嘆く若者に伝えたい。才能など誰にもないのだ。びびってるかそうでないか。

自分は無能だと人に吐くくらいなら、実はこれやりたいんだけど、怖くて怖くて、時々励ましてくれないか？　絶対に諦めないでやり続けるから、と吐露したほうがいい。女の子は無能だと嘆く男にはついてこないが、諦めないで黙々と続ける人間のことはきっと好きだよ。無能に嘆くの禁止！

南米からのアクションがあった。こうやって少しずつ僕の思考が世界に伝わっていくのは嬉しいことだし素晴らしいと思うし、不思議なことに当然だなあ、ありがたいなあとも思っている。継続こそが力なり。力は継続からしか生まれぬ。途中でやめたら終わりだ。怖いなら七月からは時間が空くから僕に電話してね。

ニュージーランドとアルゼンチンからの依頼に、まずは刊行予定の『独立国家のつくりかた』英訳版のデータを送った。先日のスミソニアン博物館からの依頼もこの文章でイチコロだったので（笑）、また面白いことになるのだろう。世界中にタンポポの綿毛みたいに飛んでいけ。若者よ日本だけ見てても仕方ないよ。

まずは英語力をちゃんと高めること。やり方は簡単である。まずは英語を話す彼女、彼氏をつくる。それだけでいい（笑）。奥手な人は、自分でまずは考えていることをボイスメモで録音してそれを一度ゆっくり自分で英語で書いてみる。それを記憶する。するとびっくりされるよ。僕はＵＣＬＡの講演でそれやったよ。そのＵＣＬＡの講演を見ていた、カリフォルニア大学バークレー校の文学賞の審査員が、来年のバークレー文学賞の審査員にならないかって言ってきた（笑）。人生そんなものである。

つまり、努力は時々ちゃんと報われる。努力しない人間には元々何も起きない。努力した時だけ、時々報われるよ。

好きになった人に、あなたに彼氏がいたとしても、僕がどれほどあなたのことが好きなのかを伝える。説得したら、女の子は逃げていく。説得しない。つい、花の蜜に吸い寄せられるように詩的な言語構造で、誘い込む（笑）。そのとき、ネイティヴにはできない詩的構造による感情表現が生まれる。冗談ではないよ。

……本当に今どうでもいいことを仕事がすっきり終わったもんだから、気楽に書いているので、適当に聞いててね。馬鹿なラジオ番組くらいと思っておけば十分。参考にして、ボイスメモに自分の考えていることを録音とかしちゃだめだよ。それじゃモテないから。とにかく自分の直感を言語化する。必死なお気楽さ。

基本的にやりたくないことはやらないほうがいい。効率が悪いし、依頼しているほうもだからこそついつい怒っちゃうしどっちも嫌な気分になる。それなら、やりたいことだけやっているほうがどうやって食っていくんだよといつも突っ込まれるが、人間は食べていくために生きているのではないことはこれまで書いてきた通り。それに気づくと面白いよ。

僕はこれまで自分のやりたいことだけをやり続けている人で、金を稼ぐことも忘れつくり続けている人で餓死した人を知らない。知らないだけかもしれないが、僕のまわりでそれで生活に困っている人を見たことがない。つくり続けていることが呼吸になるとそれで生きていけるようになる。楽じゃないけど楽しいよ。

楽になることを考えないで、楽じゃないけど、やり続けたいことを十年やってると、楽しくなるよん。十年待つには大変だから、僕の新政府いのちの電話090-8106-4666があるんだよん。僕の電話は二〇一二年にはじめたけど、十年後の二〇二二年までは必ずやるよん。だから諦めないでね。

朝から匿名の方からの「あなたにはすくえるものはない」というメールを開いて泣いた。僕は別に人を救おうとしていのちの電話等をやっているつもりはないので図星なのだが、それでも言われたら、辛いもんだなあと感じた。なんで人は言わなくて無視してればいいのに人が嫌がること言うのか考えている。

最近、僕に匿名のこういうメールをもらったことがなかったので驚いた。別に悪い気もしない。人間がどのようにしておそらく会ったこともない他者の行動に対して、意味がない、という感情を持つのか気になった。もしもその人が困ってたら心配だなあとも思った。何かがあったのかな、と。お元気ですか？

僕は人が他者に言う言葉のすべては、自分に言い聞かせていることだ、と誤解している能天気な人間なので（笑）、時々、こういう一見、中傷っぽいメールをもらうと逆に心配になるのです（笑）。そこがまたむかつくと言われるときも昔はありました。最近はこんなにたくさんのフォロワーがいるのに炎上しない不思議。

そもそも人を救うことなどできない、というのが僕の考えていることです。なぜなら、僕自身、先月に首を吊る寸前までいっているわけです。電話で話を聞いていても、失礼だが、どう考えても僕の絶望のほうが危ないなあと思うことのほうが多い（笑）。僕が人を救えると思ってくれたその人は嬉しい誤解をしている。

蜜柑やほうれん草に「君には人は救えない！」と呟くのは、なんと感受性の強い人よ。素晴らしいじゃないか。僕は何を言われてもそう感じてしまう。だから喧嘩にならない。でもね、だからって何言ってもいいこととはちがう。言ったことはすべて自分に返ってくる。だから気をつけようと自戒した。

僕はただ利用すればいい。蜜柑みたいに健やかになって満足すればゴミ箱に捨てればいい。それでいい。僕は徹底的に利用すればいい。他のよくわからない法人みたいに一円もとらないから。それで僕が何を得ているか不思議な人もいると思うけど、利用され満足してゴミ箱に行くことを蜜柑は喜んでるんです。

食べさせたくないときは一瞬にして渋柿になってぺって吐き出させる。僕は自分の意志で行動している。電話したくない人とはさっと話して切って、電話したい人とは二時間ほど話すときもある。ただそれだけ僕は利用する人の満足に合わせて、自分の体を変化させる。基本的に自分本位の人間です。楽だよ。

僕にご利益を求めても無駄だよん。栄養になるかもしれないけど、果物だって、女の子は好きでたくさん食べてるけど、食べ過ぎると血糖値あがるから気をつけてね。何でもほどほどに。過剰なのは僕で十分。みなさんは適度に僕を利用して日々の潤いにしていただければ僕の一日は健やかなものになります。互酬贈与。

僕は僧侶の説法などまるで興味がないが、果物が好きです。小学一年生のときの夢は果物屋でした。妊婦だった母が、毎日果物を食べていたからだそうです。しかも、一八年後、本当に築地場内の果物の仲卸「遠徳」で働いて美味しいグレープフルーツとル・レクチェ売ってました。一度夢が叶ってます。

千疋屋、新宿伊勢丹、料亭吉兆、日本橋の天ぷら屋・八ツ花などに卸していた果物は、僕も一部賞味してました。美味しい果物というものは、心から人に喜ばれるものです。僕はどれが美味しい果物か触ってわかるようになりました。人生に無駄なものは何一つありません。僕は僧侶ではなく果物なのです。

僕に「救え」というよりも、人間を救ってくれているニホンミツバチに感謝したほうがいいと本気で思います。僕は使い捨てカメラみたいに使うだけ使って捨てたらいいよ。見返りはいりません。お金なんてクズ紙は本当に不要なのでいりません。昨日も結局三万円使ってて妻に怒られました。使え使え使え使え。

人間は音楽というただの贈与に対して見返りだけでなく、効能の有無まで文句を言うようになった。バチがあたるのではないかと不安である。音楽はただ聴けばいいんだよ。ただ。

何でもやってみたら簡単にできるよ。困難なのは、それを試すときの恐怖心をきれいさっぱり取り除くこと。きれいさっぱり取り除くために、僕の躁鬱がある。僕はもう死ぬことが全く怖くない。いつ死んでもいい。だからこそ決死の行動ができる。すると全部面白いことになる。簡単な技術です。やればいい。

図書館のせいで作家が食えなくなった、なんて僕は一度も思ったことがない。出版不況なんて僕は一度も思ったことがない。作家だけで食べていくのが難しいなんて、僕は一度も思ったことがない。二〇〇八年とかみんな僕のこと知らなかっただろうけど、そのときでも仕事だけで五〇〇〇万円稼いでたよ。

世界一とは言わないまでも、日本一うざい人間である坂口恭平は、文句を言われても、中傷されても、どんなことがあっても、一切、仕事を止めないし、金がなくなっても家族で河川敷で小屋つくって野良Wi-Fiで仕事して、その生活日記書いて三〇〇万部売ることにしているので、ただの無敵です。

☆

新作『家族の哲学』推敲終盤。八二％まで完了。これまでの本の中で一番時間をかけている。鬱のときの原稿とずっと向き合っている。初対面のような不思議な体験だ。そして、僕は思う。文を書く、本を書くということに才能はいらない。ただ努力の積み重ねしかない。それはとても希望の持てる話だと思う。

どれだけ努力したか。どれだけ酩酊することを避け、仕事を継続し続けるか。それしかない。直感も閃きもいらない。書きたいと思ったことに向かってひたすら時間をかけるしかない。若い人にとってこれは有益な情報だと思う。才能がないと嘆くくらいなら、寝ずに書いたほうがいい。ひたすら文を書くしか先はない。

まわりを扇動して動かすのも楽しいんだけど、面倒臭いのでそういうのは人に任せて、僕は徹底的に個人的な症状、発作、躁鬱、分裂、癲癇《てんかん》、を社会で活用できるかを、一人で黙々淡々粛々とやり続けていこうと思う。それが一番楽だしなおかつ効果覿面《てきめん》。いい作品書けば、次の時代にも受け継がれる。いい本書くぞ。

ビョーキ（現政府管理下の医療機関がいうところのってことです・笑）の平和的有効活用の可能性の試行。僕の今年の生きる見立てはそんなとこ。ビョーニンでも金を稼いでたらビョーニンと見なされない不思議な現社会なのでそれを逆手にとってサバイヴしていこうと思ってます。良い子は真似しちゃダメよ。

良い子は、ちゃんとビョーインに行こう！　この世界は甘くない。十年は修行しないとうまくいかないようにちゃんとなってる。この世界は意外とまともなところがある。僕は作品つくりはじめて今年で一六年目。

ビョーニンの逆襲。なにはともあれ、公称精神障害者っていうレッテルや差別ほど、当たり前すぎて見逃されてるものもないからね。僕が真剣に話してても、躁鬱病だとわかると、「あ、アッチの人ね」の一言で片付けられちゃってたからなあ（笑）。今ではいい思い出だけど。自分がマトモと思ってる人が不思議です。

きみがいま経験している生を、再び生きたいと当然願うことになるような仕方で、生きよ

——ニーチェ「生成」

自分が選択するとき、この言葉が頭をよぎる。でも、言葉のおかげで、大変かもしれないが、それでも諦めないぞと思える。何と言われようと、自分の行動を諦めないぞと確信できる。

本も気づくと一六冊目だ。二〇〇四年にリトルモアから『0円ハウス』を出版して一一年。すぐ消えると言われていたがとりあえず生きのびている（笑）。継続だけが僕の生きる指針である。諦めたら終わり。死ねない衝動。さらに徹底させていきたい。今年はさらにあと二冊新作が出る。英訳版と新作CDも出るよ。

自分の頭にこそ独立国家をつくるべきなのである。

これが僕が『独立国家のつくりかた』で描こうとしていたこと。創作をはじめて一六年経ったいま、少しずつ国家として運営していくことができている。文、絵画、講釈、演説、音楽、美術、詩、舞踊、総理大臣、演劇、医術。あらゆる分野を分裂したまま推進。

自分の体だけは取っ替えるわけにはいかん。政権が変わることもなく、多数決で決まるわけでもない。翻弄され、体は動かないと嘆きながらもトイレには駆け込めている。それに気づき外に連れ出そうとするアオを見て「首長は常に共同体の外から生まれる」と書いたレヴィ=ストロースのことをふと思い出した。

とにかく体が消滅するまでこの世界を観察しつづけよっと。僕の観点で、好きなようにやればいい。ちゃんと触角で感じたものだけを凝視しないとすぐおかしくなる。体の中に現実界の均衡を取り入れると変になる。引き摺り下ろされるまで、とにかくなんでもやってみればいい。もう一度そう思えた。

☆

また僕の本を今度は中学校の教科書に入れたいとの依頼（笑）。しかもガチで新政府の話でびびった……。詳細は書けませんが、中学生のみなさんよろしくお願いします。僕みたいな人にはならないで、みなさんは民主主義をまっとうしてください。今度は公民の教科書に載るらしいです（笑）。素敵な乱世になってきましたね。新政府がどんどん一人で成長してる。

そうなのです。僕がすごいのではなく、フーがすごいのです。このキ千ガイと共に生きようとしているその精神がすごいのです。アオもゲンも、そしてそれを本にしようと思う編集者も、売ろうとしてくれている書店員さんも。

僕はただの人間です。僕から見れば現実に生きる周囲の人間こそが煌めいて見える。

僕を介護しようとすることでなぜか彼らが結束し、ゆるやかな共同体をつくりだしている。それは僕に価値があるのではなく、何か欠陥のある者をどうにか介助しようと、人間は本能的に動くのだと思う。だから欠陥のある人間は、開示したほうがいい。僕が国家という概念が嫌いなのは、それを奨励しないから。

昨日、精神病院にアオと二人で行って、先週、自分を殴りまくって鼻血出したことを主治医に伝えたら、医師はアオに「それを見たの？」と聞いた。アオは「うん」と頷いた。うちは家父長制ではなく、家父弱母性社会？　僕は父というよりも書記官に近い。僕は暦記《れきき》を記し文庫にとっておく役目。父ではない？

僕は自分の欠陥を開示する。すると僕のまわりの人々は一切否定せず介助をはじめてくれる。それはなぜか。おそらく僕だけでなく、あらゆる人々が欠陥を抱えていることを認識するからかもね。欠陥の開示は、助けを乞いつつも、周囲の人々が円滑に活動できる場所を設計することなのかも、と今ふと思った。

もったいなさすぎるので、これから躁は大人には使わないようにします。好きな人か、子ども。やはり、子どもです。子どもであれば誰でもいいくらいです……。今日会った子どもからは「恭平くん、出前したいくらいです」と賞賛されました（笑）。「出前一丁、坂口恭平」。これもまたアートワークになりそうね（汗）。

どんな恐竜だって、宇宙船だって、汽車だって、タイムマシンだって、僕は0円でつくることができる。大人は時間気にするからつまんないけど、子どもはただただ喜んでくれる。一緒に時間を生み出そうと協力してくれる。僕も子どもです。大人になるのは諦めました。おかげで子どもからは喜ばれてます。

『ぼくは覚えている』ジョー・ブレイナード著（白水社エクス・リブリス）。今日、高校生のとき僕の本を読んで大学行くのをやめて毎日原稿書けばいいことを知り、今年中に書き終わるという一九歳のクレイジー・ガイと友達になり、この本を買ってあげた。

僕のなかに戦後という文字は存在しておらず、いまだ戦時中である。だからいのちの電話をしているのである。年間三万人以上の戦死者を出しているこの日本で、いのちの電話をやっているのは坂口恭平という独立国家の当然の義務である。今は夏季休業だが、八月一五日は死者として日本のどこかに現れるよ。

「戦後七〇年について」という原稿依頼が舞い込んでいるのですが、すみません、すべてお断りします。僕のなかで戦争は終わっているどころか、もっと大変なことになっているのです。「いのちの電話、恭平総理よくやるよねー」とか言われてしまうこの世で、僕は仕事をする気になれないのです。では、心穏やかな夜が人々を守ってくれますように。

表舞台に出すぎると飽きられる（笑）。潜んでいるくらいで、ちょうどいいし、そっちの本が売れるのではないかと、村上先生の作法を今一度顧みて、僕の自発的トゥルーマン・ショー的人生を憂う……。今年はもう、潜むことにしよう。もっとさぼって、子どもたちと遊ぼう。そんなことを思った夏休みです。

文を書こう、ドローイングを描こう、詩も書いて、俳句もやろう、短歌だって、双六だって、アメンボだって、なんでもつくって、それらをまとめて素敵でへんてこりんで涙がでてきちゃうような歌をつくって、ギターを弾いて、みんなで歌っちゃおう。書も捨てずに、旅にも出ずに、近所で永遠の銀河ワープを。

いやいや、わたしなんて、本当にくだらない人間なんですよ。そう思ってから、世界が視界がぱーっと開けたんです（笑）。世界がおかしいなんて思っているようじゃ、甘ちゃんだねと、笑う、天上の神様が、お前は天下一のバカじゃ、と言ってくれたので、人に文句は言えなくなりました。

最近は二歳の人や、五歳の方や、一三歳の人々や、一八歳のエンジニアや、一九歳の天才が僕のまわりにいるので、毎日、ほっとしてます。二五歳を超えると、もう僕の興味は完全に消失してしまいます。みんな人の言うこと聞きすぎて、一歳の頃の確信の核心を忘れてしまいますからね。一〇歳が鍵ですぞ。

夏の子へ。絶対に大学に行かないこと。会社に入らないこと。自分で考えて、まずは試すこと。それでもダメだったらまずは一番信頼できる大人に助けを求め、それでもダメだったら僕に電話すること。それでダメでも諦めないこと。簡単には餓死しないから、できるまで空腹でいること。

私は会社にいっている大人を否定しませんが、子どもには「絶対に会社にはいってはいけない、大学にはいってはいけない。まずは自分で考えなさい」と伝えてます。僕はそれでやってきた。それで何一つ問題なかった。僕は大学にはいきましたが、受験してません。試験を受けたらダメなのよ。夏の子へ。

☆

どれどれ、と思って、新刊『幸福な絶望』を完成して以来、初めて、開いて読んでみた。ブッとつい笑ってしまった。「自分の本を読んで笑えて幸せね」とフーが苦手な経理をしながら呟いた。僕はやはり筋金入りの幸福な絶望者のようである。マーク・トウェイン先生も笑っていたと評伝で読んだことある。

七月二九日までの日記には死にたいと書いてある。今の僕があのときの坂口恭平と同じ坂口恭平だとは思えない。体だけが同じでちゃんと違うんだなあと感動した。僕は違う人々の巣窟である。違うことを実感すればいい。書くとは「変わらないこと」と「違う人間たちが住んでいる」ことを確認するためにある。

命をかけている人よりも、人生を棒に振っている人のほうが好きです。弟から高校生のときに言われた「人生を棒に振れ」という言葉を座右の銘にしております。大ぶりの三振か場外ホームランか。躁か鬱か。下手な鉄砲数打ちゃ当たる。質にこだわらず、どんどん弾打っていこうぜい。びびらずに。お若い人よ。

命をかけるほど高尚な人生ではない。わたしの人生は。棒に振るくらいでちょうどいい。意味なんてそもそもない。探している時間が無駄だ。それよりもつくり続けて、暇をつぶしたほうがいい。僕はお金のためにつくっているのではない。暇だからつくっているのである。毎日適当な作品が大量に生まれている。

悩むな踊れ。体だけ動かしてたら、何とかなる。困ったら出前一丁、坂口恭平まで。おれ、予約できないけど、当日の出前ならなんとかなるよ。踊れ舞え。前向いて倒れてね。人生は棒に振れ。たいしたことないよ。気楽にいこ。

踊れ大地をモスシェイク。ぶるっと弦のように震える地面。丸くなったダンゴムシの音符。

二〇一六年のカリフォルニア大学バークレー校が開催する「BERKELEY PRIZE」という世界中から公募する学生を対象とした英文エッセイ文学賞の審査員に任命されちゃいました（笑）。日本では誰からも理解されておらん駄文家の僕ですがカリフォルニアでは天才扱いのようです（笑）。みんなも応募して。

売れもしないのに、しぶとく、僕の本を買ってくれる、出会ったこともない沈黙の読者たちにお礼の言葉を伝えたいです。「僕は死にましぇん！」

ようやく（笑）、経理のフーちゃんから、家庭内手工業坂口家の昨年度の決算が出た。うちは五月決算。二〇〇四年から本を出してきましたが、今年過去最高益でございました。資本主義も忘れてはならん。ダブルスパイの新政府総理でございやす。みなさん本や絵や音楽や噺を買ってくれてありがとうございます。

二〇〇八年に初めて確定申告したのですが、あのときから四倍以上になっている。とにかく続けること。やめないこと。それだけが仕事になるし才能なのであるという確信に近づいている。今やっていることを続けていればいい。永遠に。死ぬまで。お金はあとからついてくる。餓死するまでつくり続ければいい。

別に大したベストセラーも出してませんが、躁鬱の馬鹿野郎ですが、ちゃんと本書くだけで食べていけるんだよ、ってのをお若い人に少しでも伝えられたらと思ってます。もちろん僕の真似したら、たぶん死ぬので気をつけてね♡　あくまでも参考までに。

今年は昨年の倍以上本を書いている。狂ってるよん。本が売れない、じゃなくて、本を売ろうとしていないだけなのである。僕は自分の考えていることを、人に伝えたすぎの馬鹿野郎なので、全部の書店に本当は顔をだして、自分の本の前に立って、味見させるみたいにまえがき読んであげて売りたいくらいなんです。築地上がりの僕はそうやって人に物を売るのです。

本は自分で売るんだよ。自分の子どもなんだから。本を売るのを人に任せたら、いかんよ。本屋はあくまでも学校なんだから。やっぱり毎日ちゃんとしつけをして、でもしめつけすぎず、ときにはハメを外して一緒に遊んであげる。本とそうやって付き合う。僕はそうやって本を売ってまっせ。売上も悪くないよ。

僕は初めて本を出したときからずっと書店まわりしてる。第一作は日本だけでなく、パリのポンピドゥー、ラ・ユンヌ、ロンドンのマグマ、シップリー、ニューヨークのMoMA、プリンテッドマター、全部行ってます。そうやってちゃんと赤子のときから親なら自分の子どもを嘘でも自信持って育ててあげようね。

フランクフルトのブックフェアに第一作の『0円ハウス』を展示させるために、僕は営業しまくって、印刷してくれた凸版印刷さんのブースがあることに気づき、熱意を伝えたところ無償で並べてくれ、それでオランダの流通の人の目に留まり、MoMAに並び、バンクーバーで個展をするようになった。自腹だぜ。

自腹で動けない人間を一切信用できない人間＝坂口恭平。仕事ってなんや？

どうやったら自分の作品売って稼げるんですか？という質問する人は、自分の作品を人に売るために世界を這いずり回ったことがない。それは一〇〇％そうだ。だから、そういう質問には僕は答えない。これをやったがダメだったけどもっとどうすればいいのかと改良の質問にしか僕は答えない。自分で考えてね。

今日はフーの誕生日なので、みなさん、今日はぜひとも生きのびてください。苦しくても、明けない鬱はありません。死なきゃなんでもいいんです。そして、僕はいずれしっかりと書くと思いますが、躁鬱病とか統合失調症とか発達障害とかなんとか言われている人がいると思うのですが、それは病ではありません。

私は病ではない。それが私の実感です。しかし、健常と呼ばれる人々には聞こえないのです。

彼らが運営しているのが民主主義と呼ばれるシステムです。それではもう、事がうまく進まないのです。しかし、まだ今ではありません。じっと堪えるのです。ときがくるまで。創造はそのためにある。少数の人々へ。

一二時になりましたので、寝ますね。「自己管理チェックシート」は一一日目に突入です。三日坊主はしっかりと突破。継続だけが力なりけり。継続、継続、継続、継続。用事の積み重ね。チリも積もれば山となる。じゃあとんでもない創造が積もればどうなるよ？　想像してごらん。簡単でしょうよ。ひょいいと、ね。

good night!

眩暈が小さい時から止まらずゼロセンターに逃げ込んできた坂口亭タイガースも今では、川瀬慈に誘われ、眩暈人類学者として大学の講師に呼ばれるようになった（笑）。弱みは強みなのである。なぜなら、それを考えることは、自らを探求することで、治療と創造が一体化しているとめどない湧き水仕事だからだ。

僕は水である。サナギの中は水になっている。そこからメタモルフォーゼを起こし、蝶となって飛ぶ。変態、変身、変型、変更、変次元。同じ土俵で戦っているふりして、別の世界で建設する。これこそ建てない建築家の都市計画なり。建物や都市を見るのではなく、生き物を見る。水は最大の不可欠なものだ。

☆

いま、長崎に原爆が投下されました。黙禱。

熊本も快晴。いま住んでいる新町からもキノコ雲が見えたという。世界の終わりかと思ったと、八〇歳の知人のばあちゃんは三人組でおっしゃった。熊本原爆症だけ、内部被曝を認められ、賠償されている。その裁判の記録はこれからの時代に非常に重要になってくるだろう。

今はまだ戦時中である。年間三万人自殺しているのだ。全国民で助けられないのか。意味がわからない。

家族で京都に一カ月くらい滞在したいなぁと思っている。これからは何事も狂気の沙汰は家族同伴でやる。それは嬉し楽しの宴となりぞ。

家族療法。それは家族が治すのではなく、家族に向けることで、病気という定義が、喜びに変わる、ということである。病院には喜びが少ない。宴がないからだ。散歩は歌である。

僕は人の天才を見つけることのできる天才である。なので鼻につかない。人を好きになるという天才。好きになること。これが僕の特質であり、また武器でもある。好きになられると、刃向かうことができないのだ。戦術であり、同時に喜びであり、エクスタシーでもある。

熊本でしか体験できないことだけをやり続ける。それこそが都市計画。お金はかからない都市計画ができるのは僕くらいだろう。なんせ僕には給料やギャラがいらないから。

心の富豪。お金よりも人から好かれる方が好きな人。お金よりも女の子からかっこいいーって言われる方が生きてる心地がします。しかしそれも新政府国民の皆さんが本を買ってくれるからできるのです。感謝。

ダサいことやっちゃいかん。やっぱかっこよくないと。女の子が寄ってこないような催しじゃあ、新しい共同体のアルゴリズムは機能しない。僕が見ている未来のゼロ族という共同体は、完全な女系社会である。婚姻制度も存在しない。父性もない。芸術がある。子どもが安心して暮らせる場所がある。自殺がゼロ。

体を動かしてれば何でもいい。鬱で一カ月くらい年に二、三回寝込んでしまう私はそう思います。何やっているのかわからなくてもいい。どうせ人生何の意味もないのだから。体を動かしていると次がくる。きついときは寝てていいけど少しきついくらいのときは人の誘いに時々乗ってみると、動き始める。

僕が困っていることに、心の隅にまで届かせてくれる治療法がない。書物がない。だから僕は自分で本を書いている。治療法を見つけている。今のところの結論は、これは日本国家的には病だが、僕世界的にはまったくもって病気ではない。躁鬱と呼ばれるものは『現実脱出論』にも書いたようにやはりただの愉快な装置だ。

人それぞれに力の源泉をうまく回せると走り出すカセ（稼）がある。僕の場合はそれが書くことを中心とした創作である。鬱のときはその力が全部自己否定に使われてしまう。これは体が「休め」と感じているので自動的肯定を消すために生み出しているのではないか。力の総量は変わらない。鬱でも休めない。

鬱のときは休んでいるように見えて、結局は家で一人で悶々と悩んでいるので、躁状態のときよりも疲れてしまうときがある。これではとてもじゃないが休めない。だから、鬱が明けたときにちゃんと休む。そのサイクルをつくることで、鬱と躁のあいだを引き伸ばせるのではないかと実験中です。後に報告します。

日々治療、日々苦悩、日々創造、日々金稼ぎ、日々団欒、日々日々響きヒビ入る日々にビビビととんぼのめがね。毎日記録観察管理社会に抗う新政府総理は自己管理性的柔和し童たちと遊ぶ。風はびいぷう川さらさらと水のかたまり泉となって垂れるわたしの涙かな。円グラフで時間を区切り睡眠時間を確認せよ。

最近は、休む、ことの研究をしています。いかに休むか。毎日、子どもを見ながら研究してます。子どもは休むことのプロです。老師です。

ようやく出たくないときは電話に出なかったり、人から誘われても疲れてたら断ったりするというフツーの大人の作法が身についてきたような気がします（笑）。大人って楽でいいですね。感心しました。楽にしてると、人にも優しくできますもんね。大人の優しさってやつを研究してます。階段登ってます。今。

人を喜ばせて、昇天させて、かわいいと褒め続け、着ている服の微差なセンスに気づいてあげて、髪の毛のアンバランスな洒落に感動してあげて、本棚の並びについて絶賛し、色の選び方にその人の四季の気配を感じてあげて、最後はとにかく満足するまで舐めてあげる。これが僕の仕事です。つまり人々の奴隷。

人々が喜んでさえいれば、人々が幸福でいさえすれば、僕はもうそれ以外に何もいらない。そのような喜びを提供できたことに自己中心的に満足するのです。それはつまり子どもです。僕は子どもの代表です。プロの子どもです。アスリートとしての子どもです。子ども界のイチローです。欲望はないんです。ただ遊びたい。

☆

僕は新政府いのちの電話を二〇一二年にはじめた。当時の統計では年間の自殺者は三万三千人。二〇一四年は二万五千人に減っている。世の中はどんどん絶望的になっているのに。僕は勝手にこれは新政府効果だと思っている（笑）。ちょっとだけど。僕は本気だよ。自殺者ゼロ。これが僕にとっての平和な世界。

今は戦時中なんです。現実だけでなく夢の中でも今は戦争が起きている。それに気づく必要がある。隣で自殺者がいればそれは戦争なのだ。僕たちはそれを無視している。つまり戦争に加担している。もう既に戦争に加担している。その罪に気づかない限り、戦争反対とは言えない。本当の平和とは何か。

いのちのおかわりはありません。

これが僕が小学一年生のときに担任の佐藤範子先生から教えて貰った生まれてはじめての他者からのアフォリズム。僕はそれしか見ていない。いのちを大事にする。それは他者であろうが、何だろうが、当事者が望まなかろうが、いのちを守るということだ。僕は厄介者だ。

戦後七〇年ずっと平和で、人を一人も殺していないし、殺されてもいない、などと僕は言えないのである。隣の自殺者を無視しただけで、鬱になってしまうのである。新政府いのちの電話など意味がない、とメールがくることもある。おっしゃることもよくわかる。しかし、今は戦時中。綺麗事言っている暇はない。

僕の体には「国家」という概念がそもそも存在しない。「土地を所有する」という「概念もない」。この概念がない、ということしか見ていない。土地を所有している人間はすべて地獄に落ちている、という夢を見た。それ以来僕は何も所有できないのだ。土地持ちの親友を地獄に行くのかぁと眺めている僕は鬼。マンションを買った親を見て、ああ、地獄に行くのかぁ、と僕は思っている。僕は残酷な人間でもある。

人には道がある。道から外れたことをすると大変なことになる。それが心配で僕は本を書き、いのちの電話をし、絵を描いているつもりである。これは創造の発露ではない。創造の理由があるのだ。創造しなくてはならない、理由がある。〇歳から～一八歳くらいまでの子にはそれが少し伝わっているような気がする。

戦争が終わって今が平和だと思っている人から「なぜいのちの電話なんかやっているんですか？ メンヘラでしょ？ そういう人と付き合うと疲れませんか？」とか言われたことがあるが、「お前が死ねばいいのに」と本気で思いました。でも、何も暴力は振るいませんでした。やむをえない暴力は肯定するが、使わない。

心の奥の奥の奥の奥は怒ってますが、今は平静で静かに子どもと遊んでます。つまり、感情を管理することを今、少しずつ覚えてます。怒りを表現するのは簡単なこと。しかし、それでは人には伝わっても、動物には伝わらない。ただ食われて死ぬだけだ。飼い犬と呼ばれている殺傷能力を持つ犬さんに学ぶこと。

自殺者がいるのに黙禱一つしない国家は、他国との戦争になっても絶対に守ってくれないだろう。自殺者がいるのに毎日黙々と仕事をしている人々は、他国との戦争で親類以外の人間が死んでも決して悲しまないだろう。それは一つの精神異常である。正常ではない。つまり、現在、国家と民主主義の過半数の人々は異常。

少数民族たちが何とかせねばならんのです。躁鬱民族たちもそろそろ出番なのではないかな。

もう自称健常者の、異常な世界と一緒にいるのは疲れました。あまりにも大雑把で、単純思考で、白黒でしか見てないので、退屈なんです。だから楽しい世界の設計図を毎日描いてます。静かに一人で。

毎年三万人戦死者がいるのだから、三万日忌日をもうける。つまり、十年間働かない。これこそが死者を弔う本来の方法。つまり一緒に餓死する。それでいいのだ。自殺したい人はこのように心の優しい人なのである。僕は共感する。僕も死にたくなる。でも死ねないけど、だから決死で行動する。

自称健常者たちの、正論のような、異常理論に騙されないようにしてね、国家から精神異常者と認定されてしまっている、心がただ優しい人々よ。それは遺伝子の上に生えている草だ。そよぐ風を感じていると思えばいい。ツバメが飛んでるのだと。苦しいかもしれないが、無感覚よりも、いいよ、きっと。

あらゆる問題よりも、まず、同じ国民が自ら死んでいるというこの社会環境をどうにかしないといけないのではないか、と考える人が少しでも増えればいいなあ。お金なんかあってもベッドの上では孤独な人は辛い。金がなくても、電話で話し合って、きつさを軽減したほうがいいじゃんよー。なあ、みんなよー。

☆

今年は、高校の国語の教科書に『TOKYO一坪遺産』の「まえがき」が。そして、熊本大学の入試・小論文で『現実脱出論』が。そして来年は中学生の公民の教科書に『独立国家のつくりかた』が載ります（笑）。小学校のとき、宮沢賢治と「スーホの白い馬」読んで僕の文も教科書に載せたいと思っていたので、夢が叶いました。

僕のもとは宮沢賢治と「スーホの白い馬」と「西遊記」の孫悟空と星新一の『未来いそっぷ』と七歳のときに買ってもらった『芥川龍之介全集』とトール・ハイエルダールの『コンチキ号漂流記』と安野光雅さんと林明子さんです。これらを小学校のときに読んで、僕は自分で戯曲と新聞と小説をつくった。今と何も変わらない。ずっと。

新政府総理はキ千ガイだと巷では噂だと人は言うが、実はみんなもこの国家という概念がおかしいのは気づいてるんじゃないの？　民主主義っておかしいんじゃないの？　って思っているんじゃないの？なんちゃって。これは狂人の戯言です。おやすみラララ。夢で逢いましょう。今も夢かもよ。我は夢なり。夢師。

僕が確認している読者は、若い人は小学二年生から先輩は八八歳の方まで。幅広い年齢層に親しまれているのは嬉しい限りです。僕の好きな作家はみんなそうなので、それもまた嬉しいです。マーク・トウェイン、芥川龍之介、宮沢賢治、ジュール・ヴェルヌ。どんな人でも読める本をいつか書きたい。

土地を所有できるという概念を持ってしまった人間にはもう変革は不可能である。だから僕は自分の子だけでなく、あらゆるすべての子どもにしか可能性を感じていない。概念を持たない人にしか、新しい世界は作れない。概念は一度持ったら永遠に逃れられない。僕は彼らに向けて書いている。アオとゲンに。

平成二七年度

熊本大学文学部入学試験問題（後期日程）　小論文

「動物園の動物たちは永遠に食べる不安がない。それなのに、目や体の動きを見ると、快活に生きていないように感じられる」（坂口恭平・『現実脱出論』より）

Q．その理由を200字以内で説明しなさい。

主旨を理解してもらえて嬉しいっす。

人間は食べるために生きているのではない。喜び、味わうために生きている。僕の仕事はそれである。喜劇役者ではなく、喜劇でもなく、喜びそのもの。僕はJOY BOY。


鬱で死にそうになっているときも、病気だと思ったら惨めでさらに苦しくなるけど、修行だと思えば、最近は少しは我慢できるようになってきた。界王さまのところで修行していると思えばいいのである。下界に降りてきた、体が軽くなって、どんどん動けるのだから。それがいわゆる躁鬱という状態である。

保育園・幼稚園・老人ホーム・自閉症の子・発達障害と言われている子・引きこもりの子・独居で寂しがっている老人・話し相手が欲しい女の子……とにかく出前で慰問し続けたい、本当は。

いつになれば自由になれるのか（笑）。アオは「パパは虫だし、自由だね」と言った。ありがたいお言葉。

僕は才能というものはどうでもよくて、継続こそが重要だと思っている。「才能がない」と嘆く人は「継続することができない」と言い換えてみると、物事がすんなり見えてくる。継続できることを探すこと。その気持ち良さに浸ること。それを永遠に続けること。それがその人の仕事となる。後に才能と呼ばれる。

継続だけである、すべては。僕はただ継続しているだけである。昔は「才能ないんだからそんなことで食べていけるわけがない」と言われ、今は時々「あなたは才能があるのだから本を書いて絵を描いて食べていけてる」と言われることがある。おーい。そういうことじゃない。僕は継続しているだけである。

管理社会に抗うためには管理人になればいい。あなた自身の管理人に。by フー
承知しました！　自己管理に徹します。好きなものは何か、気持ち良いものは何か、人にやってあげて喜ばれるものは何か。それらを徹底的に探し出し、日々継続できてるか、愉快に管理します。管理人・坂口恭平による「自己管理日誌」も一七日目。坂口

恭平の坂口恭平のための坂口恭平による管理。

継続のためなら、何でもします（笑）。こうやって公言したり、公開すると、なかなか一旦停止できなくなります（笑）。こうやって愉快に追い込む。どうせ一年経ったら、本になるから！　って励ましてます、自分を。タイムカプセル効果。美味しいものは後にとっとくタイプです。

継続すれば坂口恭平バイオリズムを完全に可視化できる！　おれは自分のことが何なのかわからないからずっと自分を研究してます。それが仕事でありそれが治療でありそれを継続することこそが僕にとっての生きるということです。自分は永遠に続くのでこの継続も止まらない。止めたくない。続けたい。

☆

朝から読書。
『アナーキー・国家・ユートピア』ロバート・ノージック、『身ぶりと言葉』アンドレ・ルロワ＝グーラン
人間の進化は、脳に始まったのではなく、足にはじまった。――アンドレ・ルロワ＝グーラン
当たり前すぎる言葉かもしれないが、僕は機内で読んで感銘を受けた。本当にそうなのだ。考えるのではなく、足で歩く。散歩でも何でもいい。そこに創造の原点がある。人と出会い、言葉が喚起される。
ノージックの「多元的ユートピア」のくだりは、まるで新政府のことを指しているような気さえした（笑）。ま、僕お得意の素敵な勘違い、ということでご勘弁を。戦うのではなく、別のもう一つの世界をつくる。既存のシステムを上塗りするのではなく、まったく別のキャンバスに思い切り自己の自由世界を描く。
寄せ巫女のようにどこからともなく現れた人間は、それだけで価値があるのかもしれない。人間の移動という行為は、何か新しい資源を求めるというサバイバルな思想よりももっと重要なものが潜んでいる

ような気がしてならない今日この頃。国境があっても気にせず、言葉の壁も無視して笑顔で歩いてみよう。

一応、もう一度言っておきます。僕の中では、年間自殺者数が三万人近くいる日本は（もちろん数としては韓国より多く、世界第四位。五位が中国です）まさに戦時中、戦火の中です。「もはや戦後ではない」、ではなく、「まだ戦後ではない」、のです。だから新政府をやってます。パラリンピック的に、パラ国家として。

ニュージーランドに住む友人のクリスが自著解説と「今は戦時中」のテキストを翻訳してくれた。依頼もしていないのに、僕のテキストに反応してくれて、勝手にやってくれている。それ自体が奇跡。かつ自然。素敵な贈り物をおすそ分け。韓国で行動し、ニュージーランドの人が反応する。これすなわち新政府。

体を動かす。これすなわち進化の起源なりけり。足を動かす。頭はどうでもいいから。悩む前に動かす。一定のリズム、これすなわちシステムなり。国家なり。それを飛び越えるためにランダムなリズムを。これすなわち動くこと、そして人と会うこと。そこに対話が生まれる。対話こそ最高のランダムリズム。

国境。これすなわち、人を動かしにくくするシステムなり。リズムを一定にしたい欲望が具現化されたもの。国境なんてないなんて叫ぶよりも早く足を動かすべし。動けばリズムが乱れてくる。それを恐れることなかれ。リズムは乱れるものである。脈動見れば一目瞭然。体が教えてくれていることに気づくべし。

徒党を組むことなかれ。気が向いたときに動けばいい。離れたいときに離れればいい。一人になりたいと常に思っていることを気持ち良く受け入れればいい。すると、不思議と人が集まってくる。人は一定のリズムを実は嫌っている。何が起きるかわからないところに足を運ぶようになっている。自然とそうなる。

追随されるための方法とはただ一つ、誰よりも早く走ることだ　――フランシス・ピカビア

人は騙せても、時間は騙せない
――フランシス・ピカビア

シャツとポリシーは毎日替えるべきだ
――フランシス・ピカビア

まじめな人々は
少しばかり
腐乱死体の匂いがする
――フランシス・ピカビア

流浪の民でなくてはならない。様々な国や都市を渡り歩くように、幾つもの思想を通過していかなければならない　――フランシス・ピカビア

すべては崩壊し、その破片の中から新しいものが生まれてこなければならなかった。この破片が「メルツ」だ。破片をもとあった姿でなく、そうであるべきだった姿へと変えることは、私の中の革命のようであった　――クルト・シュヴィッタース

肩書きがなくては己れが何なのかもわからんような阿呆共の仲間になることはない　――南方熊楠

世間が理解してくれないと嘆く暇があるのなら、もっと先に突き進んだ方がいいのである。人に理解されることを待っていたら日が暮れる。自分すら理解していない場所で毎日を送ること。これすなわち不安の塊なり。不安は臭い。だからほとんどの人は近寄らない。実は発酵しているのに。初めて納豆食べた男。

すべての人々が足を動かし、一定のリズムから外れた瞬間、国家という概念は消滅する。もちろん多くの人はそんなこと起きるわけないと思っているだろうけど。それでいいのだ。足を動かした人間だけがそれを感知する。動かした先の未知世界では必ず

遭遇が生じる。そこで表出した対話こそ外部装置である。

抵抗して革命しても、結局は力でねじ伏せられるか殺されてしまうかで終わってしまうから、いっそのこと、みんなでただ移動し続けて会い続けて対話し続けるっていう行動しませんか、って思うのだけど、毎日同じリズムで生きることを目標としている人が多いから世界は不思議なものだ。不変に対する異常な愛情。

三月一二日の原発事故が起きた時だって、ちゃちゃっと逃げちゃえばいいのにと思った。一日、二日、会社さぼったっていいじゃんって。でもそのときから何にも変わっていない。もちろんその前から。建物余っているのに、建築家はつくり続けてたし。みんなわかっていてやっている。つまり、異常なのだろう。

僕は人間は個人主義でいいとは全く思っていない。土地を所有するという行為はあらゆる生物において、犯してはならない行為である。だから必死こいて言い続けているのである。マンションも家も土地だけでもとにかく持っていてはダメ。すべて手放す。それをちゃんと納得させるのが僕の仕事だと思っている。

おれはおれ、私は私、ではダメなのである。ダメなものはダメなのである。どうせそれがダメなことを知っているしわかっているし理解しているんだから。仕方がないとか臭いから蓋をするなんて、異常な行動をさせたままにしておいたらダメなのである。それが僕の考え方である。世間からは異常と言われる（笑）。

僕は好き勝手にしゃべっているとよく言われるが、僕の中では自然界の掟に従って生きているつもりである。その掟に従って、行動しているつもりである。僕の言動はすべてこの法に従っている。「法」といっても、今、国会でつくっている法とは全く別物だけれど。それはランダムなリズムによる音楽的なルールだ。

いつも国家は、自分たちこそが本流で、それ以外の道を賊呼ばわりする。ただの国境のない素敵な交易を行う民を、税金を抜き取りたいばかりに、亜流として取り締まる。賊はどちらか？　僕は国家こそ賊であると見なしている。今、光州の市井の人々との交流がそんな思いを強くさせる。来てよかった。

戦時中だからこそ動くのである。戦争とは、国家による人々を越境させない行為だ。それに抗うこと。それこそ今、とても重要な行動だと僕は認識している。戦争がどうだこうだ言う前に、動いてみて、直接、異質なものに接すること。それは一見、異質かもしれないが、自分のものではない記憶を呼び戻すよ。

関心を持ち、敬意を払いながら、歩き回り、そして人々と対話する。それこそが、どんな政策よりも町を守ることにつながる。人間の、関心、好奇心、好きになるという力こそが、都市計画の熱源である。

虫だけは、いつも僕に優しい。虫は僕に解像度の変化を促す。町歩きをジャングル巡りに一変させる。現実を夢に変換させる。体から音楽が鳴り響く、その姿は僕の見本である。「虫は本能だけで生きている」と人は言うが、どうも僕はそう思っていないところがある。人間を認識できているように感じる。

文人、芸術家たちがその町に住むこと。そして彼らが、その地に住む人々の話を聞き、言語という外部装置を社会に投げ込むこと。そうやって現実の世界に表出した、複雑な音楽的構造を持つ正確な記憶を、人々が共有し、伝達していくこと。それでもって町は生まれ変わり、新しい共同体となる。

日本だけでなく、世界中で日本とほぼ同じような行動を実践する。それが新政府でございます。国家という装置を無視して、勝手にトライブをつくる。ゼロ族創世記。それは世界共通の行動コード。みんなもどんどん動いてくださいねー。世界中には理解者がきっとたくさんいますよ。分母をふやせば、絶望は減る。

光州にはいろんなことが詰まっている。日本と韓国との関係。光州事件。政府と市民との関係。アジアの中心になるであろうアジア芸術劇場。楽しいことも悲しいこともたくさんある。それでも人間は生きているし人と会えば国境なんか気にせず笑顔で挨拶するし、異人である僕に悩みを打ち明けてくれたりする。

☆

最近、職業欄に「水」と書き加えたのだが、さっそく水としての仕事依頼がきてびびっている……。なんだなんだ？

次の『家族の哲学』が二〇〇四年に『0円ハウス』をリトルモアから出版してから一七冊目の本になる。躁鬱の波が激しいので連載では書けないため、ほとんどすべてが書き下ろし。それでもどうにか生きのびてきた。賞も取らずに注文も基本的に受けず、自分の好きにやってきた。まわりの人のおかげ。感謝である。

建築家を目指し失望し、路上生活者と出会い希望を持ち『0円ハウス』を出版し、海外では現代美術家として受け入れられ、帰国後執筆を開始し小説まで書き始め、スランプになり躁鬱になり病院へ行きDOMMUNEに拾われ、地震が起き熊本に帰郷し新政府を立ち上げ本を書き意外にも売れ、今はもはや何屋なのか決めてない。

一貫しているのは、僕は人との対話を試みる。人類学とも民俗学とも違うと思っているのだが、強いて言えば熊楠先生の銭湯通いみたいなものか。僕はナルシストと言われることも多いですが、実は全く自分に関心がありません。現実とそこに生きる人間たちの営みに興味があるのです。ずっと観察してる。

そして、人々それぞれが持ちうる能力の最大限を透視するのが得意です。その能力に気づき、褒め称え、それらを多元的に結びつける。近所のおじちゃんとナイロビのスラムの踊り子を。天才数学者とボインの女の子を。そうやって次の共同体のアルゴリズムを設計してるつもりです。十年後の、ね。

そのアルゴリズムはすべて言語として書いているつもりです。だからツイッターの文面だけで早計しないで、ちゃんと著作とも遊んであげてください。何なら図書館に全部あるから。似ているところもあるけど全部違うこと、側面を書いているつもりです。そして全部読めばきっともっとわかると思います（笑）。

☆

帰国しフーに電話。アオは逆上がりができるようになっており、ゲンはオマルを使って今日から用を足しているとのこと。父がいなくても立派に成長している。頼もしい存在。僕は父性に関心がないので、同じ子どもとして一緒に成長していきたい。僕も子どもの成長のペースに負けたくない。好敵手と睨んでる。

少しずつ落ち着いてやっていこう、と三七歳にしてようやく思えるようになってきた。急いだり焦っても何の意味もない。とにかく目的を定めたらぶれずにひたすら一歩ずつ進ませる。一年後、三年後、五年後、八年後、そして十年後にはきっととんでもないことになってるはず。目の前の欲望よりも遠い幸せ。

おやすみなさいませ。一二時になりましたので、寝ます。「自己管理ノート」は丸一カ月継続を突破しました。かなり効果的であることを身を以て体験してます。視界が晴れてきてます。

本を僕より読まないフーが『一休』に完全に取り憑かれてて笑える。本は借りるのもいいけど、気に入ったら買ったらいいよと伝えておきました。それは次の世代の人への手紙になる。

僕が、いのちの電話をやってる理由。それは、いのちをかけて行動するべきときに一緒に動こうぜーという約束の電話です。もちろん、僕は大将だけど、足軽よりも前で、先頭で戦うつもりです。僕は身軽なので、しなるので、おそらく死なないですから。みんな体を鍛えよう！　来たるべきときのために（笑）。

思ったことは口にしてみよう。思いがけない変化が起きるよ。人間の外部に言語を出すこと。そこにはまだ橋が架かっていると思っている。腐ってる場合ではないさ。

お灸の本に出てたり、セックスレス解消法の本に出てたり、UCバークレーの文学賞の審査員やってたり、韓国政府から新政府総理として招聘されたり、バンクーバーのオイルサンドの富豪が僕の絵のコレクターしてたりと、ほぼ誰にも説明ができない状態になってきてますが、僕としては音楽そのもののつもりです。

「ドグルドグル（光州の喫茶店）」のオーナーにMockyとアーサー・ラッセルを教えてあげたら、ビールをくれた。そして、より深く理解しあえた。音楽とはそういうものなのだ。僕らが実は行っていながら、言葉にできなかったり、気づかなかったりする対話、関係、肌触り、雰囲気。それらをしっかりと具現化する。

　僕は音楽を鳴らすのではなく、音楽そのものになりたいといつも思ってます。自分勝手ですけど、志半ばでエイズで亡くなったアーサー・ラッセルのバトンを受け取っているつもりで生きてます。

　言葉は橋だ　見えない橋　橋を渡ろ　一緒に渡ろ一緒に渡れば怖くない　音楽はみちしるべ　羽のないハンミョウが笑ってら　七色に黒びかり　草のあいだを抜けてゆく　ときは覚えてる　思い出さずに笑ってな　力をぬいて赤堤　歩けば風が吹くのねべイビー　パン屋でベーコンエビ　買ってこ珈琲

　元々は人間に放置されていた家は、もう一度注目するだけで、生まれ変わる。家は、投資のために生まれてきたとは少しも考えることなく生まれてきている。そのことをちょっとケアしてあげるだけで、都市は生まれ変わる。家は、人間を守るために生まれてきているのだから。人間はそれを忘れている。

　今回の光州の「ゼロリパブリック計画」はそれを実践しているつもりである。空き家をまた投資のために利用したら家の精霊が怒るよ。

　ただ好きになる。人間が持っている、「好きになる」という感情を具現化するのが、このプロジェクトのコンセプトです。

　使わなくなっても、人に貸せば、家賃収入がなんとかかんとかで家やマンションを購入する人が多すぎる。ちゃんと考える。家は何かということを。それを伝える仕事こそ建築家であると思うのだが、どうも僕の考えは異端扱いされてしまうので、こういうパフォーマンスとして提示するのは良い機会。

平日はゆっくり人と話せるので、じっくり自分の考え方を整理することができる。新政府は日本だけでなく、韓国、中国、さらにアジア各国を結んでいくような、国家ではない、トライブ的なものになっていく予感がする。天才たちがいる。その人たちに会いに動き続けたい。

日本でやっているとただのキ千ガイ扱いされてるだけだが、このように国を超えて対話を続けると、自分が進めていることが間違っていないのだと感じることができる。もっと複雑なネットワーク、それらを結ぶためのテキストが必要だと思った。もっとがんばらないと。

その意味でも、今回の「ゼロリパブリック」、やってよかった！　潤滑油になればいいよ、わたしは。

海外で仕事する場合、今回のように他国の税金をもらって仕事をする。それも振り返って考えるきっかけになった。

ヨーロッパ式の考え方では、税金で芸術家を守ろうとする。しかし、自分の力で金を稼げないと長くやっていけない。政府に歯向かうこともできない。日本に戻ったらまた自立してやっていこうと思った。人のことはともかく、自分はとにかく自力で生きのびられるように技術を磨かねばと思った。

ハイソなだけじゃ足腰弱いし、泥臭さだけではつまんない。0円で何でもできるけど、パークハイアットの四一階も大好き。矛盾の塊で生きていきたいなと思う所存であります。

より危険な道を選ぼう。

臭くて寄り付かないものだけを舐め続けよう。

嫌われている人だけを好きになろう。

それを無理せずに行う。それこそ新政府の行い也。

☆

お久しぶりです。坂口恭平です。いま、現実界に戻ってまいりました。心配かけて申し訳ないです。と思いつつも、これがわたしのリズムなので、もうどうにもとまらない、ので、受け入れてくれる部分とだけ、この社会とは付き合っていこうと思います。

これからもどうぞよろしくです。今回の鬱明けのきっかけは、また「アオによる強制的外出」によるものでした。

新刊『家族の哲学』にも出てくる、このアオによる強制連行。アオはそれが僕の鬱明けにつながるものと既に理解しつつ機会をうかがっていた模様。きついけど外に出てそれから少しずつ、体が動いてきました。アオさんありがとう。

しかも新刊が発売されるちょうどタイミングよく鬱入り、期待を裏切らない展開で、スタンダードブックストア心斎橋店での原田郁子ちゃんとのライブ中止になってすみません。けど誰からも怒られませんでした。こういう人たちに囲まれている社会であれば、僕は生きていけると思いました。マッサージ天国。

頭の中が砂漠になって本も読めない、音楽も入ってこない、そもそも好奇心がない、と泣いていましたが、苦し紛れにKindle携帯で買った、ドゥルーズ『記号と事件』がなぜか一字一句読めて、なんと久々に本を読了できました。僕の脳の構造がどうなっているのかわかりません。でもドゥルーズ先生に感謝。

そしてまたずっと二年ほど書きあぐねている「舟鼠」の新しい予感が湧いてきて、完全に布団から立ち上がりました。死ななければ次がクル。それは必ずクル。何にも知らない無知な僕はなぜか本を書き創造を続けている。鬱の時はそのことに途方に暮れるが、今は「だからいいんだよ！」と思えてきて嬉しい。

先に道はない。だから怖い。それでびびって僕はすぐに籠る。そして自信を喪失し、好奇心を失い、時間は長く伸び、退屈さで潰される。それでも、まだやろう、と思うのだから不思議なものだ。とっくにネタ切れ、僕には先がない。でも死なないために創造が生まれる。僕は芸術家ではなく創造しているだけだ。

自己管理ノートである「坂口恭平解体新書」は本日六二日目を突破。この間に二回の鬱明けを経験している。やはり昨年までの躁鬱の付き合い方とはまるで違う。鬱の海溝はどんどん深まっているのだが、創造への喚起もその分、強い。

何か巧いものをつくるのではなく、創造すること。これに徹底して生きます。

貯水タンクに棲みつく作品をつくってからはや一五年。もはや何者かわたしは一度も振り返ることがなくなりました。新作を書くのみ、です。創造にしか関心がありません。ぜひ読んでください。死ねなくなるのでご注意を。

ということで、鬱明け待ってましたとばかりに、版元が組み込んだ狂乱東京ツアーがはじまるそうなので、一〇月五日まではとにかく亀のように暮らしておきます。静かに、じっとしてます。しかし、恐ろしいことに新作の初稿に手が伸び始めてます。また書くんでしょう。そして落ちるのでしょう。それでいい。

何もせず泣いたまま部屋に閉じこもる地獄から、書くことに執着する創造の奴隷地獄へ。どちらも地獄ですが、やらぬ地獄より、やる地獄。地獄なりの楽しみを見つけていきたい次第です。それが生きるってことなのかもね。ドエム・キョーヘー。今回また抜けたのだから、もっと生きろということなのね。ラジャ。

一一歳だった頃に会ってた子どもが、一九歳になってて、今日、電話がかかってきて、退学したというので、おめでとうって言った。「それで何してる?」と聞くと、「Trap Musicのトラックつくって、それで飯食ってます」って(笑)。二四時間を徹底して創造に使えばいいんすね。態度経済っすね。いいね!

『幸福な絶望』にも勝手に出した、いのちの電話にかけてくる、死刑囚と名乗っていた男の子からも今日、電話きた。「初稿二五〇枚書き上げました」って。それでいいのよ。創造すりゃいいのよ。働いている暇あったら創造せよ。二三歳くらいまでの人には僕はそう言ってます。会社の味を知る前に創造せよって。

あー、若い人には、もう僕が長年ずっと言い続けて、理解してもらいにくかった、態度経済の意味がすんなり、わかるのだなと思うと、面白いなあっと思った。悩むよりもつくる。悩んだままにつくる。働く前に創造する。餓死上等。それをやると不思議と新しい経済が生まれるのである。資本主義という概念の先の。

あんまり小銭に換金しすぎないように。それよりも自分でお金をつくっているという自覚こそが重要なのである。今はまだ資本主義腐っている途中だから、自分の通貨と日本銀行券を両替しているだけという意識を失わないように。あくまでもお金は自力でつくる。鋳造する。それが創造。概念は人に任せず手づくりで。

それが哲学だよって、鬱の僕にドゥルーズ先生は教えてくれましたよ。

人の概念で生きすぎている人が多いのである。この世界は。だから平気で土地を売買し、平気な顔で設計し、土を掘り起こし、建物を建てちゃう。私は正確に言えば、建てない建築家ではなく、建てられない建築家である。まだ恐ろしくて土を掘り起こせないのである。土地私有の概念を信用していないのである。

ある小学校六年生対象の試験に、『現実脱出論』が使われることになったらしい（笑）。うん、いいよいいよその調子。一度、身についてしまった概念はなかなか変革できないから、概念ができる前に、概念は自前でつくれと僕は叫びたいです。決まった法は変えられない。法は自前で、それで生きるに限る。

民主主義は大人に任せて、若い子は次の概念をつくろうね。僕は元々民主主義に入り込めていない少数派なので、とにかく次の概念を創造することしか考えていません。どうも欧州の方々の思考は素晴らしいけども、肌に合わないところが多いのです。いつか自前で共同体の概念を書き上げたいです。

元々少数派なのだから、数集まっても、僕の思考はかぎりある。それならいっそのこと徒党を組むのを完全に放棄して、徹底して孤独に成り上がる。それしか僕は考えていない。一人でただ黙々と創造し続けたい。誰かに同調も協調も元々できないのだから無理せず一人で淡々と創造するのみの人生。

私は自分の精神状態の浮き沈みに対し恥じらいを持っていて、フーと出会う二三歳まで完全に隠し通してきた。フーが「へっ？　何もおかしくないよ。恭平は恭平」と言ってくれたので、ダメなところもぶっ飛びすぎなところも全部モロ見せの自発的トゥルーマン・ショー的人生に変換した。それでよかったと思ってる。

「いつ自殺してもおかしくない」と人からは思われているだろう。しかし何くそ、そんなの知ったことかである。私はこのようにしか生きられないし、その私の生を誰かと共感できればいい。そして私は家族をつくり『家族の哲学』を書いた。とてつもなく個人的な本に見えるが、私は社会のあり方を書いたつもりだ。

自殺者を放置しておいて何が近代国家か。笑わせるにもほどがある。精神異常者などと排除する社会の、どこが民主主義か。そんな多数の意見だけがフツーの感覚と呼ばれる世界に私は住みたくない。だから私は新しい世界としての坂口家（ゼロ族）をつくった。私の家族はこの社会に対する一つの異議申し立てだ。

自衛隊は、希死念慮に苦しみ今にも死にそうな人々のところへこそ行くべきだ。そうでなけりゃいつまで経っても軍隊にすぎない。誰もやらないなら私が勝手にやる。それが私の新政府いのちの電話である。今が戦時中であると自覚症状のない人間の行う政治の貧困さ。嘆かわしいが、私は世間を無視して己の道を進む。

だから僕は『家族の哲学』を書いたんです。自分でゼロから社会をはじめないといけないと思っているから書いたんです。今こそ民主主義だ、なんて口がさけても言えないから書くしかなかった。今、死にそうになっている人こそが、その絶望こそが希望なんだと伝えるために書きました。何か感じたら買ってね。

丸腰主義でいこう。

いのちの電話に電話してきた人が、初稿二五〇枚を書き上げましたって電話とメールくれて、そしたら、死にたいと思うようになってもそれでもいいと思えた、牢獄より地獄のほうがましだって言ってて、あ、いのちの電話やっててよかったと心から思った。ありがと。

そんな無冠の現政府認定精神障害者・坂口恭平ですが、来年、なんとアメリカのカリフォルニア大学バークレー校というなんでもとんでもない頭のよいらしい大学（頭よすぎて原爆つくったとこ・汗）主催の文学賞「Berkeley Prize」の審査員をすることになりました。もはや意味がわかりません。

ふつーは、何かの賞を受賞して本を書きはじめるというのがほとんどの作家の生きる道で、ほとんどの人が受賞作、つまり第一作が一番売れて、あとは売れずに十年後はほとんど消えていくという厳しい世界の中、僕はみなさんがなぜだか応援してくれて買ってくれてるので印税だけで生きのびてます。感謝。

何よりも読者。というか、僕は読者のことを「リーダー」って呼んでます。作家─編集者─読者。ここにはなんのヒエラルキーもありません。『家族の哲学』は坂口恭平（作家）─梅山（編集者）─橙書店の久子ちゃん（リーダー／読者）。推敲段階から久子ちゃんは僕の原稿を全文読んで手直ししてくれた。

僕が何よりもリーダー（読者）のことを尊敬していることは、僕がなぜ新政府いのちの電話などという、健常者には暴挙としか言われていないことを実践し、毎年二千人の人とこれまで三年間＝六千人の人の電話を受け取っているのかで、意味がわかってもらえるかと思います。感謝の行為なのです。村上春樹さんが「村上さんのところ」をやったのもそういう理由だと思います。

さて、今日もまたいつものようにフィールドワークという名の、ただの町散歩行ってきます。そしてたくさんの人々と話をしてきます。つまり私にとっての図書館である町。今日は一人の仙人と出会う約束もある。町の中にいるんですね現代の仙人は。室町時代も実は山の中じゃなく町の中だったかもですね。

☆

鬱のあいだに考えていたことをフーに伝えた。坂口恭平の著作はすべて坂口恭平個人によるものではなく躁鬱の波を保護しながら生きのびさせているフー、アオ、ゲンの四人の創作物であり、あなたたちも同じく作家であると。フーは一見、専業主婦であり、アオは小学一年生であり、ゲンは二歳だが、作家なのだと。

家父長である坂口恭平がフー、アオ、ゲンを食わせているのではない。坂口恭平という機械を坂口恭平並びにフーアオゲン四人が揃って一緒に生活しながら創造を続けているんじゃないかってフーに伝えた。「私は何もしていない」のではなく、「創造している」の。だからその自信を持ってこれからもよろしくね。

「坂口恭平の創作物による収入は、坂口家の構成員坂口恭平、フー、アオ、ゲンで等しく四分割される」と宣言したら、家の中でみなが笑った。

レノン＝マッカートニー、ドゥルーズ＝ガタリ、みたいな感じでの「坂口恭平」。使われている機材はMacBookに坂口恭平の指先であるが、アルゴリズムは坂口恭平とフーとアオとゲンによってプログラミングされている。もし仮に離婚した場合も坂口恭平は収入の四分の一しか受け取ることができない。

鬱で危ない時に、布団の上で絵のシリーズを描いた。どこにでもある水性ボールペンで描きました。一枚三万円です。転んでもタダでは起きません。

アオから「パパ、鬱明けたんだから、私のアルバム一〇〇枚つくってくれるって言ってたじゃん、あれやってよ」と言われた。アオが二歳から作曲してきた一一曲入りのアルバムが発売されるかもしれません。「くすのき」というタイトルのファーストソロアルバムです。お楽しみに。

僕は死んでも、大した日本銀行券は残してあげられないだろう。でも、「自分のお金」のつくりかたを、その鋳造方法を徹底的に今のうちに教えてあげようと思っている。自分のお金のつくりかた。それがまさに創造であり、態度経済を呼び起こす源になる。それさえあれば生きのびられるのだと僕は思っている。

誰からも必要とされない、って嘆く前に誰かに「オラの人生にはあなたが必要だ」って言ってごらんなさい。僕なんか誰にも必要とされないどころか、ウザい奴呼ばわりされてるよ。でも止めないもんね。僕は人々の長所を見つけそれが僕にとって重要だと吠え続ける。すると不思議なことに人が集まってくる。

今日は子どもとトイザらスにひきこもってます。シルバニアファミリーの家が欲しいというので、ドールハウスを僕が自作することになりました。こうしてまた新しい作品が産み落とされる。子どもの物欲のおかげで僕は創造を行うことができる。ありがとう物欲。永遠に商品は買わないが、商品のおかげ。

もう日本はだめだとか言っている人もいるけど、僕が知っている芸術家たちは、世界に誇れる、世界救うんじゃないかって芸術家たちばかりで、どう考えても、この腐った社会と呼ばれる今を栄養分にして、どんどん発酵している。言葉よ腐れ、崩れ去れ。すると、新しい言葉が発酵して生まれるよ。

Fermentation of Freedom

僕もこれからも死ぬまでとめずに創造をつづけていきたいと思う。腐っていくのは悪いことじゃない。微生物としての芸術家にとってはそれこそが栄養分なのだから。生きやすい世の中に僕は不要だ。生きにくいからこそ、僕は力が湧いてくる。それが僕という体の特質であり躁鬱病者と言われる人の力。

思い立った時に全部やる。即行動。これが僕にとっての健康法。他のことだったら問題になるけど創造にそのエネルギーをすべて使えば作品ができて、それが売れればフーさんも大満足なので怒られない。ギャンブルとか酒とか車とかに使うんじゃなく創造すれば資本主義者フーさんは大喜び。それが私の態度経済。

「もう一五年近くずっと近くであなたの行動見てるけど、何でこの人とつながるのか、この仕事とつながるのか、世界中から呼ばれるのか、そしてそのみながが仲間で、いつもあたたかくて、かつそれがお金になって売れないときから一度も生活に困っていないことの意味がわからない」ってフーに言われます。

一番近い妻から魔術師だと思われていることが生きがいの坂口恭平。一応、長嶋茂雄スタイルで、見えないところでがんがん素振りしているつもりです。松井秀喜とも素振りの音だけで対話しているつもりです。

みなさんが僕を知ったのはここ数年のことだと思いますが、当然ながら僕はずっと昔から一九九九年から作品をつくってます。一度も理解されなかった、と感じたことはなかった。無名だったかもしれないけど、必ず一人はいたし、それだけで十分だった。どうせいつかうまくいくもんね、と笑ってたよ。「才能ないんだから作家なんかやめときなさい」と親父に十年前は言われてた。「へー」って僕は言ってた。今は、「人は恭くんみたいに才能はなかとよ」と言う。

親父に「十年前は才能ないからやめとけって言ってたよ」と言った。親父は恥ずかしそうな顔をした。つまり、親父の言うことは無視で（笑）。

やりたいことだけやる。まわりが白い目で見てもやる。怒られたらその場しのぎで一回謝ったふりしてまたやる。そのうち人のことなんか気にしてられないから誰も何も言わなくなる。無視されはじめる。孤独になる。それでいいじゃん。そのまま突き進むよおれは。やりたいことだけやって餓死して死ねばいい。

おれの人生はおれが決めるのだから、人から何言われても知らん。そのかわり人にも何も言わん。でも文句言って入ってくるなら一回耳傾けるけど、かんけーないと、思ったら無視する。それでも言ってくる人は、ほっぺたを叩く。それでも文句言うなら、もう……。私は新しい世界をつくりたい。それだけ。

僕は新しい概念をつくりたい。みなが体全身で感じられるような、頭でっかちじゃない音楽のような柔らかい概念をつくりたい。平日の昼間から散歩ばっかりしてるけど、暇じゃないんだよ。新しい概念は家の中じゃ生まれない。人と出会うことからしか生まれ出ない。植物だって何だってそうだ。お天道様。

☆

『家族の哲学』、父からの反応も今のところいいとのこと！　まだ途中らしいっす。けっこうとんでもないこと書いてるので冷や汗もんですが……。フィクションですから（笑）！

「小説です」という言い訳を覚えた私は、小説のほうが真実なのだと知ったのであーる（笑）。もうこれで誰にも気兼ねすることなく（笑）、思ったことを書ける。

みんな興奮してるのか、読書途中、読中感想電話かかってくるのはとても嬉しいのですが、がんばって落ち着いて、最後まで読んでください（笑）。そして、読後感想電話をば！　でも、みんなありがとね。嬉しい限りです。読中電話がかかってくる作家はおそらく世界で僕一人だけだと思うので誇りに思います。

新しく創造したいエネルギーが体全身を突き抜けていく。メスカリンなど摂取していないはずなのに、過ぎ去った嬉し涙と太鼓の音が指先と脊椎で同時にリズムをうちはじめている。金のかからん人間だなぁおれは。（笑）。エクスタシス。生きてることに感動し涙が出てきた。これぞ躁鬱の真骨頂。いま、音楽を聴きながら死なないでよかったって体じゅうで喜んでる。

『家族の哲学』の冒頭見開き口絵は、韓国光州で墨を使って描いた絵です。光州革命で死んだ死者たちを祀ることを忘れた韓国政府たちへの怒りが僕の体に乗り移り、素敵な絵になりました。僕の体を通すと、あらゆる怒り恨み嫉み怨み恐れ悲哀が、歓喜に変貌変態するのです。

芸術は自然の模倣じゃあないよ。芸術は芸術だよ。自然がただ自然なように。

僕は水なので、寄ってきて飲んでください。東京の水はあんまりおいしくないもんね。熊本は世界一、つまり宇宙一おいしいよ。

おれはやばいことだけやりつづける。金になんなくてもやりつづける。かっこいいことだけやりつづける。やりつづける。それしかないよ。それが死ないってことよ。生きつづける。

機内にMacBookを忘れてきて凹んでるとか言ったって、やるしかないよ。生きるしかないよ。いいことあるだろそのうち。……と思ったらMacBookあったってさ。ラッキーボーイ。どんどん下げてこ、ハッピーハードル。

みなさんいつも文句一つ言わず付き合ってくれてありがとうございます。もはやみんなのこと親バカとしか思えないのです。僕は読者、視聴者、フォロワーのことを両親に見立てているところがあります。家族の哲学。

躁鬱はフランス語では「子ども病」とも言われているくらいで、七歳のアオから「はー、あなたがいちばん子どもだね」と言われるくらいで、つまり子どもになります。なので文句一つ言われたらやる気がなくなり、そのまま帰りたいと思ったらいなくなったりしてしまうので、みなさん嘘でもいいから褒めベースで！（笑）

基本的に褒め続けてください。他者から、楽しかったー、面白かったー、感動したー、生きてるって感じがしたー、あなた天才かも！　とか言われると、婉曲することなく、そのままの文意をしっかり喜びます。僕は自信を持ってこの自分の特質を通すしかない。人に喜ばれることが私の至上の喜びです。生きる喜び。

つまり、あなたに子どもがいたらつまりそれは坂口恭平がいるのと同じなので、時間がきたからもう帰るよ、とか子どもがノッている時に言わないであげてください。いいねー！　もっとやれー！　天才かも！　って言ってあげてください。僕には子どもの考えていることがよくわかります。ただあなたを喜ばせたいだけなのだと。

躁鬱病で良かったと思う。子どもの心が永遠に消えないのだから。そして子どもを持った今、毎日一緒にいる言語化の得意ではない謎の生命体アオとゲンの心がわかるから。アオは躁状態マックスの僕でも陰口一つ言わないし、呆れることもしません。ただ楽しいって（笑）。良き理解者です。ありがとうございます。

坂口恭平には、「あなたの子ども」という初期設定で接してください。そうすると、楽になるし、怒りもわかないし、競り合うこともないでしょう。子どもの集中力、記憶力、瞬発力、妄想力、時間の概念の消去能力等は果てしないですので、どうか自分と比べないでください。ただ褒めてください。

人に文句を言わなければ解放できないから鬱になる。自己否定がはじまる。そっちのほうがいいと僕は思っている。世界中の人がてんでばらばらなタイミングでどんどん鬱になればいいのになと思う――自己否定はきついけど、創造が生まれる。人と喧嘩している暇はなくなる。世界中の人が鬱になりますように。

人の文句より自己否定を新政府は推奨します。でもそれやると結構深いところまで突いてしまうから、すぐ死にたくなるので、そのときは090-8106-4666まで。新政府は創造を推奨し、セーフティーネットとして総理直通電話は開設してます。自衛隊は不要です。救急緊急実働部隊こそが必要なのです。

丸腰主義。モロ見え主義。自発的トゥルーマン主義。先日、元任侠の方から、「あなたはいつ死んでもいいと思っとるねー、いいよーその覚悟」と褒めていただきました。だからこそ生活に専念できるし、目先のことだけ見てあと振り返らず毎日を過ごせる。いつ死んでもいいは、別に命を安売りしてるわけじゃない。

主義主張は常に自前のものをこしらえましょう。人がつくった主義主張に従うのは人生の味わいとしても淡白ですので、ぜひとも自己否定しっかりと鬱になって自殺一歩手前くらいで開く扉のその向こうの世界の景色をあなたの主義主張に。徒党を組むな。組むと組まれるよ。誰にも賛同せず文句言わず。

人に文句を言うよりもまずは自己否定を。きつくなったらいつでも電話してください。090-8106-4666。応援してます。

応援するとは、ヤレーヤレー！と声をあげて励ますことではなく、命をかけて行動している人に対して敬意を表し、その人が死にそうになったら連絡してねということだと思ってます。僕の応援者の方々感謝です。

☆

言語論理的には破綻しつつ、音楽として調和しているもの。それは新しい社会の気配なのではないか。そんな書物を書きたいし、そういう振る舞いをして生活していたい。わたしは後ろを振り向かない。太古の書物をただ今の視線で読みたいし、仲間とそれについて今、話したい。今しか関心がない。今の今の今。

小さな動きからしか何事もはじまらない。書店をまわり、サインを書いて、読者と話し、町の人と話す。それを延々と続ける。体を動かしていれば、誰かと出会う。そうやって波が大きくなるのを待ちながらさらに動く。本は売れる、じゃなく売る。ルーキーの気分を忘れずに足を動かす。健やかな生活。売る。

ま、楽しいからやってるだけだけどね。

初年度は印税ゼロだったけど、十年後の今は四桁万円は確実に超える。下世話な話に聞こえるかもしれないが、若い人には、やればなんとかなると伝えたいっす。会社に行くより稼げるよ。孤独な継続こそ一番の力。資本主義にも屈しない。むしろ振り回されるよりも早く回転する。自転する。それが一番。

そんなに爆発的に売れてもないのに金みたいなどうでもいいことには振り回されずに生きる。これが一番楽。創造こそ大変で死ぬ作業なんだから、それ以外は楽をしないとなかなか集中していいものをつくることができない。小学校から継続している方法です。売れずに生きのびる。これ結構大事なところ。

つまり僕は楽をするために書店まわりをしています。みんなから疲れるのによくやるねと言われると不思議な気持ちになります。やればやっただけ売れるのだから当然でしょ、と僕なんかは思うんだけど。

いのちの電話がかかってきて、その子がニコラ・

ド・スタールについて教えてくれた。
絶望はいつだって素敵なんだよ。
新政府いのちの電話には、絶望がつきまとっているが、わたしがそもそも絶望によだれを垂らす好き者ですから、お助け福祉機関では毛頭なく、むしろ「声の図書館」「命がけのデータベース」なのです。
そしてわたしはおかえしに『スタールの手紙』というスタールの手記の本を紹介した。これぞ態度経済。愛。

僕はつねに絶望している人にしか関心がない。だから新政府いのちの電話をやっている。いつか絶望している人だけを集めて、徹底して概念の創造と芸術研究を行う「絶望研究所」を設立したいです……。というか僕のツイッターが既に絶望研究所なんだけどね。家賃0円。

「今度、パパが鬱になったら精神病院に入院したほうがいいかな？　パパ自分の頭をバンバン殴っちゃうしそれをアオに見せたくない」と言うと、アオは自分を叩くのは見たくないけど、でも一緒にいたいと言ってくれた。前回の鬱は自分を叩かないでがんばれたねとアオに励まされた（泣笑）。すみませんこんなパパで。

ずっと絶望していると電話してきていた人から電話がかかってきて、今までの本の中で、一番、自分が感じている現実と、本の中の現実が近接していた、と読後感想電話。ありがたい話。彼がまだ死んでないことが嬉しいよ。やるしかないね。

熊本にひとつもない私立小学校設立のための意見を伺いたいとの依頼。何でもしまーす。ついでに保育園義務教育化まで、僕は賛同しております。あらゆる教育を無償にしたい。国語と算数が退屈になってきているアオの話を聞いてると、好きなことをどんどんやる学校をフツーの世界に染み込ませたいと思う。

何でもそんなに難しくない。やってみればいいだけ。試してみたら怖くなくなる。怖がってるのはやりたいからで、やっぱりやってみたほうがいい。それが僕が人生で得たことだし、新政府や「福島0キャンプ」の経験で感じたこと。

やってみよ。どうせ人生ノーリスク・オンリーリターンよ。人間皆ゼロなんだから。

すべてつながっている。すべてが手紙である。死者からの付箋。何もまだ始まっていない。お楽しみはこれからだ、ってやつだ。図書館でも何でもいいから、僕の本、読んでね！　きっと絶望してる人にはいい感じに効くと思うよ！

もっと絶望するかもしれないけど、そのときは新政府いのちの電話090-8106-4666があるから無敵だよ！　二人で死にそうになりながら一緒に腐ろうよ。腐って朽ちて発酵して発光しようよ！

明日は精神病院の定期検診です。ついつい自分のことを世紀の天才と勘違いしますが、ちゃんとこの定期検診を受ける日がくると、あー僕はやっぱり精神障害者なんだなって自覚して、綺麗に現実に着地します（笑）。フーちゃんが、でもそれなりにがんばってるじゃないと励ましてくれました。ありがと。おやすみ。

やりたくないことを継続できたり、臭いものに蓋をして平気でいられる、いわゆる健常者と言われている方たちは何らかの障害を抱えているのではないかと心配になるのだが、「そんなこと心配しないでいい、あなたが障害者なのよ！」と言われて、釈然としないというわけでもなく、ほっとしたりする。はははは。

褒めて伸びない人っているのかね。叱り続けないと伸びない人には限界がありそうな気がします。「喜び」は、不安や虚無や怒りよりも、強い力であると感じる日々です。怒りのエネルギーは烏合の衆しかつくりださない。徒党を組まずに、一人悦に入る。これすなわち創造なりけり。そこに次の社会の芽があるよ。

お風呂に入りました。ほっとして眠くなりました。

☆

「異常などというものはない。自然に適ったものなのだから。あなたの自然に適うように生きよ。周囲の人々がどんなに殺人鬼扱いしようとも私はそれを笑って『いいね！』ボタンを押すだろう。それが人生である。人のこと考えて分別に従いやりたくない愛の言葉を語ることほどクソな人生はない。正直であれ」。

家の居間でそんな演説していたら、フーが両肩をぎゅっと摑み「ほら、今日はセイシンビョーインの日だよ。忘れないようにね！」って右ほほに接吻した。あ、いっけね、忘れてた。いかんいかん。ついつい現実から剝離してしまう。言葉は恐ろしい。言葉によって私はいつも現実から剝離し別現実へ向かってしまう。

創造上の目論見と人生における生活の細部を合体させたいと常に思っているが、そうすると困難が生じる。家族と創造。この相反する世界をどちらにも焦点を合わせることなく、一本下駄で突っ走れるか。それが僕の常の課題であり生きる喜びでもある。家族と創造を区別するのは美術館で絵を飾るようなものだ。

僕は書くことしかできない。書いて書いて書き続ける。技術を磨き、僕が持っている別現実を表出させ、この現実と世界と社会と政府に対して、徹底して抵抗したいと思うのである。愉快な転覆を試みたい。

僕と電話して自殺した人はいないと思い込んでますので、もしも死にたい人がいたら090-8106-4666まで。戦争なくすよりも自殺者を減らすことが新政府としては喫緊の問題です。戦争なくすとなるとあらゆる企業をなくさないといけなくなると思うので、そちらは大変かと。自殺対策国家予算を私にぜひ。

自殺者ゼロの国は悪くないと思うよ。絶望は奨励しつつ、創造に生かす方法を教えてあげる。

自殺者を止めるには、命がけでやらないとだめなのよ。戦争と同じなんだから。こっちも死の誘惑を知ってないと立ち向かえない。匿名でもだめ。あらゆる恐怖をさらけ出してないと。いつ死んでもいい、と悔いのない人生を歩む。その絶望を見せて共有することが、自殺を止めることである。

と、いまさっき、死にたい人から「電話している間は死にたくなくなった」と言われ、思ったこと書きました。「おれと一緒にいれば死にたくないなら電話上で結婚しようよ」とつい言ってしまったよ。二四時間おれといたら死なないって言うんだもん。しかもそいつ男だよ（笑）。

夕食食べますね。今日はお手製揚げ春巻きっす。

それではまた！

☆

みんな僕が書いていることを本当のことと思ってくれるから嬉しいかぎりです。「私はあなたよりもフーさんのファンなんです」とおっしゃってくれる方もいる。本当のこととしか思えない！　というお言葉は私にとって最高の褒め言葉です。それは私の書く技術に対する賞賛であるからです。ありがとね！

みなさん、もうおわかりかと思いますが、僕のあらゆる著作、それこそ、隅田川の鈴木さん、多摩川のロビンソン・クルーソー、『ズームイン、服！』に出てきてくれる人たち、日記に登場する人々、彼らはすべてフィクションです。実在の人物とはなんの関係もないので、「イメージと違う！」とか言って怒らないでね。

『家族の哲学』も完全にフィクションですからね！すぐみんな僕の嘘に騙されるんだから……。書くという行為に、ノンフィクションはありえません。ノンフィクション作家などと言っている輩を信用しないようにね（笑）！　あの人たちは天下一品の嘘つきだよん。真実などないのですから。

書くという行為は嘘なんです。しかし、それは誰にとっての嘘か。かつ誰にとっての真実か。書くという行為はわたしにとっては真実です。しかし、それはあらゆる人にとっての真実ではない。しかし、まぎれもなく、わたしにとっては真実よりも真なのです。だから書くのである。わたしが感じている真実を。

いのちの電話にかけてきた一五歳の中三の男の子

から再電話。彼は高校に行く理由がわからない、受験勉強の意味がわからないと言ったので、受験勉強する必要のないところで、その中で一番行きたいと思うところを見つけてみたら？　と言っていたのだが、やってみたら見つかりました（笑）、と返答。嬉しい。

下手な考え休むに似たり。熟議など無意味である。わからない人間には永遠にわからない。感じている人がちゃんと動き、言語化できる人間が言語化し、創造の塊はただそのまま突っ走る。なぜにそれができないさ。おれは横でそれ見ながら、ばっかじゃないの、と思いながら、一人勝手に生きるのみ。簡単よ。

人のことあれこれ心配したり、文句言ったり、あーだこーだ噂してないでさ。ちゃらっと足を前に伸ばせばいいのよ。うじうじぐじぐじ僕は大好きだけど、歩くことは忘れんよ。あと、人のこと完全に無視。おかげで喧嘩もしないよ。誰からも何も文句言われんし（笑）。無縁になれ。徒党を組むな。孤独であれ。

文句を言われたり、叩かれたりして凹んで死にそうになっているみなさ〜ん。全部無視して突き進んでくださ〜い。応援してま〜す。やばかったら電話してくださ〜い。090-8106-4666。ワンコールで出るよ。半コールで出てびびって切られている坂口恭平です（笑）。

すべての子どもは小さい頃は絵を描くのが好きです。途中で下手とか言われたり、才能がないとか言われたり、自分で思ったりしちゃって、やめちゃうんです。歌うことも、踊ることも、自分の考えを伝えることも同じです。ボクはやめていないだけなのです。変わらずに。

わたしは精神障害者という概念を、いつか精神創造者という新しい概念に生まれ変わらせたいと願う他称・精神障害者の、自称・新政府初代内閣総理大臣です。痴漢とかで捕まったら、何て書かれるんだろうね……。芥川賞でもとって、看板を「新政府総理」とか「躁鬱病」とかじゃなく、「芥川賞作家」とか言われたいね（笑）。

坂口恭平、文化ヤクザとして、精一杯がんばります！　死ぬ死ぬ詐欺には気をつけて。僕は死にません。死にたいは創造したい、ですから。

論理的構造ではなく、音楽的構造によって言語の建築をつくる。それがわたしの仕事である。わたしは音楽を鳴らすのではなく、音楽そのものとして生きていきたい。

今、敬意をあらわし、守るべきは、音楽家である。哲学者が誕生するための土壌は、音楽によって豊かになる。創造の空間をつくりだすために果てしない音楽の波が必要なのである。わたしがつくりだした新政府では音楽家こそ最高の「おおやけ」の人間として、重宝されるのです。音楽を売らせたくない、本当は。

はよ、原稿書かないといけないのです。わたしは。しかしやらなくてはいけないことができないのです。やりたいことしかできないのです。

今はただ音楽を聴きたいので、連載原稿はあとで書く。音楽的構造のしくみ、という体で「エリーゼのために」みたいなタイトルの本でも書きたいよ。

破裂こそがわたしの人生だ。爆発ではなく破裂しているのだ。あらゆるどこそこで小さな破裂がわたしには巻き起こっている。

つむじ風。旋回するつつじの葉は何色か。ルリシジミ。笑うそばから、ヒヨドリが追いかけてもまた飛んでその曲線見つけて笑う子ら。それ見て定規を使ってさ。空気の定規を使ってさ。

破裂をおそれることなかれ。統合こそ、愚鈍な妥協案。

一人で歩けよ。だるいことはせぬよう。

一人で歩けと言いながら、世界中の人とつながろうと強く欲している自分の葛藤が面白いじゃないか。

さて、みなさんも楽しい昼下がりを。熊本はデート日和。妄想デートしながら、橙書店で原稿を書いてます。

もうやばいこと、ぶっ飛ぶことしかしないもんね。

文化ヤクザ、本領発揮するもんね。

　アオのファーストアルバム「くすのき」の製作も順調に進んでます！　全一七曲三九分。二歳から七歳までの五年間の音楽的創造の集大成。坂口家バージョンの「くすのき」のボーナストラックも収録。一枚千円、一〇〇枚限定。一枚ずつアオ直筆のサイン、エディション入り（笑）。家庭内手工業こそが我が家の教育方針。自分のお金は自分でつくる。バイト禁止。自ら実践し学ぼ。スパルタ風だけど、結局楽しいのよ。

　勝手に自分でデビューする。人に評価されるのを待たない。僕はずっとそうやってきた。夢はまず自前で叶えてしまう。修行はなし、ずっと本番を続ける。本番でしか学べない。

　新政府いのちの電話にかけてきた一九歳の女の子がお礼に歌いたいというので、家族でスピーカーにして聴いた。泣いちゃった。とにかく死ぬくらいならつくりまくっておれに送ってくれと伝えた。今度一緒にライブしよ。

☆

　部屋はきれいにすればするほど、原稿執筆には効果的なので、専業主夫をしながら、生活と完全に一心同体となることは、すなわち、新しい本がどんどん書けるようになるということである。一石二鳥。生活に徹底すれば文の力を抜くことができる。壊れた文ではなく、遅れた文を書くことができる。見たことをそのまま書くのではなく、見て疲れた自分を書くことができる。自分の城の外壁の染みに着目できる。

　生活に徹底せよ。余計なことだけ考えよ。生活を行っている間、人間は機械となる。だからこそ余計なことだけを考えることができる。その先へ行け、よ。

　新政府いのちの電話は相変わらずかかってくる。貯金が三〇〇万円あるという人から二〇〇万円が振り込まれた。一〇〇万円あればなんとかなりますって。みなさん新政府いのちの電話は完全に無料ですので、入金はやめてください。気持ちだけ受け取ります。あなたがたが生きてりゃおれは幸せなのよ。死ぬくらいなら電話してね、わたしの直通電話、新政府いのち電話090-8106-4666。

この仕事はわたしにとっての総合芸術、つまり生き様です。いつか自殺者のまったくいない世界になるよ。おれには見えるよ。その世界が。既に。見えてりゃいいの。見えてれば。

それは次にくる世界。

何もない世界。

それでいいのよ、何もなくて。

死もない世界。

恐ろしすぎて冷や汗でるけど、愉快かもよ。

だから人は創造の塊になる。

新政府いのちの電話を死ぬまでやり続けて日本の自殺者ゼロにしてノーベル平和賞受賞したいです。そういう世俗的な夢を持つことにしました。目標大事だしね。受賞スピーチで「世界中の自殺者をゼロにしたいので、受け取れません」とか言って、さらに絶賛されたいです。賞金でいのちの電話できるＡＩつくりたい。

わたしにとっての「戦争放棄・丸腰主義による平和」への、超迂回しているように見える最短距離突っ走る一番手こそ、新政府いのちの電話による自殺者ゼロ運動っす。やるほうがさらけだして命差し出さないと、平和は摑めんよね。やはり平和を願うわたしです。

今日は早く寝まーす。新政府いのちの電話はかけてもらえれば、翌朝、全部折り返しますね。なので、非通知設定はやめてね。こっちもさらしてるからあなたもさらして。誰にも教えません。番号は。信じられない人は、現政府「いのちの電話」にかけてね。おやすみ。

☆

わたしは一カ所に落ち着くことができない、これと決めて一つのことに集中することができない。だから、移動しながら書いてます。フレッシュネスで一一時三〇分まで一時間半セッションし、その後、橙書店で一時まで一時間半セッション。三時間執筆するのに一カ所にいられない性質です。

集中力がないと嘆く人がいるが、集中力などあってどうするのだろうか、と時々思う。破裂し、分裂し、それをそのまま定着する方法さえ身につければ、集中できないなどと悩む必要がないのに。できないことを悩むから疲れるし楽しくないのではないかと心配するが、人は「何かができるようになりたい」らしい。

わたしは「何かができるようになる」ためには努力が必要で、つまり「やりたくないことをする必要がでてくる」ので、全く関心がないし、やらない。一方、自分の特質のままにがっぽり稼ぐにはどうすればいいのかという問いに対しては、楽しいし、おいしいご飯が食べられるので命をかけて取り組む。生活の拡張を。

疲れることは一切しないし、問題が起きても決して解決しようと試みない。それがわたしの方法です。疲れることよりも、自分がやっていてイイなーと思うことだけで、稼げる方法を死ぬ気で考え、問題はそのまま放置して、その問題の深さをしっかりと味わう。そうすればいいのではないかと思ってます。今は。

疲れることをせず問題を解決しないで味わっていれば、心に余裕ができるので、みんながパニクっているときでも、一人ご満悦の様子で、相談になんか乗ってあげちゃえたりします。自分が疲れていたり、問題の解決に忙しくなってると、人の話を聞いている暇はない。だから人は孤立し、疲れ、金もなくなる。

最近の新政府いのちの電話の声を聞いていて、思ったことをつらつらと書いてみました。あくまでもこれはわたしの意見ですので、悩みたいんだよ邪魔するな、という方には全く効果がありませんので、あしからず。悩むくらいならわたしに電話して一瞬にして悩みを粉砕せよと思うが、人は悩むのが好きなのね。

努力して作品をつくっている人の作品のつまらな

さは、そこに悦びがないからではないかと思う。わたしは悦びしか見ていない。しかも、ただの悦びにも興味がない。死にそうな人間が最後に見せる「もう笑うしかない」と腹をくくって、自分の関心のあることだけで餓死しようと決めた先にある悦び。それが創造だよ。きっと。

なぜ人に認められないといけないのだろうか。わたしにはその理由が今でも理解できない。なぜなんとか賞に当選しないと創造を続けられないのだろうか。わたしには意味がわからない。ただやればいいではないか。毎日一〇枚書けば年間三六五〇枚。それを三年やればプルーストもびっくりな量になるんだよ。

わたしが生まれた日四月一三日に亡くなった、ジーザス・クライスト先生とヘンリー・ダーガー先生を見習うべきである。彼らは誰から理解されることも求めず、ただひたすら思考と行動を続けた。それを今、人は宗教者であるとか、アウトサイダー・アーティストであるとか、下手な呼び方しているだけである。

自分で自分を認めることほど、勝手気ままで、気楽で、豊潤で、金すらいらない、愉快で止まらない運動はない。誰が何と言おうと知ったことか。どうせ人はみな死ぬ。生まれ変わったらと考えるより、生きている間に、全部やりきったほうがいいじゃないか。人から言われてやめる行為などあってはならない。

自分を認めるのは超簡単である。方法は、才能のあるなしを行動原則にするのではなく、継続だけを推進し、継続している自分を認めればいいのだ。継続は才能に勝る自己承認の種である。継続だけさせてあげれば、自分を喜ばせられる。だからわたしは毎日原稿を書き、自己管理ノートを書き、料理日記を書く。

いつも書いているように、「才能がない」と嘆く人は実はちょいと自分に嘘をついている。それは才能の問題ではなく「継続することができない」ということなのである。継続できない自分を認めるのは、才能がない自分を認めるよりも困難なのだ。

それを逆手に取ろうではないか。継続さえしていれば、才能を超える。

人間はすぐに「慣れる」。愛していた人が「空気」のような存在になるというように、つまり「見えなく」なってしまう。継続している己を可視化するためにはどうするか。それが「書く」という行為なのである。日記を書いたらいい。一体、自分は毎日何を継続しているのか確認せよ。それがあなたの仕事である。継続しているものは、好きなものなのだ。

好きなものがわからない、と悩む人がいたら、要注意。それは好きなもの、ではなく「継続しているものがない」と言っているだけなのだ。そんなのに悩むのは馬鹿げている。だって、継続したけりゃ継続すればいいじゃん、だもん。別に継続しなくたって生きてけるのに。

もう、何をやればいいのかわからない、とか、好きなものがない、とかで悩むのは金輪際、やめておきましょう。悩むくらいなら何かを適当に一つ選んでまずは一〇〇日くらい継続してみてごらん。どんなことでも好きになっちゃうよ(笑)。

そして、何度も言うが、継続だけが全てじゃないですよ。分裂もまた素敵なものです。

わたしがフーのことをひたすら原稿に書いて本にまでして書店にならべているのは、フーに「慣れない」ためである(笑)。慣れた夫婦ほど、苦しいものはない。性の交わりもなくなり、対話もなくなり、妻は下着にもパジャマにも気をつかわなくなる。わたしはそんな状態になるのが嫌だ。そんな状態になったら婚姻という制度を憎んでしまいそうだ。子どもたちは仮想の小さな共同体を見せつけられている。突然それが消失したら辛い。

私はセックスレス防止として本を書いている。常に妻が登場してくるのはそのためでもある(笑)。わたしは日常に慣れたくない。目の前の世界をつねに新鮮に見たい。妻の新しい下着にいちいち感動していたい。継続の美はそこにある(笑)。というわけで新作『家族の哲学』よろしくです。セックスレスにも効くよ♡

わたしは新作小説を書こうとしていたのに、朝から何を書いているのだろうか。『才能と継続』という自己啓発本でも出しませんか? ＰＨＰの方(笑)。

わたしの初の創造は一九九九年の映像作品「貯水タンクに棲む」である。そのとき理解者は建築家・石山修武氏唯一だった。他の人は笑ってた。どうやって食っていくの？　と言われてた。何も気にしなかった。あれから一六年。今もずっと継続してます。最近ようやく才能あるかもねと父に言われはじめました。

つまり大抵の人の言うことは適当だということです。悪いとは思いません。適当なんです。わからないんです。でも、一人だけきっといる。とても感覚のいい人間が。あなたのまわりにも。その人に向けて継続していく。新政府いのちの電話はそんな友人すらいない人のための最後のセーフティーネットです。

実存は本質に先行する。

——J・P・サルトル「実存主義とは何か？」

継続は才能を超越する。

——坂口恭平「継続主義とは何か？」

言ってることは、実はほとんど同じ（笑）。

☆

もしかして私はもうお金が一円も必要ないのではないか。お金がなくなれば絵を売ればいいし、路上で歌えばいいし、公園で講演すればいい。全部投げ銭。そして、かわいい女の子のお家に泊めてもらってお礼に占いと極上マッサージとつまようじ針とお灸をしてあげて、生活していればご満悦なのだから。原稿料はすべてフーの口座に振り込めば、もう私はただ世界中をふらふらと生きればいいのではないか。などと楽しい妄想を描いている。

それで餓死しても何一つ後悔がない。やりたいことやりたいだけ飽きるまでやり続けているのだから、もうこれ以上の欲望がない。

何もいらない、と言っているのではない。無一物で暮らすなんてつまんない。買い物だって大好きだし。やりたいことだけやることのほうが重要なのだ、私にとっては。欲望の塊。

アラブ首長国連邦とニューヨークとUCバークレーでも講演したい。日本全国ツアーはいつのまにかワールド・ネバーエンディング・ツアーに変態している……。

ミニシアター系の映画俳優ではなく、わたしはミーハーなので、ハリウッドスターにもなりたい。こうなったら、ハリウッドに裸一貫で行こうかな。誰もわたしのことを知らない世界で再び自分を試したくなっている。才能がないと笑われることを再び求めている。それがわたしの快感である。

早くフーに文句言われないくらい貯蓄して三年くらい働かなくてもいいような状態にして、日本を去って世界中でゼロから都市型狩猟採集生活を始めたい。そして、またそれを本に書きたい（笑）。それは、また売れるのではないかと思ったりしている自分が笑える（笑）。

止まらない冗談。Infinite Jest。

失敗だけし続けたい。失敗を問題と捉えるのではなく、その失敗の味を噛み締めたい。解決しようと焦るのではなく、だらだらとその失敗の深刻さを身体中で味わいたい。その神秘を、キルケゴール先生のように生きたい。

好きなように生きるという私の特技を世界最大限に引き伸ばしたい。それが人生だ。

「わたしの父親は、世界最高の喜劇役者になるんだって、ハリウッドに飛び立っていきました……」とアオに呆れ果てられたい。

夢なんか持ちたくない。夢は持つのではなく、なるものだ。夢のただなかに在りたい。夢そのものでいたい。

I've never have a dream,because I'm a dream.

しかし、これだけ誰からも認められてないのに、なぜわたしはかくも自信に満ち溢れているのだろうか。

いや、違うのだ。あらゆる人間が本来そうなのである。わたしは人間のかわりにそれをやっているだけなのだ。だからここまで自信に満ち溢れることができるのだ。

わたしは、人間になりかわっているだけだ。

本書は、坂口恭平のツイッターアカウント@zhtsssの、
二〇一一年、四、四五一ツイート、四七六、四七二文字、
二〇一二年、一五、七五三ツイート、一、五八四、八七三文字、
二〇一三年、一〇、〇一七ツイート、一、〇二七、六四四文字、
二〇一四年、一〇、四五〇ツイート、一、〇五四、〇二二文字、
二〇一五年、一三、五七七ツイート、一、三八七、六七二文字、
から厳選して抜粋し、再構成しています。

装画・題字　坂口恭平
ブックデザイン　松田行正＋杉本聖士（マツダオフィス）
協力　田尻久子（橙書店）
編集　山本浩史（東京書籍）

発《はっ》光《こう》

2017年 2月 8日　第1刷発行

著者　坂口恭平《さかぐちきょうへい》

発行者　千石雅仁
発行所　東京書籍株式会社
東京都北区堀船2-17-1　〒114-8524
電話　03-5390-7531（営業）
03-5390-7508（編集）

印刷・製本　図書印刷株式会社

ISBN978-4-487-80585-3 C0095